含章室散藁

含章室散藁

李炳赫　編譯

KSI 한국학술정보[주]

서 문

우리는 요즘 "책이 공해다"라는 말을 종종 듣게 된다. 읽을 만한 가치도 없을 뿐 아니라 세상에 필요하지도 않은 책이 너무나 많기 때문이다. 학문적인 견지에서 볼 때, 이 책 역시 꼭 있어야 할 가치가 있다고 자신할 수는 없다. 하지만 굳이 밝혀보자면, 두어 가지 면에서 그 존재의 가치를 논의할 수 있겠다. 하나는 여기에 실린 글들이 그 후손에게는 그 무엇보다 소중한 유산이라는 점이겠고, 다른 하나는 우리 한문학사에서 비중 있게 다루어지고 있는 작품임에도 오역이 적지 않아 이를 바로잡아 놓았기 때문이다.

이런 글들이 책의 모습으로 엮어진 과정은 사전에 의도된 것이 아니었다. 여러 문중에서 자신의 선조와 관련된 글을 번역해 달라는 부탁을 가끔 받곤 했지만, 이런 요청을 모두 들어줄 형편은 되지 못했다. 다만 불가피하게 한두 편씩 번역해 주는 경우가 없지 않았는데, 번역을 해 주고 난 뒤 초본을 보관하지 못한 경우가 많았다. 설사, 보관한 경우라도 원고 뭉치 상태로 연구실 책장 구석에 여러 해 쌓아 둔 실정이었다. 따라서 몇 해를 두고 그때그때의 감정으로 번역했기 때문에 문체도 통일되지 못하고 각주도 제대로 달지 못했다. 그러나 번역을 부탁한 후손들이 더할 나위 없이 소중하게 여기는 글들을 그처럼 먼지가 겹겹이 쌓인 채 버려두는 것은 참으로 보기 민망한 일이었다. 그래서 한문학과 학생들에게 틈나는 대로 입력을 시켜 모아 보니, 책 한 권 분량은 족히 됨직했다. 그리하여 오역이 심한 한문학 작품 가운데 중요한 몇몇 편을 선별 번역해 책의 모양을 갖춘 것이다. 필자가 지어준 수정본(手定本)과 문집에 실린 교정본의 글이 차이가 더러 있는데 가급적 전자를 따랐다.

이처럼 책으로 묶을 계획이 없이 그때그때 번역한 글들을 한 데 모은 것이어서 일정한 체계가 없을 수밖에 없지만, 독자의 편의를 위해 크게 두 부분으로 나누었다. 먼저, 제1부는 양식별(樣式別)로 편차를 나누어 엮었는데, 그 순서는 일반 한문문집의 예를 따랐다. 그리고 같은 양식 안에서는 연대순으로 배열하는 것을 원칙으로 삼았다. 다음, 제2부에서는 문중별(門中別)로 배열했다. 여러 문중의 글들을 뒤섞어 양식별로 흩어버리면, 그 후손들이 찾아보는 데 불편할 것이라 여겼기 때문이다.

여기에 실린 번역문 가운데는 우리 한문학사에 등재된 유명한 작품이나 문중에서 간직하고 있는 소중한 글들 외에, 약간의 고문서(古文書)와 소송문(訴訟文)도 있다. 고문서는 옛 문서의 양식을 참고할 수 있다는 유용성이 있겠고, 소송문은 지방의 인정 세태를 짐작할 수 있는 자료라는 점에서 그 가치가 적지 않겠기 때문이다. 그럼에도 막상 책으로 발간하려 하니, 떳떳하게 세상에 내놓을 만한 저서가 되는지에 대한 걱정을 떨쳐 버리기 어렵다. 다만, 대품(大品)보다 소품(小品)이 긴요한 경우가 간혹 있듯, 각별한 눈길을 주지 않고 지나치기 십상인 이런 글들에서 삶의 체취를 다소나마 느낄 수 있다면 그로 위안을 삼을 수는 있겠다.

이 책은 당초 2000년에 동학 정출헌(鄭出憲) 교수와 우리 한문학과 제자들의 도움으로 출간되었으나, 이번에 한국학술정보(주)의 도움으로 다시 세상에 빛을 보게 되어 감사히 생각한다. 모쪼록 독자 여러분의 많은 이해를 바라는 바이다.

2005년 9월

금정산(金井山) 함장실(含章室)에서
이병혁(李炳赫) 지(識)

차 례

서간(書簡)

잡저(雜著)

서문(序文)

기문(記文)

발문(跋文)

상량문(上樑文)

제문(祭文)

신도비(神道碑)

비문(碑文)

묘표(墓表)

묘갈명(墓碣銘)

행장(行狀)

고문서(古文書)

소송문(訴訟文)

제2부 문중별(門中別)

진양 정씨편 晋陽鄭(隅谷)氏篇

사성 김해 김씨편 賜姓金海金氏篇

경주 김씨편 慶州金氏篇

성산 이씨편 星山李氏篇

함종 어씨편 咸從魚氏篇

동래 정씨편 東萊鄭氏篇

여주 이씨 함안군편 驪州李氏 咸安郡篇

第1部 樣式別

한시(漢詩)

수나라의 장수 우중문에게
與隋將于仲文*

神策究天文	뛰어난 책략은 하늘의 이치 통했고
妙算窮地理	기묘한 계책은 지리도 통했네.
戰勝功旣高	싸움에 이겨 공이 이미 높았으니
知足願云止	만족함을 알아 싸움을 그쳤으면.

-乙支文德,《三國史記》卷44-

* 이 시는 을지문덕이 嬰陽王 23년(612)에 수나라 장수 于仲文에게 보낸 上聲紙韻(韻字; 理 · 止)의 시이다. 형식이 오언절구 같아 보이고,《동문선》에서도 오언절구에 넣었으나, 외형만 절구와 동일할 뿐 실은 五言古體詩이다. 이는 다음과 같은 근거에서이다. 첫째, 南北朝時代 및 隋代에는 5언 4구 또는 5언 8구의 고체시가 많았고, 절구나 율시와 같은 근체시는 唐에 와서 완성되었다. 그렇다면 이 시는 고구려와 隋의 연대에 지어진 작품이므로 근체시의 절구가 유행하기 이전의 시이다. 둘째, 이 시는 平仄法이 근체시의 평측법과 맞지 않는다. 셋째, 시의 내용 또는 시적 미감으로 보더라도 고시에 해당한다. 李奎報는 그의 『白雲小說』에서 이 시를 "句法이 기이하고 옛스러워 綺麗雕飾의 흔적이 없으니, 어찌 후세의 委靡한 자가 미칠 수 있을 바이겠는가?"(句法奇古 無綺麗雕飾之習 豈後世委靡者 所可企及哉)라고 높이 평가했다.

태평을 칭송함
太平頌*

大唐開洪業	대당(大唐)이 나라를 세우니,
巍巍皇猷昌	높고 높은 제왕의 업적 융창하구나.
止戈戎衣定	전쟁을 그치게 하여 천하가 평정되고,

修文繼百王	문치를 닦아 백왕을 이었구나.
統天崇雨施	조화를 하늘처럼 부리고,
理物體含章	만물을 땅처럼 포용하네.
深仁諧日月	깊은 인덕은 해와 달 같고,
撫運邁時康	세상을 다스림은 태평시대로 나아가네.
幡旗旣赫赫	깃발은 펄럭이고,
鉦鼓何鍠鍠	북소리도 웅장하구나.
外夷違命者	외이(外夷)로 황제의 명을 거역하는 자는
剪覆被天殃	멸망되어 천벌을 받을 것이네.
淳風凝幽顯	순후한 풍속이 곳곳에 퍼지니,
遐邇競呈祥	원근지방에서 다투어 상서를 바치네.
四時和玉燭	사시의 기운은 태평을 이루고,
七曜巡萬方	칠요(七曜; 日 · 月 · 五星)의 빛은 만방에 비치네.
維嶽降宰輔	산의 정기는 보필할 재상을 낳고,
維帝任忠良	황제는 어진 인재를 등용했네.
五三成一德	오제(五帝) · 삼왕(三王)과 한 덕을 이루니,
昭我皇家唐	우리 당나라 황실(皇室)을 밝게 비추리.

-《三國史記》卷5-

* 이 시는 眞德女王 4년(650)에 唐의 高宗에게 보낸 시로서, 李奎報는 그의 『白雲小說』에서 "高古하고 雄渾해서 初唐의 여러 작품들과 비교해 보아도 서로 우열을 가리지 못할 것이다."(其詩 高古雄渾 比始唐諸作 不相上下)라고 높이 평가했다. 이로 보면 7세기 경에는 우리 나라에 五言詩의 형식이 정착된 것을 알 수 있다.

옥중에서 억울함을 호소함
獄中詩

于公慟哭三年旱	우공이 슬피 우니 3년 동안 가물었고
鄒衍含悲五月霜	추연이 슬픔 품으니 5월에도 서리 내렸네.
今我幽愁還似古	내 지금 답답한 근심 옛 일과 같은데
皇天無語但蒼蒼	하늘은 말이 없이 푸르기만 하구나.

-王巨仁,《三國遺事》卷2-

적에게 항복받음
降寇

唯將德化欲銷兵	덕으로만 전란을 막고자 하니
長笑長平恣意坑	장평에서 함부로 항복한 군대 죽인 일 길이 웃노라.
更想太丘行小惠	태구에서 작은 은혜 베푼 옛 일을 생각하니
何如言下行小惠	한 마디 말로 중생을 건진 것만 하겠는가?

-崔致遠(857~?),《桂苑筆耕集》卷17-

산양에 행차하여 태위가 내린 의단(衣段)을 받고 돌아가 부모님을 뵙게 되자, 이어 신물로 축수하기에 삼가 시로써 감사드림
行次山陽續承太尉賜衣段令充歸覲續壽信物謹以詩謝

自古雖誇晝錦行	예부터 금의환향 자랑하지만
長卿翁子占虛名	상여(相如)와 주매신(朱買臣)은 허명만 차지했네.
旣傳國信兼家信	국신(國信)을 전해 받고 가신(家信)까지 받았으니
不獨家榮亦國榮	가문만의 영광이랴, 나라의 영광이네.

萬里始成歸去計　만리 타향 이제야 돌아가게 되었건만
一心先筭却來程　마음 한편엔 돌아올 길 먼저 생각나네.
望中遙想深恩處　멀리서 부모님 계신 곳 마음 속에 그려보니
三朶仙山目畔横　세 봉우리 삼신산(三神山)이 눈앞에 어리네.

-崔致遠(857~?),《桂苑筆耕集》卷20-

비오는 가을밤에
秋夜雨中

秋風惟苦吟　쓸쓸히 가을 바람에 괴로이 읊조리니
世路少知音　온 세상에서 알아주는 사람 적네.
窓外三更雨　창밖에 깊은 밤비는 내리고
燈前萬里心　등불 앞엔 만 리로 달리는 외로운 마음.

-崔致遠(857~?),《孤雲先生文集》卷1-

가야산 독서당에 쓰다
題伽倻山讀書堂

狂噴疊石吼重巒　미친 듯 바위에 부딪치는 물이 산을 울리니
人語難分咫尺間　사람 소리 지척간에도 구분하기 어려워라.
常恐是非聲到耳　언제나 시비(是非)의 소리 들려올까 봐
故教流水盡籠山　짐짓 흐르는 물로 온 산을 감싸게 했네.

-崔致遠(857~?),《孤雲先生文集》卷1-

경주 용삭사에서
涇州龍朔寺

翬飛仙閣在青冥　나는 듯한 선각(仙閣)이 푸른 하늘에 치솟아

月殿笙歌歷歷聽　월궁(月宮)의 피리소리 역력히 들리는 듯
燈撼螢光明鳥道　등불은 반딧불인 양 새 다니는 길에 깜박이고
梯廻虹影到巖扃　사닥다리는 무지개처럼 바위문에 걸려 있네.
人隨流水何時盡　인생은 흐르는 물 따라 어느 때에 다할꼬
竹帶寒山萬古靑　대나무는 차가운 산에 둘러 만고에 푸르렀네.
試問是非空色理　시비와 공색(空色)의 이치를 시험삼아 물어보니
百年愁醉坐來醒　한 평생 맺힌 시름 당장에 깨닫겠네.

-朴仁範,《三韓詩龜鑑》卷中-

운주를 나오면서 정회를 써서 두 칙사에게 주다
出雲州書情寄兩勅使*

南風海路連思歸　남풍 부는 바닷길 고향 생각 연이었고
北雁長天引旅情　북쪽 하늘 저 기러기 나그네 시름 일으키네.
賴有鏘鏘雙鳳伴　다행히 장장(鏘鏘)한 봉황 같은 두 칙사 있어
莫愁多日住邊亭　오랫동안 변경에 머무르는 시름을 잊게 하네.

-王孝廉-

* 이 시는 王孝廉이 雲州를 나오면서 情懷를 써서 두 勅使에게 준 시로서, 끝없이 바다처럼 연이은, 고향으로 돌아가고 싶은 심정과 북쪽에서 날아오는 기러기를 보고 뼈저리게 일어나는 思歸의 情을 두 勅使에 의지해서 달래려는 심정을 잘 표현하고 있다.

친구를 떠나보내면서
送人*

雨歇長堤草色多　비 개인 긴 언덕에 풀빛도 푸른데
送君南浦動悲歌　남포로 임 보내니 슬픈 노래뿐.
大洞江水何時盡　대동강 물은 어느 때나 마를까

別淚年年添綠波　이별의 눈물 해마다 더 보태는 걸.

-鄭知常(?~1135),《東文選》卷9-

* 이 시는 南朝 梁나라의 江淹이 지은「別賦」중에 "봄 풀빛 푸르고 봄 물결 맑은데, 남포로 임 보내니 슬픔을 어이 하리."(春草碧色 春水綠波 送君南浦 傷如之何)와 역시 江淹의「恨賦」또는《楚辭》의 "南浦로 임 보낸다."(送美人兮南浦), 그 외「送元二使安西」등 중국의 많은 이별시로부터 영향을 받아 이별의 한을 읊은 絶調이다.

학궁에 쓰다
題學宮

香燈處處皆祈佛　향 등불 곳곳마다 부처에 빌고
簫管家家盡祀神　피리 젓대 집집마다 잡신에 푸닥거리.
獨有數間夫子廟　다만 저 두어간 공자의 사당에는
滿庭春草寂無人　뜰에 가득 봄풀뿐 사람은 없네.

-安珦(1243~1360),《晦軒先生實記》卷2-

산중에 삶
山居

春去花猶在　봄은 가도 꽃은 아직 남아 있고
天晴谷自陰　하늘은 개었지만 골짜기는 절로 침침하네.
杜鵑啼白晝　두견이 대낮에 울어대니
始覺卜居深　그제야 깊은 골짜기임을 깨달았네.

-李仁老(1152~1220),《東文選》卷19-

산중의 눈 오는 밤에

山中雪夜*

紙被生寒佛燈暗　종이 이불 차갑고 등불은 어두운데
沙彌一夜不鳴鍾　사미승은 밤새도록 종을 치지 않는구나.
應嗔宿客開門早　자는 나그네 문 일찍 열었다고 응당 성내리
要看庵前雪壓松　암자 앞에 눈에 눌린 소나무 보려함이네.

-李齊賢(1287~1367),《益齋亂藁》卷3-

* 서거정의 『東人詩話』에서 이 시를 "山家 雪景의 기이한 풍취를 묘사해 내었는데, 읽으면 어금니 사이에 군침이 생기게 한다"고 했다. 자신의 감정을 일체 노출시키지 않고 대상을 이미지화한 시이다. 이런 경지를 蘇東坡는 "시 속에 그림이 있고, 그림 속에 시가 있다."(王維 精于詩 又精畫 東坡嘗曰 味摩詰之詩 詩中有畫 觀摩詰之畫 畫中有詩.《白眉故事》)고 했고, 申叔舟는 "시는 소리 있는 그림이요, 그림은 소리 없는 시이다."(詩是有聲畫 畫是無聲詩. 申叔舟, 『保閑齋集』 卷20)라고 했다. 밤새도록 내리는 눈으로 인해서 스며드는 찬 기운으로 사미승은 아직 몸을 움츠리고 누웠는데, 자는 손님이 문을 여니 소나무 가지를 덮고 있는 雪景은 한 폭의 동양화를 연상하게 한다. 이것은 益齋 이제현의 문학이론인 "옛 사람의 시는 눈 앞에 경물을 묘사하였지만 의미는 말 밖에 있어 말은 끝났지만 맛은 끝이 없다."라는 예에 해당하는 시라고 할 수 있다.

전녹생을 전라도 안렴사로 전송하면서
送田祿生司諫按全羅道

田郎作倅吾雞林　전랑(田郎)이 우리 계림에 안렴사 되었으니
父老至今懷德音　부로(父老)들 지금까지 그 은덕 기리네.
拜囊懇惻叫閽辭　봉하여 올린 간절한 정성 민원의 글에 있고
枕戈慷慨從軍詩　창을 베고 감개함은 종군시에 나타났네.
晏嬰高節凌首陽　안영(晏嬰)처럼 청렴한 절개는 백이·숙제 무색한데
誰貴食粟曹交長　밥 먹고 키만 큰 조교(曹交)를 누가 귀히 여기리.
登車攬轡志澄淸　수레 타고 고삐 잡고 세상을 밝히려 하니

南方草木亦知名　남쪽의 초목들도 그의 이름을 다 아네.
南方近者頻年荒　요즘 와서 남쪽 지방에 흉년이 자주 들어
損瘠往往僵路傍　이따금 주린 백성 길가에 쓰러졌네.
守令識字百二三　글자 아는 수령은 백 명에 두셋뿐
坐視弄法猶盲喑　법률 농간함을 소경같이 보고 있네.
旋驅農夫防海倭　농부를 몰아다가 왜적을 막게 하니
賊刃未接先奔波　적의 칼날 닿기 전에 먼저 흩어지네.
大將坐幕擁笙歌　대장은 막사에 앉아 음악이나 듣고
小將汗馬輸弓戈　소장은 땀흘리며 무기를 나르네.
豪奴聯騎攘公田　세력가의 종들은 공전(公田) 것도 빼앗고
官徵逋租不計年　밀린 세금 징수에는 흉년도 헤아리지 않네.
嗚呼民生至此極　슬프다, 국민생활 이 지경이 되었으니
誰與吾君寬旰食　뉘라서 우리 임금 정무(政務)를 덜어드릴까?
益齋也曾玷廊廟　내 자신도 일찍이 조정에 있었지만
受侮老姦并惡少　늙은 간신 악소년에게 모욕을 당했었네.
乞身自退僅免禍　사직하고 물러 나와 화는 겨우 면했으나
此日尋思顔可赭　오늘날 생각하니 얼굴이 붉어지네.
田郎夙慕君子儒　전랑(田郎)은 예로부터 군자유(君子儒)되길 원했으니
豈比老我空囁嚅　말 못하는 늙은 나와 비교가 되랴.
往哉問瘼公無私　가거든 공평무사(公平無私)하게 백성 고통 덜어주고
馳奏得令明主知　그 사실 보고 하여 임금님께 알리게나.

-李齊賢(1287～1367), 《益齋亂稿》 卷4-

김해부사 정상서 국경을 전송하면서 시자운을 받아 쓰다
送金海府使鄭尙書國俓得時字

讀書思古人	"책 읽으며 옛 사람 생각하여
常恨不同時	언제나 같은 시대에 태어나지 못함을 한탄했었지.
同時見古人	같은 시대에 태어나 옛 사람 보게 되니,
至樂良在玆	지극한 즐거움이 여기에 있다네."
幸哉吾今得吾子	다행히도 지금 내가 그대를 만났으니
胡不感此前賢詩	어찌 옛 사람 시에 감탄하지 않으리.
平生拙翁吾所畏	졸옹(拙翁)은 평생에 나의 존경하는 벗
與世齟齬人共嗤	세상과 맞지 않아 모두들 비웃었네.
東人遺文手自錄	동인(東人)의 남긴 글[東人之文]을 손수 기록하고
又有拙藁皆倔奇	또《졸고천백(拙稿千百)》있어 굳세고 기이하네.
一觀直欲覆醬瓿	한 번 보고 장독덮개 하려고 하니
攘攘可笑群兒癡	아이들처럼 어리석다 어지러이 웃네.
殷勤鏤板垂不朽	그대가 정성 들여 이 책을 출판하니
今世古人非子誰	지금 세상에 고인(古人)이 그대 아니고 누구일까?
魚書虎竹吾州去	부사(府使)의 부절(符節)받아 우리 고을로 가게 되니
吾爲吾民多賀之	나는 우리 백성 위해 많이도 축하하네.
汝蠱豈不剔	너희들의 해독을 제거하지 않으며
汝疾豈不醫	너희들의 질병을 치료하지 않으랴.
噓以燠汝骨	훈훈한 입김으로 너희들 뼈를 따뜻하게 하고
哺以肥汝肌	배불리 먹여서 너희를 살찌우리라.
五袴何止歌來暮	오과(五袴)의 부유함은 늦게 옴만 노래했으며
一錢何止表去思	일전만 받은 청렴함은 떠난 후의 생각만 표했을 뿐이리오.
九原誰喚拙翁起	누가 저승에서 최졸옹(崔拙翁)을 살려내어
滌筆爲作德政碑	붓 씻어 그대 위해 덕정비(德政碑) 짓게 할까 ?

-李齊賢(1287～1367),《益齋亂稿》卷4-

정간의를 김해부사로 전송면서 견자운을 받아 쓰다 鄭諫議之官金海得見字

東人文數卷	《동인지문(東人之文)》 두어 권은
拙翁手所撰	최졸옹이 손수 편찬했네.
觀其用意深	그 마음씀이 깊은 것을 보니
奚啻比騷選	《이소경(離騷經)》과 《문선(文選)》에만 비하겠는가?
所以欲刊行	이 책을 간행하고자 하는 까닭은
要令華人見	중국인들에게 보이려 함이었네.
命矣先生歿	운명이로다 선생께서 별세하시고
光陰若流電	세월은 번개처럼 지나갔네.
十年書篋中	십 년 동안 책상자 속에서
幾恨藏人善	몇 번이나 잘 전해지길 걱정했는가?
英英左大柬	영명한 좌대간(左大柬)께서는
爲善誠不倦	착한 일 참으로 게을리 하지 않았네.
喜聞出觀風	관풍(觀風)하러 나가는 일 즐거이 듣고
榮華完錦傳	영광스러이 부사(府使) 수레 타게 되었네.
題封貢行軒	떠날 때 시 지어 한 마디 올리니
幸荷容滓賤	행여나 천한 나 용서해 줄지.
市梓與募工	재목 사고 공인(工人)도 불러모으니
一一得其便	하나하나 모두들 편리하게 되었네.
不日美事成	며칠 안되어 좋은 일 이루어내니
非徒會稽箭	회계(會稽)에서 나는 화살보다 아름답다네.
况復送京師	하물며 인쇄한 책을 서울로 보내어
藏之先聖殿	선성(先聖)을 모신 집에 감추었네.
吾曺誰不喜	우리들 누가 기뻐하지 않으리
共賀文風扇	문풍(文風)이 일어남을 함께 축하했네.
今玆牧南民	지금 남쪽 지방 목민관 되어

朱幡赴侯甸　　붉은 깃발 내세우고 김해로 떠나네.
儒宗益齋公　　유학자의 영수인 익재공께서
詩酒來相餞　　시와 술 갖고 와서 전송하구나.
挑燈更唱酬　　등불을 돋우어 켜고 서로 창수(唱酬)하고
論情極歡宴　　정의를 논하며 즐거운 잔치 열었네.
美哉君之行　　아름다워라, 군자의 한 일
紅陽駕飛燕　　홍양(紅陽)이 날아가는 제비를 탄 듯.
化行民無事　　덕화(德化)가 행해지자 백성이 일이 없어
游樂巡邑縣　　고을을 순행하며 노닐며 즐기네.
須勸陜遨頭　　모름지기 수령에게 권하여
遺板盡輸轉　　책판(冊板)도 모두 실어 옮겼으면.
應感拙齋翁　　아마도 감명 받은 최졸옹은
九泉淚如霰　　저승에서 눈물이 싸라기눈처럼 흩어지리.

-閔思平(1295～1359), 《及菴詩集》 卷1-

부벽루에서
浮碧樓*

昨過永明寺　　어제 영명사를 지나다가
暫登浮碧樓　　잠깐 부벽루에 올랐네.
城空月一片　　빈 성터엔 조각달만 떠 있고,
石老雲千秋　　이끼 낀 돌에는 천년 구름 흐르네.
麟馬去不返　　인마(麟馬; 東明王이 타던 말)는 떠나 돌아오지 않는데
天孫何處遊　　왕손은 어느 곳에 노니는가?
長嘯依風磴　　휘파람 길게 내쉬며 난간에 의지해 섰으니
山青江自流　　산은 푸르고 강물만 절로 흘러가네.

-李穡(1328～1396), 《牧隱詩藁》 卷2-

* 영원한 자연 앞에 순간적인 인간사를 회고한 회고시이다. 중국 사신들이 우리 나라에 와서 浮碧樓에 걸려 있는 다른 시들은 모두 철거시켰지만, 이 시만은 남겨 두고 높이 평가했다는 일화가 있다. 그리고 申緯는 이 시와 鄭知常의 「送人」 시를 들어 이색의 雄豪, 정지상의 艶逸함을 비교하면 "위대한 장부 앞에 요조숙녀와 같다."(長嘯牧翁依風磴 綠波添淚鄭知常 雄豪艶逸難上下 偉大夫前窈窕娘. 申緯, 「東人論詩絶句」)고 평했다.

봄
春

春雨細不滴　　봄비가 부슬부슬 방울 듣지 않더니
夜中微有聲　　밤중에야 가느다랗게 소리 들리네.
雪盡南溪漲　　눈 녹아 앞 시냇물 불었으리니
草芽多少生　　새 싹은 얼마쯤 돋아났는지.

-鄭夢周(1337～1392), 《圃隱集》 卷2-

정사년 3월 우중에 의성 북루에 올라서
丁巳三月雨中登義城北樓

客心今日轉凄然　　나그네 마음 오늘 따라 더욱 처량하여
臨水登山瘴海邊　　물가에 가고 산에 오르니 바다 기운 으스스.
腹裡有書還誤國　　뱃속에 글 있으나 나랏일 그르치고
囊中無藥可延年　　주머니 속에는 연명할 약이 없구나.
龍愁歲暮藏深壑　　저문 해 용의 수심 깊은 골에 감춰 있고
鶴喜秋晴上碧天　　개인 가을 학의 기쁨 푸른 하늘에 올라가네.
手折菊花聊一醉　　손수 국화 꺾어 한 잔 술에 취하니
美人如玉隔雲煙　　옥과 같은 그 임은 구름 저쪽 멀리 있네.

-鄭夢周(1337～1392), 《圃隱集》 卷2-

복주에서 앵두를 먹으면서
復州食櫻桃

五月遼東暑氣微　오월이라 요동 땅 더운 기운 미미할 때
櫂桃初熟壓低枝　갓 익은 앵두 낮은 가지 눌러 있네.
嘗新客路還腸斷　새맛 보는 나그네길 애가 끊어지니
不及吾君薦廟時　우리 임금 사당에 올리지 못함일세.

-鄭夢周(1337～1392),《圃隱集》卷1-

객지의 회포를 풀다
客中自遣

天地容吾輩　하늘 땅은 우리들을 용납하지만
光陰負老夫　세월이 늙은 나를 저버리는구나.
簪花羞短髮　잠화는 짧아진 머리터럭에 부끄럽고
丸藥養殘軀　환약은 노쇠한 몸 도와주네.
風雨歸舟少　바람비에 돌아가는 배는 적고
江湖客枕孤　강호에 나그네 베개 외로워라.
終然爲君父　내내 군부를 위하느라고
不得念妻孥　처자의 생각은 할 수가 없네.

-鄭夢周(1337～1392),《圃隱集》卷1-

절에 쓰다
題僧舍*

山北山南細路分　산 북쪽 산 남쪽 오솔길이 갈렸는데,
松花含雨落繽紛　소나무 꽃이 비 머금고 어지러이 떨어지네.
道人汲水歸茅舍　도인(道人)이 물을 길어 모옥(茅屋)으로 돌아가니

一帶青煙染白雲　한 줄기 푸른 연기 흰 구름을 물들이네.

-李崇仁(1349~1392),《陶隱集》卷4-

* 이색이 이 시를 보고 아주 唐詩에 가깝다고 하자, 그의 명성이 높아지게 되었다고 한다. 마치 한 폭의 동양화를 감상하는 것과 같은 참신한 이미지의 시이기 때문이다. 특히 그의 「嗚呼島」시는 워낙 뛰어난 작품이라, 정도전이 시기하여 그를 죽였다는 일화를 남기고 있다.

뜻을 말함
述志

臨溪茅屋獨閑居　시냇가 초당에 한가로이 사노라니
月白風淸興有餘　달 밝고 바람 맑아 흥겨웁구나.
外客不來山鳥語　찾아오는 손님 없이 산새만 지저귀니
移床竹塢臥看書　대숲아래 평상 옮겨놓고 누워서 책 읽네.

-吉再(1353~1419),《冶隱先生言行拾遺》卷上-

김거사의 별장을 찾아서
訪金居士野居

秋陰漠漠四山空　가을 구름 아득하고 온 산은 비었는데
落葉無聲滿地紅　지는 잎 소리 없이 땅에 가득 붉어서라.
立馬溪邊*問歸路　시냇가에 말 세우고 길을 묻노라니
不知身在畫圖中　이 내 몸은 그림 속에 있는지 알지 못하겠노라.

-鄭道傳(1342~1398)-

* 《三峰集》卷2에는 '溪橋'라 되어 있고 다른 책에는 '溪邊'으로 되어 있다.

영월군루에서 지음
寧越郡樓作

一自寃禽出帝宮	한 맺힌 두견새가 궁중에서 한번 쫓겨나자
孤身隻影碧山中	혈혈단신 외로이 푸른 산 속 헤매네.
假眠夜夜眠無假	눈 감아도 밤마다 잠 이루지 못하고
窮恨年年恨不窮	깊은 한은 해마다 갈수록 끝이 없네.
聲斷曉岑殘月白	울음 지친 새벽 메에 지는 달 밝고
血流春谷落花紅	피눈물 흘리는 골짜기에 지는 꽃이 붉구나.
天聾尙未聞哀訴	하늘은 귀머거린가 이 애소(哀訴) 듣지 못하고서
何奈愁人耳獨聰	어찌하여 시름겨운 내 귀에만 들리는고?

-端宗, 《莊陵志》 卷1-

위천에서 낚시질하는 그림을 보고
渭川釣漁圖

風雨蕭蕭拂釣磯	비바람 쓸쓸히 낚시터에 불어오니
渭川魚鳥識忘機	위천(渭川)의 어조(魚鳥)들도 세상사를 다 잊었네.
如何老作鷹揚將	어찌하여 늘그막에 용맹스런 장수되어
空使夷齊餓採薇	공연히 백이 숙제를 수양산에서 굶어죽게 했는가.

-金時習(1435~1493), 姜斅錫의 《大東奇聞》에서-

백이 · 숙제
伯夷叔齊*

當年叩馬敢言非	말고삐를 부여잡고 그르다고 간하던 때
大義堂堂日月輝	당당한 그 대의(大義)는 일월처럼 빛나건만
草木亦霑周雨露	초목일망정 그 역시 주나라 우로(雨露)에 자랐으니

愧君猶食首陽薇　부끄럽구나, 그대의 수양산 고사리 캐어 먹은 일.

-成三問(1418～1456)-

*《成謹甫先生集》卷1에는 제목이「灤河祠」로 되어 있다.

영해부에서 목은을 회상함
寧海府懷牧隱 三首

無稼亭*中和氏璞　무가정 안에는 화씨(和氏)의 구슬 감춰 있고
觀魚臺下北溟鯤　관어대 아래에는 북명(北溟)의 곤어(鯤魚) 노니네.
自從擺袖遊燕薊　소매를 떨치고 연경에 놀고부터
雲夢區區不足呑　운몽(雲夢)도 구구해서 삼킬 것 못 되네.

滄海東頭不識儒　푸른 바다 동쪽 나라 선비를 몰라서
千年間氣只塊蘇　천년 동안 쌓은 기운 더러운 풍습뿐이었네.
先生一出爲人瑞　선생이 태어나서 사람의 상서되니
從此丹陽草木枯　이로부터 영해의 초목이 다 말랐네.

師友淵源絶後前　사우의 연원이 선생 같은 이 없으니
青丘人物盡陶甄　우리 나라 인물을 교화하고 양성했네.
如今謾過軒渠地　내 오늘 부질없이 선생 자라던 곳 지나니
恨不同時一執鞭　같은 시대에 태어나서 모시지 못함이 한스럽네.

-金宗直(1431～1492),《佔畢齋詩集》卷3-

* 牧隱宅基, 在府東二里許, 公之初度處也. 公嘗築無稼亭于宅後小麓, 遺址在焉. 김종직은 '無稼亭'이라 했지만 목은 후손들은 '務稼亭'이라고 한다.

독서
讀書*

讀書當日志經綸	독서하던 당시엔 세상 다스리는 일에 뜻 두었건만
歲暮還甘顔氏貧	늘그막에 안회(顔回)의 가난을 달갑게 여기네.
富貴有爭難下手	부귀는 서로 다투니 손쓰기 어렵고
林泉無禁可安身	자연은 금할 이 없으니 편히 쉴 수 있겠네.
採山釣水堪充腹	나물 캐고 고기 낚아 배 채울 만 하고
咏月吟風足暢神	달을 노래하고 바람 읊어 정신이 맑아지네.
學到不疑知快活	학문이 의심 없는 경지 되어야 쾌활함을 아나니
免敎虛作百年人	헛되이 한 평생 보낸 사람 면하게 되네.

-徐敬德(1489～1546)-

*《花潭先生文集》卷1에는 제목이 「述懷」임.

백마강에서
白馬江

百年文物總成丘	그 옛날 백제 문물 폐허가 되었으니
歌舞烟沈杜宇愁	노래와 춤은 사라지고 두견만 슬피 우네.
投馬有臺雲寂寂	조룡대 남아 있어 구름만 적적하고
落花無跡水悠悠	낙화는 자취 없고 강물만 유유히 흐르네.
孤舟白髮傷時淚	외로운 배의 이 늙은이 시대를 근심하는 눈물이요
一笛*青山故國秋	청산에서 들려오는 피리소리에 고국의 가을이네.
欲弔忠魂何處是	충혼을 위로하고 싶지만 어느 곳에 찾을꼬?
令人長憶五湖舟	공명 떠나 오호에 노닌 범려가 부럽네.

-宋翼弼(1534～1599)-

*《龜峰集》卷2에는 '一笛'이 '一篴'으로 되어 있다.

화석정에서
花石亭*

林亭秋已晩　　숲 속 정자에 가을이 이미 깊으니
騷客意無窮　　시인의 상념이 끝이 없어라.
遠水連天碧　　멀리 흐르는 강물은 하늘에 잇닿아 푸르고
霜楓向日紅　　서리맞은 단풍은 햇빛 받아 붉구나.
山吐孤輪月　　산은 외로운 달을 토해내고
江含萬里風　　강은 만 리의 바람 머금었네.
塞鴻何處去　　변방의 기러기는 어디로 가는가
聲斷暮雲中　　저녁 구름 속으로 사라지는 그 소리.

-李珥(1536~1584),《栗谷全書》卷1-

* 8세에 지음

산사에서 밤에 읊음
山寺夜吟

蕭蕭落木聲　　우수수 떨어지는 나뭇잎 소리를
錯認爲踈雨　　성긴 비 소리로 잘못 알고서
呼僧出門看　　중을 불러 창밖에 나가 보랬더니
月掛溪南樹　　시냇가 나뭇가지에 달만 걸렸다네.

-鄭澈(1536~1593),《松江續集》卷1-

제목을 잃음 십운 칠언배율
失題十韻 七言排律*

識面曾從一命初　　일명(一命)의 처음부터 면식이 있어
同憂同樂十年餘　　우락(憂樂)을 함께 하기 십여 년일세.

危言古劍開霜匣　바른 말은 옛 칼이 갑을 열고 나오는 듯
直氣明虹射碧虛　곧은 기운은 무지개가 푸른 허공을 쏘는 듯.
眼目豈徒穿禹貢　안목(眼目)은 어찌 우공(禹貢)만을 꿰뚫었으랴
股肱終始捍皇輿　팔 다리 되어 시종토록 왕성(王城)을 방위했네.
貧同原憲室懸磬　가난은 원헌(原憲) 같아 온 집이 텅 비었고
淸似鄴候家滿書　청빈함은 업후(鄴候) 같아 책만 집에 가득하네.
萬事好違惟道合　만사가 잘 틀려도 오직 도(道)엔 어울리고
半生多口與世疏　반생동안 구설 많아서 세상과 멀어졌도다.
麒麟縱被人間縶　기린(麒麟)이 비록 인간에 얽매였다 하지만
金石寧爲衆楚沮　금석(金石) 같은 마음 어찌 뭇사람에게 흔들리랴.
末世風埃心古昔　말로(末路)의 풍진에도 마음은 옛대로요
旅遊簪組夢鄕閭　벼슬길에 나들지만 꿈은 항시 고향이라오.
無醫未起膏肓疾　의원 없어 고황(膏肓)의 병을 못 낫게 하니
有淚空沾嶺海裾　눈물이 영해(嶺海)의 옷깃을 적시누나.
盈筐謏驚箴儆切　상자에 가득 찬 훈계도 절실하지만
伏苫何耐典刑如　점석(苫席)에 엎딘 아들 전형(典刑)이 똑같구려.
生難相訣死難餞　살아선 영결(永訣) 못하고 죽어선 전별 못하니
此恨茫茫何日除　무궁한 이내 한이 어느 날 없어질꼬?

-鄭澈(1536～1593),《松江續集》卷1-

* 排律은 1 · 2句를 起聯, 3 · 4句를 頷聯, 5 · 6句를 頸聯, 7 · 8句를 腹聯, 9 · 10句를 後聯, 11 · 12句를 尾聯이라 한다. 唐代 進士科에 詩賦의 科目이 있었는데, 거기서는 五言 12句의 排律을 짓게 했다. 그러나 杜甫, 白居易, 元稹 등의 시에서 보듯, 七言으로 짓는 排律도 있고 句數도 제한이 없다. 다만, 모두 對語聯句가 되도록 하는 것이 원칙이다.

불일암에서 인운스님에게
佛日庵贈因雲釋

寺在白雲中	흰 구름 속에 절이 있으니
白雲僧不掃	흰 구름을 스님은 쓸지를 않네.
客來門始開	손님이 와서야 문 열어 보니
萬壑松花老	온 골짜기의 송화만 쇠했구려.

-李達(1561～1618),《蓀谷詩集》卷5-

송강 묘를 지나다가 느낌이 있어서
過松江墓有感

空山木落雨蕭蕭	빈 산에 잎은 지고 비는 부슬부슬
相國風流此寂寥	한 세상 풍류 재상 여기에 묻혔네.
惆悵一杯難更進	애닯다, 한 잔 술을 올리기 어려우니
昔年歌曲卽今朝	옛날의 그 노래 오늘 두고 이름인가.

-權韠(1569～1613),《石州集》卷7-

4월 15일
四月十五日

四月十五日	사월이라 보름날
平明家家哭	새벽부터 집집마다 곡하는 소리
天地變蕭瑟	천지는 변하여 스산하고
凄風振林木	처량한 바람 숲을 뒤흔드네.
驚怪問老吏	깜짝 놀라 늙은 아전에게 묻기를
哭聲何慘怛	"곡소리 왜 저리도 구슬프냐?"

壬辰海賊至　　“임진년에 왜놈들 쳐들어와서
是日城陷沒　　이 날에 동래성이 함락됐지요.
惟時宋使君　　그 때에 우리 원님 송상현(宋象賢)께서
堅壁守忠節　　성문을 굳게 닫고 충절을 지켰지요.
闔境驅入城　　온 고을 백성들과 성 안에 몰려들어
同時化爲血　　한날 한시에 피바다 되었지요.
投身積屍底　　시체 더미 밑에 몸을 숨겨서
千百遺一二　　천 백 명에 한 둘이 살아남았죠.
所以逢是日　　그 때문에 이 날이 다가오면
設奠哭其死　　제물 차려 놓고 죽은 이에 곡하죠.
父或哭其子　　아비가 자식 위해 곡하는 이도 있고
子或哭其父　　자식이 아비 위해 곡하는 이도 있으며
祖或哭其孫　　할아비가 손자 위해 곡하는 이도 있고
孫或哭其祖　　손자가 할아비 위해 곡하는 이도 있으며
亦有母哭女　　어미 또한 딸을 위해 곡하는 이도 있고
亦有女哭母　　딸애 또한 어미 위해 곡하는 이도 있으며
亦有婦哭夫　　아내 또한 남편 위해 곡하는 이도 있고
亦有夫哭婦　　남편 또한 아내 위해 곡하는 이도 있으며
兄弟與姊妹　　형이고 아우고 언니 동생 할 것 없이
有生皆哭之　　산 사람이면 누구나 죽은 이 위해 곡하지요.”
蹙頞聽未終　　이마를 찌푸리고 다 듣지를 못해
涕泗忽交頤　　눈물이 갑자기 양 턱에 흐르네.
吏乃前致詞　　아전이 앞에 나와 아뢰는 말이
有哭猶未悲　　“곡할 이 있는 이는 그래도 안 슬퍼요.
幾多白刃下　　시퍼런 칼날 아래 모두 죽어서
擧族無哭者　　온 가족 곡할 이 없는 이 얼마나 많다고요.”

-李安訥(1571～1637),《東岳集》卷8,「萊山錄」-

* 李安訥이 동래부사로 부임하여 1592년 4월 15일에 지은 오언고시이다.

촉석루에서
矗石樓

晋陽城外水東流　진양성 밖 남강물은 동쪽으로 흐르는데
叢竹芳蘭綠映洲　빼곡한 대숲과 향그러운 난초 물에 비춰 푸르른 곳.
天地報君三壯士　천지에는 임금께 보답하는 '삼 장사' 있고
江山留客一高樓　강산은 나그네 머물게 하는 한 누각 섰네.
歌屛日暖潛鮫舞　노래 자리 햇발 따사롭자 교룡이 춤추고
劍幕霜侵宿鷺愁　장막에 서리 기운 치니 자던 백로 근심하네.
南望斗邊*無戰氣　남쪽 하늘 바라보자 난리 기운 없어졌으니
將壇笳鼓伴春遊　지휘대의 북·피리로 봄놀이 하자꾸나.

-申維翰(1681~1751),《青泉集》卷1-

*《청천집》에는 '斗邊'으로 되어 있으나, 口傳에는 '斗虛'로 많이 읽고 있다.

의병장 안중근이 나라의 원수를 갚았다는 소식을 듣고
聞義兵將安重根報國讐事

平安壯士目雙張　평안도 장사 두 눈을 부릅뜨고
快殺邦讐似殺羊　나라원수 죽이길 양 잡아죽이듯.
未死得聞消息好　죽기 전에 이 좋은 소식 하도 반가와
狂歌亂舞菊花傍　국화 옆에 덩실덩실 춤추며 노래 부르노라.

海參港裏鶻摩空　해삼항(海參港) 하늘에 송골매처럼 맴돌더니
哈爾濱頭霹火紅　하얼빈 역에 와서 번갯불 터뜨렸네.
多少六洲豪健客　온 세상 호걸들 이 소식 듣는 순간
一時匙箸落秋風　일시에 추풍 낙엽처럼 수저 떨어뜨렸네.

從古何嘗國不亡　예로부터 망하지 않는 나라 있을까마는
纖兒一例壞金湯　어린애 같은 왜놈이 금성탕지(金城湯池) 망치다니
但令得此撐天手　그래도 하늘을 치받드는 이런 분이 있어
却是亡時也有光　도리어 나라 망할 때에 광채가 있네.

-金澤榮(1850~1927), 《韶濩堂詩集定本》 卷4-

목숨을 끊으려 하면서
絶命

亂離滾到白頭年　난리를 겪으면서 백발이 된 나이
幾合捐生却未然　몇 번이나 죽으려도 뜻을 못 이루었네.
今日眞成無可奈　이제는 참으로 어쩔 수 없으니
輝輝風燭照蒼天　빛나는 촛불만이 창천(蒼天)에 비추네.

妖氛晻翳帝星移　요기(妖氣)가 음산하고 제성(帝星)이 옮겨
九闕沈沈晝漏遲　구궐(九闕)은 침침하고 시간은 멈춘 듯.
詔勅從今無復有　조칙(詔勅)도 이제부터 마지막이라
琳琅一紙淚千絲　조서 한 장 읽는 순간 천 가닥 눈물.

鳥獸哀鳴海嶽嚬　새 · 짐승 슬피 울고 강산(江山)도 찡그리니
槿花世界已沈淪　무궁화 이 강산이 망하고 말았구나.
秋灯掩卷懷千古　읽던 책 덮고서 지난 옛 일 생각하니
難作人間識字人　글 읽은 사람구실 진정 어려워.

曾無支廈半椽功　일찍 나라 위한 작은 공(功)도 없었으니
只是成仁不是忠　이 죽음 인(仁)일망정 충(忠)은 못되네.
止竟僅能追尹穀　마침내 윤곡(尹穀)처럼 절의는 지켰으나

當時愧不踽陳東　진작 진동(陳東)같이 직간 못한 것 부끄러워라.

-黃玹(1855~1910),《梅泉詩集》卷2-

가락의 회고
駕洛懷古

人文從古地靈開　예로부터 인문(人文)은 지령(地靈)에서 나오나니
許宋曺盧不乏才　허(許)·송(宋)·조(曺)·노씨(盧氏)들 인재가 끊이지 않네.
誰識櫟翁千世上　누가 알랴, 역옹(櫟翁)같은 유명한 선비가
也曾於此降生來　일찍이 이곳에서 태어난 것을.

-曺兢燮,「駕洛懷古」五首 중 제3수-

서간(書簡)

정자중[1]에게 삼가 답함 정생원 산중의 탑상에
子中拜復 鄭生員 山榻

봄이 다 가도록 소식을 듣지 못해 매우 간절히 생각했더니, 마침 중[僧]이 오는 편에 가지고 온 편지를 받고 근황을 자세히 들었습니다. 세상의 속무(俗務)에 얽매임을 벗어나 고요한 산 속에 들어가 공부에 얻는 바가 보통에 비할 바가 아니라고 하니 나로 하여금 부럽기가 한이 없습니다.

보낸 편지에 이른바 "집안 살림살이를 맡아 도리어 얽매이는 바가 되어 학문의 공부가 점점 못해가므로, 이로 인해 반성하고 깨달아 용감하게 고칠 것을 생각했다"는 것은 그 뜻이 매우 좋고도 좋습니다. 그러나 내 생각으로는 그래도 아직 미진한 것이 있습니다. 일찍이 듣건대 옛 사람이 학문을 한다는 것은 반드시 효제(孝悌) · 충신(忠信)에 근본을 두고 차례로 천하 만사의 본성을 극진히 궁구하여 만물 이치의 극진한 데까지 이른다고 합니다.[2] 대개 대체(大體)는 포함하지 않는 것이 없으나 그 중에서 가장 먼저 해야 하고 가장 주된 것은 무엇보다도 가정에서 응대(應對)하는 데 있습니다. 그러므로 "근본이 서야 도(道)가 생긴다"고 했습니다.

그런데 지금 집안 살림살이를 맡음으로써 학문을 하는데 방해가 된다고 하는 것은 옛 사람이 말한 것과 다르지 않습니까? 그렇다면 집안 일을 맡은 것이란 혹시 의리(義理)는 없고 영위(營爲)하는 데 주력했기 때

---

1) 정자중(鄭子中, 1533~1576); 이름은 정유일(鄭惟一), 자는 자중, 호는 문봉(文峰), 퇴계문인.

2) 천하 … 합니다; 《주역(周易) · 설괘전(說卦傳)》 제1장에 "만물의 이치와 본성을 극진히 궁구하여 만물 변화의 이치에까지 이른다(窮理盡性 以至於命)"는 글에서 나온 것.

문에 차츰 이렇게 얽매이게 된 것이 아닌가요?

바라건대 그 형식적인 명분만을 고치지 말고 실제 하고 있는 일의 내용을 고쳐서 부모님의 뜻을 잘 받들고 즐겁게 봉양하는 여가에, 모든 일에 오직 의리가 있는 바대로 다하면 그 전에 영위하던 바도 반드시 그 가운데 있지 않다고 못할 것입니다. 그리고 그 상세한 절목(節目)은 책에 모두 잘 나타나 있으니 그것을 살펴 선택해서 힘껏 실행하기 여하(如何)에 달려 있을 것입니다. 다만 두려운 것은, 지금 "갑자기 감했다"는 것은 후일에도 그렇지 않으리라고 보장할 수 없을 것이니, 옛 성현이 경계한 바, "들판에 난 불이 다 꺼지지 않아서 봄바람이 불면 되살아난다"[3]는 것과 같을까 함입니다.

황(滉)은 병이 여전하여 책을 읽고 몸소 실천하는데 모두 충분히 힘을 다하지 못하고, 또 벗들과 절차탁마(切磋琢磨)하는 도움도 없으니 때때로 생각해 보면 어찌할 바를 모르겠습니다.

《주자서(朱子書)》는 지금 거의 다 베껴 써 갑니다. 다만 김언우(金彦遇)의 형제가 나누어간 두세 권은 아직 다 쓰지 못했습니다. 한 사람이 써올 때마다 원본과 대조하여 교정하니 병중(病中)에 심력(心力)이 무척 소모됩니다. 그러나 이로 인해서 친절한 학문을 엿보는 것도 없지 않으니, 참으로 성현(聖賢)이 나를 속이지 않는다는 것을 깨달았으나 이를 글로 표현하여 남에게 알리기가 어렵습니다. 또 하늘이 나에게 몇 년이나 더 나이를 연장해 주어 노경(老境)의 공부를 할 수 있게 할지 알 수 없습니다.

"마음이 태극(太極)이 된다"[4]라는 것은 바로 이른바 '인극(人極)'[5]을 의미합니다. 이 이치는 물아(物我)의 구분이 없고, 내외의 구분도 없으며, 단계의 나누어짐도 없고, 방체(方體)의 한계도 없어 바야흐로 고요히 있을 때에는 혼연(渾然)히 모든 이치가 갖추어져 이것이 한 근본이 되니, 참으로 이치가 마음에 있고 사물에도 있는 구분이 없습니다. 그러나 그

---

3) 들판에 … 되살아난다; 당(唐) 백거이(白居易)의 시에 나오는 말인데, 주자(朱子)가 학자들을 경계하기 위해서 인용했으므로 이를 말했다.

4) 마음이 … 된다; 송(宋)나라 소옹(邵雍)의 《계몽(啓蒙)》에 나오는 말.

5) 인극(人極); 송나라 주돈이(周敦頤)의 「태극도설(太極圖說)」에 나오는 말.

것이 움직여 사물과 접하게 됨에 미쳐서 사물마다의 이치는 바로 내 마음 속에 본래부터 갖추고 있는 이치입니다. 다만 마음이 주재(主宰)가 되어 각각 그 법칙에 따라 응해가는 것이니, 어찌 내 마음으로부터 밀쳐 나온 후에 사물의 이치가 되겠습니까? 북계(北溪)[6]는 주자(朱子)의 문하에서 이치를 가장 정통하게 연구한 사람인데, 어찌 이 이치를 모르고 말했겠습니까? 다만 여기에 '출(出)' 한 자를[7] 써넣은 것이 보낸 편지에서 의문을 제기한 것처럼 약간의 혐의가 있을 수 있으나 그것은 표현상의 작은 흠입니다. 그러므로 이 글을 잘 파악하는 사람은 내 자신의 생각으로 남의 뜻을 미루어 이해하면 저절로 막힘이 없을 것이니, 아마 "마음속에 있는 이치가 조각조각 나누어져 나온다"고 해서는 부당할 듯 합니다. 또 보낸 편지에 "마음속에 있거나 사물에 있거나 간에 다만 하나의 이치이다"고 한 것은 맞는 말입니다. 다만 또 이르기를 "이른바 하나의 근본[一本]이란 것은 이치의 총체를 가리킨 것이요, 마음속에 있는 것을 가리킨 것이 아니다"고 했으니, 대저 먼저 하나의 이치라고 했으면 이치의 총체가 마음속에 있지 않고, 또 다시 어디에 있어야 합니까? 다만 마땅히 마음 속에 있거나 사물에 있거나 본래 두 가지가 아니라는 것에 분명히 융통한 연후에야 비로소 참으로 안다고 할 수 있을 것입니다. 만약 그렇게 하지 않고 함부로 "다만 하나의 이치다"라고 한다면, 아마도 하나의 근본에서 만 가지로 나누어진다는 문제에 아직 명료하게 터득하지 못한 점이 있다고 하겠습니다. 이 때문에 내가 전일에 매양 '이(理)' 자의 뜻을 알기가 어렵다고 한 것이니, 어떻게 생각합니까?

《통서(通書)》[8]에 "어리석은 자는 현명한 자에게 배운다."와 "내실을

---

6) 북계(北溪); 송나라 진순(陳淳)의 호. 자는 안경(安卿).
7) 출(出) 한 자를; 북계가 '출(出)' 한 자를 써넣었다는 내용을 요약하면 다음과 같다. 즉 "마음이 태극이 된다는 것은 만 가지 이치가 내 마음 속에 다 모여 이 마음이 하나로 뭉쳐서 한 개의 이치일 뿐인데, 이 도리가 유행해 나와서[出] 사물에 응접할 때 천 가지 만 갈래가 각각 하나의 태극이다."는 것이다. 마음에 있는 이치가 밀쳐 나온 후에 사물에 응접한다고 하면 사물에는 이치가 없다는 것으로 되기 때문에 문제가 있다는 것이다.

돈독히 하여 문사로 글을 쓴다."는 것과 주자(朱子)의 "체(體)에는 '편(偏)'과 '정(正)'이 있다"는 이론은 보낸 편지에 이미 이치를 깨쳤습니다만, "기미(幾微)는 저기[彼]에서 움직이고 성실(誠實)은 여기[此]에서 움직인다"고한 '저'와 '이'의 두 글자는 과연 의심스럽습니다. 내 생각에는 '기미'란 움직임이 매우 은미한 것인데 사물에 감촉해서 움직이기 때문에 기미에 대해서는 '저'라고 하고, 성실은 이치의 실체로 안으로부터 발해 나가기 때문에 성실에 대해서는 '이'라고 했을 것입니다.

"선(善)에 미치지 못함이 있다면"이라고 한 것은 가정으로 물은 것이니, 그 아래에 마땅히 "어떻게 해야 하는가"등의 말이 있어야 할 것인데, 지금 이 말이 없으니, 이는 주렴계(周濂溪)의 입언(立言)이 지나치게 간결한 곳입니다. 그러나 이는 우리나라 사람이 '토(吐)'를 달아서 읽기 때문에 어려울 뿐이지, 만약 중국인들처럼 '토'를 다는 구애가 없다면, 다만 "선에 미치지 못함이 있다면"이란 구절 뒤에 곧 "말하기를…"이란 이하의 글을 이어도 뭐 잘못이 있겠습니까? 그러므로 지금 이렇게 읽으면 별일이 없을 것입니다. 그 "이에 어긋나지 않는다"는 것도 역시 마찬가지입니다. 《통서(通書)·동정편(動靜篇)》의 첫 절(節)과 다음 절은 다만 '형이상(形而上)'과 '형이하(形而下)'를 나누어서, 방체(方體)가 있는 것은 막힘이 있고, 형기(形器)에 초월하는 것은 헤아릴 수 없다고 말한 것인데, 지금 분수의 일정함과 운명의 유행으로 말하는 것은 아마도 거북할 것 같습니다. 주해(註解)의 설명을 자세히 음미해 보면 알 수 있을 것입니다. 그러나 무릇 이런 것들은 모두 나의 망령스러운 견해로 경솔히 답하는 것이어서 옳은 것인지, 그른 것인지 알 수 없습니다. 만약 이치에 어긋나는 것이 있으면 모두 도로 가르쳐 주어 강론(講論)에 보탬이 되게 해주십시오.

---

8) 통서(通書); 송의 주돈이가 지은《太極通書》를 말함. 인용문은《통서(通書)》「사편(師篇)」 제5절 "闇者求於明",「사편(師篇)」"幾動於彼 誠動於此",「애경편(愛敬篇)」"設問二節",「동정편(動靜篇)」 수절(首節)의 "分言之一定而不易也", 차절(次節)의 "命之流行而不已也",「문사편(文辭篇)」의 "篤其實而藝者書之".

이상(李相)의 소(疏)와 예물은 지금 도곡(道谷) 여소(廬所)에 있으니. 되는대로 보내겠습니다. 형의 아들 건(蹇)이 창소(昌所) 대촌(大村)에 기다리고 있다 하는데, 공(公)이 사는 마을과 아주 가까우니 이 조카 편에 전하겠습니다. 지금부터 공(公) 역시 문의할 것이 있으면 번거로이 일부러 사람을 보내지 말고, 다만 이 조카 편에 부탁하면 전하지 않음이 없을 것입니다.

사람이 와서 곧 답장을 요구하므로 갑자기 하고 싶은 말을 이와 같이 다하지 못하고 편지 역시 이로 해서 초략(草略)하여 거의 뜻을 다하지 못하고 위와 같이 전하니 이상히 여길 것이 없습니다. 전에 보내어 온 첩자(帖子)는 대강 손보아 보내니 잘 받으시기 바랍니다. 다만 힘써 공부하여 나의 기대에 어긋나지 않기를 바라며. 삼가 답합니다.

병진(丙辰, 1556) 4월 11일 황(滉)은 백(白).

재호(齋號)의 부탁은 잘 들었으나 지금 역시 여가가 없어 아직 써 보내지 못합니다.

* 이 편지는 퇴계 선생의 친필본 서찰을 번역한 것이다. 십 수 년 전에 어떤 사람이 경찰공무원의 소장본이라고 하면서 번역을 부탁하기에 바쁜 시간에 쫓겨 대충 번역을 해 주었으나, 지금 보니 표현상 못 마땅한 곳이 더러 있어 다시 정리했다. 이 서찰은 《퇴계선생문집》에 실려 있는 것과 상당히 차이가 있다. 문집 교정 정도와 문헌학상 좋은 참고 자료가 될 것 같아 선생의 친필본대로 번역했다.(1999년 1월 18일)

春盡不得聞問 (懸想殊極) 僧來 辱教 承悉 近況 (脫去俗累 入山靜處所 得不比尋常 令人跂羨無已) 所 云承 家幹蠱 不免反爲所累 (覺得學問之工漸鑠) 因此省悟 思所以 勇改者(此意)甚善(甚善) 然於愚意 猶有所未盡也 蓋嘗聞之 古人所以爲學者 必本於孝悌忠信 以次而及於天下萬事盡性至命之極 蓋其大體 無所不包 而其最先最主(主字 대신 急字임)者 尤在於家庭唯諾之際 故本立而道生 今以 幹蠱之故 至妨於爲學之工(工字 대신 功字임) 無乃與古所云者 有異乎 然則其所以承幹者 得無(緩字 첨

가)於義理而主(主字 대신 急字임)於營爲 故馴至於此耶 請無改其名 而改其所從事之實 自承順 懽奉之餘 一切唯盡義理之所在 則其向所營爲者 未必不在其中矣 如其節目之詳 具在方冊 在 審擇而力行之如何耳 所可懼者今之所謂頓減者 不能保於後日 (如字 첨가)先正所戒 野火燒不盡 春風吹又生耳 滉 病患如前 讀書躬行 皆不能十分加(加字 대신 用字임)工 又無朋友切磋之益 時復思之 懍惕靡容 朱子書 今幾寫畢 (惟金彦遇兄弟所分三兩卷未寫) 每一人寫來 隨將元本校正 病中頗費心力 然因此不無見到親切處 眞覺聖賢不我欺也 而難形於紙墨以告人 又未知天假幾年於此 做得暮(暮字 대신 晩字임)境工夫也 心爲太極 卽所謂人極者也 此理 無物我無內外 無分段 無方體 方其靜也 渾然全具 是爲一本 固無在心在物之分及其動而應接(應接 대신 應事接物) 事事物物之理 卽吾心本具之理 但心爲主宰 各隨其則而應之 豈待自吾心推出而後 爲事物之理 北溪在朱門 最精於窮理 豈不知此(理)而云哉 但於此 下一出字 似微有如 來喩所疑之嫌乃語言小疵 善讀者 以意逆志 自無所礙 恐不當云自在心者 片片分來也且喩來(來喩로 되어 있음)在心在事 只是一理者善(善字 대신 得字임)矣但又云所謂一本者 指理之總腦處 (而言) 非指在心者 夫旣曰 只是一理則理之總腦 不在於心 更當何在 但須知在心在物 本無二致處分明融(融字 대신 透字임)徹 然後始爲眞知 苟爲不然 謾曰 只一理 則恐於一本萬殊處猶有所未瑩也 此滉前日每云 理字難知者 此也 如何如何 通書闇者求於明篤其實而藝者書 及朱子體有偏正之論 (來喩)皆已得之 幾動於彼 誠動於此 彼此二字 果(爲자 첨가)可疑 鄙意幾者 動之微 感物而動 故於幾言彼誠者 理之實 自內而發 故於誠言此耳 有善不及 爲(爲字 대신 是字임)設問 (其下 첨가)當有如之何等辭 而今無之 此濂溪立語太簡處 然此自吾東人 以辭吐讀之 故爲難(爾字 첨가) 若如漢人 旣無辭吐之拘 則但曰 有善不及 卽係以曰以下之文 有何不可乎 (今當依此讀之便沒事 其爰不差亦同) 動靜首節次節 但以形而上下者分言 有方體者有滞 超形器者莫測之意今以分之一定 命之流行言之 恐未安 熟翫注解說可見 凡此皆以妄(妄字 대신 臆字)見 率易(易字 대신 爾字임)奉告 不知可否 如有悖理 悉以反教

以資講益(幸甚으로 끝남) (李相疏幷儀 今在道谷廬所 從當推送 兄子名騫者 要於昌所大村云 與 仁里切近 當付此姪以傳 自今 公亦欲惠問字 不煩專使 只託此姪 無不傳也 兼亦使來 旋索答書 率遽未究所欲言者如此書亦緣是 草略 殊不盡意 如右傳之 無此慮也 前來帖 粗涴呈納 惟照領所祈勉加進脩 以副此懷 謹復)

丙辰四月十一月 滉白

齋號承悉 今亦未暇耳

-李滉,《退溪先生文集》卷24-

* 괄호 안에 설명이 붙은 것은《퇴계선생문집》에 있는 대로이고, 설명이 없이 괄호만 한 것은 문집에는 누락되고 친필본에만 있는 것임.

잡저(雜著)

화왕계
花王戒

옛날 화왕이 처음 왔을 적에 그 화왕을 향기로운 정원에 심고 푸른 장막으로 보호하였는데, 삼춘(三春)을 당하여 예쁜 꽃이 피니 모든 꽃을 능멸하고 유달리 뛰어났습니다. 이에 멀고 가까운 곳으로부터 아리따운 정혼과 예쁜 꽃들이 모두 화왕을 뵈러 분주히 달려와 혹시나 뒤질세라 서로 앞을 다투었습니다. 문득 한 가인이 붉은 얼굴에 백옥 같은 이로써 곱게 단장하고 깨끗한 옷을 입고 아장아장 걸어와서 얌전히 앞으로 다가가 아뢰었습니다.

"저는 백설 같은 모래 강변을 밟고 거울처럼 맑은 바다를 대하며, 봄비에 목욕하여 때를 씻고, 맑은 바람을 쐬며 마음껏 노니는데, 저의 이름은 장미라고 합니다. 임금님의 높으신 덕망을 듣고 향기로운 침소에서 모실까 하여 찾아왔습니다. 임금님께서는 저를 거두어 주시겠습니까?"

또 한 장부가 베옷에 가죽띠를 띠고 백발을 휘날리며 지팡이를 짚고 천천히 걸어 앞으로 나와 허리를 굽히며 와서 아뢰었습니다.

"저는 서울 밖의 한길 가에 살고 있습니다. 아래로는 넓고 푸른 들판을 굽어보고, 위로는 드높은 산악을 대하고 있는데, 이름을 할미꽃이라고 합니다. 가만히 생각건대 예로부터 위정자는 좌우의 공급이 비록 충분하여 고량진미(膏粱珍味)로 배를 부르게 하고 차와 술로써 정신을 맑게 한다고 하더라도 상자 속에 저장한 것 중에서 마땅히 좋은 약으로는 원기를 도와주고 독한 돌침으로는 병독을 제거해야 하는 것입니다. 때문에 비록 명주실, 삼실로 만든 신이 있다하더라도 솔개, 기름새로 만든 신을 버리지 않는 것이니, 모든 군자는 부족에 대비하지 않는 것이 없다고 합니다. 혹시 임금님께서는 이런 뜻이 있으십니까?”

어떤 이가 옆에 있다가 아뢰기를

“두 사람이 이렇게 왔는데 누구를 취하고 누구를 버리시렵니까?”

화왕은 말하기를

“장부의 말도 또한 도리가 있지만 가인은 얻기가 어려우니, 이를 장차 어떻게 처리하겠는가?”

장부가 나아가서 아뢰기를

“저는 임금님께서 총명하면서 도리를 알 것이라고 여기고 찾아왔습니다. 그런데 이제 뵈오니 그렇지 않습니다. 무릇 임금된 분은 간사하고 아첨하는 자를 가까이 하고 정직한 이를 멀리하지 않는 이가 드뭅니다. 이 때문에 맹자(孟子)는 시대를 만나지 못하고 평생을 마쳤으며, 풍당(馮唐)도 낭관(郎官)에 파묻혀 늙었습니다. 예로부터 이와 같았으니 전들 어찌 하겠습니까?”

그러자 화왕은

“내가 잘못했소, 내가 잘못했소.” 라고 하였습니다.

(唯臣聞) 昔花王之始來也 植之以香園 護之以翠幕 當三春而發艶 凌百花而獨出 於是 自邇及遐 艶艶之靈 夭夭之英 無不奔走上謁 唯恐不及 忽有一佳人 朱顔玉齒 鮮粧靚服 伶俜而來 綽約而前 曰 妾履雪白之沙汀 對鏡淸之海 而沐春雨以去垢 快淸風而自適 其名曰薔薇 聞王之令德 期薦枕於香帷 王其容我乎 又有一丈夫 布衣韋帶 戴白持杖 龍鍾而步 傴僂而來 曰 僕在京成之外 居大道之旁 下臨蒼茫之野景 上倚嵯峨之山色 其名曰白頭翁 竊謂左右供給雖足 膏粱以充腸 茶酒以淸神 巾衍儲藏 須有良藥以補氣 惡石以蠲毒 故曰雖有絲麻 無棄管蒯 凡百君子 無不代匱 不識王亦有意乎 或曰二者之來 何取何捨 花王曰 丈夫之言 亦有道理 而佳人難得 將如之何 丈夫進而言曰 吾謂王聰明 識理義 故來焉耳 今則非也 凡爲君子 鮮不親近邪佞 疎遠正直 是以 孟軻不遇以終身 馮唐郎潛而皓首 自古如此 吾其奈何 花王曰 吾過矣 吾過矣

-《三國史記 · 列傳》卷46, 「薛聰」-

죽부인전
竹夫人傳

부인의 성은 '죽(竹)' 이요, 이름은 '빙(憑)' 이니 위빈(渭濱) 사람 '운(篔)' 의 딸이다. 계보(系譜)는 '창랑(蒼筤)' 씨에서 나왔다. 그 선조가 음률(音律)을 잘 알았기 때문에 황제(皇帝)가 채용하여 음악의 일을 맡아보게 했으니, 우(虞)나라의 '소(簫)' 가 역시 그 후손이다.

창랑(蒼筤)이 곤륜산(崑崙山) 북쪽으로부터 진방(震方)으로 옮겨 복희(伏羲) 때 '위(韋)' 씨와 문적(文籍)을 주관해서 크게 공로가 있어 자손들이 모두 세업을 지켜 사관(史官)이 되었다. 진시황(秦始皇)의 학정(虐政) 때 이사(李斯)의 계책을 써서 책을 불사르고 선비들을 구덩이에 묻어 죽이니, 창랑(蒼筤)의 후손들은 점점 쇠미하게 되었다.

한(漢)나라 때에 이르러 '채륜(蔡倫)' 의 문객 저생(楮生)이란 자가 자못 글을 배워 붓을 가지고 때로 '죽(竹)' 씨와 함께 놀았으나 그 사람은 경박하고 차차 젖어드는 것과 같이 조금씩 오랫동안 무고하는 참소를 좋아하였는데, '죽(竹)' 씨의 강직함을 시기하여 몰래 해쳐 헐뜯어 결국 죽(竹)씨의 직임을 빼앗았다.

주(周)나라 때 '간(竿)' 이라는 이가 있으니, 역시 '죽(竹)' 씨의 후손이다. 태공망(太公望)과 함께 '위빈(渭濱)' 에서 낚시질을 하는데 태공이 낚시의 갈퀴를 만들려 하니 '간(竿)' 은 이것을 보고 말하기를,

"나는 들으니 큰 낚시는 갈퀴가 없다고 합니다. 낚시의 크고 작음이 굽고 곧은 데 달려 있으니, 곧은 낚시는 큰 낚시로 나라를 낚을 수 있고, 굽은 낚시는 작은 고기를 낚는 데 불과합니다."

라고 했다. 태공은 그 말에 따라 후에 과연 문왕의 스승이 되어 제(齊)나라에 책봉을 받았다. 이에 '간(竿)' 의 어짊을 천거하여 위빈(渭濱)으로 식읍(食邑)을 삼게 하니, 이것이 '죽(竹)' 씨가 위빈에서 가문을 일으키게 된 유래이다. 지금도 자손들이 아직 많으니, 림(箖) · 어(箊) · 균(균) · 정(筳)이 그것이다. 양주(楊州)로 옮겨 사는 이는 소(篠) · 탕(簜)이라 하고,

호중(胡中)으로 들어간 이는 봉(篷)이라 한다.

'죽(竹)' 씨는 대개 문(文) · 무(武)의 재능이 있어 대대로 변(籩) · 궤(簋) · 생(笙) · 우(竽)와 같이 예악(禮樂)에 소용되는 것으로부터 활 쏘고 고기 잡는 데 쓰는 작은 도구에 이르기까지 전적(典籍)에 실려 있어 환히 볼 수 있다. 다만 '감(筕)' 은 성품이 지극히 둔하고 속이 막혀 배우지 못하고 죽었다.

'운(篔)' 에 이르러 은거하여 살면서 벼슬하지 않았다. 그에게 한 아우가 있으니, 이름은 '당(簹)' 으로 형과 명성이 비슷했다. 이 형제는 속마음을 비우고 겉으로 몸가짐이 곧았는데, 왕자유(王子猷)와 친했다. 왕자유가 말하기를 "하루도 이 군[此君]이 없이는 살 수 없다."고 하였으므로, 그로 인해 '차군(此君)' 이라 호를 했다. 대저 왕자유는 단정한 사람이었으므로, 벗을 택함에도 반드시 단정한 사람을 택했을 것인즉, 운 · 당의 사람됨을 알 수 있다.

운은 익모(搤母)의 딸에게 장가들어 딸 한 명을 낳으니, 부인(夫人)이 바로 그이다. 부인은 처녀 때 정숙한 자태가 있었다. 이웃에 '의남(宜男)' 이란 자가 있어 음탕한 노래를 지어 마음을 떠보니 부인이 노하여 말하기를,

"남녀가 비록 다르나, 그 절개를 지킴은 같은데 한 번 남에게 절개를 꺾인 바 되면 어찌 다시 세상에 살아 갈 수 있겠는가?"

라 하니, 의생(宜生)은 부끄러워하여 달아나 버렸다. 그러니 어찌 소나 끄는 무리들[牽牛子]이 엿볼 수 있는 바이겠는가?

이미 자라매 송대부(松大夫)가 예로써 청혼(請婚)하니, 부모가 말하기를 "송공(松公)은 군자이다. 그 평소의 조행(操行)이 우리 집안과 서로 짝이 된다"하고 드디어 그에게 시집보내었다. 이 후로 부인의 성품이 날로 견후(堅厚)해져서 때로 일을 당하여 처리함에 있어 민첩하기가 칼로 쪼개는 것과 같았다. 비록 매선(梅仙)의 신의 있음과 이씨(李氏)의 말없는 덕에도 일찍이 돌아보지 않았는데, 하물며 늙은 귤[橘老]과 살구[杏子] 따위에랴?

때로 안개 낀 아침이나 달 밝은 저녁을 만나 바람을 읊고 비를 읊조림에 말쑥한 태도는 무엇으로도 형용할 수 없었다. 일을 좋아하는 사람들이 슬그머니 그 얼굴을 그려 전하여 보배로 삼으니, 문여가(文與可)와 소자첨(蘇子瞻) 같은 이가 더욱 그것을 좋아했다.

송공(松公)은 부인보다 18세 위인데, 말년에 신선(神仙)을 배워 곡성산(穀城山)에서 노닐다가 돌로 화하여 돌아오지 않았다. 부인이 홀로 살면서 가끔《시경(詩經)·위풍(衛風)》을 노래하매 그 마음이 흔들려 걷잡을 수 없었다.

그리하여 성질이 술 마시기를 좋아했다. 역사에 그 해는 잊었으나 5월 13일 청분산(青盆山)으로 집을 옮겨 취(醉)함으로 인해 고갈병을 얻어 결국 고치지 못했다. 병을 얻은 후로 남에게 의지해 살았는데 만년의 절개가 더욱 굳어 향리(鄕里)의 추앙하는 바가 되었다. 삼방절도사(三邦節度使) 유균(惟箘)은 부인(夫人)과 동성(同姓)이므로 부인의 행장으로 나라에 아뢰니 '절부(節婦)'라는 명칭을 주었다.

사씨(史氏)가 말하기를,

"죽씨의 조상이 상고(上古)에 큰 공로가 있었고, 그 후예들이 모두 재능이 있고 절개를 굽히지 않았으므로 세상에 칭찬을 받으니 부인의 어짊이 마땅하다. 아! 군자의 짝이 되고 남의 의지하는 바 되었으나 마침내 후사(後嗣)가 없으니 '천도(天道)가 앎이 없다'는 말이 어찌 거짓말이겠는가?"

-《大學國語》, 부산대학교 출판부, 1986-

夫人姓竹, 名憑, 渭濱人篔之女也. 系出於蒼筤氏, 其先識音律, 黃帝采擢, 而典樂焉. 虞之簫亦其後也. 蒼筤自昆崙之陰, 徙震方, 伏羲時, 與韋氏主文籍, 大有功, 子孫皆守業爲史官. 秦之虐也, 用李斯計, 焚書坑儒, 蒼筤之後寖微, 至漢蔡倫家客楮生者, 頗學文載筆, 時與竹氏游. 然其人輕薄, 且好浸潤之譖, 疾竹氏剛直, 陰蠹而毁之, 遂奪其任. 周有竿, 亦竹氏後, 與太公望釣渭濱, 太公作鉤, 竿曰『吾聞大釣無鉤, 釣之大小在曲直, 直者可以釣國, 曲者不過得魚也.』 太公從之, 後果爲文王師, 封於齊, 擧竿賢, 以渭濱爲食邑, 此竹氏渭濱之所起也. 今子孫尙多, 若篠簜篔簹是已. 徒楊州者稱「篠簜」, 入胡中者稱「篴」. 竹氏大槩有文武幹, 世爲籩簋笙竽禮樂之用, 以至射漁之微, 載在典籍, 班班可見, 唯筕性至鈍, 心塞不學而終, 至簹隱而不仕, 有一弟曰 「簹」 與兄齊名, 虛中直己. 善王子猷, 子猷曰『一日不可無此君.』因號此君, 夫子猷端人也. 取友必端, 則其人可知. 娶盆母女, 生一女, 夫人是也. 總角有貞淑姿 隣有宜男者, 作淫詞挑之, 夫人怒曰:『男女雖殊, 其抱節一也. 一爲人所折, 豈可復立於世?』 宜生慚而去, 豈牽牛子之輩, 所可覬覦也? 旣長, 松大夫以禮聘之, 父母曰 『松公, 君子人也. 其雅操與吾家相侔.』 遂妻之. 夫人性日益堅厚, 或臨事分辨, 捷疾若迎刃而解, 雖以梅仙之有信, 李氏之無言, 曾且不顧, 而況橘老杏子乎? 或値煙朝月夕, 吟風嘯雨, 蕭洒態度, 無得而狀, 好事者竊寫其眞, 傳之爲寶, 若文與可蘇子瞻, 尤好焉. 松公長夫人十八歲, 晩學仙, 遊穀城山, 石化不返. 夫人獨居, 往往歌衛風, 其心搖搖, 不能自持. 然性好飮, 史失其年, 五月十三日, 移家靑盆山, 因醉得枯渴之疾, 遂不理, 自得疾, 依人而居, 晩節益堅, 爲鄕里所推. 三邦節度使, 惟箘與夫人同姓, 以行狀聞, 贈節婦.

史氏曰 『竹氏之先, 有大功于上世, 其苗裔皆有材抗節, 見稱於世, 夫人之賢宜矣. 噫! 旣配君子! 爲人所倚, 而卒無嗣, 天道無知, 豈虛語哉?』

-李穀,《稼亭集》卷1,「雜著」-

호질
虎叱

범은 지덕을 겸비하여 문무를 갖추고 인자하면서도 효성스럽고, 슬기로우면서도 어질고, 뛰어나게 용맹스럽고 세차고도 사납기가 천하에 당할 자 없다.

그러나, 비위(狒胃)는 범을 잡아먹고, 죽우(竹牛)도 범을 잡아먹고, 박

(駮)도 범을 잡아먹고, 오색 사자(五色獅子)는 범을 큰 나무가 섰는 산꼭대기에서 잡아먹고, 자백(玆白)도 범을 잡아먹고, 표견(䶂犬)은 날라서 범과 표범을 잡아먹고, 황요(黃要)는 범과 표범의 염통을 꺼내어 먹고, 활(猾)은 범과 표범에게 일부러 먹혀서 그 뱃속에서 범과 표범의 간을 뜯어먹고, 추이(酋耳)는 범을 만나면 찢어서 씹어먹고, 범이 맹용(猛㺎)을 만나면 눈을 감고서 감히 보지도 못하는데, 사람이 맹용은 두려워하지 않으면서도 범을 두려워하니, 범의 위엄이 엄한 것을 알 수 있다.

범이 개를 잡아먹으면 취하고, 사람을 잡아먹으면 조화를 부린다. 범이 한 번 사람을 잡아먹으면, 그 창귀(倀鬼)가 굴각(屈閣)이 되어 범의 겨드랑에 붙어 있다가, 범을 남의 집 부엌으로 인도하여 솥전을 핥으면, 그 집 주인이 갑자기 시장기를 느껴 한밤중이라도 아내를 시켜 밥을 짓게 하는데, 그 때 범이 잡아먹는다. 범이 두 번째로 사람을 잡아먹으면, 그 창귀는 이올(彝兀)이 되어 범의 광대뼈에 붙어 있다가, 높은 데 올라 사냥꾼 또는 골짜기의 함정이나 쇠뇌가 있는가를 살펴보고 먼저 가서 그 틀을 벗겨놓는다. 범이 세 번째로 사람을 잡아먹으면, 그 창귀가 육혼(鬻渾)이 되어 범의 턱에 붙어 있다가 평소에 그가 아는 친구의 이름을 많이 알려준다.

어느날, 범이 창귀를 불러놓고 분부 내리기를

"오늘도 벌써 날이 곧 저무려는데, 어디에서 먹을 것을 구하겠는가?"

하니, 굴각이 대답하기를,

"제가 전에 점을 쳐보았더니, 뿔 가진 짐승도 아니요, 날짐승도 아니며, 검은 머리를 가진 것이 눈 위에 발자국이 비틀비틀한 성긴 자국을 남기고 걸으며, 뒤통수에 꼬리가 붙어서 꽁무니를 감추지 못하는 그런 놈입니다."

하고, 다음 이올이 말하기를,

"저 동문(東門)에 먹을 것이 있으니, 그 이름은 '의원'(醫員)이라고 합니다. 그는 입에 온갖 약초를 머금어서, 살코기가 향기롭습니다. 또 서문(西門)에도 먹을 것이 있으니 그 이름은 '무당'이라고 합니다. 그는 온갖 귀신에게 아양을 부려 날마다 목욕 재계해서 고기가 깨끗하니, 이 두가지 중에서 마음대로 골라서 잡수십시오,"

하니, 범이 수염을 세우고, 성난 기색을 하며 말하기를,

"에이, '의'(醫)란 '의'(疑)이니 의심이란 뜻이다. 저도 의문 나는 것을 남에게 시험해서 해마다 잘못 죽은 사람이 항상 몇 만 명이나 된다. 또, '무(巫)'란 '무(誣)'이니, 속인다는 뜻이다. 귀신을 속이고 백성들을 미혹시켜 해마다 잘못 죽은 사람이 몇 만 명이나 된다. 그래서 많은 사람들의 노여움이 뼈 속에까지 스며들어 그것이 화하여 금잠(金蠶)이라는 벌레가 되었으니, 독이 있어 먹을 수 없을 것이다."

하니, 육혼이 말하기를,

"어떤 고기가 저 산림(山林, 草野) 속에 있으니, '인(仁)'의 간과 '의(義)'의 쓸개로 충성스러운 마음을 지니고, 고결한 지조를 품었으며, 음악을 공경히 받들고, 예절을 실천하며, 입으로는 백가(百家)의 말을 외고, 마음 속으로는 만물의 이치를 통했으니, 그 이름은 덕망이 높은 선비입니다. 등살이 오붓하고 몸이 살쪄서 오미(五味)를 갖추어 지녔습니다."

고 하였다. 그제야 범이 눈썹을 치켜세우고 침을 내리 흘리며 하늘을 우러러보고 웃으면서 말하기를,

"나 역시 일찍이 들은 적이 있으나, 더 자세히 듣고자 하니 어떠하냐?"

고 하자, 모든 창귀들이 서로 다투어서 범에게 추천하기를,

"일음(一陰), 일양(一陽)을 도(道)라 하는데, 유(儒)가 이것을 꿰뚫었으며, 오행(五行)이 서로 낳고, 육기(六氣)가 서로 발양하는데, 유가 이것을 이끌어 조화시켰으니 이보다 더 맛있는 먹이가 없을 것입니다."

하니, 범이 이 말을 듣고, 초연(愀然)히 안색을 변하며 기쁘지 않은 어조로

"아니다. 음(陰)·양(陽)이란 것은 한 기운의 생성과 소멸에 불과하거늘 유(儒)가 그것을 둘로 나누었으니, 그 고기가 잡될 것이요, 오행(五行)은 각기 제 자리가 정해져 있어 처음부터 서로 낳는 것이 아니거늘, 이

제 그들이 억지로 자(子)·모(母)로 갈라서 짜고 신맛들에 이르기까지 분배시켰으니, 그 맛이 불순할 것이요, 육기(六氣)는 스스로 행하는 것이어서 발양시키거나 이끌어 줌을 기다릴 것이 없거늘, 이제 그들이 망령되이 그것을 마련해서 도왔다[財成輔相]고 하여 사사로이 제 공을 내세우려 하니, 그 먹이가 질겨서 체하거나, 구역질나서 소화도 잘 되지 않을 것이다."

고 하였다.

때마침 정(鄭)의 어느 고을에 벼슬을 달갑게 여기지 않는 선비가 살고 있었으니, 그의 호는 북곽선생(北郭先生)이라고 하였다. 그는 나이 마흔에 손수 교정한 글이 1만 권이나 되고, 구경(九經)의 뜻을 부연해서 다시 책으로 엮은 것이 1만 5천 권이나 되므로, 천자(天子)가 그의 의로움을 가상히 여기고, 제후들도 그 이름을 사모하게 되었다.

그리고, 그 고을 동쪽에, 얼굴 예쁜 과부 한 사람이 살고 있었으니, '동리자(東里子)'라고 한다. 천자가 그 절개를 가상히 여기고 제후들도 그 현숙함을 사모하여 그 고을 사방 몇 리의 땅을 봉하여 '동리과부의 마을[東里寡婦之閭]'이라고 하였다. 동리자는 이렇게 수절을 잘 하는 과부였으나, 아들 다섯을 두었는데 각기 성(姓)이 달랐다. 어느 날 밤에 아들 다섯이 서로 노래처럼 말하기를,

강 북쪽엔 닭 울음소리
강 남쪽엔 별 반짝일 제.
방 안에 사람 소리 들리니
어찌 그리 북곽 선생 닮았는가.

하고는 다섯 형제가 번갈아 문틈으로 들여다보니, 동리자가 북곽선생에게 청하기를,

"오랫동안 선생님의 높은 덕망을 사모하였습니다. 오늘밤에 선생님의 글을 읽는 소리를 듣고자 합니다."

라고 하자, 북곽 선생은 옷깃을 여미고 단정히 앉아서 시(詩)를 지어 읊기를,

원앙 그린 병풍에
반딧불은 반짝 반짝
가마솥과 세발 솥은
무얼 본 떠 만들었나?
홍(興)의 시체(詩體)이다.

이를 본 다섯 아들은 서로 말하기를,

"예(禮)에 '과부의 문에는 함부로 들지 않는다' 고 하였는데, 북곽 선생은 어진 사람이어서 그런 일은 없을 것이다" 하니,

한 아이가,

"나는 들으니, 이 정(鄭)의 고을 성문이 무너졌는데, 여우가 구멍을 내었다고 하더군."

하자, 또 한 아이가,

"나는 들으니, 여우가 천년을 묵으면 요술을 부려 사람의 모습을 나타낼 수 있다고 하니, 이는 여우가 북곽 선생으로 둔갑한 것이로군."

하고, 다시 서로 모의하기를,

"나는 들으니, 여우의 머리를 얻은 사람은 천금(千金)의 부자가 되고, 여우의 발을 얻은 사람은 대낮에도 그림자를 감출 수 있고, 여우의 꼬리를 얻은 사람은 아첨을 잘 부려 사람들이 그를 좋아한다고 하니, 이 여우를 잡아서 나누어 가지는 것이 어떻겠는가?"

하고, 이에 다섯 아들이 함께 에워싸고 들이쳤다. 북곽 선생이 갑자기 크게 놀라 도망을 치면서, 남들이 혹시 자기를 알아볼까 염려하여 다리를 비틀어서 목덜미에 얹고 도깨비처럼 춤추고 도깨비처럼 웃으며, 문을 빠져 나와 달아나다가 벌판 구덩이에 빠졌다. 그 속에는 똥이 가득 차 있었다. 간신히 휘어잡고 기어올라서 머리를 내밀고 바라보니 범이 떡

길을 가로막고 있었다. 범이 눈살을 찌푸리며 구역질을 하고, 코를 막고 머리를 돌리고 탄식하며,

"에이, 그 선비 구리구나!"

한다. 북곽 선생이 머리를 조아리며 엉금엉금 기어 범 앞으로 나아가 세 번 절하고 꿇어앉아 고개를 들고 말하기를,

"범님의 덕이야말로 참으로 지극합니다. 대인(大人)은 그 변화를 본받고, 제왕은 그 걸음을 배우며, 남의 자식된 자는 그 효성을 본받고, 장수는 그 위엄을 취하고, 그 거룩하신 명성은 신룡(神龍)과 짝이 되어, 한 분은 바람을 불러일으키고, 한 분은 구름을 일으키니, 하토(下土)의 천한 제가 감히 위풍아래 서옵니다."

고 하자, 범이 이 말을 듣고 꾸짖어 말하기를,

"에이, 앞으로 가까이 오지 말아라, 일찍이 내가 들으니 '유'(儒)는 '유'(諛)로 아첨한다는 뜻이라더니 과연 그렇구나, 네가 평소에는 온 천하의 나쁜 평판은 모두 모아서 망령되이 나에게 덮어씌우다가, 이제 다급해지자 면전에서 아첨하니, 누가 곧이 듣겠는가? 대저 천하의 이치는 하나이니, 범의 성품이 진실로 악하다면 사람의 성품도 역시 악할 것이요, 사람의 성품이 착하다면 범의 성품도 역시 착할 것이다. 너희들 천 만 마디 수없이 많은 말들이 오상(五常)을 벗어나지 않고, 경계하고 권면함이 언제나 사강(四綱)에 있기는 하나, 저 서울이나 고을 사이에 형벌을 받아 코 베이고, 발 잘리고, 얼굴에 입묵(入墨)하고 다니는 사람들은 모두 오상을 순종하지 않은 사람들이다. 그런데, 포승(捕繩)이며, 입묵(入墨)이며, 도끼며, 톱 등의 형벌이 날마다 쉴 겨를이 없는 데도 그 나쁜 짓들을 막을 수 없지마는, 범의 집안에서는 본래부터 이런 악독한 형벌이 없다. 이로써 본다면 범의 성품이 역시 사람보다 어질지 않느냐. 그리고, 범은 풀과 나무를 먹지 않고, 벌레와 물고기도 먹지 아니하며, 강술 같은 좋지 못한 것도 즐기지 아니하고, 젖먹이나, 암컷이 품고 있는 알 같은 자질구레한 것도 차마 먹지 아니한다. 산에 들어가면 노루나 사슴을 사냥하고, 들에 나가면 마소를 사냥하되, 아직 구복(口腹)의 누(累)를 입거

나, 음식의 송사를 일으킨 적이 없으니, 범의 도리야말로 어찌 광명정대(光明正大)하지 않느냐. 범이 노루와 사슴을 잡아먹으면 너의 사람들은 범을 미워하지 않으나, 범이 만일 마소를 잡아먹으면 인간들은 범을 원수로 생각하니, 이것은 아마 노루와 사슴은 인간들에게 은혜로움이 없지마는 마소는 너희들에게 공이 있어서 그리하는 것이 아니냐. 그러나, 저 마소들이 태워주고 일해주는 공도, 주인을 따르고 충성하는 정성도, 모두 저버리고 날마다 푸줏간이 미어지도록 이들을 죽이고, 심지어는 그 뿔과 갈기까지 남기지 않고도 그것도 부족하여 다시 우리들의 먹이인 노루와 사슴까지 빼앗아, 우리들로 하여금 산에서 먹을 것이 없게 하고, 들에서도 끼니를 못 잇게 하니, 하늘로 하여금 그 정치를 공평하게 한다면 너희들을 잡아먹어야 하겠는가, 놓아주어야 하겠는가. 대저 제 것이 아닌 것을 취하는 것을 '도(盜)'라 하고, 남을 못살게 굴고 생물을 헤치는 것을 '적(賊)'이라고 한다. 너희들이 밤낮을 가리지 않고 허둥대며 팔을 걷어붙이고 눈을 부릅뜨며 서로 붙잡고 빼앗고도 부끄워할 줄 모르고, 심한 경우는 돈을 '형'(兄)이라 부르고, 장수가 되기 위해서 아내를 죽이는 일까지 있으니, 이러면 인륜 도리에 대해서는 다시 더 논할 수 없다. 뿐만 아니라, 메뚜기에게서 그 먹이를 훔치고, 누에한테서 그 옷을 빼앗으며, 벌을 막아 꿀을 빼앗고, 심한 경우는 개미 알을 젓 담아서 그 조상의 제사 음식으로 쓰니, 그 잔인하고도 박덕한 행위는 누가 너희들보다 더 할 자 있겠는가.

너희들은 이(理)를 말하고 성(性)을 논할 때 걸핏하면 하늘을 일컬으나, 하늘이 명한 바로써 본다면, 범과 사람은 다 같은 동물이요, 하늘과 땅이 만물을 낳아서 기르는 인(仁)으로 논한다면, 범과 메뚜기 · 누에 · 벌 · 개미와 사람은 모두 같이 길러지는 것으로, 서로 거스를 수 없을 것이요, 또 그 선악으로 따진다면 공공연히 벌과 개미집을 노략질하고 긁어 가는 놈이야말로 천하의 큰 '도(盜)'가 아니겠으며, 함부로 메뚜기와 누에의 살림을 훔치는 놈이야말로 인의(仁義)의 큰 '적(賊)'이 아니겠는가? 범이 아직 표범을 잡아먹지 않는 것은 실로 차마 제 무리를 해칠 수 없기 때문이다. 그런데, 범이 노루와 사슴을 잡아먹는 것을 계산하면, 사람들이 노루와 사슴을 잡아먹는 것만큼 많지 않을 것이요, 범이 마소를 잡아먹는 것을 계산하면 사람들이 마소를 잡아먹는 것만큼 많지 않을 것이요, 범이 사람을 잡아먹는 것을 계산하면 사람들이 저희들끼리 서로 잡아먹는 것만큼 많지 않을 것이다. 지난 해 관중(關中)이 크게 가물었을 때 백성들이 서로 잡아먹은 것이 몇 만 명이요, 또 지난 해 산동(山東)에 큰 홍수가 났을 때 백성들이 서로 잡아먹은 것이 역시 몇 만 명이었다. 그러나, 서로 잡아먹음이 많기야 어찌 저 춘추(春秋)시대만 하였을까? 춘추 시대에는 은덕을 세우기 위해서 싸운다는 병란(兵亂)이 열 일곱 번이요, 원수를 갚노라는 병란이 서른 번에, 피는 천 리를 물들였고, 시체는 백 만이 누웠다. 그러나, 범의 집안에선 홍수나 가뭄의 걱정을 모르므로, 하늘을 원망한 일 없고, 원수와 은혜를 모두 잊고 지내므로, 누구에게나 미움을 사지 않고, 천명(天命)을 알아서 거기에 순종하므로, 무당이나 의원의 간교함에 의혹되지 않고, 도리에 따라 천성을 다하므로, 세속의 탐리에 병들지 않으니, 이것이 곧 범이 지덕을 겸비했다는 까닭이다. 또, 그 한 점의 무늬만 엿보더라도 온 천하에 그 '문덕(文德)'을 보여 줄 수 있고, 척촌(尺寸)의 작은 병기의 도움을 받지 않더라도, 다만 발톱과 이빨의 날카로움만 쓰는 것은 '무위(武威)'를 천하에 빛내는 것이다. 제기(祭器)와 술통에 범이나 원숭이를 그린 것은 천하에 효성을 널리 펼치기 위함이요, 하루에 한 번 사냥하면 까마귀·솔개·청개구리·개미들이 남은 것을 함께 나누어 먹으니, 그 인(仁)이야 말로 이루 다 들어 말할 수 없다. 또, 남을 헐뜯는 자는 잡아먹지 아니하고, 폐질(廢疾)에 걸린 자도 잡아먹지 아니하고, 상복 입은 자도 잡아먹지 않으니, 그 의로움이야말로 이루 다 들어 말할 수 없다.

그런데, 불인(不仁)하기 짝이 없구나, 너희들이 먹고사는 것이야말로. 틀과 함정으로도 모자라서, 새 그물, 노루 그물, 큰 물고기 그물, 삼태 그물, 수레 그물, 작은 물고기 그물 등을 만들었으니, 이는 처음으로 그물을 만든 사람이 가뜩이나 천하에 화를 끼치기 시작한 원흉이 된 것이다.

거기다가 큰 바늘, 양지 창, 날 없는 창, 도끼, 세모난 창, 긴 창, 뾰족 창, 작은 칼 창, 긴 창 등이 있고, 또 그 화포란 것이 있어, 한 번 터뜨리면 그 소리는 화산(華山)을 무너뜨릴 듯하고, 그 불기운은 음(陰)・양(陽)을 누설할 듯하여 천둥 벼락보다도 사납거늘, 이것으로도 오히려 그 잔학함을 다하지 못하여서, 이제 보드라운 털을 빨아서 아교를 녹여 붙여 날을 만들되, 모양은 대추씨 같이 뾰족하고, 길이는 한 치도 못되게 하여, 오징어의 검은 거품에 담갔다, 가로 세로 멋대로 치고 찌르는데, 굽은 것은 세모창 같고, 날카로운 것은 작은 칼 같고, 예리한 것은 긴 칼 같고, 갈라진 것은 가지 창 같고, 곧은 것은 화살 같고, 팽팽하기는 활시위 같아서 이 병기가 한 번 번뜩이면 온갖 귀신들까지도 두려워서 밤에 통곡할 지경이니, 그 서로 잡아먹기로 가혹함이 누가 너희들보다 더 심할 자 있겠는가?"

라고 하였다. 이에 북곽 선생이 자리를 피해 엎드렸다가 일어나 머뭇거리며 두 번 절하고 머리를 거듭 조아리며,

"옛 글에 이르기를 '비록 아무리 악한 사람이라도 목욕 재계를 하면 상제(上帝)를 섬길 수 있다' 고 하였으니, 하토(下土)의 천한 제가 감히 위풍 아래 서옵니다."

하고는 숨을 죽이고 가만히 듣고 있었으나, 오래도록 아무런 분부가 없었다. 참으로 황송하기도 하고, 두렵기도 하여 두 손을 맞잡고 머리를 손이 있는 데까지 숙이고, 이마가 땅에 닿도록 조아려 절하고는 머리를 들어 우러러보니 동녘은 밝았고, 범은 벌써 어디론지 가버리고 없었다. 마침 아침에 밭 갈러 나온 농부가 있어 이 꼴을 보고,

"선생님, 무슨 일로 이렇게 일찍 들에 와서 절을 하고 계십니까"

하고 묻자, 북곽 선생은

"내 일찍이 들으니 '하늘이 높다 하나 머리 어찌 안 굽히며, 땅이 비록 두텁다하나 발끝으로 디디지 않을쏘냐' 고 하였으니 어찌 황송하여 몸을 굽히지 않을 수 있겠는가 그려."

하고는 얼버무려 대답했다.

-《師大學藝》16집, 釜山大, 1987-

虎睿聖文武 慈孝智仁 雄勇壯猛 天下無敵 然狒胃食虎 竹牛食虎 駮食虎 五色獅子 食虎於巨木之岀 玆白飛食虎 鼣犬飛食虎豹 黃要取虎豹心而食之猾(無骨)爲虎豹所呑 內食虎豹之肝 酋耳遇虎 則裂而啖之 虎遇猛獮 則閉目而不敢視 人不畏猛獮 而畏虎 虎之威其嚴乎 虎食狗則醉 食人則神 虎一食人 其倀爲屈閣 在虎之腋 導虎入廚 舐其鼎耳 主人思饑 命妻夜炊 虎再食人 其倀爲彛兀 在虎之輔 升高視虞 若谷穽弩 先行釋機 虎三食人 其倀爲 鬻渾 在虎之頤 多贊其所識朋友之名 虎詔倀曰 日之將夕 于何取食 屈閣曰 我昔占之 匪角匪羽 黔首之物 雪中有跡 彳于踈武 瞻尾在腦 莫掩其尻 彝彛兀曰 東門有食 其名曰 醫 口含百草 肌肉馨香 西門有食 其名曰‘巫’求媚百神 日沐齋潔 請爲擇肉於此二者 虎奮髯作色曰 醫者疑也 以其所疑 而試諸人 歲所殺 當數萬 巫者誣也 誣神以惑民 歲所殺 當數萬 衆怒入骨 化爲金蠶 毒不可食 鬻渾曰 有肉在林 仁肝義膽 抱忠懷潔 載樂履禮 口誦百家之言 心通萬物之理 名曰‘碩德之儒 背盎體胖 五味俱存’虎軒眉垂涎 仰天而笑曰 朕聞 如何 倀交薦虎曰 一陰一陽之謂‘道’儒貫之 五行相生 六氣相宣 儒導之 食之美者 無大於此 虎愀然變色易容 而不悅曰 陰陽者 一氣之消息也 而兩之 其肉雜也 五行定位 未始相生 乃今强爲子母 分配鹹酸 其味未純也 六氣自行 不待宣導 乃今妄稱財相 私顯己功 其爲食也 無其硬强滯逆 而不順化乎 鄭之邑 有不屑宦之士 曰 北郭先生 行年四十 手自校書者萬卷 敷衍九經之義 更著書 一萬五千卷 天子嘉其義 諸侯慕其名 邑之東 有美而早寡者曰 東里子 天子嘉其節 諸侯慕其賢 環其邑數里 而封之曰 東里寡婦之閭 東里子 善守寡 然有子五人 各有其姓 五子相謂曰

水北鷄鳴 水南明星

室中有聲 何其甚似北郭先生也

兄弟五人 迭窺戶隙 東里子 請於北郭先生曰 久慕先生之德 今夜 願聞先生讀書之聲 北郭先生 整襟危坐 而爲詩曰

鴛鴦在屛 耿耿流螢

維鶩維錡 云誰之型 興也

五子相謂曰 禮‘不入寡婦之門’ 北郭先生 賢者也 吾聞‘鄭之城門壞而有狐穴焉’ 吾聞 ‘狐老千年 能幻而像人’ 是其像北郭先生乎 相與謀曰 吾聞‘得狐之冠者 家致千金之富 得狐之履者 能匿影於白日 得狐之尾者 善媚而人悅之’ 何不殺是狐而分之 於是 五子共圍而擊之 北郭先生大驚遁逃 恐人之識己也 以股加頸 鬼舞鬼笑 出門而跑 乃陷野窖 穢滿其中攀 援出首而望 有虎當徑 虎顰蹙嘔哇 掩鼻左首而噫曰 儒(句)臭矣 北郭先生 頓首匍匐而前 三拜以跪 仰首而言曰 虎之德 其至矣乎 大人效其變 帝王學其步 人子法其孝 將帥取其威 名並神龍 一風一雲 下土賤臣敢在下風 虎叱曰 毋近前 曩也 吾聞之‘儒者諛也’ 果然 汝平居 集天下之惡名 妄加諸我 今也 急而面諛 將誰信之耶 夫天下之理 一也 虎誠惡也 人性亦惡也 人性善 則虎之性 亦善也 汝千語萬言 不離五常 戒之勸之 恒在四綱 然都邑之間 無鼻無趾 文面而行者 皆不遜五品之人也 然而徽墨斧鉅 日不暇給 莫能止其惡焉 而虎之家 自無是刑 由是觀之 虎之性不亦賢於人乎 虎不食草木 不食蟲魚 不嗜麴蘗悖亂之物 不忍字伏細瑣之物 入山獵麕鹿 在野畋馬牛 未嘗爲口腹之累 飮食之訟 虎之道 豈不光明正大矣乎 虎之食麕鹿 而汝不疾虎 虎之食馬牛 而人謂之讐焉 豈非麕鹿之無恩於人 而馬牛之有功於汝乎 然而不有其乘服之勞 戀效之誠 日充庖廚角鬣不遺 而乃復侵我之麕鹿 使我乏食於山 缺餉於野 使天而平其政 汝在所食乎 所捨乎 夫非其有而取之謂之‘盜’ 殘生而害物者 謂之‘賊’ 汝之所以日夜遑遑 揚臂努目 挐攫而不耻 甚者 呼錢爲兄 求將殺妻 則不可復論於倫常之道矣 乃復攘食於蝗 奪衣於蠶 禦蜂而剽甘 甚者 醢蟻之子以羞其祖考 其殘忍薄行 孰甚於汝乎 汝談理論性 動輒稱‘天’ 自天所命而視之 則虎與人 乃物之一也 自天地生物之仁而論之 則虎與蝗蠶蜂蟻 與人並畜 而不可相悖也 自其善惡而辨之 則公行剽劫於蜂蟻之室者 獨不爲天地之巨盜乎 肆然攘竊於蝗蠶之資者 獨不爲仁義之大賊乎 虎未嘗食豹者誠爲不忍於其類也 然而計虎之食麕鹿 不若人之食麕鹿之多也 計虎之食馬牛 不若人之食馬牛之多也 計虎之食人 不若人之相食之多也 去年 關中大

旱 民之相食者數萬 往歲 山東大水 民之相食者數萬 雖然其相食之多 又何如春秋之世也 春秋之世 樹德之兵十七 報仇之兵三十 流血千里 伏屍百萬 而虎之家 水旱不識 故無怨乎天 讐德兩忘 故無忤於物 知命而處順故不惑於巫醫之姦 踐形而盡性 故不疚乎世俗之利 此虎之所以睿聖也 窺其一斑 足以示文於天下也 不藉尺寸之兵而獨任爪牙之利 所以耀武於天下也 彝卣蜼尊 所以廣孝於天下也 一日一擧 而烏鳶螻螘 共分其餕 仁不可勝用也 讒人不食 癈疾者不食 衰服者不食 義不可勝用也 不仁哉 汝之爲食也 機穽之不足 而爲罿也 罞也 罛也 罾也 罦也 罭也 始結綱罟者 裒然首禍於天下矣 有鈹者 戣者 殳者 斨者 厹者 矟者 鍛者 鈼者 矜者有礮發焉 聲隤華嶽 火洩陰陽 暴於震霆 是猶不足以逞其虐焉 則乃吮柔毫合膠爲鋒 體如棗心 長不盈寸 淬以烏賊之沫 縱橫擊刺 曲者如矛 銛者如刀 銳者如劍 歧者如戟 直者如矢 彀者如弓 此兵一動 百鬼夜哭 其相食之酷 孰甚於汝乎 北郭先生 離席俯伏 逡巡再拜 頓首頓首曰 傳有之 ‘雖有惡人 齋戒沐浴 則可以事上帝’ 下土賤臣 敢在下風 屛息潛聽 久無所命 誠惶誠恐 拜手稽首 仰而視之 東方明矣 虎則已去 農夫有朝菑者 問先生 何早敬於野 北郭先生曰 吾聞之 ‘謂天蓋高 不敢不跼 謂地蓋厚 不敢不蹐

-朴趾源,《燕岩集》卷12,「熱河日記」-

서문(序文)

안동권씨 파보서 安東權氏派譜序

족보(族譜)는 무엇하러 만드는 것인가? 그것은 종족(宗族)의 차례를 밝히고, 종파(宗派)와 지파(支派)를 거두어서 천하(天下)의 인심(人心)을 통섭(統攝)하려는 것이다. 생각해보면, 족보(族譜)의 의의(意義)가 중대(重大)하지 않겠는가?

옛날 수(隋)와 당(唐) 이래로 무릇 씨족(氏族)이 있는 자는 족보(族譜)가 없는 이가 없었지마는 왕왕 오랜 후에 문헌(文獻)을 징거(徵據)할 수 없고, 상고(上古)에는 세대(世代)가 분명하지 못한 것도 있었다. 이것이 바로 증자고(曾子固, 鞏)가 구육일거사(歐六一居士, 陽脩)에게 질정(質正)을 받고, 정숙자(程叔子, 頤)가 일찍이 백년을 이어가는 가문(家門)이 없다고 탄식한 바이니, 족보(族譜)의 어려움이 역시 이와 같은 것이다.

다만 안동(安東) 권씨(權氏)의 족보(族譜)는 성화(成化) 병신년(丙申年, 1476)에 시작하여, 정조(正祖) 갑인년(甲寅年, 1794)에 마쳤다. 태사공(太師公) 이후로부터 지금까지 햇수로는 천여 년(千餘年)이요, 세대가 삼십여세(三十餘世)를 지났는데도 종족의 차례가 마치 꿰어 놓은 구슬처럼 이어 있고 종파(宗派)와 지파(支派)의 나누어짐이 손바닥을 가리키듯 분명하니, 실로 우리 나라 여러 성씨(姓氏)들이 미치기 어려운 일일뿐만 아니라, 또한 중국에서도 있기 어려운 것이다.

삼가 살펴보건대, 태사공(太師公)의 복록(福祿)은 유구(悠久)하면서도 더욱 끊어지지 아니하여 명공거경(名公巨卿)과 홍유석덕(鴻儒碩德)이 누대(累代)에 잇달아 울연(蔚然)히 중국의 왕(王)·사(謝)·최(崔)·노씨(盧氏)의 반열(班列)이 되었으니, 이른바 근본(根本)이 견고(堅固)하면 지엽(枝葉)이 무성(茂盛)하고 근원(根源)이 심원(深源)하면 멀리 흘러가는 것은 이치의 필연(必然)한 것이다. 어찌 훌륭하다 아니하겠는가? 갑인년(甲

寅年)에 합보(合譜)한 것이 이제 또한 칠십여 년(七十餘年)이요, 그 사이의 세대수(世代數)가 벌써 증조(曾祖), 고조(高祖)로부터 친진(親盡)에까지 이르게 되었으므로, 다시 족보(族譜)를 수찬(修撰)할 것을 도모하여 골육(骨肉)을 통합하는 것이 참으로 권씨(權氏)의 가법(家法)이다. 그러나, 세대가 더욱 멀고 자손이 더욱 번성(蕃盛)하여 모이고 통하기가 어려우니, 이 또한 사세(事勢)가 그러한 것이다.

이에 영남(嶺南) 삼가(三嘉)에 사는 여러 권씨(權氏)들이 그 십일대조(十一代祖) 삼괴당(三槐堂) 시민(時敏) 이하를 거두어 파보(派譜)를 만드는데 서령공파(署令公派)가 이에 따랐다. 대개 조선조(朝鮮朝)에 들어와서 감정(監正)을 지낸 집덕(執德)이 처음으로 삼가(三嘉)에 살기 시작하였으니, 서령공(署令公) 회(恢)가 바로 그 장자(長子)인데, 그 후에 자손(子孫)들이 이 고을에서 나가지 않았다. 그러므로 마침내 함께 족보(族譜)를 하게 되었다. 파보(派譜)가 이미 완성되자 나에게 서문(序文)을 청한다. 내가 생각하기로는 성화보(成化譜)로부터 그 권수(卷首)에 서문(序文)을 지은 것이 여러 번 있었을 것이니 어찌 이에 덧붙이겠는가? 다만 그 파보(派譜)가 생겨나게 된 연유만을 기록하는 것으로 족할 것이다. 그 충의(忠義)를 세우고 풍속(風俗)을 돈후(敦厚)하게 하는 일과 같은 것은 파보(派譜)를 수찬(修撰)하는 이들이 스스로 마땅히 강론(講論)하기를 자세하게 하여 서로 더불어 권계(勸戒)할 것이니, 또한 어찌 면려(勉勵)함을 더하겠는가?

삼괴공(三槐公)은 향선생(鄕先生)으로 안의(安義)의 학림사(鶴林祠)에 봉향(奉享)되었는데, 그 일과 행적(行蹟)이 모두 읍지(邑誌)에 실려 있다. 그 오세손(五世孫) 감(鑑)은 우리 선조(先祖)의 문하인(門下人)으로 선생(先生)이 찬적(竄謫)당할 때에 그 죄에 연루되는 화를 입었는데, 후에 도(道)의 추천(推薦)으로 참봉(參奉)이 되었다. 지금 나에게 서문(序文)을 청한 사람은 바로 참봉공(參奉公)의 방후계(傍後孫)인 숙(埱)과 침(琛)이다.

숭정(崇禎) 오경오(五庚午, 1870), 유하(維夏, 4월) ○日에

숭정대부 의정부 우찬성 겸지경연춘추관사 홍문제학 지성균관사(崇禎

大夫 議政府 右贊成 兼知經筵春秋館事 弘文提學 知成均館事) 덕은(德殷) 송근수(宋近洙) 씀

諧者 何爲而作也 欲其明昭穆收宗支 以管攝天下人心者也 譜之義 顧不重且大歟 粤自隋唐以來 凡有氏族者 莫不有譜 而往往焉文獻無徵於久遠 世代不明於上古者有之 此所以曾子固之見正於六一公 而程叔子 嘗歎無百年之家 譜之難 亦如是矣 惟安東權氏之譜 始於 成化丙申 終於 正廟甲寅 自太師以後 至今千有餘年 歷世三十餘 而昭穆之序 系如貫珠 宗支之分 明如指掌 實我東諸姓之鮮能及 而抑亦中朝之所難有也 謹按太師公福祿 悠久而愈未艾 名公鉅卿 鴻儒碩德 奕世相望 蔚然爲王謝崔盧之班 所謂根固而末茂 源深而流長 理之必然也 曷不盛哉 甲寅合譜 今亦七十年餘 而其間世數 已有自曾高以至於親盡 則更謀修譜 以統骨肉 是固權氏家法 而世代益遠 子姓益蕃 難於會通 亦其勢然也 於是嶺南之三嘉諸權 收其十一代三槐堂諱時敏以下 爲派譜 而署令公派 從之 蓋入我 朝諱執德官監正 始居三嘉 署令公諱愱 卽其長子 而子孫亦不出是鄕 故遂與之同譜 譜旣成 問序于余 余以爲自成化譜 弁其首者屢矣 安用贅爲 只識其派譜之所由起足焉 而若其立忠義厚風俗之義 則修其譜者 自當講之熟而相與勸戒 亦何須加勉也 三槐公 以鄕先生 妥享於安義之鶴林祠 而事行具載邑誌 其五世孫諱鑑 嘗以吾先子門下人 當先生竄謫之時 亦被株連之禍 後以薦剡官參奉 今謁余文者 卽參奉公旁裔 琡及琛也

崇禎五庚午 維夏 日

崇政大夫 議政府右贊成 兼知 經筵春秋舘事 弘文提學 知成均館事 德殷 宋近洙 序

중간이현실기구서(1)
重刊二賢實記舊序 一

아, 민연(泯然)히 자취가 없어 사람들이 저절로 한숨을 쉬며 감회를 일

으키는 이가 있다. 내가 들은 바로는 고려말(高麗末) 야은(冶隱)과 운곡(耘谷)이 있었는데, 이 분들은 금오산(金烏山)과 치악산(雉岳山)에 각각 들어가서 그 높은 절개를 지키며 멀리 세상을 피해 《국승(國乘)》에 자취를 전하니, 매우 대단하다.

이와 같은 시기에 남원(南原)의 남쪽에 한 마을이 있으니, 이름을 호(壺)라고 하고, 이 호에 상서(尙書) 벼슬을 한 수음(樹陰) 김공(金公)이 살았으니, 살아서는 연대도 명확하지 않고, 별세해서 장사한 후에는 비석도 없어 가물가물 공중에 구름이 한 점이 떠가 자취 없이 되는 듯했다. 지금 남원(南原)을 지나는 사람은 이 빈 터를 가리키며 탄식하며 말하기를, "이 곳은 수음(樹陰) 김공(金公)의 유허지(遺墟地)라고 한다. 이는 우뚝이 금오산(金烏山)과 치악산(雉岳山)과도 멀리 마주 바라볼 수 있는 절개이다."

아, 예로부터 고인(高人)과 일민(逸民)이 세상에 전하는 것은 반드시 모두 역사의 기록이나 금석문(金石文)에만 의존하는 것이 아니다. 그 처음에는 모두 야사(野史)에 전한다. 공(公)과 같은 분은 전에는 월사(月沙) 이상국(李相國)이 있어 말하기를 "공은 어떤 일에 연좌되어 남원(南原)에 귀양가서 자손들이 그 곳에 살게 되었다"고 한다. 후에 또 신순은(申醇隱)의 손자로 사간(司諫)인 경준(景濬)이 말하기를 "김공(金公)은 우리 할아버지와 더불어 이 곳에 은거했다"고 했다. 이 순은(醇隱)은 고려말 여러 은자들 중의 한 사람이다. 그리고 이상국(李相國)은 태사(太史)를 맡은 지 여러 해이고, 신공(申公)은 옛 일에 정통하다고 당시에 소문난 사람이다. 이 두 분의 믿을 수 있는 말을 얻었으니 또 다시 무슨 자취를 만들겠는가? 자취가 숨겨졌다면, 어떤 일에 연좌된 것은 기수(氣數)의 말(末)로, 쫓겨나서는 다시는 고려를 찾지 않고 끝내 세상을 피해 숨어서 평생을 마친 것을 알 수 있다.

아, 공은 참으로 잘 숨은 분이다. 우리 할아버지 상서공(尙書公)께서 한 평생 동안 장갈(狀碣)을 지은 일이 매우 적다. 다만 공에 대해서는 그 가언(家言)과 정록(庭錄)을 뽑아서 행장을 짓기를 퍽 상세히 했다. 불초

(不肖) 내가 이 유묵(遺墨)을 그 후손(後孫) 희성(希聖)에게서 구하여 손을 씻고 세 번을 반복해서 읽었다. 그 중에 혜성(彗星)이 저성(氐星)의 영역에 나타나는 것을 보고 동지(同志)인 신순은공(申醇隱公)에게 말했고, 고려 국운이 끝나려 하자 태학생(太學生) 임선미(林先味) 등 70명과 더불어 손을 잡고 만수산(萬壽山)으로 들어갔다는 데에 이르러서는 일찍이 길게 한숨을 쉬며 책을 덮고 그 높은 뜻을 탄식하지 않은 적이 없었다. 이것은 또 앞에 두 분께서 다 말하지 못한 것을 우리 할아버지께서 실로 발휘한 것이다. 나는 부모님을 여윈 슬픈 여생으로, 어리석고 둔하며 천박하고 졸렬하여 내 말이 있으나 없으나 소용이 있을까마는 전철(前哲)을 사모하고 옛날에 들은 것을 이어받아 행함에 있어서는 역시 남보다 뒤지지 않는다. 그러므로 마침내 사양할 수 없어 이렇게 서문을 짓는다.

숭정기원후(崇禎紀元後) 사갑신(四甲申, 1824) 중추(仲秋)에

통정대부 행승정원 좌승지 겸세자시강원 사서 영월후인(通政大夫 行丞政院 左承旨 兼世子侍講院司書 寧越後人) 엄도(嚴燾)는 삼가 지음

嗚呼 有泯然無其跡 而人自喟然興感者 以余所聞 有若麗季 冶隱 耘谷入金烏 雉岳 其邁節長往垂迹國乘 甚茂矣 同時 南原之南 有村曰壺 壺有尙書 號樹隱金公 其生無中衍 其葬無表碣 泯泯乎殆若空雲之一去無迹而至今 行過南原者 指其墟而咨嗟曰 此樹隱金公之遺棲 特特與金烏雉岳遙相望 嗚呼 終古高人逸民 傳於世 不必皆蘭臺金石 其始皆有野史書之若公者 前有月沙李相國 有云 公坐事謫南原 子孫仍居焉 後有申醇隱孫司諫 景濬書之曰 金公與我祖 隱居于是 而 醇隱 麗季諸隱之一也 相國實掌太史有年 申公以博古 聞當世 得此二公之言矣 又奚以迹爲哉 迹晦則其坐事氣數之末 而下斥 不復謝絶朝周 終隱約以沒世 信可知也 嗚呼 公眞善於隱歟 我王考 尙書公 平生爲人狀碣甚少 獨於公 摭實其家言庭錄爲之狀頗詳 不肖得其遺墨於其後孫希聖 盥水三復 至彗見于氐 語同志申公醇隱 及其運訖 與太學生林先味等 七十人 携手入萬壽山 未嘗不太息掩卷 而歎其高也 此又前二公之所未盡 而王考實發揮之 不肖風樹餘生 椎魯

讒劣 言之不足爲有無 而其興慕前哲 紹述舊聞 則亦自有不後於人 遂不敢辭而爲之序

崇禎紀元後 四甲申 仲秋

通政大夫 行丞政院 左承旨 兼世子侍講院 司書 寧越後人 嚴燾 謹序

중간이현실기구서(2)
重刊二賢實紀舊序 二

송도(松都)와 8백 리의 거리인 남원(南原)의 남쪽에 한 마을이 있으니 호(壺)라고 한다. 이 곳은 고려 예의판서(禮儀判書) 김선생(金先生) 충한(沖漢)의 유허지(遺墟地)이다. 우리 할아버지 순은공(醇隱公)이 그와 이웃하여 살았다. 세상에서 이 마을을 그 아름다움이 금오산(金烏山)과 운곡(耘谷)과 맞먹는다고 했다. 그러나 《고려사》는 소루(疏漏)함이 많고, 가승(家乘)도 병란에 잃어 선생의 실적이 상세하지 않다. 월사(月沙) 이상국(李相國)이 이르기를 "선생이 어떤 일에 연좌되어 남원(南原)에 귀양가서 자손들이 그 곳에 살게 되었다"고 했으나, 무슨 일에 연좌되었는지 알 수가 없다. 그리고 고려말(高麗末)은 의리(義理)가 크게 어두워 강릉군(江陵君)이 원도(元都)에 머물며 왕위(王位)를 꾀하자 조정 신하들이 모두 강릉군(江陵君)에게 붙었다. 임금이 강화도(江華島)에서 손위(遜位)하게 되니, 임금을 종행(從行)하는 사람은 다만 우리 할아버지와 박사신(朴思愼)공 한수(韓脩)공 등 몇 사람뿐이었다. 임금에게 의지하는 사람은 배척 당하고, 편조(遍照)라는 중이 국권(國權)을 제 마음대로 하여 형벌을 주고 복을 주는 것도 제 멋대로 하니, 온 세상이 그리로 쏠리게 되고, 그와 소외된 사람은 배척 당했다.

명(明)나라가 일어나니, 원(元)나라 임금은 북쪽 사막(沙漠)으로 달아났다. 조정 의론이 원(元)나라를 도와 친명자(親明者)가 많이 배척 당했다. 이 때를 당해 선량한 사람들이 서로 잇대어 쫓겨났다. 그러니 선생과 같은 분은 죄에 연좌되지 않을 수 없었다. 고려(高麗)가 망하자 절개를 온전히 지켜 변하지 않은 사람은 모두 전에 배척 당한 사람들이었다. 선생은 우리 할아버지와 이 곳에 은거하여 스스로 편안한 마음으로 절의를 지키며 살았다. 선생이 처음으로 이곳에 터를 잡아 살 때는 잡초만 우거지고 사람은 살지 않았다. 처음 터를 잡아 살 때 마을 이름을 호(壺)라고 하니, 우리 할아버지께서 곧 선생을 따라왔다. 우리 할아버지와 지절(志節)을 같이 한 자가 기호(畿湖) 지방에 흩어져 사는데, 우리 할아버지께서 훌쩍 멀리 옮기면서 다만 선생과 함께 했으니, 선생의 어짊을 가히 알 수가 있다.

세상에서 고려말(高麗末) 육은(六隱)이라 일컫는 이가 있으니, 포은(圃隱), 목은(牧隱), 야은(冶隱), 도은(陶隱), 수은(樹隱) 및 우리 할아버지 순은(醇隱)이다. 이 중에 어떤 분은 대의(大義)를 책임져 나라를 떠나지 못하고 마침내 나라와 함께 자신을 끝마쳤으니, 이는 은자(隱字)로 호(號)를 했으나 잘 숨지 못한 사람이다. 어떤 분은 배척을 당했기 때문에 나아가 나라에 순국하고자 하나 나라가 망해서 그럴 곳이 없었다. 이는 잘 숨었으나 다행한 일은 아니다.

선생은 우리 할아버지와 거실(巨室) 세록(世祿)의 신하로 벼슬이 높은 지위에 올랐으나 황야(荒野)에 물러나 살면서 앉아서 나라가 망해 가는 것을 보면서 그 마음이 어떠했겠는가? 우리 할아버지께서 호(號)를 순은(醇隱)이라 한 것은 술의 힘을 빌어 거기에 빠져 세상일을 잊으려 한 것이다. 또 선생께서 마을 이름을 호(壺)라고 지은 것도 역시 술에 의지하려는 것이 아니겠는가? 한 항아리 속과 같이 좁은 이 땅이지만 새 나라를 받드는 천지가 아니라고 하여 손을 잡고 함께 돌아가 굽히지 않는 절개를 지켰으니, 슬프구나.

선생께서 이 곳에 터를 잡아 서로 살았고, 또 마을 북쪽 고현(羔峴)의 아래에 묘지를 잡았기 때문에 남원부(南原府)의 지지(地誌)에 역시 선생의 묘가 여기에 있다고 실었다. 선생의 후손들이 대대로 여기에 장사하여 모두 비석이 있는데 다만 선생만 빠졌으니, 연대가 오래되어 결국 그 묘를 잃음은 무엇 때문인가? 선생의 아들과 손자들이 조선조(朝鮮朝)에 벼슬하여 크게 현달한 사람이 있고, 벼슬이 찬성(贊成)과 직제학(直提學)에 이른 사람이 있으니, 그 묘도(墓道)를 꾸밈에 있어 반드시 예대로 했을 것인데, 선생의 묘가 이와 같은 것은 생각해 보면, 선생께서 남긴 유훈(遺訓)으로 간략하게 장사하라고 해서이거나 차마 죽지 못한 고려(高麗)의 유신(遺臣)으로 스스로 죄를 돌려 그러한 것인가? 어찌 그 일신(一身)을 감추기를 한결같이 마음먹은 것이 아니겠는가? 선생은 과연 깊이 숨은 사람이다. 그러나 백세(百世)를 내려가도 숨길 수 없는 것이 있으니, 그 높은 이름은 가히 숨길 수 있겠는가?

숭정후(崇禎後) 삼정해(三丁亥, 1767) 추팔월(秋八月) 삭조(朔朝, 초1일)에

외예(外裔) 통훈대부(通訓大夫) 사간원(司諫院) 사간(司諫) 고령(高靈) 신경준(申景濬) 삼가 지음

距松都八百餘里 南原府之南 有村曰壺 高麗禮儀判書 金先生冲漢之遺墟也 我祖醇隱與之隣 世以是村匹美於金烏耘谷 而麗史多疎漏 家乘佚於兵燹 先生實蹟未之詳 月沙李相國有云 先生坐事謫南原 子孫仍居焉 未知坐於何 而麗季 義理大晦 江陵君 留元都 圖大位 廷臣 盡附江陵 及王遜于沁 從行者 惟我祖與朴公思愼 韓公脩數人而已 依於王者見擯 遍照顓權恣行威福 擧世靡然 其疏斥者見擯 大明興 元主北走沙漠 廟議右元主 事明者多見擯 當是時 善類相繼竄逐 則先生宜無所不坐 而麗亡全節不渝者皆向之見擯之人也 先生與我祖 隱居于是 以自靖焉 地始林樾荒翳 無人居先生肇基焉 名以壺 則我祖乃從先生而來也 與我祖同志節者 散居於畿嶺湖右而 我祖 翩然遠擧 獨與先生俱 先生之賢可知已 世稱麗末六隱 卽圃牧冶陶樹及我祖 而有或責大義不可去 卒與國相終 此以隱自號 而不得隱者也 有或遭擯斥 進欲以身殉 而無地 此雖得隱而不以爲幸也 先生與我祖巨室世祿 位躋入座 而屛居荒野 坐視邦國之淪喪 其心何如哉 我祖之號以醇者 在於假酩酊 而沈冥無知也 先生之壺以名村 亦依於酒歟 以一壺中謂非宗周之天地 携手同歸 以遂其罔僕之志 悲夫 先生旣胥宇 又於村北羔峴之下 卜幽宅 故本府地誌 亦以先生墓載諸此 先生之後 世葬焉 皆有象

設表碣 獨於先生闕 年代悠遠 遂失其兆 何哉 先生之子若孫 仕本朝大顯有官至貳相 直提學者 其於墓道之飾 必如禮 而若是者 抑先生之遺戒薄葬也 以未亡遺臣 自罪而然歟 豈韜晦其一身 始終爲心者歟 公果深於隱 而然而有亘百世而不可隱者 其可隱歟

崇禎後 三丁亥 秋八月 朔朝

外裔 通訓大夫 司諫院 司諫 高靈 申景濬 謹書

죽파집서
竹坡集序

옛 사람이 말하기를 "당(唐)나라 정원(貞元)년간의 글을 지었을 때는 독자(讀者)가 당나라 정원년간의 인물을 알지 못하면 그 글을 잘 이해할 수 없고, 송(宋)나라 원우(元祐)년간의 글을 지었을 때는 독자가 송나라 원우년간의 인물을 알지 못하면 그 글을 이해할 수 없다"고 했다.

그러나 이것은 어찌 당나라와 송나라 시대의 글만 그러했는가? 전모(典謨)의 글이 있은 이래로 문체가 각기 달라 독자들이 각기 그 시대로써 그 시대의 인물을 알았다. 그러므로 위(魏)나라와 진(晋)나라의 글이 난잡하여 문채가 없지만 지금까지 전하는 것이 많은 것은 이 때문이다.

우리 나라가 조선조(朝鮮朝) 중엽 이래로 오로지 부허(浮虛)하고 글귀만 다듬는 글만을 숭상하여 선비를 뽑았기 때문에 비록 한퇴지(韓退之)와 유자후(柳子厚)와 같은 재주와 기교가 있고서도 민몰(泯沒)하여 전하지 못하니, 이는 그 글이 옛날 글과 다르기 때문이다.

근일에 최갑호(崔甲鎬) 군이 책 네 권을 가지고 와서 말하기를 "이것은 우리 선조 죽파공(竹坡公)과 그 두 아들 자암(紫菴), 평와(萍窩)와 차손(次孫) 약하(藥下) 등 세 분의 시문(詩文) 중에서 남은 것인데 상자 속에 감추어둔 지 지금 거의 2백년이 되었습니다. 이제 간행하여 세상에 펴려 하니, 이를 교정하여 서문을 지어주시면 감사하겠습니다"라고 한다. 이것은 내가 할 수 없다고 사양하였으나, 그 요청이 매우 간절하므로 이

내 받아서 모두 읽어보고 이렇게 쓴다.

이 글이 교묘하고 교묘하지 못함과 아름답고 아름답지 못함은 멸학(蔑學) 후생(後生)이 논할 바가 못 된다. 그러나, 지금 나의 좁은 소견으로 말한다면 이 글이 비록 과문(科文)의 관습(慣習)을 면하지 못했으나, 대개 아섬(雅贍)하고 담박(淡泊)하여 한번 보아 군자(君子)의 글이라는 것은 의심할 것 없다. 생각건대 지금 세상에 참으로 대략 문자를 아는 이가 시문(詩文)을 지으면 거칠고 허황하여 세상에 유익함도 없고 다만 사람들이 싫어하고 눈살을 찌푸림만 더하니, 이 책의 글에 비하면 무부(珷玞)와 주옥(珠玉)보다 더 차이가 난다. 그런데도 그런 글들을 수집하여 간행하는 일이 많으니, 갑호(甲鎬)는 마땅히 이 글을 서둘러 간행을 도모해야 할 것이다.

그런데, 또한 마음 속에 느끼는 바가 있으니, 공의 후손이 성쇠(盛衰)가 일정하지 않아 조각난 이 몇 편의 글이 수백 년의 오랜 후까지 보존될 수 있은 것은 어찌 신명(神明)이 몰래 도운 것이 아니겠는가? 이것은 갑호가 더욱이 유념해야 할 것이다. 그리고, 이 문집을 읽는 사람은 그 시대를 알고 읽으면 공이 어떤 사람인가를 알 수 있을 것이다.

벽진(碧珍) 이예중(李禮中) 삼가 지음

古人有言曰 爲文於唐貞元時 讀者不知唐貞元人不可也 爲文於宋元祐時 讀者不知宋元祐人不可也 然豈惟唐宋爲然也哉 自有典謨以來 文體各異 讀者各以其時 而知其人也 故雖魏晋之文之亂雜無章 而至今多傳之者以此也 吾邦自李鮮中葉以來 專尙浮虛繢藻之文以取士 故當時雖有韓柳之才而工 而多泯沒無傳 以其文之異於古也 日崔君甲鎬 持文四冊而來言曰此吾先祖竹坡公 曁其二子紫菴萍窩 次孫藥下 三公詩文之所存 而藏于篋中者 已近二百年于玆矣 今欲刊 而問世 子其審存 而以一言弁之則幸耳余辭以不能 而其請甚懇 因受而閱之已 乃爲之言曰 斯文之工不工 美不美非蔑學後生之所可擬議 然今以管見而言之 其文雖不免乎時文之習 而大抵雅贍淡泊 一見其爲君子之文 則無疑矣 顧今之世 苟粗知文字者 其爲詩文

荒雜單虛 無益於世 而只增人之厭嚬 持以比擬於此文 則不啻若珷玞之於珠玉 而類多收而葺之 刊而出之 甲鎬宜汲汲圖刊矣哉 抑又有所感於心者 公之後世 興替不一 而斷爛數篇 能保存於數百年之久 豈非神明之所默佑也耶 此甲鎬 尤當留念者 而讀是集者 以其時而讀之 則可以知其人也夫

碧珍 李禮中 謹序

-《九峰集》卷3-

가좌리안(佳佐里案)[9] 장보계(藏譜契) 서
佳左里案 藏譜契序

계(契)의 이름을 '장보계'라고 한 것은 이 곳에 함께 족보를 감추어둔 자손들끼리 계(契) 모임을 한다는 뜻이다.

대개 상고 시대부터 계모임의 명칭이 있는데 그 규약의 내용은 일정하지 않다. '화수계(花樹契)'를 두고 말하면 친족끼리 돈목(敦睦)한다는 뜻을 갖고 있고, '향약(鄕約)'을 두고 말하면 고을 풍속을 교화한다는 뜻을 갖고 있으며, 기타의 계 모임들도 그 뜻에 맞게 취한 바가 있으니, 때로는 시와 술에 정을 붙여 세상의 구속을 벗어나 한가로이 노닐며, 때로는 산수(山水)에 낙을 붙여 한가하게 유유자적했다.

그러나 오늘 우리들의 계모임은 그렇지 않다. 본 마을은 진양(晋陽)의 동쪽 월아산(月牙山) 아래 깨끗하고 탁 트이어 넓게 퍼진 들 가운데 있는데, 남강(南江)이 휘감아 도는 것을 끼고 용호(龍滸)의 깊은 물을 접하였으며 비가 갠 후의 맑은 바람과 밝은 달이 모두 이곳의 경치이다. 어진 선비와 큰 학자들이 배출되었고 풍속이 순박하고 아름다웠다.

지난 임란(壬亂)의 전화(戰火)가 있은 후로 마을이 한산하고 집안이 쓸쓸하여 전에 살던 옛 종족들이 혹은 흩어지고 혹은 남아 있어도 선현의 유적들은 고증할 길이 없으니 어찌 안타깝고 갑갑함을 참겠는가?

옛적에 마을의 여러 어른들이 공론(公論)을 모아 한 '이안(里案)'을 만

---

9) 이안(里案); 한 마을에서 지켜야 할 규약.

드니, 씨성(氏姓)의 소상함과 명분(名分)의 정대(正大)함이 역사가의 필법에 손색이 없었다.

그 후 수백 년 사이에 간혹 혼란한 세상을 만나 이전의 '이안(里案)'과 대대로 전해오던 족보를 간수하고 보호할 길이 막연하여 계책이 없었다. 그런데 지금으로부터 66년 전인 을미년(乙未年)에 각 문중에서 모여 의논한 결과 반석(盤石) 안에 이를 간수하자는 의견의 일치를 보고 곧 돌을 다듬어 족보를 그 안에 간수하게 되었다.

이 돌을 땅 속에 묻은 곳이 바로 분매촌(盆梅村)의 길가이다. 당시의 의논이 10년에 한번씩 족보를 바꾸어 넣기로 규정했다. 그러나 겨우 2·3회가 되자 도의(道義)의 마음이 점차 쇠박(衰薄)해지고 후손들의 성의도 합치되지 아니하여 28년의 오랜 세월이 지난 금년 봄 3월 3일에 이르러서야 겨우 족보를 간수하는 일을 완성했으니 어찌 척연(惕然)히 감개롭지 않겠는가? 돌이켜 생각해 보면 이후로 세상의 변천이 어떻게 될지 알 수 없다. 합석(合席)한 여러 사람들이 모두 말하기를 "선조의 유적을 보존하는 길은 족보를 간수하는 후손들끼리 합동으로 계모임을 갖는 것만 같지 못하다"고 했다. 의논이 모아져서 결국 계안(契案)을 만들어 그 규약을 정하고 각자 그 조례에 따라 밑천을 내어 적립(積立)하고 이식(利殖)와 경비(經費)는 규약에 따라 적용하기로 했다.

바라건대 우리 계안에 들어있는 여러분들은 길이 이를 지켜 변함이 없으면 선현을 높이 받드는 도리와 후손들의 돈목하는 정의에 어찌 중대한 일이 되지 않겠는가? 어찌 서로 힘쓰지 않겠는가?

불초한 내가 이전 '이안(里案)'에 든 분의 후손으로 더럽혀 있다고 하여 나에게 서문을 청하므로 드디어 외람됨을 잊고 그 전말을 위와 같이 기록한다.

경자(庚子) 동짓달 상한(上澣, 上旬)에

함안(咸安) 이진홍(李震弘) 삼가 지음

契以藏譜爲名者 謂其藏譜子孫 合同修契之意也 蓋自上古 有修契之名

而不一其規焉 以言乎花樹 則睦族之誼也 以言乎鄕約 則化俗之義也 及其他契 合各有其意而所取焉 則或寄情詩酒 放曠優遊 或寓樂山水 清閒自適也 然惟我今日修契 不然 本里 處於晉陽之東 月牙山下 淸曠平鋪之中 而衿南江之擁回 挹龍許之渟滀 光風霽月 盡是洞天景槩也 賢碩倍出 風俗淳美矣 粤自壬燹之後 閭閻稀闊 門戶蕭殘 住居舊族 或散或在 先賢遺蹟 無從而攷焉 曷勝慨鬱哉 往昔里中僉父老 以公正之論 著成一里案 氏姓之昭詳 名分之正大 無愧於史家杜筆也 爾來數百年之間 間或世値混亂 先案世譜 藏守保護之道 漠然無策矣 距今六十六年前 乙未之歲 各門僉議 咸歸於盤石之藏 故卽成治石之功 而藏譜矣 石之所在 卽岔梅村路邊也 其時之議 限十年 更爲藏譜定規 然僅經二三回 而道義之心 漸至衰薄 後裔之誠 未能合致 至二十八年之久 而今春三月三日 僅成藏譜之事 豈不惕然感慨者乎 于以思之 今後 世道之變遷 未知如何矣 合席諸彦 咸曰 先蹟保全之道 莫若藏譜後裔 合同修契也 詢謀僉同 遂克成契 立其規定其約 各自依例出資 以爲積立 而殖利經費 依規約適用焉 惟我契案僉員 永守勿替 則於先賢尊衛之道 後裔敦睦之誼 豈不重且大也 盍相與勉旃哉 不佞忝在先案後裔 要余以序 故遂忘其僭越 而記其顚末如右云

庚子 冬至月 上澣

咸安 李震弘 謹序

기문(記文)

김해산성기
金海山城記

옛날 선왕[공민왕]께서 남쪽으로 순행하여 상주(尙州)에 머물 때, 나는 마침 왕의 부름을 받고 들어가 한림(翰林)이 되어 여사(旅舍)에서 처음으로 부사 박위(朴葳)를 알게 되어 그로 해서 서로 따르며 친했다. 이로부터 어깨를 나란히 하여 선왕을 섬긴 지 10여 년이 되었는데, 참으로 그의 재주에 탄복했다.

지금의 왕[우왕]이 즉위한 다음 해[우왕 2, 1376, 정몽주 40세]에 내가 죄를 지어 남쪽[언양]으로 귀양살이를 했는데, 그 해 겨울에 왜적이 김해를 함락시켰다. 사람들은 모두 말하기를 "김해는 왜구를 방어하는 요충지대인데, 지금 벌써 함락되고 짓밟혔으니 후에는 아무리 지혜 있는 사람이 부임하더라도 아마 다스리기 어려울 것이다"라고 했다. 얼마 후에 박위가 이 곳에 수령으로 나갔다는 소식을 듣고 나는 여러 사람들을 돌아보며 "나는 박위가 반드시 여기에 좋은 대책이 있을 것으로 안다"고 했다. 과연 박위가 부임하자 곧 밤낮으로 정성을 쏟고 생각을 다해 계획을 세우고 은혜를 미루어 춥고 배고픈 사람은 배부르고 따뜻하게 하고, 신음하는 사람은 노래 부르게 하며, 불타 버린 것은 더 성대하게 다시 짓게 하고, 부서진 것은 단단하고 치밀하게 하여 1개월 사이에 온갖 폐단이 모두 제거되었다. 그래도 박위는 여기에 만족하지 않고 얼굴에 근심을 띠며 말하기를 "이것으로 어찌 정치를 다했다고 하겠는가? 얼마 전에 김해성(金海城)이 함락되었을 때, 남편은 아내를 곡하고, 자식은 부모를 곡하는 소리가 서로 이어졌는데, 지금 만일 때를 놓치고 계책을 세우지 않으면 후일 또 다시 그렇게 될 것이니 이것이 내가 마음 아파하는 것이다" 하고는 여러 사람들에게 알리기를 "왜적의 형세가 날로 강성하여 바다와의 거리가 백 리나 되어도 오히려 그 해를 입을 것인데, 더욱이 바닷가에 붙어 있는 고을로 물이 그 경계를 둘러있는 김해와 같은 곳은 바로 죽음의 땅이다. 만일 험한 성을 쌓지 않으면 어찌할 방도가 없다"하고는 이에 명령을 내려 옛 산성을 수리하여 확대시키면서 돌을 쌓아 견고히 하고 산을 따라 높이 축조했다. 공사가 끝나자 성 아래에서 쳐다보니 천 길 절벽으로 비록 한 사람에게 성문을 지키게 하더라도 만 명의 적도 열 수가 없게 되었다. 김해부의 사람 통헌대부(通憲大夫) 배원용(裵元龍)공이 나에게 편지를 보내어 청하기를 "산성을 수축한 것은 만세의 이익이요, 우리 박수령을 잘 아는 이는 그대만한 사람이 없어 감히 글을 청합니다"라고 하였다.

나는 생각건대 험한 성을 쌓아 나라를 지키는 방법은 옛 제왕으로부터 이를 도움으로 정치를 하지 않는 이가 없다. 맹자가 이른 바 "천시는 지리만 못하고 지리는 인화만 못하다"는 것은 그 경중과 대소의 차이를 말한 것이지, 그 하나를 취하고 그 둘을 버리라는 것이 아니다. 아, 조종의 법도는 역시 치밀한 것이다. 내가 일찍이 북방에서 좌막(佐幕)이 되어 동북 지방의 변두리를 살필 때, 옛 산성이 산천을 가로질러 끊어서 머리에서 꼬리까지 천리나 되며, 그 사이 요해처로 군사가 주둔하는 곳이 걸핏하면 천 군데 백 군데가 되니 당시에 방침을 세워 적을 방어하던 흔적을 대략 볼 수 있었다. 옛날 거란(契丹) · 금(金) · 원(元)과 접경 대적하여 몇 년 동안 서로 버티면서도 옛 유적을 잃지 않고 오늘에 이른 것이 어찌 우연히 된 것이겠는가? 지금 국가에서 전쟁을 한 지 20여 년, 성채와 지황(池隍)이 곳곳에 무너져서 근심 없는 태평시대와 다름없이 버려 두고 있다. 대저 지금의 모신(謀臣)과 지장(智將)은 빈틈없이 대책을 세우니 어찌 다만 성지(城池)를 쌓는 것만이 왜적을 대비한다는 것을 몰랐겠는가? 생각건대 그것을 고의로 버려 두고 하지 않은 것이니, 그들의 뜻은 장차 긴 창과 굳센 활로 적과 평원 광야에서 싸워 무찔러 모두 멸망시키는 것으로 마음에 통쾌하게 여긴 것이지, 저와 같이 험한 성을 쌓아 나라를 수비하는 것을 졸렬한 계책으로 여긴 것이다. 왜구의 침략은 별 것 아니지만 국가의 재력은 탄갈되었다. 이에 출병할 때마다 패배하여 접때의 긴 창과 굳센 활로써 마음에 통쾌하게 하려는 계책이 도리어 적의 웃음거리가 되니, 아 애석하다. 거란(契丹)·금(金)·원(元) 같은 적도 두려워하지 않으니 어찌 그리 장했던가? 그런데 지금 어찌하여 도리어 왜적에게 이처럼 곤욕을 당하는가? 박부사가 성을 쌓는 일은 아마 이 점에 분노했을 것이다.

장차 김해의 백성들로 하여금 평소 무사할 때에는 산에서 내려와 농사짓고 바다에 들어가 고기 잡다가 봉화가 오르는 것을 보고는 처자를 데리고 성안으로 들어가면 가히 베개를 높이 베고 편히 잠잘 수 있을 것인데, 누가 험한 성을 쌓아 스스로 견고히 지키는 것을 졸렬한 계책이라고 하겠는가? 내가 장차 옛 가야의 터를 방문하여 마땅히 새로 수축한 이 성 위에 올라 술을 들어 박부사의 정치업적의 성과를 축하하려 한다.

昔先王 南巡 次于尙 余時 召入爲翰林 始識朴侯蕆 於旅舍 相從而悅之 自是 比肩事先王 十有餘年 固已服其才焉 及今上卽位之明年 余 以罪 謫居南方 其冬倭陷金海 人皆言曰 金海 倭衝也 今已陷且殘之 後雖有智者 殆難以爲治 俄而聞朴侯 出爲守 顧謂人曰 余知朴侯 其必有以處此矣 侯 始至 乃能日夜 疲精竭思 設計推恩 凍餒者 使之飽暖 呻吟者 使之謳歌 煨燼者 使之奐輪 缺毁者 使之牢緻 旬月之間 百廢擧矣 侯猶慊然憂形於色曰 是奚足爲政 近日之陷 夫而哭妻 子而哭父母者 聲相續也 失今不圖 後當復然 此余之痛心也 乃告於衆曰 敵勢日熾 去海百里 尙受其害 況此海曲之邑 水環其境者 直死地也 苟非施險 無以爲也 於是 出令 修古山城 擴而大之 累石爲固 因山爲高 功旣訖 自下望之 壁立千仞 雖使一夫當門 萬夫莫能開也 府人 通憲大夫裵公元龍 走書來請曰 山城之修 萬世利也 知吾侯者 莫如子 敢以爲請 余惟設險守國之道 自古帝王 未有不資是以爲治者 孟子所謂 天時不如地利 地利不如人和 蓋言經重大小之差耳 非爲敢其一而廢其二也 嗚呼 祖宗之法 亦密矣 余嘗佐幕朔方

按行東北 塞上 有古山城 橫截山川 首尾千里 其間要害之地 邏戍營屯之所 動至千百 當時經營禦倭之迹 蓋可見也 往與契丹 金 元 接境 爲敵抗衡 幾年 能不失舊物 以至于今者 豈偶然而致之哉 今國家 用兵二十餘年 城砦池隍 所在頹廢 無異太平無虞之世 夫今之謀臣智將 算無遺策 豈獨不知城池 所以待盜賊也 顧棄而不爲 其志將以長槍勁弩 與敵從事於平原廣野 芟夷之 盡滅之 以快於心 以彼設險守國 爲拙策也 倭寇之爲寇 小矣 國家之財力 殫竭矣 於是 每兵出而每北 向之 長槍勁弩快心之策 反爲敵所笑 嗚呼惜也 以契丹 金 元 之敵 而不畏 何其壯也 今何爲而反困於是耶 朴侯之擧 蓋憤於此也 將使金海之民 平居無事則下山而田 入海而漁 及見烽燧 收妻孥而入城 則可以高枕而臥矣 孰謂設險自固 爲拙策也 余將訪古伽倻之墟 當擧酒於新城之上 以賀朴侯政績之有成也

-鄭夢周, 《圃隱先生集》 卷3-

냉천서당기
冷泉書堂記

군(郡)의 북쪽 40리에 산이 있으니 계산(桂山)이라고 한다. 천척(千尺)이나 우뚝 솟아 동남으로 자리잡고 있으니 포산(苞山) 곽씨(郭氏)가 이 산밑에서 대대로 살고 있다. 이곳은 상자(桑柘)와 송백(松栢)이 매우 울창하게 우거져 볼 만하다.

산의 서쪽에 샘이 있으니 냉천(冷泉)이라고 한다. 그 옆에 두어 칸의 집을 지어 자제(子弟)들의 공부하는 곳을 만들고 냉천서당(冷泉書堂)이라고 이름 붙였다. 내가 일찍이 그 유창(幽敞)함을 좋아하여 이곳을 빌어 거처했다. 그런데 장부단록(長阜短麓)과 풍연홍록(風烟紅綠)이 아침저녁으로 기이(奇異)한 모습을 보여주고 서남쪽의 여러 산봉우리들이 굽이치고 솟아 구름 속에 아득하게 보이니 좌우의 놀랄 만한 경치가 아주 많다. 거기다가 한 줄기의 찬 샘[冷泉]이 소나무와 잡목이 우거진 숲 사이로 졸졸 흘러 사람의 옷깃을 상쾌하게 한다.

내가 곽종천(郭鍾千)을 돌아보며 말하기를 “천지간에 가득한 만물에 지극한 이치가 붙어 있지 않은 것이 없지만, 그 중에서 가장 잘 나타나서 쉽게 볼 수 있는 것은 저 샘물이 아니겠는가? 깊은 이 물의 근원이 흐르고 흘러 쉬지 않는 것은 사단(四端, 仁·義·禮·智)이 성하게 나타나는 것과 같다. 평평하게 흐르면 내[川]가 되고, 높은 데서 쏟아지면 여울이 되며, 머물러 있으면 못[淵]이 되나 물의 본성이 변하지 않는 것은 마치 부귀(富貴)에 처해서나, 빈천(貧賤)에 처해서나, 이적(夷狄)에 처해서나, 환난(患亂)에 처해서 중용(中庸)의 도리를 행하는 것과 같다. 또 계간(溪間)에 흘러 강하(江河)로 들어가서 다시 사해(四海)에 이르러 지축(地軸)을 감싸고 하늘에까지 닿아 아득하게 끝이 보이지 않는 것은 마치 선인(善人)에서 신인(信人)으로, 신인(信人)에서 미덕인(美德人)으로, 미덕인(美德人)에서 대인(大人)으로 되어 성신인(聖神人)의 알 수 없는 깊은 경지에까지 이르는 것과 같다.

이 서당에 거처하는 사람은 진실로 이 물의 형상을 보고 그 이치를 완상(玩賞)하여 조용히 자신의 덕을 길러 그 본성을 확충하고 그 행실을 과단(果斷)히 하여 그 쓰임[用]에 도달한다면 근원이 깊고 흐름이 멀 것이니, 어찌 내[川]가 되고 못[淵]이 되어 사해(四海)에 이르지 못할 것을 근심하겠는가? 앞에서 말한 바 중용의 성신인(聖神人)에 이르지 못할 것이 없을 것이다.

아, 이 집 이름을 붙인 자는 도(道)를 아는 사람이 아니겠는가? 만약 냉천의 이 뜻을 깊이 본받지 아니하고 다만 마른 목을 적시고 더움[熱]을 씻는 것으로만 생각하고 나아가서 생각을 씻고 마음을 맑게 하는 것으로만 여긴다면 이는 지엽적인 일이다.” 이 서당은 나의 자형 곽대곤(郭大坤)씨가 지은 것인데 그 맏아들 종천(鍾千)이 공부하는 곳이다.

여주(驪州) 이종홍(李鍾弘) 지음

郡之北四十里 有山曰 桂山 拔地千尺 盤據東南 苞山氏世家于其趾 桑柘松栢 蒼然可挹也 山之西 有泉曰 冷泉 結數架于其傍 以爲子弟肄業之

所 而扁之以冷泉書堂 余嘗愛其幽敞而僦居焉 見長阜短麓 風烟紅綠 朝暮呈奇 而西南諸峰 蜿蜿簇簇 縹緲乎雲漢之外 左右錯愕之不暇 而一條冷泉鏘流乎松樹叢薄之中 爽人襟裾也 顧謂鍾千曰 盈於天地者 莫非至理之寓而最著而易見者 其泉水矣乎 濬然其源 來來不息者 四端之藹藹始達也 平而爲川 懸而爲湍 停而爲淵 而水性無恙者 素富貴貧賤夷狄患難 而行乎中庸也 注溪澗并江河 而達乎四海 包盡坤軸 涵混大虛 茫茫乎不可端倪者善信美大 而至聖神之不可知也 遊息於此者 誠能觀其象而玩其術 靜育其德 以充其本 果決其行 以達其用 則源深而流遠 何患乎不爲川爲淵 而達乎四海也 向所謂中庸 聖神無不可至者 嗚呼 爲此扁者 其知道乎 若不能深體此意 而秪以爲沃渴濯熱之具 進而爲滌慮澄心之資而已 則抑末矣 堂吾姊壻大坤氏築 而胤子鍾千居學也

-《穀齋集》卷6-

위계서원 중수기
葦溪書院重修記 (在舊實紀)

무릇 사물이 흥(興)하고 폐(廢)하는 것은, 사람이 어질고 어질지 못함에 달려있는 것이다. 그러므로 후손을 넉넉하게 살 수 있게 하는 기업(基業)을 처음으로 열어 주는 것은 실로 그와 같이 지극히 어려운 것이고, 선조의 공을 이어받는 것 또한 그와 같이 쉽지 않은 것이다. 나는 파산(巴山) 이씨(李氏) 가문에서 그와 같은 것을 보았다.

이씨(李氏)의 선조(先祖) 중에 매헌(梅軒) · 행헌(杏軒) 두 선생이 있었다. 백씨(伯氏)는 무오년(戊午年)의 화(禍)가 무덤에까지 미쳤고, 성재(惺齋)는 기묘(己卯) 명현(名賢)으로 먼 곳으로 귀양가고 형벌을 받았으니, 그 아버지에 그 아들이라 할 것이다. 중씨(仲氏)는 경서(經書)에 정통하고 사문(師門)에 공부했다. 와룡(臥龍)은 임진 · 계사(壬辰癸巳)의 난을 당하여 영우(嶺右)의 교수(敎授)를 맡았다. 학문이 있는 조상이요 학문이 있는 후손으로, 잠영(簪纓)의 화벌(華閥)로 효우(孝友)와 문학(文學)의 탁이(卓

異)한 행적이 당세에 유명하여 사림(士林)의 종장(宗匠)이 되었으며 향기로운 유덕(遺德)은 단지 일시의 존경에만 그치지 아니하고, 또한 백세(百世)에까지 전하여 민멸(泯滅)되지 아니하였다. 그러므로 군청의 북쪽 위계(葦溪) 위에 서원(書院)을 짓고 향례(享禮)를 드려 춘추(春秋) 제향(祭享)의 예를 받들며 겸하여 후생들의 학습을 하는 장소가 되게 하는데 도움이 되도록 한 것이 2백년의 오랜 세월이 되었다. 세상이 바뀌고 세월이 흐르며 바람에 깎이고 비가 시샘하여 혹은 썩어버린 것도 있고, 혹은 기울어져 퇴락한 것도 있어 중건(重建)하고자 한 지가 오래되었다. 그 후손들이 번성하고 대대로 유풍(遺風)을 지켜오니, 아직도 노성(老成)한 법도가 있어 종의(宗議)가 한 곳으로 모아졌다. 힘과 정성을 다하여 날을 잡아 중건(重建)하되 터는 옮기지 않고 재목(材木)이 썩은 것은 바꾸어서 새것으로 하였다. 일을 시작한 지 5개월만에 목공이 일을 마쳤다. 사기(四紀)가 지난 옛 서원이 하루아침에 다시 새롭게 되었다. 상하의 제도는 종전에 비하여 별로 더한 것이 없으나 화려한 것은 지금에 와서 과분하다. 반수(般倕)의 수평(水平)이며 먹줄과 공수(公輸)의 칼질이며 끌질이라도 이보다는 못할 것이다. 계산(溪山)의 경치가 다시 백년 후에 빛나고 사림(士林)이 우러러 바라보는 것이 온 고을에서 제일이 되었다. 봄 가을에 제사지내어 영령(英靈)이 다시 편안하게 되었으니 제향을 드리는 일은 영원토록 폐하지 않을 것이요, 겨울에는 시를 읽고 여름에는 예를 익혀 후손들이 독학(篤學)하여 선대에 빛이 있어 가문의 명성이 떨어지지 않아 무궁토록 전할 것이다. 이것이 어찌 앞에서 말한 사물이 흥(興)하고 폐(廢)하는 것은, 사람이 어질고 어질지 못함에 달려있다는 것이 아니겠는가? 조상의 세업을 계승하여 한 일이 오늘을 기다려 이루어져 전후 수백 년 동안에 개창(開創)하고 계승(繼承)한 의미가 법이 동일한 법도로 어긋나지 않으니, 아! 아름답구나.

내가 재주도 없으면서 그릇되이 국은(國恩)을 입어 이 고을을 맡아 외람되이 원임(院任)에 참여하게 되었다. 본 서원을 중건하는 일이 마침 이때에 이루어져 사림(士林)과 그 자손들이 나에게 기문을 청하였다. 이를 사양하였으나 그만 둘 수 없어 황졸(荒拙)함을 잊고 이에 글을 짓는다.

갑자(甲子) 12月 하한(下澣)에

통훈대부 전홍문관부응교지제교 겸경연시강관 춘추관기사관(通訓大夫 前弘文館副應教知製教 兼經筵侍講官 春秋館記事官) 후학(後學) 연안(延安) 김창수(金昌秀) 삼가 지음

夫物之興廢 係於人之賢否 是故創開裕昆之業 實如彼其極難 繼述承先之功 亦如其不易者 余於巴山李氏家 得以睹之矣 蓋李氏祖先 有梅杏兩先生 伯公戊午禍及泉壤 惺齋以己卯名賢 嶺海桁楊 是父是子 仲氏通經術遊師門 臥龍當龍蛇之難 掌嶺右教授 文祖文孫 簪纓華閥 孝友文學 卓異之行 有名當世 爲士林之宗匠 馨香遺德 非徒止於一時之尊敬而已 亦垂於百世而不泯 故治之北葦溪之上 建院設享 以奉春秋俎豆之節 兼資後生肄業之所 爲二百年之久 物換星移 風磨雨猜 或有朽敗者 或有傾頹者 肆欲重建 厥惟久焉 其子姓 蕃衍 世守遺風 尙有老成典刑 而宗議僉同 竭力殫誠 卜日改建 基兆不移 其材之朽敗 易而新之 經始五朔 匠師告功 四紀舊院 一朝重新 上下制度 比於前別無添增 而華麗則侈於今矣 般倕之準繩 公輸之剞劂 有不足論者 溪山景色 復增於百年之下 士林觀瞻 有倍於一鄕之中 春而祀 秋而嘗 英靈再妥 牲醴之奉 永世勿替 冬而詩 夏而禮雲仍篤學 有光前烈 家聲不墜 傳之無窮 玆豈非向所謂物之興廢 係於人之賢否者哉 肯構之功 有待於今日 前後數百載 創開繼述之義 同揆而不悖於乎美哉 余於匪才謬蒙國恩 來守是鄕 猥參院任 本院重建之役 適成于此時 士林與本孫 請余作文以記之 辭不獲已 忘其荒拙 於是乎書

閼逢 困敦 臘月 下澣

通訓大夫 前弘文館副應教 知製教兼 經筵侍講官 春秋館記事官 後學 延安 金昌秀 謹撰

-《梅軒先生文集》卷4-

온천정사기

溫泉精舍記 (在舊實紀)

진주(晋州)의 남강(南江) 위 월아산(月牙山)의 동쪽에 온수동(溫水洞)이 있고, 동(洞)에 경좌(庚坐)의 묘지가 있으니, 이는 곧 매헌(梅軒) 이선생(李先生)의 묘이다. 그 아래에 재실(齋室)이 있으니, 이는 곧 자손들이 제사지내는 곳이다. 인동(仁同) 장석영(張錫英)이 상량문(上樑文)을 짓고, 선생의 14세손 정규(丁奎)가 나에게 기문을 부탁한다.

삼가 살피건대 선생은 필재(畢齋)의 고제(高弟)로 일찍 진사(進士)가 되었고, 또 문과(文科)에 급제하여 갑과(甲科)에 장원을 한 것은 선생으로부터 시작된 것이다. 외직으로는 여러 번 군읍(郡邑)을 맡았고, 내직으로는 사인(舍人)과 한림(翰林)이 되었다. 중국에 사신으로 가니 천자(天子)가 그 예를 다하는 것을 가상히 여겼다. 호남(湖南)에 관찰사(觀察使)가 되었는데 백성들이 거사비(去思碑)를 세웠다.

대사헌 겸경연춘추관사(大司憲兼經筵春秋館事)로 연산군(燕山君) 때 정치가 문란하므로 벼슬을 버리고 시골로 내려가 「매화시(梅花詩)」 일절(一節)을 읊고는 매헌주인(梅軒主人)이라고 스스로 호(號)를 하고 자연에 은거하여 평생을 마치려 했다. 홍치(弘治) 정사년(丁巳年, 1497) 모월(某月) 모일(某日)에 별세하니 진주의 동쪽 마법산(麻法山) 오음봉(五音峯) 아래에 장사하였다. 무오년(戊午年, 1498)에 선생께서 유자광(柳子光)의 무고(誣告)를 입어 화가 지하에까지 미쳤는데, 바야흐로 관을 쪼개려 하자 짙은 안개가 사방을 막고 강물이 역류하는 듯하였다. 김오랑(金吾郎)이 크게 놀라 즉시 관을 덮으니 안개가 걷혔다. 선생의 원기(寃氣)가 능히 천지와 귀신을 감동시킬 수 있었던 것이다.

선생의 관을 거적으로 덮은 지 10년 후인 중종(中宗) 정묘년(丁卯年, 1507)에 설원(雪寃)하여 관작(官爵)을 복직시키고 흙으로 덮으라는 명령이 있어 진성(晋城) 온천동(溫泉洞)의 경좌(庚坐)의 언덕에 개장(改葬)했다. 그리고 한성판윤(漢城判尹)을 내렸다. 부제학(副提學) 유희춘(柳希春)이 경연(經筵)에 아뢰어 다시 예조판서(禮曹判書)를 내렸다. 눌암(訥菴)

박지서(朴旨瑞)가 묘지명(墓誌銘)을 짓고, 참의(參議) 김상직(金相稷)이 묘갈명(墓碣銘)을 지었으며, 대사성(大司成) 정은조(鄭誾朝)가 신도비명(神道碑銘)을 짓고, 성균관 교수(成均館 教授) 이상영(李商永)이 행장(行狀)을 지었다. 아, 슬프도다.

선생의 장자 핵(翮)은 생원(生員)이고, 차자 분(翂)은 진사(進士)로 낙원(樂院) 판사(判事)로 불렀으나 나아가지 않았고, 셋째 령(翎)은 역시 정암(靜菴)의 고제(高弟)로 기묘년(己卯年)의 화를 혹심하게 입으니 자손들이 두려워 남쪽 벽지로 피하여 오래 동안 감히 어느 조상의 자손이라고 칭하지 못했다. 그리하여 선생의 학문과 덕업(德業) 또한 거의 인멸(湮滅)되어 칭해지지 못했다. 선생의 14세손 호규(鎬奎)가 노인이 되었는데도 선조의 사적이 전해지지 못하는 것을 걱정하여 널리 찾아 채록하였다. 《필재집(畢齋集)》《한훤(寒暄)·일두사우록(一蠹師友錄)》, 조매계(曺梅溪)의 《명환기(名宦記)》《진양지(晋陽誌)》《동국명신록(東國名臣錄)》등에 의거하여 가전(家傳)으로 삼았지만 열에 한둘도 못되고, 또한 불에 타고 남은 예악(禮樂)을 면하지 못했다. 갑자년(甲子年) 봄에 14세손 종환(宗煥)이 종족(宗族)과 모의하여 묘 아래 4간의 재실(齋室)을 짓고 온천정사(溫泉精舍)라 이름했다. 곁채는 동서로 나누어 있고 대문에는 활원(活源)이라고 편액을 붙였는데, 묘제(墓祭)를 지낼 때 자손들이 이 곳에 모여 재숙(齋宿)한다. 북쪽에는 광풍정(光風亭)과 제월대(霽月臺)가 있으니 이는 곧 선생께서 평소에 지팡이를 짚고 노니시던 곳이다. 그런데 여러 차례 병화(兵禍)를 겪어 광풍정(光風亭)은 이미 폐허가 되었고, 제월대(霽月臺)만이 진주 남강 위에 홀로 우뚝 서 있어 노는 사람들의 음영(吟詠)하는 곳으로 되었다. 월아산(月牙山)은 선생께서 은둔한 곳으로 성종(成宗)이 일찍이 마을 이름을 가좌리(嘉佐里)라고 하사하였다. 마을 앞에 선생의 자부(子婦) 김씨(金氏)의 정려(旌閭)가 있으니, 곧 필재(畢齋)선생의 따님이다. 부공(夫公)이 참화(慘禍)를 당하자, 강가에서 순절하였다. 중종(中宗) 때 특별히 정려(旌閭)의 은전(恩典)을 입었으니 진양(晋陽) 제일의 정려이다.

아, 선생의 일문(一門)은 어찌하여 화가 그렇게도 혹심하면서 어진 이가 그렇게도 많은가! 운수와 이치가 거꾸로 되어 어진 이는 오히려 화를 입고 어질지 못한 자가 복을 받는 것인가? 하늘은 덕이 있는 사람을 만들기 위해, 화가 깊을수록 어짊을 더욱 드러나게 한 것인가? 자손이 여러 대로 떨치지 못하여 시호(諡號)를 받을 겨를도 없이 세상은 마침내 변해 버렸으니, 하늘이 보시(報施)하는 바가 과연 이와 같단 말인가? 예나 지금이나 시호를 받은 자라고 해서 반드시 모두가 어진 것도 아니고, 어진 자라고 해서 반드시 모두가 시호를 받은 것도 아니었으니, 아마도 이것으로써 선생의 경중(輕重)을 따질 수는 없을 것이다.

유명한 조상의 후손 중에는 선대에는 번성하였으나 후대에 쇠미한 가문도 있고, 또 선대에는 쇠미했으나 후대에 번성한 가문도 있으니, 선생의 자손이 장차 번창할 것을 나는 호규(鎬奎), 정규(丁奎), 종환(宗煥)이 조상을 받드는 효성에서 알 수가 있다.

또 그 자손으로서 이 정사(精舍)에 들어오는 자는 다만 재숙(齋宿)의 예만 다할 것이 아니라, 더욱 더 그 선조의 덕업(德業)을 추모하고 그 아름다움을 이어가면, 그 자손이 번창함을 저 시냇가의 소나무가 울창하여 한 겨울에도 푸른 것과 같을 것이다.

병인년(丙寅年) 모춘(暮春)에

신안(新安) 맹보순(孟輔淳) 삼가 지음

晉江之上　月山之東　有溫水洞　洞有負庚原　卽梅軒李先生衣履之藏也　其下有齋室　乃其子孫供祭之所也　仁州張公錫英　爲上樑文　先生十四世孫丁奎　屬余以記之　謹按　先生以畢門高弟　早登上庠　又擢文科　魁甲科　自先生始焉　外而屢典郡邑　入爲舍人翰林　奉使中朝　天子嘉其盡禮　觀風湖南人民有去思碑　長憲府兼　經筵春秋館事　燕山政亂　棄官歸鄕　詠梅花詩一絶自號梅軒主人　爲終老林泉　卒於弘治丁巳某月日　葬於晉東　厤法山　五音峯下　戊午　先生入子光構誣　禍及泉壤　方剖棺時　大霧四塞　江水如逆流　金吾郎　大懼　卽斂棺　開霽　先生寃氣　能動天地鬼神　先生之柩　已藁掩者　十

年 中宗丁卯 追雪復爵 有掩土之命 改葬于晉城 溫水洞 庚坐之原 敍贈漢城判尹 副提學柳希春 建白經筵 加贈禮曹判書 訥菴朴旨瑞 撰墓誌銘參議金相稷 撰墓碣銘 大司成鄭誾朝 撰神道碑銘 成均館教授 李商永 撰行狀 嗚呼悲夫 先生之長子翮 生員 次子翂 進士 徵掌樂院判事 不就 三子翎 又以靜菴高弟 酷被己卯之禍 子孫畏避南陬 不敢稱某祖之孫子久矣而先生學問德業 亦幾乎湮沒不稱矣 先生十四世孫鎬奎 年逾耄耋 憂先蹟之無傳 廣搜博採 據畢齋集 寒蠹師友錄 衷梅溪名宦記 及晉陽誌 東國名臣錄 以爲家傳 而十不一二 亦未免燼餘之禮樂也 甲子春 十四世孫宗煥謀於宗族 就墓下 築五架齋室 名以溫泉精舍 廊分東西 門額活源 歲祭時子孫聚而齊宿焉 北有光風亭 霽月臺 乃先生平日杖屨之所 而累經燹劫 光風已墟 霽月獨歸於晉陽江上 爲遊人吟咏之所 月牙山 卽先生肥遯處 成廟嘗賜坊名以嘉佐里 前有先生子婦金氏旌閭 卽畢翁女也 夫遭慘禍 殉於江上 中廟 特蒙綽楔之典 乃晉陽第一旌閭也 嗚呼 先生一門 何禍之酷而賢之多也 數與理反 賢者禍而不肖者福歟 天庸玉成 禍愈深而賢愈著乎 子孫累世不振 易名未暇 而世遂變焉 天之所以報施者 果如此歟 古今易名者未必皆賢 而賢者亦未必皆易名 恐不可以此爲先生之輕重也 名祖之孫 有先盛而後衰者 亦有先衰而後盛者 先生子孫之將昌大 余於鎬奎 丁奎 宗煥之奉先以孝 知之矣 又其子孫之入是舍者 不徒齊宿之爲禮 尤追慕其先祖之德業而趾美焉 則其子孫之昌盛 宜如澗松之鬱鬱晩翠乎哉

歲丙寅 暮春

新安 孟輔淳 謹撰

-《梅軒先生文集》卷4-

증교관 하공 정려기
贈教官河公旌閭記

진양군(晋陽郡)에 옛날에 독실한 행실이 있는 효자(孝子)가 있었으니, 바로 처사(處士) 하진태공(河鎭兌公)이다.

공(公)은 영조(英祖) 정사년(丁巳年, 1737)에 나서 정조(正祖) 경신년(庚申年, 1800)에 별세했다. 고을 사람들이 그 행적이 민멸해 가는 것을 애석하게 여겨, 그 지극히 훌륭한 행적을 들어 여러 번 감영(監營)에 호소하여, 공의(公議)가 오래도록 그치지 않았다. 현재 임금인 고종(高宗) 신묘년(辛卯年, 1891)에 임금이 거둥하는 길에서 맞아 호소하여 비로소 정포(旌褒)를 받게 되어, 정려(旌閭)가 우뚝이 서서 빛났다. 이곳을 지나는 사람들이 경례를 하여, 모두 효자의 정려인 것을 안다. 조정에서 효성으로 나라를 다스리는 정치가 이에 산 사람이나 죽은 사람에게 유감이 없게 되었으니, 아, 훌륭하구나!

공(公)은 하늘에서 타고 난 효성으로, 6세 때 아버지를 여의고 어머님 섬기기를 50년을 하루같이 하여 맛있는 음식을 봉양하고, 겨울에는 따뜻하게 하고 여름에는 시원하게 하기를 힘을 다하지 아니함이 없었다. 병환이 위중할 때를 당하여, 병세의 경중을 알기 위해서 똥을 맛보고, 손가락을 잘라 피를 입에 넣어 드렸다. 눈서리를 무릅쓰고 병이 낫기를 하늘에 기도 드리면서 스스로 글을 지어 빌었는데, 그 내용이 모두 지성에서 나왔다. 마침내 신명의 도움을 입어 어머니는 곧 원기를 회복하여 능히 80세까지 살다가 별세했다. 이때 공(公)의 나이 이미 50세가 넘었으나 복상(服喪)하기를 예법대로 다해서 몸에는 상복을 벗지 않고 입에는 양념이 든 음식을 먹지 않았다. 후에 제삿날을 당해서도 슬퍼하고 사모하기를 초상 때와 같이 했다. 이 효성을 미루어 조상을 받들고 종족에 돈목하여 역시 모두 처지에 따라 정성을 다했다. 어릴 때부터 늙어서까지 모든 행실이 환히 빛난다.

대개 효성은 천성으로 타고난 것이나, 인욕(人慾)이 해쳐 타고난 천성을 잃는 사람이 대부분이다. 공(公)은 이에 언제나 변하지 않는 착한 성품을 온전히 보존하여 위로는 신명의 감동을 입었고, 아래로는 인심(人心)의 추앙(推仰)함을 얻어, 마침내 태평 세상에 나타내어 포상함이 있어 백세(百世) 후에도 흠모하여 칭송하게 했으니, 이른바 지성은 신명을 감동시킨다는 것은 이를 두고 한 말이 아니겠는가?

내가 일찍이 심재선생(心齋先生)이 지은 묘지(墓誌)를 보고 공(公)의 명성에 감복한 지 오래이다. 지금 그 5대손 종식(宗植)이 나에게 찾아와서 정려(旌閭)의 기문(記文)을 청한다. 선의(先誼)를 미루어 생각하면 감히 글을 잘 짓지 못한다고 사양할 수 없다. 드디어 평소에 느낀 바를 대략 이와 같이 쓴다. 그 학문에 힘쓴 것은 스스로 속일 수 없는 것이 있으므로, 여기서 굳이 덧붙여 쓰지 아니한다.

숭정(崇禎) 오임진년(五壬辰年, 1892) 천중절(天中節, 端午)에

대왕보국(大匡輔國) 숭정대부(崇祿大夫) 영중추부사(領中樞府事) 은진(恩津) 송근주(宋近洙) 지음

晋陽府 故有篤行孝子 曰處士河公鎭兌 生于英廟丁巳 沒于正廟庚申 鄕邑莫不惜其泯沒 擧至行 屢籲營府 公議久而未已 今上辛卯 迎顯蹕路 始蒙旌褒 烏頭赤角 巋然煌煌 過者式之 皆知爲孝子之廬 朝家孝理之政 於是乎無憾於存沒 嗚呼盛矣 公以根天之孝 六歲而孤 事母夫人 五十年如一日 滫瀡溫凊 靡不竭力 當瘖憂危亟之時 嘗糞血指 冒霜雪祈星斗 自爲文以祝 言出至誠 竟獲神佑 遄復天和 克享八耋而終 公年已不致毁 而守制如禮 衰絰不脫 薑桂不進 後値喪餘 哀慕如袒括 推而及於奉先敦宗 亦皆隨處殫誠 自幼至老 群行焯焯 夫孝者 人之所得於天 而人慾汨之 喪其秉彛者 滔滔皆是 公乃全其恒性 上以得神明之孚格 下以得人心之推服 終有昭代闡發 俾百世歆誦 所謂至誠感神 不其然乎 余嘗見心齋先生所撰墓誌 服公之名久矣 今其五代孫宗植 來謁以旌閭之記 追念先誼 不敢以不文辭 遂略書平昔所感者如此 若其學問之力 自有不可誣者 而玆不須贅云

崇禎 五壬辰 天中節

大匡輔國 崇祿大夫 領中樞府事 恩津 宋近洙 識

담산서사기
澹山書舍記

진양(晉陽)의 동북(東北) 쪽에 한 마을이 있으니 목단리(丹牧里)라고 한다. 산(山)을 등지고 강(江)을 둘러 도내(道內)에서 명지(名地)로 일컫는데 이 곳에 하씨(河氏)가 살고 있다.

마을의 서쪽에 그윽하게 따로 한 구역이 펼쳐져 있는데 집들이 바둑판에 놓인 바둑돌과 같이 여기저기 흩어져 있고, 빗살과 같이 촘촘히 늘어선 안쪽에 우뚝 솟은 집이 바로 담산선생(澹山先生)께서 어버이를 모시고 독서(讀書)하시던 사랑채이다. 선생은 영명(英明)한 자질과 뛰어난 재주를 받고 태어나 일찍이 학문에 뜻을 두어 아무렇게나 교유(交遊)하지 않고 오직 마음에 맞는 좋은 친구와 학문을 연마하고 배어들어 함께 어질고 덕망이 높은 분의 문하(門下)에 나아가서 질정(質正)하니 미미(亹亹)한 조예(造詣)가 날로 정밀하고 넓어 뜻은 우주(宇宙)와 같이 크고 안목은 고금(古今)을 저울질했다. 그러나 좋지 못한 시대를 만나서 궁항(窮巷)에 종적을 감추고 오직 옛 학문을 닦아서 밝히고 후학(後學)을 가르치는 것을 자신의 책무로 여겼다. 이에 원근의 사람들이 흡연(洽然)히 추대하여 본보기로 삼았다. 고을에 사문(斯文)의 일과 공부하려고 책을 짊어지고 찾아오는 사람들이 길을 이어 이들을 모두 수용할 수가 없었다. 그러므로 여러 자질(子姪)들이 한 구역을 가려 따로 공부할 곳을 마련하려고 하니 선생께서 경계하기를 '이것도 오히려 지나친데 너희들이 내 뜻을 바꾸려고 하느냐'고 하면서 감추어 두었던 담산서사(澹山書舍)라는 넉 자의 액자(額字)를 주면서 문 위에 걸게 하니, 이는 석촌(石邨) 윤상서(尹尚書) 용구(用求)의 글씨였다.

선생이 별세하시자 아들 순봉씨(恂鳳氏)가 이 집을 지키면서 관리하기를 게을리 하지 않고 서책과 기물(器物)들까지 종전과 같이 정렬(整列)해 두었다. 몇 해 후에 뜻을 같이 하는 여러 사람들과 유문(遺文)을 간행하고 여러 사람의 의견에 따라 가운데 한 칸에 영정을 모시고 사우(士友)

들을 청하여 석채례(釋菜禮)를 드렸다. 얼마 안 되어 순봉(恂鳳)이 이어 별세하자 이 집은 결국 지킬 수가 없게 되었다. 다만 중춘(仲春)에 종전에 결성한 계원들과 한 번씩 모이고 말았다.

몇 해 전에 마을 안에 큰집이 한 채 있었는데, 이를 뜯어내게 되자 장손(長孫) 효준(孝俊)이 그 규모를 가만히 헤아려 보니 전에 그의 아버지께서 마음 속에 생각하고 있었던 것과 꼭 맞을 것 같았다. 곧 그것을 사서 수리하니 제도가 매우 크고 넓었다. 다시 새 액자(額字)를 붙이고 영정과 여러 기물들을 옮겨 모셨다. 내가 이를 듣고 가상히 여겨 감탄했다.

일전에 효준(孝俊)이 나를 찾아와서 말하기를 “새 집이 이미 이루어져 지금 이 집을 다시 사랑으로 사용하려고 하니 마음에 석연치 못함이 있으므로 액자(額字)는 철거하지 않고 종전대로 보존하여 지키려고 하니, 기문(記文)을 지어 그 뜻을 밝혀 후손들에게 훈계를 해 주십시오.”라고 했다.

아, 지금 천지가 뒤바뀌어 사람이 짐승에 가까워지려는 이 때에 군(君)이 이런 큰 일을 하니 이는 참으로 축하할 일이다. 내가 아무리 늙고 병들었으나 어찌 이를 사양할 수 있겠는가. 대개 우리 유자(儒子)의 학문은 효제(孝悌)뿐이니 성인(聖人)이 이 도(道)를 논하여 ‘조상의 뜻을 잘 이어가고 조상의 사업을 잘 이어가는 것’이라고 했다. 군(君)의 아버지께서 다만 마음 속에 생각만 하고 있었으나 군이 과감히 하지 못한 것은 선생의 뜻을 존중했기 때문인데, 지금 군(君)이 완수한 것도 역시 아버지의 뜻을 받든 것이니 양대(兩代)가 모두 윗대의 일을 잘 받들어 이었다고 할 수 있다. 무릇 선생의 자손된 자는 이 집에 오르내릴 때마다 반드시 조상을 잘 이어간다는 ‘계술(繼述)’ 두 글자를 부신(符信)으로 삼아서 조심조심 서로 경계하면 이 집이 무궁(無窮)토록 보존되지 않겠는가? 오직 이로써 힘쓰기를 바란다.

이내 가만히 마음속에 감회가 있으니 내가 15세 때 이 집에 장가와서 그 후 왕래하며 선생께 가르침을 받은 지 40년이 가까웠다. 매양 가까이서 모실 때마다 안한(安閑)한 모습과 온상(溫詳)한 사기(辭氣)는 미원(薇

垣) 옥서(玉署)에 들어가 토론하는 반렬(班列)에 참여하여 함께 듣는 것과 같았다. 그러나 선악(善惡)의 구분과 왕실(王室)을 존숭하고 이적(夷狄)을 배척하는 의리의 분별을 논함에 있어서는 준엄하고 꼿꼿하여, 마치 옷의 아랫도리를 걷어올리고 암서재(岩棲齋)에 올라가서 우암선생(尤菴先生) 곁에 머뭇거리는 것 같았다. 이것은 옥현(玉鉉)이 아무리 배우려 해도 되지 않고 한갓 감탄만 할 따름이었다. 그러므로 여기에 이 말을 첨부(添附)하여 우러러 사모하는 정성을 붙인다.

병자(丙子, 1997) 중양절(重陽節, 9월 9일)에

문인(門人) 화산(花山, 安東) 권옥현(權玉鉉) 삼가 지음

晉陽之東北 有里曰 丹牧 負山襟江 以名地著稱鄉省 河氏庄也 里之西 窈然有別開一區 而據碁布櫛比之最中 穹然臨之者 卽澹山先生 奉親讀書之外寢也 先生 以英明姿禀拔萃才 早志問學 而妄不交遊 維與同心勝友磨礱浸灌 同嚮於賢德之門 而就正 則亹亹造詣 自有精博 志大宇宙 眼衡今古 然遭値不辰 旋斂迹窮巷 惟以修明舊學 振發來蒙爲己事 則遠邇洽然推以表率 鄉道斯文之業 擿埴負笈之徒 絡繹相尋 舍有難容 故諸子姪欲擇一區 別築藏修所 卽戒之曰 此猶泰矣 爾輩欲易吾守耶 乃出所藏四字額 使揭楣上 石邨尹尚書 用求筆也 及先生沒 嗣子恂鳳氏 繼而守之 汛掃無怠 以至書冊什物 整列若平日 至有年 與諸同人 刊行遺文 因從僉議 治中一間 安奉遺像 邀士友 薦以一獻之禮 無幾 恂鳳又沒 舍遂不守 但於春仲 與曾設契諸員 以成一會而止 前年 里中一大廈 將毁去 嗣孫孝俊 自度其範圍 與先人夙所隱度者適合 卽買而增治 制頗宏濶 更揭新額 移奉遺像及諸品 余聞而嘉歎焉 日孝俊 來余言曰 新舍已成 而此舍復爲外寢 於心有未釋然 故不掇揭額欲依舊保守 願爲之記 明其意以飭來裔 噫今天壤易位 人幾化獸 於此時而君能辦此大業 是固可賀 雖甚癃廢 曷可辭哉 盖吾儒之學 孝悌而已 聖人論其道曰 善繼人之志 善述人之事 君之先公徒抱隱度 而未果者 承先生之志也 今君之能遂者 亦承先公之志也 則兩世皆可謂承述之善也 凡爲先生子孫者 每登降於斯 必以繼述二字爲符額

兢兢相戒 則此舍豈不可保於無窮哉 惟以是勗而○ 因竊有感于中者 余年十五 始作舘客于此舍 往來承誨 跨四十年矣 每趨左右 安閒容止 溫詳辭氣 如入薇垣玉署 參聽論思之列 及論淑慝之分 尊攘之辨 則峻嚴直裁 悅若摳衣於岩捿之齋 周旋大老之側 此玉鉉之所學而未能 而徒切感歎者 故今附書于此 以寓高景之忱

光復後 丙子 重陽節

門人 安東 權玉鉉 謹記

풍수정기
風樹亭記

옛 가수(嘉樹)의 정동(貞洞)은 우리 종족이 대대로 살아온 곳이다. 지금 마을 옆에 정자(亭子)를 한 채 지어 우뚝이 서 있는 것을 볼 수 있는데, 이는 우리 종족 중에서 뛰어난 태은(泰殷)이 그의 아버지 중세공(重世公)을 위해서 지은 것이다.

공은 어릴 때부터 성품이 어떤 일에 조금도 얽매이지 않고, 공부도 하려 하지 않으며 농업도 달갑게 여기지 않았다. 사람들과 교분을 맺음에 있어서도 매우 자부하였다. 겨우 20세 정도가 되자 본래 하던 일을 버리고 서쪽으로 중국과 남쪽으로 일본에 건너가 오래토록 정처 없이 다니다가 마침내 일본의 한 궁벽한 곳에 정착했다. 그곳에서 여러 해 동안 온갖 고생을 하다가 비로소 차츰 재산을 모았다. 이에 몇 달만에 한번씩 고향으로 돌아와 가정의 일을 잘 돌보아 가족들을 모두 기쁘게 하였다. 더욱이 태은의 학업에 힘을 기울이며 종족들에게 말하기를 “내가 애써서 살아온 것은 분명한 목표가 있으니, 만약 몇 해만 더 기다리면 반드시 세간을 거두어 돌아와서 집도 정돈하고 전답도 넓혀 근심과 기쁨을 함께 할 것이다”라고 했다. 그러므로, 온 종족들이 기대하지 아니함이 없었다. 그런데, 우연히 병에 걸려 일어나지 못하고 갑자기 시체로 돌아오니 기대가 도리어 탄식과 슬픔으로 변했다. 이때 태은은 이미 학업을 마치고 박사학위를 받고 가까이 아버지를 몇 년간 모셨다. 그는 다시 일본으로 건너가서 아버지가 남긴 세업을 이어갔다. 그의 어머니는 이곳에 있으면서 살림을 근실히 관리하여 가업은 날로 번창하고 가정도 차차 정리되어 갔다.

하루는 그의 어머니께서 태은에게 명령하여 말하기를 "너의 아버지께서 뜻을 두고도 이루지 못했으니 생각하면 참으로 애통할 일이다. 옛날 살던 곳에다가 집을 한 채 지어서 추모할 수 있는 장소가 있게 하면 자식된 도리를 조금 펼 수 있지 않겠는가"라고 했다. 태은이 곧 그렇게 하겠다고 대답하고는 집을 지으니 제도도 제법 너르고 시원스러웠다. 일을 마치고 또 어머니의 명령을 받들어 나를 찾아와서 집 이름과 기문을 청하니, 정의를 보아 사양할 수가 없다. 이에 옛 사람이 '나무가 고요히 서 있고자 하나 바람이 그치지 아니하고, 자식이 어버이를 오래토록 봉양하고자 하나 어버이께서 기다려 주지 않는다'는 어버이를 생각하는 말을 따서 '풍수정'(風樹亭)이라 하고 이어 기문을 이렇게 짓는다.

누가 남의 부모가 아니며 누가 남의 자식이 아니겠는가. 그 힘쓰시고 보살펴 주신 은혜는 누구라고 다름이 있겠는가. 그러므로 옛 시인이 그 감정을 표현하여 "부모님의 은혜가 넓고 큼이 하늘과 같이 한이 없다"라고 했다. 그러나, 이것은 그 상도(常道)를 말한 것이다. 혹시 그 처지가 행과 불행이 있으면 그 느낌도 얕고 깊음이 없지 않을 것이다. 대개 공은 외국에서 어려움을 딛고서 온갖 고난을 겪은 것은 어떤 목표가 있었던 것인데, 그 뜻을 이루지 못하고 갑자기 별세했으니, 그 음성과 모습은 아무 데도 접할 수 없고 바라볼 수 있는 것은 조그만 무덤밖에 없다. 그러므로 그 슬픔이 응당 보통과 다름이 있을 것이다. 지금 이 일을 처리하여 약간이나마 그 뜻을 이어가니 가히 공의 교화가 가정 사람에게 배인 것을 알 수가 있다. 그러나, 태은에게 있어서는 어찌 이로써 자신의 직무를 다했다고 할 수 있겠는가.

가만히 생각건대《소학(小學)》에 이르기를 '부모님께서 비록 별세했더라도 착한 일을 할 때면 부모님께 좋은 명성을 끼칠 것을 생각하여 반드시 과감하게 실행하고, 착하지 못한 일을 할 때면 부모님께 수치스럽고 욕됨을 끼칠 것을 생각하여 과감히 해서는 안 된다'고 했다. 대개 어버이께서 이미 별세했을 때는 자신의 착한 일과 착하지 못한 일이 어버이와 관계가 없을 것 같으나, 실제로는 거기에 지극한 뜻이 있는 것이다. 그러므로, 항상 이것을 생각하여 잠깐 사이에도 소홀함이 없이, 이 정자에 오를 때마다 나무가 고요히 서 있고자 하나 바람이 와서 흔드는 것을 보면 숙연(肅然)히 부모님의 교훈을 받드는 듯한 느낌이 있을 것이다. 이때 혹시 세상의 성세(聲勢)에 쏠려 부모님께 수치스럽고 욕됨을 끼칠 것을 염려하여 자신을 매우 반성하고, 착한 일을 과감하게 행하여 효행을 더욱 독실히 실행하여 이로써 세업을 삼아 자신에게 간직하고 후손에게 전하여 대대로 지켜 폐하지 않으면 이 정자가 한 가문의 법도가 될 뿐만 아니라, 또한 온 세상의 본보기가 될 것이다. 이것이 태은이 밤낮으로 삼가하고 두려워하던 바가 아니겠는가?

이 일은 나와 한집안 일 같으므로 칭송만을 하지 않고 경계하는 뜻을 강조하여 글을 짓는다. 그 산수 자연의 아름다움에 대해서는 이 정자에 직접 올라서 보는 사람들의 각자의 논평을 기다리며 갖추어 기록하지 않는다.

광복(光復) 후 무진(戊辰, 1988) 국추(菊秋, 9월)

종하(宗下) 옥현(玉鉉) 지음

舊嘉樹之貞洞 吾宗世庄也 今築一亭於洞傍 有聳瞻視者 宗英泰殷 爲其先府學生諱重世公作也 公自幼 性甚不羈 學書不肯 業農又不屑 與人訂交 自許甚重 甫勝冠 脫素履 西渡南越 跡久無端 而卒定着于海國之一窮鄉 顚頓撼躓至多年 始見稍積 乃間月歸鄉 善理家政 使侍率俱得欣宜 而尤輸力於泰殷學業 每語宗族曰 吾之營營 的有所期 若待幾年 則必撤歸治屋廣田 當共憂喜 故渾宗莫不期待 偶一疾不起 遽見柩歸 則期待者 旋致咨戚 時泰殷已畢業 通博士科 趨侍有年矣 更歸而繼幹遺業 其慈氏則在此而健持 業日進家漸整矣 日命泰殷曰 若父之有志未就 思之良[illegible] 就舊庄

象之一字 以寓羹墻之思 則足以少伸烏鳥之情耶 卽喏而築之 制頗宏暢 役畢又承慈命 訪余請名與記 誼無可辭 乃取古人思親之語 扁以風樹 因爲之言曰 孰無父母 孰非人子 其劬勞顧復之恩 豈有彼我之異 肆詩人寫出其情曰 昊天罔極 然是特道其常矣 其或所遇有幸不幸 則所感亦不無淺深 蓋公之蹈艱曆苦於異域者 志有所的 而徒齎而奄沒 聲音形貌 廓無可逮 所可望者 但睪如之封 宰如之阡而已 則其所痛迫 應有異常 而今辦此役 粗述遺意 則可以想公之化洽家人 然在泰殷 豈可以此爲已職之足耶 竊念小學有曰 父母雖歿 將爲善 思貽父母令名 必果 將爲不善 思貽父母羞辱 必不果 蓋親已沒 己之善不善 似若無與於親 而實有至意存焉 嘗以是服膺 造次無忽 時日降登之際 見風動樹搖 則必有肅然承聞之感 于斯時也 恐恐然或趨聲附跡 以貽羞辱 痛省果決 益篤孝義之行 以是爲青氈 藏諸身而傳之來人 世世守而不替 是亭不啻爲一家之柯則 亦足爲擧世之範 是非泰殷之夙宵所兢兢者耶 事同一家 故不徒頌 重以規 至若山水雲物之景 則以待登眺者之各評而不備記.

光復後 戊辰 菊秋

宗下 玉鉉記

악견산성 고적기
嶽堅山城古蹟記

황매산(黃梅山)의 한 줄기가 동쪽으로 달려 대평(大坪)의 경계에 이르러 우뚝 솟아 금성산(錦城山)이 되고 금성산으로부터 동쪽으로 달려 허굴산(墟堀山)이 되고, 허굴산으로부터 북쪽으로 꺾어 돌아 향강(香江)의 윗쪽에 이르러 악견산(嶽堅山)이 되었다. 이것이 삼가(三嘉)의 세 큰산으로 솥발 모양으로 늘어서 있다.

이 세 산 중에서 악견산이 가장 높고 험하다. 이 산은 돌이 쌓여 봉우리가 되었는데, 평지에서 솟아올라 우뚝 서서 공중을 무색하게 하는 형세가 있어 엄연함이 대장이 깃대를 세우고 북을 치며 군중을 호령하는 것 같고, 우뚝함이 지주(砥柱)라는 돌이 황화수의 중류에 서서 흐르는 물결을 가로막는 것과 같다. 아래에서 바라보면 깎아지른 듯한 바위가 잡고 올라갈 수 없을 것 같으나, 그 위는 평평하고 넓어 수천의 병마(兵馬)를 수용할 만하다. 또 높은 바위와 깎아지른 듯한 절벽이 늘어 둘러서서 천연으로 이루어진 요새지가 되었다. 그 연결되지 않은 곳에다가 돌을 쌓아 성을 만드니 주위가 2천여 척이 되었다. 이것이 악견산성이다.

신라 때 죽죽(竹竹)과 용석(龍石) 두 장수가 이곳에서 사수(死守)했다. 조선조에 와서 선조(宣祖) 때 경상우도 순찰사(慶尙右道 巡察使) 서성(徐渻)이 지세의 편의한 곳을 가려 꼭 지킬 작정으로 병영(兵營)을 설치하고, 그 지세에 따라 성을 쌓고, 또 쌍충묘(雙忠廟)를 지어 사민(士民)을 격려시켰다.[조선사(朝鮮史)에 나옴]

임진난(壬辰亂)에 권양공(權瀁公)이 의병을 일으켜 이 성에 웅거하여 지키는데 그때 곽재우공(郭再祐公)이 창령(昌寧)의 화왕산성(火旺山城)으로부터 금성산으로 와서 진을 치고 힘을 합해 왜적을 치니 악견산과 마주 보았다. 어두운 밤에 악견산과 금성산 사이에 두 가닥 줄을 매어 허수아비를 만들어 큰 횃불을 잡히고 공중으로 왕래하며 양쪽 진영으로 통행하게 했다. 왜적이 성중에 물이 말랐다는 말을 듣고 물긷는 길을 끊었다. 공은 흰 말 수십 필은 산 위 높고 잘 보이는 곳에 매어 두고 날마다 흰쌀을 말 등에 부어서 왜적에게 물로 씻는 것처럼 보였다. 이를 본 왜적들이 '작은 나라에 날아다니는 장수가 있고, 산 위에는 큰 못이 있구나' 하고 퇴각하여 감히 가까이 접근하지 못했다.[삼가읍지(三嘉邑誌) 및 참판(參判) 신인명(愼認明)선생이 편찬한 화음(花陰) 권양(權瀁) 행장에 나옴]

체찰사(體察使) 이원익공(李元翼公)이 이 산성의 형세를 살펴보고 이내 곽재우공으로 하여금 악견산성을 고치고 석문을 쌓고 무리들을 모두 모아 한판 싸움을 벌이기로 했다. 가을에 왜적들이 많이 이르러 왔는데 석문이 아직 완성되지 않았다. 화왕산성으로 옮겨 지키며 여러 장사(將士)들에게 명령을 내리기를 절대로 왜적과 싸우지 말고 굳게 지키기만 하라고 했다. 그러니 왜적들이 싸울 수 없어 하루 낮과 하루 밤을 버티다가 물러갔다.[미수(眉叟) 문정공(文正公) 허목(許穆)이 찬술한 망우당(忘憂堂) 곽선생 신도비문(神道碑文)에 나옴]

정진철(鄭震哲)이 조계명공(曹繼明公), 박사제공(朴思齊公)과 함께 이 악견산성에 진을 치고 웅거하여 기계를 갖추고 소용되는 물건과 양식을 비축하니 와서 의지하는 백성들이 매우 많았다. 이노공(李魯公)이 이 성에 와서 시를 지어 찬미했다. 왜적이 거창(居昌)으로부터 가치(架峙)를 넘어 고현(古縣)에 진을 치고 야사현(也伺峴)에 올라 엿보았다. 이에 군중에 엄명을 내려 여러 날로 서로 버티었다. 곧 허굴산 위에서 악견산성을 마주 보고 바위에 구멍을 뚫고 줄을 매어 공중에 걸쳐 나무로 만든 사람에 붉은 옷을 입혀 줄에 매달아 왕래하며 달빛 아래 빙빙 돌아다녀, 마치 날아다니는 장수와 같았다. 왜적이 이를 바라보고 크게 놀라 도망쳤다. 얼마 후 우리의 형세가 고단하고 힘이 약한 것을 업신여겨 짓밟으려고 매우 급히 포위하여 성 밑에까지 다가왔다. 그런데 성을 처음 쌓을 때 돌을 줄에 달아서 쌓았다. 밤이 깊어서 이 달아 놓은 줄을 끊어 돌을 굴리니, 만 개의 돌이 일시에 쏟아져 산이 무너지고 천둥이 치는 것 같았다. 왜적이 놀라서 패하여 달아났는데 죽은 자가 수백 명이었다. 이로 해서 왜적이 멀리 도망쳤다.[애산(艾山) 정재규(鄭載圭)선생이 찬술한 부사(府使) 정진철공(鄭震哲公)의 행장에 나옴]

아! 이것이 이 성의 옛날에 있었던 사실들이다. 국사와 야사 및 제가(諸家)의 기록에 나타난 것을 환하게 알 수 있다. 비록 작은 나라가 동쪽한 모퉁이에 치우쳐 있지마는 이 성이 한 지방의 보루가 되어서 전후(前後)의 충의지사(忠義之士)가 막아서 전수지지(戰守之地)가 된 것은, 저 제(齊)나라의 즉묵성(卽墨城)과 당(唐)나라의 수양성(睢陽城)으로 더불어 대등할 것이다. 후인의 우러러 사모하는 자가 어찌 이 산성을 우러러보고 그 충의의 마음을 격동시켜 힘쓰지 않겠는가? 그러므로 갖추어 기록하여 후인에게 보인다.

광복 후 임자(壬子, 1972) 국추(菊秋, 9월)에

화산(花山) 권옥현(權玉鉉) 지음

黃梅之一支 東馳 至大坪之界 堀起爲錦城山 自錦城而又東馳 爲墟崛山 自墟崛而北折回旋 至香江之上而爲嶽堅山 是爲嘉樹三山者 而列立爲鼎峙狀 三山之中 嶽堅最爲峻險 積石爲峰 拔地特立 有淩空之勢 儼然如大將之建旗鼓而號衆也 屹然如砥柱之峙 中流而障河也 自下而望 巉巖若不可攀 而上頗平廣 可容數千兵馬 危巖削壁 列立環擁 自成天塹 而隨其缺處 築石爲城 周可二千餘尺 是爲嶽堅山城者也 新羅時 竹竹 龍石 二將 死守於此 至朝鮮宣祖時 慶尙右道巡察使徐渻 擇形便 爲下營必守之地 因其地修築 建雙忠廟 以激勵士民(出朝鮮史)

壬辰之亂 權公瀁 倡義據守 時郭公再祐 自昌寧之火旺山城 來陣于錦城山 合力討賊 與岳堅相望 乃於昏夜 張兩條繩於岳堅錦城之間 爲偶人把炬火 往來空中 傳通兩陣 賊聞城中水涸 乃絶其汲路 公乃繫白馬 數十匹於山上 高露處 灑白米 日日洗之以示賊 賊云 小國有飛將軍 山上有大澤 以此退却 不敢近(出三嘉邑誌 及愼參判認明先生所撰 權花陰瀁行狀)

體察使李公元翼 嘗按視山城形勢 因令郭公再祐 治岳堅 築石門欲悉衆一戰 秋賊大至 築石門未完 移守火旺 令諸將士曰 愼無與戰 堅守而已 賊不得戰 相守一日一夜 乃退去(出眉叟許文正公穆所撰 忘憂堂郭先生神道碑)

鄭震哲 與曺公繼明 朴公思齊 同屯據是城 繕器械 畜資粮 人民來附者甚衆 李公魯 至城 作詩美之 賊自居昌 踰架峙 屯古縣 登也伺峴 覘之 乃嚴勅部伍 相持累日 乃墟崛山上 對山城 穿岩孔 繫繩駕空 衣木偶以絳衣 緣繩往來 乘月翱翔 若飛將然 賊望見大駭遁去 旣而 覘我勢孤力弱 欲蹴踏之 圍之甚急 進薄城下 始築城也 懸石而築之 夜深斷繩轉石 萬石齊下 如山崩雷擊 賊譬惶奔潰 死者數百 由是 遠遁(出艾山鄭先生載圭所撰 府使鄭公震哲行狀)

嗚呼 此爲是城之故實 而見於國乘野史 及諸家之錄者 班班可考 則雖蕞爾小區 僻在一隅 而其爲一方之保障 前後忠義之士 據以爲戰守之地者

將與齊之卽墨 唐之睢陽 同其頡頏 則後人之想仰興慕者 豈不瞻仰玆山 而激勵其忠義之志耶 故備記 以示來者

光復後 壬子 菊秋

花山 權玉鉉 記

하산정사기
何山精舍記

나의 친구인 송단(宋檀) 치권(致權)은 고향의 옛 친구이다. 어느 날 나에게 찾아와서 근심스레 다음과 같이 말했다.

“내가 고향을 떠나온 지도 벌써 수십 년이 지났다. 조만간에 거두어 고향으로 돌아가서 처음 마음먹었던 뜻을 이루고자 했으나, 여러 가지 일에 얽매여 마침내 뜻을 이루지 못했다. 그러므로 지금 선인(先人)께서 노니시던 곳에 터를 하나 잡아서 삼간 집 한 채를 지으니, 옛날 거처하던 곳에서 거리가 멀지 않다. 평소에 자신이 하산(何山)이라고 호를 했기 때문에 이를 따서 하산정사(何山精舍)라고 현판을 붙였다. 그런데, 우리 선인(先人)을 아는 사람은 자네만한 이가 없으니 자네가 기문을 하나 지어 길이 우리 후손들에게 알게 해 주기 바라네” 라고 했다.

아, 공(公)은 우리 아버지의 친구이다. 내가 사랑을 받고 가르침을 받은 것이 퍽 많으니, 의리로 보아 사양할 수가 없다. 대개 어버이께서 살아 계실 때는 봉양하는 도리를 다하고, 어버이께서 별세했을 때는 추모함을 다하고자 하는 것은 하늘의 이치이다. 이는 가난하거나 부귀하거나 현달하거나 드러나지 않았다고 해서 덜하고 더함이 없는 것이다. 그런데, 만약 그 어버이께서 비상한 명망이 있어서 살았을 때나, 별세했을 때 많은 사람들의 흠모하고 칭송하는 바가 되면, 그 자손들이 어버이를 여윈 슬픔이 더욱 미치지 못할 애통함이 있을 것이다.

공(公)은 옛 문벌이 좋은 가문의 후손으로 태어나, 자질이 뛰어나고 재주가 민첩하며, 성품이 어질고 착하며, 더욱 문예에 민첩하여 성년이 되기 전에 유림에 명성을 날리니, 당시의 연세 많은 선비들이 모두 영재(英才)로 인정하여 매우 기대했다. 다만 좋지 못한 시대를 만나, 그 재주를 펴 보지도 못했을 뿐만 아니라, 수명 또한 길지 못해 그대로 별세하니, 기대하던 희망이 갑자기 통탄으로 변했다. 지금 세월이 이미 오래되었으나 오히려 어제 일과 같이 여겨지니, 이에 가히 공의 사람됨을 알 수 있고, 군이 생각하고 있는 심정을 역시 알 수가 있겠구나.

지금 군이 힘을 기울여 표상으로 집 한 채를 짓고 추모하는 곳으로 삼으니, 그 추모하는 도리를 거의 다했다고 할 수가 있다.

근래의 풍속이 정자와 누각에 대해 호사함을 숭상하여 날아갈 듯한 용마루며, 날아갈 듯한 헌함이 앞뒤로 서로 일어났다가도 곧 썩어 곧 무너지고 뜯어 옮기는 것이 눈을 돌리는 사이에 연속되니, 이것은 또한 생각해야 할 일이 아니겠는가? 가만히 그 원인을 추구해 보면 이것은 모두 한 때의 뜻과 힘을 빌어서 다만 시작할 줄만 알고, 끝맺는 도리를 생각해 보지 않은 까닭이다. 주자(朱子)의 《소학(小學)》에서 조선(祖先)을 받드는 도리를 역력히 서술하면서, 먼저 좋은 명성을 남기고, 부끄럽고 욕됨을 끼치지 않을 것을 생각해야 한다고 말했고, 다음으로 가을이 되어 서리와 이슬이 내리면 조선(祖先)을 생각하여 슬퍼하는 느낌이 일어나야 하는 것을 말했다. 대개 사람이 능히 어버이를 생각하여 착한 일을 행할 줄 알고, 착하지 못한 일을 행하지 않을 줄 알면, 그 계승하는 도리가 넉넉하게 여유가 있을 것이다. 그 뜻이 어찌 깊고 원대하지 않겠는가. 청컨대 군은 지금부터 종전보다 배나 삼가하고 노력하여서 더욱 자신을 검속할 것을 생각하여 때로 자질(子姪)들을 이곳에 모아 두고 다만 이런 내용을 가르치고 타일러 잘 지켜 잠시도 잊지 아니하게 하면, 이것이 이른바 이어받아 지켜서 떨어뜨리지 않는 것으로, 공의 모습과 운치를 무궁하게 전해갈 것이다.

나와 군은 대대로 친했을 뿐만 아니라, 타향에서 역시 같은 처지에 있는 느낌이 간절하다. 그러므로, 지금 기문을 청하는데 세속을 따라 칭송과 축하를 하지 않고, 감히 힘쓰라는 말을 드리니, 군은 응당 들어주어 거절하지 않을 것으로 믿는다. 다만 나도 또한 선인(先人)을 위하여 오랫동안 경영하고 계획했지만, 아직 뜻을 이루지 못한 것이 한스러운데, 나의 못 짓는 글로 먼저 군의 선인의 집에 더럽히니, 어찌 능히 마음 속에 감개함이 없겠는가?

광복후(光復後) 정묘(丁卯, 1987) 입추절(立秋節)에

화산(花山, 안동) 권옥현(權玉鉉) 지음

宋友檀致權 鄕里舊要也 一日訪余愀然語曰 吾之去鄕 已數十年矣 早晩撤歸 擬遂初服 揆以諸拘 卒難可遂 故今先規一區於先人薖軸之地 築三間一屋 距舊居數弓許 因平日自號者 扁以何山精舍 知我先人者 無子若幸子一言記之 以示來後 噫公父友也 荷知愛奉誨頗厚 誼不可辭 盖親在而欲致養 親歿而欲致慕 天理也 不敢以窮通顯隱 有以減加 然若其親 負出常之望 存而沒而爲人之所歆誦 則其子風樹之感 尤有靡逮之痛矣 盖公以古閥遺裔 資粹才銳 性又仁善 而尤敏於文藝 自未冠 譽騰儒苑 一時老宿俱許以英才 期望甚蔚 但際不辰 才不假揚 壽又不永 翳然以歿 期許之望遽化痛歎 今世已久 而尙如昨日 於此可知公之爲公 而君之所抱之情 因亦可想矣 今君傾竭單力 象之築一宇 以爲寓慕之羹墻 則其於所致之道 庶云可成 近俗以亭樓尙侈 飛甍翔軒 項背相起 而朽頹遷移 亦連於轉眄之間 是又非可慮者耶 竊嘗推究其故 則是皆借一時之志力 只知作始 不究其有終之道也 朱夫子於小學 歷敍奉先之儀 而先言貽令名羞辱之思 後言霜露悽怵之感 盖人能思親 而知爲善去不善 則其於繼述之道 恢恢有餘矣 其義豈不淵永乎 請君自今倍加惕勵 而尤究率身 時會子姪於此 惟以是誨喩 使能服膺 則此所謂嗣守勿墜 而永公風韻於無窮者也 余與君 非惟世交 萍水亦切同舟之情 故今於責記 不隨俗進頌賀 敢貢勉勵語 君應許而不拒 但恨余亦爲先人 久有營度而尙未遑 以不文 先涴君之先舍 安能無感慨於中哉

光復後 丁卯 立秋節

花山 權玉鉉記

정려이건기
旌閭移建記

우리 선조(先祖) 행정부군(杏亭府君)의 정려각(旌閭閣)이 본래 단동(丹洞)의 동리 밖 길 위에 있었다. 도로확장(道路擴張) 공사가 있은 후로 달리는 거량(車輛)들이 밤낮으로 굴러서, 흙덩이가 떨어지고 처마의 기와와 담장들이 많이 훼손되어 거의 지탱할 수가 없게 되었다. 그러므로, 삼종숙(三從叔) 해성공(海醒公)이 일찍이 이를 매우 슬퍼하고 탄식하여, 다른 곳으로 이건(移建)하여 영구히 전해갈 것을 도모하려 했으나, 여의치 못하고 별세한 지 지금 벌써 10년쯤 지났다.

지금 그 아들 효준군(孝俊君)이 아버지께서 뜻을 이루지 못한 것을 슬퍼하여 홀로 자신의 힘을 다해 동리의 남쪽에 자리를 보아 집을 옮기니, 옛 터와의 거리도 멀지 않고, 매우 탁 트이고 밝아 가히 그 아버지의 뜻을 받들고 자신의 책임을 다했다고 할 수 있다. 지난 겨울에 집을 짓기 시작하여 금년 봄에 공사를 마쳤다. 마룻대와 들보 서까래는 하나도 옛 것을 쓰지 않고, 흙을 바르고 칠한 것이 환히 고쳐 새롭게 되니, 산천이 면목을 일신하고 동학(洞壑)이 더욱 빛났다. 그저 지나가며 쳐다보는 이들도 오히려 공경하는 마음이 더하는데, 하물며 나의 조상의 영혼이 양양(洋洋)히 오르내리는 느낌이야 더욱 어떠하겠는가?

아, 물건이 오래되면 훼손되고 무너지는 것은 만물의 이치이고, 훼손되는 대로 보수하는 것은 자손의 도리이다. 우리 행정부군(杏亭府君)의 후손된 자는 항상 이로써 대대로 전해가서 그 뜻을 잃지 않으면, 이 정려각을 보존함이 어찌 무궁하게 될 것을 기약할 수 있지 않겠는가?

이 집의 처음 건립한 사실은 문헌공(文獻公) 입재(立齋) 송선생(宋先生)의 기문(記文) 중에 상세히 갖추어져 있다. 그러므로, 이건(移建)의 시말(始末)만 대략 기록하여 후손들에게 보인다.

광복 후(光復 後) 정묘년(丁卯年) 월(月) 일(日)

칠세손(七世孫) 상욱(尙郁) 삼가 지음

我先祖 杏亭府君旌褒之閣 元在丹洞 洞外路上 而自道路擴張後 馳逐車輛 日宵輾轢 塊□轉墜 簷瓦墻壁 多被毁損 殆不可支 故三從叔海醒公嘗切傷歎 欲移建他所 以圖永久 而未果就世 今已十許年矣 今其胤孝俊君慨先君之有志未就 獨輸已力 相地于洞之南 距舊基無遠 而甚得爽塏 可謂承先志而修已責矣 經始于去冬 至今春而竣功 棟梁榱桷 無一用舊 塗墍丹雘 煥然更新 山川改觀 洞壑增彩 行過瞻視 猶增動聳 況我洋洋上下之感尤當如何哉 噫 物久毁頹 物之理也 隨毁修補 子姓之道也 爲我府君之裔者 常以是 世世傳詔 無失厥義 則斯閭之保 豈不可期於無窮也耶 始建事實 文獻公立齋宋先生記文詳備 故略記移建始末 以示來後云爾

光復後丁卯 月 日

七世孫 尙郁 謹記

자암서당기(1)
紫岩書堂記 二

응천(凝川) 노산(蘆山)의 남쪽 산에 있는 돌은 모두 붉다. 이 때문에 자암서당(紫岩書堂)이라고 이름을 지었다. 그 누(樓)는 운엽루(雲葉樓)라 하고 그 방은 '고경중마실(古鏡重磨室)'이라고 했다. 이것은 주자(朱子) 시의 뜻을 취한 것인데 홍진(紅塵) 세상 밖에서 혼자 수양하고자 한 것이다. 집은 6칸인데 내 친구 소눌선생(小訥先生) 노군(盧君) 치팔(致八)이 거처하는 곳이다.

내가 젊었을 때 치팔과 사귀었는데, 그 후 남의 집 비문(碑文)과 누대(樓臺)에 쓴 서문과 기문이 그의 손에서 많이 나온 것을 보고 사람들이 그를 작자(作者)로 받드는 것을 알았다. 또 후배 신진들 중에 남쪽에서 오는 사람들이 왕왕 그의 문하에서 학문을 배웠다고 하는데, 기거동작이 법도가 있어 보통 사람들과는 같지 않은 것을 보고 다시 그가 사람을 가르침에 방술(方術)이 있는 것을 알았다. 그 후 내가 패강(浿江)을 건너 북쪽으로 길림성(吉林省)으로 갔을 때, 요계(遼薊)의 들에서 서로 만나 원보

산(元寶山)에 올라 고국 산천을 바라보며 함께 나라가 망한 슬픔의 눈물을 흘리고는 또 그의 자정(自靖)함에 도리가 있는 것을 감탄했다.

그 수년 후에 나는 그가 요동(遼東)으로부터 돌아왔다는 말을 듣고, 사람들이 그가 돌아감이 마땅하지 않다는 의문을 가진데 대해 해명했다. 즉, 오늘날 나라 안에 군자와 소인 할 것 없이 모두 금수(禽獸)와 같이 되었는데, 어찌 선각자(先覺者)가 일맥 사문(斯文)을 간직하고서 그 깨닫기를 원하는 사람을 깨우치지 않아서야 되겠는가? 지금 후진을 이끌어 한 지방에서 진좌(鎭坐)함이, 비유컨대 한(漢)나라 헌제(獻帝)의 건안(建安) 말년에 온 천하가 흔들려 움직였으나, 조그만 파촉(巴蜀)만이 한(漢)나라의 불빛이 그대로 남아 있는 것과 같다. 또 붉은 빛이 모두 사라지고 온 세상이 폐색(閉塞)했는데 아득한 양덕(陽德)이 궁천(窮泉)에서 끊어지지 않고 있다가 그래도 소생하는 빛이 있는 것과 같다. 그러므로 그가 돌아가서 가르침은 마땅히 해야 할 직분이다. 세상에는 오시(吳市)의 하인이 되어 길이 세상을 피해 멀리 떠난 사람도 있으나, 역시 인(仁)과 지(智)가 반드시 같은 것은 아니다. 또 듣건대 그가 가정에 있을 때 공부하러 오는 사람에게 먹을 것이 없으면 내 집에서 먹고, 입을 것이 없으면 내 집 옷을 입으라고 하면서 배우러 오는 사람을 막지 않으니, 이에 소문을 듣고 공부하러 오는 사람이 많아 그 집으로서는 수용할 수가 없었다. 이에 몇몇 사람이 서로 모의하여 이 서당을 지으니 스승과 제자가 추위와 더위에도 군색함이 없었다. 마침내 향음례(鄕飮禮) · 향사례(鄕射禮)를 할 수 있고 학문에 힘쓸 수 있었다. 주자(朱子)의 죽림정사(竹林精舍)의 고사를 모방하여 낙성(落成)을 하고 예를 행했다. 이에 높은 갓을 쓰고 넓은 소매의 옷을 입은 사람들이 경서(經書)를 손에 잡고 법도에 맞추어 걸으니, 운명이 다 된 이 세상에 성대한 일이다. 비록 그러하나 이것은 내가 귀로 들었을 따름이다. 후일 남쪽으로 강해(江海)에 놀러 가게 되면 몇몇 제자들이 스승의 가르침을 받들어 이 서당에서 거울을 닦아 먼지를 없애고 밝은 빛을 보아 '고경중마실'의 이름에 어긋남이 없다면, 이 서당이 어찌 다만 밀양 사람들에게만 다행한 일이겠는가? 한 서당으로써 천하에 넓혀갈 것이니, 내가 이로써 사문(斯文)의 성쇠(盛衰)를 점치려 한다.

을묘(乙卯, 1915) 중추(仲秋)

인주(仁州) 장석영(張錫英) 지음

凝川蘆山之陽 有石皆赤 此紫岩書堂之所以名也 名其樓曰 雲棄 名其室曰 古鏡重磨 取紫陽詩語 欲其自修於紅塵之外也 堂室凡六架 吾友小訥先生盧君致八所居也 余少時 與致八交 其後 見人家邱墓之文與夫樓臺序記之作 多出其手 而知人之以作者推 又見後輩新進 有從南方來者 往往言從學於其門 而容止有度 不類恒狀 又知其敎人有術也 及余渡涓江 北走吉林 相見於遼薊之野 登元寶山 望故國山川 共洒新亭之淚 又歎其自靖有道矣 後數年 余聞其還自遼陽 以解人之有疑其未宜還者曰 今日域中 君子小人 皆化爲禽獸 其可無先覺之人 把住得一脈斯文 以覺其願覺者乎 今引進後生 坐鎭一方 譬如建安之末 天下震盪 而區區巴蜀炎精尙存 又如朱光銷盡 九野塞閉 藐然陽德 不絶於窮泉之下 而尙可有昭回之日 此其職分之所當爲也 世之有爲吳市卒 而長往者 亦仁智之未必同也 吾又聞其家居也 命來學者曰 無食者 食於我 無衣者 衣於我 有來者無拒 於是 聞風而鼓篋者 至其舍之不能容 二三子 相與謀 建立此堂 生師無寒暑之窘 而遂可以飮射而絃誦矣 倣朱夫子 竹林故事 告成而行禮 峨冠大袖 執經而蹌趨 盖亦衰世之盛事也 雖然 是則吾耳治也 他日南遊江海 將見二三子之奉承師訓 而磨鏡於此堂 垢盡明見 不背於名室之義 則是堂者 豈止幸於凝之人哉 一堂而可廣於天下 吾將以此 而卜斯文之興替也

乙卯 仲秋

仁州 張錫英 記

자암서당기(2)
紫岩書堂記 二

내가 중국 안동현(安東縣) 이수촌(梨樹村)에 우거(寓居)할 때, 같이 사는 사람 중에 영남(嶺南) 사람이 많았다. 그 사람들이 왕왕 말하기를 노치팔(盧致八)선생이 영남의 노산(蘆山) 아래 은거(隱居)하면서 학문을 닦으니, 지금 세상의 손명복(孫明復)이라고 했다. 내가 이 말을 듣고 마음속으로 흠모했다. 얼마 후 시강(侍講)인 노대눌(盧大訥)과 사귈 수 있었는데, 시강 역시 영남 사람으로 어지러운 세상을 피해 이곳에 와서 자정(自靖)했다. 내가 치팔에 대해 물으니, 바로 자기 아우라고 하면서 그가 곧 올 것이니 서로 만날 수 있을 것이라고 했다. 얼마 후 치팔이 과연 그 형을 뵈러 와서 나와 교분(交分)을 맺고 매우 기뻐했다. 그 청초하고 고상한 풍채와 옛스러운 모습은 그 소연(翛然)함이 흡사 여윈 학과 같아서 바라보니 도를 닦은 사람이라는 것을 알 수 있었다. 그런데, 항상 병이 많아 입에는 앓는 소리를 그치지 않았다. 그러나, 좋은 책을 보면 곧 벌떡 일어나서 빨리 기록하곤 하였다. 금년에 62세인데 시강을 섬기면서 일을 맡아 힘써 부지런히 하기를 마치 어린아이 때와 같이 했다. 내가 이것을 보고 감탄하기를 마지않았다.

치팔이 고향으로 돌아가려 하면서 그가 지은 「자암서당기」를 내어 보이며 말하기를 "이 집은 내가 동지들과 학문을 강론하는 곳이다. 나의 친구 장순화(張舜華)가 역시 기문(記文)을 지었는데 자네도 글을 한편 지어주기를 청한다"고 했다. 순화의 기문을 보니, 치팔이 후학(後學)을 이끌어 주기를 좋아하여 사방(四方)에 공부하는 사람을 오게 하면서 먹을 것이 없는 사람은 내 집에서 먹고, 잠잘 곳이 없는 사람은 내 집에서 자라고 했다. 이 소문을 듣고 공부하러 오는 사람이 줄을 이었고, 큰 갓과 넓은 소매의 예복을 입은 사람들이 향음(鄕飮)·향사(鄕射)의 대열에서 서로 예도(禮度)에 맞추어 걸었다고 했다. 내가 이 순화의 기문을 보고, 전일에 치팔을 지금 세상의 손명복이라고 한 것이 나를 속임이 아니라는 것을 더욱 믿게 되었다.

아, 손명복과 같은 사람은 송(宋)나라의 좋은 시대를 만나 조야(朝野)가 모두 태산(泰山)선생이라고 추대했다. 그러나, 지금 치팔은 노산 아래에서 고고히 늙어가니 치팔에게 있어서는 굳이 좋은 시대에 태어나지 못한 것이 해될 것이 없으나, 현자(賢者)를 위해서 슬픈 일이다. 그러나 좋은 시대가 아니어야 비로소 학문을 잘 하는 것은 알 수 있다. 대개 시대에 따라 남들이 하는 대로 따라서 하는 것은 학문을 잘 하는 것이 아니다. 고을 사람들이 그 어짊을 칭송하고, 재상(宰相)이 그 이름을 추천하여 포륜(蒲輪)과 현훈(玄纁)의 예물(禮物)로 맞이하여 백료(百僚)의 윗자리에 모셔 스승으로 존경하고, 죽은 후에는 고을에서 조두(俎豆)로 제사드리고, 공자(孔子)의 사당에 배향(配享)하여 복록(福祿)과 은택(恩澤)이 자손들에게까지 미쳐 가는 것은 보통사람으로서 지극한 영광인데 누가 이것을 원하지 않겠는가?

내가 어리고 젊었을 때는 스스로 학문을 하는 사람들이 숲의 나무처럼 많았다. 지금은 이와 반대로 옛날에 스승으로 존경하던 사람을 지목하여 우원하다 하고 괴이히 여겨 배척하니, 누가 학문을 하겠는가? 그러므로, 학문하는 사람이 거의 없고 겨우 남아 있다. 근근히 남아 있는 사람인들 무엇 때문에 남들이 배척하는 것을 고생스럽게 하겠는가? 반드시 마음속에 분발하여 바깥 세상의 일에 기뻐하고 슬퍼하지 않아야 할 것이니, 이같은 사람은 이른바 위기(爲己)의 학문을 하는 사람이 아니겠는가? 옛 글에 "온 세상이 혼탁한 후에야 깨끗한 선비를 알 수 있다"고 했으니, 나는 참된 학문은 아마 지금 세상에 나올 것이라고 생각한다. 어떤 사람은 말하기를 "남들이 모두 배척하는데 그 닦은 학문을 어디에 쓰겠는가"라고 한다. 나는 여기에 답하기를 "몸을 닦는 것은 내 가정을 다스리기 위한 것이다. 아버지가 자식을 가르치고 형이 아우를 권장하여 예악(禮樂) 문물(文物)이 집안에서 자족(自足)한 것은 불우한 사람의 학문이다. 공자가 말하기를 '이것 역시 정사(政事)이니, 어찌 꼭 정치를 해야 할 것인가'라고 했다. 자신에 사용하거나, 가정에 사용하거나, 천하와 국가에 사용하거나 그 사용함은 한 가지이다. 이 집에 앉아서 남을 가르치는 것은 학문의 쓰임이 남에게 미친 것이요, 이 집에 올라 학문을 닦는 것은 장차 그 학문을 자신에 사용하려 함이니, 그 영리를 탐내어 하는 사람에 견주어 보면 어떠하겠는가?"

아, 이집의 쓰임은 뜻이 깊다. 치팔이 집을 지은 뜻이 역시 여기에 있지 않겠는가? 그 말을 차례대로 써서 기문을 삼는다.

병진(丙辰, 1916) 맹추(孟秋) 완산(完山)

이건승(李建昇)은 요동(遼東) 기사(羈舍)에서 지음

余寓中國安東縣梨樹村 與之居者 多嶺南人 其人往往說曰 盧致八先生者 隱居修學於嶺之蘆山下 今之孫明復 余心慕之 旣而 獲交於盧大訥侍講 侍講亦嶺人 避地來靖于玆 余以致八問 曰是吾弟也 其人且至 可相見也 未幾致八 果省兄來 與余定交甚歡 其淸標古貌 翛然如癯鶴 望之知其爲有道者 顧多病 口不絶呻吟聲 然見好書 輒蹶起病書 年今六十二 事侍講執役服勤 如童子時 余爲之感歎不已 致八將歸 示其所作紫岩書堂記曰 此吾與同志友 講習之堂 吾友張舜華亦記之 請益以子之文 舜華之記曰 致八喜引進後學 來四方之學者曰 無食者 食於吾 無家者 館於吾 聞風鼓篋而至者踵相接 峨冠大袖 相與趨蹌飮射之列 余於舜華之記 益信曩所謂孫明復者非余誣也 嗚虖 若孫明復者 値宋盛時 朝野皆推泰山先生 今致八槁枯終老於蘆山之下 於致八固無損生之不辰 重爲賢者悲之 然於其不辰 方見爲學之善 夫隨時而俯仰 非善學者也 鄕黨稱其賢 宰相薦其名 蒲其輪而玄其纁 加之於百僚之上 而師尊之 其沒也 俎豆於鄕 配食於孔子之廟 福澤及於子孫 此布衣之至榮 人孰不欲爲此哉 及余幼少 自命爲學者尙林立也 今則反是 昔之師尊者 目之爲迂怪 而擯斥之 人孰爲此哉 故絶無而僅有也 其僅有者 獨何苦爲此人所擯斥也 其必有奮發於心 而不以自外至者爲欣戚 若是者豈非所謂爲己者耶 傳曰 擧世混濁 淸士乃見 余獨以爲眞學問 庶出乎今之世 或曰 人方擯斥 將焉用其所學也 余曰 修身也 齊吾家也 父詔其子 兄勗其弟 禮樂文物 自足乎其環堵之內 此不遇者之用 孔

子曰 是亦爲政 奚其爲爲政 用於身 用於家 用於天下國家 其用一也 坐是堂而敎人者 用及乎人者也 升是堂而求學者 將以用乎己者 其視貪營利而爲者何如哉 於是乎堂之用 亦大矣 致八作堂之意 不在斯歟 不在斯歟 遂次其說以爲記

丙辰 孟秋 完山

李建昇 書于遼東羈舍

와룡정기
臥龍亭記

내가 산수를 사랑하는 것은 천성이다. 옛날 구양(龜陽)의 정자와 도남(道南)의 정자를 지은 것이 모두 천성에서 나온 것인데 자연을 사랑하는 천성이 끝이 없어 역시 이 정자를 지은 것이 아니겠는가?

정묘년(丁卯年) 봄에 서호(西湖)에 배를 띄워 가다가 '용수암'(龍首巖)을 바라보고서 비로소 뛰어난 경치인 것을 알고 지팡이를 짚고 올라가 보니 강산(江山)이 매우 빼어난 절경이었다. 드디어 목공을 불러 공사를 준비시키고 재료를 갖추어 일을 시작하니 좌우의 친구들이 이를 돕는 이가 많았다. 3개월이 지나 4칸 집을 완성하여 거처하게 하면서 방 두 칸을 만들어 학문을 강습하기에 편리하게 했다. 그리고 집 이름을 '와룡정'이라고 했다. 정자의 동쪽을 '인락헌'(仁樂軒)이라 하고, 서쪽을 '의방헌'(義方軒)이라 했으며, 방은 '덕중실'(德中室)이라 하고, 문은 '유사문'(由斯門)이라고 했다.

아, 세상 밖에 초연하여 깨끗이 유유자적하면서 사물에 이끌려 마음이 병들지 않은 자가 거의 드물다. 반드시 인(仁)과 의(義)에 뜻을 두어 유교의 도(道)를 말미암아 덕(德)에 들어가 중정(中正)에 합당하면 그 뜻을 펴는 자는 족히 그 혜택을 널리 베풀 것이다. 그러나 혹시 불행하여 뜻을 펴지 못하더라도 강해(江海) 사이의 한 와룡(臥龍)선생이 되는 데는 부끄러움이 없을 것이니, 정자의 이름이 어찌 우연한 뜻이겠는가? 이 정자를 중수하며 무너지지 않게 하는 것은 깊이 후손에게 바라노니 힘쓸지어다.

정묘(丁卯) 5월 하한(下瀚)

주인 황정채(黃鼎采) 지음

余於山水性也 伊昔 龜陽之築 道南之搆 皆出於性 而性之所不能已者 抑亦斯亭之作歟 丁卯春 泛西湖 望龍首巖 始指異之 命杖而登 江山甚殊絶 遂經工庀材以役之 左右知舊 以力助之者夥矣 三閱月訖其四楹 所以爲坐立之倚 二其室 使講習者便焉 因命之曰 臥龍亭 亭之東曰 仁樂 西曰 義方 其室曰 德中 其門曰 由斯 噫 超然象外淸曠自適 而不爲景物之役病其心志者幾希矣 必能志乎仁義 由斯道 入于德 合乎中正 則其得志者 固足以普厥施 而其或不幸而不得志 亦無愧爲江山間一臥龍也 亭之名 豈偶然而已哉 若夫嗣葺 而不廢之 深有望於後生 勉之哉

丁卯 五月 下瀚

主人翁 黃鼎采 撰

발문(跋文)

이안정 박공 가훈 발
二安亭朴公家訓跋

나라에는 국헌(國憲)이 있고, 향촌(鄕村)에는 향약(鄕約)이 있으며, 가정에는 가훈(家訓)이 있으니, 크고 작은 것은 비록 다르지마는 옛날부터 세상의 교화(教化)를 바로잡고 인간의 기강(紀綱)을 유지하는 것은 모두 여기에 있었다.

서양의 세력이 동양으로 점차 진출한 후부터 새로운 풍조(風潮)가 범람(汎濫)하여 온 세상이 그리로 서로 빠지게 되니 나라를 다스리는 사람은 옛 것을 본받지 아니하고, 이익에만 쏠리게 되고 서민(庶民)들은 기회를 타고 멋대로 날뛰어 향촌의 풍속이 크게 변하고 가정의 법도 또한 뒤따라 없어지게 되었다. 근래에 학식이 있는 선비들이 이를 개탄하여 만회(挽回)할 것을 생각하는 데도 이는 나라에서나 향촌에서 창졸간에 될 수 없으므로, 먼저 가정에서 자기 몸을 닦고 가정을 다스리는 실행(實行)을 구하는 것이 오늘날의 시급한 일이다.

얼마 전에 우연히 거리에 나가 어떤 기념관(記念館)에서 우리나라 고금(古今)의 가훈을 모아 전시(展示)하는 것을 보았는데, 위로는 고려(高麗)로부터 아래로는 한말(韓末)에 이르기까지 수십 종이나 많이 모았고, 관람하는 사람이 죽 늘어서 있었으니, 이 역시 인심(人心)이 옛 것을 찾으려는 일단(一端)일 것이다.

단성(丹城)의 박우달(朴雨達) 님이 성균관(成均館)으로 나를 찾아와서 그의 고조(高祖) 이안정공(二安亭公) 유고(遺稿)와 공이 저술한 가훈을 보이며 나에게 가훈의 발문(跋文)을 지어 달라고 했다. 내가 받아서 읽어보니 옷깃을 여미고 경의(敬意)가 우러나옴을 금할 수 없었다.

공은 일찍이 벼슬길에 올라 삼조(三朝, 세 임금이 재위하는 기간)에 벼슬을 했는데, 세도정치(勢道政治) 아래에서는 그 쌓은 경륜(經綸)을 펼 수가 없어 외직(外職)으로 나가 수령(守令)이 되었으니, 그 시행하는 일이 겨우 한 고을의 안에 그쳤을 뿐이고, 또 임기(任期)도 차기 전에 교체되었다. 그러나, 마음가짐은 염담(恬淡, 명리를 탐내는 마음이 없이 담박함)하여 벼슬에 마음이 얽매이지 않고 산수(山水)에 마음을 붙여 한가롭게 평생을 마쳤다. 그런데 선세(先世)부터 유가(儒家)의 법도를 삼가 지켜 효우(孝友)하고 돈목(敦睦)함이 저절로 한 집안의 가풍(家風)을 이루었으니, 이는 가훈이 충심(衷心)과 지성(至誠)에서 나온 것이요, 일시적으로 엮어서 겉치레로 만든 것이 아니다.

이 가훈은 아홉 조목으로 되어 있으니, 윤서(倫敍)를 돈독(敦篤)히 할 것, 의리(義理)를 밝힐 것, 언행(言行)을 삼갈 것, 강학(講學)을 부지런히 할 것, 재용(財用)을 절약할 것, 음주(飮酒)를 경계할 것, 잡기(雜技)를 멀리할 것, 분노(忿怒)를 징계할 것, 규범(規範)을 엄하게 할 것 등이다. 끝에 또 사칙(士則)·가정(家政)·택우(擇友)·권학(勸學) 등 네 조목을 붙여 그 뜻을 거듭 밝혔으니, 일상 생활의 모범이 이에 더할 수 없고, 몸을 닦고 집안을 다스리는 중요한 진리(眞理)가 실로 이에 벗어나지 않는다. 아, 훌륭하도다.

우달(雨達)씨가 이재호(李載浩) 교수에게 부탁하여 국문으로 번역하고 이가원(李家源) 박사에게 서문(序文)을 쓰게 했으니, 장차 이것을 아들과 손자들에게 전해 주어서 항상 이를 보고서 그 가풍을 떨어뜨리지 않으려고 한 것이다. 그 마음 씀의 부지런함이 어찌 사람마다 할 수 있는 일이겠는가? 나는 생각하기를 '이 일은 다만 박씨 한 집안만의 아름다운 덕이 될 뿐만 아니라, 이로 인해 소문을 듣고 홍기(興起)하는 사람이 있어 가정으로부터 향촌과 나라에 이르게 된다면 그것이 풍속 교화에 도움됨이 더욱 클 것이 아니겠는가?' 이내 마음 속에 느낀 바를 써서 그 청을 들어주는 바이다.

병인년(丙寅年) 곡우절(穀雨節)

문학박사 여주(驪州) 이우성(李佑成) 지음

國有憲 鄕有約 而家有訓 大小雖殊 古之所以扶樹世教 而維持人紀者皆於是乎在 自夫西勢東漸 新潮汎濫 擧天下胥以溺焉 則爲國者 旣不師古惟利是趨 匹夫乘機專橫 而鄕風大變 家道亦從以廢矣 近來有識之士 庸是之慨 思有以挽而回之 而國與鄕 旣不可造次焉 則先就家 而求其修齊之實乃今日之急務也 頃者 偶從街頭 見某紀念館 蒐集吾邦古今家訓 而展示之上自高麗 下逮前韓之末 多至數十種 而觀者如堵 此亦人心知返之一端也歟 丹城 朴友雨達 過余于泮學 出示其高祖二安亭公遺稿 及公所撰家訓要余置一言于家訓之後 余受而讀之 不禁歛衽而起敬焉 盖公 早登雲路 歷仕三朝 而在勢道政治之下 莫得以展布所蘊 出爲守宰 其所施爲 僅止於百里之內 又未及瓜期而遞 然持心恬淡 不以宦情自縻 寄懷山水 優遊以卒歲而自其先世 恪守儒家軌範 孝友敦睦 自成一家之風 此其家訓之出於深衷至性 而非一時點綴 爲觀美計者也 家訓 凡九條 敦倫叙 明義理 謹言行勤講學 節財用 戒飮酒 遠雜技 懲忿怒 嚴閨範也 末又附士則 家政 擇友勸學之四條 以申其義 其於日用常行之模楷 無以加矣 而修齊之要諦 實不外於是 嗚乎休哉 雨達氏 囑李教授載浩 譯以國文 而李博士家源 序其首盖將以此 傳授其子若孫 常目在玆 俾不墜其家風也 其用心之勤 又豈夫人而能之者耶 余謂此事 非但爲朴氏一家之懿德 因此而有聞風 而興起者 將見自家而鄕而國焉 則其有補於風化 顧不尤大大乎哉 因書所感于中者 以塞其請云

歲丙寅 穀雨節

文學博士 驪州 李佑成 識

상량문(上樑文)

죽헌정사 중건 상량문
竹軒精舍重建上樑文

일찍이 들으니 학문을 닦던 장소가 있었는데 벌써 노후하여 무너지게 되었으니, 때로 황폐해진 유허지를 보고서도 어찌 힘을 다해 중건(重建)을 도모하지 않겠는가? 문 위에 붙인 집 이름은 옛날대로이지만, 나무와 돌 등의 재료는 새 것이로다.

가만히 생각하면 우리 죽헌부군(竹軒府君)께서는 남다른 자질과 모습을 타고 나셨고, 가문과 세계(世系)가 번창할 때로다. 아침 저녁 문안 드리는 집에는 7형제가 한 이불을 덮으며 살았고, 부르면 대답하고 옷자락을 걷어올리며 청에 올라가 배움을 청하던 글방에는 20명의 종반(從班)이 책상을 함께 했구나. 효우(孝友)가 매우 깊으니 종족들이 일찍이 특출한 천성이라 일컬었고, 학술(學術)이 정민(精敏)하니 예원(藝垣)에서는 다투어 엄지손가락을 꼽았네. 일찍이 향시(鄕試)에는 합격했으나, 여러 번 대과(大科)에는 실패했네. 청운의 꿈은 힘으로 얻을 수 없다는 것은 송(宋)나라의 범질(范質)이 벌써 명백히 밝혔고, 아랫자리에 있으면서 윗사람에게 매달리지 않는다는 것은 《중용(中庸)》에서 분명히 경계했네. 오직 달갑게 태평 시대의 일민(逸民)이 되어 고상하게 은거할 것이니, 어찌 오랫동안 경쟁 속의 과거(科擧) 보는 사람이 되어 길이 신선 같은 영화를 꿈꾸겠는가? 집을 지으니 몇 칸이 되는데, 현판을 붙이려니 '죽헌(竹軒)'이란 두 글자 없을 수 없네. 근본을 독실히 하고 진실에 힘쓰는 것은 언제나 효우(孝友)를 닦음에서 떠나지 않았고, 학문을 하고 문학을 함에는 석담(石潭, 李栗谷), 파천(巴川, 宋尤菴)의 비결에 심복했구나. 향교(鄕校)와 용동서원(龍洞書院)에 다니며 학문을 강독하매 문물(文物)의 질질

(秩秩)한 법도를 많이 이루었고, 방장산(方丈山), 화양동(華陽洞)을 찾아 구경하며 보고 느낀 끝없는 생각을 적은 기문(記文)이 있구나. 이 즐거움을 세상에 알려주지 않기로 맹세하고, 시끄럽게 명예를 구하지 않으려 했네. 채마밭을 일구고 농원을 만든 후한(後漢) 때 중장통(仲長統)의 즐거움은 경영하지 않았고, 아침에 나가 농사 짓고 저녁에 돌아와 글을 읽는다는 당(唐)나라 때 동소남(董召南)의 시를 항상 사모했도다. 친구가 먼 곳에서 찾아왔을 때엔 흥취가 시로 읊은 시축(詩軸)에 전하고, 명망과 실제가 공론에서 인정했으니 덕망이 읍양(揖讓)하는 자리에 드러났구나. 어찌 마음이 육체의 욕심에 끌려가리오? 성명(性命) 보존하기를 기약할 뿐이었네. 75세나 장수하였으니 참으로 닦은 바가 인(仁)이라는 것을 알 수 있겠고, 후에 4세(世)에 세 번을 양자했으니 선행(善行)에 보답하는 이치를 많이 의심하네. 장사를 금성(錦城) 동쪽 기슭에 하니 옛부터 한 지방의 명당 터라 전해 일컫던 곳이고, 비명(碑銘)을 권송산(權松山)같은 큰 선비가 지었으니 세월이 오래되어도 그 참모습을 그런대로 상상할 수 있겠구나. 갑자기 신주를 먼 조상을 모시는 사당에 모시게 되어, 이에 산소에서 시제(時祭)만 올리게 되었네. 뒤흔드는 서구 풍조에 도도히 고향을 많이 버려 그칠 줄 모르고, 전해 오던 옛 집이 서로 휩쓸려 비게 되니 끝내 보존하기 어렵네. 이에 집터의 옆에 푸르고 우거진 나무를 심고, 마침내 정침(正寢)을 헐어 검소하고 참으로 완전한 집짓기를 도모했네. 거의 십 년 정도 걸려, 문득 하룻날 집이 우뚝 서게 되었네. 묘목(墓木)이 눈에 들어오니 조상의 영혼이 훌륭한 후손 있음을 응당 기뻐할 것이요, 통서(統緖)가 나누어 전해지니 여러 후손들은 더욱 선조의 전통을 이어갈 것을 힘써야 할 것이다. 가을 서리 봄 이슬에 어찌 다만 재계하고 잠자는 데만 이 집이 마땅하랴? 바람 부는 창문 달 뜨는 난간은 선조 추모의 생각을 붙일 수 있구나. 장노(張老)의 송축을 빌리기 어려워, 삼가 상량(上樑)의 노래 짓노라.

들보 동쪽으로 바라보니

만고(萬古)로 아침마다 동쪽 해 뜨네.
천도(天道)는 원래부터 이와 같아서
심원(深遠)한 이치 왕래(往來)하는 속에 있네.

들보 서쪽으로 바라보니
만 길의 황매산(黃梅山)이 눈 앞에 아득하네.
높고 높다하여 끝내 오르지 못한다 마오
오르고 올라 쉬지 않으면 충분히 오르리라.

들보 남쪽으로 바라보니
굽이치는 죽계(竹溪)는 감돌아 못이 됐네.
만약 거기에 흐르는 근원이 없었다면
어찌 끊임없이 이와 같이 적셔주랴?

들보 북쪽으로 바라보니
악견산(岳堅山) 빼어난 기운 하늘 높이 푸르렀네.
우리의 도(道)에 가장 귀한 것은《춘추(春秋)》의 대의명분
임진 · 계사년(壬辰 · 癸巳年) 난리 이야기하면 모두들 분노하네.

들보 위로 바라보니
하늘에 구름 걷히자 만리나 맑았구나.
당시에 비파 안고 노닐던 정을 회상하니
사람 없어 혼자 감상하는 일 한스럽구나.

들보 아래로 바라보니
밤낮으로 이 집에 오르내리는 너희들아
"우리 집안 보배는 오직 시서(詩書)뿐
부지런히 외고 읽어 잠시도 쉬지 말아라."

삼가 바라옵건대 상량한 후로는, 산천은 상전벽해(桑田碧海)를 겪어도 변함이 없고, 기둥과 주춧돌은 세월과 함께 길이 보존하게 해 주소서. 선조께서 전해 주신 법도를 생각하여 더욱이 충신(忠信)과 효우(孝友)를 닦고, 연원(淵源)의 전수해오는 비결을 지켜 항상 정자(程子)와 주자(朱子), 율곡(栗谷)과 우암(尤菴)의 학문을 강론할지니라. 이것이 조상에겐 빛이 있고, 낳아 주신 분에게는 욕됨이 없을 것이라. 마땅히 후손들은 백세토록 수호해야 할 것이고, 원하건대 고을에서 한 때의 칭찬만을 요구하지 말지어다.

권옥현(權玉鉉) 지음

曾聞藏修有所, 已至老朽見頹; 時睠荒蕪遺墟, 盍圖傾竭重創. 楣額因舊, 木石維新. 伏惟我竹軒府君. 稟受異質姿, 際熾昌家世. 晨昏省定, 堂有七兄弟之同衾; 唯喏趨揊, 塾有廿從班之連榘. 孝友深至, 宗族早稱特出之天; 術業敏精, 藝垣爭屈雄巨之指. 早發鄕解, 累屈莉闈. 力難治者靑雲, 范公質已視明白; 上不援之下位, 中庸書亦戒丁寧. 惟甘作明時逸民, 足爲高蹈; 奚久爲奔場擧子, 長夢東華. 乃搆能以容數間, 遂揭不可無二字. 敦本務實, 庸言不離孝友之修; 種學績文, 深服惟在潭巴之訣. 循講黌堂龍院, 多致文物秩秩之儀; 探賞方才華陽, 有記觀感悠悠之志. 永矢不告, 囂然無求. 築圃樹園, 不營仲統之樂; 朝耕暮讀, 常仰召南之行. 友朋自遠方來, 興有傳於吟咏之軸; 望實因公論重, 德有著於揖讓之筵. 奚形役之爲, 期性命之保. 遐躋七十五壽, 固知所修之仁; 後至四世三螟, 多疑報善之理. 葬成錦城東麓, 自古傳稱一方吉岡; 銘權松山大儒, 雖久可想七分眞影. 遽見主祧于廟, 乃致歲事于阡. 震蕩歐風, 多滔滔離棄莫知所止; 傳受古室, 擧靡靡空虛終難保全. 乃傍舊基, 列殖靑蒼苞茂; 遂毁正寢, 因圖儉朴苟完. 幾費十載升除, 遽見一日突兀. 松楸入望, 先靈應悅於有後兮; 統緖分垂, 諸裔益勵於述先矣. 秋霜春露, 奚但齊宿之宜; 風窓月軒, 足寓羹墻之思. 難借張老之頌, 謹述兒郞之謠.

拋梁東　　萬古朝朝日出東.
天道元來如許矣　玄玄理在往來中.
西　　萬丈黃梅望裡迷.
莫道高高終莫上　行行不己可攀躋.
南　　瀠洄竹溪滙成潭.
若渠不有源頭活　安得源源如許涵.
北　　岳堅秀氣抵天碧.
吾道最重春秋書　說到龍蛇盡憤色
上　　天宇雲消萬里曠.
緬憶當年抱瑟情　堪嘆無人獨自賞.
下　　戒爾日夕降登者.
吾家寶鑑惟詩書　誦讀孜孜暫不捨.

伏願上樑之後. 山川閱滄桑無變, 柱礎與歲月長存. 念父祖貽遺之謨, 益修忠信孝友; 守淵源傳守之訣, 常講洛閩潭華. 是爲于祖有光, 可以所生無忝. 要當爲裔孫百世守護, 願莫求鄕里一時稱譽.
權玉鉉 撰

제문(祭文)

김득배 제문
祭金得培文

아, 하늘이여 이 어찌된 일입니까?

듣건대 착한 사람에게 복을 주고, 악한 사람에게 화를 내리는 것은 하늘의 이치요, 착한 사람에게 상을 주고 악한 사람에게 벌을 주는 것은 사람이 하는 일이라고 합니다. 하늘과 사람이 비록 다르나 그 이치는 하나입니다. 옛사람이 말하기를 '하늘이 정한 것은 사람을 이기고, 사람이 많으면 하늘을 이긴다' 하니 이것은 또 무슨 이치입니까?

지난적에 홍건적이 침입하여 임금님께서 피난을 떠나시고 국가의 운명이 매달아 놓은 실오라기처럼 위태로운데, 오로지 공께서 앞 나서 대의를 주창하니 먼 곳 가까운 곳에서 상응하였고 몸소 만 번 죽을 계책을 내어 삼한의 왕업을 제자리에 돌려놓았으니, 대체 지금 사람들이 여기서 먹고 여기서 편히 살 수 있는 것은 누구의 공이겠습니까? 비록 죄가 있더라도 그 공로로 이것을 가리면 될 것이요, 설령 죄가 공보다 무겁더라도 그 죄를 승복한 후에 다스려도 좋을 것인데 어찌하여 전쟁에서 싸우던 말의 땀도 아직 마르지 않고 개선의 노래도 아직 끝나지 않았는데 태산 같은 공로로 도리어 칼날의 피에 물들게 했습니까? 이것이 내가 피눈물로 하늘에 묻는 까닭입니다. 그 충성스럽고 장한 혼백이 천추만세에 구천 아래에서 피를 마시며 비통할 것을 알고 있습니다. 아, 운명이로다. 어찌하며 또 어찌하겠습니까?

嗚呼皇天 此何人哉 蓋聞 福善禍淫者 天也 賞善罰惡者 人也 天人雖殊 其理則一 古人有言曰 天定勝人 人衆勝天 亦何理也 往者紅寇闌入

乘輿播越 國家之命 危如懸線 惟公 首倡大義 遠近響應 身出萬死之計 克復三韓之業 凡今之人 食於斯 寢於斯 伊誰之功歟 雖有其罪 以功掩之可也 罪重於功 必使歸服其罪然後 討之可也 奈何汗馬未乾 凱歌未罷 遂使泰山之功 轉爲鋒刃之血歟 此吾所以泣血而問於天者也 吾知其忠魂壯魄千秋萬歲必飮血於九泉之下 嗚呼命也 如之何 如之何

-《圃隱先生集》卷3-

고실유인 여주 이씨 제문
祭故室孺人驪州李氏文

아, 그대는 나를 두고 어디로 간단 말인가요. 아, 그대는 어찌 차마 이렇게 되단 말인가요. 딸은 이제 어린 다박머리이고 아들은 겨우 걸음걸이를 하고, 시부모님은 당상(堂上)에 계시고, 친정 어머님 역시 병석에 계신데, 부모님을 봉양하고 아이들을 기르는 일을 누구에게 맡기고 하루 밤 사이에 갑자기 눈을 감고 길이 떠난단 말인가요. 유유한 만 가지 일이 역력히 떠오르네요. 그대 지금 이렇게 되었으니, 나는 장차 어떻게 하란 말인가요.

그대와 결혼한 지가 벌써 20년이 지났지요. 화순(和順)한 덕과 숙완(淑婉)한 모습과 근신(勤愼)하는 마음과 인묵(忍默)하는 성품은 능히 사람의 마음을 감동시켰지요. 이는 나의 사정(私情)에서 하는 말 아니라, 마을 사람들이 입을 모아 칭찬하여 다른 말이 없었지요.

아, 옛날 내가 먼 곳으로 공부하러 갔다가 혹시 계절이 바뀌고서 돌아와 그대를 대하면 그대는 말없이 나를 맞아 주었지요. 그러나 얼굴에 넘치는 은근한 정은 내가 비록 사정에 어두운 사람이라지만 어찌 미안하여 온 몸에 땀이 젖지 않았겠어요.

그대는 본래 약질이고 우리 집안 일은 매우 번잡했지요. 때로 병이 들어 누워 정신이 혹시 피로하고 혼미하면서도, 억지로 일어나서 일을 하는 것을 내가 민망히 여겨 힘 알아서 일을 해 몸을 보존할 것을 말했지요. 그대는 조금 낫다고 했지만 실로 무한한 조급한 마음이 있었지요. 대개 말하기 어려운 가정 일들이 잇대어 있었기 때문이지요. 만약 조금만 고생을 참았으면 평탄한 길이 있었을 것이지요. 저 이수(二豎)가 이 정황을 헤아리지 않고 다른 병세를 더하여 백약이 효과가 없어 어쩔 줄을 모르게 했지요. 온 집안이 허둥지둥하니 그대는 “걱정하지 마시오. 나는 죽지 않을 것이오.” 하고 어린 두 아이를 불러 오랫동안 잡고 어루만졌지요. 내가 말하기를 “병든 사람은 마음 상하기 싫고 그러면 명을 재촉한다”고 했지요. 그대는 눈물을 줄 흘리며 벽을 돌아보고 누웠지요.. 얼마 후 와 보니 벌써 눈을 감고 알아보지 못했지요.

아, 그대는 어찌 이렇게 되단 말입니까? 정신이 멍하여 꿈인지 생시인지. 그대의 평생 한 일을 생각하면 응당 부탁할 말도 있었을 것인데 어찌하여 죽음에 임하여 한 마디 말도 없이 목석(木石)같이 되단 말입니까? 염(殮)을 하고 빈소를 여니 만사가 텅 빈 것 같습니다. 관을 어루만지며 통곡하니 눈물만 쏟아집니다. 달관(達觀)한 장자(莊子)는 나의 이와 같이 슬퍼하는 것을 응당 웃을 것 같네요.

아, 그대 일찍 죽지 않을 것을, 그대 이런 일로 일찍 죽었으니 내 마음 더욱 답답합니다. 함께 아이들 잘 키워 성취시키자 함은 한퇴지(韓退之)도 이미 그러했으니 내 그대에게 어찌 그러지 않았으리오. 불매(不昧)한 혼령은 나의 충정을 살리고 이 술잔을 드시오.

嗟嗟君兮 舍我何之 嗟嗟君兮 忍何如斯 有女髫髦 有男孩提 舅姑在堂 母又病濱 以事以育 托于阿誰 遽遽一夜 瞑然長辭 悠悠萬端 歷歷入思 君今至此 我將何爲 君我結褵 已卄年而 和順之德 淑婉之姿 勤愼之志 忍默之持 能動人意 非我伊私 閭里嘖嘖 口無異辭 噫 昔余遊學子遠方 間易序而對君 君雖無言而迎接 溢面貌者惟慇懃 余雖疎於事情 曷無愧汗 沾身 君質素弱 吾家事甚浩繁 時沈病而委臥 神或圉圉而迷昏 余悶其强起 而執役 累規以量力保存 君雖喩而小弛 實多喫得無限燥忙 盖家政難言 後 前交警 若耐過幾何苦辛 似見其長遠康莊 彼二豎子 不諒情願 卒催別症

而使藥無其方 乃莫知所指 擧家遑遑 君曰不憂 命不可奪 仍呼兩幼 移時撫握 余曰病懷易傷 是亦壽促 君潸然涕泣 回臥面壁 無久往視 已暝莫識 嗟嗟君兮 胡若是毒 神心怳惚 眞夢莫覺 念君生平 應有所托 何以臨沒如木如石 旣殮旣殯 萬事廓落 撫棺一痛 淚如注瀑 達彼莊公 應笑我惻嗚乎 惟此可夭君 君不可夭 我心尤焚 佑成之祝 韓文公已然 吾於卿何不願若 惟靈不昧 鑑我衷而無吐玆酌

-《穎溪文集》卷4-

신도비(神道碑)

증판결사 권공묘 신도비문
贈判決事權公廟神道碑文

고증판결사(故贈判決事) 권공權公)께서 임진란(壬辰亂)을 당하여 포의(布衣)로 분기(奮起)하여 외로운 성(城)을 지키니 변진(邊鎭)이 다시 편안하게 되었다. 공은 왕명(王命)을 받들고 적진(敵陣)으로 들어가서 지키고 있던 왜적을 목베어 죽이고 포로된 우리 백성을 구출하니 왕이 가상히 여겨 높은 벼슬을 내리려 했으나 제수(除授)받기 전에 공은 상처를 앓아 별세했다. 경종(景宗) 임인년(壬寅年)에 특별히 삼품(三品)의 벼슬을 내리니, 후인들이 공의 충렬(忠烈)을 추모하여 가락성(駕洛城)의 서쪽에 사당(祠堂)을 짓고 또 비석(碑石)에 사적(事蹟)을 새겨 후세(後世)에 전하려고 공(公)의 팔세손(八世孫) 식(湜), 숙(淑)등이 오백리(五百里) 길을 멀리 찾아와 치호(致皓)에게 비문(碑文)을 청한다. 치호(致皓)가 적임자가 아니라고 사양했으나 하는 수 없어 삼가 살펴보니 공(公)의 이름은 탁(卓)이요, 자(字)는 사원(思遠)이니 안동 권씨(安東權氏)이다. 고려(高麗) 태사(太師) 행(幸)의 후손이요, 좌참찬(左參贊) 의(誼)의 증손이며 선비 종(鍾)의 아들이다. 공(公)은 귀가 크고 용모가 아름다우며 힘이 남보다 뛰어났다. 중종(中宗) 갑신년(甲辰年, 1544)에 선산(善山)에서 출생(出生)하여 김해(金海)에서 별세하니 향년 오십 세였다. 명(銘)은 다음과 같다.

지난 임진란(壬辰亂)에 섬 오랑캐 침입하여
임금님 피난 가고 여러 고을 어지러울 때
포의로 일어난 공(公)은 의분(義憤)이 치솟았네.
눈물을 씻고 칼을 잡았으나 충성할 길이 막히어서

돌아보니 김해(金海) 고을은 강해(江海)의 요충이라,
병사는 패잔(敗殘), 성(城)은 함락(陷落), 군사들도 두려워하는데
공(公) 혼자 남행(南行)하여 수장(守將)이 되려 했네.
용기(勇氣) 진작(振作), 충의(忠義) 분발, 그 사기(辭氣) 강개(慷慨)롭다.
병(兵)과 민(民)을 격려(激勵)하고 병기(兵器)를 정리하며
성(城)을 높이 쌓고 성지(城池)도 깊이 파니 변진(邊鎭)이 안정됐네.
강한 도적 두려워서 다시 침범 못 하네.
삼경(三京)이 수복되니 남쪽으로 모인 왜적
우리 백성 사로잡아 왜국(倭國)으로 가려 할 때
다그쳐 결박하여 무고한 백성 학대했네.
임금님 가련히 여겨 친히 간측(懇惻)한 글 내리셨네.
"고향을 그리워하는 너희들 마음 생각하여
적군(敵軍)에 끌려간 죄 용서하리니
빨리 돌아서서 고향으로 돌아 오라."
또 제장(諸將)들에게 글을 내려 이 뜻을 전하려는데
누가 적진(敵陣)에 가서 우리 백성 구해올까.
이 때 두 적의 괴수 바다를 사이에 두고 진(陣)을 치니
궁(窮)한 도적 사나와서 돼지처럼 돌진하고 굶주린 호랑이라,
모두 놀라 돌아보니 누가 감히 앞 나서리.
공(公)만이 앞장서서 명령받아 분발했네.
임금님 근심하고 신하들 욕 당하니 내 몸 돌볼 여가 있으랴.
치장하고 칼을 품고 적진(敵陣)으로 찾아가니
치솟는 흉한 불길 창과 칼이 삼엄하네.
사로잡힌 우리 백성 나무하며 풀 베는데
숲 속으로 숨어들어 몰래 불러내니
임금님 뜻 기쁘게 듣고 엎드려 통곡하며
진작 죽지 못해 눈물만 쏟아지네.
너희들 울지 말아라, 들키면 다 죽는다.

도망갈 꾀 있으니 어두울 때 약속하자.
친척이라 속이고서 술과 안주 가져와서
멀리 이별하려고 굶주림을 위로한다니
적들은 이 말 믿고 서로 몰려와서
불러 함께 앉아 술잔을 권하는구나.
많은 포로 우리 백성 손도 묶고 발 묶였네.
눈짓으로 가게 하여 숲 속으로 도망갈 때
눈치 채고 놀란 왜적 떠들며 달려오네.
공(公)께서 한 손으로 칼 휘둘러 마구 치니
요사스러운 왜적 머리 풀 베듯이 떨어지네.
장사(壯士)들이 뒤따라와 닥치는 대로 섬멸했네.
공(公)역시 칼에 찔려 피 흘러 옷에 젖네.
그 많은 우리 백성 모두 함께 돌아왔네.
환호하며 춤을 추니 남녀(男女)가 다를소냐.
골육(骨肉)을 살려내니 부모(父母)같은 은혜로다.
몸을 바쳐 임금 섬겨 이 백성을 구해내니
임금님 가상히 여겨 공로 표창하려는데
벼슬이 내리기 전에 상처(傷處)심해 별세했네.
그 죽음 장하게 여겨 높은 벼슬 추증(追贈)했네.
백세(百世)토록 추모하여 제사를 받드는데
사당(祠堂) 지어 날아갈 듯 단청(丹青)도 빛나구나.
위에는 임금님 글이요, 곁에는 공(公)의 령(靈)을 모셨네.
임금님의 은덕이며 충신(忠臣)의 열렬(烈烈)함은
남해(南海)처럼 아득하고 민산(民山)처럼 높았구나.
이 사적(事蹟) 돌에 새겨 무궁(無窮)토록 전하리라.

승사랑전행봉릉참봉(承仕郎前行奉陵參奉) 완산(完山) 유치호(柳致皓) 삼가 지음

故贈判決事權公 當龍蛇之亂 以布衣奮起 保守孤城 邊鎭再安 奉君命入賊陣藪 斬守倭還俘民 上嘉之 命授顯官 未及除 公病創卒 逮景廟壬寅特贈三品 後人追思公忠烈 立祠駕洛城西 復刻石具著名跡 以詔來世 公八代孫湜淑等 跋涉五百里 屬致皜爲銘 致皜謝非其人 不獲命 謹按公諱卓字思遠 安東人 高麗太師幸之后 左參贊誼曾孫 士人鍾其考也 長身美容儀膂力絶人 中宗甲辰 生于善山 卒于駕洛 年五十 銘曰

往在執徐 島夷陸梁. 至尊蒙塵 列郡搶攘. 公起布衣 義憤摩蒼.
雪涕杖劍 路阻勤王. 睠彼金州 江海之衝. 兵殘城陷 列師俱恟.
公獨南行 求爲守將. 鼓勇奮忠 辭氣慨忼. 激厲兵民 整理器仗.
崇壘浚濠 邊鎭重完. 强虜讐彈 莫敢復干. 三京旣復 賊屯南洑.
擄我民人 將驅渡海. 係累蹙迫 虐我無辜. 聖上哀憫 手諭懇惻.
念爾懷土 原爾從賊. 式遄其歸 復我鄕國. 更諭諸將 往宣恩旨.
孰入賊穴 還我赤子. 于時兩酋 距海爲壘. 窮寇肆暴 豕突虎餤.
衆愕相顧 惴不敢前. 挺身承命 公獨奮然. 主憂臣辱 遑恤予危.
易衣袖刃 探賊之陴. 兇焰尙熾 森列戈鼓. 擄人數隊 役彼樵蘇.
往芘林藪 密語招呼. 欣聞聖諭 頓伏號咷. 恨未決死 涕淚滔滔.
戒爾勿哭 賊殺爾曹. 吾且計取 期以昏宵. 詭托親戚 牛酒相邀.
今將遠別 慰汝久飢. 賊信無疑 相率偕來. 呼與之坐 侑以盤盃.
累累諸俘 手械腰索. 目之使去 趨出林薄. 守倭驚懼 群譟爭躍.
公奮隻手 揮劍亂斮. 妖頭亂領 草薙禽獮. 壯士隨至 旋卽殲殄.
公亦被刺 流丹浹衣. 吾民千百 載與俱歸. 讙呼舞蹈 偕爾男婦.
骨肉生死 公汝父母. 危身奉上 救此蒸黎. 王曰汝嘉 命褒勞伐.
爵命未下 創甚而沒. 焯勤崇終 追貤顯秩. 百世追慕 薦以芬苾.
作堂翼翼 煥爀丹青. 上安御書 傍妥公靈. 聖主之德 忠臣之烈.
南海瀰瀰 民山崩岃. 勒石載事 昭示無極.

承仕郎 前行泰陵參奉 完山 柳致皜 謹撰

비문(碑文)

농은 최선생 제단비
農隱崔先生祭壇碑

진양군(晋陽郡)의 미곡(美谷)은 경주 최씨(慶州崔氏)가 대대로 살아온 곳이다. 이 마을 옆에 터를 닦고 단(壇)을 쌓으니, 그 선조 고려 대사성(大司成) 시호(諡號) 문정공(文正公) 농은선생의 제단(祭壇)이다.

선생의 이름은 해(瀣)요, 자는 언명(彦明)이며, 농은(農隱)은 스스로 붙인 호이다. 아버지는 진현관 제학(進賢館提學) 백륜(伯倫)이요, 할아버지는 판도판서(判圖判書) 적(勣)이다. 그 선조는 문창후(文昌侯) 치원(致遠)으로부터인데, 가문이 대대로 연이어 빛났다. 어머니는 임씨(任氏)이니, 호군(護軍) 수(綏)의 딸이다.

선생은 어릴 때부터 재지(才知)와 기량(器量)이 뛰어나고 뜻이 고원(高遠)하여 이단(異端)에 빠지지 않고 속습(俗習)에 미혹(迷惑)됨이 없었으며, 다만 옛 사람의 법도에만 맞도록 힘썼다. 일찍이 대과(大科)에 급제하여 처음에는 성균관(成均館) 학유(學諭)의 직무를 맡았었다가 여러 관직을 거쳐서 예문관 제학(禮文館提學) 성균관 대제학(成均館大提學)에까지 올랐다. 일찍이 안보(安輔), 이종연(李宗衍) 제공(諸公)과 함께 원(元)나라 과거(科擧)에 응시하여 제과(制科)에 급제하여 요양로(遼陽路) 개주판관(蓋州判官)을 제수 받으니, 당시의 학사(學士)들이 많이 추중(推重)하고 심복(心腹)하여 누차 시(詩)로써 이를 읊었다. 그러나, 성품이 매우 강직(剛直)하여 남을 인정해 주는 일이 적었다. 글의 뜻을 강론(講論)하고 정사(政事)를 논의함에 만일 정당한 것이면 비록 노사(老師)나 대관(大官)에게라도 의견을 굽히지 않고 힐난(詰難)하고 과감히 말하여 눈치를 보아 용인 받기를 구하지 않았다. 그러므로, 세상에서 배척하고 기탄

(忌憚)하는 이가 많아 마침내 크게 등용(登用)되지 못하고 결국 산중에 은거하면서 서사(書史)를 즐기며 《동인시문(東人詩文)》 25권을 편찬하고, 또 《졸고(拙稿)》 2권을 저술했다. 지금 세대가 너무 오래되어 유고(遺稿)도 잃어버리고 다만 약간 권만 남아 있다. 그러나, 정승 정경(鄭俓)이 행장(行狀)을 찬술하고 가정(稼亭) 이선생이 묘지명(墓誌銘)을 짓고, 《고려사(高麗史)》 및 《동국통감(東國通鑑)》에 역시 그 지행(志行)의 높음과 학문의 성대함을 칭찬하여 서술한 것이 많으니, 가히 백세 후에 증거가 될 만하다.

선생은 전후(前後) 배위(配位)가 있었으니, 의성(義城) 반씨(潘氏)와 평강(平康) 채씨(蔡氏)이다. 모두 아들이 없어 아우 감찰(監察) 지(漝)의 아들 응로(應露)로 후사(後嗣)를 삼으니, 문과(文科)에 급제하여 검교(檢校)가 되었다. 딸은 사인(士人) 지섭(池燮)과 대제학(大提學) 전록생(田祿生)에게 각각 시집갔다. 손자는 첨수(添修)이니, 문과에 급제하여 현감(縣監)이 되었고, 증손(曾孫)은 충고(忠高)이니, 참봉(參奉)이 되었다.

선생은 충렬왕(忠烈王) 정해년(丁亥年, 1287)에 나서 충혜왕(忠惠王) 경진년(庚辰年, 1340)에 별세하니, 향년 54세이다. 배위 반씨와 예산(倪山) 동쪽 기슭에 합장(合葬)했으나, 실전(失傳)되었다.

그 후 자손들이 보성(寶城)으로 이사하였다. 8대로 내려가서 첨정(僉正) 대성(大晟)은 선조(宣祖) 임진란을 당해서 두 아들을 거느리고 안치(雁峙)에서 힘을 다해 싸우다가 순절(殉節)했는데, 일이 알려지자 참의(參議)를 추증(追贈)하고 정려(旌閭)를 명했으며 정충사(旌忠祠)에 제향 드렸다. 그 손자 송(松)에 이르러 보성(寶城)으로부터 또 진주(晋州)로 이사하니, 정려 역시 따라서 옮겼다. 후에 또 검남재(劍南齋)를 짓고 참의공을 추모했으나 다만 선생에게만 아직 우모(寓慕)할 곳이 없었다. 이것이 제단(祭壇)을 참의공의 정려 곁에 세워 세시(歲時)로 향화(香火)를 올리는 장소로 한 까닭이다. 또 장차 그 옆에 비석(碑石)을 세워 그 사적(事蹟)을 새기려 하면서 유적(遺蹟)을 가지고 멀리 나를 찾아와서 그 글을 청한다.

가만히 생각건대 선생의 덕업(德業)과 명성(名聲), 품행(品行)은 참으로 백세 후에도 추앙(追仰)받을 만하다. 그러나, 후손들이 이사해 살므로 인해 묘역(墓域)을 잃어버려 향화(香火)도 받들지 못하니 참으로 한될 일이다. 그러므로, 최씨의 오늘의 일은 참으로 그만둘 수 없는 일이다. 그러나, 어떤 사람은 이것이 묘를 바라보면서 단(壇)을 쌓아야 하는 고례(古禮)에 어긋난다고 의심하나, 조상은 자손과 기맥(氣脈)이 서로 통해서 정성이 이르는 곳에 반드시 감응(感應)이 있는 것이다. 그러면 어찌 지역이 멀고 가까운 것을 꺼릴 것이 있겠는가? 다만 그 정성을 게을리 하지 말고 시종 변함이 없어야 할 것이다.

생각건대 지금 인륜의 기강이 모두 무너져 도도히 조선을 잊고 본원(本源)을 배반하니 마음속에 개탄됨이 없지 않다. 그러므로, 글을 잘 짓지 못한다고 하여 이 일을 굳이 사양할 없다.

이 일에 책임을 맡은 사람은 문로(門老) 재상씨(在祥氏)이고, 비석(碑石)을 세우는 일에 든 비용은 문중 젊은이 만수(萬秀)가 전적으로 힘을 들였다고 한다. 훌륭한 일을 한 성의는 더욱 가상하므로 함께 여기에 써서 후세 사람을 깨우친다.

권옥현(權玉鉉) 지음

晋陽之美谷 慶州崔氏世庄 而就里旁 除地爲壇者 爲其先祖 高麗大司成 諡文正 農隱先生之祭壇也 先生諱瀣 字彦明 農隱自號也 父曰 進賢館提學伯倫 祖曰判圖判書勣 其先自文昌侯致遠 家世連赫 妣任氏 護軍綏其父也 先生自少 才器拔萃 志尙高遠 不溺于異端 不惑乎俗習 惟務合乎古人 早登大科 始補成均學諭 歷踐至藝文館提學 成均館大提學 曾同安輔李宗衍諸公 應擧于元 中制 授遼陽路 蓋州判官 一時學士 多推服 累形于詩章 然性甚亢直 於人小許可 講文義論政事 苟見得正 雖老師大官 堅詰敢言 不肯伺候求容 故世多排忌 竟不大用 遂隱于山中 以書史自娛 選東人詩文 二十五卷 又著拙稿二卷 今世已遠 稿亦逸 而只有略干 然鄭相國俓述狀 稼亭李先生撰誌 麗史及東鑑 多稱述其志行之高 文學之盛 則足可徵於百世也 先生前後配 曰義城潘氏 平康蔡氏 俱無男子子 以弟監察瑠

子應露爲後 文檢校 女適士人池爕 大提學田祿生 孫曰添修 文縣監 曾孫曰忠高參奉 先生生忠烈王丁亥 卒忠惠王庚辰 享年五十四 與潘氏合葬于猊山東麓 而失傳 其後 子孫移于寶城 而八傳 有曰僉正大晟 當穆陵壬亂率二子 力戰于雁峙而殉 事聞贈參議 命旌閭 享旌忠祠 逮其孫松 自寶城又移于晋 閭亦隨而移來 後又築劍南齋 以追慕參議公 而惟於先生 尙無寓慕之所 則此祭壇之所以設於參議公閭旁 爲歲時薦香之所也 又將竪碑其側以紀事 抱遺蹟遠訪余 請其文 竊惟先生之德業名行 固爲百世可仰 而因子孫遷徙 塋域失守 不得享芬苾之奉 固爲可恨 則崔氏今日之擧 誠有不可已者 而或者 疑其有違於望墓爲壇之古禮 然祖先之於子孫 一氣流通 而誠之所至 必有感應 則又何疆域遠近之有間哉 惟在不懈其誠 而終始勿替焉而已 顧今人紀盡壞 滔滔是忘先背本 則不能無感歎于中 故不以不文固辭是役也 尸其事者 門老在祥氏 而碑役工費 門秀萬洙專致其力云 獨賢誠意尤爲可尙 幷付書 以警來人云耳

權玉鉉 撰

창녕 성씨 형제사공 묘도비 짧은 서문을 붙임
昌寧成氏兄弟四公墓道碑 小序

성씨(成氏)의 선조(先祖)에 형제(兄弟) 네 분이 있는데, 백공(伯公)은 혜(蹊)이니 벼슬이 거제현감(巨濟縣監) 겸의령현감(兼宜寧縣監)이요, 중공(仲公)은 경(蹊)이니 의령현감(宜寧縣監)이며, 숙공(叔公)은 로(路)이니 군기소윤(軍器少尹)이요, 끝은 지걸(之傑)이니 밀직당(密直堂)이다.

네 분이 여말(麗末)·선초(鮮初)에 나서 벼슬길에 올랐으니 마땅히 기록(記錄)할 만한 뛰어난 업적(業績)이 있었을 것이나, 지금 상고(詳考)할 길이 없다. 그 묘(墓)마저도 세대(世代)가 너무 오래되어 역시 잃고 말았다. 여러 후손(後孫)이 제전(祭奠)을 올리며 쓸고 보살필 곳이 없어 대(代)가 갈수록 한(恨)으로 여겼다. 이때 와서 서로 같이 모의(謀議)하여 힘을 합하여 창령(昌寧) 유어면(遊漁面) 효자암동(孝子岩洞)에다가 초혼

(招魂)하여 장사하니, 바로 그 고조(高祖) 시랑공(侍郎公)의 묘(墓) 아래이다. 또 이미 비석(碑石)을 하나 다듬어 묘(墓)의 옆에 세우려 하면서, 봉섭(逢燮), 병훈(炳薰), 대기(大基) 세 사람이, 정섭(正燮)이 찬술(撰述)한 행장(行狀)을 가지고 와서 비문(碑文)을 청(請)했다.

나는 생각건대, 사람이 태어남이 조선(祖先)에 뿌리를 두지 아니함이 없으니, 아무리 먼 조선(祖先)이라도 그 같은 기맥(氣脈)이 유통(流通)함은 잠시도 쉬지 않는다. 그러므로 옛날 성인(聖人)이 제사(祭祀)의 례(禮)를 제정(制定)해서 자손(子孫)의 보본(報本)하는 정성(精誠)을 펴게 했으니, 이것은 천리 인정(天理人情)이 잠시도 그만 둘 수 없는 것이기 때문이다. 그런데, 사회의 풍교(風敎)가 쇠퇴(衰退)해서 가정에 제사(祭祀)마저 폐지하자는 말이 나와 그 근친(近親)의 사당(祠堂)에도 왕왕 오히려 제사를 지내지 않으려는데, 하물며 먼 조상의 묘(墓)에 있어서랴.

지금 성씨(成氏)는 이미 남아 있는 묘(墓)에만 그 제사(祭祀)를 폐하지 않을 뿐만 아니라, 잃었던 묘(墓)도 이와 같이 초혼(招魂)의 예(禮)를 갖추어 묘사(墓祀)를 지내려 하니, 가히 독실한 정성이라고 말할 수 있을 것이다. 아, 위대하구나.

어떤 사람은 말하기를 "이는 지금으로부터 오백년(五百年) 전의 오래된 일인데 지금 와서 초혼(招魂)을 하여 장사하는 것이 고례(古禮)에 있는 것인지 알 수 없다"고 한다. 나는 이에 대답하기를 "예(禮)에 있는지는 내가 따질 것이 없다고 생각한다. 그러나 대저 예(禮)는 정(情)에서 나오고 의(義)에서 일어나므로, 만약 정(情)과 의(義)에 비추어 합당하다면, 비록 고례(古禮)에 없더라도 역시 예(禮)라고 하지 않을 수 없다. 지금 성씨(成氏)의 하는 일도 아마 정(情)과 의(義)에 합당하여 예(禮)의 본의(本意)에 어긋나지 않을 것이다." 인하여 다음과 같이 쓴다.

성씨(成氏)의 관향(貫鄕)은 창령(昌寧)이니, 고려(高麗) 중윤(中尹)인 인보(仁補)가 처음으로 족보(族譜)에 나타난다. 이로부터 고려말(高麗末)에 이르러 뛰어난 덕망(德望)이 있는 이와 높은 벼슬을 한 이들이 대(代)를 걸러 서로 잇대어 나라 안의 명문(名門)이 되었다. 고조(高祖)의 이름은 복(履)이니, 검교문하시랑(檢校門下侍郎)이요, 증조(曾祖)의 이름은 을신(乙臣)이니, 검교문하시중(檢校門下侍中)으로 지극한 효행(孝行)이 있어 여묘(廬墓)로 삼년상(三年喪)을 마쳤다. 조(祖)의 이름은 사홍(士弘)이니, 도첨의찬성사(都僉議贊成事)이다. 고(考)의 이름은 만용(萬庸)이니, 판도판서(版圖判書)로 고려(高麗)가 망할 때, 새 왕조(王朝)에 불복(不服)하고 절의(節義)를 지켰다. 비(妣)는 강양 이씨(江陽李氏)이니, 지익산군사(知益山郡事)인 서(犀)의 딸이다.

백공(伯公)의 아들 보귀(寶龜)는 적성현감(積城縣監)이요, 삼귀(三龜)는 봉화현감(奉化縣監)이다. 중공(仲公)의 아들 자아(自雅)는 찬의(贊儀)요, 자좌(自佐)는 궁고사(宮庫使)이며, 자보(自保)는 서령(署令)이요, 자량(自諒)은 좌사간(左司諫)이다. 숙공(叔公)의 아들 이온(以溫)은 사정(司正)이요, 다음은 이공(以恭)과 이검(以儉)이니, 모두 생원(生員)이다. 계공(季公)의 아들은 진(溍)이다.

네 분의 후손(後孫)들이 번창(蕃昌)하여 열읍(列邑)에 분포(分布)하여 문물(文物)과 문호(門戶)가 번성하니, 가히 그 유택(遺澤)이 무궁(無窮)한 데까지 전해 가는 것을 알 수 있다. 명(銘)은 이러하다.

아, 이 사형제(四兄弟) 분이
한 집안에 태어나셨네.
함께 미명(美名) 뛰어나니
칭송도 자자하다.
그런데도 사적(事績)만은
오래되어 증거 없네.
무덤마저 어디인지
신령도 못 찾는구나.
여러 후손 개탄하여
초혼(招魂)하여 무덤 짓네.
높다란 그 봉분(封墳)은

효암(孝岩)의 언덕이네.
살아서도 한 자리인데
죽어서인들 따로이랴.
상상하니 정령께서
즐거이 화합하리.
봄가을 서리 이슬에
정성껏 제사 드려
백세토록 게을리 말아
무궁한 복 받으리라.

병인(丙寅) 하지절(夏至節)에
성산(星山) 이헌주(李憲柱) 지음

成氏之先 有兄弟四公 伯曰蹊 官巨濟縣令 兼宜寧縣監 仲曰踁 宜寧縣監 叔曰路 軍器少尹 季曰之傑 密直堂四公生當麗韓之際 發身仕籍 宜有聲績之可紀者 而今不可考 至於衣舃之藏 世代已久 亦失其傳 諸後孫 以奠掃之無地 歷世以爲恨 至是相與協謀合力 就昌寧之遊漁面 孝子岩洞 而招魂爲葬 卽其高祖侍郎公之墓下也 旣又治一碑 將樹之其側 逢燮 炳薰 大基三君 以正燮所撰狀 來余請所刻之辭 余惟 人之生 莫不本乎祖先 祖先 雖遠 而其一氣之流通 未之或息 故古昔聖人 制爲祭祀之禮 以伸子孫報本之誠 此天理人情之不容已者也 而自夫世敎衰 而廢祭之說行 卽其近親之廟 往往猶不祭焉 而況於遠代之墓乎 今成氏 不惟於已存之墓不廢其祭 墓旣失傳 而又爲此招魂之儀 擬行歲一之祭 可不謂之篤誠矣乎 吁其韙哉 或曰 今去五百年之久矣 及是 而招魂而葬而祭之 未知於古禮有之乎 余曰 禮吾未之知 然夫禮者 出於情而起於義 苟揆之於情與義而有合焉 則雖無於古 而亦不可謂之禮也 今成氏之所爲 其殆情義之合 而無失於禮意也歟 因爲之敍曰 成氏貫昌寧 高麗中尹仁輔 始著於譜 自是至麗末 名德仕宦 間世相望 爲國中聞族 高祖諱履 檢校門下侍郎 曾祖諱乙臣 檢校門

下侍中 有至孝行 廬墓終制 祖諱士弘 都僉議贊成事 考諱萬庸 版圖判書 麗亡守罔僕節 妣郡夫人 江陽李氏 知益山郡事犀之女 伯公之子曰 寶龜 積城縣監 三龜 奉化縣監 仲公之子曰 自雅 贊儀 自佐 宮庫使 自保 署令 自諒 左司諫 叔公之子曰 以溫 司正 以恭 以儉 俱生員 季公之子曰 潛 四公之後孫 其麗蕃昌 分布列邑 有人文門欄之盛 可驗其遺澤之垂于無窮也 銘曰

猗此四公 幷起一室. 聯芳齊美 聲譽藉蔚.
惟其事績 世遠莫憑. 亦粤塚宅 深目無徵.
群孫是慨 招魂起墳. 有崇其封 孝岩之原.
生旣同床 死寧異居. 想像精靈 其樂翕如.
春秋霜露 虔奉祀事. 百世不懈 受祉無旣.
丙寅 夏至節
星山 李憲柱 撰

진양 정씨 삼충 유적비명 서문도 함께 씀
晋陽鄭氏三忠遺蹟碑銘 幷序

고성(固城) 북쪽 남진(藍津)의 마을에 옛날에 세 충신이 계셨으니, 진양(晉陽) 정 감정공 확(鄭 監正公 廓)과 수문장 규(守門將 奎)와 부장 섬(部將 섬) 삼형제(三兄弟)이다.

선조 임진란(壬辰亂)때 본군(本郡)이 바닷가에 있어서 적병(賊兵)이 먼저 들어와 그들 왕래(往來)의 요충(要衝) 지역이 되었으므로 그 피해가 더욱 심했다. 이때 공(公)의 형제가 의병(義兵)을 일으켜 한창 맹렬한 왜적을 막았는데, 같은 고을 여러 의병장(義兵將)과 함께 적을 쫓아 진주(晋州) 반성(班城) 간에 이르러 적을 무수히 섬멸시켜 크게 승리했다.

당시 왜적이 우리나라에 들어온 후 여러 성(城)들이 다 무너졌으나 다만 진주성(晋州城)만이 처음으로 크게 승리하자 초유사(招諭使) 김성일공(金誠一公)이 포장하는 글을 올려 그것을 칭송했으니, 대개 같은 고을의 의병장(義兵將) 최강공(崔堈公) 및 이달공(李達公)과 함께이다. 왜적이 다시 군사를 증강하기 위하여 물러나 삼가성(三嘉城) 밖에 진을 치니, 공(公)의 형제가 그들을 쫓아서 또 크게 격파했다. 그러나 백공(伯公)이 날아오는 화살에 맞아 위독하게 되자 두 아우를 불러 자기가 거느리던 무리를 대신 거느리게 하고 "나의 이루지 못한 뜻을 너희들이 이어서 힘써라" 하고 말을 마치자 별세했다.

초유사(招諭使)가 그것을 듣고 몹시 놀라 제문(祭文)을 지어 제사지내고 장사를 도왔다. 또, 그 일을 임금에게 글을 올려 이등훈(二等勳)에 기록하고 군자감정(軍資監正)의 벼슬을 내리고 그 두 아우에게는 삼등훈(三等勳)에 기록하니, 곧 수문장(守門將) 및 부장(部將)이다. 그 후 최소계강(崔蘇溪 堈)과 이운포 달(李雲圃 達) 양공(兩公)은 벼슬과 시호(諡號)가 내려 사람들의 이목(耳目)을 빛나게 했으나, 다만 공(公)의 형제만은 이런 은전(恩典)이 없었으니, 이것은 후세의 자손(子孫)이나 지사(志士)들의 한(恨)을 남기게 된 것이었다. 초유사(招諭使)의 올린 글을 보면 목숨을 바칠 각오를 한 뜻이 지금도 환하여 없어지지 않고 있으니, 벼슬과 시호가 내리지 않은 것을 또한 한(恨) 할 것 있겠는가?

공(公)의 형제가 본래 효우(孝友)로 알려졌으니, 일찍이 아버지를 잃고 어머니 섬기기를 지성으로 하였는데 감정공(監正公)이 어머니를 위해 하늘에 빌어 피눈물을 흘린 일과 수문장(守門將)이 얼음을 깨고 고기를 잡아 어머니를 섬긴 것은 옛 사람도 행하기 어려운 일이니, 이른바 충신은 효자의 가문에서 구한다는 것이 아니겠는가?

그러므로 사람의 타고난 천성으로 현인(賢人)을 존모(尊慕)하는 정성이 마침내 없어지지 않아 수백 년 후에 조정(朝廷)에서 정려의 명(命)을 받아 충효각(忠孝閣)을 세우고 제현(諸賢)들의 기술한 글을 모아 한 권의 책을 이루었으나, 이것은 다만 백공(伯公)만 그렇게 했고 아우인 이공(二公)은 아직 성전(聖典)을 받지 못했으니 이 또한 후손들이 한(恨)을 품는 것이다. 그러나 수문장(守門將)은 전에 충효비(忠孝碑)가 있어 그 사직을 기록했는데 세월이 오래되어 기울어지고 무너져 자손들이 개수(改修)하려고 하니 공의(公議)가 일어나 마땅히 비석 하나를 다듬어 삼공(三公)의 공로를 함께 기록하여 공(公)의 유허지(遺墟地)에 세워 후인(後人)으로 하여금 동공일체(同功一體)를 알게 하는 것이 더욱 중요하다고 하므로, 이에 비석을 준비해 놓고 나에게 비문(碑文)을 청했다. 내가 생각하기에 일은 크고 사람은 미미하므로 감히 곧 응하지 못했으나 재삼(再三) 와서 독촉하니 끝내 사양할 수 없어 이에 그 큰일만을 적어 비문을 만들었다. 그 세계(世系), 자손(子孫) 및 공(公)의 작은 일들은 제현(諸賢)들의 글에 자세히 실려 있기에 이에 기록하지 않는다.

나에게 글을 청하는 사람은 삼증(三增), 순동(珣東), 기동(琪東)이요, 종곤(宗坤)은 더욱 힘을 들였다고 한다. 명(銘)은 이렇게 짓는다.

백공(伯公)이 전란에 돌아가시자
두 아우 무용(武勇)을 떨쳤네.
그 공로 죽백(竹帛)에 빛나고
그 덕화(德化) 해방(海邦)에 입혔네.
은전(恩典)의 후하고 박함
공(公)에게 무슨 상관 있으랴.
빛나는 그 뜻
족히 변하지 않으리.
한 집안에 삼 형제의 공로
옛날에도 드문 일.
우뚝 선 이 비석
오래도록 아름다운 공로 밝히리라.

벽진(碧珍) 이예중(李禮中) 삼가 지음

鐵城之北 藍津之村 古有三忠曰 晋陽鄭公監正諱廓 守門將諱奎 部將諱潤 三兄弟也 當穆陵壬辰之亂 本郡濱于海 而爲賊首到往來之衝 故被害尤酷 當此之時 公之兄弟 倡起義旅 遏方熾之賊 與同郡諸義將 追賊至

晋州班城之間 殲賊無算 大有勝捷 自賊之入我境 列城崩壞 而惟晋州 始有大捷 招諭使金公誠一 褒啓以稱之 蓋同郡義兵將崔公堈 暨李公達也 賊又增兵退屯三嘉城外 公之兄弟追之 又大破之 而伯公 中流矢 臨沒呼二弟代領其衆曰 吾未遂之志 汝其繼而勉之 言訖而終 招諭使 聞而驚愕 爲文祭之 以庇其葬 又啓聞其狀 錄勳二等 贈軍資監正 官其二弟 錄勳三等卽守門將 及部將也 厥後崔堈 李達兩公貤爵贈諡 耀人耳目 而惟公兄弟未蒙貤贈之典 此後世子孫 及志士之所遺恨者矣 觀招諭使褒啓 則其喪元之志 至今猶有炯然不亡者矣 貤贈之不及於公 又何足計哉 公之兄弟 素以孝友聞 蓋早失所怙事母有至性 監正公之禱天血淚 守門將之鑿氷求魚 皆古人所難行者 則所謂求忠臣於孝子之門 豈不然哉 故人之秉彛慕賢之誠終不能泯 而數百年之後 得蒙朝家綽楔之命 立忠孝閣 綴諸賢記實之文 而成卷軸 然惟伯公爲然 二公猶未蒙聖典 此又後孫之所齎鬱者矣 而守門將則舊有忠孝碑 以記其蹟而歲久頹圮 故子孫將改修 則公議乃奮發 以爲宜求一石 幷記三公之勳 立於公之遺墟 俾後人知其同功一體之爲尤貴 故乃求珉而謁文於余 余惟役巨人微 不敢遽應 而再三來督 不能終辭 乃綴其大節以爲文 而至其世系子孫 及公之細節 諸賢文字 皆詳載 故玆不錄焉 來請文者 三增 珣東 琪東也 宗坤 出力尤多云 銘曰

伯公殉難 二弟膺揚. 功輝竹帛 德被海邦.

恩典厚薄 於公何有. 炯然其志 自足不朽.

一家三勳 矧古所稀. 崔崔者石 永闡其徽.

碧珍 李禮中 謹撰

비음기
碑陰記

옛 삼가군(三嘉郡) 고현면(古縣面) '대대마을[竹竹村]'의 오른 쪽 간좌(艮坐)의 언덕에 덩그렇게 당(堂)과 같은 묘가 있으니, 이는 우리 선조 통훈대부 군자감정부군(先祖 通訓大夫 軍資監正府君)의 배위(配位) 숙부인(淑夫人)의 무덤으로, 지금 육백년(六百年)이나 넘어 되었다.

부인(夫人)의 성(姓)은 이씨(李氏)이니, 계보(系譜)는 강양(江陽)으로 신라(新羅) 강양군(江陽君) 개(開)의 후손(後孫)이다. 고(考)는 예의판서(禮儀判書)로 이름은 휴(庥)요, 조(祖)는 원숙(元淑)이니 판서(判書)요, 증조(曾祖)는 현우(賢佑)이니 목사(牧使)이다.

부군(府君)의 이름은 집덕(執德)이요, 성(姓)은 권씨(權氏)이니 계보(系譜)는 안동(安東)으로 고려태사(高麗太師) 행(幸)의 후손(後孫)이다. 일재(一齋) 문단공(文坦公) 한공(漢功)과 류암(柳菴) 충헌공(忠憲公) 중달(仲達)과 판종정(判宗正) 사종(嗣宗)은 증조(曾祖)와 조(祖)와 고(考) 삼세(三世)이다. 조선조(朝鮮朝) 초에 부군(府君)께서 비로소 삼가(三嘉)의 죽전동(竹田洞, 現成里)에 은거(隱居)하여 부인(夫人)의 고(考)인 판서공(判書公)과 이웃하여 살았다.

가만히 생각해 보면 당시 문벌(門閥)의 빛남이 내외(內外)가 모두 드러났는데, 부인께서 그 사이에서 웃어른의 뜻을 받들어 섬겼으니 규범(閨範)의 아름다운 것이 가히 후세에 전할 만한 것이 있었을 것이나, 연대(年代)가 오래되어 생졸(生卒)의 해마저 전하지 않고 족보(族譜)의 주(註)에 기록된 것은 다만 이 묘(墓)에 관한 것뿐이다. 문헌(文獻)이 증거댈 수 없으니 어찌 그 한(恨)됨을 견딜 수 있겠는가? 다만 한 마디 말이 입에서 입으로 전하고 전하는 것이 한결같이 어제 일과 같은 것이 있으니, 이판서공(李判書公)이 상(喪)을 당하여 장지(葬地)를 정하고 구덩이를 파는데 물기가 조금 있었다. 그러므로 이곳을 버리고 다른 곳으로 장지(葬地)를 옮기려 하니 부인(夫人)께서 그 어머님께 청하기를 "만약 묘지(墓地)를 버리려고 하시면 저에게 주시어 후일 권서방(權書房)의 묘지(墓地)로 쓰게 해 주십시오" 하므로 어머니가 의롭게 여겨 허락하였다.

후일에 부군(府君)을 이곳에 장사하니 곧 한천(寒泉)의 간좌(艮坐)의 언덕이다. 부인(夫人)은 후에 따로 이곳 '대대'에 장사하였다. 지사(地士)들이 전(傳)해 말하기를 "우리 종족(宗族)의 번창(繁昌)함이 이 두 묘(墓)의 길지(吉地)를 얻어 그 음덕을 받아서라"고 한다. 이는 실로 황당한 말이어서 꼭 믿을 수는 없으나 그 성의(誠意)와 음공(陰功)이 족히 음덕(蔭德)을 후손(後孫)에게 전함은 가히 거짓이라고 하겠는가? 우리 종족(宗族)이 감정공(監正公)의 후손된 자만으로도 옛날에도 오읍(五邑)의 대성(大姓)으로 일컬었고 현재에도 각지(各地)에 흩어져 그 수가 한없이 많을 뿐만 아니라, 문학(文學)과 과환(科宦)과 명절(名節)이 전후(前後) 서로 잇대어 족히 우리나라의 대성(大姓)이라고 할 수 있다. 그러면 비록 현저한 사적의 전함이 없다고 하더라도 그 심인(深仁)과 후덕(厚德)이 남모르게 쌓여 그 음덕이 오랜 후세에까지 발함을 백세하(百世下)에서 충분히 상상할 수 있다. 우리 후손들은 한결같이 근본(根本)에 보답하는 정성을 다하면 천만년(千萬年) 후에도 어찌 길이 숨은 음덕을 받지 않겠는가?

세 아들을 두었으니, 돈(惇)은 검중추(檢中樞)요, 회(恢)는 서령(署令)이요, 촌(忖)은 문과(文科) 급제로 군사(郡事)이다.

맏아들은 후사(後嗣)가 없다. 둘째에게서 난 아들은 효성(孝誠)이니 사정(司正)이요, 딸은 목사(牧使)인 정종아(鄭從雅)에게 시집갔다. 셋째에게서 난 아들은 계우(繼祐)이니 진사(進士) 사용(司勇)이요, 계복(繼福)이니 생원 진사(生員進士)이다. 딸은 직장(直長)인 성구(成懼)와 사정(司正)인 손순종(孫順宗)과 창승(倉丞)인 손윤하(孫胤河)에게 각각 시집갔다.

계우(繼祐)의 아들은 김석(金錫)이니 생원(生員)으로 봉사(奉事)이다. 딸은 이숭록(李崇祿)에게 시집갔다. 계복(繼福)의 아들은 철동(鐵仝)이니 생원 진사(生員 進士)요, 영동(永仝)은 봉사(奉事)이다. 이하는 생략(省略)한다.

옛날에 세운 묘표(墓表)가 초솔(草率)하고 퇴락(頹落)하여 이제 다시 개수(改竪)하려 하면서 여러 종족(宗族)들이 옥현(玉鉉)에게 명(命)하여 비석 뒷면에 기록할 글을 지으라 하므로, 이를 써서 후손들로 하여금 추모(追慕)하는 마음을 일으켜 두려워하는 생각을 더욱 더하도록 한다.

광복후(光復後) 병인(丙寅) 국추(菊秋, 9월)에

후손(後孫) 옥현(玉鉉) 삼가 지음

舊嘉樹之古縣 竹竹村右 負艮而有穹然若堂者 我先祖 通訓大夫 軍資監正府君之配淑夫人衣履之藏 而今洽爲六百年矣 夫人姓李氏 系出江陽新羅江陽君開之後 考曰 禮儀判書 諱庥 祖曰元淑 判書 曾祖曰賢佑 牧使 府君諱執德 姓權氏 系出安東 高麗太師諱幸之後也 一齋文坦公諱漢功柳菴忠憲公諱仲達 判宗正 諱嗣宗 曾祖考三世也 當鮮朝之初 府君始筮遯于嘉樹之竹田 而與夫人之考判書公比隣而居 竊伏念當時門望之赫 內外俱著 而夫人 承奉其間 則閨範之懿 宜有可傳者 而年代久遠 生卒之歲 闕莫之傳 而譜註所錄者 只此幽宅而已 文獻之杞宋 曷勝慨恨哉 第有一言以口傳傳一如昨日事者 當判書公喪 占地治壙 以微有水痕 將棄而改卜 則夫人 請于母氏曰 若欲棄之 則願許我以爲他日權郎之用 母氏 義而許之 後葬府君於此 卽寒泉艮原也 夫人則後別葬于此 而堪輿家 傳稱吾宗之繁昌爲兩墓之得吉蒙庥 此固茫昧之說 未可必信 然其誠意陰功 足以垂蔭於後者 又焉可誣也 顧吾宗之爲監正公後者 在昔已稱五邑之盛 今則彌散列省非惟其麗不億 文學科宦名節 後先相望 足稱國中大族 然則雖無著蹟之傳而其深仁厚德 積於幽隱 而發之久遠者 綽約可想於百世之下矣 凡我後承一虔報本之誠 則於千萬年 豈不永受冥蔭耶 育三男 惇檢中樞 恢署令 忖文郡事 長房無嗣 次房男 孝誠司正 女鄭從雅牧使 三房男 繼祐進士 司勇 繼福生進 女成懼直長 孫順宗司正 孫胤河倉丞 繼祐男金錫生員奉事女李崇祿 繼福男 鐵仝生進 永仝奉事 以下略之 舊表草率且泐 今將改竪諸宗責玉鉉 識其陰 謹序此 使來人興慕 而益加惕念焉

光復後 丙寅 菊秋

後孫 玉鉉 謹識

일산 하군 기행비
一山河君紀行碑

사람으로서 남이 지킬 수 없는 것을 지키고 남이 행할 수 없는 것을 행하는 자는 뛰어난 마음가짐과 지극한 성품이 있지 않는 자는 해 낼 수 없다. 만약 그렇게 하는 자는 사람들의 칭송하는 바가 되어 오래도록 그치지 않는 것이니, 이는 진실로 타고 난 천성이 잠시도 그칠 수 없는 데서 나온 것이다. 일산(一山) 하군(河君)의 기행비(紀行碑)가 있는 것도 이 때문이다.

군(君)의 이름은 순보(恂寶)요, 자(字)는 선언(善彦)이며, 일산(一山)은 그가 스스로 붙인 호(號)이다. 군(君)은 진양(晋陽) 하씨(河氏)로 담산(澹山) 처사(處士) 우식(祐植)의 계자(季子)이다. 담산공(澹山公)이 맑은 지조와 높은 학식으로 유림(儒林)에 명망이 높았다. 군(君)이 어릴 때부터 가정의 교훈을 이어 받들어 그 법도대로 따랐다. 비록 몸이 약해서 병에 잘 걸려 학문에는 각고(刻苦)의 힘을 다하지 못했지만, 지기(志氣)가 견고(堅固)하고 익히기를 또 부지런히 하여, 아는 것은 반드시 확실히 하고, 지키는 것은 반드시 독실히 하여 조금도 우물쭈물하거나 머뭇거리는 태도가 없었다. 무릇 가정에 내려오는 옛일과 고을 선배(先輩)들의 유적(遺蹟)도 고거(考據)하지 아니함이 없어 외우기를 손바닥을 가리키는 것처럼 환히 했다. 더욱이 인물의 현부(賢否)와 의리(義理)의 선악(善惡)의 나누어짐에 대해서는 분별하기를 명확히 하고 지키기를 확고히 하니, 이것은 진실로 가정교육이 몸에 배였기 때문에 그러한 것이다. 왜정(倭政) 때 강제로 머리를 깎자, 많은 사람들이 모두 쓰러지듯 굴복했으나, 군(君)은 그때 20세 남짓한 나이로 혼자 의연(毅然)히 지켰다. 마침 어떤 일로 밖에 나갔다가 길에서 일본 관리를 만났는데 그가 강제로 머리를 깎으려 하자, 군(君)이 차고 있던 칼을 빼어 스스로 자신의 목을 찔러서 피가 줄줄 흘러 옷을 적셨다. 저들이 놀라고 황급하여 사죄하고 호송해 주니, 원근(遠近)에 이 일을 듣는 이가 높이 칭찬하지 아니함이 없었다. 오석농

(吳石農), 권송산(權松山) 제공(諸公)은 모두 담산공(澹山公)에게 편지를 보내어 이를 칭찬하기를 “오당(吾黨)에 사람이 있고, 오당(吾黨)이 빛을 더하게 되었다” 고 했다. 이것은 남들이 지킬 수 없는 바를 지킨 것이 아니겠는가?

그가 담산공(澹山公)을 섬길 때에는 힘써 그 뜻을 받들어 오직 자식 된 도리가 모자랄까 두려워하여, 병시중을 들 때는 주야로 옆을 떠나지 아니하고 정성을 다해 조호(調護)하기를 몇 달 동안 게을리 하지 않았다. 병이 위급해지자 손가락을 끊어 피를 입에 넣어서 그 명을 연장시켰다. 상(喪)을 당했을 때에는 예절 지키기를 매우 고되게 하여 몸이 수척하여 거의 지탱할 수 없게 되었으나, 그래도 오히려 힘을 다해 예대로 다했다. 온 고을 사람들이 한결같이 지극한 효성이라고 일컬었으니, 이것은 어찌 남들이 행할 수 없는 바를 행한 것이 아니겠는가?

군(君)이 융희후(隆熙後) 임자년(壬子年, 1912)에 나서 광복후(光復後) 임진년(壬辰年, 1952) 10월 16일에 별세하니, 나이 겨우 41세였다. 이에 슬퍼하는 소리가 서로 연이었다. 지금 수십 년 후에 고을 선비들이 서로 더불어 모의하기를 “이와 같이 높은 절개와 지극한 행실이 민멸(泯滅)하여 일컬어지지 않는다면 이는 오당(吾黨)의 수치이다. 어찌 그 공적을 돌에 새겨서 마을 입구에 세워 후세에 보여 풍속을 격려시키지 않겠는가” 라고 했다. 돌이 이미 갖추어지자 여러 인사(人士)들이 나에게 글을 청했다. 전에 군(君)이 일찍이 나를 방문하여 뜻을 논하고 학문을 논함에 그 지키는 바가 확연한 것을 감탄했다. 후에 목을 찌르고 손가락을 끊은 일을 듣고는 더욱 그 뜻을 세운 바가 높은 것을 감탄했다. 이는 마땅히 내 글에 나타내어야 할 것이니, 지금 내가 매우 나이가 많아 병폐(病廢)한 몸이지만 어찌 한 마디의 말을 아끼겠는가? 이에 그 일을 살펴서 쓰고 이어 명(銘)을 짓는다.

지키는 것 중에 무엇이 제일 큰가?
의(義)로써 자신을 지킴이요.

행하는 것 중에 무엇이 제일 큰가?
지성으로 어버이를 섬김이네.
그 목을 찔렀으니, 의(義)는 온전함을 구했고
손가락 끊어서 그 명을 연장하려 했네.
이 의(義)와 이 정성은 천성에서 나왔구나.
경우에 따라 촉발하니 몸인들 아낄쏘냐.
오당(吾黨)이 더 빛나고 유문(儒門)에 평(評)이 났네.
효성이란 칭송은 온 고을에 자자했네.
받은 바 있지 않고 이럴 수 있을쏘냐.
가정의 교훈 받들어 떨어뜨리지 않았네.
학문은 충만하지 못했으나 세운 바는 우뚝하네.
그 아버지에 그 아들, 빛남이 부끄럽지 않네.
마을 입구에 돌을 세워 그 사적 환히 새기니
누가 천성을 지키는 마음 없으리오, 이를 본받고 본받으리.

정묘(丁卯) 중춘(仲春)에
태동(泰東) 병수(病叟) 권용현(權龍鉉) 지음

人之能守人所不能守 行人所不能行者 非有卓志至性者 不能 若然者 爲人所稱揚 久而不衰 固出於秉彝之不容已也 一山河君紀行之有碑 盖以是也 君諱恂寶 字善彦 一山其自署 晋陽氏 而澹山處士 祐植季子也 澹山公 以淸操高識 望重儒苑 君自幼 承襲庭訓 遵其繩尺 雖因體弱善病 未能刻苦肆力於學 然志氣堅固 服習又勤 知之必要其的 守之必要其篤 少無依違流循態 凡於家世之故事 鄕先輩之遺蹟 無不考據 誦說暸如指掌 尤於人物臧否之際 義理淑慝之分 辨之也明 而執之也固 盖得於擩染者然也 當夷政之勒行剃緇也 衆皆披靡 而君時年 弱冠餘 獨毅然自守 適以事出外 路遇彼吏 欲强加之剃 君輒引佩刀 自刎其頸 血淋漓濺衣 彼輩驚惶致謝 而護送之 遠邇聞者 莫不聳然稱之 吳石農 權松山諸公 皆致書澹山公 稱之以吾黨有人 吾黨增色 斯

豈非守人所不能守耶 其事澹山公也 務承其志 惟恐子職之或闕 其侍疾也 晝宵不離側 殫誠調護者 數旬不懈 至其革 則斫指進血 冀延其命 其居喪也 持制甚苦 毁瘠幾莫支 而猶致力以自盡 鄕里一辭稱至孝 斯豈非行人所不能行耶 君生以隆熙後壬子 卒以光復後壬辰 十月 十六日 年僅四十一 於是 戚嗟聲相連 至今已數十年 鄕里人士 相與謀曰 若是之卓節至行 而泯泯無稱 吾黨之恥也 盍紀其蹟于石 樹之里門 以示後而勵俗也 石已具 諸人士 請余辭 昔年 君嘗訪余而論志論學 歎其所守之確矣 及聞其刎頸斫指事 益歎其所立之卓矣 是宜見於余文 則今雖癃廢之甚 豈能愛於一言 乃按其事 敍之 而系以銘曰

守孰爲大　義以守身. 行孰爲大　誠以事親.
有頸可刎　義求其全. 有指可斫　命冀其延.
之義之誠　根於天植. 隨遇觸發　膚體奚惜.
吾黨增色　儒門有評. 孝哉之稱　鄕里齊聲.
不有所受　曷此之致. 趨庭承訓　服膺不墜.
學雖未充　所立已卓. 名父肖子　有光無怍.
里門有石　昭揭厥蹟. 孰無秉彛　可式可則.

赤兎之歲 仲春

泰東 病叟 權龍鉉 撰

동애 조처사 유적비
東厓趙處士遺蹟碑

나의 스승 심재옹(深齋翁)께서 일찍이 함안(咸安) 조동애(趙東厓) 처사를 위하여 묘지명(墓誌銘)을 지으면서, 이르기를 “인물이 뛰어나고 지조가 높아 천한 솜옷을 입고도 권세 있고 지위가 높은 사람을 무시하고 한 마디 말로 큰 의논을 결정했다”라고 한 것을 읽고 마음속으로 항상 그 모습을 그리워했으나 한 번 뵙지 못한 것을 한스럽게 여겼다.

이제 그 종손(宗孫) 순규(珣奎)씨가 돌을 하나 다듬어 그 유적을 새기려 하는데, 공의 막내아들 성신(性信)군이 행장(行狀)을 가지고 나 재화(在華)에게 비명(碑銘)을 청해 왔다. 나 재화가 늦게 나서 공(公)이 살던 세상을 만나지 못했으나 이제 이 일에 이름을 붙이게 되었으니, 진작 어진 이를 만나보지 못한 슬픔을 메꿀 수 있을 것인가?

공의 이름은 선수(善秀)요, 자는 화언(華彦)이며, 스스로 동애(東厓)라고 호를 했다. 조씨의 윗대 조상은 고려조에 원윤(元尹)을 지낸 정(鼎)이 처음으로 함안을 관향(貫鄕)으로 삼았다. 전서(典書)를 지낸 열(悅)에 이르러 고려가 망하자 굽히지 않은 절개를 지켰다. 조선 단종조(端宗朝)에 이르러 정절공(貞節公) 여(旅, 1420~1489)가 있었으니 세상에서 일컫는 '생육신(生六臣)'의 한 분이다. 5세를 내려가서 임도(任道, ?~1664)는 문강공(文康公) 장현광(張顯光, 1554~1637)의 문하에 유학하여 일민(逸民)으로 임금에게 불려가 대군(大君)의 스승이 되었으니, 이 분이 간송(澗松)선생으로 공의 8대조이다. 증조는 언훈(彦塤)이요, 할아버지는 광유(光鍒)이며, 아버지는 한정(漢楨)이요, 어머니는 광주(光州) 노(盧)씨로 정상(挺象)의 따님과 해주(海州) 오(吳)씨로 치덕(致德)의 따님인데 공은 오씨에게서 났다.

공은 태어날 때부터 골상(骨相)이 범상하지 않았다. 어릴 때부터 벌써 소를 삼킬 만한 큰 기상이 있어 동년배들이 모두 두려워 복종했다. 스승에게 나아가 학문을 배우자 과거문(科擧文)을 익혀 붓만 잡으면 곧 써 내려갔다. 얼마 후에 그것을 버리고 인간의 근본이 되는 학문을 탐구했다. 20세쯤에 나아가 대방가(大方家)들에게 유학하여 성재(性齋) 허전(許傳, 1797~1866)과 녹리(甪里) 장복추(張福樞, 1815~1900) 두 선생의 문하에서 배우다가 마침내 녹리 선생에게 귀의했으니 선세(先世)에 연원(淵源)이 있었기 때문이다.

정묘년(丁卯年, 1867), 무진년(戊辰年, 1868)에 연이어 아버지와 어머니 상사를 당했는데 상례의 절차 지키기를 한결같이 간송 선생의 유훈(遺訓)에 따랐다. 이 때 백형(伯兄)께서는 이미 별세하고 두 아우와 더불어 베개와 이불을 같이 하고 좋은 일이건 궂은일이건 함께 하며 화목하게 지냈다.

중년에 산청(山淸) 삼가(三嘉)로 이사하여 만성(晩醒) 박치복(朴致馥)과 후산(后山) 허유(許愈)를 따라 도(道)를 강론하고 글을 평론하여 도움이 되는 바가 많았다. 영남(嶺南) 관찰사(觀察使) 윤자승(尹滋承)공과 동래부사(東萊府使) 정현덕(鄭顯德)공이 모두 그 명성을 듣고 예를 더했다. 그러나 변하지 않는 굳은 절개를 지키며 바른 도가 아니면 나아가기를 달갑게 여기지 않았다. 무릇 유림(儒林)의 큰 모임에 중논의 분쟁이 일어남에 차분히 한 마디 말로 결단하면 사람들이 모두 입을 닫았다.

나이 많아서 어버이를 생각하고, 세상이 어지럽자 나라를 걱정하여 부모와 형제를 그리워하는 「호기대(岵屺臺)」와 임금을 생각하는 「진령포(榛苓圃)」 두 편의 시를 지어 그 뜻을 보이니 친구들이 듣고서 따라 화답하는 이가 많았다. 글을 지을 때 꾸미기를 일삼지 않고 한결같이 이치에 맞는 것을 위주로 했다. 그러나 득의(得意)한 작품은 법도에 알맞아 우렁찬 옛스러운 소리가 있었다.

갑인년(甲寅年, 1914) 11월 11일에 별세하니 향년 69세였다. 초장산(草莊山) 해좌(亥坐)의 언덕에 장사했다. 원배(元配)는 광주(廣州) 안씨(安氏)로 효연(孝淵)의 따님인데 아이를 낳지 못했고, 묘는 공과 함께 썼다. 계배(繼配)는 경산(慶山) 전씨(全氏)로 수록(壽祿)의 따님이다. 5남(男)을 두었으니 성국(性國), 양자 가서 백부의 후사를 이은 성숙(性宿), 성교(性敎), 성집(性執), 성신(性信)이다. 손자가 15명이요, 손녀가 11명이다.

명(銘)은 다음과 같다.

함안 조씨는 옛날부터 인물이 많았는데
그 중에 걸출한 분이 간간이 있었네,
공과 같은 분은 초야에 곤궁하게 살아간 지 70년에
사우(師友)들이 그 재능을 인정하고
관찰사와 부사가 그 어질음을 일컬었으니,
어찌 인물 중에 걸출한 분이 아니겠는가?

임인(壬寅, 1962) 단오절(端午節)에
도주(道州, 淸道) 김재화(金在華) 지음

我先師深齋翁 嘗爲咸州趙東厓處士誌其墓曰 人物魁偉 志操高厲 能以縕袍藐權貴 片言折大議 心常儀嚮之 而恨未之一見 今其主鬯孫珣奎 伐一石將表其遺蹟 公之季子性信君 以家狀求銘于在華 在華生也晚 不及公之世 今托名斯役 庶可以塞責沈之悲也耶 公諱善秀 字華彦 自號東厓 趙氏上祖 高麗元尹鼎始貫咸安 傳至典書悅 麗亡守罔僕節 逮我 端廟朝 有貞節公旅 世稱生六臣之一 五傳曰任道 遊張文康公之門 以遺逸徵爲大君師傅 是爲澗松先生 於公間八世 曾祖曰彦塤 祖曰光鋈 考曰漢楨 妣曰光州盧氏 挺象女 海州吳氏 致德女 公吳氏出也 生而骨相異凡 髫齔已有食牛之氣 儕流皆畏服焉 就學習功令文 能操筆立書 旣而 棄之 反求近本之學弱冠出遊大方 請益於許性齋 張甪里二先生之門 竟以甪里爲依歸 以先世淵源之有自也 丁卯戊辰荐遭外內艱 持禮一遵澗松遺訓 時伯兄早沒 與二弟同枕被 分甘苦 怡怡如也 中歲徙居山陰 嘉樹 從朴晩醒致馥 許后山愈講道論文 多所資益 嶺伯 尹公滋承 萊伯鄭公顯德 皆聞其名而加禮 然耿介自守 非其道則不屑就也 凡有儒林大會 衆論紛爭 而徐以一言折之 人皆帖定焉 年老而思親 世亂而憂國 爲岵屺臺 榛苓圃二詩 以見其志 朋友聞之 多從而和者 爲文不事彫刻 一以理勝爲主 至其得意之作 則渢渢然有古聲也 以甲寅十一月十一日卒 享年六十九 葬于草莊山 負亥之原 元配廣州安氏 孝淵女 無育 墓與公同穴 繼配慶山全氏 壽祿女 生五男 性國 性宿出爲伯父后 性敎 性執 性信 孫男十五人 女十一人 銘曰

咸趙氏故多人物而傑然者間有焉
若公窮居林下七十年而師友詡其才
侯伯稱其賢 亦豈非人物之傑然者耶

-《醇齋先生文集》卷16-

농산 밀양 박공 기적비
農山密陽朴公紀績碑

어떤 사람에게 옳은 행실과 훌륭한 업적이 남보다 뛰어나 후세에 전할 만한 것이 있으면, 후세의 사람들이 칭송해 사모하고 칭술(稱述)하여 금석(金石)에 새기며 이목(耳目)에 퍼뜨려 영구불변하게 하려고 한다. 이는 덕을 좋아하는 본심에서 나오는 것이요, 공적비(功績碑)가 있는 것도 바로 이 때문이다.

근세에 합천(陜川)에, 호가 농산(農山)이요 이름이 희선(熙善)이며 자(字)가 가일(可一)이라는 분이 계셨으니, 바로 옳은 행실과 훌륭한 업적이 남보다 뛰어난 사람이 아니겠는가? 그 자손과 고을 선비들이 그의 아름다운 공적이 세월이 오래갈수록 사라질까 염려하여 일찍이 설암(雪嵒) 권옹(權翁)에게 비문을 부탁했으나 미처 짓지 못하고 별세하였다. 별세에 임하여 병혁(炳赫)에게 명하여 대신 지으라 했으니 내가 비록 글을 잘 짓지는 못하나 어찌 끝내 사양할 수 있겠는가?

공은 타고난 본성이 온화하고 공손했는데도 살림이 어려워 학문에 전념할 수가 없었다. 다만 살림살이에 힘을 기울여 농사일에 부지런히 노력하여 드디어 살림이 일어나자 "그런대로 살 만하니 더 부유해서 무엇하겠는가"하고 곤궁(困窮)한 사람들에게 나누어주고 가난한 사람들을 구제하여 성의가 남다르니 사람들이 추앙하여 따르지 아니함이 없었다. 항상 문방(文房) 제구(諸具)들을 구비해 두고 가난하여 공부할 수 없는 사람들에게 마음대로 가져가게 했다. 또 마을에 아이를 낳은 가정이 있으면 그때마다 미역과 쌀을 보내어 축하했고, 상사(喪事)를 당한 가정이 있으면 장사(葬事)에 필요한 여러 가지 물건들을 충분히 보내어 조문했으며, 춥고 배고픈 과객(過客)이 있으면 배불리 먹이고 며칠이나 재워 돌려보냈다. 더욱이 손님 접대를 잘 하여 동남으로 다니는 나그네들이 줄을 이어 찾아왔는데, 집안에는 항상 손님의 신이 그득하여 마치 옛날 한(漢)나라 때 손님 접대로 유명한 공북해(孔北海=融)와 같은 풍도(風度)가 있었다.

항상 일찍이 공부하지 못한 것을 한스럽게 여겨 마을에 서당을 짓고 스승을 맞아 자질(子姪)과 고을에 재주 있는 사람을 가르쳐 학문이 성취하기를 기대했고, 고을 사람들을 대하고 종족들을 대함에 신의가 미더웠다. 이런 것이 은혜를 베풀어 구휼(救恤)한 큰일들이며 독실하게 옳은 일을 행한 것이로다. 이 때문에 후인들이 옛 은혜를 잊지 못하여 서로 의논하여 비석을 세워 그 공적을 드러내었다. 또 많은 선비들이 추모계를 모으니 계첩(契帖)에 이름을 올린 사람이 백 명이 넘었다. 다시 유허비(遺墟碑)를 세우고 이어 집을 한 채 짓고 농산재(農山齋)라 현판(懸板)을 걸고 추모하니 은혜와 덕이 사람을 감동시킴과 언제나 변치 않는 인간의 본성이 없어지지 않은 것을 알 수 있다.

박씨(朴氏)는 신라(新羅)의 후예로 밀성부원군(密城府院君) 박언부(朴彦孚)가 중조(中祖)이다. 송은선생(松隱先生) 익(翊)은 성리학(性理學)을 창도(倡道)하여 포은(圃隱) 정몽주(鄭夢周)와 목은(牧隱) 이색(李穡) 등 제현(諸賢)과 변하지 않은 절의를 지켰는데, 이태조(李太祖)가 새 왕조를 일으키고 다섯 번을 벼슬하러 나오라고 불렀으나 끝내 나가지 않았다. 판결사(判決事) 천택(天澤)은 공(公)의 9대조(代祖)이다. 장녕(長齡), 민성(敏成), 기대(基大)는 고조(高祖)와 증조(曾祖)와 할아버지인데, 모두 숨겨진 덕망이 있었다. 아버지는 상화(相和)이고 어머니는 김해(金海) 김씨(金氏)다. 또 경능참봉(敬陵參奉) 화순(和順)과 전주(全州) 최씨(崔氏)는 생가의 아버지와 어머니이다.

공은 고종(高宗) 기사년(己巳年, 1869)에 나서 정해년(丁亥年, 1947)에 별세하니 향년 79세였다. 공의 쌓은 덕과 베푼 은혜는 자손들과 고을 사람들에게만 본보기가 될 뿐 아니라 말세의 모범으로 전할 만하다. 그러므로 당시에 천양(闡揚)한 문헌(文獻)에 의거하여 위와 같이 서술하고 이어 명(銘)을 붙인다.

옛 성인(聖人)의 말씀에
가장 존귀한 것이 인(仁)이라 했네.
인을 어떻게 행할 것인가?
덕으로 사람을 사랑하는 것이네.
공께서 은혜를 베풀어서
이웃과 고을에까지 미쳤구나.
추모할 업적을 후세에 남겼으니
고을 사람 칭송 사라지지 않으리.
누구나 이곳을 지나는 사람들은
업적 새긴 이 비석을 읽어볼지어다.

기묘(己卯, 1999) 3월 ○일
문학박사 여주 이병혁 삼가 지음

人有行義業績之過人 而爲可傳於後者 後人爲之誦慕之稱述之 刻之金石播之耳目 欲其永久不泯 是出於好德之彝衷 而功績之有碑 盖以此也 近世江陽之鄉 有農山朴公諱熙善字可一 豈非行義業績之過人者耶 子孫與鄉士 恐其懿績之愈久或泯 曾託碑文於雪嵓權翁 未遑撰之而歿 臨歿 命炳赫代述 則予雖不文 豈敢終辭哉 公性素溫恭 因艱窶 未能專意向學 惟務治産 勤勞稼穡 遂至起家 則曰苟足矣 奚富裕爲哉 於是周窮恤貧 誠意藹然 人莫不推服 常備文房諸具 使貧不能問學者 隨意持去 里中有産兒之家 則輒送海菜米穀而賀之 有遭喪之家 則優賻庀葬之諸物而弔之 有過客飢寒者 則溫飽信宿而歸之 尤善於接賓 東南行旅之絡繹而戶屨恒滿 有若孔北海之風 常以早年失學爲恨 創設里塾 延師而敎子姪鄉秀 以期成就 處鄉處族 信義交孚 此其惠恤之大概 而爲行義之篤有如是焉 由是 後人不忘舊恩 相與謀議 竪碑以表其績 且多士修契 凡登名契帖者 百有餘人 更謀立碑遺墟 仍建一宇 扁曰農山齋而寓慕之 可見惠德之感人 彝性之終不墜也 朴氏 新羅之裔 而密城府院君諱彦孚 爲中祖也 傳至松隱先生諱翊 倡明理學 與圃牧諸賢 守罔僕節 太祖

龍興 五徵不起 至判決事諱天澤 於公爲九代祖也 長齡 敏成 基大 高曾若祖而俱有隱德 考妣曰 相和 金海金氏 曰敬陵參奉和順 全州崔氏 生庭考妣也 公生以 高宗己巳 卒于丁亥 壽七十九 公之積德施惠 不惟爲子孫鄕里之矜式 而足以垂範於衰世 故乃據當時闡揚文獻 而叙述如右 系以銘曰

古聖有言 最貴者仁.

行仁伊何 以德愛人.

公能施惠 及於州隣.

遺思在後 鄕頌不湮.

凡百過者 視此貞珉.

己卯 季春 日

文學博士 驪州 李炳赫 謹撰

묘표(墓表)

수사 정공 묘표
秀士鄭公墓表

수사(秀士) 정공(鄭公)께서는 고종(高宗) 병신년(丙申年, 1896)에 나서, 계미년(癸未年, 1943) 9월 27일에 별세하니, 겨우 48세를 살았다. 묘(墓)는 도북(道北) 가곡(家谷) ○좌(坐)에 있다. 지금 그의 여러 아들이 묘(墓) 옆에 표석(表石)을 세우려 하면서 행장(行狀)을 갖추어 나에게 명(銘)을 청한다. 아, 내가 이를 사양할 수 있겠는가? 내가 나이 20세에 공의 집에 췌객(贅客)이 되어 처음으로 공의 보살핌을 받았다. 그때 공의 나이가 아버지의 벗에 해당하므로, 나는 공을 매우 공경했다. 그러나, 공은 나를 아우로 대해 주어 잘못 망년지우(忘年之友)로 여겼다. 이로부터 공은 나를 만날 때마다 번번이 친절히 가르쳐 주었으니, 갑자기 이별할 수가 없었다.

공은 재주가 매우 영민하여 일찍이 경(經) · 자(子)를 섭렵했다. 또 성품이 호걸스럽고 뛰어나, 한 가지 일에 얽매이지 않았으므로, 머리를 숙여 공부하기를 좋아하지 않았고, 남과 더불어 사귐에 있어서 확 트여 막힘이 없었다. 그러나 옳지 못한 일을 보면 발끈 크게 책망하여 마치 서로 용납하지 않을 것 같았다. 그러나 곧 사과하므로 사람들이 공을 많이 두려워하고 꺼려했으나, 역시 원망하는 말이 없었다. 또 바둑 두기와 술 마시기를 좋아하여, 만약 지기지우(知己之友)를 만나면 오래 동안 머물고 매우 많이 마셔 며칠동안 밤낮으로 계속했다. 질탕(佚蕩)한 풍취(風趣)는 때론 법도에 벗어남이 없지 않았다. 그러나 제사를 받들어 모시고 자녀를 가르침에는 질서 정연한 법도가 있었다. 어머니를 섬김에 더욱 효성을 다해 맛있는 음식을 꼭 어머니의 입맛에 맞게 했다. 집에 있을 때는 항상 어머니 옆을 떠나지 않아, 온순하고 즐겁게 하며, 간혹 아이들 놀이를 하여 그 적적함을 위로했다. 내가 때로 나아가 그것을 보고 마음속으로 감탄하여, '이는 고가(古家)의 법도가 있어 참으로 보통사람과는 다르다'고 생각했다. 어느 날 갑자기 병이 들어 어찌할 수 없는 것을 알고 부인(夫人)에게 부탁하기를 "내 병이 이 지경에 이르렀으니 늙으신 어머님을 어떻게 하겠는가? 끝까지 봉양하는 것은 오직 그대만을 믿겠다"하고 인해 눈물을 흘리며 별세했다.

공의 이름은 순언(淳彦)이요, 자(字)는 태언(泰彦)이다. 고(考)는 기현(璣鉉)이니, 호(號)는 침천(枕泉)이다. 이상의 세계(世系)는 내가 이미 침천공(枕泉公)의 묘갈명(墓碣銘)에 썼다. 외조(外祖)는 진양(晋陽) 강수영(姜銖永)이다. 배위(配位)는 파평(坡平) 윤씨(尹氏)이니, 해관처사(海觀處士) 철수(哲洙)의 딸이다. 부덕(婦德)을 아주 잘 갖추어, 문중과 고을에서 여러 번 포상했다. 묘(墓)는 공의 묘 왼쪽에 있다. 여덟 자녀를 두었으니, 아들은 우상(宇相), 기상(麒相), 인상(麟相), 한상(漢相)이요, 딸은 허임두(許壬斗), 양사용(梁士容), 서정윤(徐廷尹), 진갑상(陳甲相)에게 각각 시집갔다.

큰아들에게서 난 아들은 병규(炳圭)이다. 기상(麒相)의 아들은 병철(炳喆), 병화(炳華), 병원(炳垣), 경호(炅鎬)요, 딸은 노병도(盧炳道)에게 시집갔다. 인상(麟相)의 아들은 병헌(炳憲), 병묵(炳默), 병오(炳五)요, 딸은 李○○, 李○○, 朴○○에게 각각 시집갔다.

양씨(梁氏) 사위에게서 난 아들은 기원(基元), 기형(基亨), 기정(基貞)이요, 서씨(徐氏)에게서 난 아들은 관석(官錫), 병석(炳錫)이요, 진씨(陳氏)에게서 난 아들은 상규(尙奎)이다. 나머지는 어려서 다 기록하지 않는다.

아, 공께서 별세했을 때, 내가 먼 곳에 머물러 있었고, 또 이어 난리가 어지럽게 일어나, 뇌사(誄詞)를 지어 슬픈 정을 씻어내지도 못하였다. 지금에 와서야 중요하지 않은 지엽적(枝葉的)인 말로 공의 별세한 후의 일을 더럽히니, 실로 부끄러움이 많다. 만약 저승에서 이를 안다면 혹시 빙그레 웃지나 않을까? 이어서 이렇게 쓴다.

자득(自得)한 기운이며, 온순한 그 효성을 누가 이 사척(四尺)의 낮은 무덤을 통해서 상상할 수 있을까? 나의 이 글은 아첨하는 말이 아니니, 비석에 새겨 무궁하게 전하리라.

광복후(光復後) 병인(丙寅) 중양절(重陽節, 9월 9일)에

안동(安東) 권옥현(權玉鉉)은 삼가 지음

秀士鄭公 生高宗丙申 卒癸未九月二十七日 壽甫四十八 墓在道北家谷○坐 今其諸子 竪表于阡 具狀屬銘 噫 余其可辭哉 余年二十 作公館客 始承公眄 公年在父執 故余甚致敬 公以弟畜余 謬托忘年 自是 逢輒娓娓 不能遽別 公才慧甚敏 早涉經子 而性豪逸不羈 不喜屈首案業 與人交 洞無障壁 然見不義 則勃然切責 若不相容 而旋卽致謝 故人多畏憚 而亦無怨言 好碁酒 如逢知己 留連痛飮 至累晝夜 其佚蕩風儀間 不無疏脫範軌 然至於奉祭祀 導子女 則井井有法度 事母 尤盡誠孝 甘旨克稱 在家常不離側 婉如愉如 間致兒戱 以慰其窮寂 余時就省 私竊感歎 以爲古家儀範 良有異於餘人矣 一日猝病 知不可爲 請夫人託之曰 吾病至此 於老母奈何 終養惟恃卿 因泫然而逝 公諱淳彦 字泰彦 考曰璣鉉 號枕泉 以上世系 已書于枕泉公碣 外祖 晋陽姜銖永 配坡平尹氏 海觀處士哲洙女 婦德極備 宗鄕累致褒賞 墓祔左 育八子男 宇相 麒相 麟相 漢相 女許壬斗 梁士容 徐廷尹 陳甲相 長房男炳圭 麒相男 炳喆 炳華 炳垣 炅鎬 女盧炳道 麟相男 炳憲 炳默 炳五 女李○○ 李○○ 朴○○ 梁婿男 基元 基亨 基貞 徐婿男 官錫 炳錫 陳婿男尙奎 餘幼不載 嗚呼 公之歿也 余滯遠方 繼又干戈搶攘 未能致誄洩情 今以枝葉之言 浼公身後之役 實多感愧 九原有知 其或逌然也否 因以系之曰

翩翩之氣 屬屬之孝 孰可想於此四尺之封. 我辭非諛 刻示無窮.

光復後丙寅 重陽節

安東 權玉鉉 謹述

묘갈명(墓碣銘)

신와 권공 묘갈명 서문도 함께 씀
新窩權公墓碣銘 并序

신번(新蕃)에 사는 우리 종족 중에, 근세에 연세가 많고 덕망이 높아 온 문중이 우러르고 고을 사람들이 추앙하는 분을 말할 때엔 사람들이 반드시 신와공을 일컬었다.

공이 이미 별세하자 그 아들 평현(平鉉)이 일찍이 사적을 서술하여 행장을 만들어 유명한 작가(作家)에게 묘갈명을 청하려고 하다가 뜻을 이루지 못하고 별세했다. 그 여러 아우들이 그 일을 나에게 부탁하니 내가 비록 매우 늙고 혼미하나 친족으로 우러르던 처지에 있는지라, 어찌 감히 끝내 사양하겠는가?

공의 이름은 재한(載漢)이요, 자(字)는 조경(朝卿)이며, 신와는 당호(堂號)이다. 우리 안동권씨(安東權氏)는 고려태사(高麗太師) 벼슬을 한 행(幸)이 시조인데, 고려와 조선조에 대대로 현귀(賢貴)한 분이 많았다. 문과(文科)에 급제하여 필선(弼善) 벼슬을 한 상암(霜嵒)선생 준(濬)은 학문 연원(淵源)과 출처대절(出處大節)로 세상에 명유(名儒)가 되었으니, 이 분이 중세에 드러난 조상이다. 공의 고조의 이름은 사학(思學)이요, 호는 죽촌(竹村)이니 생원(生員)으로 학행(學行)이 뛰어나 동몽교관(童蒙教官)을 증직 받았다. 증조의 이름은 심하(心夏)요, 호는 계서(溪西)이다. 할아버지의 이름은 병규(秉珪)요, 호는 미양(彌陽)이니, 매산(梅山) 홍문경공(洪文敬公)에게 종유(從遊)하여 유망(儒望)이 높았다. 아버지의 이름은 중희(中熙)요, 호는 치재(癡齋)이다. 어머니는 해주정씨(海州鄭氏)이니 정광승(鄭匡升)의 따님이다. 공은 고종 무인년(戊寅, 1878)에 태어났다. 이보다 앞서 죽촌·미양 두 분께서도 모두 무인년에 출생했는데, 공께서 또 이 해에 태어나니 사람들은 기이한 감응이라고 하여 반드시 가문의 명성을 이어갈 것이라고 했다.

공은 어릴 때부터 단상(端詳)하고 개제(愷悌)하며 자질과 성품이 천성으로 타고났다. 학문에 종사함에 뜻을 굳게 세우고 열심히 공부하여 가정의 학통을 이어갈 것을 스스로 기약했다. 얼마 후 집안은 가난하고 어버이는 늙어 살림을 맡아 잡무에 힘을 빼앗기므로 학문에 힘을 쏟아 그 뜻을 펼 수가 없었다. 그러나, 오히려 어진 사우(士友)에 따르기를 좋아하여 강마(講磨) 자익(資益)하여 후일 처리할 일을 잊지 않았다. 효우(孝友)에 독실하여 어버이를 섬김에 애경(愛敬)을 다하고 형제를 대함에 즐거움을 다했다. 치재공께서 만년에 중풍에 걸려 몇 년을 병석에 누웠는데, 붙들어 간호하고 조리하며 치료함에 정성과 힘을 다했다. 결국 상사를 당하자 나이가 노년인데도 예를 엄하게 지켰다. 몸가짐과 집안을 다스림에 반드시 법도를 지켜 자질(子姪)을 가르침에 매우 엄하게 하여 조금도 그냥 놓아두지 않았다. 그러므로 집안에 질서가 정연하였다. 언제나 평소에 자신의 뜻을 이루지 못한 것을 아들 평현에게 책임을 맡겨 매우 열심히 가르치고 독촉하여 반드시 성취하기를 기약하고 또 몸소 본보기가 되었다. 만년에 더욱 노년의 공부에 부지런히 하여 손에는 책을 놓은 적이 없었다. 언제나 부자(父子)가 함께 앉아 글을 읽으니 사람들이 한 집에 사는 스승이요 벗이라고 했다. 이로 인해서 덕은 더욱 닦이고 신의는 더욱 미더워져 온 문중과 향당(鄉黨)에 일이 있으면 앞장서서 처리하고 또 그들이 공에게 자문을 구하여 결정하지 아니함이 없으니 명망이 아주 널리 세상에 알려졌다. 향년(享年) 85세로 임인(壬寅) 8월 15일에 별세했다. 장지(葬地)는 여러 번 옮겨 아무 산 아무 언덕에 있다.

배위(配位)는 진양하씨(晋陽河氏)니 계룡(啓龍)의 따님이다. 자녀(子女) 일곱 명을 두었으니 아들 가운데에 맏은 곧 평현(平鉉)이요, 다음은 오현(午鉉), 도현(道鉉), 우현(羽鉉), 철현(喆鉉, 양자갔음)이고, 딸은 황성점(黃性点)과 손봉규(孫鳳圭)에게 각각 시집갔다.

맏아들에게서 난 손자는 영섭(永燮), 영태(永兌), 영기(永麒)요, 둘째 아들에게서 난 손자는 영도(永道), 영진(永搢), 영욱(永煜), 영옥(永鈺), 영목(永睦)이요, 셋째 아들에게서 난 손자는 영휘(永煇), 영환(永煥)이요, 양자 간 아들에게서 난 손자는 영균(永均), 영만(永萬)이요, 손녀와 외손은 생략했다. 명(銘)은 아래와 같다.

삼대(三代)로 같은 해에 태어나니
그 태어남이 기이하구나.
경개(耿介)하게 태어났으니
그 품부 또한 아름답구나.
아름다운 조상의 법도 이어
그 뜻 빛나구나.
지는 해처럼 늙어 가는 나이에
노년에도 부지런히 공부했네.
자신의 몸을 여유 있게 했고
후손도 어질게 했네.
조상을 잇고 후손을 열어 준
그 일 위대하구나.
끊임없는 그 여운
영원토록 전해가리라.

吾新溪宗族 近世有以耆德雅望 爲一宗所依仰 而鄕里所推服者 人必稱新窩公 公旣沒 其子平鉉 嘗述事爲狀 將求銘于作家 未遑而歿 則其諸弟乃以屬余 雖甚耄昏 其在族親 依仰之列 豈敢終辭 公諱載漢 字朝卿 新窩其扁號也 吾權之籍安東 自高麗太師諱幸 而自麗及國朝 奕世多貴顯 至文弼善霜嵒先生諱濬 以學問淵源 出處大節 爲世名儒 是爲中世著祖 公之高祖諱思學號竹村生員 以學行贈童蒙敎官 曾祖諱心夏號溪西 祖諱秉珪號彌陽 從遊梅山洪文敬公 有儒望 考諱中熙號癡齋 妣海州鄭氏匡升女 公生以高宗戊寅 先是竹村彌陽二公 俱降以戊寅 而公又以是年生 則人稱其異

應 而以爲必繼家聲 公自幼 端詳愷悌 姿性天得 而及從學 又勵志篤課以紹述家學自期 旣而 以家貧親老 奪力於幹家應務 未能肆力於學 以充其志 然猶喜從賢士友 講磨資益 不忘其所有事 篤於孝友 事親 極其愛敬處兄弟 盡其湛樂 癡齋公 晩而患風痺 委牀累載 扶護調治 誠力俱至 及遭喪 年已耆艾 而禮持斬斬 持身御家 必以法度 教子姪甚嚴 無或放過故門庭秩然 每以其平日未卒之志 責之平鉉 教督之甚至 必期成就 又以身率之 晩而益勤於炳燭 手未嘗釋卷 而每父子相守讀書 人稱一室師友 由是德益修而信益孚 凡門宗及鄕黨之有事 無不倡之 而從咨之以決 而譽望洽然也 享年八十五 而卒于壬寅 八月十五日 其葬累遷 而在某山某原 配晉陽河氏啓龍女 育七子 男長卽平鉉 次午鉉 道鉉 羽鉉 喆鉉出 女適黃性点 孫鳳圭 孫男 長房曰 永燮 永兌 永麒 二房曰 永道 永揩 永煜 永鈺永睦 三房曰 永輝 永煇 出房曰 永均 永萬 女孫 及外孫 可略也 銘曰

降應先休 其生旣異. 稟得耿介 其賦又美.
紹述貽謨 炳然厥志. 桑楡晼晩 炳燭亹亹.
以裕其躬 以穀其似. 承先啓後 其業之偉.
繩繩餘韻 可垂永世.

-《秋淵先生文集》卷38-

농파처사 묘갈명 서문도 함께 씀
農坡處士墓碣銘 幷序

옛날 공자(孔子) 제자인 자하(子夏)가 “사람을 평가할 때 배우지 못한 사람이지만 배웠다고 할 수 있다”고 말한 적이 있다. 이것은 대개 학문의 도리는 실천에 옮기는데 있다는 뜻이다. 능히 실천에 옮기는 행실만 있다면 학문은 이에서 벗어나지 않기 때문이다. 어찌 반드시 독서를 하고 문장을 짓는 것만을 학문한다고 하겠는가? 이것은 실행에 힘써야 한다는 뜻이다.

이진옥(李鎭玉)군이 그의 아버지 농파공(農坡公)의 행장(行狀)을 가지고 와서 묘갈명(墓碣銘)을 청한다. 내가 그 행장을 살펴보니, 아마 자하(子夏)가 말하는 이에 해당할 수 있지 않을까 한다.

공의 이름은 맹규(孟奎)요, 자는 한명(漢明)이며, 호는 농파(農坡)이다. 성은 함안이씨(咸安李氏)로 대대로 고성(固城) 양덕(陽德)에 살았는데 덕계(德溪) 옥징(玉徵)의 현손(玄孫)이다. 내가 전일에 덕계공의 묘갈명을 지었는데, 여기에 윗대의 세계(世系)가 모두 실려 있다. 성암(省庵) 덕열(德悅)과 향재(香齋) 영복(英馥)과 남헌(南軒) 병구(秉龜)는 공의 위의 삼세(三世)이다. 전주(全州) 최응린(崔應璘)은 외조(外祖)이다.

공은 나면서 강명(剛明)한 재질과 총명(聰明)한 성품이 있어 공부를 시작하자 재사(才思)가 날로 나타나니, 보는 사람마다 모두 큰 인물이 될 것으로 기대했다. 가세(家勢)가 매우 가난하여 삼 형제가 모두 학문에 종사하면 부모 봉양에 어려움이 있을 것을 생각하여 공은 개연(慨然)히 형제들에게 말했다. “배웠다고 하면서 부모를 봉양할 줄 모른다면 어찌 배웠다고 하겠는가? 내가 직접 농사를 지어 부모를 봉양하리로다” 하고 이내 공부하던 책을 싸 가지고 돌아와서 농사를 지었다. 이 후로 땅을 갈고 곡식 심기에 힘써 부지런히 농사를 지어 계속 저축했다. 부인도 역시 길쌈을 하여 남편을 도왔다. 몇 해가 지나자 집안 재산이 차츰 불어나 마침내 풍요(豊饒)하게 되니 어버이를 섬김에 맛있는 음식을 올릴 때에 반드시 그 성력(誠力)을 다했다. 비록 밖에서 일을 하다가도 여가만 있으면 어버이를 가까이에서 모시고 기쁘게 해 드렸다. 매양 밖에서 돌아오면 반드시 그 듣고 본 것과 거리의 자질구레한 이야기까지도 자세히 말씀드려 기쁘게 해드리니 어버이께서 매우 즐거워했다.

전후 상사를 당했을 때, 모두 슬퍼함과 예절을 다했다. 형제를 대함에는 화목해서 서로 불화함이 없었다. 그리하여 살림을 따로 나가 살았으나, 재산을 같이 관리했고, 자기 몸을 돌보는 데는 매우 검소했으나, 무릇 선세(先世)의 묘 앞에 세우는 비석이나 제사 준비를 위한 논밭이 미비한 것이 있으면 모두 갖추지 아니함이 없었다. 또 친척이나 고을 사람들 중에 가난하여 생활할 수 없는 사람이 있으면 감싸서 구제해 주지 아니함이 없었다. 사람을 대함에는 한결같이 화후(和厚)하여 모가 나거나 거슬리는 일이 없었다. 그러므로, 사람들이 기뻐하여 따르지 아니함이 없었다. 종족을 대함에는 반드시 돈목(惇睦)하고, 자질(子姪)을 가르침에는 반드시 옳은 방법으로 하였으니 엄숙한 법도와 온화한 정성으로 하지 않은 것이 없었다. 대개 이런 것은 문학만 하는 사람이 어찌 미칠 수 있는 것이겠는가? 그러므로 공이 별세해서 장사할 때, 원근의 사람들이 모두 모여 의논해서 농파처사(農坡處士)라고 명정(名旌)에 썼으니, 이는 공의(公議)의 추앙함을 가히 볼 수 있다.

병오년(丙午年) 6월 20일에 별세하니 출생한 고종(高宗) 태어난 갑신년(甲申年)에서부터 향년 83세이다. 천황산(天皇山) 연지봉(蓮芝峰) 방화곡(芳華谷) 신좌(辛坐)의 언덕에 장사했다.

배위(配位)는 연일정씨(延日鄭氏)이니, 돈용(敦鎔)의 딸이다. 묘는 쌍분으로 했다. 아들은 한 사람이니, 바로 진옥(鎭玉)이다. 손자는 동주(東洲)이고, 증손은 임관(林官)과 학림(學林)이다. 명(銘)은 이러하다.

주례(周禮) 육행(六行, 孝·友·睦·婣·任·恤) 중에 효성이 으뜸이라
효성을 미루어 가면 남은 행실 다 갖추리.
이런 행실 있는 공은 아름다운 덕행 다 갖추었네.
"문장과 재화(才華)만이 학문과 선비리오."
자하(子夏)의 이 말을 빌어서 써도 부끄러울 것 없구나.

기미(己未) 춘정(春正)에
화산(花山) 권용현(權龍鉉) 지음

昔子夏稱未學 謂學者 盖以學之道 在於行 而能有其行 則學不外是矣 豈必以讀書習文爲學哉 此爲務實之旨也 李君鎭玉 以其先人農坡公狀 求銘其阡 余按其狀 而知其殆可以當子夏所稱者歟 公諱孟奎 字漢明 號農坡 咸安氏 而世居固城之陽德 德溪玉徵之玄孫 余旣銘德溪公阡 上系載焉 省

庵德悅 香齋英馥 南軒秉龜 爲以上三世 而全州崔應璘爲外祖 公生而有剛明質聰悟性 上學才思日發 見者頗以遠大期之 顧以家甚貧 而兄弟三人 俱從學 難於爲養 公輒慨然曰 學而不知養父母 奚以爲學 吾其躬耕 以爲養乎 乃束書而歸田 自後力於耕稼 勤其作 累其積 妻又紡績 以助之 閱幾歲 家業稍潤 而卒致豊饒 則事親甘旨之供 必極其力 雖執役於外 暇則必呢侍親側 致其怡愉 每自外歸 則必細陳其耳目所及 與里巷瑣話 以供歡笑 親甚樂之 前後遭艱 皆哀禮自盡 處兄弟怡怡無間 異室而同財 自奉甚約 而凡先世墓儀祭田之未備者 無不必具 族戚鄕里之貧無以資生者 無不庇恤 接人一於和厚 而無崖異之行 故人無不悅服 宗族之處 必以惇睦 子姪之敎 必以義方者 無不森然其度 而藹然其誠也 凡此豈徒事文學者之所能及耶 故其歿而葬也 遠邇必會 而議題以農坡處士之旌 可見其公議之所推也 卒以丙午六月二十日 距生高宗甲申 享八十三壽 葬天皇山 蓮芝峰 芳華谷辛坐 配延日鄭氏敦鎔女 祔以雙兆 一男卽鎭玉 孫男東洲 曾孫男林官 學林 銘曰

周官六行 孝爲之始. 由孝而推 餘行可備.
公能有是 無非其懿. 何必文華 是學是士.
我述卜語 筆庶無愧.
己未 春正
花山 權龍鉉 撰

-《秋淵先生集》卷43-

연암 강공 묘갈명 서문도 함께 씀
燕庵姜公墓碣銘 幷序

연암 강공은 고종(高宗) 무진년(戊辰年, 1868)에 나서 계유년(癸酉年, 1933) 12월 26일에 별세하니, 묘는 소연(巢燕) 앞산 임좌(壬坐)의 언덕에 있다. 공의 조카 신수(信守)군이 행장(行狀)을 가지고 나에게 와서 묘갈명을 청하는데, 내가 일찍이 함양(咸陽)에 노닐며 공의 출중한 풍채와 행실에 대해 듣고 알았으므로 굳이 사양할 수 없어 짓기로 한다.

삼가 살펴보니 공의 이름은 정희(正熙)요, 자(字)는 윤서(允瑞)이며, 연암은 그 호이다. 강씨의 계보는 진양(晋陽)에서 나왔는데, 병마도원수(兵馬都元帥)인 이식(以式)을 시조로 하였는데, 그 후 대대로 가문이 빛났다. 고려말에 회중(淮仲)이라는 분이 있으니 호는 통계(通溪)요, 벼슬은 대제학(大提學)이다. 삼대로 내려가서 한(漢)이라는 분이 있으니 호는 금재(琴齋)이다. 벼슬을 버리고 돌아와 덕행을 닦아 구천서원(龜川書院)에서 제향을 드린다. 고조는 주보(周普)요, 증조는 택노(宅魯)이며, 조부는 희영(禧永)이요, 아버지는 규형(扎馨)이다. 일선(日善) 김시환(金始煥)과 전주(全州) 이춘식(李春植)은 전후 외조부인데, 공은 이씨에게서 났다.

공은 타고 난 천품이 뛰어나 어릴 때부터 가르치고 독촉하지 않아도 능히 부지런하고 독실하게 하여 20세가 되기 전에 벌써 사서(四書) · 오경(五經)을 다 통하고 과거(科擧)의 글에 더욱 힘을 기울여 명성이 크게 일어났다. 일찍이 진사(進士) 시험에 응하여 같은 이름을 가진 자의 방해로 마침내 뜻을 이루지 못하고 돌아왔다. 이로부터 세상의 명예와 이익에는 일체 마음을 두지 않고, 다만 날마다 쓰이는 인륜 예의에만 전심했다. 이로 인해서 어버이를 섬김에는 기쁜 얼굴과 유순한 마음으로 성실하고 전일하여 어버이의 마음과 육체를 함께 봉양하고, 상사(喪事)를 당했을 때는 예를 다하여 슬퍼함이 법도에 지나쳤다. 말은 간명하고 사리에 맞으며 일을 처리함에는 빈틈이 없었다. 종족을 화목으로 대하고 친구를 신의로 사귀어 진실한 마음이 항상 구름이 피어오르듯 애연(藹然)하기 때문에 현명한 사람이나 어리석은 사람이나 할 것 없이 모두 추앙하여 복종하지 않는 이가 없었다.

아, 공의 높은 재주와 학문과 아름답고 바른 행실로 만약 세상에 쓰여 그 뜻을 폈더라면 그 성취한 것을 볼 만한 것이 있었을 것이나, 운명이 시대와 맞지 않아 마침내 감추어 드러내지 못하고 말았으니 공의 행장을 보는 이가 어찌 저승에서 다시 살아 날 수 없을 것에 대한 감회가 없겠는가?

배위(配位)는 함양 오씨(咸陽吳氏)이니, 명진(明鎭)의 딸이요, 계배(繼配)는 경주 이씨(慶州李氏)이니, 규현(圭顯)의 딸이다. 모두 따로 장사했다. 아들이 한 분이니 신해(信海)이다. 석엽(錫燁), 석문(錫文)은 손자요, 홍진석(洪鎭碩)은 손서이다. 명(銘)은 다음과 같다.

일찍이 과거(科擧)의 글 버리고
몸 닦는 일에 전심했네.
가정에서는 효제(孝悌) 독실히 행했고,
고을에서는 충신(忠信) 성실히 실천했네.
아늑한 소연 골짜기
이 분의 무덤이 있는 곳이라.
나의 이 글 거짓이 없어
무궁토록 밝게 전해 주리라.

광복후(光復後) 경신년(庚申年, 1980) 상원(上元, 1월 15일)
화산(花山) 권옥현(權玉鉉) 지음

燕庵姜公 生高宗戊辰 卒癸酉十二月 廿六日 葬在巢燕案山 坐壬原 公之從子 信守君 具狀 徵銘于余 余早游天嶺 聞公風義 則有不可固辭 謹按 公諱正熙 字允瑞 燕庵其號也 姜氏系出晋陽 以兵馬都元帥諱以式爲上祖 連世赫舃 麗末 有諱淮仲 號通溪 官大提學 又三傳 諱漢 號琴齋 棄官養德 享龜川院 曰周普 宅魯 禧永 扎馨 高曾祖禰也 日善金始煥 全州李春植 前後妣父 而公李出也 公禀質穎拔 自幼不待教督 而能知勤篤 未冠已通經子 於功令業 尤致力 聲譽大噪 嘗應進士貢 爲同名者所沮 竟見罷而歸 自是 世間名利 一切泊如 惟專意於日用倫禮 事親愉婉洞屬 志體具養 居喪盡禮 哀戚過之 言語簡當 處事詳審 待宗族以睦 交朋友以信 而眞衷常靄然 故人無賢愚無不推服焉 噫 以公才學之高 行義之懿 如得售於世 以充其志 則其所成就固有可觀者 而命與時違 終沈晦不揚 撫公跡者 曷無九原難作之感耶 配咸陽

吳氏明鎭之女 繼配慶州李氏圭顯女 俱別葬 一男信海 錫㦤 錫汶 及洪鎭碩 孫男女也 銘曰

早謝功令 專心爲己. 孝弟篤於家庭 忠信孚於鄕里.

窈窕巢谷 衣履攸藏. 我辭無愧 昭示無疆.

光復後 庚申 上元

花山 權玉鉉 撰

침천 정공 묘갈명 서문도 함께 씀
枕泉鄭公墓碣銘 幷序

침천처사(枕泉處士) 정공(鄭公)은 함양(咸陽)에서 명망 높은 분이다. 공(公)은 호준(豪俊)한 자질로 난세(亂世)에도 홀로 고의(古義)를 지켜 원근(遠近) 사람들의 추앙(推仰)받는 바가 되었다. 나 옥현(玉鉉)이 어릴 때부터 이미 익히 들어 알았는데, 마침 공의 가문에 장가를 들고 보니, 공께서는 나의 장인이 되었으나, 이때 공은 이미 세상을 떠난 지 수년이 지난 후였다. 이에 그 종족 제현(諸賢)들로부터 전에 미처 듣지 못했던 바를 더욱 자세히 들었다. 그래서 공께서 남긴 저술의 유무(有無)에 대해서 물었더니, 모두 말하기를 "공은 본래 이를 달갑게 여기지도 않았고, 또 비록 창화(唱和)한 시(詩)가 많기는 하나, 모두 버리고는 모아 두지 않았다"고 한다. 현재 한 권의 책이 남아 있으니, 바로 공의 지우(知友)들이 공에게 한 만사(挽詞)와 뇌사(誄辭)이다. 이에 공은 요즘 사람들과 다르다는 것을 더욱 잘 알게 되었다.

지금 그 손자 기상(麒相)의 형제가 도북 여곡(道北 汝谷) ○좌(坐)의 무덤 가에 비석을 세우려 하면서 그 책을 나에게 가지고 와서 묘갈명(墓碣銘)을 청한다.

아, 내가 평소에 배알(拜謁)하지 못해 경해(謦欬)를 접하지 못한 것을 한탄해 왔으니, 지금 이 일에 어찌 힘을 다하지 않겠는가? 삼가 그 책을 살펴보니, 그것은 바로 공과 같은 시대에 뜻이 통하는 친구들이 애도(哀

悼)한 글로, 부모에게 효성이 있고, 친구간에 우애가 있으며, 친척간에 화목했다는 칭송은 모두 다름이 없었다. 해관(海觀) 윤공(尹公)은 평생에 서로 관포지교(管鮑之交)로 사귀었는데, 그 뇌사(誄詞)에서 다음과 같이 말했다.

“공은 지체 높은 집안에서 태어나, 천성이 또한 뛰어났네. 당당한 그 외모며 호만(豪邁)한 그 기백(氣魄)에, 일찍이 경사(經史)에 통해 대의(大義)를 깨달았네. 세상이 변해 가자, 슬쩍 종적을 감추었네. 집안을 다스림에는 효성으로써 하고, 사람을 대함에는 곧음으로써 했네. 차라리 옛 것에 얽매어 있을지언정, 시속(時俗)에 따르기를 원하지 않았네. 차라리 지나치게 굳세다는 비방(誹謗)을 들을지언정, 나약한 데는 이르지 않았네. 샘물이 있어 마실 만하고, 책이 있어 읽을 만하니, 평생토록 자득(自得)하여 영욕(榮辱)을 초월했네. 지금 세상에 태어나서도 옛 것을 좋아하니, 누가 이에 대해 감복하지 않으리오?”

아, 이 몇 구절의 글은 자세하며 간결하고 절실하여 공의 언행과 풍도(風度)를 글귀 사이에서 상상해 낼 수가 있어 참으로 좋은 행장(行狀)이 된다고 할 수가 있는데, 다시 더 이상 다른 말이 필요하겠는가? 삼가 이 말을 순서대로 쓰고, 또 내가 들은 바를 참고하여 서술하고, 이어 명(銘)을 짓는다. 이것으로 공의 진실한 덕을 손상하지 않고, 또한 내가 배알하지 못한 한(恨)을 갚을 수 있을 것인가?

공의 이름은 기현(璣鉉)이요. 자(字)는 성옥(成玉)이며, 호(號)는 침천(枕泉)이다. 그 계보(系譜)는 하동(河東) 정씨(鄭氏)이니, 문헌공(文獻公) 일두 선생(一蠹先生)의 14세손(世孫)이다. 이 후로 명성과 덕망이 있는 분이 서로 연이었으니, 송난(松灘) 홍저(弘緖)와 창주(滄洲) 광연(光淵)과 동봉(東峰) 희운(熙運)은 더욱 저명한 분이다. 증조(曾祖)는 동응(東膺)이니, 호(號)가 오회당(五悔堂)이다. 조(祖)는 환채(煥采)요, 고(考)는 재철(在喆)이며, 외조(外祖)는 함안(咸安) 조성휴(趙性休)이다.

공은 고종(高宗) 경오년(庚午年, 1870)에 나서 회갑해 11월 19일에 정침(正寢)에서 별세했다. 배위(配位)는 진양(晋陽) 강주영(姜鉒永)의 딸이니,

공과 같은 해에 나서, 계사년(癸巳年) 정월(正月) 10일에 별세했다. 묘(墓)는 따로 계양곡(桂陽谷) 갑좌(甲坐)에 있다.

여섯 자녀를 두었으니, 아들은 정언(淳彦)이다. 딸은 전주식(全胄植), 김종윤(金鍾允), 임종만(林鍾萬), 이윤우(李允雨), 권옥현(權玉鉉)에게 각각 시집갔다.

정언(淳彦)의 아들은 우상(宇相), 기상(麒相), 인상(麟相), 한상(漢相)이다. 딸은 허임두(許壬斗), 양사용(梁士容), 서정윤(徐廷尹), 진갑상(陳甲相)에게 각각 시집갔다. 전병승(全炳承), 임길택(林吉澤), 김정수(金珵洙), 김홍수(金洪洙), 김위수(金渭洙), 이치연(李致衍), 이정연(李楨衍), 이병연(李柄衍), 이광연(李光衍), 이상연(李尙衍), 권해승(權海丞), 권해극(權海克), 권해북(權海兆), 권해노(權海老)는 외손자이다. 이하는 번거로워 다 기록하지 않는다. 명(銘)은 이렇게 짓는다.

호걸(豪傑)스럽고 준수(俊秀)함은 풍채의 뛰어남이요,
옛 것을 좋아하고 시속(時俗)을 싫어함은 독실한 절개로다.
지기(知己)의 벗이 말한 몇 마디의 말은
공의 칠분(七分)이나마 비슷한 모습을 상상할 수 있네.
이 말로써 무덤 옆에 드러내어 세우니,
다가오는 천 년토록 이 무덤을 지나는 사람은 반드시 경례하리라.

광복후(光復後) 병인년(丙寅年, 1986) 단양절(端陽節, 端午)에
사위 권옥현(權玉鉉)은 삼가 지음

枕泉處士鄭公 天嶺之望也 以豪俊之資 獨裁古義於亂世 爲遠邇之所推服 玉鉉幼已習聞 及受室于公門 則公爲外舅 而去世已數年矣 乃從其宗黨諸賢 益聞其所未聞 因問公遺著有否 俱曰 素不屑此 雖多唱和 而皆棄不收 今有錄一否 卽公知友之挽誄公者也 於是 益知公非今世人也 今其孫麒相兄弟 揭德于道北汝谷 負○阡 齎其錄 請銘 嗚呼 余以違拜平日 未

承警欬 常懷慨恨 今於是役 曷不盡力哉 謹按其錄 則乃幷時執友之所致悼者 而於孝友睦婣之稱 辭盖無異 海觀尹公 則生平以管鮑相許者 而其誄有曰 公生大家 天賦又卓 軒昂儀表 豪邁氣魄 早通經史 大義領略 世忽滄桑 斂然遯跡 治家以孝 應人以直 寧泥於古 不願和俗 寧謗於亢 不流於弱 有泉可飮 有書可讀 畢生囂囂 無榮無辱 生今好古 孰不傾服 嗚呼 之數言者 委曲簡實 言行風範 可想於字句之間 而固足爲善狀矣 復何須它哉 謹節次其語 參以所聞 叙而銘焉 是可爲不傷公實德 亦償余未逮之恨也耶 公諱璣鉉 字成玉 枕泉別號也 其系出河東 文獻公一蠹先生十四世孫也 自後 又名德相承 若松灘弘緖 滄洲光淵 東峰熙運 尤著 曾祖東膺 號五悔堂 祖煥采 考在喆 外祖 咸安趙性休 公生高宗庚午 以周甲之十一月 十九日 考終于寢 配晋陽姜銖永女 生同年 卒癸巳 正月 十日 墓別葬桂陽谷 甲坐 生六子 男渟彦 女適全冑植 金鍾允 林鍾萬 李允雨 權玉鉉 渟彦男 宇相 麒相 麟相 漢相 女許壬斗 梁士容 徐廷尹 陳甲相也 全炳承 林吉澤 金珵洙 洪洙 渭洙 李致珩 楨珩 柄珩 光珩 尙珩 權海丞 海克 海兆 海老 外孫也 以下繁不盡錄 銘曰

維豪維俊 風儀之卓. 好古嫌俗 操守之篤.
緊知己之云云兮 想七分之彷彿.
用此揭于阡道兮 來者千秋過必式.
光復後丙寅 端陽節
外甥 安東 權玉鉉 謹撰

신재 전공 묘갈명 서문도 함께 씀
愼齋田公墓碣銘 幷序

사람이 비상한 뜻과 자질(資質)을 지니고 있으면서 세상에 쓰이지 못하고 다만 초야(草野)에 묻혀 안분(安分)하면서 사업을 일으켜 은혜가 남에게 미친다면, 이는 공자(孔子)께서 이른바 '이 역시 정치하는 것'이라고 말한 교훈을 깨친 것이 아니겠는가?

근고(近故)에 의령(宜寧)에 신재 전공(愼齋田公)이 살았는데 아마 이런 사람에 해당할 것이다. 그 묘는 당지촌(堂旨村)의 오른편 유좌(酉坐)의 언덕에 있다. 여러 아들들이 행장(行狀)을 가지고 와서 나에게 비문(碑文)을 청한다. 행장은 그 족인(族人) 용언(溶彦)군이 지었는데, 군은 나의 절친한 친구이다. 내가 비록 평소에 공과 친숙하지는 못했지만 어찌 믿지 못하겠다고 군이 사양하겠는가?

살펴보건대, 공은 어릴 때부터 뜻을 숭상함이 구차하지 않고, 공부를 시작하자 독촉하지 아니해도 부지런히 했다. 겨우 십여 세에 아버지의 상사(喪事)를 당했다. 집안이 본래 가난하고, 아우 한 명이 있었으나 아직 어렸다. 결국 공부를 그만 두고 농사를 지어 정성을 다해 어머님을 섬겼는데 조금도 뜻에 거슬리는 일이 없었다. 비천(鄙淺)한 일도 하지 아니함이 없었고, 검약(儉約)으로 계획을 실천해갔다.

중년에 살림이 넉넉하게 되자 미루어 종족에게 돈목(敦睦)하고, 스승을 맞아 아이들을 가르치며, 무릇 해야 할 일을 경영(經營)하지 아니함이 없었다. 사는 곳이 강(江)가이어서 수재(水災)와 한재(旱災)가 매년 연속되었다. 살기가 어려워서 자기 집의 소로 경작(耕作)하는 사람은 매우 적을 뿐만 아니라, 삯을 주고 빌어서 기르는 일도 쉽지 않았다. 이때 공은 저축한 것이 있었으나 토지를 사서 소작(小作)의 이익을 볼 생각은 하지 않고, 소를 사서 친척들에게 나누어주어 이를 길러서 어려움을 면할 수 있게 했다. 또한 사람들에게 소를 부린 삯도 받지 않고 배내기로 주어 번식시키는 것을 유익하게 여겼다. 얼마 안 되어 수백 마리가 되었다. 고을 사람들이 일컫기를 "아무개의 베풀어줌이 자신에게는 은혜가 있고 남에게는 이익을 끼쳐주니, 이는 경서(經書)에 이른바 '남에게 은혜를 베풀어주나 나에게는 소비됨이 없다'는 뜻을 깨쳤다고 했다."

대개 공의 사람됨이 후근(厚謹)하고 성실하여 조금도 가식이 없었다. 일을 처리함에 있어 치밀하고 마음 씀이 또한 부지런했다. 그러므로 가정에서 실행하고 사람들에게 베푼 것이 작작하게 여유가 많았다. 만약 이런 방법을 나라에 적용했다 하더라도 불가함이 없을 것인데, 어찌 다만 자신과 가정에만 시행하는 것으로 그쳤단 말인가? 매우 개탄할 일이다. 행장(行狀)에 또 이르기를 6·25 동란 때, 폭탄의 피해가 매우 혹심하여 강촌(江村)의 마을이 모두 초토화(焦土化)되었으나, 공의 집만은 조금도 화를 입지 않았으니, 이 역시 공의 은덕(隱德)과 숨은 선행(善行)이라고 칭송하지 아니함이 없었다. 이에 더욱 그 닦은 덕을 미루어 상상할 수 있다.

공의 이름은 필진(弼鎭)이요, 자(字)는 성장(性章)이며, 호는 신재(愼齋)이다. 의령(宜寧)의 전씨(田氏)는 증이조판서(贈吏曹判書) 운암공(雲菴公) 훈(勳)이 처음으로 살았다. 그 본관(本貫)은 담양(潭陽)인데 고려(高麗) 충원공(忠元公) 득시(得時)의 후손이다. 문원공(文元公) 경은선생(耕隱先生) 조생(祖生)에 이르러 더욱 세상에 드러났다. 하곡공(霞谷公) 자수(自修)는 운암공의 장자로 공의 10대조이다. 국련(國連)과 덕문(德文)과 이분(利紛)과 정환(貞煥)은 위로 사대조이다. 김령(金寧) 김진기(金晉基)는 외조(外祖)이다. 공은 홍릉(洪陵, 高宗) 신사년(辛巳年, 1881)에 나서 갑신년(甲申年, 1944) 10월 15일에 별세했다.

배위(配位)는 김해(金海) 허영준(許英俊)의 딸로, 모년(某年)에 나서 기축년(己丑年, 1949) 3월 3일에 별세하니, 묘는 공의 묘 왼쪽에 있다.

여섯 자녀를 두었으니, 아들은 용관(溶灌)·용달(溶達)·용규(溶奎)·용범(溶範)이요, 딸은 최해석(崔諧錫), 이원우(李元雨)에게 각각 시집갔다.

대수(大秀), 학수(學秀)와 이운상(李雲祥), 안경석(安京奭)은 맏아들에게서 난 아들과 사위이다. 중수(中秀), 경수(京秀)와 최판준(崔判俊), 박종태(朴鍾泰), 권영표(權永杓)는 둘째 아들에게서 난 아들과 사위이다. 일수(一秀), 규수(圭秀)와 허도중(許道中), 노대섭(盧大燮), 김정현(金正鉉)은 셋째 아들에게서 난 아들과 사위이다. 영수(穎秀)와 옥문환(玉文煥), 이철호(李哲浩)는 네째 아들에게서 난 아들과 사위이다. 순홍(淳弘), 순관(淳灌), 순문(淳文), 순도(淳道)는 최씨 사위에게서 난 외손자이다. 병우(炳宇), 병훈(炳訓)은 큰집의 증손(曾孫)이다. 명(銘)은 이렇게 짓는다.

경세제민(經世濟民)의 자질을 갖추고서도

가정에서만 시행하고 세상에는 시행해 보지 못했네.
만약 지위를 얻어 세상에 시행해 보았다면
그 공리(功利)가 사람에게 미친 것이 어찌 이에 그쳤겠는가?
친족이 이를 알아 진실한 행장을 기록했으니
나의 비명(碑銘)이 적임자가 아니라고 부끄러워할 것이 없네.

광복후(光復後) 갑자(甲子, 1984) 복양절(復陽節, 11월)
화산(花山, 安東) 권옥현(權玉鉉) 지음

人有非常志器 而不得用於世 惟安分畎畝 創基業而惠能及人 則此可謂知得是亦爲政之訓者歟 近故 宜春有愼齋田公 其殆可謂云爾 其葬在堂旨村右 負酉原 而其諸子以狀 請顯刻文於余 狀出其族英溶彦君手 而君吾心友也 余雖無平日之習 豈不信而固辭哉 按公自幼 志尙不苟 就學不督而能勤 甫十餘歲喪父 家素貧 一弟尙幼 遂撤學服田 事母極意承順 未或違忤 鄙賤之事無不爲 而以儉約濟以心計 至中歲 已致裕饒 乃推心睦族 延師敎子 凡所當爲 莫不營度 所居濱江 水旱連年 生事轉艱 畜牛自耕者非惟甚鮮 雖欲以雇借畜 亦不易得 時公有所積 不意買以求佃利 買牛分養於姻親族黨 使解其艱而亦不隨人收雇 惟以繁殖爲利 無幾計至數百 鄕里稱之曰某之施爲於我有惠 於彼有利 究得惠而不費之義 盖公爲人厚謹慤實 絶無假飾 慮事縝密 心力又勤 故行於家而施於人者 多綽綽有裕 如能由玆道而進于邦國 則有何不可爲而卒之身與家而止乎 甚可慨也已 狀又云庚寅之亂爆雨甚酷 沿江村閭 擧至焦土 而惟公之家 一無受禍 亦莫不以公隱德幽善頌焉 於此尤可想所修之實也 公諱弼鎭 字性章 愼齋別字也 宜春田氏 自贈吏判雲菴公諱勳始居 而其系出潭陽 高麗忠元公諱得時之後也 傳至文元公耕隱先生諱祖生 尤顯於世 諱自修號霞谷 雲菴公之長子 而於公間十世曰國連 德文 利蚡 貞煥 四親也 金寧金晉基外祖也 公生弘陵辛巳 卒甲申十月十五日 配金海許英俊女 生 卒己丑三月三日 墓祔左 生六子 男溶灌 溶達 溶奎 溶範 女適崔諧錫 李元雨 大秀 學秀 李雲祥 安京奭 長房

子壻也 中秀 京秀 崔判俊 朴鍾泰 權永杓 二房子壻也 一秀 圭秀 許道中 盧大燮 金正鉉 三房子壻也 穎秀 玉文煥 李哲浩 四房子壻也 淳弘 淳灌 淳文 淳道 崔壻出也 炳宇 炳訓 長房曾孫也 銘曰

有經濟具而只於家未試世

若得地而試於世 則功利之及人 奚至於是

族親有知紀眞 我銘亦無愧匪其人

光復後甲子 復陽節

花山 權玉鉉撰

백열당처사 양천허공 묘갈명 서문도 함께 씀
栢悅堂處士陽川許公墓碣銘 幷序

공(公)의 이름은 경(坰)이요, 자(字)는 원진(原珍)이며, 호(號)는 백열당(栢悅堂)이다. 허씨(許氏)의 본관(本貫)은 양천(陽川)이니, 고려(高麗) 공암촌주(孔岩村主) 선문(宣文)의 후손이다. 대대로 공훈(功勳)을 독실하게 이어가 높은 지위의 벼슬이 연이어 빛났다. 십대(十代)로 내려가서 종묘(宗廟)에 배향(配享)한 공신(功臣)으로 시호(諡號) 문경공(文敬公) 홍(珙)이 아들 다섯을 두었는데 맏인 정(程)이 은청광록대부(銀青光祿大夫) 찬성사(贊成事)로 동주사(東州使)를 칙명(勅命)으로 제수 받았다. 조선조에 들어와서 호(灝)는 한성판윤(漢城判尹)을 지냈다. 이분이 맹(孟)을 낳으니 예조판서(禮曹判書)이다. 사대(四代)로 내려가서 천익(天益)은 공조참의(工曹參議)인데 진천(鎭川)으로부터 숙부(叔父) 고성현령(固城懸令) 건(健)의 임지(任地)로 따라와서 처음으로 이곳에 살게 되어, 이후 고성 사람이 되었다. 효우(孝友)와 문학을 계속 이어갔으니 이분이 공의 11세 조(祖)이다. 증조(曾祖)는 경갑(璟甲)이요, 할아버지는 정(鋌)이니, 호가 양고헌(兩顧軒)이며, 아버지는 석(奭)이니, 모두 품행이 뛰어났는데 이는 본인들의 비문(碑文)에 잘 나타나 있다. 어머니는 함안 이씨(咸安李氏)로 병주(秉疇)의 딸이다.

공은 고종(高宗) 정유년(丁酉年, 1897) 3월 26일에 송정리(松亭里)에서 출생했다. 천품(天稟)이 온화하고 인자로우며 재주도 총명하고 뛰어났다. 처음에 문중어른인 면와(俛窩)공 연(鍊)에게 나아가 공부했는데 몇 년이 안 되어 경서(經書)와 역사서(歷史書)를 모두 통했다. 다시 의재(毅齋) 이종홍(李鍾弘)공에게 수학하면서《논어(論語)》·《맹자(孟子)》, 그리고 정주(程朱; 宋의 程顥·程頤·朱子)의 서적을 공부하여 밤낮으로 게을리 하지 않으니 의재공께서 가상히 여기고 존중하여 사람으로서 지켜야 할 도리와 몸을 닦는 중요한 비결을 가르쳤다. 공은 그것을 즐겨 듣고 실천에 옮겨 매우 명성이 높았다. 이내 정헌(靜軒) 곽종천(郭鍾千), 여재(勵齋) 이필중(李弼中), 계강(桂岡) 곽종원(郭鍾轅), 가천(佳川) 이방수(李芳洙), 효계(孝溪) 곽종안(郭鍾安), 구봉(九峰) 이예중(李禮中)과 절차탁마(切磋琢磨)하면서 도의(道義)로 사귀는 친구가 되었다. 효성스럽게 어버이를 섬겨 기쁘고 유순한 마음으로 어버이의 몸과 마음을 편안하게 봉양하여 10년간 병시중을 하면서 약을 정성껏 바쳤다.

무진년(戊辰年, 1928)에 아버지 상사를 당하여 부르짖으며 통곡하여 거의 까무러쳤다가 다시 살아났다. 경오년(庚午年, 1930)에 어머니 상사를 당하여서도 예법 지키기를 아버지 상사 때와 같이 했다. 문중 일을 맡아본 지 40여 년 동안 하나하나 공적이 많았다. 예를 들면 정해년(丁亥年, 1947)에 송양재(松陽齋)를 지은 일, 무술년(戊戌年, 1958)에 대동보(大同譜)를 만든 일, 산소를 돌보는 일, 비석을 세우는 일, 고을 손님을 접대하는 일 등에 마음을 쓰고 힘을 쏟지 않음이 없이 처음부터 끝까지 주관하여 처리했다. 몸을 닦음에 있어서는 매우 온화하면서 예법에 맞게 하고, 마음을 가짐에 있어서는 매우 친애하면서도 의리를 따랐다. 그러므로 이를 가정에 옮겨 행하자 친척들이 기뻐했고, 고을에 미루어 행하자 선비와 벗들이 즐거이 따라 모두 '군자(君子)'라고 칭송하면서 사귀기를 원했다. 경자년(庚子年, 1960) 3월 27일에 정침(正寢)에서 별세하니 향년 64세였다. 거류산(巨流山) 아래 마안포(馬鞍浦) 갑좌(甲坐)의 언덕에 장사했다.

배위(配位)는 진양 하씨(晉陽河氏)로 석순(錫洵)의 딸이다. 갑오년

(甲午年, 1894) 10월 6일에 나서 병진년(丙辰年, 1976) 3월 23일에 별세했는데 여사(女士)의 행실이 있었다. 묘는 공과 같은 언덕 같은 좌향(坐向)에 있다.

아들 둘과 딸 다섯을 두었으니, 아들은 항(伉)과 복(復)이고, 딸은 최갑호(崔甲鎬), 최형락(崔炯洛), 박한필(朴漢弼), 강신호(姜信浩), 최겸호(崔謙鎬)에게 각각 시집갔다. 항(伉)의 아들은 만주(萬仙), 만동(萬棟), 만영(萬泳), 만해(萬海), 만옥(萬玉)이고, 딸은 이상순(李相舜), 최상림(崔祥林), 이종언(李鍾彦)에게 각각 시집갔다. 복(復)의 아들은 만현(萬賢), 만상(萬祥), 만오(萬午)이고, 딸은 김창석(金昌碩), 이재영(李在英), 탁영수(卓榮守)에게 각각 시집갔다. 최갑호의 아들은 낙경(洛卿), 낙승(洛升), 낙홍(洛弘)이고, 최형락의 아들은 평림(坪林) 길림(吉林)이며, 박한필의 아들은 익목(益穆), 충목(忠穆), 경목(敬穆), 향목(香穆)이고, 강신호의 아들은 삼석(三錫)이며, 최겸호의 아들은 해주(海柱)이다. 증손(曾孫)은 성욱(誠旭), 형욱(亨旭), 정욱(廷旭), 찬욱(燦旭), 용욱(溶旭), 영욱(榮旭), 신욱(伸旭)이다.

아, 공이 충신(忠信)과 효제(孝悌)를 겸비하여 학문을 닦아 옛 것을 좋아하고 뜻을 고상하게 가져, 가슴 속이 깨끗하고 책과 농사와 거문고와 술의 멋에 여유 있게 지내면서 한가히 거처하는 집에 '백열당(栢悅堂)'이라고 써 붙이고 늙어 갔으니, 공과 같은 분은 이 말세(末世)에서 속세를 떠나 높이 뛰어난 선비가 됨에 부끄러울 것이 없구나. 내가 일찍이 외람되게 공의 사랑과 은혜를 받아 대대로 전하여 오는 가정(家庭)의 학문을 닦아 원대하게 되기를 기대하여, 지극히 베풀어주신 그 은혜는 갈수록 잊을 수가 없다. 지금 공께서 별세한 지 어느덧 13년이 되었다.[10] 공의 아들이자 나의 삼종제(三從弟)인 항(伉)과 복(復) 양군(兩君)이 그 아버지의 아름다운 덕행을 서술하여 비석에 새겨 묘 앞에 세우려 하면서 나에게 비문을 지어달라고 부탁한다. 옛 일을 돌이켜 생각하면 의리를

---

10) 공께서 1960년에 별세하였고, 이 비문은 1979년에 지었다. 따라서 본 비문은 별세한 지 19년 후에 지은 것인데, 13년 후에 지었다고 한 것은 연대를 잘못 계산한 것인 듯하다.

보아 끝내 사양할 수 없어 드디어 평소에 눈으로 보고 귀로 들은 것을 위와 같이 서술하고 이어서 명(銘)을 짓는다. 명은 아래와 같다.

인륜 도리 돈독하여
시(詩)와 예(禮)를 계술(繼述)했구나.
덕행은 높은 산 넓은 물이요,
홍취는 소나무가 무성하면 잣나무가 기뻐하는 것 같구나.
군자의 복록이 후손에 모여 좋고도 아름답구나.
나의 이 말이 묘에 아첨하는 것이 아니라,
백세(百世) 후에도 명실상부(名實相符)하다는 증거가 되리라.

기미(己未, 1979) 청명절(淸明節)
삼종질(三從姪) 격(格) 삼가 지음

公諱垌 字原珍 號栢悅堂 許氏系出陽川 高麗孔巖村主諱宣文后 世篤勳庸 青紫動輝 十傳至宗廟配享功臣諡文敬公諱 珙 有五子 長諱程 銀青光祿大夫 贊成事 勅授東州使 入韓 諱灝 官漢城判尹 是生諱孟禮曹判書 四傳諱天益 工曹參議 自鎭川 從叔父固城縣令諱健任所 始居爲固城人 孝友文學 繩繩趾美 於公間十一世 曾祖諱璟甲 祖諱鋋 號兩顧軒 考諱奭 俱有行誼 著本碣 妣咸安李氏秉疇女 高宗丁酉三月二十六日 公生於松亭里第 天稟溫仁 才慧穎悟 就學於門老倪窩公錬 不數年 通經史 受業於毅齋李公鍾弘 講質鄒魯閩洛書 膏晷不懈 毅齋嘉重之 授以彝倫爲己之要 公樂聞而踐行其實 蔚有聲明 因與郭靜軒鍾千 李勵齋弼中 郭桂岡鍾轅 李佳川芳洙 郭孝溪鍾安 李九峰禮中 切磨爲道義交 孝奉二親 愉婉以養志體 十年侍癠 刀圭盡誠 戊辰 丁外憂攀號擗踊 幾絶方甦 庚午 丁內艱 守制如前喪 典守宗司四十餘載 秩有效績者如丁亥松齋之築 戊戌同譜之修 丘園梓碣之治 鄕省賓友之供 靡不傾心注力 始終幹致 禔躬也藹祥和而中之以禮 秉心也切親愛而義之與比 行乎家庭 親戚悅 推之鄕黨 士友從 咸稱

以君子人而願交焉 以庚子三月二十七日 終于寢 享年六十四 葬巨流山下馬鞍浦 負甲原 配晉陽河氏錫洵女 甲午十月六日生 丙辰三月二十三日終 有女士行 墓與公同原同坐 有二男五女 男伉 復 女適崔甲鎬 崔烱洛 朴漢弼 姜信浩 崔謙鎬 伉男 萬仙 萬棟 萬泳 萬海 萬玉 女適李相舜 崔祥林 李鍾彦 復男 萬賢 萬祥 萬午 女適金昌碩 李在英 卓榮守 甲鎬男 洛卿 洛升 洛弘 烱洛男 坪林 吉林 漢弼男 益穆 忠穆 敬穆 香穆 信浩男 三錫 謙鎬男 海柱 曾孫男 誠旭 亨旭 廷旭 燦旭 溶旭 榮旭 伸旭 嗚呼 公以忠信孝悌 濟之問學 好古尙志 襟裾灑明 優悠乎書農琴酒之趣 以栢悅堂 署其燕居而自老焉 如公 無愧爲叔世高逸也 格嘗猥荷寵眷 勉之家學 期以遠大 敷施恩勤之摯 愈久而不忘者存焉 今公捐世倏爲十有三載 胤從二君 思述先徽 將治珉以表羨門 屬余文之 顧念疇昔 義不可終辭 遂以平日耳目之者 敍次如右而係之以銘曰

篤以彝倫 詩禮有述

知德也山峨兮水洋 寄興則松茂而栢悅

君子茀祿 萃後貞吉

我辭非諛墓之文兮 庶徵爲百世之孚名實也

己未 淸明節

三從姪 格 謹撰

의당 정공 묘갈명 서문도 함께 씀

義堂鄭公墓碣銘 幷序

공의 이름은 동철(東轍)이요, 자는 성환(聖環)이며, 호는 의당(義堂)이요, 성은 정씨(鄭氏)이다.

내가 젊을 때 처가(妻家)에 다니며 심암 정공(審菴 鄭公)을 모셨는데, 그는 재주가 있고 학식이 넓으며 기품이 호걸스럽고 문사(文辭)가 뛰어나 따를 사람이 적었으나, 크고 작은 일이 있으면 반드시 의당을 맞아와서 의논해 처리했다. 무릇 문중의 일이나 고을에 수응(酬應)하는 일도 모두 공과 의논해서 결정했다. 항상 말하기를 "의당 아저씨가 나이는 비록 나보다 적으나 실로 나의 존경하는 벗이다"라고 했다. 또 정의묵(鄭宜默) 공이 갑오년(甲午年) 난리 때에 나라에서 군사를 불러 모으라는 명령을 받고 상산(商山)에다가 진영(鎭營)을 설치하고는 공을 불러 종사관(從事官)으로 삼으니, 왕복하는 문서와 좋은 계책이 공의 손에서 많이 나왔다는 말을 들었다. 이에 항상 오랫동안 공을 흠모했으나 겨우 한두 번 만나보고는 사는 곳이 서로 떨어져 가까이 모시고 싶은 소원을 이루지 못하고 세월이 흘러 공이 벌써 별세했다. 매양 먼 길을 찾아가서 배우지 못한 것을 한스럽게 여겼다.

근일에 공의 큰조카 태묵(泰默)이 편지로 묘갈명(墓碣銘)을 청한다. 내가 글을 잘 짓지 못하므로 감히 이 일을 감당할 수 없으나 평소에 존경하고 사모하는 마음을 헤아려 보면 굳이 사양할 수 없다.

공의 행장을 살펴보니, 공의 세계(世系)는 진양 정씨(晋陽 鄭氏)로 고려말 어사(御史) 택(澤)이 시조이다. 구세(九世)를 내려가 경세(經世)는 벼슬이 이조판서(吏曹判書), 양관대제학(兩館大提學) 증좌찬성(贈左贊成)으로 시호(謚號)는 문장공(文莊公)이니, 세상에서 우복선생(愚伏先生)이라 일컬으며 서애(西厓)의 학통을 이어받았다. 또, 육세(六世)로 내려가서 종로(宗魯)는 유일(遺逸)로 장령(掌令)이 되었으니 이 분이 입재선생(立齋先生)이다. 종제(從弟) 사비헌(四非軒) 성로(成魯)가 아들이 없어, 세째 아들 상관(象觀)으로 뒤를 잇게 하니, 호를 곡구(谷口)라고 하는데, 문장과 학술(學術)이 세상에 이름났다. 또, 이 분이 아들이 없어 백형(伯兄) 석파(石坡) 상진(象晋)의 아들 민병(民秉)으로 후사를 이었는데, 호가 기주(箕疇)이고, 벼슬이 도정(都正)이다. 서원(書院) 철거 때 항쟁 상소를 올리는데 우두머리가 되었다. 이분이 급우(及愚)를 낳으니, 호가 기산(綺山)이다. 이상이 공의 고조, 증조, 조(祖) 및 고(考)이다. 그 전해 오는 세덕(世德)이 이와 같이 대단하다. 비(妣)는 안동 김씨(安東 金氏)니 기유(夔裕)의 딸이다. 계비(繼妣)는 해주 오씨(海州 吳氏)이니, 태혁(泰赫)의 딸이다.

철종(哲宗) 기미년(己未年, 1859)에 오씨가 공을 낳았다. 공은 재주가 뛰어나 10세가 못되어 《통감(通鑑)》과 《소학(小學)》을 모두 읽었는데, 외우고 읽을 때 착오(錯誤)가 없었고 문리(文理)도 통했다. 기주공이 그를 매우 사랑하여 아주 원대한 기대를 했다. 13세에 벌써 시서(詩書)에 정통하여 제자백가(諸子百家)를 섭렵(涉獵)하지 아니함이 없었다.

기해년(己亥年, 1899)에 아버지 상사를 당해 슬퍼함이 예절에 지나쳤다. 시묘(侍墓)며 상제 노릇을 함이 성인과 다름이 없었다. 3년 상을 벗고 남장사(南長寺)에 들어가서 온고(溫故)의 학업을 독실히 닦은 지 3년 만에 돌아왔다. 부모를 기쁘게 해 드리기 위해 세상 따라 과거(科擧)에 응시했으나 국가에서 사람을 뽑는데 벌써 옛 제도와는 달라서 마침내 실패하고 돌아왔다.

임오년(壬午年)에 기주공이 별세하니, 마침내 의지할 곳을 잃고 비로소 살림을 따로 나서 제상(堤上)으로 이사해 살았다. 얼마 후에 동학란(東學亂)이 일어나자 자신은 비록 벼슬하지 못했지만 분개한 뜻을 품고 이내 소모사(召募使)의 막부(幕府)를 보좌하는 추천에 응하여 위태로움도 피하지 아니하고 앞장서서 가담했다. 또 승선공(承宣公)이 화산(花山)의 수령이 되어 공을 맞이해 갔는데 자유(子游)가 등용한 담대멸명(澹台滅明)처럼 잘하여 정치가 잘 되었다.

정유년(丁酉年)에 어머니 상사를 당하여 슬피 울부짖어 거의 기절했다가 다시 살아나서 초상(初喪) 장사에 극진히 하여 유감이 없이 처리했다. 매양 부모의 제삿날이면 제사에 필요한 제물을 몸소 준비하여 정성을 다했다.

곡구공(谷口公)과 기주공(箕疇公) 양세(兩世)의 유고(遺稿)가 상자 속에 쌓여 있으나, 집이 가난하여 힘이 미치지 못하였다. 이에 계를 모아 몇 년간 힘써 간행 비용을 마련했다. 그래도 되지 않을 것을 염려하여 여러 형제들과 활자를 만들고 글자를 줍는 일까지 하여 마침내 완성하여 널리 세상에 폈다.

읍지(邑誌)는 전에 이창석(李蒼石), 권청대(權淸台) 두 선생이 찬술한 것이 있으나, 세상에 널리 행하지 못했는데, 병인년(丙寅年, 1926)에 상주

(尙州)의 선비들이 공을 천거하여 이를 교정하여 고을에 반포했다.

기사년(己巳年)에 《조선역대명신록(朝鮮歷代名臣錄)》의 간행소(刊行所)를 금릉(金陵)에 설치하고 공을 맞아 그 일을 주관하게 했다. 이에 그 선조 무첨공(無忝公)이 지은 《소대명신행적(昭代名臣行蹟)》을 근거로 삼고, 또 널리 국승(國乘) 야사(野史)를 널리 채록 보충하여 거질(巨帙)을 만들어 세상에 공포했다.

병자년(丙子年, 1936)에 서애(西厓) 유선생의 사적을 국조실록(國朝實錄)에서 뽑아서 도남단(道南壇)으로부터 공을 맞아가서, 이를 교정하여 일을 잘 마쳤다.

평소에 산수를 좋아하는 벽이 있어 동쪽으로 현해탄(玄海灘)을 건너가 섬나라 일본의 풍물을 관광하고, 서쪽으로 섬강(蟾江)을 건너, 송경(松京) 평양(平壤)을 거쳐 안동현(安東縣)에까지 갔다가 돌아왔다. 그곳 누대(樓臺)와 고적(古蹟)에 대해 모두 시를 읊어 감정을 표현했다. 남쪽으로 촉석루(矗石樓)에 유상(遊賞)하고, 서쪽으로 속리산(俗離山) 및 풍악산(楓嶽山)에 올랐다. 무릇 국내의 명승지는 거의 두루 유람하고, 해산사(海山史) 4편이 있다. 우리 나라에 사화(史禍)가 있은 후부터 직필(直筆)이 끊어지고 당론(黨論)이 일어나서 공평한 말이 적어지자 공은 이것을 개탄하여 무은록(無隱錄)을 지어 이를 바로잡았다. 기묘년(己卯年)에 별세하니 향년 81세이다. 본 군 도곡산(陶谷山) 정좌(丁坐)의 언덕에 장사했다.

배위(配位)는 성산 여씨(星山 呂氏)이니, 석구(錫九)의 딸이다. 1남 3녀를 두었다. 계배(繼配)는 재령 이씨(載寧 李氏)이니, 규형(圭馨)의 딸이다. 2남 4녀를 두었다. 장남은 두묵(斗默)인데 일찍 별세했고, 딸은 정진규(鄭進圭), 송진수(宋鎭洙), 김기영(金基永)에게 각각 시집갔는데, 이는 여씨에게서 났다. 차남은 송묵(松默) 문묵(文默)이요, 딸은 이태석(李泰錫), 손태출(孫泰出), 이계현(李桂鉉), 김정기(金正基)에게 각각 시집갔는데, 모두 이씨에게서 났다. 두묵의 아들은 재중(在中), 재충(在忠)이다. 송묵(松默)의 아들은 재길(在吉)인데, 양자로 가고, 나머지는 재욱(在煜), 재현(在賢), 재학(在學), 재경(在景), 재황(在晃)이다. 문묵의 아들은 재화(在和), 재균

(在鈞)이다. 정진규의 아들은 봉현(鳳鉉), 태현(泰鉉), 두현(斗鉉)이요, 송진수(宋鎭洙)의 아들은 ○이요, 김기영의 아들은 낙진(洛鎭)이다. 이태석의 아들은 양자로 해용(海容)이요, 손태출의 아들은 명(銘), 용(溶)이요, 이계현의 아들은 호명(浩明)이요, 김정기의 아들은 호진(鎬珍), 호명(鎬明), 호율(鎬律), 호철(鎬哲), 호규(鎬奎)이다. 나머지는 번거로워 기록하지 않는다.

아, 공은 영민한 재주로 시례(詩禮)의 가문에서 태어났다. 거기다가 박학(博學)의 공부를 더해서 국가의 보배요, 산림(山林) 선비들의 문의하는 바가 되었으니, 무엇을 한들 되지 않을 것을 걱정하겠는가? 좋지 못한 시대를 만나서 용을 잡을 수 있는 솜씨를 시험해 보지도 못하고 시골에서 곤궁하게 살며 진흙 속에서 꼬리를 끌고 다니는 거북처럼 되어 쌓은 경륜을 크게 펴 보지 못했으니, 이것은 천명인가?

성품이 본래 강명(剛明)하여 옳은 일이 아니면 굽히지 않는 기절이 있었다. 세상살이에 있어 바르지 못한 길로는 출세하려 하지 않았다. 일찍이 서울에 머물 때 어떤 권력 있는 사람이 그 앞을 지나가다가 공의 글 읽는 소리를 듣고 한번 찾아오기를 권했으나 마침내 찾아보지 않았다. 가정에 있어서는 온화(溫和)하면서 예절로 절제할 줄 알았다.

입재선생이 이대산(李大山)선생의 문하에 수학하여 바른 학통을 받았는데, 곡구공이 연보(年譜)를 편찬하면서 이 일을 실으니 문중에서 이의(異議)가 있었다. 공은 이를 변석(辨釋)하기를 마지않아 화목에 틈이 생길 정도였으나 뉘우치지 않고 계술록(繼述錄)을 지었다. 또, 우복 연보의 일도 하산(河山)으로부터 이론(異論)이 있었다. 공은 심암공(審庵公)과 함께 그 책임을 전담하여 때로는 편지로, 때로는 면대하여 극력 다투어 변론하여 화살을 받을지언정 피하지 않아 마침내 모두 일이 바로잡히게 되었다. 이 역시 그의 지성 때문이다.

효우가 돈독하여 선조의 아름다운 일이 혹시나 나타나지 않을까 염려하여 삼가 마음 쓰기를 그치지 않아 일에 따라 기록하여 후일 상고할 수 있게 했다. 백형(伯兄)께서 숨겨진 덕행이 있었는데 향년 90세에 기력이 아직 강강(康強)했으나, 그래도 별세 후에 후손들이 이를 상세히 알지 못할 것을 염려하여 보고들은 일을 기록하여 조카에게 주었다. 이는 별세하기 한 달 전의 일이다.

글을 지을 때는 문장을 꾸미는 일에 힘쓰지 않고 다만 뜻을 통하게 하는 데 힘썼다. 또 시에 뛰어나 어려운 글귀를 쓰며 심중에서 읊어내어 교묘함이 신기의 경지에 들어갔으나, 이것은 모두 여사(餘事)이다.

옛날 한퇴지(韓退之)가 유자후(柳子厚)의 묘지명(墓誌銘)을 지으면서 말하기를 "유자후가 쫓겨남이 오래되지 않고 곤궁함이 극악의 처지가 아니었다면 비록 재능이 남보다 뛰어남이 있더라도 그 문학과 사장(詞章)에 반드시 자신의 노력 정진으로 극치를 이루어 후세에 전하기를 오늘날처럼 하지 못했을 것이 틀림없다. 비록 유자후로 하여금 소원대로 되어 한때 장상(將相)이 되었더라도 이것과 저것을 바꾼다면 과연 어느 것이 낫고 어느 것이 못하다고 하겠는가"라고 했다. 내가 지금 정공(鄭公)에게 이 말을 적용시켜보고 싶다. 명(銘)은 이러하다.

곡구(谷口) 기주(箕疇) 기맥(氣脈) 전해
조상을 닮아가고
요순(堯舜) 시대 못 만나니
천한 일 싫어하랴.
세상을 바로잡을 뜻 잊지 못하고
조상의 아름다운 일 밝히는 데 급급하였네.
덕행이 있는 사람은 좋은 글 있으니
그 문장 길이 전해 명성 있으리.
사척(四尺)의 높은 무덤이 있어 말해 주리니
천추(千秋)에 지나는 사람 이 명(銘) 보리라.

이기원(李基元) 지음

公諱東轍 字聖環 號義堂 姓鄭氏也 余少時 遊塄館 侍審菴鄭公 其才

高識博 氣豪辭達 人鮮能等列 而見有大小事 必邀義堂來商確 凡門內事及鄕道酬應 皆與之議決焉 嘗曰 某叔 年雖少我 實我畏也 又聞承宣鄭公宜默 際靑馬之亂 被召募使之命 設營于商山 辟公爲從事 辭令方略 多出其手 常欽艶之久 而纔一二承顔 所居相左 未遂執鞭之願 荏苒光陰 公已沒世 每以不能重趼 而求學爲恨 日其長姪泰默 致書請墓道顯刻 余以不文不敢當是役 然揆以平日尊慕 亦有所不固辭 按其狀 公系出晋陽 麗末御史澤 爲鼻祖 歷九世 諱經世 官至吏曹判書 兩館大提學 贈左贊成 諡文莊公 世稱愚伏先生 承河上之嫡傳 又六世 而諱宗魯 逸掌令 是謂立齋先生從弟四非軒諱成魯無子 以第三子諱象觀 命爲嗣 號谷口 文章學術 鳴于世又無子 取伯兄石坡諱象晋子民秉爲後 號箕疇 官都正 爲撤院抗爭疏首 生諱及愚 號綺山 於公爲高曾祖及考 其傳襲世德如是之盛也 妣安東金氏 夔裕女 繼妣海州吳氏 泰赫女 哲宗己未 吳氏生公 才思穎悟 未十歲 盡讀少微史 及小學 誦讀無錯誤 能解文理 箕疇公甚愛之 期待甚遠 及舞勺已通詩書 百家諸子 無不涉獵 己亥遭外艱 哀毁踰制 侍廬服喪 無異成人服闋 入南長寺 篤修溫古業 三年乃返 以悅親之資 隨衆應擧 國家取士已非舊制 竟渡灞而歸 壬午 箕疇公棄世 遂失依歸 始析著 移居于堤上無何 値東匪搶攘 身雖未仕 常懷憤慨之志 乃應召募佐幕之薦 不避危而挺身加擔 又於花山爲澹冶滅明之行宰 以得人而政爲最 丁酉遭內艱 哀號幾絶僅甦 含襚斂葬 克盡無憾 每當先忌 必躬持助祭之物以致誠 谷口箕疇兩世遺稿 久在巾衍 家貧難以爲力 乃修契 拮据積年 以資刊費 猶患不敷與諸兄弟 躬執鑄印拾字之勞 竟得完成而廣裒 邑誌舊有李蒼石 權淸臺 兩先生撰述 而未行于世 丙寅 尙之士 薦公勘校 頒于鄕 己巳朝鮮歷代名臣錄 設刊于金陵 邀公主其事 以其先祖無忝齋公所著 昭代名臣行蹟爲據 又博采國乘野史 以足之 成巨帙公諸世 丙子 西厓柳先生 事蹟謄來於國朝實錄 自道南壇 邀公參校 而卒事焉 素有山水癖 嘗東渡玄海 觀島國物色西渡蟾江歷松京平壤 至安東縣而還 其於樓臺古跡 皆吟咏而寓感 南償矗石 西登俗離 及楓嶽 凡國內名勝殆遍焉 有海山史四篇 我東自史禍作 而直筆絶 黨論起而公言少 嘗慨然於是 著無隱錄而權衡之 己卯終 壽八十一

葬于本郡 陶谷山 丁坐之原 配星山呂氏 錫九女 生一男三女 繼配載寧李氏 圭馨女 生二男四女 長男斗默早卒 女適鄭進圭 宋鎭洙 金基永 呂氏出 次男松默 文默 女適李泰錫 孫泰出 李桂鉉 金正基 李氏出也 斗默男在中 在忠 松默男在吉出 在煜 在賢 在學 在景 在晃 文默男 在和 在鈞鄭男鳳鉉 泰鉉 斗鉉 宋男某 金男洛鎭 李男繼海容 孫男銘 溶 李男浩明金男鎬珍 鎬明 鎬律 鎬哲 鎬奎 餘煩不錄 嗚呼 公以英敏之才 生長于詩禮之門 加博學之工 廊廟黼黻 山林蓍龜 何患不適 遭世不辰 未試屠龍之手 處鄕困窮 便同曳龜之尾 不能大展所蘊 此其命也歟 性本剛明 非其義則有不屈之氣 於世不以曲逕而求售 嘗遊京邸 有一宰樞過之 聞讀書聲 頗遣意慫慂 終不往見 於家知和而能以禮節之 立齋先生 登大山李先生門 有授受之的 谷口公撰年譜 載其事 門內有歧議 公辨釋不置 至失睦而無悔著繼述錄 又以愚伏年譜事 自河山有異論 與審庵公 專擔其責 以書以面極力爭辨 至受箭而不辭 終乃俱就平 亦以誠孚故也 盖其孝友篤至 惟恐先徽之或不闡 斤斤不已 隨處記述 以備後考 伯兄有隱德 享年九旬 氣力尙康强 猶懼百歲後 後生不能詳知 爲錄記聞 以遺其姪 臨化前月事也 爲文不事彫繪 惟務理達 又長於詩 鉤章棘句 掐擢胃腎 妙入神境 然此皆餘事也 昔韓文公 誌柳柳州墓曰 子厚斥不久 窮不極 雖有出於人 其文學辭章必不能自力以致 必傳於後 如今無疑也 雖使子厚 得所願 爲將相於一時以彼易此 孰得孰失 今余於公 亦欲以此云爾 銘曰

氣相傳於谷箕 肖鳳已占.

生不逢於堯舜 飯牛何嫌.

眷眷乎其匡世之志 汲汲乎其闡先之誠.

有德者必有言 咳唾可以永其聲. 有崇四尺堪可語 千秋過者視此銘.

李基元 撰

소호 이공 묘갈명 서문도 함께 씀
小湖李公墓碣銘 幷序

전일에, 진양군(晉陽郡) 청원리(淸源里)에 한 지사(志士)가 있어 우리 한국 광복(光復)에 숨은 공로가 있는 분이 있으니 성은 이씨요, 이름은 길호(吉浩)이며, 자는 경여(敬汝)요, 호는 소호(小湖)이다.

그 선대는 재녕인(載寧人)이니 고려조 재녕군(載寧君) 우칭(禹偁)이 관향(貫鄕)을 받은 시조이고, 성균진사(成均進士) 모은(茅隱) 오(午)는 고려가 쇠망하자 함안(咸安)에 은거했다.

조선조에 들어와서 홍문관(弘文館) 부제학(副提學) 근재(勤齋) 맹현(孟賢)과 돈녕부판관(敦寧府判官) 종(琮)은 모두 청백(淸白)으로 세상에 알려졌다. 후에 행정(杏亭) 중광(重光)에 이르러 병자년(丙子年, 1636)에 청(淸)나라에 항절(抗節)했으므로 찰방(察訪)에 추천되었으나 부임하지 않고 처음으로 진양군(晉陽郡)에 살았다. 이분이 성균진사(成均進士) 죽촌(竹村) 현재(玄栽)를 낳으니, 공의 구세조(九世祖)이다. 증조(曾祖)는 동찬(東燦)이요, 조(祖)는 화영(和永)이며, 고(考)는 청호(淸湖) 현학(玄鶴)이요, 외조(外祖)는 담양(潭陽) 전홍규(田洪奎)와 파산(巴山) 이치복(李致馥)인데, 공은 이씨에게서 났으며, 고종(高宗) 계사년(癸巳年, 1893) 2월 29일이 생일이다.

공은 어버이를 섬김에 지성이 있어 고을 사람들이 포상하고자 했으나 강경히 저지했고, 은혜가 길가는 나그네들에게까지 이르자 궁한 나그네들이 비석을 세워 송덕(頌德)했으나 그들을 깨우쳐 철거하게 했다. 청호공(淸湖公)이 학문을 닦던 곳에다가 세한정(歲寒亭)을 세우고 한문사숙(漢文私塾)을 설치했으나 왜경(倭警)에 의해 폐지되고 말았다. 기미년(己未年, 1919)에 심산(心山) 김창숙공(金昌淑公)이 유림단(儒林團)의 뜻으로 「파리장서(巴里長書)」를 가지고 상해(上海)에 가서 파리강화회의(巴里講和會議)에 전하려 했는데, 공은 김공(金公)의 매부(妹夫)로서 그 일에 몰래 도왔다. 을축년(乙丑年, 1925)에 김공이 자금(資金)을 모으기 위해서 본국으로 돌아왔을 때 공이 또 몰래 접선했는데, 다음 해에 일이 발각되어 일단(一團)이 모두 체포되었다. 공은 대구(大邱) 이사청(理事廳)에 구감(拘監)된지 8개월 동안에 온갖 고초(苦楚)를 다 겪었다. 석방된 뒤에도 뜻이 더욱 맹렬하여 왜경의 감시가 잠시도 그치지 않았다.

공이 매양 춘궁기(春窮期)를 당하여 사재(私財)를 털어 제방(堤防)을 쌓고 교량(橋梁)을 놓아 주민의 편리를 도모했고 자신의 산을 희사(喜捨)해서 한 마을이 공동으로 관리하게 했으며. 또 삼림(森林)을 나누어주어 지수교림(智水校林)으로 사용하게 했다.

만년에는 방호산방(方壺山房)과 유유대(悠悠臺)를 산중에 건축하여 울적한 심회를 풀었다. 향년 64세의 병신년(丙申年, 1956) 3월 5일에 별세하니, 관곡산(冠谷山) 을좌(乙坐)의 언덕에 장사했다. 공은 세 번 장가들었는데, 의성(義城) 김호림(金護林)과 김해(金海) 허만택(許萬澤)과 청주(淸州) 한창락(韓昌洛)은 공의 장인이다.

삼남 삼녀를 두었으니, 노재화(盧在華)에게 시집간 딸은 김씨에게서 났고, 아들 병철(秉哲), 병선(秉宣), 병도(秉燾)와 유시한(柳時澣), 최지림(崔之林)에게 시집간 딸은 허씨에게서 났다. 병철은 아들이 없어 병도의 아들 창훈(昌勳)을 양자로 삼았다.

지금 병선군이 행장(行狀)을 갖추어 묘갈명(墓碣銘)을 청하면서 "선인께서 일찍이 어떤 일이 있더라도 공사(公私) 포양(褒揚)의 일은 하지 말라고 하셨기 때문에 이를 참고서 세상에 알리는 일은 감히 하지 못했습니다. 지금 선인의 묘목(墓木)도 곧 아름이 찰 정도로 자라려는데 아직 비석 하나 세우지 못했으니 실로 소자(小子)들의 무궁한 한입니다. 원컨대 박사께서 깊이 헤아려 주십시오"라고 한다. 내가 그 말을 듣고 한참 슬퍼하였다. 이에 행장을 살펴서 이와 같이 쓰고 아울러 명(銘)을 붙인다.

정의(正義)가 아니면 차라리 죽을 것이니
나라가 없는데 어찌 살기를 도모하랴.
검우(劍雨)처럼 황급하고

기평(棊枰)처럼 흩어지는 어려운 시기에
집 재산 다 기울여서
나라 위해 바쳤구나.
왜놈 쇠 달구어
몸 지져도 늠름했네.
참으로 애국자란
그 이름 빛내려 했으랴.
간사한 자 열사로 변하니
남 몰래 가려 있음 그 더욱 곧으리라.
하느님 밝으시니
그 정상 살피리라.
나의 말 비측(菲惻)하고
관곡산(冠谷山)은 높도다.

임술(壬戌, 1982) 맹하(孟夏, 4월) 초길(初吉, 1일)
문학박사 진성(眞城) 이가원(李家源) 삼가 지음

先是晉陽之淸源有一志甫　隱有勳勞於我韓光復之役者　乃李諱吉浩　字敬汝　號小湖　其先載寧人也　麗代載寧君禹偁爲得貫之祖　成均進士茅隱午麗袁　隱于咸安　入韓　有弘文館副提學　覲齋孟賢　敦寧府判官瑽　俱以淸白聞　後有杏亭重光　丙子抗淸　薦察訪不就　始居于晉　是生成均進士竹村玄栽　於公間九世　曾祖東燦　祖和永　考淸湖鉉鶴　外祖潭陽田洪奎　巴山李致馥　公巴山出　而高宗癸巳　二月　卄九日　其生也　公事親有至性　鄕人士欲褒之硬沮之　恩沁行過　窮旅立碑頌德　諭而去之　就淸湖公藏修之地　建歲寒亭附設漢文私塾　爲倭警搗散　曁已未　心山金公昌淑　以儒林團意　携長書往上海　欲投巴里講和會議　公以金公妹壻　密贊其機　乙丑　金公醵貲返國　公又潛接　翌年事覺　一團皆逮　公乃拘監於大邱理事廳者八朔　備嘗艱楚　旣釋而志彌厲　鬼目要察　暫不解焉　公每當春窮　快傾私橐　築堤防架橋梁　以圖民

利 喜捨家山 俾一村同管 又割贈森林 爲智水校林 晩築方壺山房 壓悠悠臺於山中 以散幽鬱之思 以享有六十有四歲之丙申 三月 五日沒 葬於冠谷山 枕乙之原 公凡三取 義城金護林 金海許萬鐸 淸州韓昌洛 其外舅也育三男三女 女適盧在華者 金出 男秉哲 秉宣 秉燾 女適柳時辭 崔之林者 許出 秉哲無育 以秉燾男昌勳嗣 今秉宣君 具狀謁銘而曰 先君平日申戒以愼勿妄爲公私褒揚事 故隱忍不敢或宣 然今先阡 墓木將拱 而尙闕一碣 實爲小子輩 無窮之恨 願博士深憐焉 余聞之悲嘿者久之 乃案狀而敍之繫之以銘曰

非義寧死 無國爰生. 蒼黃劍雨 積散基枰.
家禪遺產 爲國罄傾. 鬼肆毒鐵 炮身莫驚.
眞愛國者 惡耀其名. 姦嬗爲烈 翳乃彌貞.
帝神孔昭 尙鑒其情. 我言非惻 冠岫崢嶸
壬戌 孟夏 初吉
文學博士 眞城 李家源 謹譔

이공 묘갈명 서문도 함께 씀
李公墓碣銘 幷序

학성(鶴城) 이씨는 조선조(朝鮮朝) 초부터 호해(湖海)의 명족(名族)이 되었다. 중엽에 이르러 증한성우윤(贈漢城右尹) 겸익(謙益)은 충효와 바른 행실로 알려졌다. 그가 별세한 지 백 5·6십 년이 지나서 치암(癡庵) 남경희(南景羲)선생이 행장(行狀)을 짓고, 학서(鶴棲) 유시랑(柳侍郞) 태좌(台佐)가 묘갈명(墓碣銘)을 지었다. 그 아름다운 명성이 오래될수록 더욱 드러나는 것을 알 수 있다.

금년 여름에 후손 유환(惟煥)이 여러 종족의 뜻으로 우성(佑成)을 서울에 찾아와서 말하기를 "공(公)의 묘가 군(郡)의 서쪽 연전(蓮田) 신좌(辛坐)의 언덕에 있는데, 유공(柳公)의 글이 빠지고 생략된 곳이 많고, 또 세월이 오래되어 글자가 닳아졌으므로, 돌을 다듬어 비석을 고쳐 세우려

하니 그대는 나를 위하여 묘갈명을 지어 주기를 아끼지 말라"고 했다. 나 우성이 사양하였으나 되지 않아 삼가 행장을 살펴 다음과 같이 짓는다.

공의 자(字)는 자부(子裒)요, 호(號)는 매헌(梅軒)이니, 충숙공(忠肅公) 예(藝)의 육세손(六世孫)이다. 충숙공이 장재(將才)로 일어나, 바다로 건너간 것이 열 세 번으로, 포로된 사람 6백 명을 데리고 돌아와서 크게 백성과 국가에 공로가 있었다. 종실(宗實)을 낳으니, 수군절도사(水軍節度使)로 대마도(對馬島)를 토벌하다가 바다에서 별세하였는데, 조정(朝廷)에서 관원을 보내어 초혼(招魂)하여 장사했다. 이분이 직강(直剛)을 낳고, 직강은 식(植)을 낳고, 식은 변림(變林)을 낳으니, 훈련원정(訓鍊院正)이다. 이분이 공의 고조(高祖)이다. 아버지는 우춘(愚春)이니, 직장(直長)이요, 어머니는 어모장군(禦侮將軍) 박자공(朴自恭)의 딸이다. 5남을 두었으니, 공이 막내이다. 선조(宣祖) 8년 을해(乙亥, 1575)에 낳았다.

공은 어릴 때부터 기국(器局)이 있었다. 5세에 아버지가 별세했고, 18세에 임진란이 일어났다. 공은 그 때 범어사(梵魚寺)에서 글을 읽고 있다가 밤을 잊고 집에 들어가 어머니를 모시고 원적산(圓寂山) 속으로 들어가 힘을 다해 봉양했다. 한 번은 골짜기 어귀에서 나무를 하다가 갑자기 왜적을 만났는데, 적 한 명이 칼을 뽑아들고 공께 달려들었다. 공은 맨손으로 어쩔 수 없어 큰 시내를 뛰어 건넜다. 적이 물 건너편에서 칼을 던졌으나, 맞지 않았다. 공은 드디어 칼을 주워 적을 쳐서 죽였다. 그 칼이 지금도 집에 전한다고 한다.

다음 해에 어머니께서 별세했다. 주남산(周南山) 기슭에 임시로 장사하고 만형 판관공(判官公) 겸수(謙受)를 따라서 분발하여 전쟁에 뛰어들어 적진에 출몰하며 적의 목을 베고 사로잡음이 많았다. 조정에서 특별히 군자감참봉(軍資監參奉)을 제수하고, 얼마 후 봉사(奉事)로 승진시켰다. 공은 겸양하여 스스로 공로로 여기지 않았기 때문에 벼슬이 여기에 그쳤다. 하루는 감개히 말하기를 "남자로 태어나서 무(武)는 봉후(封侯)의 사업을 이루지 못하고 문(文)은 문도(聞道)의 선비가 되지 못하는 것은 부끄러운 일이다" 하고 이내 넷째 형 겸복(謙福)과 함께 도보로 천 리 길을 찾아가 관해(觀海) 임회공(林檜公)을 나주(羅州)에서 배알했다. 임공은 금호(錦湖) 형수(亨秀)의 조카이니, 도산(陶山) 연원의 정통을 이은 분이다. 공의 형제가 이 문하에서 유학하여 3년만에 하직하고 돌아오니, 난리가 이미 평정되었다. 어머니 관을 운반하여 아버지 묘에 합장하고, 난리 중에 상을 입지 못했으므로 그 옆에서 여묘(廬墓)를 살며 거슬러 3년상을 입었다. 지금도 길가는 사람들이 그 유지(遺趾)를 가리켜 "이 효자 여묘 살던 곳이다"고 한다.

광해군(光海君) 계축년(癸丑年, 1613)에 임공이 양산(梁山)으로 귀양갔는데 공은 여기에 왕래하며 학문을 강론했다. 임공이 광주목사(廣州牧使)로 인조(仁祖) 갑자년(甲子年, 1624) 이괄(李适)의 난에 별세하자 공은 달려가 통곡하고 심상(心喪)을 예대로 행했다. 임공의 부인이 그 정성에 감복하여 서적을 많이 주어 대대로 지켜갈 보배로 삼게 했다. 만년(晩年)에 정사(精舍)를 짓고, 꽃나무와 대를 심고 날마다 그 안에서 글을 읽다가 별세하니, 향년 71세이다.

공은 일찍이 난리 중에 강성 문씨(江城文氏) 천일(天日)의 딸에게 장가들어 두 아들을 낳으니, 창발(昌發)과 융발(隆發)이다. 그 후 일직 손씨(一直孫氏) 격재(格齋) 조서(肇瑞)의 후손 시복(諟復)의 딸에게 예를 올리고 장가들어 6남을 낳으니 정원(廷元), 정헌(廷憲), 정의(廷義), 정례(廷禮), 정지(廷智), 정신(廷信)이다. 모두 문학으로 그 가업을 이어갔다. 정원은 요사(夭死)했다. 정헌이 이천(伊川) 집안의 예로써 지손(支孫)으로 조상의 제사를 받들었다. 자손이 매우 많은데 세보(世譜)에 상세히 실려 있으므로, 여기에 기록하지 않는다. 명(銘)은 이렇게 짓는다.

가정에 효도하고
나라에 충성하며
스승과 제자의 의(誼)도
더욱 돈독하구나.

복지(福地)는 옛부터
길인(吉人)의 것이라
천 년 후 이 비석
유촉(遺躅)을 증명하리.

을축년(乙丑年, 1985) 소서절(小暑節, 6월)에
문학박사 여주(驪州) 이우성(李佑成) 지음

鶴城之李 自朝鮮初 爲湖海名族 至中葉 有贈漢城右尹諱謙益 以忠孝行誼聞 其歿百五六十年 而癡庵南先生景義 狀其行 而鶴棲柳侍郎台佐 銘其墓 可知其聲徽之愈久益彰也 今年夏 後孫惟煥 以僉宗之意 訪佑成於京師曰 公墓 在郡西蓮田辛坐原 柳公文 有闕略 且歲久字刓 將謀伐石 改竪碣焉 子無惜爲我撰其銘若序 佑成 辭不獲已 謹按狀 公字子裒 號梅軒 忠肅公諱藝六世孫也 忠肅 以將才起家 涉海者十三 刷還俘人六百 大有功於民社 生諱宗實 水軍節度使 討馬島 死於洋中 朝廷遣官招魂以葬 生諱直剛 直剛生諱植 植生諱變林 訓鍊院正 寔公之祖考也 考諱遇春 直長 妣禦侮將軍朴自恭女 有五男 公其季也 以宣祖八年乙亥生 自幼有器局 五歲而父公卒 十八歲而壬辰亂作 公時讀書梵魚寺 罔夜走至家 奉大夫人 入圓寂山中 竭力供養 嘗樵于谷口 猝遇倭 一賊挺刃追公 公徒手無以應 超過大溪 賊隔水擲刀不中 公遂取刀斫賊 刀傳于家云 明年 大夫人逝 假葬周南山麓 從伯兄判官公謙受奮袂赴戰 出入賊陣 多有斬獲 朝廷特除軍資監參奉 尋升奉事 公退讓不自以爲功 官止於是 一日慨然曰 生爲男子 武不能建封侯之業 文不能爲聞道之士 恥也 因與第四兄謙福 徒步千里 拜覲海林公檜於羅州 林公錦湖亨秀從子 而得陶山淵源之正者也 公兄弟 留學于門下 三年而辭歸 亂旣定 返大夫人柩祔先公墓 以亂中不能持服 廬其側 追服三年 至今行路 指遺址 稱李孝子居廬處云 光海癸丑 林公謫居梁山 公往來講學 及林公以廣州牧 立殣于仁祖甲子适亂 公趨哭 心喪如禮 林公夫人 感其誠 多贈書籍 俾作世守之寶 晩築精舍 蒔花種竹 日讀書其中以終 享年七十一 公曾於亂中 作配江城文氏天日女

生二男 昌發 隆發 其後 委禽于一直孫氏 格齋肇瑞後 諟復女 生六男 廷元 廷憲 廷義 廷禮 廷智 廷信 皆以文學世其家 廷元早夭 廷憲用伊川家例 奉先祀 子孫甚蕃衍 詳載世譜 玆不錄焉 銘曰

孝於家且忠於國 師生之誼又彌篤.

福地由來屬吉人 千秋有石徵遺躅.

歲乙丑 小暑節

文學博士 驪州 李佑成 撰

운포 이공 묘갈명 서문도 같이 씀
雲浦李公墓碣銘 幷序

공(公)의 이름은 승민(承敏)이요, 자(字)는 문숙(文淑)이며, 호는 운포(雲浦)이다. 성은 이씨요, 관향(貫鄕)은 철성(鐵城)이니, 철령군(鐵嶺君) 황(璜)이 시조이다. 그 후 진(瑨)은 과거(科擧)에 합격했으나, 숨은 덕행(德行)을 닦으며 벼슬하지 않았다. 이분이 존비(尊庇)를 낳으니 진현관 대제학(進賢館大提學)으로 시호(諡號)는 문희공(文僖公)이다. 또 암(嵒)이란 분은 병마도원수(兵馬都元首)로 홍건적(紅巾賊)을 토별한 공로가 있고 벼슬이 문하시중(門下侍中)에 이르렀으며 시호는 문정공(文貞公)으로 충정왕묘(忠定王廟)에 배향(配享)되었다.

조선조(朝鮮朝)에 들어와서 원(原)은 문과(文科)에 급제하여 태조(太祖), 태종(太宗), 세종(世宗)의 세 왕을 두루 섬겨 벼슬이 좌의정(左議政)에 오르고 철성군(鐵城君)으로 봉했는데 시호는 양헌공(襄憲公)이다. 이분이 질(垤)을 두었으니, 한성좌윤(漢城左尹)으로 파조(派祖)가 되었다. 이분이 준(準)을 낳으니 정여립(鄭汝立)을 토별한 공로가 있고 벼슬이 형조판서(刑曹判書)인데, 공에게 16세조이다. 증조(曾祖)는 경방(景邦)이요, 할아버지는 재영(在榮)이다. 아버지는 종화(鍾和)이고 어머니는 담양 전씨(潭陽田氏)이니 택임(澤霖)의 딸이다.

공은 철종(哲宗) 경신년(庚申年, 1860)에 의령(宜寧) 어룡(魚龍) 마을 고향집에서 태어났다. 공은 타고 난 자질이 뛰어나고 남달랐으며, 성품 역시 강직하면서 온화하였다. 일찍이 가정의 법도를 받들어 익혀서 한편으로 농사지으면서 한편으로는 공부하였다. 몸을 가지기는 삼가고 경계하며, 가정을 다스리기는 효도와 공경으로써 하여, 양친께 효도하고 조상을 받드는 데는 삼가했다. 자제(子弟)들을 가르칠 때는 엄격하여 인륜 도덕에 어긋나는 일은 입에 내지도 못하게 하여 마침내 선비의 사업을 성취시켰다. 손님이나 친구를 접할 때는 진심으로 간절히 했다. 또 가산(家産)을 부지런히 늘려 가정을 윤택하게 할 정도로 살림을 모았으나 자신은 꼭 절약하고 검소하여 화려하고 아름다운 물건과 진귀한 음식은 입지도 않고 먹을 생각을 하지 않았다. 그러나, 항상 남들에게 베풀어주기를 좋아하니 살 곳이 없어 떠돌아다니는 과객(過客)들이 공의 힘을 많이 입었다. 자신은 초가(草家)에 살면서도 따로 기와집을 한 채 지어 그들이 자고 거처하게 했다. 그러자 그들이 이 정성에 감복하여 푼돈을 모아 비석까지 세워 공의 덕을 칭송했다. 이 일은 이웃과 고을 사람들이 지금까지 칭송하여 마지않는다. 임신년(壬申年, 1932) 6월 24일에 별세하니 향년 73세이다. 용덕면(龍德面) 죽전리(竹田里) 서재골 고개 위 간좌(艮坐)의 언덕에 장사했다.

처음 배위(配位)는 진양 강씨(晋陽姜氏) 형흠(亨欽)의 딸이니, 묘는 가락동(佳樂洞) 지내(池內) 간좌(艮坐)의 언덕에 있다. 계배(繼配) 역시 진양 강씨로 칠영(七永)의 딸이니, 묘는 공과 쌍봉(雙封)이다. 모두 부인으로서의 행실을 갖추었으나 아들을 두지 못해 아우 승무(承茂)의 장자 태희(泰羲)를 양자로 삼았다.

손자에 5남 5녀가 있으니 아들에 형규(衡奎)는 공학박사요, 형기(衡基)는 이학박사며, 나머지는 형만(衡曼), 형섭(衡燮), 형용(衡龍)이다. 딸은 함안(咸安) 조윤제(趙允濟)와 상산(商山) 김재수(金載洙)와 경주(慶州) 이채경(李采敬)과 경주(慶州) 이원영(李元永)에게 각각 시집갔고, 막내딸은 아직 시집가지 않았다.

형규(衡奎)의 아들은 재복(載福), 재덕(載德), 재관(載寬), 재돈(載敦)이다. 형기(衡基)의 아들 재욱(載旭)은 공학박사요, 다음은 재학(載鶴)이다.

형만(衡曼)은 6·25동란에 집을 나가 돌아오지 않았다. 형섭(衡燮)의 아들은 재우(載祐)이다. 형용(衡龍)은 아직 아들이 없다. 나머지는 다 기록하지 않는다.

아! 공의 효성과 우애며 아름다운 행적은 후송들의 가정을 지키는 모범이 될 만하다. 그런데 별세 후 맏아들께서 거처하던 곳 옆에 우연정(于淵亭)을 짓고 우러러 공을 사모하는 장소로 삼았으니, 이것을 보아도 공의 조상을 받들고 후손에 끼친 가정 법도를 알 수 있다.

며칠 전에 공의 둘째 손자 형기 박사가 손수 공의 행장(行狀)을 꾸며 나에게 묘갈명(墓碣銘)을 청했다. 내가 글을 잘 짓지 못하므로 굳이 사양하였으나 마지못해 행장을 살펴서 위와 같이 짓고 이어서 다음과 같이 명(銘)을 짓는다.

지성(至誠)으로 효우(孝友)함은
인간 도리 근본이라.
이 효심(孝心) 미루어서
만사에 적의(適宜)했네.
근검(勤儉) 치산(治産) 진심(盡心)해서
베푸심도 넓었더라.
잇닿는 칭송(稱頌) 소리
과객(過客)까지 비(碑)를 세웠네.
쌓으신 그 음덕(陰德)에
후손 번창 장하구나.
이런 일 돌에 새겨
영원토록 전하노라.

병인년(丙寅年) 소서절(小暑節)
부산대학교 교수 여주 이병혁 지음

公諱承敏 字文淑 雲浦其號也 姓李氏 貫鐵城 以鐵嶺君諱璜 爲始祖也 其後諱瑨 登第而隱德不仕 是生諱尊庇 進賢館大提學 謚文僖 諱嵒 以兵馬都元首 有討賊之功 官至門下侍中 謚文貞 享忠定廟庭 入朝鮮 諱原 登文科 歷事太祖 太宗 世宗三朝 位左台 而封鐵城君 謚襄憲 是生諱埅 漢城左尹 是爲派祖也 是生諱準 有討汝立之功 官刑曹判書 於公十六世祖也 曾祖諱景邦 祖諱在榮 考諱鍾和 妣潭陽田氏 澤霖之女也 哲宗庚申 公生于宜春魚龍里第 生質秀異 性又强溫 早承襲家範 且耕且讀 持身以謹飭 齊家以孝悌 孝於兩親 謹於奉先 敎子弟以嚴 非倫常之道 不道於口 竟使成就儒業 接賓友則實心懇到 且勤於治産 以至潤屋 而身必節儉 華美之物 珍貴之味 未嘗意於口體 然常好施惠 流離顚連者 多賴焉 自居於草廬 而別構一瓦屋 以爲寢處之所 衆感其誠 而至有醵出分錢 竪碑頌德 此鄕隣 至今所稱頌不已者也 歿于壬申 六月 二十四日 享年七十三 葬龍德面 竹田里 書齋谷嶺 艮原 元配 晋陽姜氏 亨欽之女 墓在佳樂洞 池內艮原 繼配 亦姜氏 七永之女 墓雙封 俱有女行 而無育 以弟承茂之長子泰羲子之 孫有五男五女 男長衡奎工學博士 次衡基理學博士 衡曼 衡燮 衡龍 女適咸安趙允濟 商山金載洙 慶州李采敬 慶州李元永 季尙未行 衡奎男 載福 載德 載寬 載敦 衡基男 載旭工學博士 載鶴 衡曼 因庚寅亂 出家未還 衡燮男 載祐 衡龍尙無男 餘不盡錄 噫 公之孝友懿行 可爲後昆宜家之典範 而歿後 其胤公 築于淵亭于所居之傍 以寓瞻慕之所 可知公承先裕後之家法也 日 公之次孫 衡基博士 手爲公狀 請碣銘於不佞 以不文固辭不獲 按狀以爲序如右 繼之以銘曰

維孝維悌 人之綱維. 由親及疎 咸得其宜. 勤儉治産 極意惠施.
連連頌聲 行旅爲碑. 以之種德 子孫昌熾. 我銘于阡 永歲昭示.

丙寅 小暑節

釜山大學校 敎授 驪州 李炳赫 撰

성천 이공 묘갈명 서문도 함께 씀
醒川李公墓碣銘 幷序

공(公)의 이름은 창호(昌鎬)요, 자는 경락(敬洛)이다. 술을 즐기므로 스스로 호를 성천이라 했으니, 깨우쳐 반성하려는 뜻이다.

강양 이씨(江陽 李氏)는 신라 좌명 공신(佐命 功臣) 표암(瓢巖)선생 알평(謁平)이 성을 받은 시조이고, 강양군(江陽君) 개(開)가 본관(本貫)을 받은 조상이며, 효자 강양군 요(瑤)가 저명한 조상이다. 이분이 개경(季卿)을 낳으니 조선조(朝鮮朝)에 들어와서 경상 관찰사(慶尙 觀察使)가 되었다. 이후 대대로 높은 벼슬을 이어갔는데 원개(元凱)에 이르러서 세상에 알려지지 않은 덕망이 있었으나 벼슬하지 않고 유학(儒學)으로 후손들의 가르침을 남겼다. 2대로 내려가서 의남(義男)은 호가 갈파(葛坡)인데 힘써 북인(北人)을 반대하는 청절(淸節)이 있었다. 이 분이 형(逈)을 낳으니 학문과 덕행이 있어 감사(監司)의 추천으로 의금부도사(義禁府都事)가 되었다. 이 분이 시양(時陽)을 낳으니 호가 해산(海山)으로 송우암(宋尤菴)선생을 신원(伸寃)하는 상소를 올린 일이 있었는데 공의 7대조이다. 고조의 이름은 징(澄)이니 대중을 구제하고 검소한 덕망이 있었다. 증조의 이름은 명근(命根)이니 호가 도개(桃溪)이다. 할아버지의 이름은 문희(文熙)요 호는 죽우(竹寓)인데 만동묘(萬東廟)의 임원으로 만동묘의 제향을 철폐하라는 나라의 명령이 도리에 맞지 않는다는 상소를 올려 극력 반대했다. 아버지의 이름은 규용(奎鏞)이요 호는 소와(小窩)이다. 어머니는 진양(晉陽) 류상보(柳相輔)의 따님이니 자녀를 생산하지 못했고, 또 문화(文化) 류원곤(柳源坤)의 따님이니 2남 2녀를 키웠다. 공은 막내로 부모님의 사랑을 독차지했으나 불행히 6세에 아버지를 여의었다. 어머니는 품성이 깨끗하고 곧으며 청렴하고 절도가 있어 공을 교육시킴에 법도가 있었다. 공은 일찍이 족형(族兄) 퇴우공(退愚公)에게 나아가 공부했는데 매우 총명하고 기억력이 좋아 계속 진전할 희망이 있었다. 그러나 집안이 본래 가난하기 때문에 백형(伯兄)께서 홀로 위로는 부모님을 섬기고 아래로는 처자를 먹여 살리느라고 고생하시는 것을 공이 민망히 여겨 땔나무를 하고 물 긷는 일을 도우느라고 학문에 전념하여 정진할 수가 없었다. 또 장가를 들어 분가한 지 얼마 안 되어 백형께서 갑자기 별세했는데 후사(後嗣)도 없고 가계(家計)가 뒤흔들리게 되자 '형이 아들 없이 별세하면 아우가 혈통을 잇는다는 예'를 따라 선대의 제사에 관한 일을 맡아서 받들었다. 그리고 어머님 섬기기를 더욱 정성스럽게 하며 곡진히 기쁘게 하여 큰아들 잃은 슬픔을 잊게 했다. 어머님 상사를 당하자 슬퍼하여 몸이 여위어지기가 예(禮)를 넘어 전에 아버지 별세 때 슬픔을 펴지 못한 것까지 아울러 다했다. 조심조심 한결같은 마음은 오직 선대의 유업(遺業)을 떨어뜨릴까 두려워하여 죽우공께서 남긴 글을 수집하여 보배롭게 보존했다. 그리고 시암(是菴)선생에게서 행장(行狀)을 받고 권송산(權松山) 재규(載圭)에게서 묘갈명을 받았다. 언제나 자신의 학문을 성취하지 못한 것을 한스럽게 여겨 자식을 가르치고 손자를 공부시키는 일에 마음을 기울여 문방(文房)의 여러 가지 필요한 물품들을 준비하여 다 나누어 주고 그들이 성취하기를 독려했다.

공은 성품이 관대하며 마음이 즐겁고 편안하여 형편이 비록 어려움 속에 있을지라도 편안하고 침착하여 탄식하거나 슬퍼하는 빛이 없었다. 내 일찍이 그가 곤궁하면서도 편안한 마음으로 지내는 좋은 점에 대해서 찬탄(贊嘆)하자 공은 웃으며 "사람들의 빈부(貧富)가 서로 뒤바뀌어 전하는 것이 마치 주야(晝夜)가 순환하는 것과 같으니 내가 오늘날은 비록 가난하나 장차 부자의 할아비가 될 것이니 무엇을 슬퍼하겠는가?" 라고 했다. 이 말이 비록 좋은 농담에 가까우나 실로 세상을 달관한 격언이다.

갑오년(甲午年, 1954) 9월 20일에 별세하니 태어난 고종(高宗) 무자년(戊子年, 1888)으로부터 계산하면 나이가 67세이다. 묘는 논산군(論山郡) 가야곡면(可也谷面) 등리(登里) 삼정산(三政山) 기슭 신좌(申坐)에 있다. 배위(配位)는 양천(陽川) 최씨(崔氏)로 승주(升周)의 따님이다. 일남은 원탁(源卓)이요, 두 딸은 나주(羅州) 나종회(羅鍾會)와 서흥(瑞興) 김훈식(金壎埴)에게 각각 시집갔다. 손자는 우상(宇相)이고, 손녀는 김해(金海) 김영곤(金永坤)에게 시집갔다. 증손은 병곤(炳坤), 병훈(炳勳)이고 나머지는 아직 어리다. 원탁이 우상과 상의하여 이미 죽우공의 묘갈명을 세우고, 또 장차 공의 묘 앞에 묘갈명을 세우려고 하면서 나에게 비문을 청해왔다. 가만히 생각해보니 일찍이 공이 우상을 시켜 나에게 공부하게 했으나 세상의 화란에 쫓겨 성취하지 못했으니 그 재주와 국량이 참으로 개탄스럽고 애석했다. 그러나 우연히 의술(醫術)을 배우지 않고도 능통하여 재산을 점차 늘리고 있으니 혹시 공께서 '부자의 할아비가 되겠다'는 격언에 부합하는 것이 아닌가. 이에 명을 짓는다.

근본에 힘쓰는 실학(實學)
효우(孝友)로 법을 삼았네.
선조의 유업을 계승하는데 독실하여
아름다운 자취 밝혀내었네.
후손들에게 가르침을 넉넉히 남기고
아무리 가난해도 슬퍼하진 않았네.
영원히 편히 계실 이 묘소(墓所)는
삼정산(三政山) 기슭 좋은 곳이네.
저승에서 음덕을 덮어주셔서
후손들이 마땅히 번성하리라.

1972년 8월
족제(族弟) 영현(永鉉) 지음.

【추기(追記)】

우리 할아버지 성천공(醒川公)을, 불초 우상(宇相)의 꿈에 공의 현몽으로 묘지를 잡아 처음에는 고향 초계(草溪)의 고소성(姑蘇城) 아래에 장사지내고 아버님께서 일찍이 족조(族祖) 임헌옹(任軒翁)에게서 비문을 받았다. 그러나 진작 돌에 새겨 세우지 못했으니 여가가 없어서 그러한 것이 아니라, 진실로 기다리는 바가 있었기 때문이었다. 지난 병진년(丙辰年, 1976)에 다시 이곳 충남 논산군 가야곡면 등리 삼정산 신좌의 언덕에 옮겨 장사했는데, 할머니 유인(孺人) 최씨의 묘와 같은 언덕으로 몇 걸음 떨어져 있다. 할머니의 묘는 1년 전에 이미 이곳에 옮겨 장사했는데 경좌(庚坐)이다. 이는 아마 별세해서는 같은 묘지에 묻히고자 하는 소원을 이루어 드리고, 또 편히 모시는 도리를 얻은 것이리라. 지금 임헌옹이 별세했고 문집도 벌써 간행했는데 원고의 글과 문집의 글에 상당히 차이가 있으나 고치기를 청할 곳이 없다. 그러므로 서문은 문집의 글을 새기고 명(銘)은 원고의 글을 새긴다. 삼가 그 연유를 아래에 써서 후인들에게 상고하게 한다. 또 아버지와 어머니 유인(孺人) 파주(坡州) 염씨(廉氏)의 묘도 이 산 중봉(中峰) 할아버지의 묘 뒤편 미좌(未坐)의 언덕에 합장했다.

2000년 10월

불초손(不肖孫) 우상(宇相) 삼가 기록함.

公諱昌鎬 字敬洛 嗜酒而自號醒川 警省之意也 江陽氏李 新羅佐命功臣瓢巖先生諱謁平姓祖 江陽君諱開 貫祖 孝子江陽君諱瑤 著祖 生諱季卿 入我 朝 官慶尙觀察使 世以簪組相承 至諱元凱 隱德不仕 以儒術遺昆謨 再傳諱義男 號葛坡 勵背北淸節 生諱逈 以學行剡薦 除義禁府都事 生諱時陽號海山 疏伸宋尤菴寃 於公七世 高祖諱澄 有濟衆儉德 曾祖諱命根 號桃溪祖諱文熙 號竹寓 以萬東廟廟任 疏叫撤享之非義 考諱奎鏞 號小窩 妣晋陽柳氏 相輔女 無育 文化柳氏 源坤女 擧二男二女 公居末 爲父母所鍾愛 不幸六歲而孤 母氏 淸貞廉節 敎公有法度 早就族兄退愚公學 頗聰慧能强記有長進之望 而家故貧 公憫伯兄之獨勞於仰事俯育 助擧薪水之役 未能專精學問 旣又受室分居 無何 伯公奄沒無嗣 家計蕩析 則從兄亡弟及之禮 主奉先世祀事 事母益虔 曲盡怡愉 俾忘哭子之慘 及遭艱 哀毁逾禮 幷致前喪未伸之痛 兢兢一念 惟懼先緒之墜失 竹寓公遺文 收輯葆珍 謁行狀於是菴先師受碣銘於權松山載圭 常恨已學之未充 傾心於敎子課孫 文房諸需 準備畢給

督其成就 牲度寬裕樂易 雖在窮匱之中 晏然無咨戚色 余嘗贊歎其安貧之善 公笑曰 人家貧富相禪 有如晝夜循環 我雖今貧 將爲富人之祖 何戚戚爲哉 此雖近於善虐 而實達觀之格言也 卒于甲午 九月 二十日 距生 高宗戊子 得年六十七 墓論山郡 可也谷面 登里 三政山下麓 申坐 配陽川崔氏升周女 一男源卓 二女適羅州羅鍾會 瑞興金壎埴 孫男宇相 女適金海金永坤 曾孫炳坤 炳勳 餘幼 源卓與宇相謀 既竪竹寓公碣 且將竪碣公墓 而徵文於余 第念公嘗以宇相從余講學 而爲世禍所迫 不得成就 其才器 良可慨惜 而偶於軒岐之術 不學而能 有殖貨之漸 倘可副公之格言也歟 乃爲之銘曰

務本實學 孝友是則
誠篤承先 闡明徽蹟
謨裕遺昆 貧不戚戚
終安永宅 三政之麓
冥蔭攸庇 來裔宜蔚
歲壬子 仲秋
族弟 永鉉 撰

追記

我祖考醒川公 以不肖宇相之夢占 始葬於古庄草溪之姑蘇城下 家大人 嘗謁文于族祖任軒翁 而趁未刻立 非未遑 實有所待也 去丙辰秋 更奉緬于此忠南論山郡 可也谷面 登里 三政山 坐申原 與祖妣崔孺人墓 同原而距隔幾步 盖妣墓則前一年已緬于此 而坐則向庚也 是庶爲以遂同穴之願 而亦可得安厝之道也耶 今任翁就世 稿已刊行 則兩文多有相異處然 無地請正矣 故序則乃刻集中文 銘則原文 謹書其由于下方 使來人 有以考焉 且先考及先妣孺人坡州廉氏墓 亦合封於此山中峰祖考墓後 未坐原

庚辰 十月 日
不肖孫 宇相 謹識

행장(行狀)

문헌공 이재선생 행장
文憲公彛齋先生行狀

선생(先生)의 이름은 이정(頤正)이요, 자(字)는 약헌(若軒)이며, 호(號)는 이재(彛齋)이다. 성(姓)은 백씨(白氏)로 대대로 남포(藍浦)에서 살았다. 시조(始祖)의 이름은 우경(宇經)이니 신라(新羅)에 대사도(大司徒) 벼슬을 했다. 또 이름을 학중(鶴仲)이라 하는 분이 있으니, 벼슬이 좌간의(左諫議)이다. 고려(高麗)에 와서 이름을 창직(昌稷)이라 하는 분이 있으니, 벼슬이 시중(侍中)이다. 이 분이 이름을 탁(卓)이라 하는 분을 낳으니 벼슬이 병부시랑(兵部侍郎)인데 공(公)의 육대조(六代祖)이다. 증조(曾祖)의 이름은 여주(汝舟)이니 한림학사(翰林學士)요, 조(祖)의 이름은 경선(景瑄)이니 좌복야(左僕射)이다. 아버지의 이름은 문절(文節)이니 고종조(高宗朝)에 이부시랑(吏部侍郎) 국자제주(國子祭酒) 대사성(大司成) 보문각학사(寶文閣學士)를 역임했는데, 호(號)가 담암(澹巖)으로 삼조명신(三朝名臣)이며 시호는 문절(文節)이다. 배위(配位)는 성주 이씨(星州李氏)로 참봉(參奉) 이세주(李世柱)의 딸이다. 순우(淳祐; 南宋 理宗의 年號) 7년(1247, 高麗高宗 34년) 9월 모일(某日)에 공(公)을 낳았다. 공(公)은 타고난 자질(資質)이 순후(純厚)하여 공보(公輔)의 기량(器量)이 있었다. 일찍이 문정공(文正公) 권부(權溥, 1262~1346)와 문희공(文僖公) 우탁(禹倬)과 함께 회헌 안선생(晦軒安先生, 1243~1306)의 문하(門下)에서 배워 학문(學問)을 강구(講究)하고 연마하며 가르치고 이끌어서 성리(性理)의 학(學)을 자기의 임무로 삼았다.

이때 나라에서는 반란을 일으킨 탐라(耽羅)를 치고 동쪽으로 왜(倭)에게 문죄(問罪)하기 위하여 군사를 일으킨 지가 거의 20년 동안이나 되었다. 선비들은 모두 거처할 때도 병기(兵器)를 깔고 눕고 언제나 활과 화살을 손에 잡아 글을 읽는 이는 열에 한두 명도 못 되었다. 이에 육적(六籍;《詩經》《書經》《易經》《春秋》《禮記》《樂記》)의 전하는 것이 실과 같이 겨우 이어갔다. 회헌(晦軒)이 성묘(聖廟, 공자를 모신 사당)를 수즙(修葺; 수리)하고 공자(孔子)를 받들어 이에 문하(門下)의 제현(諸賢)들이 오로지 경서(經書)에 통하고 옛 글을 널리 아는 것으로 일삼아 불교(佛教)의 더러운 습관을 씻었다.

충렬왕(忠烈王) 갑신년(甲申年, 1284, 忠烈王 10년, 38세)에 권단(權呾)이 과거(科擧)를 맡아 선비를 뽑았는데 권한공(權漢功), 김원상(金元祥), 최성지(崔誠之), 채홍철(蔡洪哲)과 같이 급제했다.

무술년(戊戌年, 1298, 忠烈王 24년, 52세)에 원(元)나라에서 사신(使臣)을 보내어 세자(世子)를 책립(冊立)하여 왕(王)으로 삼으니 이가 바로 충선왕(忠宣王)이다. 이해 8월에 원(元)나라에서 충선왕(忠宣王)을 불러 입조(入朝)하게 하니 충선왕(忠宣王)이 원(元)나라에 가게 되었는데, 공(公)은 숙위(宿衛)로 따라 가서 원도(元都)에 10년 동안 머물면서 정(程) · 주(朱)의 전서(全書)를 많이 가지고 돌아와서 동문(同門) 4 · 5명과 날마다 서로 강구(講究)하고 가르쳐 경서(經書)로 근본으로 삼고 주석(註釋)으로 근본으로 들어가는 사닥다리와 배처럼 여겨, 동방(東方)의 학자(學者)들이 비로소 성리(性理)의 학(學)이 있는 것을 알았다.

갑인년(甲寅年, 1314, 忠肅王 1년, 68세)에 여러 번 벼슬이 옮겨 첨의평리(僉議平理) 상의도감사(商議都監事)가 되어 상당군(上黨君)으로 봉해졌다. 계해년(癸亥年, 1323, 忠肅王 10년) 12월에 별세하니 향년(享年) 77세였다. 충숙왕조(忠肅王朝)에 문헌공(文憲公)이라 시호를 내렸다.

부인(夫人)은 안동 김씨(安東金氏)이니 판삼사사(判三司事) 문영공(文英公) 김순(金恂)의 딸이요, 충렬공(忠烈公) 김방경(金方慶)의 손녀(孫女)이다. 남포(藍浦) 동락동(東樂洞) 갑좌(甲坐)의 언덕에 합장하니 선조(先朝) 평장공(平章公)의 무덤 아래이다.

일남(一男) 이녀(二女)를 두었는데 아들의 이름은 세렴(世廉)이니 벼슬이 군수(郡守)이다. 딸은 제학(提學)인 이달존(李達尊)과 추밀(樞密)인 기인걸(奇仁傑)에게 시집갔다. 군수(郡守)가 아들 둘을 두었으니 맏인 함종(咸從)은 사인(舍人)이요, 둘째인 함명(咸明)은 평장사(平章事)이다. 사인(舍人)은 아들이 둘이니 첫째인 린(璘)은 역시 사인(舍人)이요, 둘째인 소(玿)는 평의(評議)이다. 평장(平章)은 아들이 하나로 관(琯)은 정당문학(政堂文學)이다. 이하는 모두 기록하지 못한다.

공(公)이 만년(晩年)에 시골집에 은거(隱居)하며 시(詩) 한 수(首)를 지으니, "작은 집 쓸쓸히 열 팔꿈치 남짓한데, 향불 피우고 고요히 성인(聖人)의 글을 읽네. 인작(人爵, 官位)을 그만두고 천작(天爵, 날 때부터 갖추고 나온 덕)을 얻었으니 정욕(情欲)은 가을 수풀에 날로 점점 멀어지네."라는 것이다. 시(詩)의 뜻이 청진(淸眞)하여 참으로 덕(德)이 있는 사람의 말이다. 그 안분궁리(安分窮理)의 학문(學問)과 담허순일(湛虛純一)의 기상(氣像)을 이에 상상해 볼 수 있다.(이하는 글이 없어졌음)

-「부산공전 학보」76호, 1980. 12. 13-

先生諱頤正 字若軒 號彛齋 姓白氏 世居藍浦 始祖諱宇經 官新羅大司徒 有諱仲鶴 官左諫議 國朝有諱昌稷 侍中 生諱卓 兵部侍郎 於公爲六代祖 曾祖諱汝舟 翰林學士 祖諱景瑄 左僕射 考諱文節 高宗朝歷官吏部侍郎 國子祭酒 大司成 寶文閣學士 號澹巖 寔爲三朝名臣 謚文簡 配星州李氏 參奉世柱女 淳祐七年九月日生公 天資純厚 有公輔器 早與權文正溥 禹文僖倬 遊晦軒安先生門 講劘訓誨 自任以性理之學 時 國家伐叛問罪二十年矣 士皆袵金革操弓矢 讀書者十不一二 六籍之傳 不絶如縷 晦軒公葺聖廟 宗孔氏 於是門行諸賢 獨以通經博古爲事 以洗葱嶺之陋 忠烈王甲申 權呾掌試取士 與權漢功 金元祥 崔誠之 蔡洪哲登第 戊戌 元遣使冊世子爲王 卽忠宣王也 八月 徵 王入朝 王如元 公以宿衛從之 留都下十年 多取程朱全書而歸 與同門四五人 日相講授 以經籍爲淵海 箋疏爲梯航 東方學者始知有性理之學 甲寅累官至僉議評理商議都監事 封上黨君 癸亥十二月卒 享年七十七 忠肅朝賜謚文憲 夫人安東金氏 判三司事文英公恂女 忠烈公方慶孫 合窆于藍浦東樂

洞負甲之原 先祖平章公兆下也 生一男二女 男世廉 郡守 女適提學李達尊 樞密奇仁傑 郡守生二子 咸正 舍人 咸明 平章事 舍人二男 璘 亦官舍人 玿 評議 平章一男琯 政堂文學 以下不盡錄 公晩年屛居田廬 嘗賦詩一絶曰 矮屋蕭條十肘餘 焚香靜讀聖人書 自從人爵生天爵 情欲秋林日漸疎 詩意淸眞眞有道者言 其安分窮理之學 湛虛純一之象 於此足以想見矣(以下缺)

-《彝齋先生實記》卷2-

선고 하부군 가장
先考河府君家狀

아버지의 성은 하씨(河氏)요, 이름은 해승(海承)이며, 자(字)는 여칠(汝七)이요, 호는 국포(菊圃)이다.

우리 하씨의 본관은 진양(晋陽)이니, 고려(高麗) 문하시랑(門下侍郞) 공신(拱辰)이 시조이다. 그 후에 대수를 잃었다. 안린(安麟)에 이르러 알려졌으나 벼슬이 드러나지 않았다. 순(淳)을 낳으니, 영락(永樂, 明나라 成祖의 연호) 갑오년(甲午年, 1414)에 생원(生員) 시험에 합격하여 통훈대부(通訓大夫) 산음현감(山陰縣監)이 되었는데, 강호(江湖) 김숙자(金叔滋)와 종유(從遊)했다. 계지(繼支)를 낳으니 거제현령(巨濟縣令)이다. 윤(潤)을 낳으니 조선조 성종(成宗) 정유년(丁酉年, 1477)에 생원(生員) · 진사(進士) 시험에 모두 합격했다. 계묘년(癸卯年, 1483)에 예문검열 겸대사원승(藝文檢閱 兼帶史院丞)을 임명받고, 예문관봉교(藝文館奉敎)를 제수 받았으며, 호당(湖堂)에 뽑혀 홍문관 교리(弘文館校理)에 추천되었다. 청렴하다는 명성과 옳은 도리를 행함으로써 당시에 명망이 매우 높았다. 연산군(燕山君) 때 조정에서 쫓겨나 지평(持平)으로, 순천(順川)에 귀양가서 별세하니 학자들이 운수선생(雲水先生)이라고 하는데 정강서원(鼎崗書院)에서 제향드린다. 취양(就洋)을 낳으니, 백씨(伯氏) 참봉공(參奉公) 취굉(就宏)과 동방 급제(同榜及第)했다. 충(沖)을 낳으니, 별좌직장(別座直長)이다. 춘년(春年)을 낳으니, 진사(進士) 봉사(奉事) 선무랑(宣務郎) 사포서 별제(司圃署

別提)이다. 천서(天瑞)를 낳으니, 호가 망추정(望楸亭)으로 참봉(參奉)이다. 임진란 때 의로운 공로가 있어 좌승지(左承旨)를 추증(追贈)받았다. 경호(慶灝)를 낳으니, 호가 읍추헌(泣楸軒)이다. 참봉(參奉)으로, 추천되어 별부과(別武科)를 받아 행선전관 훈련부정(行宣傳官 訓練副正)이 되었다. 윤두수(尹斗壽)의 진영(陣營)으로 달려가서 여러번 기이한 공을 세워 예빈시정(禮賓寺正)에 올랐고, 참판(參判)을 추증(追贈)받았다. 진룡(震龍)을 낳으니, 호가 쌍부헌(雙負軒)이다. 효종(孝宗)이 북쪽 오랑캐를 칠 것을 모의할 때 선전관(宣傳官)으로, 추천되어 이산군수(理山郡守)가 되었다. 효종이 승하(昇遐)하자 혼전(魂殿)으로 달려가서 통곡하고, 이후로 방문을 닫고 스스로 모든 것을 폐기했다. 성징(聖澄)을 낳으니, 참봉으로 증장악원정(贈掌樂院正)이다. 도형(道亨)을 낳으니 증통정대부(贈通政大夫) 형조참의(刑曹參議)이다. 한주(漢周)를 낳으니 호가 제암(霽岩)이다. 통덕랑(通德郎)으로 효행(孝行)이 있어 추천되었으나 표창은 받지 못했다. 명옥(命玉)을 낳으니, 호가 우락재(憂樂齋)이다. 숙(潚)을 낳으니, 처음 이름은 우진(禹鎭)이다. 효행이 있고, 자신을 검속(檢束)하고 행실을 닦아 예법에 밝았다. 권사문(權斯文) 필규(必奎)가 만장(挽章)을 짓기를 "본래 평소부터 기름이 있어 얼음 같은 지조는 갈아도 닳지 않네." 라고 했다. 이로써 이분의 높은 덕망을 추상(追想)할 수가 있다. 병림(秉霖)을 낳으니, 처음 이름은 석림(錫霖)이다. 증조(曾祖)는 준현(駿賢)이니, 처음 이름은 익경(益慶)이다. 금화현(金化縣)에 우거(寓居) 했는데, 효행이 있어 고을 사람의 추천으로 정려(旌閭)와 예물을 받았다. 이 일은《진양지(晋陽誌)》에 실려 있다. 할아버지의 이름은 재봉(載鳳)이다. 아버지는 규호(奎鎬)이요, 어머니는 함안 이씨(咸安 李氏)이다.

계유년(癸酉年, 1873) 12월 22일에 아버님께서 운문리(雲門里)의 본집에서 태어나셨다. 총명하고 특출하여 남의 글 읽는 소리를 들으면 외어 잊지 않았다. 6세에 공부를 하기 시작하자 독촉하지 않아도 외우고 읽을 줄을 알고 친구들과 어울려 놀지 않았다. 일찍이 오도실(吾道谷)에 사는 진사(進士)인 큰종조부님에게서 수학하였는데, 아버님께서 스스로 과정

(課程)을 정하여 공부하면서 한번만 눈을 거치면 잊는 적이 없고 날마다 수백 자(字)씩 외었다. 큰종조부님께서 매우 기특히 여기고 사랑하여 명경과(明經科, 經義로 시험보이는 科擧)에 응시하기를 명령하면서 타이르시기를 “너와 같이 민첩한 재주와 뛰어난 기억력으로 마음 역시 너그러우니, 위엄이 있는 무력이나 격렬한 천둥 같은 억압이 있더라도 시험장에 가서 기세가 꺾이거나 당황하는 일만 없으면 과거(科擧)에 합격하는 일은 어렵지 않을 것이다”라고 하면서 열심히 공부하여 게을리 하지 말도록 했다. 몇 년이 지나지 않아 칠서(七書)를 다 통했다. 그러나 얼마 후에 과거제도가 없어져서 그 재주를 시험해 보지 못했다.

공부를 함에 있어서 먼 곳에 스승을 찾아가지 못했으니, 이는 부모님이 늙으시고 집안이 가난했기 때문이다. 가정에서 보고 들은 것이 배여 자신의 몸을 닦는 학문과 구도(求道)하려는 뜻이 독실했다. 마을의 재실을 깨끗이 쓸고 아침저녁으로 열심히 공부하여 진실을 깨치고 실제로 체득하기를 기약했다. 이로부터 뜻이 더욱 고명하고 조예가 더욱 순실(純實)했다. 평소에 겸손하고 공손하며 스스로 마음을 비워, 입으로는 속된 말을 하지 않고 몸에는 외모를 꾸미는 일이 없었다. 교유(交遊)하기를 좋아하지 않으면서 말씀하시기를 “나의 뜻도 아직 진실하지 못한데 어찌 감히 남과 사귀기를 구하겠으며, 또 그렇게 한다고 남이 인정해 주겠는가?”라고 했다. 세력 있는 집안에 발을 가까이 하지 아니하고, 명예와 이익에 관계되는 말에는 귀를 기울이지 않았다. 다만 이치를 궁구하고, 수신(修身) · 제가(齊家)하는 것으로 임무로 삼았다. 그러면서 말씀하시기를 “빈천(貧賤)은 선비의 떳떳함이다”라고 했다. 깨끗한 지조는 변하는 경우가 없으며, 효우(孝友)의 행실은 고을 사람들이 본을 받았다.

아버님은 삼 형제 중에서 맏이다. 두 아우는 농사를 지어 가정을 돌보았다. 그러나 집안이 본래 쓸어 놓은 듯이 가난하여서 살아갈 길이 어려워 끼니를 이어가기도 어려웠다. 그런데도 털끝만큼도 옳지 않은 것은 남에게 요구하지 않았다. 부득이해서 마을 서재에 학도를 모아 놓고 가르치기로 했다. 그런데 항상 점심을 거르면서 말씀하시기를 “부모님께서 노경(老境)에 계신데도 잘 봉양하지 못하면서 내가 어찌 차마 삼시 세 때 따뜻하게 입고 배불리 먹을 수 있겠는가?"라고 했다. 학도들이 그 어려운 생활을 딱하게 여기고, 또 그 효성에 감복하여 따로 점심 양식을 마련하여 부모님을 봉양하게 했다. 이렇게 하시기를 수십 년을 계속했다. 양친께서 별세하여 삼년상을 마친 후에야 점심을 드셨다. 이를 아는 사람들은 모두 지극한 효성이라고 일컬었다.

후진을 가르침에 있어서는, 그 재주가 민첩하고 둔함에 따라 가르쳐 되풀이하여 타일러 깨우치고 마음속으로 복종하게 했다.

매일 일찍 일어나 양치질하며 세수하고는 갓을 쓰고 띠를 띠고 어깨와 등이 꼿꼿하게 고요히 앉아 움직이지 않았다. 이런 것은 모두 타고난 천품이 아름다운데다가 잘 닦고 재질이 순수하며, 쌓기를 후하게 한 것이 행동에 나타난 것이다.

항상 말씀하시기를 "사람이 사람답게 되는 것은 덕행(德行)이 제일 먼저이고, 학문이 그 다음이다. 근세에 조행(操行)과 실덕(實德)이 있는 선비 중에 다만 송산(松山) 권재규(權載奎), 간암(艮岩) 박태형(朴泰亨), 성암(性菴) 이용수(李龍秀)만이 내가 가장 흠복(欽服)하는 사람이다. 그 외에 먼 곳에 사는 문학하는 선비들은 내가 만나서 추종(追從)하지 못했으므로 깊고 얕은 것을 알 수가 없다"고 했다.

고종(高宗) 무술년(戊戌年, 1898) 12월 초 7일에 아버지 상사(喪事)를 당해서 애통히 부르짖으며 울어 거의 생명을 잃을 뻔했다. 시신을 거두어 염습(殮襲)하는 모든 절차를 인정과 예법에 맞게 했다. 병이 매우 심하지 않으면, 상복의 띠를 풀지 않고 술과 육미를 가까이 하지 않았다. 한 달을 넘겨 정촌면(井村面) 동물리(冬勿里) 앞산 숙정봉(肅整峰) 아래 진좌(辰坐)의 언덕에 장사하니, 집으로부터 거리가 십리 정도였다. 엄동(嚴冬)과 무더운 여름이라도 초하루와 보름에 반드시 성묘했다.

을축년(乙丑年, 1925) 11월 19일에 어머니 상사를 당하여 장례를 한결같이 모두 아버지의 상사 때와 같이 했다. 검암리(儉岩里) 운문촌(雲門村) 뒤의 조개실[造介谷] 오좌(午坐)의 언덕에 장사했다. 매양 제삿날이면 반드시 살아 계실 때와 같은 정성을 다하였다. 강신(降神)이며 제사지내는 모든 절차를 가정에 있고 없는 것에 맞추어 하여 깨끗하게 재계(齋戒)하고 술과 고기를 가까이 하지 않았다.

선조의 묘가 멀리 전라도(全羅道) 광양현(光陽縣) 백운산(白雲山) 옥녀중봉(玉女中峰)에 있었다. 매년 성묘 때면 빈 주머니로 이 마을 저 마을 나그네 행세를 하며 봄과 가을에 빠진 적이 없었다.

아, 아버님께서 한 평생 동안 유학에 뜻을 두어 생활면에서 어려웠다. 그러므로 협소한 집안이 쓸쓸하여 집안 식구들이 주린 빛이 없지 않았다. 그러나 편안한 마음으로 고요히 앉아, 글을 외우고 읽는 소리가 맑아 이웃 마을에까지 들렸다. 속에 굳건한 기운이 주림과 배부름에 관계가 없었다.

항상 불초(不肖)한 나에게 경계하시기를 "세상에는 문장을 잘 하는 것으로 알려진 사람도 있고, 인품으로 알려진 사람도 있다. 그러나 소박하고 깨끗하여 표리(表裏)가 한결같아서 그 지조를 잃지 않는 사람은 일찍이 본 적이 없다. 일시의 곤궁함으로 본래의 지조를 바꾸지 말아라. 일시의 곤궁함을 견디지 못해서 지조를 바꾼다면, 이는 마음을 해치는 것이니 영영 곤궁함을 벗어날 날이 없을 것이다"라고 했다.

가만히 생각해 보면 아버님께서 혼자 계실 때 삼가는 공부와 곤궁한 속에서도 견디어 즐기는 낙은 자신의 시체가 도랑이나 골짜기에 버림을 받는 일이 있을지라도 그 지조를 바꾸지 않았다. 문화(文化)를 높이고 오랑캐를 배격하는 뜻은 매양 언사(言辭)에 발했다.

충청도(忠淸道) 만동묘(萬東廟)의 향례(享禮) 때, 헌관(獻官)의 천거가 있어, 가서 참례하여서 강신(降神)이며 제례에 능숙하여 막힘이 없었다. 모인 사람들이 모두 예가(禮家)에 본래 쌓은 바가 있다고 일컬었다. 그리하여 장의(掌儀)로 추천되어 망권(望圈)을 올렸으나, 아버님께서 사람이 미천하고 학식이 없다고 굳이 사양하였으나 되지 않았다.

평소에 지은 시문(詩文)이 모두 시대를 슬퍼하고 풍속을 근심하는 것으로 뜻을 말하고 심회를 그려내어 신기하게 꾸미는 것을 일삼지 않았다. 또한 지은 글도 찢어버리고 쌓아 두지 않으면서 말씀하시기를 "이것은 경치를 보고 심회를 읊은 것인데 어찌 나의 졸한 글을 남의 눈에 드러내어 비웃고 손가락질 당함을 스스로 부르겠는가?"라고 했다.

경술년(庚戌年, 1910)에 나라가 망했다는 보도가 이르자 북쪽을 바라보며 통곡하고, '죽으면 죽었지, 오랑캐가 될 수는 없다'고 맹세했다. 머리를 깎으라는 단발령(斷髮令)이 절박하고 엄하자 문중의 젊은이들에게 매우 경계해서 말씀하시기를 "목은 끊을지언정 머리카락은 자를 수 없다"고 하자 저들이 강요하지 못했다.

정축년(丁丑年, 1937) 10월 초 5일에 정침(正寢)에서 별세하시니 향년 65세였다. 왜정 때 금령(禁令)으로 해서 달을 넘겨서 장례하지 못하고 검암리(儉岩里) 조개실[造介谷] 공동묘지 임좌(壬坐)의 언덕에 임시로 장사했다. 이곳은 만년을 묻힐 묘지로서는 미흡(未洽)하다고 여겨 수년이 지난 후에 무덤을 옮겨 다시 장사지내기로 하고 봉축(封築)을 파니 땅 밑이 따뜻하고, 더러운 기운이 없었다. 그러므로 묘혈(墓穴)을 찾아 체백(體魄)의 아래 위를 살펴보니 광중(壙中)에는 김이 서려 있고, 붉은 빛이 번지레 했다. 그래서 도로 묻었다. 같이 본 사람들이 모두 덕을 쌓은 사람은 반드시 명혈(名穴)에 묻힌다는 속어(俗語)를 지금에 와서 비로소 징험할 수 있다고 일컬었다.

배위(配位)는 김해 김씨(金海金氏) 의현(義鉉)의 따님이요, 함안 조희준(趙熙峻)의 외손녀이니 규중(閨中) 법도가 있었다. 일남(一男)을 두었으니, 곧 불초(不肖) 경식(景植)이다. 계배(繼配)는 진양(晋陽) 강대권(姜大權)의 따님이요, 문수(文秀)의 손녀이며, 영주(永周)의 증손녀이고, 분성(盆城, 김해) 김옥진(金玉振)의 외손녀로 현숙(賢淑)하였다. 사남(四男) 일녀(一女)를 두었으니 단식(亶植), 양자 간 문식(文植), 창식(昌植), 달식(達植)이다. 딸은 이현수(李鉉守)에게 시집갔다. 경식의 아들은 현효(炫孝), 양자 간 현굉(炫宏), 현병(炫炳), 말도(末道)이다. 창식의 아들은 현곤(炫坤), 현연(炫演), 복근(福根)이다. 달식의 아들은 현직(炫直)이다. 현수의 아들은 은호(銀浩), 좌호(左浩), 우호(右浩), 성호(成浩)이다. 증손(曾孫), 현손(玄

孫) 이하는 다 기록하지 않는다.

아, 아버님께서 도량과 기국(器局)이 보통사람에 미치지 못하나 깊은 눈에 넓은 이마로, 몸은 청수하고, 얼굴은 희며, 수염이 없었다. 말씨는 낭랑하고 통창하여 쇳소리와 같았다. 외모는 단아(端雅)하고, 걸음걸이는 안상(安詳)하였다. 사람을 사귐에는 문벌(門閥)을 따지지 않고, 지기(志氣)가 서로 맞으면 반드시 서로 추종(追從)했다. 옳지 않은 일이면 비록 이웃에서 문을 맞대고 사는 사람이라도 삼가하고 소외(疎外)하기 때문에 서로 다툴 단서가 없었다. 척사위정(斥邪衛正)에 밝고 사람과 짐승의 판가름에 엄격하였다. 때로는 사람들이 두려워하고 꺼려하여서, 아버님을 가리켜 세상일에 어두워 이 세상에 맞지 않는 사람이라고 했다.

불초(不肖)한 내가 학식이 없고 어리석어, 행장(行狀)의 사실을 기록하여 숨은 일을 잘 드러내는 군자(君子)에게 알리려 하나, 어찌 모두 형용해 낼 수 있겠는가?

불초자(不肖子) 경식(景植)은 눈물을 머금고 삼가 기록한다.

府君姓河氏 諱海承 字汝七 號菊圃 吾河系出晋陽 以高麗門下侍郎 諱拱辰 爲始祖 其後失傳 至諱安麟始著 仕不顯 生諱淳 永樂甲午 中生員 通訓大夫 山陰縣監 從遊於江湖金叔滋 生諱繼支 巨濟縣令 生諱潤 事我成宗 丁酉生進俱中 癸卯選補藝文檢閱兼帶史院承 拜藝文館奉教 選湖堂 薦弘文館校理 以淸名直道 大負時望 被黜昏朝 以持平謫守順川以卒 學者稱雲水先生 享鼎崗書院 生諱就洋 與伯氏參奉公諱就宏 同榜 生諱冲 別座直長 生諱春年 進士奉事宣務郎 司圃署別提 生諱天瑞 號望楸亭 參奉以壬辰義勳 贈左承旨 生諱慶灝 號泣楸軒 以參奉薦授別武科 行宣傳官訓練副正 赴尹斗壽陣 屢立奇功 升禮賓寺正 贈參判 生諱震龍 號雙負軒孝廟 議北伐時 以宣傳官 薦守理山郡 及孝廟升遐 奔哭魂殿 杜門自廢生諱聖澄 參奉 贈掌樂院正 生諱道亨 贈通政大夫 刑曹參議 生諱漢周號霽巖 通德郎 有孝行 薦未褒 生諱命玉 號憂樂齋 生諱潚 初諱禹鎭 有孝行 律己修行 明於經禮之學 權斯文必奎 挽曰 養得元有素 氷操磨不磷

卽此以可想府君德望之重 生諱秉霖 初諱錫霖 曾祖諱駿顯 初諱益慶 寓居金化縣 有孝行 以鄕薦 蒙旌典食物之恩 事載晋陽州誌 祖諱載鳳 考諱奎鎬 妣咸安李氏 癸酉十二月 二十二日 府君生于雲門里第 聰慧出類 耳讀書聲 能誦不忘 六歲入學 能知誦讀 不與儕流遊戲 嘗受學于吾道谷進士伯從祖府君 自立課程 一經目 未嘗忘 日誦數百言 伯從祖府君 甚奇愛之 命明經曰 以汝敏達强記 心膽坦蕩然 雖在威武雷霆之壓 考試之場 無屈氣妄措之端 則結科非難 使之專工無懈 不數年 能通七書 旣已科制革罷 未售其才志 爲學不得遠方從師 以親老而家貧也 擩染於家庭 篤於爲己之學 求道之志 靜掃村齋 朝益暮習 期以眞知實得 自是志益高明 造益純實 居常謙恭自虛 口不出俚言 身不飾邊幅 不喜交遊曰 吾之志 尙未實 安敢求交於人 而人肯許與耶 足不近聲勢之家 耳不傾名利之言 惟以窮理修齊爲務曰 貧賤士之常 介潔之操 對境不移 孝友之行 鄕里矜式 府君三棣而居長 二弟歸農 以資事育 然家本如掃 生理艱乏 炊黍難繼 未嘗一毫非義要於人 不得已 聚徒敎學于村齋 常撤午飯曰 父母老境 未得厚奉 吾何忍三時溫飽乎 學徒憐其窮困 感其誠孝 別捐午粮以酬之 則歸助口體之養 如是數十年 及至兩親歿世 終祥後 始食午飯 知者咸稱至孝 其導引後生 因其才之敏鈍而諭誨 申申使之開悟而悅服 每日早起 嗽洗冠帶靖坐 肩背竦直如植桌不移 是皆禀之美而養之深 資之粹而積之厚 見於動作也 常言 人之爲人而德行居先 學問次之 近世 操行實德之士 惟權松山載奎 朴艮岩泰亨李性菴龍秀 最所欽服 其餘遠方文學之士 余未嘗承接追從 淺深未可知也 高宗戊戌 十二月 初七日 丁外艱 哀痛號呼 幾至滅性 襲殮諸節 備盡情禮 不甚病劇 不脫絰帶 不近酒肉 以禮月 葬于井村面 冬勿里 案山 肅整峰下 辰坐 距家十里程 雖嚴冬盛暑 朔望必省墓 乙丑十一月 十九日 丁內憂 禮制一如前喪 葬于儉岩里 雲門村後 造介谷午坐 每當先忌 必致如在之誠 祼獻諸節 稱家有無 務淨潔致齊 不近酒魚 先墓遠在於全羅道 光陽縣 白雲山 玉女中峯 每歲省楸之行 以空橐村村行客樣 春秋無闕 嗚呼府君一生 有志斯學 疎於生理作業 故環堵蕭然 家眷不無饑餓之色 恬然靜坐 誦讀之聲 尤爲淸亮和暢 達于隣閈 內强之氣 無關於飢飽 常戒不肖曰

世之文詞著者有矣 人品著者有矣 至若簡白淨潔 表裏如一 不失其操者 未曾見也 無以一時窮困 移易素操也 無耐窮困而變操 則是賊心也 永無脫窮之日也 竊念府君愼獨之工 固窮之樂 不以顚墜移易也 尊華攘夷之志 每發於言辭 以忠淸道萬東廟 享禮獻官之薦 往參祼將之禮 能熟無礙 會者皆稱禮家有素 薦掌儀 呈望圈 府君以人微識淺固辭不護 平日所述詩文 皆傷時病俗 言志寫懷 不事雕繪新奇 且扯而不畜曰 此是遇境敍懷 何可露拙人眼自取嗤點也 庚戌無國之報至 北望痛哭 以可死不可爲夷自矢 及至雉髮令急嚴 勅門少輩曰 頭可斷 髮不可斷 彼不敢强要焉 丁丑十月 初五日 終于寢 享年六十五 以時禁不得從禮月 渴葬于儉岩里造介谷 共同山壬坐 萬年佳城 於心未洽 故經數年 營緬襄 破封築 則地中溫煖 無雜穢 故穿穴奉審體魄上下 則露結壙中 光紫潤澤 故還封 同參者 咸稱積德之人 必埋名穴俗語 今始徵信 配金海金氏義鉉女 咸安趙熙峻外孫 有壼範 生一男卽不肖景植 繼配晋陽姜大權女 文秀孫 永周曾孫 盆城金玉振外孫 賢淑生四男一女 亶植 文植出系 昌植 達植 女李鉉守 景植男 炫孝 炫宏出系 炫炳 末道 昌植男 炫坤 炫演 福根 達植男 炫直 李鉉守男 銀浩 左浩 右浩 成浩 曾玄不盡錄 嗚呼 府君氣宇 未及中人 而深目廣顙 肉瘦面白無髯 言語朗暢如鳴金 儀表端雅 步趨安詳 交人不以門地 志氣相符 必從逐 非義者 雖接隣連戶 畏而疎外 故無爭詰之端 明於邪正之辨 嚴於人獸之判 人或畏忌而指之爲迂庯 不適於斯世之人 不肖蔑識愚蒙 欲記事行之實 將告于闡幽君子 安得以形容哉

不肖子 景植 飮泣而謹識

고문서(古文書)

입후문서 立后文書

화민[11] 이식
化民李栻

오른 쪽의 사람은 삼가 아뢰옵니다. 삼가 생각건대 한 집안의 대(代)를 이어가는 것은 인륜의 큰일입니다. 그러나 가정의 운수는 성하고 쇠함의 차이가 있으며, 시대의 기운(氣運)은 길고 짧음의 다름이 있어 불행히 외롭게 되어 제사마저 끊어질 지경에 이르게 되면 이것은 사람으로서 가장 가련한 일입니다. 그러므로 옛날 성인(聖人)이 인정(人情)을 헤아려 특히 양자를 하여 끊어진 후사를 잇게 하는 일을 허락한 것인 바,[12] 논의가 그 가정에서 일어나매 그 예의 규정이 예조(禮曹)에 있어 옛날이나 지금의 통행하는 법이니 생각하면 중요한 일이 아니겠습니까?

지금 저의 족조(族祖)[13] 감(堪)이 적처(嫡妻)와 첩에게서 모두 자녀가 없어, 장차 조상의 제사가 끊어질 지경입니다. 그러므로 지금 같은 파(派)의 친족 서백(瑞伯)의 셋째 아들 도리(道利)를 양자로 삼으려고 하면서, 자손들이 모두 모여 문장(門長)께 결정을 보았습니다.[14] 삼가 생각건대 예법이 지극히 중하여 반드시 예조에 올려야 할 것이므로 이에 감히 원님께[15] 아뢰오니,[16] 이를 헤아리신[17] 후 분부를 내리시기 바라옵니다.[18]

---

11) 화민(化民); 자기 고장의 원에 대하여 자기를 가리켜 이르는 말. 원의 교화를 입고 산다는 뜻.
12) 것인 바; 시호소(是乎所)[이온 바].「뜻」 ~인 바, ~이온 바.
13) 족조(族祖); 동족의 할아버지.
14) 보았습니다; 시여호(是如乎)[이다온].「뜻」 ① ~이라고 하는, ~이다 하는. ② ~이라고 하므로, ~이라고 하기에. ③ ~이라고 하더니, 이더니.
15) 원님께; 원문은 '안법지하(按法之下)' 인데, 법에 의하여 처리하는 사람 아래란 뜻으로 여기서는 그 고을 원님을 의미한다.

분부를 내리옵소서.[19]
성주(城主)[20]님의 처분을 기다립니다.

경진(庚辰 1820) 5월 ○일
예조에 올릴 것.[21]
초 6일

서기 1994년 8월 15일 번역

右謹言 伏以人家嗣續 彝倫之大事 而門運有盛衰之別 氣脉有脩短之異 不幸而至於煢獨絕祀之境 則此乃人道之最可矜憐者 故古昔聖人斟酌人情 特許取養繼絕之道是乎所 議出於其家 禮在於春曺 則古及今通行之典 顧不重 [22]耶 今此族祖堪 嫡妾俱無子女 將至廢絕香火之境 故方以同派族瑞伯之第三子道利 定爲繼后之擧 而子姓齊會 取决於門長是如乎 第伏念典禮至重 必呈于春曺 故茲敢先訴于 按法之下爲去乎 參商敎是後 特爲題下事行下爲只爲 行下向敎是事

城主 處分

庚辰 五月 日

往呈于春曺宜當事[23]

---

16) 아뢰오니; 위거호(爲去乎)[ᄒᆞ거올].「뜻」① ~하므로, ~하기로, ~하기에. ② ~하고서, ~하고는. ③ ~하오니.

17) 헤아리신; 교시(敎是)[이시 · 이신 · 이샨].「뜻」① 이시, 께서, 께옵서. ② 이신, 이옵신. ③ 하신, 하옵신, 하옵실.

18) 바라옵니다; 행하위지위(行下爲只爲)[힝하ᄒᆞ기삼, 행하하기암].「뜻」① 명령하도록, 분부를 내리시도록. ② 베풀어 주시도록.

19) 분부를 내리옵소서; 행하향교시사(行下向敎是事)[힝하아이샨일, 행하아이샨일].「뜻」명령하옵실 일, 분부를 내리옵실 일.

20) 성주(城主); 고을의 원(員)을 달리 이르는 말.

21) 이 부분은 제음(題音, 뎨김), 또는 제사(題辭)라고 하는데, 관청에서 내려주는 판결문(처분)이다. 글을 올린 사람은 이것을 증거자료로 소중히 보관하여야 한다.

22) 不重; 두 글자는 원본이 떨어져 판독이 어려우므로 문맥으로 보아 번역자가 글자를 끼워 넣은 것이다.

初六日

가경[24] 25년 11월 ○일 예조의 입안[25]
嘉慶二十五年 十一月 ○日 禮曹 立案

오른 쪽의 입안은 계후(繼後)[26]에 관한 일이다. 본조(本曹)[27]가 계목(啓目)[28]을 올리기를 "밀양(密陽)에 거주하는 유학(幼學) 이감(李堪)이 아들이 없어, 그의 동성(同姓) 십촌(十寸) 아우인 서백(瑞伯)의 셋째 아들 도리(道利)로 양자를 세우고자 하여[29] 소지(所志)[30]를 올렸기에[31] 양쪽의 호구(戶口)를 모두 살펴보니 입적(入籍)되었음이 확실하거니와[32] 이감(李堪)이 올린 소지(所志) 안에서 이르기를 '저는[33] 적처(嫡妻)와 첩(妾)에게서 모두 아들이 없어, 동성 십촌 아우인 서백의 셋째 아들 도리로 양자를 삼고자 하여 양가가 이에 합의하여 청원서를 올리오니 이와 동일한 사안(事案)인 다른 예(例)에 따라 양자를 세울 수 있도록[34] 허락해 주시

---

23) 이 부분은 대개 '마땅히 …할 것(宜當向事)'이라고 쓰는데, 여기서는 의당사(宜當事)로 되어 있다. 의당사는 '① 관청의 명령문 끝에 쓰던 문투, ②으레 그러할 일' 등의 뜻으로 쓰인다.

24) 가경(嘉慶); 중국 청(淸)나라 인종(仁宗) 연호이며, 가경 20년은 한국 순조(純祖) 20년(1820)이다.

25) 입안(立案); 관청에서 발급하는 허가 문서. 입양(入養) 허가서인 예조의 계후 입안(繼後立案)은 '예사(禮斜)'라고 관칭(慣稱)했음. '사(斜)'는 '사지(斜只, 빗기)'의 우리 고유어이다.

26) 계후(繼後); 후사(後嗣)를 잇는 입양(入養).

27) 본조(本曹); 이 입안은 예조에서 했기 때문에 여기서는 예조를 의미한다.

28) 계목(啓目); 임금님께 아뢰는 글에 붙이는 목록.

29) 세우고자 하여; 위양결(爲良結)[ᄒᆞ아져, ᄒᆞ올아져, 하올아져].「뜻」~하고자.

30) 소지(所志); 소장(訴狀) 또는 청원서(請願書).

31) 올렸기에; 위백유거을(爲白有去乙)[ᄒᆞᄉᆞᆸ잇거늘, 하ᄉᆞᆸ잇거늘].「뜻」 ~하왔삽거늘, ~하셨삽거늘, ~하옵셨거늘.

32) 확실하거니와; 시백재과(是白在果)[이ᄉᆞᆸ견과, 이ᄉᆞᆸ견과].「뜻」~이삽거니와, ~이옵거니와.

33) 저는; 의신(矣身)[의몸].「뜻」나, 자신, 본인, 저, 제몸.

34) 이와 동일한 사안인…있도록; 의타입후사소지(依他立後事所志), '이와 동일한 사

기 바랍니다'라고 했고, 밀양에 거주하는 유학 이서백(李瑞伯)이 올린 소지(所志) 안에서 이르기를 '동성 십촌형인 감(堪)이 적처와 첩에게서 모두 아들이 없어, 저의 셋째 아들 도리로 양자를 세우고자 하여 양가가 이에 합의하여 청원서를 올리오니 이와 동일한 사안인 다른 예(例)에 따라 양자를 세울 수 있도록 허락해 주시기 바랍니다'고 했다. 이감(李堪)에 대한 심문(審問) 진술서(陳述書) 안에는 '제가 적처와 첩에게서 모두 아들이 없어, 동성 십촌 아우인 서백의 셋째 아들 도리로 양자를 세우고자 하여 양가가 이에 합의하여 청원서를 올렸음이 확실합니다'라고 했고, 이서백에 대한 심문 진술서 안에는 동성 십촌형인 감이 적처와 첩에게서 모두 아들이 없어, 저의 셋째 아들 도리로 양자를 세우고자 하여 양가가 이에 합의하여 청원서를 올렸음이 확실합니다'고 했으며, 이감과 이서백들의 문장(門長)인 유학 이식(李栻)에 대한 심문 진술서 안에는 '이감이 적처와 첩에게서 모두 아들이 없어, 그의 동성 십촌 아우인 서백의 셋째 아들 도리로 양자를 세우고자 하여 양가가 이에 합의하여 청원서를 올렸음이 확실합니다'라고 되어 있다. 이들 소지와 조목(條目)[35]에 의거하여 살펴보건대 ≪경국대전(經國大典)≫의 양자 세우는 규정에 '적처와 첩에 모두 아들이 없는 자는 관청에 고하여 같은 집안의 지자(支子)로 양자를 삼을 수 있다'고 했고, 그 조문의 주석(註釋)에는 '양가의 아버지가 합의하여 양자를 세울 수 있다'고 하는 기록이 실려 있사오니, 앞의 도리로[36] 이감의 양자를 세우게 하심이 어떠합니까'고 하여 올렸다. 가경 25년 11월 초 2일에 행도승지(行都承旨)[37] 신(臣) 이용수(李龍秀)가 이 일을 담당하여[38] 계목을 첨부하여 임금님께 올리매 계문(啓聞)에 따라 윤허(允許)하신다는 일이 있었기 때문에[39] 정히 입안하여 준

안(事案)에 관하여 타계 후 입안 허가의 예(他繼後立案許可例)에 의하여 계후자(繼後子)로 세울 수 있도록 해주시기 바랍니다'라는 소지(所志).

35) 조목(條目); 사실 확인을 위하여 담당자를 불러서 심문한데 대한 답변서의 요약문.

36) 로; 乙(乙), 주로 쓰임토(目的格助詞)로 씀.

37) 행도승지(行都承旨); 행(行)은 관계(官階)가 높고 관직이 낮은 경우에 벼슬 이름 위에 붙여 일컫는 말.

38) 담당하여; 차지(次知)[ᄎᆞ지, 차지].「뜻」책임자, 사무를 담당한 이, 맡은 이.

39) 일이 있기 때문에; 교사시거유등이(教事是去有等以)[이샨일이거이신들로, 이신 일

다.[40]

【참고】

계후(繼後) 입안(立案)하는 절차는

1) 양가(兩家)에서 계후사를 동의한 후

2) 당사자의 소지(所志)와 합의자의 소지를 관청에 제출하면

3) 관청에서는 당사자의 진술서와 합의자의 조목(條目)을 받아 이 계후사에 이상이 없음을 확인하고 담당 승지(丞旨)를 통해 계목(啓目)을 첨부, 계문(啓聞)하여 임금님의 윤허(允許)를 받은 후에 입안을 발급한다.

서기 1994년 8월 15일 번역

右立案 爲繼後事 曺 啓目節呈 密陽幼學李堪無後 以其同姓十寸弟瑞伯第三子道利 立後爲良結呈狀爲白有去乙 取考兩邊戶口 則入籍的實是白在果 李堪所志內 矣身嫡妾俱無子 同姓十寸弟瑞伯第三子道利欲爲繼後兩家同議呈狀 依他立後事所志 密陽幼學李瑞伯所志內 同姓十寸兄堪 嫡妾俱無子 矣第三子道利欲爲繼後 兩家同議呈狀 依他立後事所志 李堪條目內 矣身嫡妾俱無子 同姓十寸弟瑞伯第三子道利欲爲繼後 兩家同議呈狀的實 李瑞伯條目內 同姓十寸兄堪 嫡妾俱無子 矣第三子道利欲爲繼後 兩家同議呈狀的實 李堪李瑞伯等門長幼學李栻條目內 李堪嫡妾俱無子 其同姓十寸弟瑞伯第三子道利欲爲繼後 兩家同議呈狀的實事 所志及條目 據相考 則大典立後條嫡妾俱無子者 告官立同宗支子爲後 註兩家父同命立之事載錄 向前李道利乙 李堪繼後何如 嘉慶二十五年 十一月 初二日 行都承旨 臣李龍秀 次知 啓依允敎事是去有等以 合行立案者

正郎 佐郎

判書 手決 參判 參議 正郎 佐郎

이었던 바로, 하옵신 일이었던 바로]. 啓依允-相考施行向事(壬壯 53) 依啓-啓事內事意奉審施行向事(潘啓己卯四月)

40) 정히 입안함; 합행입안(合行立案), 정히 입안함.

正郎　　佐郎

매매 문서
土地文記

도광(道光) 10년(1830) 정유(丁酉, 1837) 4월 17일 ○○○와의 계약서

오른쪽 문서는 매매하는 일이다. 내가 긴요하게 쓸 일이 있어서 부득이 와요원(瓦要員)의 정자(丁字) 지번(地番)에 있는 빙천산(氷泉山) 경암등(頸岩嶝) 소나무 밭 등성이 하나 있는 곳을 값을 정하여 돈 7량을 받고 팔았는데, 옛 문서를 중간에 잃어서 새 문서 한 장으로 오른 쪽 사람 앞에 영영 매도하므로 후일 만약 이견(異見)이 있으면 이 문서를 증거로 할 것.

소나무 밭 주인(파는 사람) : 신평록(辛平祿) 수결(手決)
증인 : 김수란(金秀蘭) 수결
증서 쓴 사람 : 박문욱(朴文旭) 수결

道光[41]十年 丁酉 四月 十七日[42]　前明文[43]

右明文 爲放賣事[44] 矣[45]緊有用處 故不得已 瓦要[46]員[47] 丁字[48]氷泉山[49] 頸岩[50]嶝[51] 松田一 嶝一庫乙[52] 折價[53] 錢文[54] 柒兩 交易依數[55]

---

41) 道光; 淸나라 宣宗의 연호.
42) 道光十年 丁酉; 道光 十年은 庚寅(1830)년이고, 道光 17년이 丁酉(1837)년이므로 이 계약서에서는 연대를 잘못 기록한 것이다.
43) 前明文; 명문은 권리를 주장할 수 있는 문서, 즉 증서인데, 前明文은 ○○○ 앞에 계약을 한다는 뜻이다.
44) 事; 일(것).
45) 矣; 나.
46) 瓦要; 지명.
47) 員; 토지 밑에 쓰는 관용어. 들[野 · 所]에 있는 토지라는 뜻이다.
48) 丁字; 天, 地, 玄, 黃… 과 같이 丁字의 地番.
49) 氷泉山; 지명.

捧上是遣56) 舊文記 中間闖失57) 新文記 一丈58) 右人前 永永放賣爲去乎59) 日後 若有雜談60)是去等61) 以此文記憑考 爲臥乎事62)

松山主63) 辛平祿 手決64)

證人 金秀蘭 手決

筆65) 朴文旭 手決

전당 문서
典當文記

광서(光緖) 18년 임진(壬辰, 1892) 윤6월 15일 ○○ 앞에 증서를 씀

위의 명문(明文)은 후일 상고할 것임. 내가 긴요하게 쓸 일이 있어 전해 오던 고모원(古毛員) 3백—결복(結卜) 14짐. 3배미. 3두락의 값을 결정하여 1백 냥을 받아쓰고 ○○ 앞에 전당을 잡히고 3년을 기한하여 돌려받을 뜻으로 이 증서를 써서 후일 상고하게 함.

논 주인 : 유학(幼學) 이기석(李基錫) 수결(手決)

증인 · 필자 : 유학 김두환(金斗煥) 수결

---

50) 顚岩; 지명.
51) 嶝; 산 비탈진 곳.
52) 庫乙; 곳을.
53) 折價; 값을 작정함.
54) 錢文; ① 돈의 표면에 새긴 글자, ② 돈(文, 엽전문).
55) 交易依數; 依數交易. 가격에 맞게 값을 결정하여 매매했다는 뜻. '依數'는 일정한 수에 따름.
56) 捧上是遣; 받고. '捧上'은 '밧자, 받자, 받아들이다'이고, '是遣'는 '이고'.
57) 闖失; 물건을 잃어버림.
58) 丈; 장. 종이나 책 등을 세는 단위. 張과 통용.
59) 爲去乎; 하므로.
60) 雜談; 본래 "이것저것 생각나는 대로 지껄이는 말"이란 뜻인데, 여기서는 '이견(異見)'이란 뜻.
61) 是去等; 이거든.
62) 爲臥乎事; 하는 일.
63) 松山主; 소나무 밭 주인. 즉 소나무 밭을 파는 사람.
64) 手決; 옛날에 도장 대신으로 자기 성명이나 자기 직함 아래에 쓰는 일정한 자형.
65) 筆; 이 증서를 쓴 사람.

추세조는 매년 일정하게 다섯 말씩으로 정함.

光緖[66]十八壬辰 閏六月 十五日 前明文[67]

右明文 爲後考事[68] 緊有用處 故傳來畓古毛[69]員[70] 三百 卜[71]則 十四負 三夜[72] 三斗落[73]庫乙[74] 價折[75]錢文[76] 壹佰兩 依數捧用[77]是遣[78] 右前[79]典執[80]爲去乎[81] 限三年內 還退[82]之意 成文記 爲後考事

畓主 幼學[83] 李基錫 手決

證筆[84] 幼學 金斗煥 手決

追貰租段 每年 串五斗式 爲定事

화의 문서

66) 光緖; 淸나라 德宗의 연호. 光緖 十八 壬辰(1892, 高宗 29).
67) 前明文; 계약 증서.
68) 事; 일.
69) 古毛; 지명(地名).
70) 員; 토지 밑에 붙여쓰는 관용어 ○○들[所 · 野]에 있는 토지.
71) 卜; 짐. 조세(租稅)를 매기기 위한 논 밭의 면적을 나타내는 단위. 한 줌이 1줌[把], 10줌이 1뭇[束], 10뭇이 1짐[負](혹은 '卜'이라고도 한다) 1백 짐이 1목[結](俗音 먹), 8목이 1주비[夫](혹은 '矣'로 쓰고 '주비'로 읽는다). 이를 통틀어 결복(結卜)이라고 한다.
72) 夜; 논배미(夜味 · 裵味 · 밤이)의 이두식(吏讀式)표현. 논의 한 구역.
73) 三斗落; 서 말의 씨앗을 뿌릴 수 있는 면적. 落只, 지기. 논의 면적의 단위 이름. 가령 씨앗 한 말을 뿌릴 수 있는 면적이면 한 마지기(1斗落)라고 한다.
74) 庫乙; 곳을.
75) 價折; 값을 작정함.
76) 錢文; 돈.
77) 捧用; 받아씀. 돈이나 물건을 거두어 받아서 씀.
78) 是遣; 이고.
79) 右前; 위의 ○○ 앞에(에게).
80) 典執; 전당(典當)을 잡히거나 잡음.
81) 爲去乎; 하므로.
82) 還退; 샀던 것을 도로 무름.
83) 幼學; 벼슬하지 않은 선비.
84) 證筆; 증서의 증인과 필자.

和議標記

무술(戊戌) 11월 23일 화의 문서

위의 표기는 화의하는 일이다. 나의 친산(親山)이 위의 ○○ 집 친산과 지극히 가깝고 중요한 곳에 침입하였는데 시비가 일어나 대질할 때에 돌이켜 생각해보니 잘못이 나에게 있었다. 다투는 것이 화의하는 것만 못하므로 결복(結卜) 밭 다섯 마지기의 값을 결정하여 돈 50량을 한정하고 위의 ○○ 앞에 매입할 뜻으로 이와 같이 계약하므로 이후에 만약 이의가 있으면 이 표기로 증거 삼을 것.

戊戌 十一月 二十 三日 和好[85]標記[86]

右標 爲好議事 僕之 親山 入於右宅親山至近要害之處[87] 至於呈卞[88] 待質之際 反而自思 則曲在我也 故訟不如和好 而曲淵員[89] 卜則 田五斗只[90] 價折錢文伍拾兩爲限是遣 右前 買入之意 如是成標 爲去乎 以後 若有雜談 以此標 憑考事

標主 尹萬善 喪不着[91]

證 金景燁 手決

---

85) 和好; 사이가 좋게 함. 화의(和議).

86) 標記; 어떤 사실의 내용을 증명할 수 있도록 기록함. 또는 그 기록.

87) 要害處; 중요한 부분.

88) 呈卞; 변명하여 시비를 가림.

89) 曲淵員; 곡연은 지명. 원은 토지 밑에 사용하는 관용어. ○○들[野·所]에 있는 토지라는 뜻.

90) 田五斗只; 밭 다섯 마지기. '지(只)'는 '두락지(斗落只)'의 준말.

91) 喪不着; 상중(喪中)이기 때문에 착함(着銜) 하지 않음.

소송문(訴訟文)[92]

(갑 제9호 중 2)

금호재 상량문
金湖齋上樑文

지난 날 은거하여 즐긴 것은 후손에게 준 참으로 좋은 계책이었고, 이제 봄이 되어 꽃 핀 나무가 번성하는데 여기에 모여 축하 노래하게 되었구나. 집은 우뚝하고 호수와 산은 더욱 빛나네.

아, 우리 파평(坡平) 윤씨(尹氏)는 경기 지방의 오래 된 집안이요, 태사공(太師公)의 먼 후손이라. 신라 때부터 지금 왕조에 이르기까지 혁혁(赫赫)한 고관대작(高官大爵)이 서로 이었고, 진사공으로부터 이곳에 살아 후손이 면면(綿綿)히 번성하였네. 진실로 가깝고 먼 사이가 다르지 않아 범중엄(范仲淹)처럼 전택(田宅)이 반드시 균등하게 되고, 융성하고 쇠퇴함이 일정하지 않으니 우공(于公)처럼 대문간을 크게 지어야 하리로다. 저 금산(金山)과 낙호(洛湖)의 그윽함을 바라보니, 큰 집을 짓고 학문을 연마할 만하구나. 오동나무 빽빽하여 비와 이슬이 내릴 때 조상을 추모하여 슬퍼하는 마음 배나 더하고, 송죽(松竹)이 둘러싸서 풍상(風霜)에도 지조를 지킴이 사랑스럽구나. 산길을 따라 대(臺) 위에 올라보니 신선의 자취 완연히 남아 있고, 물의 근원을 거슬러 올라가서 굴(窟)을 보니 용의 혼

---

92) 이 글은 1991년 1월 15일 부산고등법원 제 2민사부 재판장 판사 이보환, 판사 권오봉, 판사 배용범의 연명으로 본인에게 번역 감정을 의뢰해 온 것을 번역한 것이다. '번역 감정인 지정 공문', '번역 감정 위촉 공문', '정본 확인 공문' 등은 여기에 싣지 않았다. 그리고 번역문 중에서 '부동산 목록'(갑 제9호 중4), '위토대금 출성록'(갑 제9호 중5), '유사록'(갑 제9호 중6) 등도 역시 여기에 싣지 않았다.

령이 서려 있네. 비오기 전에 힘써 일하여 거의 하루가 되기 전에 일을 마쳤도다. 꾸미는 것은 계단을 쌓고 섬돌을 놓을 만하니 옛 관례대로 하는 것이 어떠하며, 기른 나무는 마룻대와 들보로 쓸 만하니 다른 데서 구할 필요가 없구나. 좋은 땅은 옛날 빈후(豳后)가 넘어가 산 곳과 같으니 어찌 귀신이 숨겨둔 곳이 아니며, 좋은 시절은 요(堯)임금의 백성들이 겨우내 방 속에 모여 있다가 바깥으로 흩어져나갈 때처럼 봄날을 맞았구나. 집짓기를 속히 해서 일을 하고, 아름다운 공력을 다투어서 능력을 나타내도다. 바람 나는 도끼와 달과 같은 도끼로 지휘하여 모두가 법도에 어긋나지 않게 하고, 따듯한 방과 서늘한 창을 지었으니, 어찌 계절에 맞추어 거처하지 않겠는가. 단청을 하지 않은 것은 선조들의 검소했던 뜻을 따름이요, 거문고와 노래를 연주하는 것은 옛 풍속의 태평스러움을 좇음이로다. 이를 일러 '뜻이 있으면 마침내 이루어진다' 고 하는 것이니, 어찌 격에 어울리는 이름을 붙이지 않겠는가. 땅에 가득히 뜬 빛은 아래위로 파문을 따라 움직이고, 별천지의 성한 열기는 모두가 물기운을 따라 함께 흐르는구나. 고금(古今)의 경전과 역사책이 있으니 참된 선비가 다시 태어날 듯하고, 좌우엔 술병과 술잔, 붓과 먹이 있으니 어언간에 귀한 손님들이 오시겠구나. 아득히 경계(境界)는 높고, 확연(廓然)히 흉금(胸襟)도 트이는구나. 창문은 허공에 걸려 칠점산(七点山)과 삼차강(三叉江)이 바둑판처럼 펼쳐져 있고, 주렴(珠簾)은 먼 곳을 바라보아, 긴 다리가 너른 들판에 무지개처럼 뻗쳐 있네. 초목(草木)의 잠시뿐인 모습은 세상의 변화에 맡겨 두고, 소리개 날고 물고기 뛰는 활기찬 모습은 천리(天理)의 운행(運行)을 즐기겠구나. 이에 상량(上樑)의 노래지어 들보 올리는 소리를 돕노라.

어기여차, 들보 동쪽을 바라보니
단풍산이 하늘에 이어 아침해에 붉었구나.
가을이 다가와서 서리 단풍 짙을 적에
온 산에 자줏빛이 몇 배나 영롱하네.

어기여차, 들보 남쪽을 바라보니
통덕랑공(通德郎公)의 높은 무덤에 채색 남기(嵐氣) 일어나네.
번변찮은 채소 캐어 제사 올리니
정성에 신령이 이르는 이치 분명하구나.

어기여차, 들보 서쪽을 바라보니
가락의 옛 도읍에 해가 저무네.
시골 늙은이 맥수가(麥秀歌, 亡國恨의 노래) 불러대니
지하(地下)의 백이(伯夷) 숙제(叔齊) 괴롭힐까 두렵구나.

어기여차, 들보 북쪽을 바라보니
낙동강이 도도(滔滔)히 남쪽으로 흘러가네.
듣건대 출발점은 조그만 못이라지만
바다로 들어가면 깊이를 헤아리랴.

어기여차, 들보 위로 바라보니
중천(中天)의 상서로운 해 만상(萬狀)을 비추네.
뜬구름 하늘을 가린다고 말하지 마오.
잠깐 후에 바람 불면 맑고 넓게 개이리라.

어기여차, 들보 아래로 바라보니
뽕나무 가래나무 지금까지 마을을 둘러 있네.
선조 후손 기맥 이어 끊어지지 않았으니
조상 세업 지켜 가는 기구업(箕裘業)이 전하리라.

엎드려 원하건대, 들보를 올린 후로는 경사스러운 기운이 왕성하게 밀려오고, 뛰어난 인물이 찬란하게 해 주옵소서. 학업이 일찍 이루어져 모두가 지란(芝蘭) 난곡(鸞鵠)과 같은 아름다운 명성이 있고, 복록(福祿)이 바야흐로 이르러 소나무 잣나무와 같이 무성하며 높은 언덕과 같이 복이 많으라는 송축(頌祝)이 있으리라. 즐거운 일이 이백(李白)의 도리원(桃李園)과 같으니 백대(百代)까지 천륜(天倫)을 충분히 펼칠 수 있고, 경영하는 일은 두보(杜甫)의 큰 집과 같으니, 만 칸의 큰 집에 한미한 선비를 수용해야지. 기필코 계속 중수하여 썩지 않게 하고, 길이길이 복을 받아 평안하게 하옵소서.

병자년(丙子年, 1936) 2월 초2일
전참봉(前參奉) 정재성(鄭載星) 지음

粤昔菟裘寓樂, 實維貽厥之嘉謨; 方春花樹向榮, 矧又聚斯之善頌. 棟宇聳觀, 湖山增賁. 緊我坡平氏. 畿服故家, 太師遙胄. 自羅代逮本朝, 赫赫簪纓之相襲; 由上庠寓玆土, 緜緜柯葉之式繁. 固親疏不貳, 范公之田宅必均; 雖隆替靡常, 于相之門閭可大. 眷彼金湖窈窕, 宜其鉅室藏修. 楸梧密邇, 倍悽雨露嬰懷; 松竹環圍, 聊愛風霜持節. 遵山逕而陟臺, 偃躅宛留; 溯水源而窺窟, 龍靈尙蟄. 旣拮据於未陰, 庶經營於不日. 粧點皆可階可砌, 何如舊貫; 裁培已宜棟宜樑, 不必他求. 名區愜爾后昔逾, 詎匪鬼神慳秘; 吉月値堯民初析, 允宜龜筮協從. 亟程功而賦事, 競嬋功而效能. 風斤月斧之指揮, 倂不背乎矩繩; 燠室凉窓之展拓, 盍各隨乎節序. 丹雘不施, 克念先規之師儉; 絃歌足奏, 聿追古俗之昇平. 是云有志而竟成, 盍取稱情而肇錫. 滿地浮光, 上下逐波紋而交躍; 別天潦熱, 有無與水氣而幷流. 古今經史圖書, 或者直儒復作; 左右壺觴觚墨, 於焉嘉客賁臨. 超然境界儘高, 廓爾襟胸頓濶. 戶牖憑虛, 七點三叉棋置而練鋪; 簾櫳挹遠, 長橋平野虹亘而烟褭; 草木須臾光景, 付世機之變幻; 鳶魚活潑形容, 翫天理之流行. 肆陳偉唱, 用助邪呼.

兒郎偉抛樑東　　楓嶽連天曉旭紅.
待到秋晨霜葉晚　　滿山光紫倍玲瓏.

兒郎偉抛樑南	通德嵬墳起彩嵐.
采采蘋蘩供歲薦	誠存神格理昭森.
兒郎偉抛樑西	駕洛遺都日欲低.
野老尋常歌麥秀	恐教幽底惱夷齊.
兒郎偉抛樑北	洛水滔滔南瀉直.
聞說潢池最是源	歸流放海深難測.
兒郎偉抛樑上	瑞日中天昭萬狀.
休道浮雲易蔽空	少焉風簸還淸曠.
兒郎偉抛樑下	至今桑梓遶村社.
欲知氣類儘無間	箕有弓兮裘有冶.

伏願上樑之後. 佳氣氤氲,英材彬蔚. 學業夙成, 揔是芝蘭鸞鵠之令譽; 茀祥方至, 庶幾松栢岡陵之善禱. 樂事同李園, 優可敍天倫於百代; 經綸擬杜厦, 那由容寒士於萬間. 期嗣修而不朽, 賴永錫而相安.

丙子 二月 初二日

前參奉 鄭載星 撰

금호재 주련시 십 편
金湖齋柱聯詩拾片

만 권의 쌓은 장서는 자제(子弟)에게 마땅하고
한 술통에 만족한 뜻은 뽕나무[養蠶]와 삼[紡績]을 이야기하네.

옛 학문 궁구하니 더욱 뜻이 깊고
사귀는 정을 나누니 한층 맑고 새롭구나.

상서(尙書)의 맑은 절개는 의관(衣冠)의 후예요,
처사(處士)의 풍류는 수석(水石)사이에 있네.

좋은 계책으로 나라를 안정시켜 청사(青史)에 남아 있고
훌륭한 일을 가문에 전하여 옛 풍습이 있구나.

마을에는 예양(禮讓)이 이미 풍속을 이루었고
뜻은 소박하여 부화(浮華)함을 누르네.

萬卷藏書宜子弟　一樽滿意說桑麻.
舊學商量加邃密　交情把玩轉淸新.
尙書淸節衣冠後　處士風流水石間.
嘉謨定國垂靑史　盛事傳家有素風.
鄕閭禮讓已成俗　意象簡樸足鎭浮.

(갑 제9호 증3)

금호재 창건 일기
金湖齋創建日記

■ 시조께서 탄생하신 지 1,048년이 되는 정묘(丁卯,1927) 10월 16일 용당리(龍塘里)의 앞산에 있는 통덕랑공(通德郞公) 명은(鳴殷)의 묘제(墓祭)를 행하고 음복(飮福)이 끝난 뒤 사손(嗣孫) 용(溶)과 경(涇)이 재실(齋室) 창건을 회의석상에서 발의하자 이구동성으로 모두가 찬성하였다.

■ 3년 후 경오(庚午, 1930) 3월 15일, 용동리(龍洞里) 종가(宗家)에서 문중회의(門中會議)를 열어 창건 자금을 모으는 방침을 협의하여 호당(戶當) 벼 5말씩 거두기로 정하였다. 이것을 거두어들이는 유사(有司; 실무자)는 대천리(大川里)의 윤경(尹涇), 윤봉(尹漨)과 용동리의 윤용(尹溶), 윤주(尹洲)와, 용당리의 윤영원(尹永原), 윤찬의(尹讚儀)와 김해군(金海郡) 대저면(大渚面) 사두리(司斗里)의 윤한(尹澣)과, 같은 군 같은 면 평강리(平江里)의 윤용(尹湧), 윤용(尹滽)과, 같은 군 같은 면 대지리(大地里)의 윤정(尹汀)과, 같은 군 같은 면 소덕리(小德里)의 윤발의(尹發儀)로 선정하였다.

이 해 11월 10일에 일을 맡은 유사 전원이 동원되어 배정한 벼를 거두는 일에 착수하였다.

■ 임신(壬申, 1932) 11월 20일, 용당리 윤영원의 집에서 문중회의를 열어 재실 짓는 주요 유사를 선정하였다.

도유사(都有司) 겸 장재유사(掌財有司) : 윤용(尹溶)

문서(文書) 겸 회계유사(會計有司) : 윤찬의(尹讚儀)

외무유사(外務有司) : 윤경(尹涇), 윤광(尹洸)

감역유사(監役有司) : 윤영원, 윤봉(尹漨), 윤형(尹瀅), 윤주(尹洲)

■ 계유(癸酉, 1933) 10월 18일, 배정한 벼를 모두 거두어 들였다.

■ 갑술(甲戌, 1934) 3월 10일, 모든 유사들이 용동리 종가에 모여, 거두어들인 벼를 처분하기로 결의하고, 곧 그 날 매각하였다.

■ 을해(乙亥, 1935) 3월 5일, 모든 유사들이 용당리 윤 영원의 집에 모여 재실의 위치와 지을 날 받을 유사로 윤영도(尹永濤)를 선정하였다. 이 해 5월 8일, 재실을 지을 재목의 보조로 쓸 자재로 본면(本面) 수정리(水亭里) 허 찬(許讚)의 몸채 1동(棟)을 사들였다.

이 해 8월 18일, 모든 유사들이 용동리 종가에 모여 재실 건축의 동수(棟數)와 간수(間數), 위치를 협의하여, 위치를 용당리 율전등산(栗田嶝山)으로 정하였다. 이 산의 소유자는 동래읍(東萊邑)에 사는 일본인(日本人) 서전풍조(西田豊助)인데, 매수하는 데는 윤찬의와 윤보(尹輔)를 교섭유사를 선정하였다. 같은 달 20일, 두 유사를 산의 주인이 있는 곳으로 보내었으나 이 날은 매수하지 못하고, 3번이나 왕래하여 같은 달 28일에 매수하였다.

이 해 9월 12일, 모든 유사들이 용동리 종가에 모여 재목 채벌을 감독하는 유사로 윤 찬의와 윤 봉을 선정하였다. 다음 13일, 윤 봉은 대천(大川) 종산(宗山)에서, 윤 찬의는 용당 앞산에 나무 길러 둔 곳과 율전등산에서 각각 채벌하게 하였다. 같은 해 10월 5일, 재목 채벌하는 일을 완료하였다.

이 해 10월 19일, 목공으로 양산군(梁山郡) 원동면(院洞面) 이천리(梨川里) 하기남(河奇男)과 조정규(趙貞奎)를 청하여 와서 재료를 임시로 다듬는 일에 착수하였다. 같은 해 11월 20일을 마쳤다.

이 해 12월 10일, 모든 유사와 문중 사람들이 모두 용당리 율전등산에 모여 재실의 좌향(坐向)과 문로(門路)를 의논하여, 건좌(乾坐) 손향(巽向)의 건문(乾門, 동남향)으로 결정하였다. 즉석에서 집짓는 택일(擇日)은 윤영도에게 맡기고 상량문(上樑文)은 거창군수(居昌郡守) 윤관(尹灌)에게 맡기어 정재성(鄭載星)에게 받기로 하였다. 그리고, 모든 제물유사(祭物有司)와 제관(祭官)들을 선정하였다.

제물 담임 유사(祭物擔任有司) : 윤 찬의

제관 : 윤준의(尹俊儀)

독축(讀祝) : 윤경(尹涇)

집사(執事) : 윤영원, 윤봉, 윤광, 윤주

이 달 16일 신묘(辛卯), 묘시(卯時)에 개기제(開基祭)를 올렸다.

이 달 19일, 용당리 윤영원의 집에서 문중회의를 열어 공사에 참여할 사람을 배정하였는데, 본 면 안에 거주하는 친족은 매호(每戶) 7일씩, 다른 군, 면, 리에 거주하는 친족은 6일씩 하기로 하였다.

이 달 24일, 유사 윤영원과 윤봉이 인부를 동원하여 땅 고르기 작업에 착수하였다.

■ 병자(丙子, 1936) 1월 10일, 도목수(都木手)로 김해군 하동면(下東面) 조눌리(鳥訥里)의 배종립(裵鍾立)을, 부목수(副木手)로 같은 군 대저면 출두리(出斗里)의 하윤흥(河允興)을 정하였다.

다음 11일, 두 목수가 각각 부하 목수 6명씩을 거느리고 와서 도유사 윤용의 지휘하에 나무 다듬는 일에 착수하였다.

이 달 12일, 유사 윤 찬의가 인부를 거느리고 수정리(水亭里)로 가서 허 찬의 몸채를 헐고 재목과 기와를 운반해 왔는데, 그날로 일을 마쳤다.

이 달 13일, 유사 윤 영원과 윤 찬의가 본 면 구포리(龜浦里) 최준도(崔俊道) 소유의 본 면 만덕(萬德) 입구 산에서 대들보 한 주(株)를 사서 베어 가져왔다. 다음 14일, 환주(丸柱) 한 주(株)를 본 면 구포리 신 영조(申永祚) 소유의 본 면 만덕리 입구 산에서 베어 가져왔다.

이 달 16일, 유사 윤 봉이 재목 매수차 양산군 원동면 이천리로 갔다. 유사 윤 찬의와 윤 광은 환주 한 주를 매수하기 위해 본 면 구포리의 설 경해(薛慶海)가 있는 곳으로 갔으나 그는 운수사(雲水寺)에 기도하러 가고 없었다. 두 유사는 곧바로 운수사로 가서 직접 만나 부탁하였더니 그는 거의 반쯤 승락하였다. 다음 17일에 다시 가니 그는 전혀 허락하지 않아서 두 유사는 부득이 그냥 돌아왔다.

이 달 18일, 유사 윤영원과 윤찬의가 환주 한 주를 사러 청도군(淸道

郡) 이서면(伊西面) 수야리(水也里) 김경배(金敬培)의 집에 가서 그날로 사서 돌아왔다. 이 날 유사 윤봉이 양산군 원동면 이천리에서 재목을 사서 돌아왔다. 또 땅 고르기 작업도 완료하였다.

이 달 19일, 유사 윤찬의가 인부를 거느리고 청도군 이서면 수야리(水也里) 김 경배 소유의 본 면 수정리 동두산(東豆山)에서 환주 한 주를 베어 왔다. 또 본 면 덕천리(德川里) 고성산(古城山) 산수(山壽)의 산소에 길러둔 곳에서 짧은 들보 한 주를 베어 왔다. 유사 윤광은 부산(釜山)으로 가서 환주와 여러 재목을 사 가져 왔다. 이 날, 본 면 구포리 신영조(申永祚)와 청도군 이서면 수야리 김 경배의 기증금을 받고 그날로 감사장을 보냈다.

이 달 20일 갑자(甲子), 신시(申時)에 정당(正堂)과 대문간에 초석을 놓았다.

21일 을축(乙丑)에 유사 윤 봉의 감독 하에 담 쌓는 일을 시작하였다.

24일 무진(戊辰), 진시(辰時)에 정당과 대문간에 기둥을 세웠다.

26일, 모든 유사가 공사장에 모여 상량제(上樑祭)의 제수, 그리고 손님 청하는 등의 일과 제사 지낼 절차를 논의하고 제사 지낼 유사를 정하였다.

제물유사 : 윤찬의

제관 : 윤준의

독축 : 윤경

집사 : 윤영원, 윤봉, 윤광, 윤주

2월 1일, 거창군수 윤관이 상량문을 가지고 눈을 무릅쓰고 공사장으로 왔다. 2일 병자(丙子), 묘시(卯時)에 정당과 대문간에 대들보를 올리고 이어 상량제를 올렸다. 종중의 모든 사람과 인근 마을의 내빈이 그 수를 알 수 없을 정도로 많았다. 내빈 대표로 본 면 화잠리(華岑里) 양기택(楊基澤)과, 같은 마을 임장원(林璋遠)의 축사가 있었고, 도유사 윤용이 답사를 하였다. 눈을 쓸고 자리를 베풀어 주인과 손님이 어울려 앉아 즐기다가 오후 2시경에 자리를 파했다.

2월 10일, 목수 배 종립이 부하 4명을 거느리고 고지기집 재목을 다듬었다. 하윤홍은 부하 2명을 거느리고 중문간의 재목을 다듬었다. 도유사 윤용은 본 면 구포리의 기와 파는 사람 김중선(金仲善)의 상점으로 가서 정당과 고지기집 중문간의 기와를 사 왔다.

2월 15일 기축(己丑) 사시(巳時)에 중문간에 기둥을 세우고 들보를 올렸다.

2월 16일 경인(庚寅)에 고지기집에 초석을 놓았는데, 곤좌(坤坐) 간향(艮向, 동북향)으로 하였다.

2월 17일 신묘(辛卯)에 고지기집에 기둥을 세웠다. 같은 날 정당과 고지기집 중문간에 쓸 기와를 모두 가져 왔다.

2월 18일에 모든 유사와 문중 사람들이 용동리 종가에 모여 성금 걷을 일을 의논하였다. 이 자리에서 성금이 많이 모였다. 같은 날 기와공으로 함안읍(咸安邑) 내의 조화익(趙華益)과 대천리의 안명복(安命福)을 정하였다.

2월 19일 계사(癸巳)에 기와공 조화익이 대문간 한 동(棟)에 기와를 얹었다.

2월 20일 갑오(甲午)에 기와공 조화익이 정당 한 동에 기와를 얹었다.

2월 21일 을미(乙未), 사시(巳時)에 고지기집에 들보를 올렸다. 같은 날 토공(土工)으로 김해군 대저면 출두리(出斗里)의 김수곤(金守坤)과 대천리의 안명복을 정하였다.

2월 22일 병신(丙申)에 김수곤이 정당에 흙 바르는 일을 하고, 안 명복이 대문간에 흙 바르는 일을 했다.

2월 23일에 거창군수 윤 관이 상량문과 여러 현판의 글씨를 통영군(統營郡) 거제읍(巨濟邑) 동상리(東上里)의 성파(星坡) 하동주(河東洲)에게서 받아 왔다.

2월 24일에 현판용 나무를 사러 유사 윤용과 윤영원이 부산으로 가서 그날로 사 왔다.

2월 26일에 거창군수 윤 관이 부탁한 현판 조각사인 마산부(馬山府)

표정(俵町)의 서정현(徐貞賢)이 와서 조각 요금을 정하였다.

2월 28일에 금호재(金湖齋) 현판 나무 한 매(枚)를 조각사 서정현의 집으로 실어 보냈다. 같은 날 여러 철물을 구입하러 유사 윤용이 대구(大邱)에 갔다 왔다.

2월 29일 임인(壬寅)에 기와공 안 명복이 중문과 고지기집 기와를 얹었다.

3월 10일에 토공 안 명복이 중문과 고지기집에 흙 바르는 일을 하였다.

3월 15일 무오(戊午)에 현판 조각사 서정현이 금호재 현판 한 매의 조각을 완료하여 실어 왔다. 같은 날 대문 개문식(開門式)을 거행하였다.

3월 16일에 조각사 서정현이 여러 현판의 조각에 착수하였다.

3월 28일에 목공의 일이 끝났다.

3월 29일에 담 쌓기와 기와 얹기가 끝났다.

윤3월 4일에 토공의 일이 거의 끝났다.

윤3월 5일에 목공, 와공, 토공에게 임금을 지불하였다.

4월 6일에 현판 조각하는 일이 끝났다.

4월 8일 경술(庚戌)에 여러 현판을 달고 이어 준공식을 거행하였다.

이 해 6월 8일 병오(丙午)에 폭풍우로 인하여 기와가 뒤집혀 깨어지고 담장이 무너졌다.

■ 정축(丁丑, 1937) 3월 15일에 화수계(花樹稧)의 모임 자리에서 재실 중수(重修)의 일을 의논하여 유사를 선정하였는데, 건축 당시의 모든 유사를 그대로 맡기기로 하였다.

4월 15일에 기와공은 함안읍의 조화익으로, 토공은 본 면 대천리의 안명복으로 정하고, 다음 16일에 수리하는 일을 시작하였다.

4월 28일에 중수의 일을 마쳤다.

6월 6일에 도배하는 사람을 본 면 대천리의 최학룡(崔學龍)으로 정하고, 다음 7일에 도배하는 일을 시작하여 같은 달 14일에 일을 마쳤다.

이 달 15일에 모든 유사가 재실에 모여 공사비와 중수비를 회계하였다.

■ 무인(戊寅, 1938) 2월 1일에 윤용, 윤영원, 윤봉의 지휘하에 대천리 용당에 사는 친족들이 총동원되어 정문 앞의 좌우에 배일홍과 수양버들을 심고, 정당 뒤뜰에는 대나무와 여러 잡목을 심었으며, 동쪽 담 바깥에는 구기자 수십 주를 심었다. 이 달 5일에 윤보의(尹輔儀)와 윤양(尹洋)이 각각 벽오동 한 주씩을 구하여 정문 앞의 좌우에 심었다.

■ 기묘(己卯, 1939) 2월 1일에 윤용과 윤영원의 지휘하에 용당의 친족들을 모두 거느리고 정당 뒤뜰에 대나무를 심었다.

이 해 3월 6일에 윤용과 윤영원의 발의와 감독하에 정문 앞에 계단을 길다란 돌로 21단을 만들었다.

■ 경진(庚辰, 1940) 2월 2일에 윤용과 윤영원이 부산 횡산(橫山) 식물원(植物園)으로 가서 청홍(青紅)의 단풍나무와 산앵두나무, 수양버들, 기타 묘목 수십 종과 화초 묘목 수십 종을 사 왔다. 다음 3일에 위 두 사람의 지휘하에 용당의 친족들이 모두 나와 정당 안의 전후좌우에 심었다.

이 해 3월 15일에 화수계 모임에서 재실 지을 때의 유사들이 모든 수입금과 지출금을 총합하여 회계하였다.

■ 始祖降生 一千四十八年 丁卯 十月 十六日 行龍塘里 案山 通德郎公諱鳴殷墓祭 飮福訖 嗣孫溶及涇 發論齋室刱建于會席 異口同聲 一齊讚應

■ 越三年 庚午 三月 十五日 開門會于龍洞里宗宅 協議刱立資金鳩聚方針每戶平等租五斗式 據出爲定 右收合有司 大川里 尹涇 尹㴖 龍洞里 尹溶 尹洲 龍塘里 尹永原 尹讃儀 金海郡大渚面 司斗里 尹澣 仝郡 仝面 平江里 尹湧 尹潚 仝郡 仝面 大地里 尹汀 仝郡 仝面 小德里 尹發儀 選定

是年 十一月 十日 擔任有司 全員 總動 排定租收合着手

■ 壬申 十一月 二十日 開門會于龍塘里 尹永原宅 擇定齋室營建主要有司都有司兼掌財有司 尹溶 文書兼會計有司 尹讃儀 外務有司 尹涇 尹洸

覽役有司 尹永原 尹潫 尹瀅 尹洲

■癸酉 十月 十八日 排定租完收

■甲戌 三月 十日 諸有司 會合于龍洞里宗宅 收合租處分決議 卽日賣却

■乙亥 三月 五日 諸有司 會合于龍塘里 尹永原宅 齋室位置 及營建年運選擇有司 尹永濤 選定

是年 五月 八日 齋室營建材木補用事 本面水亭里 許讚 正寢一棟買受

是年 八月 十八日 諸有司 會合于龍洞里宗宅 齋室營建 棟數 間數 位置協議 而位置 定于龍塘里 栗田嶝山 仝山所有者 東萊邑居 日人西田豊助也 以買受次 尹讚儀 尹輔儀 交涉有司 選定 仝月 二十日 兩有司 送于山主處 是日不得買受 凡三次往來 仝月 二十八日 買受

是年 九月 十二日 諸有司 會合于龍洞里宗宅 材木採伐監督有司 尹讚儀尹潫 選定 翌十三日 尹潫 大川宗山 尹讚儀 龍塘案山 禁養內及栗田嶝山 各使採伐 仝年 十月 五日 材木採伐役完了

是年 十月 十九日 請來木工梁山郡 院洞面 梨川里 河奇男 趙貞奎 材料假治木着手 仝年 十一月 二十日 畢役

是年 十二月 十日 諸有司 及門中僉員 齊會于龍塘里 栗田嶝山齋室 坐向及門路議論 而乃乾坐巽向乾門決定也 卽席營建 擇日 任尹永濤 樑頌文 託居昌倅尹灌 請受于鄭載星 仍選諸祭物有司及祭官 祭物擔任有司尹讚儀 祭官 尹俊儀 讀祝 尹涇 執事 尹永原 尹潫 尹洸 尹洲

是月 十六日 辛卯 卯時 奠開基祭

是月 十九日 開門會于龍塘里 尹永原宅 排定營建役夫 本面內各居族 每戶七日式 他郡面里居族 每戶六日式

是月 二十四日 有司 尹永原 尹潫 發役夫 着手地平役

■丙子 正月 十日 定都木手 金海郡 下東面 烏訥里 裵鐘立 副木手 仝郡大渚面 出斗里 河允興 翌十一日 兩木手 各率部下木手六人 都有司 尹溶指揮下 治木着手

是月 十二日 有司 尹讚儀 率役夫 往水亭里 毁破許讚正寢材木及盖瓦運搬而來 卽日畢役

是月 十三日 有司 尹永原 尹讚儀 買大樑一株於本面龜浦里 崔俊道所有 本面 萬德入口山 伐而運來 翌十四日 買丸柱 一株於本面 龜浦里 申永祚所有 本面 萬德里 入口山 伐而運一株

是月 十六日 有司 尹滏 以材木買受次 往梁山郡 院洞面 梨川里 有司 尹讚儀 尹洸 買丸株一株次 往本面 龜浦里 薛慶海處 則巨去雲水寺 祈禱次而不在 兩有司 卽往雲水寺 面對請買 巨幾半諾 而翌十七日 又往 則巨全然不諾 兩有司 不得已歸

是月 十八日 有司 尹永原 尹讚儀 買丸柱一株次 往淸道郡 伊西面 水也里 金敬培宅 卽日買受而歸 是日 有司 尹滏 買材木 自梁山郡 院洞面 梨川里 而歸來 又地平役 完了

是月 十九日 有司 尹讚儀 率役夫 淸道郡 伊西面 水也里 金敬培所有 本面水亭里 東豆山 伐丸株一株運來 又往本面 德川里 古城山 諱山壽山所禁養內 伐短樑一株而運來 有司 尹洸 往釜山 丸柱及諸材木 買而運來 是日受本面 龜浦里 申永祚 及淸道郡 伊西面 水也里 金敬培 寄贈金 卽日 致賀狀送呈

是月 二十日 甲子 申時 正堂及大門間列礎

二十一日 乙丑 有司 尹滏 監督下 始垣墻築造役

二十四日 戊辰 辰時 正堂及大門間 立柱

二十六日 諸有司 會于役所 議上樑祭 祭需及請賓等事 行祀範儀 定行祀有司 祭物有司 尹讚儀 祭官 尹俊儀 讀祝 尹涇 執事 尹永原 尹滏 尹洸 尹洲

二月 一日 居昌倅尹灌 持上樑文 冒雪而來役所 二日 丙子 卯時 正堂及大門間上樑 因行上樑祭 宗中僉員及隣里來賓 不知其數而多 來賓代表本面華岑里 楊基澤 仝里 林璋遠 有祝賀辭 都有司 尹溶 答辭 掃雪設席 主賓幷座歡樂 午后二時頃 撤席

二月 十日 木手裵鐘立 率部下四人 治庫子舍材木 河允興 率部下二人 治中門間材木 都有司尹溶 往本面 龜浦里 製瓦商 金仲善店 正堂及庫子舍 中門間 盖瓦買受

二月 十五日 己丑 巳時 中門間 立柱 上樑

二月 十六日 庚寅 列礎於庫子舍 坤坐 艮向

二月 十七日 辛卯 庫子舍 立柱 仝日 正堂及庫子舍中門間用 盖瓦全部 運來

二月 十八日 諸有司 及門中僉員 會合于龍洞里宗宅 議獻誠金受合事 仝席上 獻誠金多數集合 仝日 定盖瓦工 咸安邑內 趙化益 及大川里 安命福

二月 十九日 癸巳 瓦工 趙化益 瓦于大門間一棟

二月 二十日 甲午 瓦工 趙化益 盖瓦于正堂一棟

二月 二十一日 乙未 巳時 庫子舍 上樑 仝日 定土工 金海郡 大渚面 出斗里 金守坤 大川里 安命福

二月 二十二日 丙申 金守坤 土役于正堂 安命福 土役于大門間

二月 二十三日 居昌倅 尹灌 借上樑文書及諸懸板書于統營郡 巨濟邑 東上里 河東洲 星坡筆 來着

二月 二十四日 懸板用 材木 求買次 有司 尹溶 尹永原 往釜山 卽日買來

二月 二十六日 居昌倅 尹灌所託 懸板 彫刻士 馬山府 俵町 徐貞賢來訪 彫刻料金相定

二月 二十八日 金湖齋 懸板木一枚 載送于彫刻士徐貞賢家 仝日 諸鐵物求買次 有司 尹溶 大邱市往復

二月 二十九日 壬寅 瓦工 安命福 盖瓦于中門及庫子舍

三月 十日 土工 安命福 土役于中門及庫子舍

三月 十五日 戊午 懸板彫刻士徐貞賢 金湖齋懸板一枚 刻役完了而載來 仝日 大門開門式 擧行

三月 十六日 彫刻士徐貞賢 諸懸板彫刻着手

三月 二十八日 木工事 完畢

三月 二十九日 築墻及盖瓦役收畢

九三月 四日 土工役 垂訖

九三月 五日 償賜木工 瓦工 土工

四月 六日 懸板彫刻事完畢

四月 八日 庚戌 諸懸板揭楣 因行竣工式

是年 六月 八日 丙午 因暴風雨 盖瓦翻破 垣墻 間頹

■丁丑 三月 十五日 花樹稧會席 發齋室重修之議 有司 選定 仍任建築時 諸有司

四月 十五日 定盖瓦工 咸安邑趙化益 土工 本面 大川里安命福 翌十六日 着手修理役

四月 二十八日 重修役 告訖

六月 六日 定紙役手於本面 大川里 崔學龍 翌七日 紙役着手 仝月 十四日 畢役

是月 十五日 諸有司 會合于齋室 營建費及重修費會計

■戊寅 二月 一日 尹溶 尹永原 尹浲 指揮下 大川里 龍塘居住族人 總動 正門前左右 植百日紅木 垂楊木 正堂後園 植付竹林 及諸雜木 東垣外 植 枸杞子 數十株 是月 五日 尹輔儀 尹洋 各求碧梧桐一株 植正門前左右

■己卯 二月 一日 尹溶 尹永原 指揮下 龍塘族人 總率 正堂後園竹林補植

是年 三月 六日 尹溶 尹永原 發議及監役下 正門前升階長石二十一段築造

■庚辰 二月 二日 尹溶 尹永原 往釜山 横山植物園 青紅丹楓木 山櫻枝 垂楊 其他苗木數十種 花草苗木數十種 買來 翌三日 右二人指揮下 龍塘族人 總起 植付正堂內前後左右

是年 三月 十五日 花樹稧會屆期 齋室營建 諸有司 總合諸收入金及支出金會計

(갑 제11호 증1)

금호재서
金湖齋序

예전에는 양산군(梁山郡)에 대천(大川)과 용당(龍塘)이 각각 구분되어 있었으나, 지금은 《동래지(東萊誌)》에서 총칭하여 화명(華明)이라 한다. 화명은 우리 조상의 묘가 있는 마을이다. 금산(金山) 아래와 낙호(洛湖) 위에 끼어 있어서, 사람의 태어남이 지령(地靈)의 신비를 많이 얻는 까닭에 선대로부터 이곳에 터를 잡아 살았으며, 10대조 진사공(進士公)은 대천 앞산에 묘터를 잡았고, 9대조 통덕랑공(通德郎公)은 용당 앞산에 묘터를 잡아, 계속해서 이곳이 우리 묘지가 되었으니, 그 장류(長流)가 흘러내리고 준령(峻嶺)이 맥을 이룬 것이 영원토록 물려줄 만한 땅이다. 그리하여 자손이 번성하고 향유(鄕儒)와 덕망이 높은 선비가 이곳에서 태어나는 것은 모두가 선조의 음덕이 쌓인 때문이니 충분히 가문의 빛을 이룰 만하다.

비록 그러하나, 나의 불초함으로 외람되이 9대조의 제사를 받들고도 선조의 세업을 일으키고 이어가는 공이 없으니, 이것이 이른 바 땔나무를 해 놓고도 지지를 못하며, 밭을 일구어 놓고도 심으려 하지 않는다는 것과 같은 것이다. 아! 뽕나무밭이 푸른 바다로 이미 변했으니 누가 가래나무 심어져 있는 고향을 공경하며 그리워할 것인가? 돌이켜 생각해보면 사람에게 조상이 있는 것은 나무에 뿌리가 있는 것과 같아 뿌리가 북돋워지면 가지가 뻗어날 수 있는 것이다. 우리는 마땅히 성의를 다하고 힘을 다해서 후일에 지금을 보는 사람들로 하여금 지금에 북돋워 뻗어가게 하는 공덕이 근본을 북돋우는 것에서 나오는 것임을 알게 해야 할 것이다.

이에 산수(山水)의 사이에 재실(齋室)을 짓고 신령을 편안히 모시는 곳으로 삼으니, 구포(龜浦)의 북쪽이요 용당(龍塘)의 위쪽이다. 집이 완성되고 나서 앞의 선택한 장소의 아름다움을 잊지 못하여 편액을 '금호재(金湖齋)' 라고 하였다. 옛날 사람들이 태어나 사는 곳에 성(姓)을 주는 것도 아마 이 때문이 아니겠는가. 이로부터 하늘에는 비바람의 걱정이 없고, 사람에게는 서리와 이슬을 밟으면서 조상을 간절히 생각하는 느낌이 있어서, 날로 종족(宗族)과 더불어 장로(張老)의 우람하고 아름다운 건물을 칭송하는 노래를 부르며, 위씨(韋氏) 화수회(花樹會)의 종족간의 돈목하는 마음을 펴서, 온 가문에 화락한 기운이 충만하여 곧 금년 봄이 지난해의 좋은 기상처럼 된다면 기쁘지 아니하겠는가. 저 연기와 놀의 좋은 경치와, 맑은 바람과 밝은 달의 아름다움은 손님과 친구들에게 맡기어 읊조리게 할 것이요, 높은 산에 올라 나물 캐고 흐르는 물가에 가서 고기를 잡는 것은 자신의 책임으로 삼아, 때맞추어 제사를 올려야 할 것이니 감히 부지런히 하지 않겠는가.

마을 사람이 와서 말하기를, "그대는 먹고 잘 틈도 없이 바쁘다가 늘그막에 평생의 사업을 이루었으니 지금부터는 거의 곤궁함을 면할 수 있게 되었구나"고 하였다. 나는 웃으면서 답하기를, "대개 곤궁함이란 홀로 착한 일을 할 수 있는 근본이 되는 것인데 그대는 나를 착하지 못할 것이라고 여겼는가"라고 하였다.

시조께서 태어난 지 1044년 병자년(丙子年, 1936) 2월 2일
불초손(不肖孫) 용(溶) 삼가 지음

昔在梁郡 大川龍塘 各爲區分之別 而今於萊誌總稱之曰 華明 華明我先人邱墓洞也 介於金山下洛湖上 人物之產 多得地靈之秘 故自先卜居 而十代祖進士公 得兆於大川案山 九代祖 通德郎公 得兆於龍塘案山 繼以爲衣舃之藏 其長流得派 峻嶺起脈 可以謂永世遺傳之地也 以之而子孫蕃衍 鄕儒碩士之出其中者 俱以先蔭攸積 足以成門戶之光者矣 雖然 以余不肖 猥承九世之祀 未有作述之功 是所謂析薪而不克負 起菑而不肯播者也 嗚呼 桑溟旣變 梓里誰敬 追而念之 人之有祖也 如木之有根 根培則枝達

吾當盡誠竭力 使後之視今者 知今之培達之功 出於根本之地也 於是築墳庵于山水之間 因以爲妥靈之所 龜浦之北 龍塘之上 旣成 不忘前擇處之美 扁之曰 金湖 古之人 因生賜姓 其或以是然歟 自是 天無風雨之惡 人有霜露之感 日與宗族歌張老輪奐之頌 敍韋氏花樹之懷 一門和氣之充滿 便是今年春 似去年好之底氣像也不亦悅乎 若夫烟霞之勝 風月之美 付諸賓朋而吟哢 至於登高而採 臨流而漁 自爲己任 時供祀事 敢不勤乎 里人來言 以子之喫睡無暇 晩來得平生事業 今而後 庶幾免措大之窮者也 余笑而答曰 盖窮者獨善之本 子以我爲不善云哉

始祖降生一千四十四年 丙子 二月 二日

不肖孫 溶 謹序

위 정사함

변호사 조상흠

(갑 제11호 증2)

금호재실기서
金湖齋實記序

우리 9대조 파양군(坡陽君) 안성(安性)이 대대로 파주(坡州)에 살면서 조상을 빛내고 후손을 편히 살 수 있게 세업을 닦았다. 8대조 진사공(進士公) 소(沼)는 장인인 관해공(觀海公) 임 회(林檜)와 함께 개연(慨然)히 청나라에 척화(斥和)의 뜻을 가져 상소를 올렸다가 벌을 받아 양산군(梁山郡)으로 귀양왔다. 얼마 후에 사면(赦免)을 받았으나 영화로운 벼슬길에 대한 생각을 끊고 산과 강가로 한가로이 노닐다가 고향에 돌아가지 못하고 이곳에서 별세하니 대천(大川) 앞산에 장사했다. 7대조에 이르러 비로소 두 파로 나뉘어지는데, 전적공(典籍公) 비은(棐殷)은 화제(花濟) 독산(獨山)에 장사하고, 통덕랑공(通德郎公) 명은(鳴殷)은 용당(龍塘) 앞산에 장사하니, 이로부터 양산이 우리 선조의 무덤이 있는 고을이 되었다.

남은 음덕(蔭德)이 미친 곳에 자손이 번창하여 대천과 용당에 나눠 살면서 문호(門戶)를 열고, 제사를 받들며 손님을 맞이하고 서당(書堂)을 세워서 영재(英才)를 교육하여 지방의 학교에 추천하고 성균관에까지 입학해서 이름난 사람이 많았으니, 서울의 지체 높고 전통 있는 가문에도 부끄럽지 않을 만했다.

아버지와 할아버지 이래로 추모하는 감회의 눈물을 흘리며, 계절이 바뀌어 서리와 이슬을 밟으면서 슬퍼하며 선조를 생각하여 무덤 앞에 재실(齋室)을 짓고자 하였으나 겨를을 얻지 못한 지가 오래 되었다. 다행히 우리 통덕랑공의 9대 사손(嗣孫)인 용(溶)이 넉넉하지도 못한 새살림으로도, 모으면 쓰라는 옛 교훈을 흠모하여 기꺼이 금산(金山) 아래, 낙호(洛湖) 위에 재실을 짓고 편액을 '금호재(金湖齋)' 라고 붙이니, 이는 산수(山水)의 아름다움을 취하는 한편, 각 산소의 중앙에 위치를 정한 것이다.

아! 귤은 예전에 회수(淮水)를 건넜고 뽕밭은 이제 바다로 변하였으니,

세상이 변함을 한탄하는 눈물이나 조상을 흠모하는 정성이 더욱 어떠하겠는가. 돌이켜 생각해보건대, 이 말세에 윤리가 땅에 떨어져 선조의 정자(亭子)를 보존하는 이가 몇 사람 되지 않는데, 어질구나 용이여! 홀로 능히 이 큰 일을 해내었으니, 이런 조상에 이런 후손이 있다고 할 만하구나.

이에 온 문중의 여러 친족들이 재실에 모여 삼가 낙성식(落成式)을 거행하면서 향불을 피우고 함께 절하며, 먼저 파양군과 진사공, 그리고 통덕랑공 이하 여러 신령의 신위(神位)에 일의 경위를 아뢰고, 다음으로 효성스런 후손 용(溶)이 재덕이 있어 홀로 좋은 일을 한 노고를 치하하였다.

병자년(丙子年, 1936) 2월 일

영진(永鎭), 영인(永仁), 영훈(永燻), 영택(永澤), 영도(永濤), 영원(永原), 종의(鍾儀), 순의(順儀), 달의(達儀), 성의(盛儀), 상의(尙儀), 덕의(德儀), 재의(宰儀), 준의(俊儀), 정의(程儀), 장의(章儀), 학의(鶴儀), 극의(克儀), 임의(任儀), 보의(輔儀),

호(滸), 은(溵), 정(汀), 숙(淑), 영(濴), 행(涬),
양(梁), 경(涇), 호(灝), 형(瀅), 봉(漨),
용(滽), 관(灌), 주(凋), 문(汶), 준(準),
광(洸), 주(澍), 주갑(柱甲)

부산대학교 인문대학 한문학과
부교수 이병혁 번역 (인)

越我九代祖 坡陽君諱安性 世居坡州 光先裕後 八代祖 進士公諱沼 與外舅觀海林公諱檜 慨然有斥和之志 上疏被譴 同謫於梁山郡 尋蒙恩赦 念絶榮道 優遊山河 未能還故而死 葬於大川案山 至七代祖 始分二派 而典籍公諱棐殷 葬於花濟獨山 通德郎公 諱鳴殷 葬於龍塘案山 自是梁山 我

邱墓之鄕也 餘蔭所及 子孫熾昌 分居大川龍塘 統開門戶 奉祭接賓 創建書塾 教育英裔 薦於鄕庠 升諸國學 且多聞人 庶無愧於京上家 簪纓舊族也 自父祖以來追感風樹之淚 每悵霜露之履 經營墳庵 而不未遑者久矣 幸我通德郎公 九世嗣孫溶 以不豐之新產 欽積散之古訓 肯搆齋於金山下 洛湖上 扁其楣曰 金湖 盖取諸山水之美 而定位置於各山所之中央也 嗚呼 橘昔渡淮 桑今變海 懷國之淚 慕先之誠 益復何如哉 顧玆叔世 綱倫墜地 保有先亭者 不幾人 而賢哉溶也 獨能大經營於此 可謂有是祖有是孫也 於是 一門諸族 大會於齋上 敬行落成式 而焚香齊拜 先告事由於坡陽君 及進士公 通德郎公以下列靈之位 次賀孝孫溶 獨善之勞

丙子 二月 日

永鎭, 永仁, 永熽, 永澤, 永濤, 永原,

鍾儀, 順儀, 達儀, 盛儀, 尙儀, 德儀, 宰儀, 俊儀, 程儀, 章儀, 鶴儀, 克儀, 任儀, 輔儀,

滸, 潑, 汀, 淑, 濼, 滓, 梁, 涇, 灝, 瀅, 漨, 潚, 灌, 凋, 汶, 準, 洸, 澍, 柱甲

위 정사함

변호사 조상흠

광산 김씨 자료
光山金氏資料

광산 김씨 화수 연계
光山金氏花樹聯契

광산 김씨 종중 화수연계(光山金氏宗中花樹聯契)
열명록(列名錄)
갑술(甲戌) 4월 15일 처음 모임
장영공(章榮公) 정(禎)의 21세손 관현(瓘鉉) 삼가 지음

통유 서문 通諭序文

위 통지의 일은 다음과 같다. 처음 우리 김씨의 성(姓)을 얻으신 시조(始祖) 알지(閼智) 이후로부터 헌강왕(憲康王) 정(晸)까지 25대로 모두 왕자(王子)와 왕손(王孫)이요, 중간에 광산(光山) 김씨(金氏)의 본관(本貫)을 얻은 중시조(中始祖) 홍광(興光) 이후로부터 지금의 '중(中)'자 항렬까지 38대이다. 이 사이에 수많은 자손이 계승하고 계승하여 혹은 도덕이 높은 군자도 있고, 혹은 충절(忠節)과 효열(孝烈)이 뛰어난 분도 있으며, 혹은 문장을 잘하고 과거(科擧)에 급제한 분도 있고, 혹은 삼가 문호(門戶)를 지킨 분도 있으며, 부귀(富貴)하거나 빈천(貧賤)한 분도 있어서, 대대로 서울과 지방에 많이 살고 있으니, 우리나라 전국의 각 군(郡)과 면(面)에 그 수를 헤아릴 수 없을 정도로 종족이 번성하여 어느 곳엔들 없겠는가?

그러나, 탄식할 만한 일이 셋이 있다. 첫째, 지난 병자년(丙子年)에 대동보(大同譜)를 중간(重刊)한 이후로 59년이라는 오랜 세월이 지났다. 그 사이에 몇 번이나 서울과 지방에서 대동보를 간행할 뜻으로 종회(宗會)를 열었으나, 각파(各派)의 의견이 일치되지 않아서 일을 할 수가 없었다. 그 사이에 파보(派譜)가 나오기는 했으나, 그 때에도 주소(住所)가 나

타나지 않는 사람도 있고, 이목(耳目)이 있어도 알지도 못하고 듣지도 못하는 사람도 있으며, 가세(家勢)가 쇠약한 사람도 있어서, 각파(各派)의 파보에도 불참하여 누락된 사람이 있으니, 앞뒤의 계보를 어찌 알겠는가? 이 또한 어찌 통탄할 일이 아니겠는가?

둘째, 저 곳에 사는 사람과 이곳에 사는 사람이 그 근본은 같은 동족이면서도 한번도 만난 일이 없어서, 길을 가다가 우연히 만나면 성명(姓名)부터 먼저 묻게 되니, 이에 점차 서로 멀어져서 아무 관계가 없는 초(楚)나라와 월(越)나라 사람처럼 되어 길 가는 남을 보는 것과 같이 됨을 면하지 못하게 된다. 이렇게 하기를 오랫동안 하면 어찌 사람의 도리라고 할 수 있겠는가? 자기의 종족(宗族)을 알지 못하면 자기의 조상을 알지 못하게 되고, 자기의 조상을 알지 못하면 자기의 근본을 잊게 되고, 자기의 근본을 잊으면 가정의 법도가 점차 위축될 것이니, 이 또한 어찌 개탄할 일이 아니겠는가?

셋째, 이와 같이 개명(開明)한 세계에 오직 우리 광산 김씨 동족만이 좋은 운수를 만나지 못하고 빈한(貧寒)함을 이기지 못하여 고향을 떠나 조상을 돌아보지 않고 친척을 떠나니 인륜의 정(情)을 손상시키는 것이다. 이와 같은 일은 어찌 종족끼리 돈목(敦睦)해야 할 도리에 소략함을 면할 수 있겠는가? 앞뒤의 일을 가만히 생각해 보면, 아픈 마음 그칠 수 없으니, 이 또한 어찌 길이 탄식할 일이 아니겠는가? 같은 조상의 후예 되는 사람이라면 누가 느끼는 마음이 없겠는가?

지금에 와서는 서로 각별히 마음을 써서 근본이 같은 동족은 모범되는 행동으로 종족끼리 친목하고, 먼 사람과 가까이 지내고 소원(疎遠)한 사람과 친밀하게 지내어 장차 선조에게 영광이 있게 하고, 다음으로 자손에게 경사가 있게 하며, 주위에서 지켜보는 사람들의 코웃음을 면할 수 있도록 각자 서로 힘쓰고 친목하는 도리를 거듭 맺기로 하는 뜻으로 화수(花樹)의 연계(聯契)를 이루어서 종족이 밝게 알아 이치를 바르게 하기를 기다리는 바이다.

갑술(甲戌) 4월 15일
동래(東萊) 지역 거주인 광산 김씨 연계원(聯契員) 열명록(列名錄)

성명(姓名), 소명(小名, 字), 자명(子名), 현주소(現住所), 본적(本籍).

계장(契長) : 관현(瓘鉉)
이사(理事) : 제범(濟範) 대신으로 정수(貞洙)
무현(武鉉) 대신으로 영철(永喆)
재무(財務) : 영철(永喆)
계회일자(契會日字) : 매년 4월 15일, 9월 15일로 정함.

光山金氏宗中花樹聯契
列名錄
甲戌四月十五日 始會
章榮公 禎 二十一世孫 瓘鉉 謹撰
通諭序文

右通文事 惟我金氏得姓 上自始祖 閼智之后 憲康王 𡺓 二十五世 王子王孫 中自始祖光山金氏得本 興光之后 行列 至今中字 三十八世也 這間 百子千孫繼承承 於或道德君子也 忠節孝烈也 文章科慶也 謹守門戶也 富貴貧賤也 世代由來 京鄕之間 比比有之 我朝八域郡面 其麗之不億而繁蔭之宗族 從何處無之 雖然可以有歎息者三矣 一曰前丙子大同譜重刊之后 五十九載之久矣 其間幾許分京鄕之中 大同譜修刊之意 累次宗會 各派 僉議不一 未遂經營矣 間有派之譜修 其時 不現住所者 有之 雖有耳目 無識不聞者 有之 家勢衰弱者 有之 故各派修譜 不參 或有漏落者 先後世系 何有知之 此亦豈非痛歎者乎 二曰 於彼於此間 其本則一也 相當之同族 前無一面 道路行止 無望之間 或爲相逢 先次問其姓名 於是乎稍稍踈遠 以若楚越 尙未免視如塗人矣 以是爲行 長久 豈謂人之道理耶 不知其族 不知其先 不知其先 忘其本 忘其本 家道漸縮 此亦豈非慨歎者乎 三

曰 如此開明之世界 惟吾光山金一般同族 不及善運 不勝貧寒 離故鄉 不顧祖先 離親戚 損傷倫情也 如此人事 何以可免宗族敦睦之義 疎畧乎 默想前後之事 痛痛無巳 此亦豈非長歎者乎 爲其同祖之裔者 孰無感發之心乎 以及于今 各相別般注意 一本同族 可以模範蹟 以爲親睦於宗族 邇其遠親其疎 將有光於祖先 次有慶於子孫 在傍僉視 幸免鼻笑 各相勉勵 重結親誼之意 完成花樹之聯契 以俟宗族於明知而正理也

甲戌 四月 十五日 東釜地界 居住人

光山金氏 聯契員 列名錄

姓名 小名 官職 子名 現住所 本籍

契長 瓘鉉

理事 濟範 代 貞洙

武鉉 代 永喆

財務 永喆

契會日字

每年 四月 十五日 九月 十五日定

김씨 유사
金氏遺事

태보공 알지 太輔公諱閼智

삼국(三國)의 역사에 이르기를, "신라(新羅) 제4대 임금 석탈해왕(昔脫解王) 9년 을축(乙丑, 65년; 漢 明帝 永平 8년) 3월에 왕이 밤에 금성(金城) 서쪽 시림(始林)에서 간간이 닭 우는 소리가 나는 것을 들었다. 날이 밝자 호공(瓠公)을 보내어 보게 하니 큰 광명이 시림(始林) 속에 나타나 있고, 자줏빛 구름이 하늘에서 땅에 뻗쳤는데, 금빛 나는 작은 궤가 나뭇가지에 걸려 있고, 흰 닭이 그 아래에서 울고 있었다. 호공이 돌아와서 왕께 아뢰자 왕이 사람을 시켜 궤를 가져오게 하여 열어보니 어린아이가 그 속에 있는데, 그 자태와 용모가 기이하고 컸다. 왕이 기뻐하여 말하기를, '이것은 어찌 하늘이 나를 도와 아들을 준 것이 아니겠는가' 하고 이에 거두어 길렀다. 아이가 자라자 총명하고 지략이 많으므로 이름을 알지(閼智)라 하고 금궤에서 나왔으므로 성(姓)을 김씨로 했으며, 닭의 기이한 일이 있었으므로 시림을 고쳐서 계림(鷄林)이라 하고, 그대로 나라 이름으로 삼았다. 알지를 태보(太輔)로 삼고, 태자(太子) 강조(康造)의 딸을 그에게 시집보내니, 이 분이 마정부인(摩貞夫人)이다. 7세손 미추대왕(味鄒大王)에 이르러, 신라 제11대 임금 석조분왕(昔助賁王)이 딸을 그에게 시집보내었는데, 위(魏)나라 경원(景元) 2년 신사(辛巳, 261)에 제12대 임금 석점해왕(昔沾解王)이 별세하자, 나라 사람들이 그를 왕으로 세우니, 이것이 김씨가 왕이 된 시초이다. 그 이후로 김씨 성이 38대로 전하여 경순대왕(敬順大王)까지 내려갔다."고 한다.

살펴보건대, 신라가 한(漢)나라 선제(宣帝) 오봉(五鳳) 원년(元年) 갑자(甲子, 57)에 나라를 세워 후당(後唐) 마지막 임금 노왕(潞王) 청태(淸泰) 2년 을미(乙未, 935)까지 박(朴), 석(昔), 김(金) 세 성이 서로 이어 섰는데, 박씨가 모두 10왕(王), 석씨가 8왕, 김씨가 38왕, 합하여 56왕이다. 나라를 유지한 것이 992년인데, 박씨가 233년, 석씨가 172년, 김씨가 587년이니, 신라는 박씨나 석씨의 신라가 아니라 곧 김씨의 신라이다.

삼가 살펴보건대, 신라 제 45대 임금 신무대왕(神武大王)의 셋째 아들 광산부원군(光山府院君) 김흥광(金興光)이 나라가 장차 어지러울 것을 미리 알고 광주(光州)로 피해서 서일동(西一洞)에 터를 잡고 살았다. 광주의 김씨는 이로부터 하나의 뿌리가 되었다. 넷째 아들 태자첨사(太子詹事) 김익광(金益光)은 영동(永同) 김씨의 시조가 되었다.

계해년(癸亥年) 상원(上元, 정월보름)에
지산(芝山) 김두수(金斗洙) 삼가 지음

번역 : 부산대학교 인문대학 한문학과
부교수 이 병 혁

金氏遺事

太輔公 諱閼智

三國史曰 新羅第四世主 昔脫解王 九年乙丑 (漢明帝永平八年) 春三月 王夜聞金城西始林間有鷄鳴聲 遲明遣瓠公視之 大光明於始林中 有紫雲從天垂地 有金色小櫝掛於樹梢 白鷄鳴於下 匏公還告 王使人取櫝開之 有小兒 在其中 姿貌奇偉 王喜曰 此豈非天助我以令胤乎 乃收養之 及長聰明多智略 乃名閼智 以其出於金櫝 故姓金氏 有鷄怪 故改始林名鷄林因以爲國號 拜閼智爲太輔以太子康造之女妻之 是摩貞夫人 至七世孫味鄒大王 新羅第十一世主 昔助賁王以女妻之 魏景元二年辛巳 第十二世主 昔沾解王薨 國人立之爲王 是金氏爲王之始也 已後金姓相傳三十八世 降于敬順大王 按新羅起漢宣帝五鳳元年甲子 訖後唐末帝潞王淸泰二年乙未 朴昔金三姓相繼 而立 朴氏十王 昔氏八王 金氏三十八王 合五十六王 而享國九百九十二年 朴氏二百三十三年 昔氏一百七十二年 金氏五百八十七年則新羅非朴昔之新羅 而乃金氏之新羅也

謹按新羅第四十五世主 神武大王第三子 光山府院君金興光 預知宗國將亂 遁于光州 卜居西一洞 光州之金氏 自此始一根也 第四子太子詹事金益光 爲永同金氏之始祖

歲在癸亥 上元

芝山 金斗洙 謹書

第2部 門中別

진양 정씨편[晉陽鄭(隅谷)氏篇]

자헌대부 행사헌부대사헌 우곡 정선생 묘갈명
資憲大夫行司憲府大司憲隅谷鄭先生墓碣銘

지극히 처신하기 어려운 때는 왕조가 바뀌는 시기이고, 지극히 세우기 어려운 것은 변하지 않는 절개이다.

지극히 처신하기 어렵고 지극히 세우기 어려운데다가, 또 지극히 판단하기 어려운 것은 과격하지도 않고 순행하지도 않으며 괴벽하지도 않고 남에게 따르지도 않아 세속의 평하는 말은 돌아도 보지 않고 자신의 마음만을 편안하게 살아가는 것이다. 그러기 때문에 "지극히 높은 것은 이름지어 말할 수 없다"고 했는데, 우곡(隅谷) 정선생(鄭先生)은 아마 이런 분이 아닌가 한다.

아! 고려말(高麗末)에 절개를 지켜 죽은 사람도 있고 벼슬을 버리고 초야로 돌아가 숨은 사람도 있는데, 죽었거나 숨었거나 모두 이름이 또한 세상에 남아 있다. 그러나 정선생(鄭先生)과 같은 분은 꼭 죽기를 기필한 것도 아니고 초야로 들어가기를 결단한 것도 아니다. 그러기 때문에 이름도 또한 드러나지 않았다. 지금 선생의 이름을 국사(國史)에 찾아도 고증되지 않고 외사(外史)에 찾아도 전하지 않는다. 그러나 고증할 만하고 전할 만한 것은 선생 자신에 있는 것이요, 선생의 이름에 있는 것은 아니다.

선생은 고려조(高麗朝)에 사헌대부(司憲大夫) 벼슬을 했는데, 이태조(李太祖)가 여러 번 불렀으나 청맹(靑盲)이라 핑계하고 응하지 않았다. 그 진위(眞僞)를 알기 위하여 태조는 사람을 보내어 솔잎으로 눈동자를 찔러 시험해 보기까지 했다. 이 일은 특히 《진양읍지(晉陽邑誌)》에 실려 있다.

읍지란 이름난 벼슬, 유명한 사람, 훌륭한 행실, 특이한 사적(事蹟)을 실어서 민멸하지 않게 하여 그것을 표양(表揚)하는 것이 읍지의 의의(意義)이며 읍지의 범례(凡例)이다. 그러나 꼭 읍지에 실렸다고 높이 평가할 것도 아니요, 읍지에 안 실렸다고 낮게 평가할 것도 아니며 다만 선생 자신에 있는 것이다. 그러므로 만약 읍지에 기록된 일로 선생을 평가한다면 또한 잘못된 일이다.

장사(壯士)가 자기의 팔은 쓱 자르고 돌아보지도 않을 수 있지마는 벼룩이나 빈대가 잠자리에 있을 때는 밤새도록 잠을 자지 못한다. 죽음도 기필할 수 있고 벼슬을 버리고 가는 것도 결단할 수 있다. 그러나 나의 광명한 보배로운 마음의 거울로써 참아가며 비추어 보지도 않고 벼룩이며 빈대가 무는 잠자리에서 밤새도록 참아가며 잠자듯 조심조심 나의 한 평생을 끝마쳤으니, 이렇게 한 것은 그 뜻이 나의 것으로써 세상의 소유로 하지 않고자 했을 뿐만 아니라, 일월이 나에게, 산천이 나에게, 인물이 나에게, 제도와 문장이 나에게 관계하지 않고자 했을 따름이다. 나에게 있어서 반드시 해야 할 것도 이것이요, 결단코 해야 할 것도 이것이다. 그렇다면 포은(圃隱)의 죽음과 야은(冶隱)의 벼슬을 버리고 간 것과 선생의 청맹(靑盲)이라 핑계한 것은 '은(殷)나라에 삼은(三隱, 微子·箕子·比干)이 있다'는 말에 비할 만하다. 그러나 그 스스로 괴롭게 절개를 지켜감이 이와 같은 것은 오히려 더 지극히 어려움이 있다.

선생은 진주(晉州) 사람이다. 대대로 진주 우곡(隅谷)이라는 마을에 살았는데 이로 해서 스스로 우곡(隅谷)이라 호를 했다. 정자(亭子)가 있는데 읍지(邑誌)에 "우곡정(隅谷亭)은 진주 동쪽 상사리(上寺里)에 있다"는 것이 바로 이것이다. 또 못이 있는데 읍지에 "앞에 연못이 있는데 넓은 들을 내려다보고 있다"는 것이 바로 이것이다. 몇 길 되는 담장이 있는데 세월이 오래되어도 무너지지 않고 우뚝이 홀로 서 있다. 퇴계선생(退溪先生)이 일찍이 들러서 시(詩)를 지어 읊기를 "정공(鄭公)의 유택(遺宅)이 여기에 있구나"라고 했으니, 그 탄식하고 감탄한 뜻을 상상할 수 있다. 고목(古木)이 네 주 있는데 창창히 푸르러 빛이 변하지 않고 맑은 바람이 사람을 서늘하게 하니 지나는 사람은 누구나 “이것은 정공(鄭公)의 수택(手澤)이다”고 한다. 이것은 그 우러러 사모하고 애석하게 여기는 뜻을 알 수 있다.

아! 퇴계선생(退溪先生)의 감탄함이 이와 같고 후인(後人)들의 우러러 사모함이 이와 같은데도 유독 조정(朝廷)의 표창(表彰)함이 없었으니 이것은 유사(有司)의 책임이다. 지난 적 경자년(庚子年, 1720, 肅宗 46)에 온 고을 선비들이 선생에 향례 드리기를 의논하여 선생을 정강서원(鼎岡書院)에 모셔 향례를 드렸는데, 그 때 불민(不敏)한 나의 족형(族兄) 징사(徵士)인 만부(萬敷)가 봉안문(奉安文)을 지었다.

이에 선생의 후손 하신(厦臣), 방익(邦翼) 양군(兩君)이 천리 길을 찾아와서 불민(不敏)한 나에게 묘갈명(墓碣銘)을 청했다. 불민(不敏)한 내가 어찌 이 일을 감당하겠는가마는 가만히 생각해 보니 선생은 절의(節義)에 실로 이름이 나지 않았고 불민(不敏)한 나는 문장에 또한 이름이 없다. 이름 없는 글로 이름 없는 절의를 기술함에 마땅히 불민(不敏)한 나를 바꾸어서 다른 사람이 할 수 없을 것이므로, 무졸(蕪拙)함을 무릅쓰고 선생의 이름나지 않은 절의의 지극히 판단하기 어려운 것을 대략 이와 같이 기술한다. 선생의 미언(微言) · 세행(細行) · 한사(閒事) · 만적(漫跡)에 이르러서도 역시 세상에 전할 만한 것이 많았을 것인데 여러 번 병란(兵亂)을 겪으면서 문헌이 탕진되어 그 대략을 상고할 길이 없으니 이 또한 선생의 이름내고 싶지 않은 뜻이 아니겠는가?

선생의 휘(諱)는 온(溫)이니 정승 석(碩)의 아들이요, 진산부원군(晉山府院君) 헌(櫶)의 손자이다. 묘(墓)는 우곡촌(隅谷村) 북쪽 자좌(子坐)의 언덕에 있다. 일남이녀(一男二女)를 두었는데 남(男)은 렴(廉)이니 대호군(大護軍)이요, 한 딸은 강천(姜闡)에게 시집갔는데 문과(文科)로 나주목사(羅州牧使)요, 한 딸은 문방걸(文方杰)에게 시집갔다. 선생의 아우가 있었는데 이름은 택(澤)이요 벼슬은 목사(牧使)이니, 바로 문장공(文莊公) 경세(經世)의 구대조(九代祖)이다. 명(銘)은 이러하다.

옥(玉)은 불에도 타지 않아야 진실한 옥(玉)이요,

눈동자는 찌르는 솔잎에도 움직이지 않아야 진실한 눈동자이다.
하늘을 우러러 부끄러울 것 없고
땅을 굽어보아도 부끄러울 것 없이
내 마음에 족하면 그만이다.

통정대부 전행승정원 좌부승지 겸경연참찬관 춘추관수찬관 연안 이만육(通政大夫 前行承政院 左副承旨 兼經筵參贊官 春秋館修撰官 延安 李萬育) 지음

至難處者 革代之時也 至難樹者 不貳之節也 至難處 至難樹而又至難辨者 其不激不徼不詭不隨而遺世俗之牙頰 靖自家之心迹而已者也 故曰太上無名 隅谷鄭先生 殆其人也 噫 勝國之末 死之者 有之 去之者 有之 死之去之而名亦有之 若先生 不必于死 不決于去 是以 不名也 今以先生之名 問諸國史氏 未必有徵也 求諸外史氏 未必有傳也 然而其可徵可傳者非先生之名也 先生官前朝司憲大夫 我太祖累聘 託靑盲不起 至以松葉鍼而試之 此特地誌所載也 誌之載名宦聞人高行異蹟 使不泯沒而表揚者 爲誌之意義也 爲誌之凡例也 然而有誌不爲多 無誌不爲少者 自在乎先生 若必以誌而求先生 則亦淺矣 壯士斷腕不顧而蚤蝎在床 終夜不能睡 死可必矣 去可決矣 以吾光明寶鑑 忍而不照 伈伈沒吾齒 此其意 將不欲以吾有爲世有而已 抑不欲日月於吾 山川於吾 人物於吾 制度文章於吾而已 在吾而可必者是已 可決者亦是已 然則 圃隱之死也 冶老之去也 先生之託于盲也 可謂殷有三仁 而其自苦如此者 尤有所至難者矣 先生晉之人 世居晉村曰 隅谷 因以自號 有亭焉 誌所謂隅谷亭 在州東上寺里者 是也 有塘焉誌所謂前有蓮塘 俯臨廣野者 是也 有墻數仞 歲久 不圮 巋然獨立 退陶先生 嘗訪而有詩曰 鄭公遺宅在 其咨嗟感歎之意 可想也 有古樹四 濃翠不變 淸氣灑人 人有過者 輒稱之曰 此 鄭公手澤 其慕仰愛惜之思 可見也 嗚呼 先正之感歎 如是 後人之慕仰 如是 而朝家表章之典 獨闕如也是則有司者之責也 曩歲庚子 一鄕齊士 議俎豆之擧 遂躋享先生于鼎岡書

院 不佞之族兄 徵士萬敷 寔爲奉安之文 迺者 先生之後孫 廈臣 邦翼 兩君 走千里 徵碣銘於不佞 不佞 何敢當 因竊自惟 先生之於節義 固不名也 不佞之於文字 亦不名也 以不名之文 記不名之節 宜無以易不佞者 不揆蕪拙 略述先生不名之節之爲至難辨也 至於先生之微言細行閒事漫迹 亦必有不容不垂者多 而屢經兵燹 文憲蕩缺 槩不可考 是亦先生不名之志也歟 先生諱溫 政丞 諱碩之子 晉山府院君 諱櫶之孫 墓在隅谷村北 子坐之原 有一男二女 男廉 大護軍 女 姜闡 文科 羅州牧使 文方杰先生 有弟曰 澤 官牧使 卽文莊公 經世 九代祖也 銘曰

玉不焚惟是玉 目不逃惟是目

仰不愧俯不怍 得我心而已足

通政大夫 前行承政院 左副承旨 兼經筵參贊官 春秋館修撰官 延安 李萬育 撰

崇禎 三庚子十月日 後孫廈臣 喜來合議伐石刻立

○進士 苞山 郭璿書

-《隅谷鄭先生實記》卷上-

유사
遺事

《진양읍지(晉陽邑誌)》에 이렇게 기록되어 있다. 정온(鄭溫)은 정승(政丞) 석(碩)의 아들이다. 벼슬이 자헌대부(資憲大夫)에 이르렀는데 고려말(高麗末)에 청맹(靑盲)이라 핑계하고 벼슬을 버리고 집으로 돌아왔다. 이태조(李太祖)가 여러 번 불렀으나 나가지 않으므로 사자를 보내어 그 진위(眞僞)를 살피려고 솔잎으로 눈을 찔렀으나 눈동자를 움직이지 않았다. 비록 집안사람 부자간(父子間)일지라도 그것을 알지 못했다. 하루는 혼자 앉아 있는데 주위에 아무도 없었다. 마침 닭들이[93] 몰려와서 마당에 있

93) 닭들이: 본문의 계아(鷄兒)는 '병아리' 라고도 할 수 있겠지만 '아(兒)' 자는 명사 뒤에 붙는 어조사(예, 打起黃鶯兒)이므로 이 글에서 '닭' 이라고 번역했다.

는 곡식을 쪼아 먹으니 공(公)이 낮은 목소리로 쫓아버렸다. 부인(夫人)이 그것을 시험해 보고자 하여 '닭이 보이느냐' 고 물어 보았으나 공(公)은 소리만 들리지, 보이지 않는다고 속여 말을 했다.

○ 묘(墓)는 상사리(上寺里) 우곡촌(隅谷村) 남쪽에 있다.

또 이렇게 기록되어 있다. 우곡정(隅谷亭)은 상사리(上寺里) 우곡촌 남쪽에 있다. 앞에는 연못이 굽어 넓은 들을 내려다보고 있으니 옛날 자헌대부(資憲大夫) 정온(鄭溫)이 쌓은 것이라고 한다.

《진양지신증(晉陽誌新增)》에는 이렇게 기록되어 있다. 정온(鄭溫)은 대사헌(大司憲)인데 고려가 망하자 청맹(靑盲)이라 핑계하고 벼슬을 버리고 집으로 돌아가니 이태조(李太祖)가 여러 번 불렀으나 나가지 않으므로 사자를 보내어 그 진위(眞僞)를 알려고 솔잎으로 눈을 찔렀으나 눈동자를 움직이지 않았다. 후에 정강사원(鼎岡書院)에서 향례를 드렸다.

晉陽誌曰 鄭溫 政丞碩之子也 官至資憲大夫 前朝末 托疾靑盲 棄官歸家 我太祖累聘不起 遣中使 欲審眞僞 以松葉刺目 而瞳子不搖 雖家人父子 莫知其由 一日獨坐 左右無人 鷄兒來啄場粟 公低聲咮咮 夫人欲試之曰 有見乎 公曰 聞聲 未見物也

○墓 在上寺里隅谷

又曰 隅谷亭 在上寺里 隅谷村南 前有蓮塘 俯臨廣野 故資憲大夫 鄭溫 所築也

晉陽誌新增曰 鄭溫 大司憲 麗亡 托盲棄官歸家 太祖累聘不起 遣中使 欲知眞僞 刺目而瞳子不搖 後享鼎岡

-≪隅谷鄭先生實記≫ 卷上-

정의사전
鄭義士傳

공(公)은 진양 정씨(晉陽鄭氏)이니 진양(晉陽) 삼대성(三大姓) 중의 하나이다. 이름은 온(溫)으로 정승(政丞) 석(碩)과 진산부원군(晉山府院君) 헌(櫶)은 아버지와 할아버지이다. 고려말(高麗末)에 급제하여 벼슬이 대사헌(大司憲)에 이르렀는데 당시 정치가 날마다 잘못되어 가는 것을 보고 조정(朝廷)에 벼슬하기를 좋아하지 아니하고 청맹(靑盲)이라 핑계하고 집으로 돌아오자 얼마 안 되어 고려는 과연 망했다. 이태조(李太祖)가 본래 그 어진 것을 알고 여러 번 예를 다해 불렀으나 사양하고 나가지 않으므로 임금이 사자를 보내며 말하기를 "그 진위(眞僞)를 알 수 없으니 시험으로 솔잎으로 그 눈을 찔러 보라"고 했다. 솔잎으로 찔렀으나 눈동자는 과연 움직이지 않았다. 이로 해서 비록 집안사람 부자간(父子間)이라도 그 일의 내용을 알지 못했다. 하루는 혼자 앉아 있다가 닭들이 마당에 있는 곡식을 쪼는 것을 보고 낮은 목소리로 쫓아 버렸다. 부인(夫人)이 눈에 무엇이 보이느냐고 묻자 그 소리만 들리지, 그 형상은 보이지 않는다고 속여 말했다.

대대로 진주(晉州)의 동쪽 우곡리(隅谷里)에 살면서 만년(晩年)에 정자(亭子)를 짓고 우곡정(隅谷亭)이라 이름했다. 공(公)이 별세하였는데도 그 터가 그대로 남아 있어 지나는 사람들이 손가락으로 그곳을 가리켜 탄식하며 정대사헌(鄭大司憲)의 유허지(遺墟地)라고 전했다. 명(明)나라 효종(孝宗) 홍치년간(弘治年間)에 퇴계(退溪) 이선생(李先生)이 남쪽으로 여행하여 이 정자(亭子) 앞으로 지나며 시(詩)를 짓기를 "정공(鄭公)의 유택(遺宅)이 여기에 있고, 강씨(姜氏)의 표려(表閭)가 높이 섰구나"라고 했으니 강씨(姜氏)는 곧 옛 한림(翰林) 강응태(姜應台)를 말한 것이다.

아! 무왕(武王)은 성인(聖人)이지만 그 때 백이(伯夷)는 수양산(首陽山)에서 주리어 죽고 기자(箕子)는 원수의 나라에 종노릇을 하지 않았으니, 어찌 천자(天子)가 백성을 위문하고 죄 있는 사람을 정벌(征伐)하는 것이 옳지 못하다는 뜻이겠는가. 다만 삼강오상(三綱五常)을 붙들어 일으키지 않을 수 없는 것이니, 이를 버린다면 인도(人道)가 멸(滅)하기 때문이다. 이 글을 기록하여 만고(萬古)의 신하(臣下)된 자에게 힘쓰도록 한다.

(《정산지(鼎山誌)》에서)

생원(生員) 전성(蓴城) 박태무(朴泰茂) 지음

公 晉州鄭氏 晉山大族三姓之一也 名溫 政丞碩 晉山府院君橞 其父與祖也 高麗末 登第 官至大司憲 見時政日非 不樂於朝 托疾青盲而歸 未幾 麗果敗 我康獻王 素知其賢 累以禮徵之 辭不至 上遣中使曰 眞僞不可知也 試以松葉刺其目 刺之瞳子 果不撓 以此 雖家人父子 亦莫能知之 一日獨坐 見鷄兒啄于場 公 低聲麾之 夫人曰 目有見乎 曰 聞其聲 不見其形 世居晉之治東隅谷 晩年 築亭而命其名曰 隅谷亭 公歿而基址尙存 過者 指點咨嗟相傳 爲鄭大憲遺墟 弘治間 退陶李先生 南遊 過其亭而有詩曰 鄭公遺宅在 姜氏表閭祟 姜卽故翰林應台云 嗟乎 武王聖人也 伯夷餓而死 箕子 罔爲僕 豈以天吏弔伐 謂不可也哉 特以綱常之不得不扶 而舍乎此則人道滅故耳 識之 爲萬古爲人臣者勸 (出鼎山誌)

生員 蓴城 朴泰茂

-《隅谷鄭先生實記》 卷上-

우곡정 유허 감고시서(1)
隅谷亭遺墟感古詩序 一

공자(孔子)는 은(殷)나라 삼인(三仁, 微子 · 箕子 · 比干)이 있다고 했고, 태사공(太史公)은 백이(伯夷)와 숙제(叔齊)가 수양산(首陽山)에 숨어서 마침내 주려 죽었다고 했으며, 진(晉)나라가 망하자 도연명(陶淵明)과 같이 절의를 지킨 사람도 있다.

대저 우리나라에서 절의로 이름난 이를 단군(檀君) 이후 나는 잘 모른다. 그런데 고려(高麗)가 망하자 야은(冶隱)은 금오산(金烏山)에 숨었고,

김농암(金籠巖)은 중국에서 별세했으며, 서장령(徐掌令)은 고국(故國)을 노래하며 생각하다가 한 평생을 마쳤고, 이처사(李處士)는 도망하여 가서 나오지 않았으며, 원운곡(元耘谷)은 태종(太宗)이 친히 그 집까지 찾아갔으나 피하고는 만나주지 않았으니, 이런 것은 절의가 늠름하게 《고려사(高麗史)》에 자세히 실려 있다. 내가 들을 바로는 우곡(隅谷) 정선생(鄭先生)과 같은 분은 절의가 지극히 높은 데도 다만 그 대략도 볼 수 없는 것은 무엇 때문일까? 퇴계(退溪) 이선생(李先生)이 "내가 진양(晉陽)의 옛터를 지나니 그 안에 정공(鄭公)의 유택(遺宅)이 있다"고 했다. 3백여 년 후에 내가 진양의 종족을 만나서 유사(遺事)를 보니 그 기록에 "선생은 고려(高麗)의 신하(臣下)로 고려에 벼슬한 지 오래되었는데 고려의 국운이 쇠미해 가는 것을 보고 벼슬을 버리고 거짓으로 청맹(青盲)을 핑계하고 돌아왔다. 이태조(李太祖)가 등극(登極)하자 온 세상이 모두 그곳으로 쏠리는데 선생(先生)은 그것을 부끄럽게 여겨 절의를 지켜 나가지 않으며 말하기를 '나는 이미 눈이 볼 수 없으므로 나갈 수 없다'고 하고 끝내 나가지 않고 한 평생을 마치려 하니, 태조(太祖)가 사자를 보내어 눈동자를 찔러 시험해 보았으나 눈동자를 움직이지 않았는데 이 일은 비록 한 집에 사는 처자라도 그 자세한 내용을 알지 못했다"고 한다.

아! 나라가 망하고 왕씨(王氏)의 후대도 끊어졌는데 고절(苦節)을 스스로 지켜 입을 다물고 말없이 평생을 마쳤으니 또한 열렬하지 아니한가? 인(仁)을 구해서 인(仁)을 얻은 것이 아니겠는가? 또한 저 몇몇 어진 이들은 눈을 부릅뜨고 항절(抗節)하여 스스로 알려졌는데 선생은 다만 청맹(青盲)을 핑계하고 은거하여 명철(明哲)과 절의(節義)를 사람들이 일컬을 수 없게 되었으니 지극히 높은 이가 아니면 어찌 그렇게 할 수 있었겠는가?

진양(晉陽)의 종족(宗族)이 말하기를 "지난 경자년(庚子年, 1720, 肅宗 46)에 고을 사람들이 정강서원(鼎岡書院)에 선생을 모시고 향례를 드렸으나 나라에서 포양증작(褒揚贈爵)의 은전(恩典)이 없어, 우리 선조(先祖)의 공렬(功烈)이 드러나지 않을까 두려워하여 덕행이 높은 여러 사람들의 시(詩)를 청하여 빛내려 하니 기문(記文)을 하나 지어 달라"고 했다. 내가 말하기를 “공자(孔子) 이후에는 태사공(太史公)이 숨겨져 있는 것을 밝혔고, 이 후에는 퇴계선생(退溪先生)의 말로 증거할 수 있으니 내가 감히 무엇을 말하겠는가?” 다만 느낀 바를 이와 같이 쓴다. (《정산지(鼎山誌)》에서 나왔다. 헌종(憲宗) 15년 기유(己酉, 1849)에 우곡정(隅谷亭)을 중건(重建)하고 이 서문(序文)을 걸었다.)

지평(持平) 입재(立齋) 정종노(鄭宗魯) 지음

孔子曰 殷有三仁焉 太史公曰 伯夷叔齊 隱於首陽山 遂餓而死 及晉之亡 有陶靖節 夫 東方名節 自檀君以下 吾不知已 至若麗亡 吉冶隱 隱於烏山 金籠巖 淪於中土 徐掌令 謳思沒齒 李處士 遁逃不出 元耘谷 我太宗親幸其第而避不見 此其節義 凜然 麗史 載之詳矣 余以所聞 若隅谷鄭先生 義至高獨不槪見 何哉 退溪李先生曰 吾過晉陽之墟 其中盖有鄭公遺宅云 三百有餘年 余遇晉之族 睹遺事 其誌曰 先生麗臣也 仕麗久之 見麗之衰 乃棄官佯盲 太祖御極 萬物咸覩 而先生恥之 義不就聘曰 吾已不視矣 遂堅臥以終 太祖刺目試之 而目不逃 雖妻子莫知也 嗟乎 國亡矣 王氏絶矣 苦節自守 泯默而死 不亦烈乎 求仁得仁也乎 且彼數賢者 明目抗節以自見 而獨若盲廢 明哲節義 人無得而稱 非至高 惡能然乎 晉之族言 昔在庚子 鄉人 祠之鼎岡 顧無褒贈之典 吾懼先烈之不揚 請諸君子詩文之 願一言記之 余曰 孔子以後太史公 微顯闡幽 後此者 退溪先生之言可徵 吾何敢焉 特書所感如此云(出鼎山誌 ○憲廟己酉 重建隅谷亭 因揭板此序)

持平 立齋 鄭宗魯

-≪隅谷鄭先生實記≫ 卷上-

우곡정 유허 감고시서(2)
隅谷亭遺墟感古詩序 二

육경(六經)의 글이 이지러지자 세상에 남아 전하는 글이 더욱 귀중해졌다. 우리나라에도 고려(高麗) 이전에는 그 글이 이지러졌으니 그 남아 전하는 것이 어찌 귀중하지 않겠는가?

우곡선생(隅谷先生) 휘(諱) 온(溫)은 우리 시조(始祖) 어사대부(御史大夫) 택(澤)의 형이다. 그 전기(傳記)에 이르기를 "선생(先生)은 고려(高麗)의 옛 상서(尙書)로 멀리 도망하여 숨으니 이태조(李太祖)가 인재로 여겨 불렀으나 눈이 보이지 않는다고 거절했다. 이태조(李太祖)가 사자를 보내어 눈을 찔러 시험해 보았으나 눈동자가 움직이지 않았다"고 했다.

이 일은 우리나라 역사에도 보이지 않고 다만 야사(野史)로 지금까지 전한다. 지금 고려(高麗)의 글이 이지러졌다. 축율(築栗)의 그릇과 경영(莖英)의 소리는 옛 성인(聖人)이 제작한 것인데 그것이 없어지자 그 귀중(貴重)함은 후세의 남아(南雅)와 이찬(彝瓚)에 비할 바가 아니다. 이것은 이지러지고 이지러지지 않은 데 귀중하고 귀중하지 않은 것이 매인 것이다. 고려가 망했을 때, 그 학사(學士)와 인인(仁人)들은 글이 갖추어져 전하는데 다만 선생(先生)의 세상을 피해서 임금께 충성을 다한 일은, 글이 갖추어져 있지 않은 것은 무엇 때문인가? 선생(先生)의 이조(李朝)에 굽히지 않은 절의(節義)를 보면 옛날 명철인(明哲人)에 가까울 것이다. 선생(先生)의 벼슬이 이미 상경(上卿)에 올랐으니 고려(高麗)에 벼슬한 지도 오래 되었을 것이다. 공민왕(恭愍王)과 우왕(禑王) 때, 나라의 법이 무너지자 선생(先生)이 먼저 깨닫고 마음을 돌려 몸을 이끌고 멀리 숨어 화살을 피하니 이태조(李太祖)가 선생을 어질게 여겨 부른 것은 뜻이 여기에 있었던 것이다. 또 스스로 물러나 절의를 지킨 도리가 더욱 미묘하여 세상에 나타나지 않은데다가 당시의 역사를 기록하는 사관(史官)들이 고려 당시의 사람들이 아니라고 할 수 없으니, 이들이 선생을 오랫동안 미워한 나머지 결국 선생의 사적을 빠뜨려 버리고 기록하지 않은 것인가?

아! 이 일은 증거할 수 없으니 더욱 귀중한 것이다. 고려가 망한 후 지금 4백년에 이르러 그 글들이 많아졌다. 그러나 글이 많아짐에 따라 거짓이 많아 믿을 수 없는 것보다는 차라리 불에 타고 없어지다가 남아 있는 것이라도 믿을 수 있게 세상에 전해 주는 것이 낫다.

퇴계선생(退溪先生)이 진양(晉陽)을 지나다가 '정공(鄭公)이 살던 터'라고 하며 시(詩)를 지었다. 옛날 태사공(太史公, 司馬遷)이 「伯夷傳」을 지을 때 공자(孔子)의 말을 인용하여 자기의 글을 무게 있게 했으니 이

때《상서(尙書)》가 대개 아직 갖추어지지 않았다. 우리나라에도 태사공(太史公)이 태어난다면 마땅히 퇴계(退溪)의 말을 인용하여 그 글을 무게 있게 할 것은 의심할 것이 없을 것이다.

근세에 김군사(金郡事)·성학사(成學士)가 선생의 사적을 밝혔다고 이름이 나타나 있으나, 그 글을 상고해 보면 이지러지고 없다. 내가 일찍이 혁서씨(赫胥氏, 중국 전설시대의 제왕)와 여연씨(驪連氏)는 글자가 있기 이전의 일이기에 상고할 수 없으니, 뚜렷하지 않고 심오하여 사람으로 하여금 상상하며 사모하기를 더한다고 생각했다. 이것은 지금 우곡(隅谷)과 그 외 여러 선생께도 맞는다고 할 것이다.

정상관(鄭象觀) 지음

六藝之書缺 而傳乎世者 益貴重 東國自麗氏以上 其書盖缺矣 其傳者豈不貴乎 隅谷先生諱溫者 吾始祖御史大夫澤兄也 其傳曰 以麗故尙書 遜于荒 我太祖 以遺髦召之 自言無目疾 太祖遣使試之 刺目不逃 此東國史無見焉 特野乘 相傳 至今 麗書之缺也 築栗之器 莖英之聲 古聖人制作已亡 而其貴重也 不啻後世之南雅彝瓚 此以其缺而彼以其備也 麗之亡 其學士仁人 亦有備傳者矣 獨先生之靖 不備書何也 觀先生處罔僕之節者 殆古明哲之人也 先生之官 已躋上卿 則其仕於麗也 亦早矣 當慇禩之際 王維之蕩然 先生 已先見 則卽已翻然引身 以遠避矰弋 我太祖賢而召之 意亦在此 而其自靖之者 又甚微 自不見於世 當日史官 未必其非松京之舊人則其疾先生 非一日也 遂沒而不書歟 嗚乎 此其事無所徵 尤可貴重也 麗亡後 至今四百年 其書博矣 博而多僞 不可信 如其斷爛而能傳也 陶山夫子 過晉陽 獨稱鄭公之墟 而書之詩 昔太史公 序伯夷 引重於孔子之言是時尙書則盖未必備也 東方有太史公作 當引重於陶山 無疑乎 近世 有金郡事 成學士之名出而表見 考其書 則皆缺矣 余嘗論赫胥驪連氏 在書契以前 不可考 而鴻蒙希夷 使人想像而興慕之滋甚 今於隅谷諸先生亦云

鄭象觀

-≪隅谷鄭先生實記≫ 卷上-

우곡정 중수 상량문
隅谷亭重修上樑文94)

생각건대 천지(天地)가 정위(正位)한 후에 윤상(倫常)이 바로잡혔으니, 백세(百世)의 풍성(風聲)이 놀랍고, 세월이 오래수록 느껴 사모함이 무궁하니 다시 몇 칸의 집이 높이 솟았네. 이것은 조상이 이룩한 일을 후손이 잘 이어받음이니 더욱 오래일수록 더욱 빛남을 징험할 수 있구나.

엎드려 생각건대 우곡선생(隅谷先生)은 고려(高麗)의 진실한 충신이요, 성대(聖代)의 은거해 사는 일사(逸士)이다. 고려(高麗) 오백년(五百年)의 종사(宗社)를 붙들어 일으키려 했으니 높은 절의(節義) 이름지을 수 없을 만큼 아름답고, 두문동(杜門洞) 72현(賢)의 정충(貞忠)에 짝이 되었으니 마침내 세상을 피해 은거하며 돌아도 보지 아니했다. 때를 따라 변기(變機)에 통했으니 천리(天理) 인심(人心)이 이조(李朝)로 돌아가는 것을 모르는 것은 아니었으나, 다만 인륜(人倫)을 바로잡아 군신간(君臣間)의 대의(大義)를 지키려 했다. 쌍맹(雙盲)이라 핑계하고 굳이 은거하여 나가지 않았으니 은미하고 완곡함이 사리에 마땅하고, 진양(晉陽)의 한 모퉁이에 물러나 행적을 감추었으니 사는 곳도 합당하구나. 정자(亭子)의 허물어진 집터는 선생께서 누워서 쉬시던 자취로다. 정포은(鄭圃隱)의 선죽교(善竹橋)를 바라보려고 높은 곳에 올라 슬퍼했으리, 원운곡(元耘谷)의 수옥(樹屋)처럼 그윽한 곳에 숨어 길이 일생을 마쳤네. 칠택(七澤)을 당겼으며 삼강(三江)을 대했으니 어찌 경물(景物)에 마음 끌렸으랴, 동쪽 밭둑길 따라 북쪽 밭둑길 지나니 언제나 노니는 이의 한숨을 일으킨다. 집터가 묻혀서 황폐했으니 실로 후손들의 부끄러운 일이나, 절의(節義)는 오래되어도 나타나니 세월의 유원함에 거리낄 것 없구나. 남긴 자취 쉬 인멸될까 염려해서 힘을 합해 이 일을 했네. 황폐한 풀밭 속에 옛 정자(亭子) 터를 손가락으로 가리켰고 좌우의 산천은 지세도 좋구나. 진양(晉陽) 사람 모두 일어나 도우니 좋은 교화(敎化) 어진 사람에 남겼음을 알겠고, 정강서

94) 헌종 기유년(1849)에 선생의 유허지에 중건했다.

원(鼎岡書院) 높이 섰으니 향례(享禮)드릴 일 의논했네. 무너진 정자(亭子) 수리함은 어진 후손 정성이나, 숨겨진 일 밝혀냄은 성세의 숭절(崇節)이다. 선생(先生)의 묘(墓)가 가까이 있으니 생시처럼 이곳에 노니시는 듯. 정자(亭子)의 배치함이 마땅함은 법도에 맞지 않음이 없고, 무덤의 보살핌을 삼가함은 더욱 효성에 맞게 함이 있어서라네. 기유년(己酉년)에 일을 시작했으니 우연히도 창경(昌鏡)의 일과도 같고, 소나무로 기둥을 하여 잡목(雜木)을 쓰지 않았음은 고려를 위해 절의를 지킨다는 뜻이다. 그 규모는 화려함도 고침도 없이 옛 그대로요, 좋은 때 좋은 날을 가려서 일을 했네. 많은 사람들이 어영차 소리를 내며 대들보를 올리니 내가 졸문(拙文)임도 잊고 이 글을 짓는다.

어기여차! 들보 동쪽으로 바라보니
붉고 맑은 해는 동해 위에 솟아나네.
한스럽다, 애산(崖山)에 충신 탄 배 떠난 후에
하늘에 서린 기운 동쪽으로 비치는 듯.

어기여차! 들보 서쪽으로 바라보니
월아산(月牙山)에 달이 걸려 서쪽으로 지려하네.
지금은 고려도 남의 땅 되었는데
선생은 무슨 일로 백이(伯夷)의 절의 지키는고.

어기여차! 들보 남쪽으로 바라보니
망망히 너른 들은 눈앞에 다가 있네.
못이 있어 용이 나는 듯 새 임금 나니
눈먼 말 탄 다른 분네 남쪽으로 오지 않네.

어기여차! 들보 북쪽으로 바라보니
지리산 천 봉우리 북쪽으로 둘러 있네.

온 집안 남쪽으로 와 깊이 숨었으나
그래도 임금 생각 잊지 못하네.

어기여차! 들보 위로 바라보니
정대하고 푸른 그 빛 온 하늘을 덮었구나.
목숨은 끊을지라도 마음만은 속이지 않으리니
옆에는 귀신이 보고 위에는 하느님이.

어기여차! 들보 아래로 바라보니
가는 말 오는 말이 이곳에서 다 멈추네.
지금 이 세상에 참된 공론 퍼진다면
높으시다 받들음은 야은(冶隱) · 운곡(耘谷) 아래 아니리라.

엎드려 바라건대 상량(上樑)한 후로는 거룩한 풍도는 더욱 멀리 전하고 많은 선비들은 모두 흠모케 하소서. 같이 절의를 지킨 군현(群賢)보다 뛰어났으니 심적(心跡)이 더욱 나타나고, 옛 일 지금껏 못한 느낌 일어나니 벼슬과 시호(諡號)를 내리게 하소서. 억 년을 지나더라도 무너지거나 기울어짐이 없고, 온 세상 권면하여 염치가 있게 하소서.

통정대부 행단성현감 겸진주진 관병마절제도위 진성 이휘부(通政大夫行丹城縣監 兼晉州鎭管兵馬節制都尉 眞城 李彙溥) 지음

伏以; 天地位而倫常爲大, 猗歟樹百世之風聲; 日月久而感慕無窮, 玆復見數間之突兀. 是謂肯搆而肯堂者, 可驗彌遠而彌光焉. 伏惟隅谷先生; 勝國純臣, 聖世逸士. 扶麗氏五百年之宗社, 懿卓節之難名; 配杜門七十賢之貞忠, 遂行遯而不顧. 順時達變, 非不知天人之有歸; 樹綱植彜, 惟欲全君臣之大義. 托雙盲而牢臥, 微婉合宜; 屛一隅而潛藏, 居住得所. 顧亭榭之廢礎, 卽偃息之餘芬. 望圃老之竹橋, 想登高而於悒; 同耘谷之樹屋, 甘處幽而長終. 挹七澤而對三江, 何嘗爲景物而役; 從東阡而過北陌, 每也興遊人之嗟. 井堙而荒, 實爲雲仍之耻; 節久而彰, 不計歲月之悠. 慨念遺躅之易泯, 遂謀合力而敦事. 荒煙敗草, 尙指點於址基; 左岡右巒, 更彷彿於體勢. 晋人踸踔, 驗遺化於秉良; 鼎院峥嵘, 增公議於苾享. 修壞振弊, 雖繫賢孫之殫誠; 發潛闡幽, 亦際晟世之崇節. 矧松楸之密邇, 奄杖屨之如臨. 排置隨宜, 鮮不合於法度; 瞻掃惟謹, 尤有慊於孝思. 雞之歲方始玆功, 暗合兆於昌鏡: 松爲楹不雜他木, 盖取義於舊都. 前規後觀, 無侈無改; 良辰吉日, 是度是詢. 衆方呼邪, 我乃忘拙.

兒郎偉抛樑東　　赤日蒼凉出海東.
歎息崖舟人去後　　彌天光氣與之東.
兒郎偉抛樑西　　月掛牙岑影欲西.
是日鎬京無不服　　何人采采獨登西.
兒郎偉抛樑南　　茫茫大野直其南.
有沼却借飛龍字　　瞎馬當年不肯南.
兒郎偉抛樑北　　智異千嶂綿亘北.
盡室南爲深處藏　　猶然一念拱辰北.
兒郎偉抛樑上　　正色蒼蒼森在上.
頭可斫時心不欺　　質之傍又臨之上.
兒郎偉抛樑下　　去馬來驂停此下.
若使如今輿議伸　　尊崇不在治耘下.

伏願上樑之後; 高風益遠, 多士咸趍. 軼共節之羣賢, 俾心跡而俱彰; 起異代之曠感, 援爵諡而可加. 通億載而不圮不傾, 勸一世而有廉有耻.

通訓大夫 行丹城縣監 兼晋州鎭 管兵馬節制都尉 眞城 李彙溥製

-《隅谷鄭先生實記》卷下-

자헌대부 사헌부 대사헌 우곡 정선생 신도비명 서문도 함께 씀

資憲大夫司憲府大司憲隅谷鄭先生神道碑銘 幷序

고려(高麗) 자헌대부(資憲大夫) 사헌부 대사헌(司憲府大司憲) 우곡정선생(隅谷鄭先生)의 묘(墓)가 진양성(晉陽城) 동쪽 상사리(上寺里) 우곡(隅谷)에 있다. 예(禮)로 말하면 마땅히 신도비명(神道碑銘)이 있어야 할 것이나 지금까지 미쳐 이 일을 못했으니 잘못된 일이다. 후손 제씨(諸氏)들이 이것을 걱정하여 돌을 다듬어 세우려는데 돌이 다 준비되자 성규(性珪) 환문(煥文) 환붕(煥鵬) 세 사람을 보내어 천 리의 먼 길을 찾아와 나 상규(相圭)에게 명시(銘詩)를 청했다. 생각건대 비열하고 나이 많아 병든 데다가 5백년 후에 나서 5백년 전의 선배의 위대한 사적(史蹟)을 찬술한다는 것은 또한 참람된 일이 아니겠는가. 다만 경술년(庚戌, 韓日合邦)의 유민(遺民)으로 선생의 실기(實紀) 중에 여러 선배들의 서술한 글들을 보니 스스로 그 감개하고 격려됨을 이길 수 없어 감히 그 참람됨을 잊고서 이 글을 짓는다.

선생(先生)의 이름은 온(溫)이니 진산부원군(晉山府院君) 헌(櫶)의 손자이요, 평장사(平章事) 석(碩)의 아들이다. 벼슬이 사헌부(司憲府) 대사헌(大司憲)에 이르러, 나라 일이 날마다 잘못 되어 가는 것을 보고 청맹(靑盲)이라 핑계하고 멀리 도망 와서 숨어살았다. 이조(李朝)가 건국되자 이태조(李太祖)가 그 어짊을 알고 여러 번 불렀으나 나가지 않았다. 임금이 거짓 청맹(靑盲)인 것을 의심하여 사자를 보내어 솔잎으로 눈동자를 찔러 시험해 보았으나 눈동자가 움직이지 않았다. 이로 해서 마침내 절의(節義)를 지켰다.

아! 예로부터 충신(忠臣)과 의사(義士)가 벼슬과 녹봉도 사양할 수 있으니 어려움을 참으면 이것도 해낼 수 있고, 날카로운 칼날도 밟을 수 있으니 한번 죽으면 그 고통도 잊을 수 있다. 이런 것은 그래도 말할 수 있지마는 정신이 맑으면서 앉아서 솔잎으로 눈동자를 찌르는 것을 보고도 조용히 아무것도 보이지 않은 것처럼 하니 천고(千古)에 이런 사람은 몇이나 있을까? 어찌 마음이 육신을 맡아 의리(義理)에 우뚝 서서 시각(視覺)이 명령을 따라 바깥일에 동요되지 않은 것이 아니겠는가? 옛날 북궁유(北宮黝)라는 사람은 혈기(血氣)의 용맹이지마는 그래도 어떤 위협에 눈동자가 움직이지 않았는데, 선생(先生)은 의리(義理)의 호연지기(浩然之氣)로 가득 찼으니 마땅히 이럴 수 있으리라. 선죽교(善竹橋)에서 흘린 피와 금오산(金烏山)에 숨은 야은(冶隱)의 자취가 선생(先生)의 사적과 비록 같지 않으나 그 절의(節義)는 한 가지인데 조정(朝廷)의 포증(褒贈)의 은전(恩典)이 다만 선생(先生)에게만 미치지 못했으니 이것은 유사(有司)의 책임이다. 세상에 눈썹을 쳐들고 눈을 쾌히 뜨는 자는 높은 지위에 오르기만을 생각하고 다만 의리(義理)의 선택에는 눈이 어둡다. 아! 이는 참으로 눈먼 사람이다.

그러나 퇴계선생(退溪先生)이 일찍이 공(公)의 유정(遺亭)을 지나며 시(詩)를 짓기를 "정공(鄭公)의 유택(遺宅)이 여기에 있구나"라고 했고, 정자(亭子)의 중수(重修)에는 기문(記文)이 있고, 묘(墓)에는 비명(碑銘)이 있으며, 유허지(遺墟地)에는 비문(碑文)이 있고, 고을에는 읍지(邑誌)가 있으니, 선생(先生)의 정충(貞忠)과 고절(苦節)은 마땅히 일월(日月)과 더불어 빛을 다투어서 세상에 의리(義理)에 눈먼 자를 깨뜨릴 것이다. 아! 위대하구나. 명(銘)은 이러하다.

아! 진양정씨(晉陽鄭氏)는 오래되고 대대로 벼슬한 집안이로다.
뿌리 깊어 꽃피우매 선생(先生)이 태어나셨네.
선생의 자질 뛰어났으니 공명정직(公明正直)하네.
사헌부(司憲府)의 우두머리로 인륜(人倫) 기강(紀綱)을 바로 잡았네.
버리면 은둔하는 것, 청맹(靑盲)이라 핑계하고 황야로 도망왔네.
만수산(萬壽山)의 성은 무너지고 옛 궁터 묵은 잡초에 눈물도 졌다오.
새 임금 나서 나라 다스리니 온갖 무리 모두 마음을 돌리는데
선생은 이런 것 돌아도 보지 않았으니 의리가 마음속에 가득하네.
나를 부르지 마오, 나의 눈 어두운 것은 고질이라오.
솔잎이 무엇이랴, 사자도 속았구나.

언어와 안색 흔들리지 않은데 눈동자인들 움직이랴.
그 마음은 일월(日月) 빛과 다투는데, 두 어깨는 인륜을 짊어졌네.
선왕(先王)의 영에 성의를 다했으니
삼가 비석에 새겨 천년 후에 전하리라.

단기(檀紀) 4293 경자(庚子, 1960)
영가(永嘉) 권상규(權相圭) 삼가 지음
(註; 辛丑 1961년 初 3日에 立石하고, 初 4日에 告由하였음)

高麗資憲大夫 司憲府大司憲 隅谷鄭先生 衣舃之藏 在晉陽城東 上寺里 隅谷 禮當有神道顯刻 而尙未遑 欠典也 後孫諸氏 惕焉 將伐珉而竪之 桓柱 性珪 千里遠涉 責銘詩於相圭 顧陋劣癃獘 生於五百年之後 撰述五百年前 先輩偉蹟 無亦僭乎 但其苟生爲庚戌遺民 獲覩先生實記中 諸先輩敍述文字 自不勝感慨激勵 敢忘僭而爲之敍曰 先生諱溫 晉山府院君 櫶之孫 平章事 碩之子 官至司憲府 大司憲 見國事日非 托靑盲而遯荒 及鼎移漢陽 我康獻王 知其賢 而屢徵不就 上疑其假盲也 而命中官 以松葉試其瞳 亦不瞬 竟以是而全罔僕之義 於乎 古來 忠臣義士 爵祿可辭 而忍窮則斯堪遣矣 白刃可蹈而一死則忘痛楚矣 猶或可言 而至若神精炯然 而眼見芒刺逼瞳 恬然若無見者 千古更幾人哉 豈非心官主一身 而壁立於義理 司視從令 不以外患動撓者耶 北宮黝血氣勇者 而尙不目逃 則先生義理浩然之氣 宜其能如此也 竹橋之血 鳥山之隱 與先生跡 雖不同 其義則一 而朝家褒贈之典 獨不及於先生 是則有司之責也 世之揚眉快眼者 能覬覦於紆靑拖紫 而獨盲於熊魚取舍耶 槩乎其眞盲也已 雖然 退陶夫子 嘗訪公遺亭 而有詩曰 鄭公遺宅在 亭之重修有記文 墓有銘 墟有碑 邑有誌 先生之貞忠苦節 當與日月 爭光 而破世之盲於義理者也 於乎偉哉 銘曰

猗晉鄭氏 喬木世卿. 根厚發英 誕降先生.
先生有卓 公明正直. 爰長憲府 頹綱振肅.
舍之則藏 托盲遯荒. 萬壽城頹 宮黍淚滂.
飛龍御天 萬彙咸覩. 先生無見 惟義徹肚.

毋我戔帛 我盲是痼. 松葉何物 中使亦誤.
聲色不動 矧爾晬子. 心爭日月 肩擔倫紀.
靖獻先王 殷仁無愧. 恭銘于珉 昭示千祀

-《忍菴先生文集》卷21-

우곡정 중수기
隅谷亭重修記

우곡선생(隅谷先生)이 채미가(採薇歌)를 부르며 진주(晉州)의 변두리에 와서 은거(隱居)할 때, 남산(南山) 위에 못을 파고 그 못을 굽어보며 조그만 정자(亭子)를 지었다. 방백(方伯) 이제(李濟)가 선생(先生)께 병(病)을 문안하고는 「우곡정(隅谷亭)」이라 시(詩)를 지은 것이 이것이다.

우곡(隅谷)은 상사리(上寺里)에 붙은 마을이다. 선생(先生)이 이곳에 사니 우곡선생(隅谷先生)이요, 정자(亭子)가 이루어지니 우곡정(隅谷亭)이다. 선생(先生)이 이름이 없자 정자(亭子) 역시 이름이 없는 것은 시의(時義)에 마땅한 것이니 어찌 이것을 괴이하게 여기리오. 선생(先生)이 별세하자 정자(亭子) 역시 따라서 무너지니 후손들이 다시 지으면서 예전의 터가 너무 좁은 것을 싫어하여 조금 뒤의 넓고 평평한 곳에다가 기와집 몇 칸을 세웠는데 지금 벌써 5백여 년이라, 여러 번 중수(重修)를 했으나 그 낡음이 날로 심하여 거의 손을 댈 수가 없게 되었다. 마침 정부에서 법을 만들어 선현(先賢)의 유적(遺跡)을 보존하기 위한 보조금이 두루 미쳤는데 이 우곡정(隅谷亭)도 역시 이에 해당이 되었다. 후손들이 전력(全力)으로 이 일에 집중하여 일년만에 일을 마쳤다.

이에 서로 보며 기뻐해서 좋은 날을 택하여 낙성(落成)을 하려 하면서 나 일해(一海)에게 기문(記文)을 청했다. 나 일해(一海)가 감히 사양하지 못해서 이에 손을 씻고 절하며 이 기문(記文)을 짓는다. 우곡정(隅谷亭)이 다시 새롭게 된 것을 기뻐하는 것은 어찌 건물이 크고 정치(精緻)함이 그 아름다움을 이루었다는 것뿐이겠는가? 참으로 남산(南山)의 한 골짜기는 선생(先生)의 정채(精采)를 가장 잘 간직하고 있고, 정채의 숨겨지고 나타남이 이 정자(亭子)의 흥폐(興廢)에 매었으니 정자(亭子)와 선생과의 관계됨이 크다고 할 것이다. 그러나 후손들의 즐거움은 곧 사문(斯文)의 즐거움이다. 이 후부터 만일 이 정자(亭子)에 구경 오는 자가 이르면 마땅히 반드시 쇄연(灑然)히 선생(先生)이 고려(高麗)의 차림인 초의(草衣)를 입고 야립(野笠)을 쓰고 석수(石樹)와 운연(雲烟) 사이에 노닐며 탄식하는 것을 친히 보고서 경송(警竦)하는 빛과 감모(感慕)의 정을 더할 것이니 어찌 기쁘지 않겠는가? 비록 정부라도 이러할 것이다. 요즘 듣건대 정부에서 충효(忠孝)로 국민에게 힘쓰게 하니 그 처음의 의도도 이런 것을 위하여 법을 만든 것 같다. 그러니 이 한 정자(亭子)가 족히 산 교재가 되고도 남을 것이다.

향후생(鄕後生) 재영(載寧) 이일해(李一海) 지음

隅谷先生之歌採薇隱於晋鄙也 鑿塘南山上 俯之以斗小容膝之亭 特使李濟 謁先生問疾 有詩題云 隅谷亭者是已 隅谷 盖上寺屬里也 先生居之 而爲隅谷先生 亭成而爲隅谷亭 先生之無名 而亭亦不容不無名 自時義宜也 奚怪矣 先生沒 亭隨而圯 後嗣者復之 嫌其故墟已窄 就稍後寬平處建瓦屋約干架 今已五百年餘 修治屢而老撓日甚 殆若無可措手足矣 會政府設法 衛前賢遺躅 公帑之助 遍及遠邇 而亭實與焉 則後嗣者 得以全力集其功 一周歲而畢 於是相顧而喜卜吉飮落 且來請記於一海 一海不敢辭乃盥手拜而書之曰 所喜於亭之重新 豈爲宏緻輪奐之致其美而已哉 誠以南山一壑 最貯先生精采 而精采潛見 寄於亭之興廢 所關者重也 然後嗣者之喜 卽斯文之喜也 自玆以往 借有觀光者至 當必洒然如親覩先生 被草衣戴野笠 徜徉歎息乎石樹烟雲之際 而增警竦之色 感慕之情矣 寧不可喜耶 雖政府亦然 比聞政府 以忠孝勵國民 其始之意 若爲是故而設法 此一棟宇足用爲活教材有餘矣夫

-《屈川文集》卷2-

* 이상 8편은 진양 정씨 문중의 청탁으로 1982년 5월 16일에 번역한 것임.

유인 진양 강씨 묘갈명 서문도 함께 씀
孺人晉陽姜氏墓碣銘 幷序

유인(孺人)의 성(姓)은 강씨(姜氏)이니, 본관(本貫)은 진양(晉陽)이다. 성재선생(誠齋先生) 응태(應台)의 후손(後孫)이요, 선비인 섭무(燮武)의 따님이시다.

유인은 고종(高宗) 을묘년(乙卯年, 1879) 1월 24일에 출생(出生)했다. 어릴 때부터 자질(資質)과 성품이 단정(端正)하고 정숙했으며, 부인의 일에 관계되는 온갖 일들을 듣고 익히지 아니함이 없었다.

16세에 진양(晉陽) 정환필공(鄭煥弼公)에게 시집가니 곧 고려말(高麗末) 절의지신(節義之臣)인 우곡선생(隅谷先生) 휘(諱) 온(溫)의 후손이요, 조선조(朝鮮朝)의 효자(孝子)인 우호공(隅湖公) 준남(俊男)의 구세손(九世孫)으로, 누대(累代)의 종가(宗家)였다. 이때 시아버지께서는 이미 별세하셨고, 친족(親族)들은 많고 가무(家務)도 번잡하여 처리하기 어려운 일들이 많았으나, 여유(餘裕)있게 대응(對應)해 갔다. 특히 봉제사(奉祭祀)와 접빈객(接賓客)에 이르러서는 더욱 정성(精誠)과 예절(禮節)을 다하니, 사람들이 많이 칭찬하였다.

20세에 시어머니께서 갑자기 별세(別世)하시고 부공(夫公)마저 이어 별세(別世)하시니 경색(景色)이 매우 참담했다. 유인(孺人)께서 따라서 별세하시려고 했지만 오직 한 혈육(血肉)인 딸은 아직 어리고 가까운 친족(親族) 중에 부공(夫公)의 후사를 이을 사람은 다만 종시동생 한 사람뿐이었는데, 역시 나이 열 살도 못되었다. 제사(祭祀)를 받들고 어린이를 맡길 길이 아득했다. 기절(氣絶)했다가 다시 소생하여 슬픔을 참고서 장례(葬禮)며 제례를 힘을 다해 정성껏 처리(處理)하여 유감이 없게 했다.

종족을 대하고, 노복을 부리고, 농사(農事)를 짓는데 더욱 힘을 기울여 적이함을 다해 가정 법도가 옛 모습을 잃지 않게 했다. 얼마 후 종시동생이 성장하자 혼기(婚期)에 맞추어 성혼시키고 일찍 아들 낳기를 기원했다. 곧 아들을 낳자 7일만에 거두어 길렀다. 안아 주고, 먹이는 일이며,

손잡아 이끌어 주는 일을 잠시도 잊지 않았다. 공부(工夫)할 나이가 되자 애정(愛情)을 끊고 공부하러 보내어 학업(學業)에 소홀함이 없게 했다. 또, 항상 경계하기를, "스승을 따라 학문을 하는 것은 너의 집안의 세업(世業)이다. 부지런히 하고 힘써 선조(先祖)의 쌓은 덕을 더럽힘이 없게 하라"고 했다. 성장(成長)하자 먼 곳의 여러 선진(先進)들의 문하(門下)에 유학하여 보고 느낌에 도움이 되게 하여 가문(家門)을 보존(保存)할 계획(計劃)을 했다.

유인(孺人)은 성품이 매우 화후(和厚)하면서 강직(剛直)하고 과단성이 있었다. 또 남을 도와주려는 뜻이 간절하여 남의 어려움을 보면 마치 자신의 일처럼 여겼다. 이웃에 아이를 낳은 부인이 있으면 반드시 쌀이며 국거리를 주어 어려움을 면하게 했다. 시집간 딸 한 명도 생활(生活)이 어려우므로 한 마을에 살게 하여 생업(生業)을 안정되게 하고 4남매(男妹)의 혼사(婚事)도 모두 알맞게 치렀다.

이상이 유인(孺人) 일생(一生) 행장의 대략(大略)이다. 유인(孺人)의 아들은 바로 나의 장인이다. 지금 비석을 세우려 하면서 행장을 자세히 서술(敍述)하여 나에게 비문을 지으라고 하니, 내가 유인(孺人)의 행적을 자세히 알고 있기 때문이다.

생각건대 옛날에는 남편이 별세하면 재혼(再婚)하지 않는 것만으로도 열녀(烈女)라고 했다. 그런데, 후세에 와서는 반드시 남편을 따라 죽는 것만을 열녀라고 했다. 그러나, 일생동안 수절한다는 것은 실로 일시의 순절함보다 몇 배의 어려움이 있다. 그러므로, '옛날부터 순절하기는 쉽고 살아 수절하기는 어렵다' 는 말이 있다. 지금 유인의 일에 감동됨이 크다. 만약 유인께서 당시에 종사(宗事)를 이을 중대한 일은 생각하지 않고 일시의 기분대로 순절했다면 정씨(鄭氏)가 어찌 오늘날 종사(宗事)를 보존했으며, 후손(後孫)이 진진(振振)하여 고을사람들이 우러러보는 바가 될 있었겠는가? 그러므로, 유인께서 행한 일은 일신을 수절했을 뿐만 아니라, 실로 정씨(鄭氏) 가문(家門)이 의지해서 다시 일어날 수 있는 계기가 되게 했으니, 어찌 위대하지 않는가?

경자년(庚子年, 1960) 4월 17일에 정침에서 고종명(考終命)하니 향년이 82세였다. 학등(學嶝) 선산(先山) 아래 계좌(癸坐)의 언덕에 장사했다.

아들은 성규(性珪)요, 딸은 함안(咸安) 조용호(趙鏞祜)에게 시집갔다. 손자(孫子)는 호영(鎬英), 호종(鎬宗), 호재(鎬載)요, 손녀(孫女)는 이병혁(李炳赫)에게 시집갔다. 외손자(外孫子)는 순제(順濟)이다. 호영(鎬英)의 아들은 기락(琦洛), 동락(東洛), 상락(庠洛), 일락(馹洛), 봉관(俸官)이다. 호종(鎬宗)의 아들은 재윤(載潤), 남윤(楠潤)이다. 호재(鎬載)의 아들은 진욱(晉旭), 경윤(敬潤)이다.

삼가 행장(行狀)을 살펴보고 또 내가 직접 보고 들은 것을 참고하여 위와 같이 비문(碑文)을 짓는다. 그리고 생가(生家)의 아버지와 어머니께서도 지극한 행실과 아름다운 덕행이 많아, 몰래 옆에서 도운 공이 유인(孺人)과 같다고 할 수 있으나 여기에 감히 기록하지 못한다. 이어서 명(銘)을 짓는다. 명(銘)은 다음과 같다.

놀랍구나, 유인(孺人)이시여
단숙(端淑)하신 규중(閨中) 현부(賢婦).
어찌 그리 박명하여
20세에 홀로 되었는가.
외롭게 수절하니
금석(金石)같은 그 절개라.
가문(家門)을 일으키니
후손이 면면(綿綿)하네.
무덤 앞에 이 글 새겨
후세에 전하노라.

무진년(戊辰年, 1988) 3월 1일
손서(孫婿) 문학박사(文學博士) 여주(驪州) 이병혁(李炳赫) 삼가 지음

孺人 姓姜氏 晉陽人 誠齋先生諱應台之後 士人燮武其考也 孺人 生高宗己卯 正月二十四日 自幼姿性端靜 善承順庭訓 婦事凡百 靡不聞習 年十六歸于晉陽鄭公煥弼 卽麗季節臣 隅谷先生諱溫之後 朝鮮朝孝子隅湖公俊男之九世孫 而承累世宗者也 時舅已歿 且族里廣 而家務煩 多有所難理處 而應之裕餘 至於奉祭祀接賓客 尤盡誠禮 人甚稱之 及年二十 姑忽捐世 夫又繼歿 則景色慘憺 孺人非不欲暝然從逝 而所育一女 時尙在抱 近親之可爲夫後者 惟有夫從弟一人 而亦時未十歲 則奉祀托幼 茫無所依 至頓絶而見蘇 乃飮痛含忍 斂葬祭禮 隨力盡誠 一無致憾 至於御宗黨 使奴僕 治田疇 益加勵精 以究其宜 使家度 無失舊儀 無幾 夫從弟成長 及時求婚 以祈早子 及生子 至七日 便收而育家 哺抱提携 暫不忘念 年至上學 割戀送塾 使無闕課常戒之 曰從師問學 汝家世業 汝其勤勵 無忝先德 及長 復使遊遠方諸先進門 以資觀感 而爲門戶計焉 孺人 性甚和厚剛果 又切周恤之意 見人窮困 則若己當之 知隣婦之有産 必送米藿 以免急困 一女之適人者 常在艱窘 則率居同里 使至安業 至於嫁娶四子女 各適其所 此蓋孺人一生之槪也 孺人之子乃我外舅也 今將竪碣 斤斤述狀 命記其陰 蓋詳知孺人事故也 因念古者 以夫死不更爲烈 而後世 則必以殉身爲烈 然其始終自守之艱苦 實有幾倍於一時之殉 故古有死殉易 生守難之言 今於孺人 竊有感焉 孺人當日 若不念承宗重事 惟知一時快適 則鄭氏安可保宗於今日 而遽看子孫之振振 爲鄕中之望耶 然則孺人之行 不但爲一身之守 實鄭氏一門之所賴而興也 豈不偉哉 庚子四月 十七日 考終于寢 享年八十二 葬在學嶝 先兆下 負癸之原 男性珪女適咸安趙鏞祜 孫男 鎬英 鎬宗 鎬載 女李炳赫妻 外孫順濟 鎬英男 琦洛東洛 庠洛 駜洛 倖官 鎬宗男 載潤 楠潤 鎬載 男晉旭 敬潤 謹按狀辭 參之覩記 撰次如右 且生庭考妣 有至行美德 實多從傍陰助之功 可謂並美於孺人而玆不敢記 繼以銘曰

於惟孺人 端淑閨賢.

運何薄兮 晝哭弱年.

獨守孤苦 至如石堅.

扶樹門戶 孫曾綿綿.

銘于阡道 以示來人.

戊辰 三月 初吉

孫婿 文學博士 驪州 李炳赫 謹撰

고실유인 재령 이씨 제문
祭故室孺人載寧李氏文

유세차(維歲次) 무진(戊辰) 유월 경오삭(庚午朔) 20일 기축(己丑)은 고실유인(故室孺人) 재령이씨(載寧李氏) 기상지일(朞祥之日)이라, 전날 밤 무자일(戊子日)에 부(夫) 정성규(鄭性珪)는 삼가 비박지전(菲薄之奠)을 갖추어 영연(靈筵) 앞에 제사를 올리며 말씀드립니다.

아, 부인(夫人)이 나를 버리고 가신 지 벌써 1년이 지났구려. 부인이 비록 오랫동안 병상에서 고생했지만 어찌 잠깐 사이에 한 마디 말도 없이 갑자기 떠나, 나로 하여금 허둥지둥 의지할 곳 없이 할 줄 알았겠습니까? 그때 정신이 혼미하여, 글을 지어 영결(永訣)을 고(告)하지 못했는데, 지금 그 모습이 아득히 멀어져 가는데도 아직 한 자의 글로써 정곡(情曲)을 아뢰지 못했으니 부인을 저버림이 큽니다. 지금에야 비로소 병을 참고 글로 표현하여 봅니다.

오호(嗚呼)라, 부인이 나와 인간세상에서 부부의 인연을 맺은 지 벌써 60년이 넘었습니다. 그리고 아들딸을 좋은 곳을 가려 시집 장가보내었으니 하나도 유감될 일이 없으나 온갖 감정이 오래토록 마음속에 맺혀 안정을 찾지 못한 것은 무엇 때문일까요?

우리 집은 우곡(隅谷) 선조께서 터를 잡은 이후 육백 년을 대대로 살아온 곳이지요. 그리고 우리는 9세(世) 종가(宗家)로 친족은 많고 일은 번잡하며, 또 내가 옛날 진(秦)나라에 태어나서 초(楚)나라를 섬긴 사람처럼 양자(養子)갈 운수로, 태어난 지 겨우 7일 만에 종사(宗事)를 잇게 되니 생가(生家) 양가(養家) 두 집안에 아들은 나 한 명뿐이었지요. 부인이 18세에 우리 집으로 시집오니 그때 생가의 시아버지와 시어머니께서 살아 계시고 양가에는 20세에 혼자되어 수절(守節)하시는 시어머니께서 가정 일을 책임지고 계셨는데, 온갖 가정 일이 흐트러지고 얽혔지요. 나는 그때 겨우 나이 14세로 성품이 졸렬하고 세상 물정에도 어두웠으나, 부인이 이런 잡무(雜務)를 전담(專擔)하여 좌우로 고생스러이 꾸려 처리하기를 질서 정연하고 조리 있게 하셨습니다. 우리 가문은 실로 부인의 힘으로 유지될 수 있었으니 어질고 지혜로움이 보통사람보다 뛰어나지 않고서는 누가 이렇게 할 수 있었겠습니까?

또 내가 학문에 뜻을 두고 원근(遠近) 사람들과 교유(交遊)하여 손님이 항상 끊이지 않았으나 부인의 내조의 힘으로 다행이 남들에게 배척당하지 않았으니 이 역시 고마운 일입니다. 내가 중년에 수년간 병으로 누웠을 때 부인이 지극 정성으로 간호하면서 그 고생스러운 정상은 옛 사람에게서 찾더라도 누가 견줄 수가 있겠습니까? 그러므로 나의 마음이 돌이 아닌 이상 어찌 그것을 잊을 수 있겠습니까?

돌이켜 생각해보면 부인께서 일찍이 여자의 범절을 익혀 바느질이며 음식의 절차로부터 부녀에 관계되는 모든 일에 이르기까지 적절하지 않은 것이 없었습니다. 또 국문(國文)을 잘하여 마을 부녀들의 편지는 거의 부인의 손에서 나왔지요. 남과 수작(酬酌)할 때에는 언제나 남의 허물은 덮어주고, 남의 장점은 칭찬했지요. 시가 자매들을 마치 친정자매간처럼 대했고, 생질(甥姪)은 친자질(親子姪)처럼 보았으며, 그 나머지 일반적인 일도 정성과 신의로 대했지요. 이로 해서 문중 종족들이 하나도 헐뜯는 말이 없이 아주 진심으로 따랐으니 이는 실로 지금 세상에서 보기 어려운 사람이라고 할 수 있습니다.

오호(嗚呼)라, 내가 백 년 동안 함께 살면서 서로 의지하려 했는데 지금 부인께서 멀리 가시어 나로 하여금 늙어서 홀아비가 되게 했습니다. 혈혈단신 외롭게 되어 일이 있어도 의논할 곳이 없고 집에 들어가도 전송해주고 반가이 맞이해 줄 사람이 없어, 내 집에 있어도 마치 나그네처럼 누구와 더불어 이야기할 데가 없으니 슬프고 슬픈 일입니다. 그러나 내 나이 이제 70이 넘었으니 저승에서 서로 만날 날도 멀지 않을 것이오.

옛 사람이 '슬픔도 얼마 남지 않았다'는 말은 나의 이 마음을 먼저 표현한 것 같소이다. 만나기 전에 느낀 것 한두 가지를 적어 아뢰니 혼령께서 살피시는지요? 뜻은 긴데 말이 졸하여 심중에 있는 것을 만에 하나도 표현하지 못하오.

오호(嗚呼) 애재(哀哉) 상향(尙饗).

維歲次戊辰六月庚午朔, 二十日己丑, 故室孺人載寧李氏朞喪之日也. 前夕戊子, 夫鄭性珪, 謹具薄奠, 致祭于靈筵之前曰, 嗚呼, 夫人棄我而歸, 已周歲矣. 夫人雖久苦病床, 豈料俄忽之間, 無一言而遽歿, 使我遑遑無所依耶? 時精神昏迷, 未能爲文告訣, 今儀形邈然永隔, 尙未克一字告情, 孤負夫人大矣. 今始力疾摛辭. 嗚呼, 夫人與余相爲夫婦於人世者, 已六十之久, 且嫁娶子女各適其所, 一無所憾, 而此情之久結于中, 莫能自定何耶? 盖吾家是隅祖六百年世庄之地, 而爲九世派宗, 族多事煩, 且吾以生秦事楚之運, 生纔七日, 入承宗事, 而爲兩家一子也. 夫人年十八歸于吾家, 生家舅姑時尙在堂, 弱年守節之尊姑當家, 而家務紛耗, 余則時年十四, 性又拙而濶於世情, 夫人專擔諸務, 左右彌縫, 處之者井井有條理, 吾門戶實賴以扶持, 非賢慧過人, 孰能如此? 且余志於爲學, 交遊遠近, 賓客常不絶, 以夫人內助之力, 幸不見斥於人, 是亦可感矣. 吾中年病臥數年, 夫人極誠調護, 其辛苦之狀, 雖求之古人, 孰可幷匹耶? 然則我心匪石, 豈能忘之乎? 因念夫人, 早習女範, 自針線飮食之節, 凡百女事, 無不稱適, 且長於筆翰, 里閈內簡, 擧出其手, 與人酬酌, 恒掩其過, 而稱其善, 其於姊妹, 待如私親兄弟, 視甥姪如親子姪, 餘他泛然之事. 無不誠信以應之, 是以門巷宗黨, 一無間言, 洽然誠服, 此誠難見於今世也. 嗚呼, 余常欲百年同床, 與之相依, 今夫人先歸, 使余老作首窮, 孤影孑孑, 有事莫議, 出入門庭, 無有送迎, 在家如旅, 無與可說, 痛矣痛矣. 然吾年踰七十, 泉下相見, 知在不遠, 古人所云, 悲不幾時者, 可謂先獲矣. 未前略擧所感者一二告之, 靈其察之乎否? 意長言拙, 莫宣萬一. 嗚呼哀哉尙饗.

국천처사 진양 정공 묘갈명 서문도 함께 씀
掬泉處士晉陽鄭公墓碣銘 幷序

가정이나 국가가 위태롭고 쇠약할 때를 당하여, 몸을 바치고 정성을 다해서 세업(世業)을 이어가고 후손을 편히 살 수 있게 하여 태산(泰山)과 반석(盤石) 위에 올려놓는다면 가정과 국가가 비록 크고 작은 규모는 다를지라도 그 어려운 일을 감당한 것은 다르지 않을 것이니, 어찌 가정 일이라고 해서 가볍게 말할 수가 있겠는가? 내가 근자에 국천 처사 정공에게서 느낀 바가 많다.

공의 이름은 성규(性珪)요, 자(字)는 인화(仁華)이며, 국천은 아호(雅號)이다. 정씨의 계보(系譜)는 진양(晉陽)에서 나왔다. 고려말 부원군(府院君)인 헌(櫶)이 시조이다. 두 대(代)로 내려가서 온(溫)은 대사헌(大司憲)으로, 굽히지 않는 절의(節義)를 지켰는데, 이태조(李太祖)가 여러 번 예를 갖추어 불렀으나 청맹(靑盲)이라 핑계하고 나가지 않으므로, 솔잎으로 눈동자를 찔러 시험해 보기까지 했으니 세상에서 일컫는 우곡선생(隅谷先生)이다. 조선조(朝鮮朝)에 들어와서 우호처사(隅湖處士) 준남(俊男)은 경서(經書)와 예학(禮學)에 밝고 효행(孝行)이 뛰어남으로써 세상에 알려졌으니, 공의 10대조이다. 증조(曾祖)의 이름은 상권(象權)이요, 할아버지의 이름은 민주(玟柱)이니 호(號)가 운계(雲溪)로 재주와 학행(學行)이 있었다. 아버지의 이름은 환필(煥弼)이니, 호가 죽재(竹齋)로, 효행(孝行)으로 명망이 높았는데 일찍 별세했다. 어머니는 능주 구씨(綾州 具氏)와 진양 강씨(晉陽 姜氏)이니, 모두 부덕(婦德)이 있었다. 환철(煥喆)은 덕행(德行)이 있었고, 안동 권씨(安東 權氏) 승용(升容)의 따님은 역시 여사(女士)의 행실이 있었으니, 생가(生家)의 아버지와 어머니이다.

공(公)은 을묘년(乙卯, 1915) 6월 20일에 출생했다. 이때 양가(養家)어머니 강유인(姜孺人)께서 나이 겨우 20세에 딸만 한 명을 두고 홀로 되었다. 공이 태어난 지 겨우 7일만에 양자하여 후사를 이으니 곧 우호공(隅湖公)의 10대 종손(宗孫)이 되었다.

공은 일찍이 가정의 학문을 이어받아 인륜의 큰일들을 스스로 알았다. 양가(養家)와 생가(生家)의 부모님을 섬김에 마음을 다해 받들어 조금도 어김이 없었다. 조금 자라서 정헌 곽옹(靜軒 郭翁)의 문하(門下)에서 공부하여 강론(講論)하기와 글 읽기를 부지런히 하고 독실하게 하여 기대를 받았다. 그러나 양가(兩家)의 가정 일이 너무나 번잡하여 학문에만 마음을 쏟을 수가 없어서 돌아와 가정을 다스리기로 했다. 그리하여 오직 선조의 세업을 이어가는 것만으로 임무를 삼았다. 어른을 받들고 아래 사람을 거느리며, 산 사람을 봉양하고 죽은 사람을 장사지냄에 모두 은혜와 도리를 다했다. 족당(族黨)과 고을 사람들을 대함에도 정성과 신의(信義)를 다하지 않음이 없었다. 그리고 후일 종제(從弟) 병규(丙珪)로 생가(生家)에 양자시켰다.

우곡 선생의 신도비(神道碑)가 아직 없었으므로 공이 앞장서서 종족(宗族)과 의논하여 채산 권공(蔡山 權公)에게서 비문(碑文)을 받아 우곡정(隅谷亭) 옆에 세웠다. 묘소(墓所)의 석물(石物)도 새 것으로 바꾸었다. 또 우곡정과 모성재(慕誠齋)가 세월이 오래되어 퇴락(頹落)했으므로 주선하여 중수하니 이런 것들은 모두 수백 년 동안 못했던 일들이다. 우호공(隅湖公)께서 쌓은 반송대(盤松臺)에 소나무가 아직 남아 있어 지나는 사람들의 지점(指點)하는 바가 되었으므로, 또 그 곁에 비석을 세워 경모(景慕)했다. 선조의 세업을 이어가고 후손을 편히 살 수 있게 하는 사업과 가문(家門)을 보존하는 계책을 마음속에서 계획해서 시행함에 질서 정연함이 이와 같았다.

공은 본래 성품이 침중(沈重)하여 남의 허물을 말하지 아니하고, 간격을 두지도 않아 손님들이 항상 문앞에 끊어지지 않았으나, 매우 정성스럽게 대했다. 고을 친구들과 함께 송백계(松柏契)의 모임을 가져 때때로 서로 연마(硏磨)했다. 유교(儒教)를 일으키고자 유도회(儒道會) 진주지부(晉州支部)의 책임을 맡아 후진을 계몽하는데 힘과 마음을 지극히 기울였다.

만년(晩年)에는 우곡 선생이 파 놓은 육천(六泉) 사이에 거닐며 조석

(朝夕)으로 그 물을 떠 마시면서 즐거이 읊조리며 문밖의 세상일을 모두 잊고 살았다. 굴천(屈川) 이일해공(李一海公)이 매우 좋은 일로 여겨 국천(掬泉)이란 액자(額子)를 써 보내고, 농산(儂山) 이병렬공(李丙烈公)이 기문(記文)을 지어 깊은 뜻을 밝혀내니, 그 취향(趣向)이 어떠했는지를 알 수가 있다.

공은 경오년(庚午年, 1990) 10월 30일에 별세하니 향년 76세이다. 마을 서쪽 사곡(沙谷) 건좌(乾坐)의 언덕에 장사했다. 장례 때 고을 선비들이 만장(挽章)과 제문(祭文)을 가지고 모인 자가 천 명에 이르러 유림장(儒林葬)으로 행하니 근래에 드문 일이었다. 만장과 제문에 모두 순후(淳厚)한 사람이 가문(家門)의 명성을 잘 이었다고 칭송하고, 한결같이 좋은 선비가 별세한 것을 슬퍼했으니, 이에 더욱 세상의 논평을 알 수가 있다.

배위(配位)는 재령(載寧) 이씨(李氏) 현삼(鉉三)의 따님이다. 정숙(貞淑)하고 부덕(婦德)을 갖추어서 선조의 제사를 받들고, 양가(養家) 생가(生家)의 부모님을 봉양함에 정성을 다하지 않음이 없으니 고을 사람들이 많이 칭송했다. 공(公)보다 3년 먼저 나서 3년 전에 별세했느니, 묘(墓)는 공의 왼쪽 편에 있다.

3남 1녀를 두었으니, 아들은 호영(鎬英) 호종(鎬宗) 호재(鎬載)이고, 딸은 이병혁(李炳赫)에게 시집갔다.

호영의 아들은 기락(琦洛) 동락(東洛) 일락(馹洛) 봉관(俸官)이요, 호종의 아들은 재윤(載潤) 남윤(楠潤)이요, 호재의 아들은 진욱(晉旭) 경윤(敬潤)이다. 병혁의 아들은 창형(昌衡) 상형(尙衡)이요, 딸 미연(美娟)은 아직 시집가지 않았다.

아, 공은 체격이 훤칠하고 자질이 순후하여 밖으로는 부드러운 것 같으나 안으로는 강직하였다. 뜻을 지키며 실행함에 일정한 법도가 있어서 들어오면 종족이 우러르고, 나가면 고을 사람들이 추중(推重)하였다. 옛 가문의 명성(名聲)을 떨어뜨리지 아니했고, 선조를 더럽히지 말라는 옛 교훈을 저버리지 않았다. 또 후손이 면면(緜緜)하고 여경(餘慶)이 진진(振振)하니, 이것이 어찌 우연한 일이겠는가? 세상에서 선비라고 이름난 사람을 보면 대개 성명(性命)의 고상한 이야기는 하면서 실제 일에는 우원(迂遠)하고, 문사(文辭)는 고상하면서도 근본적인 일에는 어두우니, 이는 모두 고원(高遠)한 데는 마음을 돌리면서 가까운 실행에는 소홀한 것이다. 만약 이들이 공의 한 평생 닦은 사업을 본다면 상연(爽然)히 미안함을 느낄 것이다.

공(公)이 임종(臨終)때에 아들에게 유언(遺言)으로 병혁에게 비문(碑文)을 짓게 하니, 병혁이 오래 동안 사위로서 드나들면서 공의 일을 잘 알기 때문일 것이다. 어찌 글을 잘 짓지 못한다고 사양할 수 있겠는가? 삼가 보고 들은 바를 위와 같이 기록하고 이어 명(銘)을 짓는다.

돈후(敦厚)하신 바탕으로
옛 가문(家門) 이끄셨네.
일마다 마음마다
오직 성실 뿐이셨네.
가정에나 고을에나
어디인들 안 맞으랴?
가문(家門)이 우러러보고
고을에서도 칭송하네.
뿌리 깊이 물을 대어
후손이 번창하네.
이 비석(碑石)에 글을 새겨
무궁토록 전하리라.

경오(庚午, 1990) 대한절(大寒節)에
사위 문학박사 여주(驪州) 이병혁(李炳赫) 삼가 지음

蓋當家國危替之際 而鞠躬盡瘁 能立承裕盤泰之業 則家國雖有大小之殊 其義非二矣 豈可以家而易言哉 余於近故 掬泉處士鄭公 深有傾感焉

公諱性珪 字仁華 掬泉別號也 鄭氏系出晉陽 麗末府院君 諱檍 爲肇祖 再傳諱溫 以大司憲 守罔僕之義 太祖累聘 託靑盲不起 至以松鍼試之 世所稱隅谷先生也 入朝鮮朝 有隅湖處士 諱俊男 以經禮孝行聞于世 於公間十世 曾祖諱象權 祖諱玟杜 號雲溪 有才行 考諱煥弼 號竹齋 以孝義有淸望而早世 妣綾州具氏 晉陽姜氏 俱有婦德 諱煥喆 有行德 安東權氏升容女 亦有女士行 本生考妣也 公生以乙卯 六月 二十日 時妣姜孺人以公之堂母 年才二十 而只有一女矣 公生甫七日 取而爲后 爲隅湖公之十世主鬯孫也 公早襲家學 自知大義 事兩庭 曲意承奉 未或有咈 稍長 從學於靜軒郭翁門 講讀勤篤 爲其所期詡焉 而以兩家家務浩繁 不能專意爲學 歸治家政 而惟以紹述爲主 奉上御下 養生送死 俱盡恩義 以至處族黨待鄕里 無不極我誠信 後以從弟丙珪 繼生庭 隅谷先生神道 尙闕大碑 公倡宗族 謁文於蔡山權公 以竪亭側 墓所儀物 亦易而新之 亭與齋歲久頹落又周旋重修之 此皆數百年未遑也 隅湖翁 所築盤松臺 松尙存 爲人所指點又竪碑其側 以致景慕 盖承先裕後之業 綢繆牖戶之策 莫不營度于中 發乎施措者 井井有序如此 公性素沈重 不言人過失 不設畦畛 賓朋恒不絶於門接之甚款 同鄕士友結松栢契 時相磨礱 欲扶持斯道 任儒道會晉州支部之責 於啓發群蒙 極用心力 晩暮常逍遙於隅谷所鑿六泉之間 朝暮掬飮 樂而吟詠 渾忘門外有何世 屈川李一海公 甚許而書寄掬泉之額 儂汕李丙烈公作記而闡發之 可見所尙之如何矣 公歿以庚午十月三十日 享七十六壽 葬于村西沙谷 乾坐之原 及葬 鄕章甫 以挽祭會者 至千數 乃以禮送之 實近故稀事也 挽祭 咸稱淳厚人 克紹家聲 一辭歎善士之亡 於此 益可見月評也 配載寧李氏鉉三女 貞淑備德 奉承先祠 孝奉兩庭 靡不竭誠 鄕里多稱之 生卒俱先公三載 而墓祔左 有三男一女 男鎬英 鎬宗 鎬載 女卽李炳赫妻 鎬英男 琦洛 東洛 庠洛 駣洛 俸官 鎬宗男 載潤 楠潤 鎬載男晉旭 敬潤 李男 昌衡 尙衡 女未行 嗚呼 公體幹秀偉 天資淳厚 外若柔而內實剛 操守踐履 克有常道 入則宗族依仰 出則鄕黨推重 不墜古閥風聲不負無忝古訓 且瓜瓞綿綿 餘慶振振 此豈偶然也哉 窃觀世之以士爲名者或高談性命 而濶於事情 或嫺於文辭 而昧於本源 是皆騖高遠 而忽近實也

觀公一生修爲之業 則必爽然自失矣 公臨歿 遺命諸子 屬炳赫爲阡道之文 盖炳赫 久在甥館 知之甚詳故也 豈可以不文固辭 故謹敍睹記如右 系以銘曰

以敦厚質 導率古閥 事事心心 惟務誠實
在家處鄉 何用不適 門仰岍檬 鄉稱隣德
況勤漑根 後孫膚碩 刻此貞珉 永示無極
庚午 大寒節
外甥 文學博士 驪州 李炳赫 謹撰

칙임중추원의관 진양 정공 효행비
勅任中樞院議官晉陽鄭公孝行碑

공(公)의 이름은 수주(壽柱)요, 자(字)는 중일(中一)이다. 성은 진양 정씨이며, 고려말에 절의를 지킨 우곡(隅谷)선생 정온(鄭溫)의 후손이다.

고조는 용연(龍淵)이요, 증조는 동억(東億)이요, 조(祖)는 창노(昌魯)요, 아버지는 상진(象震)이요, 어머니는 성산 이씨(星山李氏) 아무개의 따님이시다.

공은 철종(哲宗) 신유년(辛酉年, 1861)에 나서, 나이 17세에 아버지를 여의고 오로지 어머니를 봉양하였는데, 가난하고 재산이 없어 날마다 품삯으로 음식을 준비하였다. 얼마 후 어머니가 중풍으로 앓아누워 20년 동안 움직이지 못했다. 공은 비록 밖에서 일을 하더라도 반드시 돌아와서 손수 밥을 짓고, 또 똥오줌도 손수 치워, 새로 씻은 것으로 바꾸어서 언제나 방안을 깨끗이 했다. 후에 상사를 당하여 슬피 울며 초상 장사를 치름이 모두 예의 법도를 넘었고, 3년 동안 피눈물이 나도록 울며 거친 밥을 먹기를 평소에 예의(禮義)를 깊이 강론한 사람과 같이 했다. 광무(光武) 8년(1904)에 고을 선비들이 예조(禮曹)에 글을 올리니, 예조에서 임금에게 알려 조봉대부(朝奉大夫) 동몽교관(童蒙敎官)을 제수하고, 조칙(詔勅)으로 정려(旌閭)를 내렸다. 광무 10년(1906)에 칙명(勅命)으로 정삼품(正三品) 중추원의관(中樞院議官)에 오르니, 주임관(奏任官) 육등(六等)

이다. 배위(配位) 정렬부인(貞烈夫人) 한씨(韓氏)는 숙부인(淑夫人)이 되었는데, 정렬부인이란 새 제도에 의한 것이다. 그러므로 고비(考妣)와 전배(前配) 창녕 조씨(昌寧曺氏)는 이때 이미 별세하여 이에 참여하지 못했다. 나라가 망한 지 5년이 되는 갑인년(甲寅, 1914) 3월 25일에 공이 별세하므로, 마을 뒷산 봉산(鳳山) 유좌(酉坐)의 언덕에 장사했다.

아들 한 분을 두었으니, 환범(煥範)이요, 딸 한 분은 재녕(載寧) 이순호(李順浩)에게 시집갔다. 환범이 생규(生珪)를 두었으니, 대학에서 신학문을 공부하고 졸업 후에 민간 상사에 근무하고 있는데 그 앞길이 밝다.

하루는 그의 족형(族兄) 성규(性珪)에게 말하기를 “우리 할아버지께서 효행(孝行)이 있어 황제(皇帝)의 칙명까지 받았는데, 어찌 이 칙명을 황폐한 속에 매몰시켜 임금의 은혜를 욕되게 할 수 있겠습니까? 제가 마을 길 앞에 비석을 세워, 지나는 이로 하여금 읽게 하고 싶으나, 누가 저를 위해 이 일을 해 줄 수 있겠습니까?”라고 했다.

성규가 생규와 함께 나에게 찾아와서 글을 지어 달라고 청하므로 내가 늙어서 글을 지을 수 없다고 사양했으나, 그 청이 더욱 간절하므로 이렇게 짓는다.

을축년(乙丑年, 1985) 2월 일

재녕(載寧) 이일해(李一海) 지음

公諱壽杜 字中一 晉陽鄭氏 節臣隅谷先生溫后也 高祖曰龍淵 曾祖曰東億 祖曰昌魯 考曰象震 妣曰星山李某女 公以哲宗辛酉生 年十七喪父 公養專母夫人 而窮苦無力 日取傭賃具饌 俄而母夫人 患風痰 臥二十年 不能起動 公雖役於外 必歸而手炊幷且掬遺矢 易新蓐 常令室內得其潔淨 及後曹故 哀號治喪葬 皆逾制 泣血疏食三年 若有素講于禮儀者 光武帝八年 鄕隣章甫飛章禮部 禮部以聞 遙授朝奉大夫童蒙敎官 有詔旌其閭 十年 升勅命正三品 中樞院議官 敍奏任官六等 婦韓氏爲淑夫人 貞烈 蓋革新制度也 故上自考妣及前配昌寧曺氏 時已亡者 皆不與焉 遞至國權不守五年 甲寅 三月 二十五日 公卒 葬里後 鳳山坐酉原 一男 煥範 一女 適載寧

李順浩 煥範生生圭 攻新文化於大學 旣卒業 從民間商社授職 以至于今 其進尙未易量云 一日語其族兄性珪曰 我王考 有孝行 受皇帝寵命 豈可使寵命 埋沒草萊 以辱天恩 不肖欲刻石里前 公道上 令過者讀之 誰能爲不肖當是役者 性珪乃與生圭 來余謁文 余辭以耄 其請益勤以固 於是乎書

乙丑 二月 日 載寧 李一海 撰

-《屈川文集》卷3-

사성 김해 김씨편(賜姓金海金氏篇)

사성 김해 김씨 세보 서
賜姓金海金氏世譜序

서문 1

순(舜)임금은 저풍(諸馮)에서 출생했으나, 어찌 끝내 동이(東夷)의 사람이겠는가? 문왕(文王)은 기주(岐周)에서 출생했으나 역시 끝내 서이(西夷)의 사람이겠는가? 높고 높으며 빛나고 빛나 결점을 잡을 수 없다. 그런데 천고(千古)에 귀화하여 문명의 도리로써 오랑캐의 도리를 바꾼 사람이 있으니, 김해 김공(金海 金公)이 바로 이런 분이다.

공의 선계(先系)는 일본 사씨(沙氏)이다. 아버지의 이름은 익(益)이요, 할아버지의 이름은 옥국(沃國)이며, 공(公)의 이름은 야가야(也可也)이다. 공이 태어나면서 개연(慨然)히 슬퍼하는 마음이 있어 항상 말하기를 "사람이 나면서 대장부로 태어난 것은 다행한 일이나 불행히 중화문물(中華文物)의 땅에 태어나지 못하고 이런 궁벽한 오랑캐의 땅에 태어나서 오랑캐를 면하지 못하고 죽으면 어찌 우주간(宇宙間)에 영웅의 한스러운 일이 아니겠는가?" 하고 강개(慷慨)하기를 마지않아 때로는 눈물을 흘리기까지 했다.

임진년(壬辰年, 1592)에 청정(淸正)이 조선을 침입할 때, 공은 홀로 마음속으로 옳지 않다고 여겼다. 그러나 공이 용감하고 지략이 뛰어났으므로 특별히 우선봉장(右先鋒將)으로 삼았다. 공이 마지못해 조선의 국경으로 들어와서 의관(衣冠) 문물(文物)의 번성한 것을 보고 마침내 스스로 탄식하며 말하기를 "삼대(三代, 夏·殷·周)의 예의(禮儀)가 모두 여기에 있구나"하고 그 군사 3천명으로 경상병사(慶尙兵使) 김응서(金應瑞)에게 귀부(歸附)하였다. 협력하여 적을 쳐서 여러 번 공을 세웠으므로 김응서가 왕에게 아뢰니 왕이 즉시 명령을 내려 역마를 타고 올라오게 했다. 왕이 불러들여 접견하고 재능을 시험해 보고는 매우 가상히 여겼다. 명령을 내려 절충장군(折衝將軍)을 제수하고 데리고 온 군사를 거느리고 명(明)나라 장수 이여송(李如松)의 명령을 따르게 했다.

증산(甑山)의 싸움에서 명나라 장수가 경상병사(慶尙兵使)와 공을 선봉장(先鋒將)으로 삼았는데, 경상병사가 마침내 명나라 장수의 지시를 어기게 되었다.

명나라 장수가 군법(軍法)으로 목을 베려 했다. 그러자 공이 몸을 떨치고 일어나 자원해 나서며 말하기를 "청컨대 왜장의 목을 베어 병사의 죄를 속죄하겠습니다"하고 손수 5백여 명을 목베니 명나라 장수 역시 기이하게 여겨 조정에 표창할 것을 아뢰었다. 이에 왕이 성을 김씨로 내리고 이름을 충선(忠善)이라 하게 하고 그의 군사를 거느리고 수어청(守禦廳)에 귀속시켜 친군(親軍)을 호위하게 했다. 그때 우리나라에는 조총(鳥銃)과 화약(火藥)이 없었다. 따로 훈련청(訓鍊廳)을 설치하여 이를 감독하며 제조하게 했더니 몇 개월만에 모두 정예(精銳)하게 만들었다. 대개 조총과 화약은 만고(萬古)에 신통한 것인데 이는 바로 공께서 창제한 것이다.

갑자년(甲子年, 1624) 이괄(李适)의 난리 때에 역적 이괄의 부장(副將) 서아지(徐牙之)는 본래 비장(飛將)이라고 일컬었다. 이괄이 잡히자 서아지가 그 군사를 거느리고 도망갔다. 경상 순·절(慶尙巡節) 양영(兩營)에서 조정의 명령으로 그를 추격하여 체포하게 했다. 낙동강(洛東江) 나루터에서 서로 만났는데 서아지가 말을 달려 칼을 휘두르니 향하는 곳에 당적할 자가 없었다. 순·절 양영에서 속수무책(束手無策)으로 잡지 못했다. 공이 부하 용사(勇士) 20명을 거느리고 김해까지 추격하여 서아지와 휘하 10여명을 목베어 조정에 바쳤다. 조정에서 크게 기이하게 여겨 특별히 서아지의 토지와 노비를 공에게 하사했다. 공은 사양하며 받지 않고 수어청에 헌납하니 그 둔전(屯田)이 지금까지 남아 있다.

인조조(仁祖朝)에 북쪽 오랑캐의 경보가 자주 일어나므로 왕이 공을 불러 방어할 계책을 물었다. 공이 몸소 맡기를 원하여 10년 동안 방어하여 처음부터 끝까지 게을리 함이 없었다. 체찰사(體察使)가 표창하기를 아뢰니 왕이 기이하게 여겨 후원(後苑)으로 불러들여 친히 음식을 내려주며 위로하고 정헌(正憲)을 더하여 내렸다. 교지(敎旨)에 어필(御筆)로 친히 쓰기를 "자원하여 적을 막아내었으니 그 마음이 가상하다"하고 휴가를 주어 집으로 돌아가서 쉬게 했다.

마침내 병자호란(丙子胡亂, 1636)을 만났다. 공은 왕의 명령을 기다리지 않고 밤을 잊고 싸움터로 달려갔다. 성 아래에 이르러서야 왕의 부르는 명령이 내려왔다. 바로 그 길로 쌍령(雙嶺)의 경상병사(慶尙兵使) 진중(陣中)으로 달려가 싸웠다. 거느린 군사 일백오십 명으로 대진(大陣) 5리쯤에 거리를 두고 따로 한 병영(兵營)을 설치하고 오랑캐의 군사와 만나 싸웠다. 추격하여 경안교(慶安橋)에 이르러 각각 수십 명씩 목을 베었다. 그때 마침 좌병사(左兵使)의 진중(陣中)에 불이 나서 화약 창고가 적에 함락되었다. 공은 말을 달려 남한산성(南漢山城)으로 들어가니 화의(和議)가 이미 이루어져 공을 세우지 못하고 다만 이품(二品)의 관직만 받고 천수(天壽)대로 살다가 별세했다. 통훈대부 행군수(通訓大夫 行郡守) 유공비(兪公 秘)가 그 묘에 쓰기를 뭐뭐라고 했다. 아깝구나, 그 후에 훈련국(訓練局)에서 공의 훈련의 공로를 생각하여 공의 아들 경원(敬元)을 특별히 추천하였다. 왕이 훈련국에 재가를 내려 초관(哨官)을 삼게 했다. 그 계사(啓辭)의 비답(批答)에 이르기를 "장수 김충선이 우리나라의 문화를 그리워하여 귀의(歸義)한 정성과 나라를 위해 충성을 다한 마음은 극히 가상하다. 그 자손은 대대로 채용해서 은전을 내려주고 호역(戶役)을 면제시켜라"고 했다. 전후의 사적(事蹟)이 《징비록(懲毖錄)》에 대략 있다.

아, 사람이 공로가 있어 성을 얻은 자가 예로부터 한 사람뿐만이 아니지마는 김공과 같은 이는 없다. 다만 공의 평상시 기개(氣槪)와 난리에 임해서 세운 사업을 보면 마땅히 나라에서 성을 내리고, 공은 성을 받아 남의 시조가 될 만하다. 남은 경사가 있어 가지와 잎이 무성하여 후손이 번성하게 되었으니 매우 아름다운 일이구나.

그러나 이세(二世) 삼세(三世)로 내려가면서 후손이 점점 멀어져가니, 이에 친족끼리 소원(疎遠)해가는 탄식이 있다. 오직 친족끼리 돈목(敦睦)하는 도리는 보첩(譜牒)보다 나은 것이 없다는 것은 일찍이 소장공(蘇長公)의 족보 서문 가운데서 보았다. 지금 김해 김공의 후손 하연(夏璉)이 천 리 길을 멀다 하지 않고 나를 찾아와서 서문을 청한다. 생각해보면 이 늙고 졸(拙)한 내가 어찌 감히 여기에 말을 하겠는가? 그러나 공이 남의 시조가 된 사적은 실로 가히 드러낼 만하고, 그 후손이 나에게 찾아와서 서문을 청하는 정성 역시 매우 근실하므로 감히 거칠고 졸한 것도 잊고 서문을 써서 후일 상세히 하고 소략하게 함을 기다린다.

숭정 기원후(崇禎 紀元後) 삼기묘(三己卯, 1759) 사월(巳月, 4월) ○일에

숭정대부 원임이조판서 겸판의금부사 지경연사 세자좌빈객 홍문관제학 치사 봉조하(崇政大夫 原任吏曹判書 兼判義禁府事 知經筵事 世子左賓客 弘文館提學 致仕 奉朝賀) 달성(達城) 서종잉(徐宗仍) 지음

舜生於諸馮 豈終東夷之人歟 文王生於岐周 亦終西夷之人歟 巍巍乎郁郁乎尙矣 吾無間然 而千古歸來 用夏變夷者 果有之 金海鄕貫金公是耳 公之先 則日本沙氏 而父諱益 祖諱沃國 公諱也可也 公生而慨然有自傷之志 常曰 人生而爲丈夫 是則幸也 而不幸不出中夏文物之地 生此偏邦夷服之中 未免爲左衽而死 則豈非宇宙間英雄之恨也 慷慨不已 或至涕泣 當壬辰淸正之入寇 公心獨非之 然以公之勇略絶倫 特爲右先鋒將 公不獲已 而入此之境 見衣冠文物之盛 遂自歎曰 三代禮儀 盡在此矣 以其兵三千 歸附于慶尙兵使金應瑞 協力討賊 累效功伐 應瑞啓達 上卽命乘馹上來 引見試藝 甚嘉之 命除折衝 使領其衆 聽命于天將李如松矣 甑城之戰 天將使慶尙兵使及公爲先鋒 而兵使遂失 天將之節制 天將以軍法將斬之 公奮身自願曰 請斬倭將之頭 以贖兵使之罪 手斬五百餘級 天將亦奇之 褒聞于朝 上賜姓金氏 錫名忠善 命領其衆 屬於守禦 扈衛親軍 其時我國 無鳥銃火藥之制 別設訓鍊廳 使之監造數月 皆得精銳 盖鳥銃火藥 實萬古神運 而卽公之所自創制也 甲子之亂 逆适之副將徐牙之 素稱飛將 及适授首 牙之

收兵遁逃 慶尙巡節兩營 以朝令追捕 相遇於洛東津頭 而牙之 策馬揮釖所向無前 巡節兩營 束手失捕 公以部下勇士二十人 追至金海 擊斬牙之及麾下十餘人 獻于朝 朝家大奇之 特賜牙之田民 公辭不受 納之守禦 其屯田至今有之 而仁廟朝 北警數起 上引詢防禦之策 公願身當 十年仍防 終始靡懈 體使褒聞 上奇之 引入後苑 親賜犒饋 命加正憲 而教旨中 以御筆親書曰 自願仍防 其心可嘉 給暇下鄕矣 卒逢丙子之亂 不待召命 罔夜赴亂 比至城下 召命始下 直自其路 赴戰于雙嶺慶尙兵使陣 以所領軍百五十名 距大陣五里許 別立一營 與胡兵遇戰 追至慶安橋 斬馘各累十級 而左兵使陣中失火 火藥庫爲賊所陷 故公策馬直走南漢 則和議已成 功伐莫曝 只得二品之秩以終天年 而通訓大夫行郡守兪公秘 書其墓曰 云云 惜哉其後自訓局 思公之訓鍊功勞 以公之子敬元別薦 而啓下本局哨官 其啓辭批答曰 其將金忠善 向化歸義之誠 爲國盡忠之心 極爲可尙 其子孫世世錄用 加給復戶爲教 而前後事蹟 略在懲毖之中 噫人之有功 而得姓者 自古非一 而莫金公若也 第見公之平時志槩 臨亂事業 則宜乎 國之賜姓 公之得姓 而爲人鼻祖也 餘慶所在 柯葉靈茂 迨有椒聊之蕃衍 猗其美矣 然而二世三世 後屬稍遠 庸有騂弓之歎 則惟其敦睦之道 無過乎譜牒 而曾於蘇長公譜序中觀之矣 今金海金公之來孫夏璉 不遠千里 屬余序事 顧此老拙其敢容喙 然夫公之爲人鼻祖之蹟 實爲可彰 其孫之來予請序之誠 亦甚勤至 故敢忘蕪拙 ○○以待後之詳略

崇禎紀元後三己卯 巳月 日

崇政大夫 原任吏曺判書 兼判義禁府事 知經筵事 世子左賓客 弘文館提學 致仕 奉朝賀 達城 徐宗伋序

서문 2

대저 보첩(譜牒)은 근본인 조상에 보답하고 후손을 결속시키는 것이다. 친족끼리 돈목하지 않으면 근본에 보답할 수 없고, 족친의 서열을 밝히지 않으면 후손을 결속시킬 수 없다. 본손과 지손(支孫)이 백세토록 계계(繼繼) 승승(承承)하여, 능히 아무 조상의 아무 후손인 것을 알고, 일백

갈래가 나누어졌으나 역시 누구와는 가깝고 누구와는 먼지를 기록하는 것이 곧 친족끼리 돈목하여 근본에 보답하는 일이며, 친족의 서열을 밝혀 후손을 결속시키는 것이다. 만약 그렇지 않으면 칡넝쿨에 떨어지는 잎이 그 뿌리를 덮어주지 못하는 것과 같고, 남은 가지, 차가운 꽃술이 고산(孤山)의 매화(梅花)가 아닌지 의심을 가지는 것과 같이 된다. 그 근본에 보답하는데 무엇이 되며, 후손을 결속시키는데 무엇이 되겠는가? 고금(古今)으로 번성한 귀족들이 대대로 보첩을 만드는 것은 대개 이런 의미에서이다. 그래서 우리 종족은 더욱이 보첩을 만들지 아니할 수가 없다.

생각해보면 우리 시조께서 후손을 열어줌이 어찌 그리 위태로운 시기였으며, 어찌 그리 다행스러웠는가? 만리타향에서 홀로 나그네 신세로 많은 적들 속을 뚫고 임금님 가까이를 출입했으니 위태로움이 이보다 심한 때가 없었을 것이다. 세 번의 난리에 몸을 떨치고 일어나서 한 마음으로 충성을 다해 공로는 국가를 일으키고, 은택은 후손에 전해졌으니 다행함 역시 크다.

마침내 선조(宣祖)께서 특별히 큰 공로를 가상히 여겨 베푼 은혜가 특별하여 김씨로 성을 내리고, 김해(金海)로 관향(貫鄕)을 하게 했다. 삼가 생각해보면 김씨로 성을 내린 것은 모래 가운데서 금을 채취한다는 뜻이고, 김해로 관향을 하게 한 것도 역시 바다 가운데서 금을 채취한다는 뜻이다. 은근한 임금님의 뜻이 여기에 있고, 빛나는 임금님의 총애는 천만년에 뻗쳐도 오히려 남음이 있을 것이다.

그런데 후손된 자가 근본에 보답하는 도리와 후손을 결속시키는 계책을 생각하지 아니하고 장차 근본을 잊으며 후손을 잃으면 어찌 애석하지 않으며, 어찌 슬프지 않겠는가? 이에 마음에 감개함을 이길 수 없구나. 지금 재종제 하연(夏璉)이 봉조하(奉朝賀) 서공(徐公)에게 서문을 청하여 그 시말(始末)을 쓰고 한 권의 족보를 만들어 대대로 이어갈 계획을 세우니, 혹시 근본에 보답하고 후손을 결속시키는 도리에 일조(一助)가 되지 않겠는가.

영조(英祖) 36년 기묘(己卯, 1759)[95] 7월 하한(下澣, 下旬)에
불초(不肖) 후손 응종(應鍾) 삼가 지음

夫譜牒之作 爲報本也約支也 不敦親 無以報本 不序族 無以約支也 本支百世 繼繼承承 而能知某祖之某孫 百派分派 而亦記誰親而誰踈者 是乃敦親而爲報 本序族而爲約支也 苟或不爾 則自葉流根 無復葛藟之庇 殘條冷蘂 有疑孤山之梅 其於報本何 約支何 古今華族之世修譜牒者 盖取諸此而至於吾宗 尤不可不修矣 惟我鼻祖之啓此後人者 一何危哉 一何幸哉 當其萬里殊方 一身羈旅 貫穿充斥 出入咫尺 則危莫甚焉 及夫奮身三亂 效忠一心 功存社稷 澤垂後昆 則幸亦大矣 肆昔聖朝 特嘉戎功 恩數殊異 賜姓金氏 貫鄕金海 恭惟以金氏爲姓者 盖采沙中之金 而以金海爲鄕者 亦取海中之金也 慇懃聖意 其在斯其在斯 而煌煌寵渥 亘於千萬年 而尙有餘矣 然而爲其後者 不思報本之道 約支之策 而將歸於忘本也失支也 則豈不惜哉豈不悲哉 於是乎不勝慨然于心矣 今再從季夏璉 請序于奉朝賀徐公 展其首末 而梓成一篇譜書 以作蟬聯之計 倘於報本約支之道 爲一助也否乎

上之三十六年己卯 火月 下澣
不肖後孫 應鍾 謹序

서문 3

이 김씨의 족보는 그 연유(緣由)가 옛 족보의 서문과 발문(跋文)에 매우 자세히 나타나 있으므로 다시 거듭해서 말할 필요가 없다. 그러나 다만 그 성을 얻은 것이 명나라 신종황제(神宗皇帝) 21년 계사(癸巳, 1593)이고, 족보를 편찬한 것은 영종대왕(英宗大王) 36년 기묘(己卯, 1759)이니 그 사이에 햇수가 벌써 2백여 년이 넘고, 대수(代數)도 역시 6·7대쯤 내려갔다. 또 당시 사적(事蹟)이 흩어졌는데도 모으지 못하여 문헌이 증거대기가 어려우니 소략해진 데 대한 탄식을 면할 수 없다. 정조(正祖) 13년 기유(己酉, 1789)에 이르러 모하(慕夏)선생의 실록(實錄)이, 증우의정

95) 기묘년은 영조 36년이 아니라, 35년이다.

(贈右議政) 용강 김장군(龍岡 金將軍)이 남긴 상자 속에 소장되어 있는 것과, 또 시장(諡狀) 가운데서 상세히 밝혀진 연후에 선생의 지절(志節)과 공훈이 일월처럼 환히 남김없이 밝혀졌다.

그러므로 고울 사람들의 의논이 함께 발하고, 서울의 의논도 역시 합하여 사우(祠宇)를 짓고 제향을 올렸다. 다음으로 문집의 간행이 급선무이므로 문집을 인쇄하여 일을 마쳤다. 그런데 세대가 멀어지고 햇수가 오래되니 후손들끼리 소원하고 혹은 각처로 흩어져 간혹 족보에 빠진 사람이 역시 많았다. 그러므로 문집을 간행하고 나서 보첩을 고쳐서 인쇄하기로 하면서 나에게 서문을 청했다. 생각해보면 내가 정신이 흐리고 글도 졸하여 실로 감당할 수 없는 일이다. 그러나 외손의 서열에 있으면서 굳이 사양하기도 역시 어려운 일이므로 대략 이렇게 짓는다.

정조(正祖) 22년 무오(戊午, 1798) 2월 상한(上澣, 上旬)에

포산 후인(苞山后人, 玄風) 곽두형(郭斗衡) 삼가 지음

蓋此金氏之譜 厥由頗詳於舊譜序跋 不必疊床 而但其得姓 在明神宗皇帝二十一年癸巳 修譜在於我英宗大王三十六年己卯 則其間歷年已二百餘傳世亦六七許 且當時事蹟 散出未裒 文獻難徵 未免有疏略之歎矣 逮于當宁十三年己酉 慕夏先生實錄 詳盡於贈右議政龍岡金將軍遺篋所藏及諡狀中 然後 先生之志節功勳 昭如日月 暢盡無餘 故鄉論齊發 都議亦叶 建祠薦苾 則文集刊印 爲次第急務 故登梓準事 而世遠年久 後屬疏遠 或散各處 間有闕漏後生參錄者 亦多有之 肆當文集刊印之餘 改剟譜牒 而請余序實 顧予神耄辭拙 實所不敢 而其在外裔之列 固辭亦難 略爲之喙焉

上之二十二年戊午 二月 上澣

苞山后人 郭斗衡 謹序

서문 4

기묘년(己卯年, 1759)에 편찬한 족보는 선부형(先父兄)께서 간행한 것이다. 생각해보면 후생(後生)이 감히 고쳐서 간행한다는 것은 매우 참람

하고 죄송스러운 일이다. 그러나 성을 받은 지 3백여 년이 지나는 사이에 대수(代數)도 6·7대가 되었다. 후손들끼리 서로 멀어지고 각처로 흩어져 족보에 빠진 사람이 상당히 많다. 또 족보를 편찬한 지도 벌써 4십년이 지나 여기에 기록되지 않은 사람도 적지 않으니, 그 친족끼리 친히 하는 도리에 매우 소략하게 되었다. 반드시 빠진 사람을 찾아 넣고 기록되지 않은 사람을 모두 기록한 후에 갈라져 나온 계통이 저절로 분명해지고 대수(代數)의 서열 역시 분명히 정연해져 아무개의 조상이 아무개의 조상인 것을 알아 돈목하는 가풍이 저절로 일어날 것이다. 그렇지 않으면 길 가는 사람과 다름이 없어 우리 가훈(家訓)에 어그러질 것이니 족보를 만드는 뜻이 과연 어디에 있겠는가?

이에 문집을 인쇄하면서 황간(黃澗), 공주(公州), 영동(永同), 칠곡(漆谷), 성주(星州), 창령(昌寧), 청도(淸道), 밀양(密陽), 양산(梁山) 등지에 통문을 보내어 명단을 적어 되는대로 수록하게 했다. 이에 먼 사이가 가깝게 되고 소원한 사이가 친하게 되어 내외 자손이 이 한 권의 책 속에 내외 가릴 것 없이 모두 기록되었다. 불초(不肖)가 족보를 고쳐서 간행한 참람한 죄가 혹시 속죄될 수 있지 않겠는가.

정조(正祖) 22년(1798) 상한(上澣, 上旬)에

불초(不肖) 후손 한조(漢祚) 삼가 지음

夫已卯之譜 旣是先父兄刊行之事 則顧此後生之敢自改刊 甚涉僭悚 而但得姓三百餘年之間 傳世亦六七代矣 後屬疎遠 散落各處 闕漏頗多 修譜亦已四十年 而後生之未錄者 不爲不少 則其在親親之義 疎略甚矣 必也闕漏者 收入 未錄者 盡錄 然後派繼自分 昭穆亦定 以知某親之爲某親 而敦睦之風自起矣 苟或不然 則無異路人 有違家訓 修譜之義 果安在哉 玆當文集登梓之餘 發通于黃澗 公州 永同 漆谷 星州 昌寧 淸道 密陽 梁山等地 使之修單隨錄 而遠者近 疎者親 內外子孫 無內無外於一卷之中 不肖改刊之僭 或庶乎贖也夫

上之二十二年 上澣

不肖後孫 漢祚 謹跋

서문 5

김일제(金日磾)가 흉노(匈奴)의 태자로 한(漢)나라에 귀화할 때 반드시 오랑캐로써 중화(中華)를 변화시키려는 뜻에서 나온 것은 아니다. 그러나 당시에 곽광(霍光)과 더불어 아름다움이 짝이 되고, 후세에 장안세(張安世)와 함께 번창하니 중화의 풍속을 가히 알 수가 있다.

우리 선조 모하당(慕夏堂)은 시대로 보면 김일제보다 어렵고 의리로 보면 김일제보다 뛰어났으며, 우리나라는 소중화(小中華)이다. 그런데 그 자손이 선비된 자는 세덕(世德)을 받지 못하고 농사짓는 자는 선대(先代)에서 전해주는 농토를 경작하지 못하여, 향인(鄕人)이 되는 것을 면하지 못했다. 이는 첫째도 자손의 책임이요, 둘째도 자손의 책임이다. 만약 능히 스스로 반성하여 각각 독서(讀書)하기를 다하여, 들어오면 효도하고 나가면 공경하여 한결같이 선조의 마음을 자신의 마음으로 하면 저풍(諸馮)에 순(舜)임금이 있고, 기주(岐周)에 문왕(文王)이 있는 것과 같을 것이니, 어찌 다만 김일제와 비하여 논하겠는가?

우리 족보는 기묘년(己卯年, 1759)에 초간(初刊)했고, 무오년(戊午年, 1798)에 중간(重刊)했다. 지금 58년이 되어 그후에 난 자손들이 족보에 들지 못한 자가 많다. 그러므로 종족을 통합하고 파(派)를 나누어서 다시 족보를 만들었다. 서문은 이전 족보 서문을 그대로 두고 범례는 한결같이 종전 족보의 규정대로 따랐다.

우리 6대조 호군공(護軍公)이, 아들 일곱 명을 두었는데 여섯 명은 초배(初配) 김씨에게서 났고, 한 명은 장씨에게서 났다. 전에 나온 두 번 족보에는 다만 김씨만 기록되고, 장씨는 기록되지 않았다. 그에게서 난 한 아들도 같은 어머니 즉 김씨에게서 난 것처럼 나란히 기록되어 있다. 그런데 그쪽 파에서 갑자기 말하기를 가산(架山)의 천주사(天柱寺)에 있는 강희(康熙) 병오년(丙午年, 1696)에 정기적으로 한 호적을 살펴보니 장씨가 초배(初配)라고 했다. 그래서 정부의 기록을 살펴보니 그 말은 거짓이었다. 이에 그들이 이른바 천주의 호적을 살펴보니 한결같이 이전 족보의 기록과 같고, 처음부터 장씨는 없었다. 관청과 감영(監營)과 한성(漢城)에서 모두 엄정한 판정을 받아 비로소 족보의 일을 완성시켰다.

아, 저쪽 파의 그 가정에서 대대로 소장해 오던, 두 번째로 나온 족보를 가지고 호적에도 질정해보고 공문서와도 대조하여 이와 같이 바로잡았다. 그런데도 그들은 오히려 다른 의견을 내세워 우리와 족보를 같이 하지 않으니 어찌된 일인가? 이것은 이른바 자손의 책임이니 통곡할 일이라, 그 나머지는 무엇을 바라겠는가? 하늘이 그 속을 밝혀 두 파가 하나로 합쳐서 날마다 집에 들면 효도하고 밖에 나가면 공경하기를 부지런히 하면, 오늘날에도 한(漢)나라 김일제에게 미치지 못할 것을 한(恨)할 바가 아니다.

눈물을 씻으며 삼가 이 글을 지어 자손에게 전해 준다.

철종(哲宗) 5년 을묘(乙卯, 1855) 11월 상한(上瀚)에

불초(不肖) 후손 양규(養奎) 삼가 지음

金日磾 歸漢 未必出於用夷變夏之意 而當時 與霍匹美 後世與張並昌 華俗盖可知已 吾先祖慕夏堂 以時則難於日磾 以義則 絶於日磾 而吾東小華也 其子孫之爲士者 不食世德 爲農者 不服先疇 不免爲鄕人歸者 一則子孫責也 二則子孫責也 苟能自反 各盡讀經 入則孝 出則悌 一以先祖之心爲心 則諸馮有舜 岐周有文 奚特與日磾論哉 吾譜始於己卯 重於戊午 今爲五十八年 後生子孫 未入者多 故合宗分派 更爲成譜 弁文仍存前譜之序 凡例一從前譜之規 而我六代祖護軍公 有子七人 其六初配金氏出也 其一張氏出也 前兩譜 只書金氏 不錄張氏 而所生第一子 并列如同母焉 自其派 忽以爲考架山天柱寺所在康熙丙午式籍 則張氏爲初配云 故考諸王府 其說歸虛 乃考其所謂天柱籍 則一如前譜 初無張氏 官而營而漢城而皆承嚴題 始完譜事 噫彼派以其家世藏之兩譜 質之於籍 卞之於公 而猶復立異 不與同譜何 所謂子孫責者 此爲痛哭處 其餘庸何望哉 天誘其衷 兩派歸一 日孜孜於入孝出悌 則今日之不及漢金 非所恨也 拭血謹識 以遺子孫

上之五年乙卯 十一月 上澣
不肖後孫 養奎 謹序

서문 6

대저 본손(本孫)과 지손(支孫)을 밝히고 소원(疎遠)한 종족을 통합하는 대의(大義)가 이 보첩에 있다. 그러므로 만력(萬曆) 기원(紀元) 후 영조(英祖) 36년 기묘(己卯, 1759)에 선부형(先父兄)이 처음으로 보첩을 편찬했다. 그 후 40년 무오(戊午, 1798)에 보첩을 중간(重刊)했고, 그 후 58년 을묘(乙卯, 1855)에 다시 보첩을 편찬했는데 지금이 55년째이다. 그 후에 각처에 흩어져 사는 우리 종족의 후생 남녀 자손이 이에 기록되지 않은 자가 많았다. 만약 족보를 편찬하지 않으면 비록 같은 조상의 후예일지라도 소원한 자는 더욱 소원해지고 먼 자는 더욱 멀어질 것이니, 근본에 보답하고 후손을 결속시키는 계책을 어찌 알아서 실행하겠는가?

그러므로 감히 사사로이 통문(通文)을 내어 명단을 적어 보내게 하여 되는대로 기록한 후에 본손과 지손이 저절로 밝혀지고, 소원한 이가 스스로 통합되니 이는 실로 백세(百世)토록 돈목하는 도리이다.

우리 성상(聖上, 高宗) 29년 임진(壬辰, 1892) 8월 20일에 본도(本道)의 사림(士林)이 우리 시조 모하공(慕夏公)을 위하여 임금님께서 거둥하는 길 앞에서 함께 아뢰어 증정헌대부(贈正憲大夫) 병조판서(兵曹判書)의 직책을 받게 되었다. 지금 족보를 편찬하는 날에 임금님이 살펴보던 글을 실어놓았다. 그 자손 된 자가 어찌 흠모하여 우러르는 마음이 없겠는가?

족보를 편찬하는 범례는 한결같이 선세(先世)의 조약을 따라 폐하지 않고 삼가 기록하여 자손에게 남겨준다. 후손된 자는 조상을 이어가고 후손을 열어주어 백세(百世)토록 본을 받아 돈목의 지극함을 힘써야 할 것이다.

기유(己酉, 1909) 중추(中秋, 8월) 하한(下瀚, 下旬)에
불초(不肖) 후손 용하(龍河) 삼가 지음

夫立本支 統疏遠之大義 在玆譜牒也 故萬曆紀元後 英廟三十六年己卯

先父兄 肇修譜牒 其後四十年戊午 重刊譜牒 其後五十八年乙卯 復修譜牒者 至于五十五年 而其後各處散在吾宗後生 男女子孫未錄者 不爲不多也 若不修譜 則雖曰同祖之裔 疎者愈疎 遠者愈遠 報本之道 約支之策 安能知以行之乎 玆故敢私發通 使之修單隨錄 然後本支自立 疎遠自統 則此實爲百世敦睦之誼也 惟我聖上卽位二十九年壬辰 八月二十日 本道士林 爲我鼻祖慕夏公 齊聲上言于蹕路之前 至蒙贈正憲大夫 兵曺判書之職 今此修譜之日 載于覽啓 爲其子孫者 豈可無欽仰之心哉 修譜凡例 一遵先世條約 而勿替 謹誌以遺子孫 爲其後生者 承武啓昆 以則百世 懋其敦睦之至

己酉 仲秋下澣

不肖後孫 龍河 謹識

서문 7

천지(天地)는 만물의 도(道)요, 만물은 사람의 도이며, 사람은 만물의 도이다. 이 세 도가 이미 바로 서고 삼재(三才, 天 · 地 · 人)가 갖추어진 후에 삼강(三綱)이 갖추어지고 오상(五常)이 귀하게 된다.

그러므로 사람이 태어날 때, 각각 그 시조로부터 나오는 것이니, 만약 족보를 편찬하지 않으면 종손과 지손이 밝혀지지 않고 대수(代數)의 서열이 문란하여 한 조상의 후손이 서로 누구인지 몰라 아마 길 가는 사람처럼 될 것이다. 그러므로 옛날의 군자는 이 이치를 먼저 깨달아 족보를 만들고 인륜을 밝혀 후생을 깨우치게 한 것이다.

대저 우리 시조 모하(慕夏)선생이 처음으로 이곳에 자리를 정할 때, 규모와 조약이 갖추어지지 않음이 없었다. 특히 동네 이름을 백녹동(白鹿洞)이라 하고, 산 이름을 자양산(紫陽山)이라고 한 것은 우연한 일이 아니다. 역시 스스로 붙인 깊은 뜻이다. 공자(孔子)의 도(道)를 도로 삼고, 공자의 학문을 배우면 사유(四維, 예 · 의 · 염 · 치)가 끊어지지 않고, 충 · 효 · 경(敬) · 제(悌) · 수신(修身) · 제가(齊家) · 돈목이 저절로 그 가운데 있을 것이다. 백녹동 자양산의 뜻이 어찌 깊고 간절하지 않겠는가?

불초한 후손이 선조의 유훈(遺訓)을 만에 하나도 이어가지 못하니 황송함을 어찌 감히 다 말할 수 있는가? 각각 스스로 힘써 우러러 만에 하나라도 부응하게 하여 위로 선조의 교훈을 잊지 않고, 아래로 자손의 도리를 잊지 않아야 할 것이다. 이를 생각하니 눈물이 흘러 옷깃을 적신다. 이 때문에 선세(先世)의 부형(父兄)이 옛날 군자의 밝은 법도를 본받고, 또 조선(祖先)의 남긴 교훈을 받들어 네 번째로 족보를 편찬했다. 이 족보 안에 종손과 지손의 분별과 남녀의 차례와 순서가 일월처럼 밝아 극진함을 다했으니, 어찌 감히 다시 말하겠는가? 지금 이 편찬은 우러러 선부형(先父兄)의 족보 규정을 따르고 범례(凡例)를 하나 더 보태었다.

아, 우리 후손들은 이 뜻을 계승하여 영원토록 잊지 말아야 할 것이다. 박학(薄學) 천식(淺識)으로 몽매함을 무릅쓰고 대략 이와 같이 기록한다.

병술(丙戌, 1946) 3월 상완(上浣, 上旬)에

불초 후손 석문(錫文) 삼가 지음

天地萬物之道 萬物人之道 人萬物之道 三道旣立 三才其具後 三綱備焉 五常貴焉 故人之生也 各自其始祖以來 若無修譜之端 宗支不明 昭穆紊亂 一祖之孫 不知誰某 殆若路人矣 是以古之君子 先覺此理 設譜明倫而使覺後生也 夫吾始祖慕夏先生之始卜此庄也 規模條約 無不備矣 而特以洞名曰白鹿 山名曰紫陽者 不是偶然 亦自寓之義也 道夫子之道 學夫子之學 則四維不絶 而忠孝敬悌 修齊敦睦 自在其中 白鹿紫陽者 豈非深且切歟 不肖後孫 未承遺訓之萬一 惶悚何敢盡言 各自勉焉 仰副萬一 上不忘祖先之教訓 下不失子孫之道也哉 言念及此 淚下連襟矣 此先世父兄 師故君子說明之法 又承祖先之遺訓 四此修譜之中 宗支分別 男女次序 昭明日月 至而盡矣 復何敢言 於今此修 仰遵先父兄譜規 凡例更加一焉 嗟我來裔 繼承此意 永世勿失乎 以余薄學淺識 蒙昧略記焉

丙戌 三月 上浣

不肖後孫 錫文 謹識

술지 述旨

옛날 상고 시절
백성이 순후했네.
이해(利害)도 돌보지 않고
상도(常道)를 지켜왔네.
풍기(風氣)가 열려지자
성인(聖人)이 태어났네.
군사(君師)를 만드시어
사람을 열어주었네.
중세(中世)로 내려와서
세상 풍속 변하였네.
순수함은 사라지고
백성의 거짓이 날로 불어갔네.
목목(穆穆)[96]한 양무공(襄武公)은
대란(大亂)을 당했구나.
편히 살기 위해
강화(講和)의 글 지었네.
예의의 이 나라에
훈사(訓辭)를 남겼구나.
신하는 충성이요
자식은 효성이라.
반드시 중정(中正)해야
형통하고 좋으리라.
일에 따라 설교(說敎)하니
정령(丁寧)하고 자세하네.
사마(司馬)[97]에 이르러서

96) 목목(穆穆)은 깊고 멀다는 뜻이다. 양무(襄武)는 삼도(三道)의 유림(儒林)이 경학원(經學院)에 추천하니 여러 대신(大臣)들이 사시(私諡)를 양무라고 했다.

선조 유훈(遺訓) 발휘했네.
일이 의리(義理)에 따랐으니
마음도 화평했네.
강자(强者)를 누르고 약자를 도우니
해와 같이 밝았구나.
아름답다, 이 두 분은
백자(白紫)와 남파(南坡)라네.[98]
옛 법으로 지금의 일 처리하여
친족 돈목 잊지 않았네.
이로써 족보 편찬하니
요령을 얻었구나.
천족(賤族) 성엽(聖燁)은
망녕됨이 때로 많네.
자손이 어리석고
문호(門戶)도 미미(微微)하네.
미미하고 누추하나
이 일에 몸바쳤네.
방자하고 잘못되면
본받으며 도움되랴?
정의(情誼)만을 생각해서
화답(和答)하여 이 글 짓네.

병술(丙戌, 1946) 3월에
불초 후손 성엽(聖燁) 삼가 지음

昔在上古　民質淳厚　利害不顧　秉彛自成

97) 사마(司馬)의 이름은 용하(龍河)요, 호는 남호(南湖)이다.
98) 석문(錫文)과 상봉(相奉)이다.

風氣既開　乃降聖人　作爲君師　開鑿戶牖
降及中古　世變風移　淳澆質傷　民僞日滋
穆穆襄武*　身蒙大亂　安土樂天　自表講和
乃本禮邦　遺此訓辭　於臣則忠　於子惟孝
必正必中　乃亨乃吉　因事設敎　丁寧詳密
爰暨司馬**　發輝先訓　事因義理　意適既平
抑强扶弱　如日之中　美哉兩公　白紫南坡***
執古御今　不忘敦族　以是修譜　斯得其要
殘族聖爗　喘妄隨多　子孫蚩蚩　門戶微微
雖微且累　贊仰沒身　或肆或誤　奚則奚助
但用存誼　敢和以述

[原註]

* 穆穆襄武; 穆穆深遠之意 襄武三道儒林 薦于經學院　諸大臣追尊私謚曰 襄武
** 司馬; 諱龍河 號南湖
*** 白紫南坡; 文錫 相泰

丙戌 三月
不肖後孫 聖爗恭識

서문 8

대저 족보란 것은 그 종족을 기록하는 것이다. 같은 조상의 후손이 비록 멀고 가까이 살더라도 그 대수의 서열을 잃지 않고 능히 그 차례를 알면 저절로 그 종손과 지손을 알 수 있을 것이니 마치 나무가 천 가지, 만 잎으로 나누어졌으나 그 뿌리는 하나이고, 물이 천 갈래 만 갈래로 나누어졌으나 그 근원은 하나인 것과 같이, 같은 조상의 후손이, 천 파(派)와 만 집이 사방에 흩어져 사나, 그 조상은 하나이다.

그러므로 30년을 일대(一代)로 해서 수시로 족보를 편찬하여 비록 수

백세(數百世)의 오랜 후에라도 조종(祖宗)의 근본에 대해서 어둡지 않고 계계승승(繼繼承承)하여 집안의 명성이 쇠하지 않으며 능히 돈목의 도리를 밝힐 수 있는 것은 반드시 이 족보일 것이다.

기유년(己酉年, 1909)에 족보를 편찬한 이후로 지금까지 38년째이다. 그러나 어지러운 세상을 만나 아직 족보를 수집하지 못했다. 다행히 천운(天運)이 순환하여 강토(疆土)가 다시 회복되니 우리 집안의 번창함을 가히 점칠 수 있을 것 같다. 원근(遠近)의 제족(諸族)이, 구하(九河)가 같은 근원에서 흘러나온다는 뜻을 잊지 않고 크게 종회(宗會)를 열어 족보를 편찬할 일을 상의했다. 종회의 의논이 마치 물이 동쪽으로 흘러가듯이 쏠리니 어찌 감히 한 마디의 딴말을 내겠는가? 내가 일찍이 구양씨(歐陽氏)의 족보 서문을 읽어보니 거기에 이르기를 “그 가정에 전하는 것은 충성으로 임금을 섬기고, 효성으로 어버이를 섬기며, 청렴함으로 관리가 되고, 학문으로 출세해야 한다”고 했다. 이 네 가지는 사람으로서 먼저 경계해야 할 일이다.

무릇 선비가 조상을 받들고 후손을 넉넉하게 해주며 종족을 보존하고 가정을 화목하게 하는 것은 대개 마땅히 해야 할 일이다. 시조의 유훈(遺訓)에 이르기를 “우리 자손 된 자는 반드시 예의에 근본하여 부귀(富貴) 영달(榮達)을 탐내지 말고 농사짓는 일에 힘쓰고 학문을 부지런히 하여 삼가 나의 뜻을 지키면 내가 저승에서라도 눈을 감을 수 있을 것이고 내 마음은 저승에서라도 스스로 즐거워할 것이다”고 했다. 또 이르기를 “내가 가려 사는 이곳은 당(唐)나라 이원(李愿)이 살던 반곡(盤谷)은 아니나 그 반곡과 같고, 진(晉)나라 도연명(陶淵明)이 살던 율리(栗里)는 아니나 그 율리와 같다. 또 집이 있는 곳은, 산은 높지 않으나 수려(秀麗)하고, 물은 깊지 않으나 맑고 얕으니, 이것을 보면서 나의 본보기로 삼을 지어다”고 했다. 후손들은 어찌 감히 선조의 이 유훈(遺訓)을 잊겠는가? 날마다 새로이 마음속에 간직하여 서로 힘써야 할 것이다.

이제 족보를 편찬하여 족친끼리 돈목하고 법을 삼으려 하면서 한결같이 이전 족보의 조약(條約)을 따라서 제5차로 족보를 수집하여 편성했다.

상태(相泰)가 역시 족보의 일에 참여했는데 종론(宗論)이 하나같아 대수의 서열을 잃지 않았다. 그러므로 나의 고루함을 잊고 대략 하찮은 말을 아뢰어 올린다.

병술(丙戌, 1946) 3월 상완(上浣, 上旬)에
불초 후손 상태(相泰) 삼가 지음

夫譜也者 譜其族也 同祖之孫 居雖遠近 不失昭穆 能知次第 則自別於宗支 如木有千枝萬葉之分 而其根則一也 水有千派萬流之別 而其源則一也 同祖之孫 而有千派萬家 散在四方 其祖則一也 故三十載 爲一代 而隨時修譜 雖至累百世之久 而不昧祖宗之根本 繼繼承承 不替家聲 能明敦睦之道者 必是於譜牒也哉 己酉譜後 至于今三十八載 而世値板蕩 未遂蒐葺 何幸天運循環 疆土更復 吾家昌盛 庶可卜矣 遠近諸族 不忘九河同源之義 大開宗會 相論修譜之事 則宗論如水東注 何敢加一辭 余曾讀歐陽氏之序 有曰 傳於其家者 以忠事君 以孝事親 以廉爲吏 以學立身 此四字爲人所先誡者也 凡士夫之承先裕後 保族宜家者 盖當爲焉 始祖遺訓曰 爲吾子孫者 必本禮義 莫貪富貴榮達 務耕勤學 謹守余志 則余目可瞑於九原余心自樂於泉臺 又曰 惟此所占 非盤谷而盤谷也 非栗里而栗里也 其爲庄也 山不高而秀麗 水不深而淸淺 視彼所存 爲我儀則 以後子孫者 豈敢忘先祖遺訓乎 日新佩念 相與勉之哉 今修譜而族親敦睦繩規 而一遵前譜之條約 第五次譜 蒐葺成焉 泰亦同參譜役之末 而宗論如一 不失昭穆 故忘其陋 而略控稗辭以獻焉

丙戌 三月 上浣
不肖後孫 相泰 敬識

* 이상은 김해 김씨 문중의 청탁으로 1990년 7월 2일에 번역한 것임.

경주 김씨편(慶州金氏篇)

경가고존서
憬家稿存序

공자(孔子)께서 말하기를 "아버지가 살았을 때는 그 뜻을 보고, 아버지가 별세했을 때는 그 행실을 보라"고 했다. 뜻은 아버지를 봉양하고자 하는 것이고, 행실은 아버지를 이어가고자 하는 것인데, 이 두 가지를 잃는다면 외로운 사람의 한을 남기는 것이다.

만약 큰 일이 몸에 다가와 탔던 배에 온통 물이 새어 들어오면, 이 때는 명주실이나 떨어진 옷 조각을 찾아서 젖어 들어오는 물을 막으며, 백벽(白璧)과 옥두(玉斗)를 가리지 않고 물가에 던져버리나, 배가 언덕에 닿은 후에 생각하면 백벽과 옥두는 실로 보관해서 없애지 않아야 할 것이니, 이 또한 외로운 사람이 뉘우쳐도 때가 늦은 것이다.

김교환(金敎桓)군은 양산의 고귀한 문벌에서 태어났다. 그의 할아버지와 아버지는 감영(監營)과 고을에 벼슬했고, 사마시(司馬試)에도 합격했다. 그리고, 고을을 잘 다스린다는 명성이 자자했으며, 문명(文名)이 세상에 알려져, 그가 지은 글이 비록 많지는 않지마는 출판하여 세상에 전할 만하다.

아, 군자의 여운이 오대(五代)가 되지 않아 마치 나무 위에서 다 떨어지고 한 개만 남은 과일처럼, 한 가닥의 양기(陽氣)만이 남게 되었다. 김군이 일찍이 가정의 환난을 당하여 아침이면 사나운 범을 피하고 저녁이면 큰 뱀을 피하듯이 분투하여 몸을 지탱해 악귀들이 마침내 물러갔다.

이에 재실(齋室)을 짓고서 사모하고 비석을 세워 묘에 표했다. 또 다시 선인(先人)의 문집 원고를 수집하니, 백에 하나도 남아 있지 않았다. 누각(樓閣)의 현판과 공부할 때 지어 둔 것을 두루 찾아낸 약간 편에다가 둔재(鈍齋)와 산천(山天)의 두 분 문집을 합해서 한 권으로 만드니, 마치 주씨(朱氏)의 죽타(竹坨)와 곤전(昆田)의 예와 같다. 일을 끝내고 나를 찾아와서 서문을 청하니, 나 역시 의로운 사람이라, 그 정상을 민망히 여겨 대략 이와 같이 쓴다.

계해(癸亥) 9월 상순(上旬)

숭록대부 판돈령사사 겸 규장각학사 이재극(崇祿大夫 判敦寧司事 兼奎章閣學士 李載克) 지음

子曰 父在觀其志 父歿觀其行 志欲其養也 行欲其述也 而失此二者 乃悖家者之遺恨也 若夫大劫流躬 一室漏船 于斯時也 索繻袽而救臭載 不問白璧玉斗 沈落渚涯 及其誕岸而思之 璧與斗 固當存之 而不可亡 此又悖家者之每悔靡及也 金君敎桓 良州紳閥也 其祖考及考 紱營郡璧司馬 治聲有菀 文譽翩翩 其所著 雖不至充乎棟梁 亦足以讎于棗梨 嗟乎 君子之澤不待五世 剝樹之果 只存一陽 金君早罹家禍 朝避猛虎 夕避長蛇 持身奮鬪 游魔乃退 於是 築山齋 而寓其慕 竪墓碣 而表其壟 又復蒐集先稿 百無存一 遍求樓閣板上及螢雪巾衍所得 爲若干 純齋 山天二集 合成一卷 如朱氏竹坨昆田之例 命趾索弁文 余亦悖人 悶其情 而略爲之說

癸亥 菊月 上浣

崇祿大夫 判敦寧 司事 兼奎章閣學士 李載克序

의장권첩서(1)
義庄券帖序 一

양산은 동래와 언양의 사이에 있어 그 충만하고 하나로 뭉친 맑고 깨끗한 기운은 다른 고을과는 같지 않다.

풍속이 순후하고 옛스러우며, 인심이 삼가고 조심하여, 반드시 은거하면서 옳은 일을 행하는 군자가 이곳에 많이 있을 것이라고 생각했으나 만나보지 못했다.

나의 친구인 방사현(方四賢)군은 양산 사람이다. 그 사람됨이 청렴하고 근신하며 학문을 좋아하여 아무렇게나 친구를 사귀지 않았다. 내가 생각한 사람이 반드시 이 사람뿐만이 아닐 것이고, 이 사람이 사귄 사람 역시 내가 생각한 그 사람에 그치지 않고 그 외에 또 있을 것이라 생각했다. 그러므로, 내가 이미 사귄 사람으로 만족하지 않고 기필코 모두 사귀고 말려고 사현(士賢)군을 따라 놀 때마다 마음속으로 그런 사람을 찾았다. 그리하여 또 김준여(金俊汝)군의 어짊을 들었으나, 그와 친하게 사귀지 못한 것을 한스럽게 여겼다.

신미년(辛未, 1931) 가을에 내가 병으로 조용한 곳을 찾아 치료를 하면서 산수를 찾다가 내원사(內院寺)로 가게 되어 사현군의 집에 이르러 처음으로 김준여군을 만나보게 되었다. 간절히 착한 일을 좋아하는 정성과 가만히 덕을 좋아하는 도량이 용모에 나타나고 말씨에 넘쳐 흘러 몇 마디 말을 하지 않고도, 내가 마음 속에 생각하고 있던 바로 그런 사람이라는 것을 알았다.

아, 준여군이 일찍이 아버지를 여의고 형 정여(鼎汝)와 함께 어머니 봉양하기를 지극히 효성으로 했으나, 다만 가난하여 맛있는 음식을 이어갈 수가 없었다. 이에 시대의 변천을 알아, 매매의 일에 힘써 가계가 점차 넉넉하여 봉양하는 일들이 어머니의 뜻에 맞지 아니함이 없었다.

얼마 후, 탄식하여 말하기를 "많지 않은 우리 종족이 재산에 쪼들려 타향으로 흩어져 사는 것은 그 책임이 누구에게 있다고 하겠는가" 하고 그들을 불러모아 놓고 못 내는 세금을 대신 내어 주고 빚도 갚아 주며 밭을 줄 데는 밭을 주고 집을 줄 데는 집을 주어 각각 생업에 편히 종사하게 하였다. 장사와 제사에는 제수(祭需)가 있어 그 예를 다하게 하고, 장가가고 시집가는 데도 보조하여 혼기를 놓치지 않게 하고, 재실을 지어 묘제(墓祭)에 정성을 다하고, 서당을 수리하여 경서(經書)와 역사 서적을 많이 쌓아 두었다. 대개 일을 계획함이 조선(祖先)을 이어받고 후손을 넉넉하게 하는 도리와 근본을 북돋우고 가지를 뻗어가게 하는 도리가 아닌 것이 없었다.

어머니 회갑날 여러 종족들을 모아놓고 말하기를 "우리 형제가 살아 있을 때는, 우리 종족이 추울 때 옷 입고 배고플 때 밥 먹기를 한 베틀에서 나온 옷감으로 하고, 한 솥에서 지은 밥을 먹지마는, 우리 형제가 항상 살아 있을 수도 없고, 우리 자손들이 이 뜻을 잘 이어 가기도 어려워, 우리 종족들이 주림과 배부름이 같지 않고 춥고 따뜻함이 각기 다르면 친족끼리 돈목하는 도리가 오늘과 같지 못할까 두렵다.

이렇게 된다면 우리 형제가 지하에서 눈을 감지 못할 뿐만 아니라, 진실로 우리 조선(祖先)이 우리를 같은 한 자손으로 보는 뜻도 아니다"하고 수천의 재산을 덜어 '의장(義庄)'을 설치하고 가난한 종족으로 각각 스스로 농사짓게 하고, 또 후세에 자손들이 마음대로 팔지 못하게 했다. 그 조약은 계약문서에 상세히 실려 있으니, 후일 이를 보는 이는 효도하고 공경하는 마음이 저절로 나올 것이다.

아, 어진 일이구나! 하루는 김군의 조카 인희(璘熙)군이 그 계약문서를 가지고 와서 나에게 서문을 지어 달라고 청했다. 내가 말하기를 "이 사람의 행실은 이른바 하늘이 듣고 땅이 들은 것이어서 사람들이 알고 알지 못하고를 구애할 것 없이, 자손들이 조상의 이 마음으로써 지켜나간다면 역시 족히 몸을 닦고 가정을 바르게 다스려 이로 해서 군의 정신이 끊어지지 않고 무궁하게 전해갈 것이니, 하필 나의 못하는 글을 빌려 전하려고 하는가?"

옛날 당나라 한창려(韓昌黎)가 「동생행(董生行)」이라는 글을 지으니, 동생(董生)의 이름이 창려의 이 글로 인해서 높아졌다고는 할 수 없지마는, 동생의 이름이 후세에까지 전해진 것은 창려의 이 글로 인한 것이 아니라고 할 수도 없다. 이에 그 사실을 대략 기록하여 지금 세상에 창려와 같이 글을 지을 사람을 기다린다.

월성(月城) 최세학(崔世鶴)

梁之州 介於萊巘之間 其磅礴清淑之氣 不與他州等 吾俗醇古 人心畏約 意必有隱居行義之君子 多出於其間 而不可得見矣 余友方君士賢梁人也 其爲人也 清愼好學 不妄交人 余之所意者 未必止斯人 而斯人所交者 亦未必余之所意也 余故不以旣交遂止 而期欲盡交乃已 每從士賢遊 而陰求之 又得聞金君俊汝之賢 而恨其未得親焉 歲辛未冬 余以疾 就閑調服 尋山水 轉向內院 而至士賢家 始得見俊汝 懇懇焉其樂善之誠 休休焉其好德之量 動於容貌 溢於辭氣 數語未究 而知其爲余所意之其人也 噫 俊汝早孤 與兄鼎汝 奉母至孝 而特以貧寠 無以繼甘毳 於是 覲時變 懋廢著 家計稍足 奉養疏節 無不可意者 旣而 歎曰 不多吾族 迫於資況 迸處他州者 其責在誰 遂乃招來還集 使之納殿脫負 而田者田 宅者宅 各安其業 葬祭有需 而俾盡其禮 嫁娶有補 而無失其時 厚置楸庄 而克誠封表 修繕書塾 而多貯經史 凡所區劃 無非述先裕後之謨 培根達支之道也 及至壽母之日 咸聚諸族 而告之曰 吾兄弟在時 吾族之寒衣飢食 便同一家機杼 一鼎炊爨 而吾兄弟 亦不常在 吾子孫鮮克繼志 吾族之飢飽不齊 冷暖各殊 則敦親衛族之誼 恐不如今日 如此則不但吾兄弟之目 不瞑於地下 而實非體吾祖先一視之意也 遂損數千之財 設以義庄 使貧族 各自力耕 又使後世子孫 無得擅賣 凡其條約 詳載契券 後之覽者 孝弟之心 可油然而出也 嗚乎仁哉 日 君從子璘熙 袖其券 要余一言 余曰 此君之行 所謂天聞地聽 固不藉人之知不知 而子孫以是心守之 則亦足以修身而正家 而此君之心 亦不朽 而無窮矣 何必藉吾不文 而壽之乎 昔韓昌黎作董生行 董生之名 非因昌黎之行而高 而董生之所以不朽於來世者 未必不因昌黎之行也 於是乎 概書其實 以竣今世昌黎云爾

月城 崔世鶴 撰

의장권첩서(2)
義庄券帖序 二

김재복(金載馥)군은 영남 의춘군(宜春郡)의 사람이다. 일찍이 아버지를 여의고 형 재현(載鉉)과 함께 어머니 섬기기를 효성으로 했으나, 가난하여 맛있는 음식으로 봉양할 수가 없었다. 책을 손에 잡고 신을 삼으며, 손으로는 일하면서 눈으로는 책을 읽어 날마다 수천 말을 외었다.

얼마 후, 매매의 일로 재산을 모아, 드디어 산업을 이룩하고는 원근에 사는 여러 종족을 모아 놓고 논과 밭을 나누어주어 그 생업에 편히 종사해 살 수 있게 했다. 초상 장사며 시집가고 장가가는 데 이르기까지 그 넉넉하지 못한 것을 도와주었다. 따로 서실(書室)을 한 채 지어 경서·역사서·제자·문집(經·史·子·集)을 모두 쌓아 두지 아니함이 없고 자제들을 시켜 여기에서 놀며 공부하게 했다.

그 어머니 회갑날 여러 종족들을 모아 놓고 알리기를 "오늘날 우리의 정의로 보면 종족간에 돈독함이 옛날 '의장(義庄)'을 둔 가문에 부끄러울 것이 없으나, 세상이 오래되고 풍속이 변해가면 어찌 길가는 남처럼 보지 않으리라고 믿겠는가?"하고 곧 3천의 재산을 덜어 한 곳에 '의장(義庄)'을 설치하고 계약문서를 명백히 만들어 자손들을 경계하여 마음대로 팔 수 없게 했다. 당시에 현귀한 사람들이 이것을 듣고 가상히 여겨 시문(詩文)을 지어 이 일을 서술하는 이가 많았다.

부사(府使) 정현석(鄭顯奭)

金君載馥 嶺之宜春郡人也 早孤 與兄載鉉 事母孝 顧貧無以供滫瀡 於是帶經捆屨 手織目覽 日誦數千語 旣而 廢著積財 遂致產業 招遠近諸族 分與田宅 俾安其業 至於喪葬嫁娶 賑其不贍 別搆一書室 經史子集 靡不畢貯 詔子弟游息焉 及其壽母生朝 咸聚諸族 而告之曰 以今日視之 則惇宗之誼 庶無愧於義門 然世久俗渝 又安知不爲路人耶 乃捐三千之財 更爲義庄一區 而明立契券 戒子孫 無得擅賣之 當時搢紳章甫 聞而嘉之 多以詩文 叙其事

府使 鄭顯奭

의장권첩서(3)
義庄券帖序 三

대개 어버이에게 효도하고 종족간에 돈목하는 것은 사람의 떳떳한 도리이다. 그러나, 때로는 버릇없고 방자함에 흘러 어버이를 사랑하고 어른을 공경함에는 힘쓰지 아니하고 심한 자는 시기하고 싫어하며 분내어 다투기까지 하여 못하는 짓이 없어 인륜의 아름다움을 이루는 이가 적다.

양산의 통정(通政) 김재복(金載馥)은 나의 친족이다. 일찍이 아버지를 여의고 어머니 섬기기에 지극히 효성을 다했고, 힘껏 농사를 지어 가정을 넉넉하게 했다. 어머니 회갑날 그 농토의 삼분의 일을 덜어서 종족 중에 가난한 이의 혼사, 초상, 장사, 교육, 농사의 비용에 쓰게 했다. 이것은 대개 범문정공(范文正公)의 '의전(義田)'의 남긴 뜻을 취한 것이다.

아, 지금 세상 사람들은 만약 자신에게 이익이 되면 길가는 사람도 끌어당겨 형제처럼 지내고 만약에 해가 되면 동기간이라도 원수처럼 되니, 이런 사람이 이것을 보면 어찌 부끄러워하지 아니 하겠는가? 통정(通政)의 맏아들 진사(進士) 병희(柄熙)가 계약문서를 가지고 와서 이 일을 매우 소상히 알려 주므로 내가 듣고서 기뻐하여 이렇게 한 말을 써서 돌려보낸다.

대사성(大司成) 김교헌(金敎獻) 지음

夫孝於親 睦於宗族 人之常也 而惟其常流於褻慢 而不務於愛敬 甚者猜嫌忿鬩 而無所不至 能致乎人倫之懿者鮮矣 梁山金通政載馥 余之族也 少孤 事母至孝 能力穡以致饒 乃以壽母之日 割其田土三分一 爲宗族貧窶者之婚娶喪葬教育耕作之用 盖取范文正公義田遺意也 噫 今世之人 苟利於已 則援路人爲兄弟 苟害於已 則視同氣爲仇讎 若此者 視此 寧不恧恧也哉 通政長胤 進士柄熙 袖示券帖 道其事甚詳 余聞而樂之 爲書一言以歸之

大司成 金教獻 撰

의장권첩서(4)
義庄券帖序 四

시골 늙은이가 십 곡(斛, 1곡; 열 말의 량) 남짓의 보리단을 수확해도 반드시 효행을 일컬어 위로는 정포(旌褒)의 은전(恩典)을 요구하고 아래로는 입언(立言)하는 군자를 속이는 자가 종종 있으니 비록 특별한 행실이 있는 이가 그 사이에 있더라도 진부한 이야기와 같이 보아 추천하여 칭찬하려 하지 않는다.

내가 일찍이 말하기를 "부자는 세상에 흔한 일이 아니다. 착한 일과 어진 일을 쌓지 않으면 이룰 수 없는 일이니, 효행 있음이 또한 마땅하지 않겠는가? 그러므로, 여기에 믿을 만한 일을 가려서 인정해 주어야 할 것이요, 이런 이치가 없다고 소홀히 할 것이 못된다"고 했다.

하루는 친구 이병준(李秉俊)이 김황강(金黃岡)의 《의장시축(義庄詩軸)》을 가지고 와서 나에게 보이며 말하기를 "이 사람이 어머니를 잘 섬기고 형제간에 우애하며 종족간과 돈목하여 수천의 재산을 흩어서 따로 '의장(義庄)'을 설치하여 영구히 오래 전할 계획을 하니, 불후(不朽)의 명언을 하나 써주지 않겠는가"고 했다. 내가 이 이씨 친구의 말을 참으로 믿었는데 시축에 여러 사람들의 시를 보고 더욱 그것을 믿었다.

아, 영지(靈芝)가 뿌리 없이, 예천(醴泉)이 근원 없이 먼 외딴 시골에 성장하듯이, 선생이나 덕망 높은 이의 이끌어 주고 바로잡아 준 것이 있은 것도 아닌데, 그 천성으로 인해 윤리에 독실하기가 이와 같으니, 이른바 인형 중에 미인이요 쇠 중에 쟁쟁한 것이 아니겠는가? 나는 말세의 풍속이 오직 이익만을 추구하여 부자 형제가 왕왕 서로 다투는 것을 한스럽게 여겼다. 김씨로부터 본다면 또한 금수(禽獸)가 아니겠는가? 한스러운 것은 앞 사람의 서술한 것에 모두 김씨가 어떤 사람인가를 말하지 않은 것이다. 그러나, 지극한 행실이 이와 같으니 '의장(義庄)' 정도는 또한 나의 붓을 새삼 여기에 아첨하게 할 것이 없다. 이에 이렇게 쓴다.

군수(郡守) 이만도(李晩燾)

田舍翁 多收十斛麥 必稱孝行 上干旌褒之典 下欺立言之士者 種種焉 雖有特行 出於其間 視同陳談 莫肯推奬 余嘗語之曰 富世所罕有 非積慶累仁無得以致之 有孝行不亦宜哉 於此當擇其可信者 而與之 不當謂其無是理 而忽之也 日李友秉俊 袖黃岡金氏義庄詩軸 示之曰 此人善事母 友于兄弟 與宗族敦睦 散數千財 別立義庄 爲久遠計 盍一言不朽之 余固信李友之言 及閱軸什 諸公之言 尤可信也 噫 靈芝無根 醴泉無源 生長遐陬 非有先生長者之提撕矯揉 而因其天性 篤於倫理如此 其所謂俑中佼 鐵中錚者耶 余患叔季之俗 惟利是求 父子兄弟 往往相訟 由金氏視之 不亦禽獸乎 所恨者 前人之述 皆不言金氏之爲何狀人 然至行如此 如義庄 又不足使我筆諛也 是爲之說
知郡 李晩燾

유사
遺事

부군(府君)의 이름은 재복(載馥)이요, 자는 준여(俊汝)이며, 호는 둔재(鈍齋)이다. 성은 김씨이니 계보는 신라 경순왕(敬順王)에서 나왔다. 12대로 내려가서 곤(梱)은 고려조의 밀직부사(密直副使)로 조선조 초에 들어와서 '순충분의 좌명 개국공신 숭록대부 의정부 좌찬성 계림군(純忠奮義佐命 開國功臣 崇祿大夫 議政府 佐贊成 鷄林君)의 직첩이 내려지고, 시호(諡號)를 제숙(齊肅)이라 하니, 이 분이 중조(中祖)이다. 이 분이 중성(仲誠)을 낳으니, 판봉상시사(判奉常寺事)로 별세 후 병조판서(兵曹判書)를 추증했다. 이 분이 신민(新民)을 낳으니 문과에 급제하여 대사성(大司成) 부제학(副提學)을 지냈다. 이 분이 승경(升卿)을 낳으니, 대사헌(大司憲)이다. 6대로 내려가서 우손(愚孫)은 호를 겸재(謙齋)라 하는데, 어머니 섬기기를 지극히 효성으로 하였다. 임진왜란이 일어나자 어머니를 업고 산속으로 들어가 마침내 무사하게 되었다. 이 분이 옥근(玉根)을 낳으니, 경주로부터 처음으로 양산으로 옮겼다. 이 분이 부군의 7대조이다.

고조는 하정(夏鼎)이니, 가선대부(嘉善大夫)이다. 증조는 이장(以章)이니

3년 동안 여묘를 살아 효행으로 이름이 나 별세 후 군자감정(軍資監正)를 추증했다. 할아버지는 창노(昌魯)이니, 별세 후 공조참의(工曹參議)를 추증했다. 아버지는 규택(奎澤)이니, 별세 후 한성부 좌윤(漢城府 左尹)을 추증했다. 어머니 정부인(貞夫人)은 김해 김씨이니, 김원삼(金元三)의 딸이다. 또 어머니 정부인은 경주 이씨이니 이득엽(李得燁)의 딸이다. 가정을 다스리고 자식을 가르침에 모두 법도를 따랐다. 순조(純祖) 갑신년(甲申, 1824) 5월 초1일 부군을 화산리(華山里)의 집에서 낳았다.

어릴 때부터 특이한 재질이 있어 글읽기를 좋아했다. 14세에 좌윤공(左尹公)의 상사를 당해 슬퍼하기를 성인(成人)과 같이 했다. 이때 집안이 매우 가난하였는데, 우리 조부 암서(岩栖) 부군이 맏으로 늘 재물을 준비함이 항상 넉넉하지 못한 것을 근심하여 부군께서 신을 삼고 나무를 하여 이 일을 도왔다. 상사를 마치고 한편으로는 농사짓고 한편으로는 글을 읽어 출세할 계획을 세웠다.

35세 때에 비로소 40리 밖의 상삼리(上森里)에 딴 살림을 나갔다. 근검으로 생업을 이루어 어머니 생신날을 당해서 비단옷 두 벌과 이불 두 채를 만들어 하나는 좌윤공의 묘 앞에 불사르며 말하기를 "생전에 미처 잘 봉양하지 못한 것은 나의 몹시 한스러운 일이다" 하고 이날 종족을 모아 놓고 농토 수백 경(頃)을 나누어주어 시집 장가며, 초상 장사의 비용으로 쓰게 하기를 범문정공(范文正公)의 '의장(義庄)'과 같이 하고, 친척이 아닌 이웃사람이라도 모두 도와주었다.

임신년(壬申, 1872)에 어머니의 상사를 당해서 슬퍼하기를 법도에 지나치게 하고 초상의 범절을 예법대로 다해 유감이 없게 했다. 초하루와 보름마다 비바람을 가리지 않고 성묘했다. 만약 비가 와서 냇물이 불어 넘쳐서 건너기가 어려우면 하늘에 부르짖어 울며 3년을 하루같이 했다.

해가 흉년이 들면 창고의 곡식을 다 내어 백성을 구해 주었다. 어사가 선행을 포장하자는 글을 조정에 올려 갑신년(甲申, 1884) 가을에 대구(大邱) 중군(中軍)을 제수했다. 을유년(乙酉, 1885) 봄에 부군의 아들 형제와 불초 내가 함께 과거에 응시했는데, 발표를 기다림에 부군께서는 불초 나에게 매우 더 촉망했다. 이는 대개 불초인 내가 종손이기 때문이었다. 다행히 세 숙질이 모두 사마시(司馬試)에 합격했다. 이때 부군께서 아직 대구 감영(監營)에 계셨는데 관찰사(觀察使) 남일우(南一祐)공이 징청각(澄淸閣)에서 급제한 세 사람을 부르고 효도와 우애를 쌓아 온 보답이라고 축하했다. 이 해 가을에 영부(營府) 및 영장(營將)의 책무를 겸해서 맡기니 이 역시 특별한 대우였다. 일을 처리함에 있어 책상 위에는 밀린 서류가 없고 옥송(獄訟)도 밀리는 일이 없었다. 무자년(戊子, 1888)에 크게 흉년이 들었을 때, 곡식 천 포를 내어 주린 사람들을 먹여 살렸다. 관찰사 김명진(金明鎭)공이 두 차례에 걸쳐 선행을 포장하자는 글을 조정에 올리니, 자리를 보아 등용하라는 유시(喩示)가 있었다.

기축년(己丑, 1889) 겨울에 웅천 현감(熊川縣監)을 제수했는데, 고을을 잘 다스린다는 명성이 길에 가득하고, 온 경내가 편안했다.

임기가 끝나자 곧 인끈을 풀고 돌아와서 형제간의 우애는 늙어갈수록 더욱 두터워서, 밥 먹을 때는 한 상에서 먹고 잠 잘 때도 베개를 나란히 하고 잤다.

우리 할아버지께서 별세했을 때 초상 장사를 이미 마치고 부군께서 신색(神色)이 점점 쇠약해지니 대개 형을 잃은 큰 슬픔에 쌓인 때문이었다. 오래 살았으므로 관계(官階)를 자헌대부(資憲大夫)로 높혔다.

갑진년(甲辰, 1904) 8월 1일에 정침(正寢)에서 천수를 마치니 향년 81세였다. 다음 해에 본군 영동산(靈洞山)에 장사했고, 무신년(戊申, 1908)에 용당(龍塘) 마을 산에 옮겨 장사했다.

임자년(壬子, 1912)에 본군 동면(東面) 산지동(山旨洞) 해좌(亥坐)의 언덕에 세 번째로 옮겨 장사했다. 임술년(壬戌, 1922)에 둘째 손자 교환(敎桓)이 재실을 짓고 비석을 세웠다.

배위(配位) 정부인(貞夫人)은 온양 방씨(溫陽 方氏)이니, 방기엽(方基燁)의 딸이다. 을유년(乙酉, 1825) 10월 9일에 나서 임술년(壬戌, 1862) 3월 15일에 별세했다. 남편을 잘 받들고 살림살이에 부지런히 힘써 부군의 가업(家業)에 실로 내조가 많았다. 묘는 기장(機張) 신월리(新月里) 감좌

(坎坐)의 언덕에 있다.

2남 4녀를 두었으니, 맏아들은 병희(柄熙)요, 둘째는 영석(英碩)인데, 모두 사마시에 합격했다. 사위는 배정희(裵正喜), 김두헌(金斗憲), 신종임(辛鍾任), 이수혁(李秀赫)이다.

계배(繼配) 정부인(貞夫人)은 김해 김씨이니, 김상득(金尙得)의 딸이다. 2남 1녀를 두었으니, 아들 덕헌(德憲)은 중추원의관(中樞院議官)이요, 상헌(尙憲)은 숭혜전 참봉(崇惠殿 參奉)이다. 사위는 손정헌(孫禎憲)이다. 묘는 울산(蔚山) 유곡리(裕谷里) 임좌(壬坐)의 언덕에 있다.

병희의 아들은 교상(教相)이니 숭혜전 참봉(崇惠殿 參奉)이요, 교환(教桓)은 양자로 갔고, 다음은 교은(教銀), 교제(教濟)이다. 딸은 오무율(吳武律), 장병관(張秉寬), 김윤석(金允奭)에게 각각 시집갔다.

영석의 양자 온 아들은 교환이니, 중추원 의관이다. 딸은 홍영식(洪瑛植), 정환조(鄭煥朝)에게 각각 시집갔다.

덕헌의 아들은 교식(教植)이요, 딸은 정병호(鄭柄鎬), 유만영(柳晩榮), 이종윤(李鍾潤), 권혁진(權赫鎭) 정○, 이○에게 각각 시집갔다.

상헌의 아들은 교빈(教彬)이요, 딸은 이원락(李元洛), 서병기(徐炳琪), 송상원(宋尙瑗)에게 각각 시집갔다.

교상의 아들은 정훈(正勳), 정태(正泰), 정원(正元), 정기(正基), 정하(正河)요, 딸은 엄주원(嚴柱元), 이위달(李渭達)에게 각각 시집갔다.

교환의 아들은 정표(正杓), 정현(正鉉), 정식(正軾)이요, 딸은 정우모(鄭禹謨), 안준원(安準遠)에게 각각 시집갔다. 나머지는 모두 어리다.

아, 부군이 타고난 자질이 남달리 뛰어나고 절개를 지킴이 굳어서 빈한해도 마음먹은 것을 바꾸지 아니하고, 부귀했다고 해서 그 뜻을 바꾸지 않았다. 옛사람의 가르침을 가만히 연구해서 몸소 행동에 옮겨 능히 효성과 우애를 실천하여 사람의 윤리를 독실하게 이행했다. 비록 스승에게 직접 배우지는 않았지마는 가정에서 젖어온 것을 이은 것이다. 자손들이 허물이 있으면 조금도 용서해 주지 않았고, 비록 고을의 남의 자제들이라도 돌아다니며 놀거나 탐욕을 부리는 자가 있으면 반드시 순순히 타일렀다. 또 항상 자손들에게 경계하기를 “가정을 지켜가는 데는 효도하고 공경하며 부지런하고 검소함을 말미암지 않은 것이 없고, 가정을 무너뜨리는 것도 역시 방종하게 노는 것과 게으름을 말미암지 않는 것이 없으니 어찌 삼가지 않겠는가”고 했다. 그 자신을 단속하고 자손에게 끼친 계책이 모두 이와 같은 것들이다.

아, 부군의 평소에 가히 기록해 전할 만한 것이 실로 이에 그치지 않으나, 불초 내가 글을 잘 짓지 못하여 만에 하나도 형용할 수 없어 대략 듣고 본 것을 모아 써서 입언(立言) 군자(君子)의 채택하기를 기다린다.

종손(從孫) 교학(敎鶴) 지음

府君 諱載馥 字俊汝 號純齋 姓金氏 系出新羅敬順王後 傳十二世 諱稛以麗朝密直副使 入國初 策純忠奮義 佐命開國功臣 崇祿大夫 議政府 左贊成 鷄林君 諡齊肅 是爲中祖 生諱仲誠 判奉常寺事 贈兵判 生諱新民 文科大司成 副提學 生諱升卿 大司憲 至六世 諱愚遜 號謙齋 事母至孝 當壬辰亂作 負母入山 終保無事 生諱玉根 自慶州 始移梁山 於府君七世也 高祖諱夏鼎 嘉善 曾祖諱以章 廬墓三年 以孝行聞 贈軍資監正 祖諱昌魯 贈工曹參議 考諱奎澤 贈漢城府 左尹 妣貞夫人 金海金氏 元三女 妣貞夫人 慶州李氏 得燁女 治家敎子 皆循規矩 以純祖甲申 五月 初一日 生府君于華山里第 幼有異資 好讀書 年十四 遭左尹公喪 哀毁如成人 時家甚貧 吾王考 岩栖府君 居長 常以奠具不贍爲憂 府君捆屨負薪 以助之 制闋 且耕且讀 以爲立身之計 三十五歲 始析居於四十里外 上森里 以勤儉致業 當母夫人晬辰 製錦衣衾二襲 焚一于左尹公墓前曰 未及供養 吾所痛恨也 是日 聚宗族 捐田土數百頃 俾爲嫁聚喪葬之費 如范公義庄 雖隣人之不屬親戚者 亦皆賑之 壬申丁內艱 哀毁過度 初終凡節 盡禮無憾 每於朔望 不避風雨而拜墓 若溪水漲溢難渡 號天哭之 三年如一日 歲値歉荒 倒廩救民 繡衣使 褒啓于朝 甲申秋除大邱中軍 乙酉春 胤公兄弟及不肖 俱赴南省 及其待榜也 府君 屬望於不肖尤深 盖以不肖爲冢嗣也 幸三叔姪 俱中司馬 時府君 尙在達營 巡相南公一祐 呼三恩於澄淸閣 賀以積累孝友之報 同年秋 兼理營府及營將之任 亦異

數也 案無堆簿 訟無滯獄 當戊子大荒 捐穀千苞賑恤 因道臣金公明鎭 兩次褒啓 至有摘窠用之之喩 己丑冬 除態川縣監 治聲載路 闔境晏然 苽滿卽解紱而歸 常棣之誼 老去尤篤 食則同床 寢則聯枕 及我王考之喪 葬旣畢 府君之形神漸鑠 蓋以胖懷所傷也 以高年 增秩資憲大夫 甲辰八月一日 考終于寢享年八十一 翌年 葬于本郡 靈洞山 戊申 遷葬于龍塘里山壬子 三遷于本郡東面 山旨洞 負亥原 壬戌 介孫教桓 建齋竪碣 配貞夫人 溫陽方氏 基燁女生乙酉十月九日 卒壬戌三月十五日 承順夫子 勤力治產 府君家業 實多內助焉 墓在機張新月里 枕坎原 生二男 四女 男長柄熙 次英碩 俱中司馬 女婿裵正喜 金斗憲 辛鍾任 李秀赫 繼配貞夫人 金海金氏 尙得女 生二男 一女男德憲 中樞院議官 商憲 崇惠殿參奉 女婿 孫禎憲 墓在蔚山 裕谷里 壬坐之原 柄熙男 教相 崇惠殿參奉 教桓出 教銀 教濟 女吳武律 張秉寬 金允爽英碩 嗣男教桓 中樞院議官 女洪瑛植 鄭煥朝 德憲男 教植 女鄭柄鎬 柳晩榮 李鍾潤 權赫鎭 鄭○ 李○ 商憲男 教彬 女李元洛 徐炳琪 宋尙瑗 教相男 正勳 正泰 正元 正基 正河 女嚴柱元 李渭達 教桓男 正杓 正鉉 正軾女鄭禹謨 安準遠 餘皆幼 嗚乎 府君 稟質秀異 操守堅確 貧寒而不易所執富貴而不移其志 潛究古人之訓 而驗於躬行 克踐孝友之實 而篤於人理 雖無授受於師門 盖承襲家庭之擩染也 子孫有過 無少容貸 雖鄕里子弟 浪遊○○者 必諄諄諭之 常戒子孫曰 家之守成者 未有不由於孝友勤儉 傾敗者 亦未有不由於淫佚怠惰 可不愼哉 其律己貽謨 皆此類也 嗚乎 府君平日 可記可述之蹟 實非止此 而不肖不文 未能形容萬一 略綴耳目所及者 以竢立言君子財取焉

從孫 教鶴 撰

행장
行狀

궁벽한 시골에 나서 농장을 일으키고 사절(使節)을 잡아 현감(縣監)이 되고 관직이 높아 은택이 후하며 고관의 의관이 온 집안에 가득한 자는 내가 둔재(鈍齋) 김공에게서 처음 보았다. 하늘이 착한 일을 하는 사람에게 보답함이 이와 같은가?

공의 이름은 재복(載馥)이요, 자는 준여(俊汝)이다. 일찍이 아버지를 여의고 집안이 가난하여 백형 암서(岩棲) 재현공(載鉉公)과 약속하고 농사짓고 글 읽는 것으로 문호를 보존하는 계책을 삼았다. 때로는 신을 삼고 나무를 하여 내다 팔아 제사를 받들고 어버이를 봉양했으며, 35세에 비로소 딴 살림을 나갔다.

어머니 회갑날을 당해 집안 형편이 조금 펴지자 비단옷 두 벌과 이불 두 채를 만들어 놓고 말하기를 "내가 14세에 아버지께서 별세하여 초상 장사의 예에 빠진 것이 많았다" 하고 하나는 아버지 묘 앞에 불사르고 하나는 어머니께 바쳤다. 또 농토 수백 경(頃)을 덜어서 종족과 고을 사람의 시집 장가며, 초상 장사의 비용에 쓰게 하여 어머니의 마음을 즐겁게 했다. 시를 짓기를 "어머니는 술잔 들어 기쁘게 할 수 없고, 남은 재산 가난한 집에 나누어주는 것을 기쁘게 여기시네"라고 했다. 상서(尙書)인 정현석(鄭顯奭), 상서인 김교헌(金敎憲), 향산(響山) 이만도(李晚燾)가 시를 지어 축하하니, 모두 효자가 어버이의 뜻을 받들어 마음을 즐겁게 했다는 뜻이었다.

임신년(壬申, 1872)에 어머니께서 별세하니 공은 이미 늙었지마는 그래도 지나치게 슬퍼했다. 장사를 이미 마치고 초하루와 보름마다 어머니 묘 앞에 성묘하여 비바람으로 인해서 빠지는 일이 없었다. 때로는 비로 냇물이 불어서 건너지 못하면 하루종일 그 물을 보고 슬피 울었다. 그리고 묘와 사당에 여러 가지 일들을 힘이 미치는 데까지 모두 했다.

계미년(癸未, 1883)에 크게 기근이 들어 온 마을 사람들이 굶주렸다. 창고에 곡식을 모두 꺼내어 온 경내의 사람을 구해 내었다. 암행어사가 이 사실을 조정에 아뢰어 갑신년(甲申, 1884) 가을에 대구 중군(中軍)을 제수하는 특전이 있었다.

다음 해에 두 아들과 형의 손자 교학(敎鶴)이 모두 내사(內舍)에 오르니, 관찰사 남일우(南一祐)공이 징청각(澄淸閣)에 앉아서 공을 맞아 자리에 앉게 하고 새로 급제한 세 사람을 불러 말하기를 "이것은 중군(中軍)이 덕과 인(仁)을 쌓은 보답이다" 하니 온 부중(府中) 사람들이 모여서 구경하며 영광으로 여겼다.

이 해에 남공(南公)이 관청에서 별세하니 판관(判官)과 영장(營長)의 자리가 모두 비었다. 조정에서 공께 명하여 직무를 모두 대리하게 했는데, 옥송(獄訟)이 밀리지 않았고, 남공의 장사도 예(禮)대로 치렀다.

무자년(戊子, 1888)에 기근이 들었는데 곡식 천 포를 덜어 구조해 주었다. 관찰사 김명진(金明鎭)이 두 차례로 선행을 포장하자는 글을 조정에 올리니, 자리를 보아 등용하라는 교지가 있었다.

기축년(己丑, 1889) 겨울에 웅천현감(熊川縣監)을 제수했는데 뛰어난 공적이 있었다. 임기가 끝나자 고향마을로 돌아와서 형제가 한 곳에 거처하며 잠잘 때도 나란히 잤다. 형이 별세하자 홀로 지내면서 즐거움이 없는 마음으로 몸이 점점 쇠해 갔다.

계묘년(癸卯, 1903)에 조관(朝官)으로 나이 80세이므로 자헌대부(資憲大夫)로 관계(官階)를 올렸다.

갑진년(甲辰, 1904) 8월 1일에 상삼리(上森里)의 정침에서 천수를 마쳤다. 본군 동면(東面) 산지동(山旨洞) 해좌(亥坐)의 언덕에 장사했다.

김씨는 경주 김씨이니, 신라 경순왕의 후예이다. 계림군(鷄林君) 제숙공(齊肅公) 균(稛)과 판봉상시사(判奉常寺事) 중성(仲誠)과 부제학(副提學) 신민(新民)과 대사헌(大司憲) 승경(升卿)은 조선조에 이름이 알려진 분이다.

선조(宣祖) 때 겸재(謙齋) 우손(愚遜)은 어머니를 업고서 병난을 피했다. 이 분이 옥근(玉根)을 낳으니 경주에서 양산으로 옮겨 살았다. 이 분이 공의 7세조이다. 증조는 이장(以章)이니 별세 후 군자감정(軍資監正)을 추증했고, 여묘(廬墓) 3년을 살았다. 할아버지는 창노(昌魯)이니, 별세 후 공조참의(工曹參議)를 추증했다. 아버지는 규택(奎澤)이니, 별세 후 한성좌윤(漢城左尹)을 추증했다. 어머니는 경주 이씨이니 이득엽(李得燁)의 딸이다.

순조(純祖) 갑신년(甲申, 1824) 5월 1일에 공을 화산리(華山里)의 집에서 낳았다.

배위(配位) 정부인(貞夫人)은 온양 방씨(溫陽 方氏)이니, 방기엽(方基燁)의 딸이다. 기장(機張) 철마면(鐵馬面) 신월리(新月里) 감좌(坎坐)의 언덕에 장사했다. 2남 4녀를 두었다.

또 정부인 김해 김씨는 김상득(金尙得)의 딸이니, 울산(蔚山) 유곡리(裕谷里) 임좌(壬坐)의 언덕에 장사했다. 2남 1녀를 두었다.

아들 병희(柄熙)는 생원(生員)이요, 영석(英碩)도 생원이며, 덕헌(德憲)은 중추원의관(中樞院議官)이요, 상헌(尙憲)은 숭혜전 참봉(崇惠殿 參奉)이다. 사위는 배정희(裵正喜), 김두헌(金斗憲), 신종임(辛鍾任), 이수혁(李秀赫), 손정헌(孫禎憲)이다.

병희의 아들 교상은 숭혜전 참봉이요, 교환(敎桓)은 양자로 갔고, 다음은 교은(敎銀)과 교제(敎濟)이다. 사위는 오무율(吳武律), 장병관(張秉寬), 김윤석(金允奭)이다.

영석의 양자로 온 아들은 교환(敎桓)이니, 중추원의관이다. 사위는 홍영식(洪瑛植), 정환조(鄭煥朝)이다.

덕헌의 아들은 교식(敎植)이요, 사위는 정병호(鄭柄鎬), 유만영(柳晩榮), 이종윤(李鍾潤), 권혁진(權赫鎭) 정○, 이○이다.

상헌의 아들은 교빈(敎彬)이요, 사위는 이원락(李元洛), 서병기(徐炳琪), 송상원(宋尙瑗)이다.

교상의 아들은 정훈(正勳), 정태(正泰), 정원(正元), 정기(正基), 정하(正河)이다. 사위는 엄주원(嚴柱元), 이위달(李渭達)이다.

교환의 아들은 정표(正杓), 정현(正鉉), 정식(正軾)이다. 사위는 정우모(鄭禹謨), 안준원(安準遠)이다. 나머지는 모두 어리다.

공은 어릴 때부터 글읽기를 좋아하여 사업으로 생업을 일으킬 때도 날마다 수백 말을 외었다. 늙어서 벼슬을 사직하고 한가히 살면서도 손에는 책을 놓지 않았다. 여러 아들을 학문에 힘쓰게 하여 좋은 책을 보면 많은 돈을 아끼지 않고 샀다.

성암(惺岩) 최세학(崔世鶴)공이 어질다는 말을 듣고 가서 종유(從遊)하여 도움이 된 바가 많았다. 인해 아들과 조카를 보내어 가서 스승으로 삼게 했다.

그의 저술은 집안이 환난을 당하였을 때 모두 흩어졌으나, 누정(樓亭)에서 읊은 것과 친구들과 수창(酬唱)한 것을 찾으니, 모두 자신을 경계하고 자식들을 교훈하는 말이었다. 이런 것이 복을 만든 것이다.

교환군이 아들 정표를 보내어 그 종형 상사(上舍) 교학이 지은 유사(遺事)를 가지고 와서 글을 지어 달라고 한다. 내가 이웃 고을에 살면서 그가 선행을 즐겨하고 옳은 일을 좋아하는 사실을 익히 들었다. 그러므로, 감히 글을 잘 짓지 못하는 것으로 끝까지 사양하지 아니하고 차례대로 열거하여 행장을 이렇게 짓는다.

광주(光州) 노상직(盧相稷) 지음

生窮鄕 起田舍 握使節而拖縣綬 秩高而澤厚 簪組襴幞 遍于盡室者 余於鈍齋金公而見之 天所以報善人者 如是夫 公諱載馥 字俊汝 早孤而家貧 約伯兄岩栖公載鉉 業耕 讀爲門戶計 捆屨析薪而市之 奉祭養親 三十五歲 始分門 至母夫人周甲 家力稍紓 製綿衣衾二件曰 吾十四父歿 附身闕儀 一則焚于考墓前 一則獻于母 捐田數百頃 作宗族黨里嫁娶喪葬之資 以悅母心 有詩曰 萱顔不以稱觴喜 喜見籯金走席門 鄭尙書顯奭 金尙書敎獻 李響山晩燾作詩賀之曰 孝子之養志也 壬申 母夫人卒 公已向衰 而猶過毁 旣葬 必朔望省掃 風雨不廢 溪漲不能渡 則竟日臨流而哀號 墓廟諸儀 力所及者 皆爲之 癸未 歲大飢 閭閻頷頷 傾囷以救一境 直指使聞于朝 甲申秋 除大邱中軍 特典也 明年 二子及兄孫敎鶴 俱陞內舍 方伯南公一祐 坐澄淸閣 邀公在座 呼三新恩曰 此中軍積德累仁之報也 一府人 聚觀而榮之 是歲 南公卒于官 判官營將俱闕 朝廷並命公署理 獄訟無滯 治南公喪行如禮 戊子歲饑饉 捐穀千苞以助賑 道伯金公明鎭 再爲褒啓 有摘窠用之之敎 己丑冬 除態川縣監 有著績 仕滿歸田里 兄弟同處 枕被相聯 兄歿有獨生靡樂之懷 榮衛澌敗 癸卯以朝官年八十陞秩爲資憲大夫 甲辰八月一日 考終于上森里之正寢 葬本郡東面 山旨洞 枕亥原 金氏慶州之世 新羅敬順王之後也 鷄林君 齊肅公稛 判奉

常寺事仲誠 副學新民 大憲升卿 顯於本朝 至宣廟時 謙齋思遜 負母避兵燹 是生玉根 自慶州卜梁山 於公爲七世祖也 曾祖以章 贈監正 廬墓三年 祖昌魯 贈工議 禰奎澤 贈左尹 妣慶州李氏 得燁女 以純祖 甲申五月一日 生公于華山里第 配貞夫人 溫陽方氏 基燁女 葬機張鐵馬面 新月里 枕坎原 生二男 四女 貞夫人 金海金氏 尙得女 葬蔚山 裕谷里 枕壬原 育二男 一女 男柄熙生員 英碩生員 德憲中樞院議官 商憲崇惠殿參奉 女婿裵正喜 金斗憲 辛鍾任 李秀赫 孫禎憲 柄熙男 教相 崇惠殿參奉 教桓出 教銀 教濟 女婿吳武律 張秉寬 金允奭 英碩嗣男 教桓中樞院議官 女婿洪瑛植 鄭煥朝 德憲男 教植 女婿鄭柄鎬 柳晩榮 李鍾潤 權赫鎭 鄭○ 李○ 商憲男 教彬 女婿 李元洛 徐炳琪 宋尙瑗 教相男 正勳 正泰 正元 正基 正河 女婿 嚴柱元 李渭達 教桓男 正杓 正鉉 正軾 女婿 鄭禹謨 安準遠 餘幼 公自幼 嗜讀書 在執業資生之日 日誦數百言 至老辭官閑居 而卷不釋手 爲諸子勉學 見好書籍不惜重貨而購之 聞惺巖崔公世鶴之賢 而往從之 多所裨益 因遣子姪 而師事之 所著述 雖散落於室戶震剝之際 而得於樓亭之咏 朋遊之酬者 皆警己教子之語 此所以造福也 教桓君 遣子正杓 以其堂兄 上舍教鶴 所爲遺事 要余以屬事比辭 余家在隣境 熟聞其樂善好義之實 不敢以無文終辭 謹臚列爲狀

光州 盧相稷 撰

묘갈명 서문도 함께 씀
墓碣銘 幷序

공(公)의 이름은 재복(載馥)이요, 자(字)는 준여(俊汝)요, 호는 둔재(鈍齋)이다. 김씨는 본래 신라의 종성(宗姓)이니, 계보는 신라 경순왕(敬順王)에서 나왔다.

중세에 곤(稛)은 조선조에 들어와서 개국의 공로로 계림군(鷄林君)으로 봉했고, 시호를 제숙(齊肅)이라 했다. 이분이 중성(仲誠)을 낳으니 판봉상시사(判奉常寺事)로, 별세 후 병조판서(兵曹判書)를 내렸다. 이분이 신민(新民)을 낳으니, 대사성(大司成) 부제학(副提學)이다. 이분이 승경(升卿)

을 낳으니, 대사헌(大司憲)이다. 우손(愚遜)에 이르러 호를 겸재(謙齋)라고 하는데, 효행이 있어 임진왜란 때 어머니를 모시고 산속으로 들어가 마침내 무사하게 되었다. 이분이 옥근(玉根)을 낳으니 경주로부터 처음으로 양산으로 옮겨 살았는데, 공의 7세조이다. 고조는 하정(夏鼎)이니, 가선대부(嘉善大夫)이다. 증조는 이장(以章)이니, 여묘(廬墓) 3년을 살았고 별세 후 군자감정(軍資監正)을 내렸다. 할아버지는 창노(昌魯)이니 별세 후 공조참의(工曹參議)를 내렸다. 아버지는 규택(奎澤)이니, 효행이 있다. 별세 후 한성좌윤(漢城左尹)을 내렸다. 모두 공(公) 때문에 추증(追贈)한 것이다. 어머니 정부인(貞夫人)은 김해 김씨이니 김원삼(金元三)의 딸이다. 계비(繼妣) 정부인은 경주 이씨이니 이득엽(李得燁)의 딸이다. 부덕(婦德)이 있었는데, 순조 갑신년(甲申, 1824) 5월 1일에 화산리(華山里)의 집에서 공을 낳았다.

공은 타고난 자질이 뛰어나서 공부를 시작하자 영리하고 민첩하여 이끌어 가르치지 않아도 글의 뜻을 통했다. 14세에 아버지 상사(喪事)를 당함에 슬퍼함이 법도에 지나쳤다. 어머니 섬기기를 지극한 효성으로 하여 신을 삼고 나무를 하여 거친 음식을 이어갔다. 중형 암서공(岩棲公) 재현(載鉉)이 명망이 있었는데 공이 아버지처럼 섬겼다.

35세에 비로소 딴 살림을 나가서 서로 거리가 30리 정도 되었으나, 격일로 찾아와서 어머니께 문안드리고 물러나 중형(仲兄)과 자리를 마주해 즐거워하여 잠시도 떨어지지 않을 것 같았다.

만년에 부지런히 살림을 모아서는 아버지를 미처 섬기지 못한 것을 지통(至痛)으로 여겼다. 어머니 회갑날 비단옷 두 벌과 이불 두 채를 만들어 하나는 아버지 묘 앞에서 불살랐다. 또 농토 수십 경(頃)을 덜어서 친척들에게 나누어주기를 범문정공(范文正公)의 '의장(義庄)'과 같이 해서 초상 장사며 시집 장가의 비용으로 쓰게 했다.

임신년(壬申, 1872)에 어머니 상사를 당해 부르짖어 울다가 거의 기절했다. 장사를 마치고는 초하루와 보름마다 반드시 성묘했는데 비록 심한 추위와 무더운 더위에도 빠지는 적이 없었다.

흉년이 들자 창고의 곡식을 다 내어 빈민을 구해내었다. 암행어사가 선행을 포창하자는 글을 조정에 올리니 갑신년(甲申, 1884)에 대구의 중군(中軍)과 사영(四營)의 사령을 겸하게 했으니, 이는 특별한 대우이다. 부임하여 직무를 본 지 몇 달만에 잘 다스린다는 명성이 높았다.

을유년(乙酉, 1885)에 공의 아들 형제와 종손(從孫)이 함께 과거에 응시했는데 공은 발표를 기다림에 종손에게 더욱 촉망했다. 사람들이 그 이유를 물으니, 종손(從孫)은 우리 집 종손(宗孫)이기 때문이라고 했다. 마침내 세 숙질이 모두 합격해 왔다. 관찰사 남일우(南一祐)가 문을 열고 새로 합격한 세 사람을 불러들이니 보는 사람들이 영광으로 여겼다.

무자년(戊子, 1888)에 흉년이 들자, 또 곡식 천 포를 덜어 주린 사람들에게 나누어주어 그들을 구제했다. 관찰사 김명진(金明鎭)공이 여러 번 조정에 글을 올려 선행을 포창하기를 청하니, 자리를 보아 등용하라는 유시가 있었다.

을축년(乙丑, 1889)에 웅천현감(熊川縣監)을 제수했는데, 산업을 권장하고 백성의 병폐를 제거하니 관리와 백성들이 그 은혜를 마음에 새겼다. 고을을 잘 다스리므로 가선대부(嘉善大夫)로 관계를 높이고, 또 가의대부(嘉義大夫)에 올리니, 실로 특별한 우대이다. 임기를 마치자 관리와 백성들이 송덕비를 세우려 의논하므로 군이 말리며 도리어 자신에게 누를 끼치게 하는 일이라고 했다.

갑진년(甲辰, 1904) 봄에 오래 살았으므로 자헌대부(資憲大夫)에 올랐다. 이해 8월 1일에 정침에서 별세하니 향년 81세였다. 처음에는 영동산(靈洞山)에 장사했다가 후에 동면(東面) 산지리(山旨里) 해좌(亥坐)의 언덕으로 옮겨 장사했다. 배위 정부인은 온양 방씨이니 방기엽(方基燁)의 딸이다.

2남 4녀를 두었으니 아들은 병희와 영석인데 모두 생원이다. 딸은 배정희 김두헌, 신종임, 이수혁에게 각각 시집갔다. 묘는 기장 철마면 아월동(阿月洞) 자좌(子坐)의 언덕에 있다.

계배(繼配) 정부인은 김해 김씨이니, 김상득의 딸이다. 2남 1녀를 두었으니, 아들 덕헌은 중추원의관이요, 다음은 상헌이니 숭혜전 참봉이다. 사위는 손정헌이다. 묘는 울산군 유곡리 임좌(壬坐)의 언덕에 있다.

병희의 아들은 교상이니, 숭혜전 참봉이다. 교환은 양자갔고, 다음은 교은과 교제이다. 사위는 오무율, 장병관, 김윤석이다.

영석의 양자 온 아들은 교환이니, 중추원의관이다. 사위는 홍영식 정환조이다.

덕헌의 아들은 교식이요, 사위는 정병호, 유만영, 이종윤, 권혁진, 정○이다.

상헌의 아들은 교빈이요, 사위는 이원락, 서병기, 송상원이다.

교상의 아들은 정훈, 정태, 정원, 정기, 정하요, 사위는 엄주원, 이위달이다.

교환의 아들은 정포, 정현, 정식이요, 사위는 정우모, 안준원이다.

공이 영민한 재주로 먼 지방에서 특출하게 뛰어나 자신을 낮추고 삼가 덕을 닦으며 재물을 가볍게 여기고 의리를 좋아하여 가정을 다스림에 종족을 비호하고 정치를 함에 관리와 백성을 생각하니, 대개 이 마음을 미루어 저쪽으로 옮긴 것이다. 어찌 군자가 아니겠는가?

공의 손자 교환이 가장(家狀)을 가지고 와서 나에게 묘갈명(墓碣銘)을 청하니, 가장은 바로 공이 촉망하던 교학이 찬술한 것이다. 이에 명을 다음과 같이 짓는다.

효성과 공경으로
근본을 길러냈고,
공부와 선행으로
아름다움 피어났네.
미루어 인(仁)을 베푸니
한겨울도 봄이 되고,
거두어 몸에 감추니
가을하늘 달 비친 듯.

중군과 현감으로
재능을 시험했고
돌아와 자연 속에 감추었으니
견줄 지조 뉘 있으랴.
80세를 화락하게
한가히 마쳤구나.
이 글이 환히
무궁하게 전하리라.

교리(校理) 이중구(李中久) 지음

公諱載馥 字俊汝 號鈍齋 金氏本新羅宗姓 系出敬順王 中世 諱稛 入我朝 以開國勳 封雞林君 謚齊肅 生諱仲誠 判奉常寺事 贈兵判 生諱新民 大司成 副提學 生諱升卿 大司憲 至諱愚遜 號謙齋 有孝行 執徐之亂奉母入山 終保無事 生諱玉根 自慶州 始移梁山 於公間七世 高祖諱夏鼎嘉善 曾祖諱以章 廬墓終制 贈軍資監正 祖諱昌魯 贈工曺參議 考諱奎澤有孝行 贈漢城左尹 皆以公故也 妣贈貞夫人 金海金氏 元三女 繼妣 贈貞夫人 慶州李氏 得燁女 有婦德 以純廟甲申五月一日 擧公于華山里第天資英毅 旣就學 穎悟敏給 不煩提誨 而能曉文義 十四歲 遭先公憂 哀毁過度 事母夫人至孝 捆屨負薪 以繼菽水 仲氏巖栖公載鉉 有時望 公事之如父 三十五歲 始析著 相距一舍 間日來省 退與仲氏 對床怡怡 如將不暫捨 晩年積勤成家 以不及事先公 爲至痛 及母夫人晬日 製錦衣衾二襲焚一于先公墓前 捐田數百頃 分給親戚 如范公義庄 俾爲喪葬嫁娶之資 壬申 丁母夫人憂 號哭幾絶 旣葬 朔望必上墓 雖隆寒盛暑 未之或廢 値歲荒 倒廩恤貧 時繡衣使 褒啓于朝 甲申 除大邱中軍 兼管四營符節 盖異數也 莅事數月 治聲藉菀 乙酉 公之胤兄弟 及從孫 俱赴南省 及其待榜公屬望於從孫尤深 衆問之 輒曰 從孫 吾家冢嫡也 竟三榜俱倒 南巡相一佑 開閤呼三恩 觀者榮之 戊子歲飢又捐穀千苞 分賑飢民 道臣金公明鎭

累啓請褒 至有摘寘用之之喻 己丑 除熊川縣監 勤業錫瘼 吏民懷其惠 以善治 增秩嘉善 又陞嘉義 實優典也 及其解印 聞吏民之議立頌碑 堅止之曰 反累吾也 甲辰春 以壽陞資憲 是年八月一日 終于寢 享年八十一 初葬于靈洞山 改葬于東面 山旨里 負亥原 配貞夫人 溫陽方氏 基燁女 生二男 四女 男柄熙 英碩 皆生員 女裵正喜 金斗憲 辛鍾任 李秀赫 墓在機張 鐵馬面 阿月洞 枕子原 繼配貞夫人 金海金氏 尙得女 生二男 一女男德憲 中樞院議官 商憲 崇惠殿參奉 女孫禎憲 墓在蔚山郡 裕谷里 壬坐之原 柄熙男 教相 崇惠殿參奉 教桓出 教銀 教濟 女吳武律 張秉寬金允奭 英碩嗣男 教桓 中樞院議官 女洪瑛植 鄭煥朝 德憲男教植 女鄭柄鎬 柳晩榮 李鍾潤 權赫鎭 鄭○ 尙憲男 教彬 女李元洛 徐炳琪 宋尙瑗 教相男 正勳 正泰 正元 正基 正河 女嚴柱元 李渭達 教桓男 正杓正鉉 正軾 女鄭禹謨 安準遠 公以英敏之才 崛起遐陬 卑躬愼德 輕財好義 爲家而庇宗族 爲政而懷吏民 盖其推此心 加諸彼者也 不亦君子人乎公之孫教桓 持家狀 徵銘於余 狀是公之所屬望教鶴所述也 因爲之銘曰

孝親敬兄 以養其根. 劬書樂善 迺發其文.
推而施仁 大冬春融. 斂之在躬 秋月凝空.
戎壘郡紱 薄試牛刀. 卷懷林泉 誰爭我操.
八旬豈樂 優游令終. 我詩孔晣 視之無窮.
校理 李中久 撰

영모재기
永慕齋記

의춘군(宜春郡)의 동쪽에 산봉우리가 있는데 '관개산(冠盖山)'이라고 한다. 산세가 웅장하게 짓누르고 높이 버티어 서 있어, 고관(高官)과 장수(將帥)가 주둔하고 서 있는 형세와 같다. 태초에 관개산이라고 이름지은 것도 이 때문일 것이다.

철마(鐵馬), 금정(金井), 낙도(樂道), 무동(舞童) 등 여러 산들이 사방에 둘러싸고 있는 것이 마치 두 손을 마주잡고 읍(揖)하고 있는 것과 같다. 또 크고 작은 시내들이 거울처럼 맑게 둘러싸 있으니 참으로 견줄 데 없이 좋은 곳이다.

이 고을에 사는 의관(議官) 김교환(金敎桓)이 그 할아버지 둔재(鈍齋)공을 이 산 밑에 장사하고는 재계하고 제물을 준비할 집이 없을 수 없다고 하여 임술년(壬戌年) 가을에 묘 앞에 재실 7간을 지었다. 서늘하고 따뜻함이 각각 적의하고 경치가 더욱 빛났다. '영모재(永慕齋)'라 현판을 붙이고, 그 인척 친구인 이상설(李相卨)을 보내어 북쪽으로 5백 리 길을 찾아와서 나에게 기문을 청했다.

아, 김군의 조상을 위하는 정성이 만약 남을 감동시키지 못했다면 어찌 이 사람이 이렇게 큰 수고를 할 수 있겠는가? 그가 가지고 온 글을 살펴보니 둔재의 이름은 재복(載馥)으로 고종 때 신하이다. 성품이 지극히 효성스러웠으나 집안은 가난하고 어버이는 늙어, 신을 삼고 나무를 하여 맛있는 음식으로 공양했다. 만년에는 재산이 넉넉하였는데, 어머니 회갑을 당하여 비단옷 두 벌과 이불 두 채를 만들어 하나는 아버지 묘 앞에 사르며 "이로써 나의 한을 씻었다"고 했다. 이 날 종족들을 모아 놓고 농토 수백 경(頃)을 덜어서 길흉사의 비용으로 쓰게 했다. 흉년이 들자 창고의 곡식을 모두 꺼내 가난한 사람을 구휼해 내었다. 어사가 선행을 포장하자는 글을 조정에 올리니, 대구 중군(中軍) 겸 영장(營將)을 제수했고, 또 웅천현감을 제수했다. 임기를 마치고 돌아와서 형제간에 즐거워해서 늙음이 장차 이르러 오는 것도 알지 못할 정도였다고 한다.

아, 공은 품성이 후한데 뜻도 또한 굳어 평생 실천한 것이 "가난해도 아첨함이 없고 부자이나 교만함이 없다"는 사람에 가까웠다. 당시의 이름높은 사람들이 찬미한 글이 많은데, 어찌 잘 짓지 못하는 나의 글로 부처의 머리를 더럽히듯이 할 수 있겠는가? 그러나 의관군(議官君)의 정성스러운 효성에 대해서는 또한 높이 평가할 만하다. 대개 세상이 오래되고 대가 바뀌어 날이 오래갈수록 잊혀지기 쉬운 것은 실로 사람마다 면하기 어려운 것이다. 지금 김군은 더욱 오래될수록 더욱 잊지 않아 길이 사모한다는 '영모(永慕)'로 재실 앞에 붙이니, 다섯 가지 생각하기를 한결같이 하여 어긋나지도 쇠하지도 않는 정성은 비단 군의 생시뿐만 아니라, 백세토록 무궁할 것이다.

《시경(詩經)》에 "너의 조상을 더럽히지 말고, 이어받아 그 덕을 닦으라"고 했으니, 내가 둔재의 후손들을 위하여 이 말을 써 돌려보낸다.

진성(眞城) 이중철(李中轍) 지음

宜春郡東 有峰稱冠盖 雄鎭峻據 恰似高官大帥之駐張形勢 未知闢初 以之爲名歟 鐵馬 金井 樂道 舞童 諸山四圍 若拱揖 大小溪澗開鏡 又環抱眞無等明界也 郡居金議官敎桓 葬其大父鈍齋公衣舃于峰之下 謂不可無齊宿牲庖之所 迺於壬戌秋 就墓下 建齋八楹 凉燠各宜 雲物增輝 扁其楣曰永慕 要其姻友李相卨 北走五百里 徵記于余 噫 金君爲先之誠 若不動人豈得斯人之如是殫勞哉 遂閱其齎來文字 鈍齋諱載馥 高宗盛際之臣也 性至孝 家貧親老 捆屨採薪以供旨 晩而貲産益饒 當母夫人晬辰 製錦衣衾二襲 焚一於先公墓前曰 以泄吾恨 是日 聚宗族 捐土數百頃 俾爲吉凶之資 値歲荒 傾廩恤貧 以直指使褒啓 除大邱中軍 兼營將 又除熊川縣監 及賦歸 兄弟湛樂 不知老之將至云 嗚乎 公稟受旣厚 志操且堅 平生行履 幾乎貧無諂 富無驕之徒 而當時名公鉅匠 多有贊美之 何待今加穢佛頭哉 至若議官君之誠孝 亦可尙也 夫世久而迭遷 日遠而易忘 實人人所不能免焉 今君愈久而愈不忘 以永慕題顔 則其五思如一 不愆不替之誠 非但止君之世將百世無違也 詩曰 無忝爾祖 聿修厥德 余爲鈍翁後 書以歸之

眞城 李中轍 撰

영모재기후서
永慕齋記後敍

옛글에 이르기를 "죽은 사람 섬기기를 산 사람 섬기듯이 하라"고 했다. 또《예기(禮記)》에 이르기를 "백성을 가르쳐 그 근본을 잊지 않게 해야 한다"고 했다.

이리하여 군자는 삼가해서 반드시 그 근본인 조상을 보답하는 데 성심을 다해야 한다. 그러므로 밖에 묘를 써서 봉분을 짓고 도랑을 파서 물길을 돌리며 가정에서는 사당을 지어 제사를 드린다. 때로는 국그릇과 담장에까지 영상이 떠오를 정도로 경모하면 정자(亭子)도 짓고 재실(齋室)도 짓는 것이니, 견씨(甄氏)의 '사정(思亭)' 이란 집과 '한천(寒泉)' 의 '분암(墳庵)' 이 바로 이런 것이다.

내가 일찍이 남쪽 고을에 갈 일이 있어 취성(鷲城)으로 지나다가 재실 한 채가 높이 연기와 구름이 아득한 속에 드러나 있는 것을 보고 쉬는 여가에 지팡이를 멈추고 사람들에게 알아보니, 김재복의 손자 교환이 지은 '영모재(永慕齋)' 라고 했다.

건물이 장대하고 미려함은 옛날 문자(文子)라는 사람이 지은 집과 같았고, 묘 앞에 세운 비석은 구양수(歐陽修)의 아버지의 묘표(墓表)와 같았다. 무릇 이곳을 지나는 이는 이를 바라보고 공경하는 마음을 일으키지 않는 사람이 없는데, 하물며 자애로운 후손들의 길이 사모함에 있어서랴?

아, 취령(鷲嶺)은 동남에서 아주 뛰어난 절경이다. 옛 사람이 이른바 "울울히 높이 솟은 산"이다. 그런데 그 맑고 신령스러우며 화청(和淸)한 기운이 사물에 모였을 때는 기린과 봉황과 녹나무(여樟)가 되고, 사람에 모였을 때는 인인(仁人)과 지사(志士)가 되니, 공과 같은 분이 이 지방에서 태어난 것도 역시 우연이 아니다. 공은 주군(州郡)을 두루 맡아 다스렸는데, 잘 다스리는 업적이 소문났고 재산을 베풀어 백성을 구제해서, 도랑과 골짜기에 굴러 죽음을 면하게 했고 종족을 구휼하여 '의장(義庄)' 을 설치했으며 손님과 친구들을 정성껏 대접하니 찾아오는 사람들이 끊어지지 않았다. 그리고 여가를 보아 문학에 종사했다. 이 조상의 남은 향기가 사라지지 않았으니, 마땅히 자손들이 길이 사모할 만하다. 무덤이 있는 언덕에 오르내리는 영혼이 양양(洋洋)할 것이며, 서리 내리고 이슬 내리는 가을에 슬픈 생각이 유연(油然)히 일어날 것이다. 그러나, 세대가 점점 오래되고 인정이 점점 소원해져 예악(禮樂)의 근본과 원류(源流)의 소자출도 알지 못하면 조상도 잊어버리기 쉬울 것이니, 잡은 물고기를 먹기 전에 조상에게 먼저 제사지낼 줄 아는 수달에 부끄럽지 않겠는가?

무릇 김씨의 후손들은 아버지는 아들에게 전하고 아들은 손자에게 전하여 백세의 먼 후일까지 이르러 영구히 잊지 않으면 '영모재(永慕齋)'의 이름이 길이 후세에 할 말이 있을 것이 틀림없을 것이다. 이 재실에 올랐을 때 격세의 한을 금할 수 없었는데, 돌아올 때에 김교환 군이 재실의 기문을 청했다. 생각건대 나의 졸렬한 글로 이 부탁을 감당할 수 없으나, 자애로운 후손의 청을 저버릴 수 없어 다만 '효도하기를 쇠하지 말라'는 글을 외워서 쓴다.

함안(咸安) 조규석(趙圭錫) 지음

傳曰 事死如事生 記曰 教民不忘乎本 是以 君子愼之 必誠乎報本 故爲墓於郊 而封溝之 爲廟於家 而禘嘗之 其或羹墻 而寓慕焉 則爲亭爲齋焉 甄氏之思亭 寒泉之墳庵是也 余嘗南州之行 路過鷲城 嵬然一閣 露出於烟雲縹渺之際 休息之暇 住節而諗于人 則乃金公諱載馥之孫 教桓所築永慕齋云也 輪奐之美 有如文子之室 阡表之煌 有如歐公之岡 凡人之行過者 莫不瞻望 而起敬 矧慈孫之永慕乎 噫 鷲嶺 固東南絶特之地也 古人所謂 鬱岧嶢者 而淑靈和淸之氣 鍾於物也 爲麟鳳 爲櫞樟 屬於人也 爲仁人 志士焉 公之生于是邦 亦非偶然 而歷典州郡 治績有聲 賑民而俾免溝壑 恤族而營置義庄 款接賓朋 輪蹄輻湊 間以從事文學 餘香未散 宜乎子孫之永以爲慕也 邱壟陟降之靈 霜露悽愴之感 洋洋乎 油然乎 而世代寢遠 人情漸疎 不知禮樂之所本 源流之所自 則易於忘先 反不愧於豺獺之報乎 凡爲金氏後者 父以傳子 子以傳孫 雖至百世之遠 而悠久不忘 則永慕之名 永有辭於來世也審矣 及其登臨是齋 自不禁隔世之恨 而於其歸也 金君教桓甫 託以齋記 顧余拙訥 不堪是寄 而難孤慈孫之請 只以孝思勿替一言 誦而書之

咸安 趙圭錫 撰

영모재 상량문
永慕齋上樑文

대저 묘(墓)란 모(慕)와 같이 사모한다는 뜻이니, 조상의 영혼이 오르내리는 것을 볼 수 있는 곳이고, 재실이란 마음을 정제하는 곳이니, 자손이 받들기를 공경히 해야 하는 것이네. 조상의 일을 이어가니 빠른 시일에 완성했네. 서원(書院)과 정사(精舍)와 강당(講堂)은 규모가 같지 않고, 사우(祠宇)와 묘실(廟室)과 영각(影閣)에는 향불 피우는 일 언제나 변하지 않네. 하물며 이곳은 체백(體魄)이 묻힌 곳, 어렴풋이 만날 듯하여 정성 절로 일어나네. 은택을 생각하면 봄비가 사물을 적시는 것과 같으니, 옛 사람이 이로써 난간을 춘우헌(春雨軒)이라 이름지었고, 효성을 펴면 서리 이슬 내리는 가을에 조상 생각 일으키니, 옛 예법에 따르면 이 때 무덤을 보살펴야 하네.

생각건대 월성 김공의 쌓은 덕은 안동 지방 사람들이 칭송하는 바이다. 나면서 특이한 재질이 있어, 가정 일으키기를 나라를 처음 세우듯이 했고, 자라서는 바른 행실을 하여 분명하지 않은 일이 없네. 대구 중군(中軍)은 무예를 다한 것이 아니고, 웅천현감 되어 큰 재능으로 작은 일에 시험했네. 비단옷 만들어 부모님께 바치니, 초경(楚卿)의 겹요가 한스럽고, 농토를 사서 종족에게 주니 범씨 (范氏)의 '의장(義庄)' 도 오히려 이보다 가볍구나. 인생 한 평생 백년도 못 되는 것 한스럽지마는, 육체는 길이 땅 속에 묻히네. 이끼 낀 조각들 한갓 강한(江漢) 비석처럼 전하는데, 준주(樽酒)와 한화(寒花)는 주자(朱子)의 적력(寂歷)의 무덤이네. 군자의 세업을 전하던 일을 생각하면 후손들은 마땅히 수달처럼 조상에 보답할 때가 있어야 할 것이다. 재목을 모은 일이 오래되었으니, 지금껏 못한 일이 이미 다 이루어졌고, 묘 자리 좋으니 풍수(風水)는 이곳이나 저곳이나 모두 마땅하네. 12명의 목수가 자와 톱을 드니, 8·9간의 집이 날개처럼 날아갈 듯. 당(堂)은 굽지 않고 오량(五樑)이 바르니 정자(丁字)의 제도와 다르기 때문이고, 좌향(坐向)은 간좌(艮坐)를 등지고 곤좌(坤坐)를 바라보니 안산(案山)은 무기(戊己)의 방향을 피했구나. 종족들 청에 오르니 누가 경주 김씨의 화수회(花樹會)의 사람이 아니며, 벗들이 탑상에 내려오니 모두 동쪽 나라 신선이로구나. 대들보 올리는데 돕기 위해 삼가 짧은 노래지어 보노라.

어여차, 들보 동쪽으로 바라보니
철마(鐵馬)는 아득히 바람 속에 울어대네.
봉래산 신선은 섬돌 위로 찾아오고
채색 구름 선을 지어 반공 중에 아득하네.

들보 남쪽으로 바라보니
금정산 높이 솟아 맑은 기운 머금었고,
범어사의 맑은 경쇠 아침저녁 들려오니
상화(祥花)와 우발(優鉢)은 부처가 나타난 듯.

들보 서쪽으로 바라보니
낙도봉(樂道峯)의 푸른빛은 눈앞에 환히 섰네.
흐르는 물을 베고 씻을 만해
은거하는 이 여기 사네.

들보 북쪽으로 바라보니
무동(舞童)산의 푸른빛은 연기로 짜서 낸 듯,
멀리 보니 춤추는 듯 가까이 보니 나부끼듯
천리로 닫는 산맥 양양도 하네.

들보 위로 바라보니
하늘과 관개산은 맞붙어 서 있네.
(이하 원문 탈락)

가을 들어 집집마다 추수하여 드리려 하니
금평(琴坪)에 아이와 노인 빈풍(豳風)을 노래하네.

삼가 원하옵건대 상량한 후로는 친척과 친구들이 겨울과 가을의 제사를 잘 받들게 해 주십시오. 어찌 감히 헐거나 상하게 하리오, 병사(丙舍)를 정전 옆에 열고 갑장(甲帳)은 기둥을 대하듯이 지은 이 좋은 집을 길이 보존하여 잃지 않게 하고 마지막을 삼가 하는 것이 아름다우니, 세월은 화살과 같이 재촉하나 햇빛 밝고 빛나는 데까지 이 집 서로 전하게 하소서.

한산(漢山) 안왕거(安往居) 지음

述夫 墓者慕也, 祖考之陟降攸瞻; 齋其齊乎, 子孫之承將是敬. 繼世而述, 不日而成. 曰書院 曰精舍 曰講堂 規模不一, 曰祠宇 曰廟室 曰影閣 香祝有常. 矧玆衣履之藏, 自發愀僾之悃. 念其澤則春雨潤物, 前人或以此名軒; 仲其孝則霜露濡懷, 古禮有因時掃糞. 緬惟月城金公之種德, 花山土人所稱譽. 生而有異資, 興家如創業; 長而行素履, 臨事不胡塗. 句營虎符, 非逞弓馬; 屛山魚紱, 暫試刀鷄. 焚錦衣獻于爺孃, 楚卿之重인是恨; 買郭田施于宗黨, 范氏之義庄猶輕. 悵人事之百年, 寄形骸於重壤. 苺苔片石, 徒傳江漢之碑; 樽酒寒花, 又卜寂歷之壟. 言念君子授氈之日, 宜有後昆報獺之辰. 鳩材有年, 工事則未濟而旣濟; 牛眠愜吉, 風水焉彼安而此安. 十二名梓人, 執引執鋸; 八九間廊廡, 如翼如飛. 堂不曲而五梁直, 緣有異丁字之制; 坐負艮而重坤, 對案能避戊己之方. 宗族升堂, 誰非鷄林花樹; 賓朋下榻, 盡是鰲海神仙. 助擧脩梁, 恭疏短引.

兒郎偉抛梁東　　鐵馬嘶風縹緲中.
蓬島仙人朝璧陛　　彩雲如轡曳長空.
抛梁南　　金井崢嶸淑氣含.
淸磬梵魚聞日夕　　祥花優鉢現瞿曇.
抛梁西　　樂道峰光翠不迷.

可以枕流還漱石　　考槃人在澗中棲.

抛梁北　　舞童衣被青烟織.

遠看如佾近看翩　　千里游龍意自得.

抛梁上　　上淸冠盖遙相向.

洪厓是月也○○　　○○○○○○○.

○○○　　○○○○○○○.

場圃家家欲納之　　琴坪童叟歌爾雅.

伏願上樑之後; 親戚故舊, 祭祀烝嘗. 豈敢毁傷, 保此丙舍傍開, 甲帳對楹而勿失; 愼終宜令, 迄于年矢每催, 曦暉朗耀而相傳.

漢山 安往居 撰

성산 이씨편(星山李氏篇)

선교랑 가은 이공 묘갈명 서문도 함께 씀
宣教郎伽隱李公墓碣銘 幷序

옛날 주자(朱子)가 《소학(小學)》을 편찬할 때 잔릉현령(孱陵縣令) 유금루(庾黔婁)의 성효(誠孝)와 봉천현(奉天縣) 두씨(竇氏) 딸 형제의 정렬(貞烈)을 채록하여 만세(萬世)에 이를 장려시켰다.

그런데, 가은 이공(伽隱 李公)과 그 부인 신씨(申氏)와 같은 분은 거의 이와 같다고 할 수 있다. 후손 종구(鍾九), 정수(貞洙) 두 사람이 멀리 해산(海山)의 우거하는 집에까지 나를 찾아와서 가장(家狀)을 내어 보이며 묘갈명(墓碣銘)을 청하여 묘 앞에 세우려 하였다. 방손(傍孫) 호용(鎬用)씨는 나의 오래 동안 친한 친구 사이인데, 매우 간절히 요청하니 이를 사양할 수 있겠는가?

행장을 살펴보니 공의 이름은 희(僖)요, 본관은 성산(星山)이며, 벼슬은 선교랑(宣教郎)에 올랐다. 고려 사재동정(司宰同正)인 무재(茂材)가 시조이다. 삼세(三世)로 내려가서 능(能)은 삼중대광(三重大匡) 광평군(廣平君)을 봉(封)했다. 이조(李朝) 세종(世宗) 때 호성(好誠)은 호가 동산(東山)으로, 병조판서 겸오위도총부 도총관 지중추부사(兵曹判書 兼五衛都摠府 都摠管 知中樞府事)이며, 시호(諡號)는 정무(靖武)인데, 덕산서원(德山書院)에서 제향(祭享)을 드린다. 처인(處仁)은 훈련봉사(訓練奉事)로 한 해에 크게 흉년이 들었는데 구군(九郡)을 먹여 살렸다. 순조(順祖)는 사헌부 감찰(司憲府 監察)로 사군(四郡)의 수령을 역임하였는데, 간 곳마다 그의 깨끗한 덕행을 칭송했다. 사훈(士訓)은 충무위 부사정(忠武衛 副司正)이다. 이상이 공의 고조, 증조, 조, 부이다. 어머니는 ○씨이다.

중종(中宗) ○년 ○월 ○일에 공이 함안(咸安)에서 대대로 살아온 집에서 태어났다. 부모를 효성으로 섬기고 아우와 누이를 우애로 대함은 보통 사람들이 미치기 어려운 바가 많았다. 나이 겨우 8세에 아버지 상사를 당하였는데, 상사 예절 지키기를 성인(成人)과 같이 했다. 어머니께서 어리고 약한 몸이 수척해질까 염려하여 육미를 먹이려 했다. 문득 눈물을 흘리며 그것을 입에도 가까이 하지 않고 채식(菜食)을 해가며 삼년상을 마치니, 사람들이 거상(居喪)을 잘 한다고 칭송했다.

공은 일찍 아버지를 여읜 것을 평생토록 지통(至痛)으로 여겨, 어머니를 받드는데 더욱 애경(愛敬)을 다하여 지체(志體)를 함께 봉양하였는데, 병세가 위중해지자 근심하는 빛이 얼굴에 나타나며 입은 옷은 띠를 풀지 아니하고 약과 음식으로 돌보아 치료함에 극진하지 아니함이 없었다. 때론 목욕재계하고서 하늘에 빌기도 하고 손가락을 잘라 피를 흘려 약을 타서 올리기까지 하니 병이 곧 나았다. 이를 보고 모두들 효감(孝感)의 소치(所致)라고 했다. 그러나 얼마 후 어머니 상사를 당하여 예절과 슬퍼함을 한결같이 아버지 상례 때와 같이 했다. 이 일은《을람지(乙覽志) · 견행편(見行篇)》첫머리에 수록되어 있다.

임진란(壬辰亂)을 당하여 한 문중의 형제들이 의병(義兵)을 일으켜 진중(陣中)으로 나가서 선조의 사당을 모시고 대대로 살아온 집을 보존할 사람이 없었다. 다만 공만이 집에 남아서 오직 선조의 제사를 삼가 받들었으나, 사는 곳이 함안의 요충지역이어서 먼저 왜적의 침입으로 약탈당하고 학대받으니 인정이 떠들썩했다. 공은 분울(憤鬱)하고 강개(慷慨)하여 앞장서서 혈전(血戰)하여 적을 목베고 사로잡은 것이 매우 많았다. 중과부적(衆寡不敵)으로 마침내 적의 칼에 운명하니, 이것은 족히 천년 후의 지사(志士)들의 눈물을 떨어뜨리게 한다. 임진란이 평정되자 시체를 거두어 본군(本郡) 괴항(槐項) 개양동(開陽洞) 자좌(子坐)의 언덕에 장사했다. 후에 조정에서 내리는 표창의 은전(恩典)을 받았다.

배위(配位)는 평산 신씨(平山 申氏)이니 송계공(松溪公) 계성(季誠)의 손녀로, 정숙(貞淑)하고 부도(婦道)가 있었다. 일찍이 친정의 법도에 젖어 시집와서는 시부모 섬기기를 효성으로 하고, 남편 받들기를 공경히 하며 동서간에는 한결같이 진실하니 집안사람들이 기뻐했다. 불행히도 나라가 어지러운 때를 만나 남편이 적에게 죽음을 당하자, 염(斂)하는 여러 가지 준비며 묘를 쓰는 절차도 몸소 갖추어 인정과 예법에 극히 맞도록 했다. 곧 남편의 뒤를 따라 자결하지 못한 것은 종사(宗事)를 보존하고 후사를 이을 계획 때문이었다. 홀로 오막살이집을 지키며 신위(神位)를 설치하여 제사를 드리며 조석(朝夕)으로 소리 내어 슬피 우니, 사람들은 알지 못하고 다만 하늘만이 알 뿐이었다. 정유재란(丁酉再亂)이 일어나자 낮에는 시아버지 무덤 곁에 피신해서 지키고, 밤이면 집으로 내려와서 향화(香火)를 올리기를 폐하지 않았다. 마침 삭망제(朔望祭)를 드리려는 순간 적병이 갑자기 몰려와 위기일발(危機一髮)이었는데 의리(義理)를 지켜 욕을 당하지 아니하고 곧 스스로 목을 찔러 자살했으니, 아 열렬하구나. 이 일이 알려지자 조정에서 정려(旌閭)를 내렸다.

간송(澗松) 조임도공(趙任道公)은 이에 시를 지어, "난(亂)에 임하여 하루아침에 자살하니, 방명(芳名)이 어찌 당(唐)나라 두씨(竇氏) 딸의 어짊만 못하겠는가" 라고 했다. 노파(蘆坡) 이흘공(李屹公)은 찬(贊)을 지어 "백옥(白玉)에 때묻지 않았고, 푸른 대는 저절로 꺾어졌네. 절개는 가을하늘처럼 깨끗하고, 그 빛은 해와 달에 맞먹는구나" 라고 했다. 규장각(奎章閣) 서기수공(徐淇修公)의 정려기(旌閭記)에는 "옛 말에 충신은 효자의 가문에서 구한다고 했으나, 나는 열녀는 효자의 가문에서 구한다고 하고 싶다"라고 했다. 이 제현(諸賢)들의 찬술(贊述)이 족히 백세로 전할 것이다. 생졸(生卒) 연월일은 상고할 수 없고 묘는 공과 합장했다.

아들이 없어 아우 병사공(兵使公) 간(侃)의 외아들 봉사공(奉事公) 명원(明愿)으로 후사를 삼았다.

봉사공이 2남 3녀를 두었으니 장남은 정운(挺雲)이니, 별제(別提)이요, 차남은 한운(翰雲)이니, 찰방(察訪)으로 본생고(本生考)의 봉사손(奉祀孫)이 되었다. 이것은 백락천(白樂天)이 손자의 항렬되는 사람을 데려다가 후사로 세운 일과 같은 것이다. 이중형(李重馨), 현감(縣監) 조징당(趙徵唐), 김련(金鍊) 등은 사위이다. 증손(曾孫)과 현손(玄孫)이 많다.

아, 공의 평생 행장을 살펴보면 공은 천자(天資)만 아름다울 뿐만 아니라, 같은 당내(堂內)에 황곡(篁谷), 검계(儉溪)의 백씨(伯氏) 중씨(仲氏)선생과 자리를 같이 하여 학문을 강마(講磨)하고 명행(名行)을 닦은 것도 우러러 상상할 수 있다. 명(銘)은 이렇게 짓는다.

남편은 효성이요
부인은 정렬이라.
강상(綱常)을 붙들어 세우니
두 정려(旌閭) 함께 빛나구나.
주자(朱子)가 없는 세상
누가 이 일을 《소학(小學)》에 수록할까?
이 행적 묘 앞에 세워
후손들 힘써 이어가게 하노라.

단기 4312년 기미(己未) 맹하(孟夏)에
죽계(竹溪) 안용호(安龍鎬) 삼가 지음

昔朱子 輯小學也 採庾孱陵令之誠孝 奉天竇氏之貞烈 以風勵萬世矣 若伽隱李公 與夫人申氏 殆庶幾相埒也哉 後孫鍾九 貞銖二君 遠訪海山寓莊 示家狀 請銘以賁阡 而傍孫鎬用甫 與余舊款也 要之甚懇 可辭諸 按狀 公諱僖 星山人 陞宣教郎 高麗司宰同正 諱茂材爲上祖 三傳諱能 三重大匡 封廣平君 至李朝 英陵時 有諱好誠 號東山 兵曹判書 兼五衛都總府 都總管 知中樞府事 謚靖武 享德山院 諱處仁 訓鍊院奉事 歲大歉賑九郡 諱順祖 司憲府監察 歷典四郡 俱頌淸德 諱士訓 忠武衛 副司正 高曾祖禰也 妣某封某氏 靖陵某甲月日 公生于咸安世第 孝事父母 友愛弟妹 多人所難及處 年甫八歲 丁外艱 執喪如成人 母夫人 恐其幼弱致毁 啖之以肉 輒涕泣不近口 茹素終制 鄕里稱善居 公以早孤爲終身至痛 奉天只 益加愛敬 志體俱養 及病沈重 憂形色 衣不解帶 藥餌調護 靡不用極

齊沐禱天 以至斫指注血和藥以進 病乃良已 咸曰 孝感所致 尋遭內艱 易戚一如前喪 入錄於乙覽志 見行首篇 壬辰亂 一門昆季 擧義赴陣 而奉先廟保世庄 無其人 公獨在家 惟謹先祀 而所居爲咸州之要衝 先被賊侵 剽掠殘虐 輿情騷然 公憤鬱慷慨 挺身血戰 斬獲甚多 衆寡不敵 竟捐命於凶鋒 此足以隕千載志士之淚也 亂靖收喪本郡槐項開陽洞負子原 後蒙朝家崇褒之典 配平山申氏 松鷄公季誠之孫也 貞淑有婦道 擩染於淇泉之典範 及于歸 事舅姑孝 奉夫子敬 處妯娌一以悃愊 門庭凫藻 不幸遭時板蕩 夫死於賊 斂襚之具 封樹之節 躬自辦備 極愜情禮 而卽未遂下從者 爲保宗嗣後之計也 獨守蔀屋 設位饋奠 朝夕號哭 人不識 惟天翁知 丁酉再訌 晝則避守舅墓側 夜則下家 不癈香火 方設朔奠 賊兵猝至 駭機一髮 義不受辱 卽自刎 於乎烈哉 事聞 詔旌表其門閭 澗松趙公任道 有詩曰 臨亂一朝能自決 芳名豈下竇娥賢 蘆坡李公屹 贊曰 白玉不涅 翠竹自折 節薄秋空 光爭日月 奎章閣 徐公淇修 旌閭記曰 語云求忠臣於孝子之門 余卽曰求烈女於孝子之門 諸賢之述 足以百世也 生卒月日幷無攷 墓○ 公合兆○ 無育 以弟兵使公侃獨子 奉事明愿爲后 奉使生二男三女 男長挺雲別提次翰雲察訪 爲本生考奉祀孫 如白香山 取孫行立嗣之義也 李重馨 趙徵唐縣監 金錬 倩也 曾玄蓄衍 於乎 跡公平生 不惟天資之美 同堂如篁谷儉溪 伯仲先生 聯床講磨 砥礪名行 又可想仰也 銘曰

夫兮誠孝 婦兮貞烈. 扶竪綱常 雙耀綽楔.
紫陽已遠 誰載小學. 摭實銘阡 爲來裔勖.
檀紀 四千參百十二年 己未 孟夏
竹溪 安龍鎬 謹撰

가선대부 경상좌도병사 해사 이공 묘갈명 서문도 함께 씀
嘉善大夫慶尙左道兵使海槎李公墓碣銘 幷序

옛날 임진왜란(壬辰倭亂)이 일어났을 때 초야에서 의병(義兵)을 일으킨 사람들의 사적이 참으로 뛰어나, 기록할 만한 것이 많다. 그런데, 한 집안의 형제와 종반(從班)들이 함께 난리에 뛰어들어 혹은 순절하고 혹은 공을 세우기를 함안(咸安)의 성산 이씨(星山李氏)와 같이 한 것은 비할 데가 드문 일인데, 병사(兵使) 해사공(海槎公)은 그 중 한 사람이다.

공의 이름은 간(侃)이요, 자는 사집(士集)이며, 호는 해사(海槎)이다. 이씨의 선계(先系)는 고려 사재동정(司宰同正) 무재(茂材)로부터 나왔고, 광평군(廣平君) 능(能)에 이르러 비로소 성주(星州)로 관향(貫鄕)을 했다. 조선조에 들어와서 병조판서(兵曹判書) 정무공(靖武公) 호성(好誠)이 가장 드러난 분이니, 바로 공의 고조(高祖)이다. 증조는 처인(處仁)이니, 봉사(奉事)로 혜휼(惠恤)하는 풍도가 있었다. 조(祖)는 순조(順祖)로 여러 번 주군(州郡)의 현령이 되었는데 간 곳마다 모두 떠나간 수령을 사모하여 세운 기념비가 있다. 조정암(趙靜菴)선생과 서로 친했는데 기묘사화(己卯士禍) 이후 세상을 피해 함안(咸安)의 동지산(冬只山)에 은거하여 자취를 감추었다. 고(考)는 사훈(士訓)이니, 부사정(副司正)이다. 비(妣) 성씨는 내력을 잃었다.

공은 명종(明宗) 을축년(乙丑年)에 났는데 어릴 때부터 뛰어나고 용맹스러워 사람들이 정무공(靖武公)의 풍도가 있다고 일컬었다. 차츰 자라서 기절(氣節)을 꺾고 학문에 종사했다. 또 효성과 우애함이 본성에 바탕을 두어 형인 선교랑(宣敎郞) 희(僖)와 함께 어버이 섬김에 힘을 다하여 모두 효성이 있다고 일컬었다.

선조(宣祖) 기사년(己巳年)에 문음(門蔭)으로 충무위 부사직(忠武衛 副司直)을 제수했으나 취임하기를 달갑게 여기지 않았다. 임진란(壬辰亂)이 일어나자 선교랑(宣敎郞)공과 함께 종제(從弟) 황곡(篁谷) 칭(偁)과 충순당(忠順堂) 령(伶)과 모의하여 의병(義兵)을 일으켜 함안(咸安)과 의령(宜寧) 사이에 진을 치고 충익공(忠翼公) 곽재우(郭再佑)와 앞뒤에서 서로 협력하여 적봉(賊鋒)을 막아내니, 낙동강 연안의 여러 고을이 이로 해서 안전할 수 있었다. 곽공(郭公)이 감사(監司) 김수(金睟)의 무함을 받자, 초유사(招諭使) 문충공(文忠公) 김성일(金誠一)이 임금에게 글을 올려 구출하려 했으나, 이때 임금이 머물러 있는 곳이 멀리 떨어져 있고 길도 막혔다. 공이 앞나서 달려가면서 낮에는 엎드려 숨었다가 밤이면 길을 가서 온갖 어려움을 겪어가며 용만(龍灣, 義州)에까지 가서 이를 폭로하여 밝혔다. 조정의 의논들이 이를 장하게 여겨 특별히 절충(折衝)의 계급을 더해 주었다. 또, 식성군(息城君) 이운룡(李雲龍)과 더불어 충무공(忠武公) 이순신(李舜臣)의 진중(陣中)으로 달려가서 공을 세운 바가 많다. 다시 송암(松菴) 이면(李沔)과 충무(忠武) 김시민(金時敏)의 막중(幕中)에 종군하여 싸울 때마다 전공(戰功)을 거두었다. 진양성(晋陽城)의 승리에도 공로가 있다. 얼마 후 형인 선교랑(宣教郎)과 종제인 충순당(忠順堂)이 전후로 순절하고, 형수 신씨(申氏)도 순열(殉烈)하니, 더욱 슬픔을 이기지 못해 격분하여 몸도 돌보지 아니했다.

병신년(丙申年)에 관찰사(觀察使) 이시발(李時發)의 계청(啓請)으로 조방장(助防將)이 되어 왜적을 사로잡은 공이 많았다. 기해년(己亥年)에 부령부사(富寧府使)를 제수받아 왜적들이 그 지역을 침범해 오는 것을 격퇴시켰다, 경자년(庚子年)에 선무 원종일등훈(宣武 原從一等勳)으로 기록되고 경상좌수사(慶尙左水使)를 제수 받았다. 이 후로 동래부사(東萊府使), 전라좌수사(全羅左水使), 전라병사(全羅兵使), 충청수사(忠淸水使), 경상좌도병사(慶尙左道兵使) 등을 역임했다. 이것은 대개 공의 공로에 보답한 것이었으나 이때 공은 이미 늙었었다. 광해군(光海君) 임자년(壬子年) 12월 9일에 나이 78세로 고향집에서 별세하니, 괴항(槐項) 개양동(開陽洞) 감좌(坎坐)의 언덕에 장사했다.

배위(配位) 정부인(貞夫人)은 삭녕최씨(朔寧崔氏)이니 ○의 딸이다.

아들이 한 분인데 명원(明愿)으로 훈련원 봉사(訓鍊院 奉事)이다. 역시 의병을 일으켜 세운 공로가 있다. 선교랑공(宣教郎公)의 후사를 이었다. 손자가 두 분인데 정운(挺雲)은 별제(別提)이요, 한운(翰雲)은 찰방(察訪)이다. 한운은 도로 공의 후사를 이었다.

가만히 생각건대, 공의 한 문중에서 의병을 일으켜 세운 공로가 이와 같이 대단하고 공께서 세운 공로도 역시 후세에 드러내어 알릴만하다. 다만 세대가 너무 오래되어 천양(闡揚)한 문자가 미비한 점이 많다. 비록 제가(諸家)의 기록에 대략은 나타나 있으나 그 공적을 모두 살펴볼 수 없는 것이 개탄스러웠다. 그런데, 근세에 와서 비장(秘藏)의 사록(史錄)들이 나타나서 공께서 세운 전공과 벼슬의 경력을 환히 상고할 수 있으니, 이것은 어찌 거의 숨겨졌다가 다시 밝혀진 것이 아니겠는가? 이에 여러 후손들이 모의하여 묘 앞에 비석을 새기려 하면서 가전(家傳) 사록(史錄)을 참고하여 사적을 서술하여 행장을 만들어서 종구(鍾九) 정수(貞洙) 두 사람이 이것을 가지고 나에게 찾아와 묘갈명(墓碣銘)을 청한다. 내가 늙어서 정신이 흐리므로 사양하였으나 피할 수 없어 대략 순서에 따라 쓰고 이어 명(銘)을 붙인다.

사람의 도리에 큰 것이 충성과 효도이라.
효도 미루어 충성되니 본래부터 한 가지라.
공의 효성 독실하니 근본이 선 것이라.
난(亂) 당하여 의분을 떨침, 그 어찌 우연이랴.
임금 원한 풀고자, 피 뿌리며 맹세했네.
막아내고 싸울 적에 처지 따라 했네.
나의 의리 다했을 뿐 공명을 바랐으랴.
임금님 아시고 공훈(功勳)을 내리셨네.
호남 영남 왕명 받아 지방관을 역임할 제,
직책에 힘을 다해 한 시인들 게을리했으랴.
제갈량(諸葛亮)의 몸 바친 일에 부끄러울 것 없구나.
기록이 뚜렷하니 천 년을 전하리라.
무덤 앞에 이 글 새겨 길이길이 전하노라.

공이 별세한 여섯 번째 을미년(乙未年) 모춘절(暮春節)에
화산(花山) 권용현(權龍鉉) 지음

粤昔龍蛇島夷之亂 草茅擧義之蹟固多卓卓可紀 而若其一家之昆季從班

同赴於亂 或殉或勳 如巴陵之星山李氏者 盖亦罕有比焉 兵使海槎公其一也 公諱侃 字士集 海槎其號也 李氏之先 出自高麗司宰同正茂材 而至廣平君能 始貫星州 入國朝 有兵判靖武公好誠最顯 是爲公高祖 曾祖處仁奉事 有惠恤風 祖順祖 累典州郡 皆有去思碑 與趙靜菴先生相善 己卯禍後 遯跡于巴陵之冬只山 考士訓副司正 妣姓氏失傳 公生以明宗乙丑 自幼俊偉有驍勇絶人 人稱有靖武公風 稍長能折節從學 又性於孝友 與兄宣教郎信 竭力於事親 俱以孝稱 宣祖己巳 以門蔭付忠武衛 副司直 而不屑於進取 及亂作 同宣教公 與從弟篁谷偁 忠順堂伶 合謀起義旅 設陣於咸安宜寧間 與郭忠翼再佑 相爲掎角 遮遏賊鋒 沿江諸郡 賴以保障 及郭公爲監司金睟所誣陷 招諭使金文忠公誠一 欲上疏伸救 而時 行朝遠隔 道途阻絶 公挺身赴之 晝伏夜行 艱關 抵龍灣 得以暴白 朝議壯之 特加折衝階又與李息城君雲龍 赴李忠武李舜臣陣 多取效勞 復從金松菴沔 金忠武公時敏幕 戰比有功 晋陽之捷 與有功焉 旣而 兄宣教公及 從弟忠順堂 後先殉絶而嫂申氏亦殉烈 則益痛惋不自勝 奮不顧身 丙申因觀察使李時發啓請 爲助防將 多捕獲之功 己亥除富寧府使 擊退賊胡之犯境者 庚子 錄宣武原從一等勳 除慶尙左水使 自後 歷任東萊府使 全羅左水使 全羅兵使忠淸水使 慶尙左道兵使 盖所以酬勞 而公則已老矣 以光海壬子十二月九日 壽七十八 而卒于鄕第 葬槐項開陽洞 坎原 配貞夫人 朔寧崔氏某女一男曰 明愿 訓鍊奉事 亦有義勳 系宣教郎公後 二孫 挺雲別提 翰雲察訪 翰雲還奉公祀 竊惟公之一門義蹟 若是之盛 而公之效勞樹勳 亦足以暴白於後世矣 惟世代已遠 闡揚文字 多未備 雖略見於諸家之記 而無以盡考其蹟爲可慨也 至近世 秘藏之史錄出 而公之立功歷官之蹟 班班可考 則豈非幾晦而復明者耶 於是諸後孫 將謀顯刻于阡 參以家傳史錄 而述事爲狀鍾九 貞洙二君 抱來謁余銘 余以耄昏 有不能堪 而辭不獲 則略爲撰次而系以銘曰

人道之大 曰惟忠孝. 推孝爲忠 本非二道.

公篤於孝 本立在是. 臨亂奮義 豈其偶爾.

敵愾效忠 瀝血失志. 于防于戰 各隨其地.

惟盡吾義 非功是冀. 王嘉乃功 錄勳錫位.
分符湖嶺 累任邊鄙. 竭力供職 不懈終始.
庶幾無愧 鞠躬盡瘁. 彤管有錄 可徵千祀.
揭銘于阡 永世昭示.
公歿後 六丁未 暮春節

-花山 權龍鉉 撰, 《秋淵先生文集》卷35-

초은 이공 포효비
樵隱李公褒孝碑

옛날 공자(孔子)께서 민자건(閔子騫)의 효행을 일컬어 “남들이 그의 부모와 형제간의 말을 헐뜯어 말할 수 없다”고 했다. 또 맹자(孟子)께서 증자(曾子)의 효행을 일컬어 “어버이의 뜻을 받들어 그 마음을 즐겁게 하기를 증자처럼 하는 것이 가하다”고 했다.

대저 증자와 민자건과 같은 효행을 후세에 따를 수 없는 데도 공자와 맹자의 칭찬함이 이에 지나지 않았으니 효행이란 일상적으로 행해야 할 도리에 있는 것이지, 어찌 기이함을 일컬음이겠는가? 후세에 효행을 말하는 사람들이 기행(奇行)과 이적(異蹟)에서 많이 찾는 것은 이것을 살피지 못한 때문이다.

고성(固城) 곤기(昆基)에 전에 초은(樵隱) 이공(李公)이 살았는데 고을 사람들이 한결같이 효자라고 일컬었다. 그러나, 그의 효행은 다만 일상적으로 행해야 할 도리에 정성을 다했을 따름이요, 기이한 데서 찾지 않았으니 어찌 공자와 맹자 같은 성인(聖人)이 효행을 칭찬하는 말에 부합되지 않겠는가?

공은 어릴 때부터 부모를 매우 사랑하여 성실하고 공경하며 어버이의 명령에 잘 따랐다. 한결같이 「곡례(曲禮)」와 「내칙(內則)」에서 말한 대로 실천하여 한 가지 일이라도 조금도 어김이 없고 한 생각도 잊은 적이 없었다. 가정이 본래 넉넉하여 맛있는 음식을 올림에 있어서도 부족한 것을 걱정할 것이 없었으나 항상 제대로 하지 못할까 두려워하였다. 그리고, 항상 말하기를 "구체(口體)를 봉양함은 봉양함이 아니다. 어버이의 뜻을 받들어 마음을 즐겁게 하지 못하면 어찌 자식의 도리라고 하겠는가"라고 했다. 그러므로 한 마디의 말을 하고 한 걸음의 발을 옮길 때에도 어버이의 뜻에 맞추어 감히 마음대로 하지 않았다. 빛나고 아름다운 것은 항상 가까이 하지 않으면서 "검약(儉約)은 어버이께서 숭상하시던 바이다"라고 했다. 또 남에게 주기를 아끼지 않으면서 "은혜를 베풀어 가난한 사람을 도와주는 것은 어버이께서 하고 싶어 하던 바이다"라고 했다. 이와 같이 무릇 어버이의 뜻한 바를 앞서 행해서 곡진히 따르지 아니함이 없었다.

어버이의 병시중을 함에 있어서는 달인 약을 맛보고 하늘에 빌어 그 정성이 지극하지 않음이 없었다. 어머니께서 중풍(中風)에 걸려 병환이 5년 동안이나 끌었으나, 눕고 일어나며 대소변을 보는 데도 반드시 대신 수족(手足) 노릇을 하였고, 옷과 이불을 세탁함에도 반드시 손수 하여 하루도 빠지는 일이 없어 언제나 더러운 옷가지를 머물러 두지 않으며 시종 조금도 게을리 하는 일이 없었다.

전후 부모 상사를 당해서도 모두 상중 예법을 다하여 아침저녁으로 묘에 가서 곡(哭)하기를 날이 춥거나 덥거나 바람이 불거나 비가 온다고 해서 폐하는 일이 없이 3년을 하루같이 했다. 이것은 그 성심에서 우러나오는 효성의 독실함이 천성에 근본하여 사람들이 칭송하고 흠모하는 바가 된 것이다.

대개 그 어버이의 뜻을 받들어 그 마음을 즐겁게 하는 정성은 능히 증자의 효행을 따른 것이다. 또, 사람들이 헐뜯어 말하지 못하는 것은 역시 가히 민자건의 뒤를 따랐다고 할 수 있을 것이다. 만약 공자와 맹자와 같은 성인의 문하에서 능히 그 덕행을 수양해서 확충했다면 어찌 증자와 민자건에게 칭찬한 말로써 그를 칭찬하지 않았겠는가? 성인이 살았던 때를 만나지 못한 것이 애석하구나. 또, 좋은 시대에 태어나지 못하여 효행의 정려(旌閭)를 내리는 은전(恩典)을 받지 못하고 근근이 고을 선비들의 드러냄과 성균관의 표창만 받은 것이 개탄스럽다.

그 아들 상숙(相淑)이, 이 지극한 효행이 마침내 민멸(泯滅)해질까 두려워하여 마을 어귀에 비석을 세워 그 행적(行蹟)을 새겨 오래 전하고자 하면서 그 행장(行狀)을 가지고 와서 나에게 글을 청한다. 이 역시 효성에서 나온 일이다. 내가 그 뜻에 감복하여 사양할 수 없어 행장을 살펴 이렇게 서술한다.

공의 이름은 종우(鍾宇)요, 자는 형도(亨道)며, 초은(樵隱)은 그 호이다. 세계(世系)는 성산(星山)에서 나왔으니 정무공(靖武公) 호성(好誠)의 후손, 정규(珵圭)의 아들이다. 나이 58세에 별세하니 광복후(光復後) 임인년(壬寅年, 1962)이다. 이어서 명(銘)을 짓는다.

효행은 정성을 소중히 여기고
봉양함은 뜻을 받드는 것을 소중히 여기네.
모실 때 공경, 봉양할 때 즐거움, 병환에 근심, 상사(喪事)에 슬픔
이 모두 효성에서 나왔구나.
이는 천성에 근본을 두었으니
꾸며서 거짓으로 한 것이 아니로세.
항상 행해야 할 도리를 따랐으니
기이한 일을 행한 것도 아니로다.
누가 타고난 떳떳한 성품이 없으며
누가 사람의 자식이 아니리오.
세대가 내려가면서 인륜이 쇠퇴해서
모두 제 어버이를 버리는구나.
공께서는 효성이 지극하여
옛 사람에 비길 만하구나.
이는 한 집안의 선행이 될 뿐만 아니라
인륜이 이에 의뢰할 만하구나.
비석에 이 글을 새겨

훌륭한 행적 기록하노라.
공만을 포장하기 위함이 아니오
이로써 세상 사람들을 권장함이라네.

화산(花山) 권용현(權龍鉉) 지음

昔孔子 稱閔子騫之孝曰 人不間於其父母昆弟之言 孟子稱曾子之孝曰 養志如曾子者可矣 夫曾閔之孝 後世莫及 而孔孟之稱之者 不過如此 則孝在常行 而奚奇異之有稱哉 後世之言孝者 多求於奇行異蹟者 由不察於此也 固城之昆基 故有樵隱李公 鄕里一辭稱孝子者 而其爲孝也 惟篤於常行而已 非有求於奇異也 豈非有合於聖賢之言孝者耶 盖公 自幼 有深愛於父母 洞屬承順 一如曲禮內則之云 而未嘗有一事之或咈 一念之或忘也 家素豊裕 甘旨之供 不患其不足 而常恐恐然 如不及 嘗曰 口體之養非養也 志之不養 奚以子爲 故一出言 一擧足 惟親志是視 而不敢自私 華美之未嘗近 而曰儉約 親所尙也 施與之未嘗吝 而曰惠恤 親所欲也 凡親志之所在 無不先意承順 而曲當之 其侍疾也 嘗藥祈天 誠無不至 母夫人患風痺彌留者 五載 臥起便旋 必代爲之手足 而衣衾之滌必以手 日無闕 未嘗留穢 始終不少懈 前後居憂 皆哀禮自盡 晨夕哭墓 不以寒暑風雨或廢 三年如一日 此其誠孝之篤 根於天性 而爲人所誦慕者也 盖其養志之誠 克遵於曾子之孝矣 人無間言者 亦可追踪於子騫矣 若處聖門而克充其德 則豈不可以稱於曾閔者稱之耶 惜其無所遇也 且未及於明時 不得與於旌孝之典 而僅得於鄕儒之稱擧 與館學之褒狀者 爲可慨也 其子相淑 懼其至行之終泯 將立石里門 以紀其蹟 而示久遠 以其狀 謁余以辭 是亦出於孝思也 余感其義 不能辭 乃按而敍之 公諱鍾宇 字亨道 樵隱其號也 系出星山 靖武公好誠後 珵圭之子也 以年五十八而卒以光復後壬寅云 系以銘曰

孝貴於誠 養貴於志. 敬樂憂哀 皆由自致.
根於天植 非假而僞. 率由常職 非奇而異.
孰無彛性 孰非人子. 世降倫斁 遺親皆是.

公能有此 古人可比. 非一家行 倫常是賴.
載辭于石 懿蹟是紀. 非爲公褒 用以勵世.
花山 權龍鉉 撰

극재 이공 묘갈명 서문도 함께 씀
克齋李公墓碑銘 幷序

효자 극재(克齋) 이공(李公) 현중(賢重)의 묘(墓)가 고성군(固城郡) 보대동(寶岱洞) 북쪽 산 신좌(辛坐)의 언덕에 있다. 공(公)은 고종(高宗) 갑술년(甲戌年, 1874)에 나서 병자년(丙子年, 1936) 12월 4일 별세하니 향년(享年) 63세이다, 공은 천성(天性)이 효성(孝誠)스럽고 우애(友愛)로와 어버이를 섬김에 지성(至誠)으로 했다. 어버이께서 병환(病患)이 위독하자 영약(靈藥)이 고성군(固城郡) 세동(細洞)에 있다는 말을 듣고 아우 현철(鉉喆)과 함께 깊은 밤에 급히 찾아가는데 범이 길을 가로막았다. 아우가 놀라서 기절하므로 공이 범에게 어버이 병에 쓸 약을 구하러 가는 길이라고 그 사유를 타이르고 곧 손으로 물을 떠 먹여 아우를 소생(蘇生)시켰다. 약을 구해 고개로 넘어 돌아오는데 범이 뒤를 따라 집에까지 왔다가 되돌아갔다. 이에 약효(藥效)를 얻었으나, 후에 다시 병환이 위독하자 손가락을 잘라 피를 입에 넣어 또 며칠간 소생하게 했다. 끝내 별세하자 예(禮)를 다해 장사하고 제사지내며 곡읍(哭泣)으로 상(喪)을 끝냈다. 또 백형(伯兄)께서 병에 걸려 석마동(石馬洞)에 인삼(人蔘)을 구하러 갔다가 오는 길에 폭우(暴雨)를 만나 냇물이 불었으나 마음이 급해서 그냥 건너다가 몇 리를 떠내려가던 중에 어떤 사람의 구조를 받아 살아났는데 인삼(人蔘) 봉지만은 그대로 꼭 잡고 있었다. 이 약으로 병이 또 나았다. 이에 마을과 향교(鄕校)에서 그 효성(孝誠)과 우애(友愛)를 감탄(感歎)하여 통문(通文)을 내어 널리 이런 일들을 알렸다. 아, 이 말세(末世)에 공(公)과 같은 분은 참으로 어렵지 않겠는가?

공(公)의 이름은 현중(鉉重)이요, 자(字)는 우경(宇敬)이며, 극재(克齋)는 호(號)이다. 성(姓)은 성산(星山) 이씨(李氏)이니, 고려조(高麗朝) 명신(名臣) 광평군(廣平君) 능(能)의 후손(後孫)이다. 조선조(朝鮮朝) 판서(判書) 정무공(靖武公) 호성(好誠)은 역시 세종조(世宗朝)의 명신(名臣)이며 선교랑(宣敎郎) 희(僖)에 와서는 효와 열로 부부가 함께 정려(旌閭)를 받았으니, 이분이 바로 공의 11대조(代祖)이다. 화춘(華春)과 상동(尙東)과 치석(致碩)과 학기(鶴基)는 고조(高祖)와 증조(曾祖)와 조고(祖考)와 아버지이다. 어머니는 진양(晉陽) 정씨(鄭氏)이니, 광규(光奎)의 딸이다. 배위(配位)는 전주(全州) 최씨(崔氏)로 상천(相天)의 딸이니, 공보다 7년 후에 나서 공보다 6년 먼저 별세했는데 공과 쌍분(雙墳)으로 했다. 1남(男) 1녀(女)를 두었으니 아들은 영순(永淳)이요, 사위는 허맹두(許孟斗)이다. 손자는 영권(煐權), 창권(昌權), 승권(勝權)이요, 외손자는 허도용(許道用)이다. 공의 아들 영순이 묘 앞에 비석을 세우려고 묘갈명(墓碣銘)을 청함으로 사양하였으나 되지 않아 명을 이렇게 짓는다.

범을 감동시키고 손가락 피로 어버이를 소생시켰으니
실로 하늘을 감동시킨 것이요.
냇물에 떠내려가도 인삼(人蔘)만을 꼭 잡고 있었으니
우애(友愛)가 깊지 않고서는 어찌 이렇게 되었겠는가?
옛날이면 마땅히 정려(旌閭)가 있어야 할 것이므로
이에 비석을 세워 이 일을 새긴다.

무신(戊申) 청명절(淸明節)에
족손(族孫) 태권(泰權) 삼가 지음

孝子 克齋李公 鉉重之墓 在固城寶岱洞北山 辛坐原 公生高宗甲戌 歿丙子 十二月 四日 得年六十三 天性孝友 養親至誠 及病劇 聞藥在同郡細洞 與弟鉉喆 深夜急往 有虎當路 弟方驚仆 公諭虎病由 卽掬水甦弟得藥返峙 虎卽隨後到家而逝 得藥效 後復病危 斫指灌血 又甦數日 逮歿

盡禮 葬祭哭泣終喪 伯兄嬰疾 求蔘石馬洞 道遇暴雨溪漲 心急渡之 浮下數里 獲人救生 而蔘封則如一堅執 又得病癒 於是 自里中校中 歎其孝友而發文輪告 噫 叔世如公者 誠難矣哉 公諱鉉重 字宇敬 克齋其號也 氏星山 麗朝名臣廣平君諱能後 本朝判書謚靖武諱好誠 亦英陵名臣 至宣教郎諱僖 以孝烈夫婦命旌 卽公十一代祖也 曰華春 尙東 致碩 鶴基 高祖曾祖 祖考 考 妣晉陽鄭氏 光奎女 配全州崔氏 相天女 後公七年生 先公六年歿 雙公墓 生一男一女 男永淳 婿許孟斗 孫烘權 昌權 勝權 外孫許道用 公之胤永淳 將立阡碣 而請銘 辭不獲 銘曰

感虎甦血 實天所格.

沒川挾蔘 非友焉得.

在古宜旌 今銘于石.

戊申 淸明節

族孫 泰權 謹撰

함종 어씨편(咸從魚氏篇)

사령재기
思令齋記

《예기(禮記)》에 이르기를 "부모님께서 별세하셨더라도 장차 착한 일을 하려 할 때는 부모님께 좋은 명성을 끼칠 것을 생각하여 반드시 과감히 하고, 착하지 못한 일을 하려 할 때는 부모님께 욕됨을 끼칠 것을 생각하여 반드시 과감히 해서는 안 된다"고 했다.

이것은 천지가 백성을 생겨나게 할 때의 본성이요, 성인(聖人)이 본성대로 다하여 살아가게 하는 교육이다. 이로 해서 천하(天下) 만세(萬世)에 잘 다스려져 어지럽지 않으며, 잘 보존되어 망하지 않고, 문화인으로서 오랑캐가 되지 않으며, 사람의 도리를 지켜 짐승처럼 되지 않는 것이다. 아, 이는 지극하고 커서 더 보탤 수도 없으며 바꿀 수도 없는 것이다. 대저 부모가 자식을 낳을 때부터 천지로부터 본성을 타고난다. 천지의 본성은 본래 착하기 때문에 사람의 본성도 역시 착하다. 그런데 하늘이 마음에 부여한 것을 인성(人性)이라고 하므로, 마음 역시 본래 착하다는 말을 듣는다. 이는 마음의 본체(本體)가 성(性)에 합치된다는 뜻이요, 마음의 본색(本色) 자체가 성이란 것은 아니다. 마음의 본색이 역시 성(性)이 아니라면, 이는 기(氣)이다. 그러므로 성(性) 자체만으로는 착한 일을 할 수 없고, 마음의 운용을 인해서 착함을 나타내는 것이다. 마음은 다만 기(氣)이다. 그러므로 마음이 성(性)에 근본하여 활용하면 착하고, 성(性)에 어긋나 제멋대로 활용하면 악하게 된다. 악한 일을 하기는 쉽고 착한 일을 하기는 어렵다. 그러므로 다스려지는 때는 항상 적고, 어지러운 때는 항상 많으며 문화의 도리는 쇠하고 오랑캐의 풍속은 성하여 마침내 패망에 이르러 구원해 낼 수 없게 된다. 마음이 어찌 성(性)에 근본하지 않을 수 있으며, 착한 일을 어찌 행하지 않을 수 있으며, 착하지 못한 일을 어찌 행해서 되겠는가?

그러므로, 사람을 가르침에 있어서 마음을 잡아두고 본성을 높이는 것이 착한 일을 하는 것이다. 착한 일을 하는 것은 몸을 닦는 것이요, 몸을 닦는 것은 어버이를 섬기는 것이다. 천자(天子)로부터 서인(庶人)에 이르기까지 모두 몸을 닦는 것으로 근본을 삼는다. 일 중에 무슨 일이 가장 중요한가 하면 어버이를 섬기는 일이니, 몸을 닦아 어버이를 섬기면 천하에 어려운 일이 없을 것이다. 크게는 가히 하늘을 섬기며 제왕(帝王)에게 제향 드릴 수 있을 것이고, 적게는 가히 가정을 가르치며 세상에서 바로 살아갈 수 있을 것이다. 귀하게는 관면(冠冕) · 옥패(玉佩)를 사용하는 높은 벼슬이며, 천하게는 물을 긷고 땔나무를 하는 생활이며, 평화스럽게 사용되는 종(鍾) · 가마솥 · 수레 일산 등 변하지 않는 것과 형벌에 사용되는 칼 · 톱 · 끓는 물과 불의 변화 등 — 어느 때 어느 장소에서라도 내가 착한 일을 하여 부모님께 좋은 명성을 끼치지 않는 것이 없다. 그러므로, 부모님께서 살아계실 때나, 별세했을 때나, 장사할 때나, 제사지낼 때에 예로써 행하는 것이 진실로 효성이요, 출세하여 이름을 날려 후세에 부모님을 드러내는 것이 효성의 더 큰 것이다.

어수현(魚守見) 재영(在泳)씨가 그 아버지 통정공(通政公)을 김해(金海) 녹산(菉山)의 구랑리(九朗里)에 장사하고 세시(歲時)로 제사를 드리면서, 언제나 봄에 이슬이 내리고 가을에 서리가 내릴 때마다 어버이 생각이 일어나는 느낌을 이기지 못했다. 근래에 또 재실(齋室)을 지어 우러러 추모할 수 있는 장소를 마련했다. 그리고 그 재실의 이름을 지어 뜻을 보태어 설명해 줄 것을 청하므로, 내가 사령재(思令齋)라고 지어 주었다.

듣건대 통정공께서는 부모님께 효성, 형제간에 우애, 친척간에 화목했으며, 어진 사람을 높이 받들고 어려운 사람을 구휼(救恤)하여 평생에 한 일이 인륜(人倫)과 세교(世教)에 도움이 많아서 자손에게 끼치는 좋은 법이 되었다. 자손이 이를 이어서 조상에게 더럽힘이 없게 하여 더욱 후세에 빛나게 하려면 무엇을 어떻게 생각해야 할 것인가? 한 가지 일을 마음먹으면 한 가지 일을 해내고, 한 마디 말을 입에 내면 한 가지 일을 실천하여 본성에 어긋남이 없어서 마음에 부끄러움이 없는가? 부끄러움이 있다면 선조에게 욕됨을 끼치는 것이다. 예(禮)에 입각하여야 할 것을 시속(時俗)에 따르지는 않았는가? 문화를 지켜야 할 것을 오랑캐에 변하지는 않았는가? 충성과 패역이 뒤섞였을 때 큰 절개를 빼앗을 수 없을 정도가 되었는가? 화와 복이 이르러 와도 죽음에 임하여 절개를 바꾸지는 않았는가? 이런 일이 있다면 조상에게 욕됨을 끼치는 것이다.

어씨(魚氏) 중에 이 재실에 올라서 선조의 무덤을 바라보는 사람은 오직 이런 일만을 생각하고 다른 생각이 없으면 그 착한 일을 한 것이 강하(江河)를 터뜨려 놓은 것과 같아서 쏟아져 막힘이 없을 것이다.

수현(守見)씨는 참으로 효자이다. 그 종형(從兄) 몽헌자(蒙軒子)는 학문이 높은 분이다. 그 아들 명철(命徹)이 뒤를 이어 공부하여 천성(天聖)과 성선(性善)의 학설을 들어 깨달았으니, 이 모두 수현(守見)씨가 그를 도와서 깨닫게끔 한 것이다. 이는 다른 사람들이 방심(放心)하여 제 마음대로 하는 것과는 크게 다르다. 나는 명철(命徹)의 덕(德)이, 옛 성인(聖人)께서 자기 조상을 천하 만세에 드러내는 것처럼 하기를 바라, 나의 고루(固陋)함을 잊고 이 기문을 짓는다.

을축년(乙丑年, 1925) 중춘(中春, 2월) ○에
수양(首陽) 오진영(吳震泳) 지음

禮有之曰 雖父母歿 將爲善 思貽令名 必果 將爲不善 思貽羞辱 必不果 此天地生民之性 聖人盡性之敎 天下萬世 治而不亂 存而不亡 華不爲夷 人不爲獸者也 嗚呼 其至矣大矣 莫尙矣莫易矣 夫父母生子 性於天地 天地之性善 故人之性 亦善 天命于心之謂人性 故心亦得本善之名 謂本體合於性 非本色亦是性也 非亦是性則亦是氣也 性不能自爲善 因心運用 而著其善 心惟氣也 故本於性 而承用則善 戾於性而自用則惡 爲惡易 爲善難 故治常少 亂常多 華道衰 而夷俗盛 以至於亡而不可救矣 心其可不本於性 善其可不爲 不善其可爲乎 故人之敎 操心尊性 所以爲善也 爲善所

以修身 修身所以事親也 自天子以至於庶人 一是皆以修身爲本 事孰爲大 事親爲大 修身以事親而天下無難事 大之可以事天饗帝 小之可以教家處世 貴而冠冕玉佩 賤而運水搬柴 鍾鼎車盖之常 刀鉅湯火之變 無時無處 非吾爲善 以貽父母令名 故生死葬祭以禮固孝也 立揚顯親後世 尤孝之大也 魚守見在泳甫 葬其親通政公於金海蓑山之九郎里 歲時將事 每不勝春露秋霜之感 比又新築丙舍 爲瞻依齊宿之所 求以名齋而廣其義者 余以思令應之 盖聞通政公孝友睦婣 尊賢恤窮 生平事 多人倫世教之助 爲貽謨垂裕之法 子孫之繼述 毋忝 圖爲益光大厥後 宜何如思也 一念萌而一事應 一口啓而一足擧 不戾於性而無愧於心否 不然貽羞先父祖矣 立於禮而不流俗乎 防於華而不變夷乎 忠逆混而大節不可奪乎 禍福至而臨死不易辭乎 不然戾於性愧於心 而貽羞先祖父矣 魚氏之登斯齋而瞻先壟者 是之思而無他焉 則其爲善也 若決江河而沛然無滯矣 守見甫 固孝子人 其從兄蒙軒子 老於學 其子命徹 踵武向上 求聞天聖性善之說 又皆守見甫之助之命之 其異乎人之放心自用遠矣 余望命徹 德爲聖人 顯父祖天下萬世 忘固陋而爲之記

乙丑 中春 日

首陽 吳震泳

사령재 상량문
思令齋上樑文

대저 어진 사람이 복인(福人)이 되기에 구랑리(九朗里)의 좋은 땅에 묻혔고, 군자(君子)가 효자(孝子)를 두었으니 출천(出天)의 효성이 백행(百行)에 근본이 된 것을 볼 수 있구나. 위에서 이룩한 일을 잘 이어갈 것을 생각하니 생각에 사특함이 없구나.

삼가 생각건대 통정 어공(通政 魚公)께서는 함종(咸從)의 옛 문벌(門閥)이요, 많은 공적(功績)이 있는 집안에서 좋은 교훈을 받은 분이구나. 상조(上祖) 동정공(同正公)을 거슬러 올라가서 월정(月亭)・송정(松亭)공에 미쳐 세덕(世德)을 잘 이어왔고, 중국의 좌풍익(左馮翊)으로부터 여러 번

운해(雲海)·봉해(蓬海)로 옮겨 좋은 곳을 가려 살았구나. 가난해서 살아갈 수 없으므로 중국의 동생(董生)이란 사람처럼 친히 밭가니 부모님 근심이 없어지고, 좋은 음식을 자봉(自奉)하지 못하여서, 자로(子路)처럼 눈물을 흘리니 처자(妻子)가 본받았구나. 노인을 우대하는 은전(恩典)을 받아 통정(通政)이 되었고, 태야면(台也面) 여개곡(麗開谷)의 좋은 자리에 묻혔구나. 나이가 일흔에 더했으니 태평시대에 살다가 늙었다고 할 수 있고, 비석(碑石)이 넉 자[尺]가 더 되니 별세 후 예대로 장사했다고 할 수 있구나. 서리와 이슬이 내리는 계절이면 슬퍼하고 두려워하여 어슴푸레 만나 뵈올 것 같고, 음우(陰雨)가 내리기 전에 힘써 집을 주선하니 놀랍게도 혼령이 이곳에 오르내리는 듯하구나. 이미 추모하는 정성을 붙이니 어찌 조상의 덕을 이어가는 뜻을 붙이지 않겠는가?

조석(朝夕)으로 온공(溫恭)함은 상송(商頌)에서 예로부터 정성을 다했음을 노래했고, 숙야(夙夜)로 게을리하지 않음은 주아(周雅)에서 장래에 욕됨이 없게 경계하였다. 열 가지 백 가지 어려운 일 중에 자식이 그 직분을 다하는 것보다 즐거움이 없고, 천 가지 백 가지 생각 중에 부모님께 좋은 명성을 끼치는 것보다 좋은 효성이 없다. 재실(齋室)을 무덤 옆에 지으려 하면서, 보개산(寶盖山) 아래에 터를 닦았네. 을축년(乙丑年)은 푸른 소의 해이기에 붉은 기운이 함곡관(函谷關)에 통하고, 제비 오는 새봄이기에 붉은 발[簾]의 기둥에서 제비는 축하하며 지저귀네. 큰 들보 짧은 동자기둥은 주산(主山) 반룡(盤龍)의 맥(脈)이 오는 것 같고, 기와를 얹고 처마를 새기니 완연히 좌봉(左峰) 신어(神魚)의 비늘이 뛰는 듯하구나. 심신을 편히 쉬게 할 수 있는 계획을 할 수 있을 뿐만 아니라, 역시 재계(齋戒)의 정성도 다할 수 있게 되었구나.

무지함을 열어주며 마음을 비우니 도덕(道德) 문장(文章)이 개인 하늘의 달과 같고, 상아로 책의 표지를 꾸민 책이 서가에 가득하니 시(詩)·서(書)·예(禮)·악(樂)·춘추(春秋)로다. 신주(神主)를 모시는 차례인 소·목(昭穆)에 시종 싫어함이 없기를 생각하고, 혼령이 와서 흠향하시니 거의 나의 제사 드림을 편히 하리로다. 한 마디 말로써 총괄하면 만세(萬

世)토록 전해야 한다는 것이다. 자손의 수가 만 명도 넘으나 그 마음만은 전일하니 주선(主善)에 본받음이 맞고, 두 가지 일에 두 마음을 가지지 말고 세 가지 일에 세 마음을 가지지 않는 것은 「경재잠(敬齋箴)」에 마음이 다른 곳으로 가지 않아야 한다는 것을 따른 것이로다. 목공이 일을 끝내니 축하의 노래 뒤따라 일어나는구나.

어기여차, 들보 동쪽으로 바라보니
동정공(同正公)께서 동쪽으로 나오셨네.
좋은 산수 맡으시어
삼차(三叉) · 칠점(七點) · 낙동(洛東)이네.

어기여차, 들보 서쪽으로 바라보니
삼신산(三神山)이 도리어 서쪽에 있네.
영지(靈芝)를 캐어서 어디에 쓸까?
서왕모(西王母) 요지(瑤池)에서 웃고 있구나.

어기여차, 들보 남쪽으로 바라보니
시경의 「주남(周南)」 · 「소남(召南)」 강론하리라.
누가 광형(匡衡)처럼 시를 잘 말하랴?
광주리의 금으로 쌍남금(雙南金) 바꾸지 못하네.

어기여차, 들보 북쪽으로 바라보니
반짝이는 북극성은 북쪽에 있네.
사해(四海)의 비린내 나는 전쟁 쓸 수 없으니
누가 북풍으로 쓸어버릴까?

어기여차, 들보 위로 바라보니
우리의 도(道)는 형이상(形而上)이네.

모름지기 여기에 착안한다면
환하게 빛남이 더할 수 없으리.

어기여차, 들보 아래로 바라보니
이 세상 천하 어찌 되려고
온세상이 도도(滔滔)히 모두 이렇게
밤낮으로 물과 같이 아래로 흐르네.

엎드려 비옵건대, 상량(上樑)한 후로는 무덤이 더욱 편안하고, 재실(齋室)이 항상 복되게 해주시옵소서. 사람마다 대대로 다른데 마음 두지 말고 인의(仁義)의 말을 즐겨 듣고, 자자손손이 딴 생각하지 말고 효제(孝悌)의 도리를 독실하게 행해야 할 것이다.

단몽적분약(端蒙 赤奮若, 乙丑, 1925) 고세(姑洗, 3월) 하한(下澣,하순)에
강양(江陽, 합천) 이직현(李直鉉) 삼가 지음

述夫. 仁人爲福人, 克協吉地理於九朗里; 君子有孝子, 聿覩出天性於百行源. 心肯搆焉, 思無邪矣. 恭惟通政魚公. 咸從舊閥, 鼎彝遺謨. 追上祖同正公, 而以及月亭松亭繼述世德; 自中國左馮翊, 而屢遷雲海蓬海擇處里仁. 貧無以爲資耕董生之窮, 父母順矣; 美不敢自奉泫仲由之淚, 妻孥刑焉. 恩蒙優老典美秩階, 壽藏台也面麗開谷. 年踰七耋而添算, 可謂生老於太平; 碑高四尺而餘分, 無違死葬之以禮. 悽愴怵惕於霜露之際, 怳惚如見洋洋; 綢繆拮据於陰雨之前, 猗歟陟降在在. 旣寓誠於追慕, 盍揭扁於聿修. 朝夕溫恭, 商頌歌有恪於古昔; 夙夜匪懈, 周雅戒無忝於將來. 十艱百難, 樂莫樂兮爲子盡職; 千思百念, 孝莫孝於貽親令名. 築室斧堂之傍, 拓基寶盖之下. 青牛太歲, 通紫氣之函關; 玄鳥方春, 賀朱簾之棟宇. 大爲宊短爲梲, 若主山盤龍之脉來; 錯以瓦刻以簷, 宛左峯神魚之鱗躍. 非徒爲燕養之計, 亦將致齊明之誠. 開面墻而虛襟, 道德文章霽月; 揷牙籤而滿架, 詩書禮樂春秋. 於穆於昭, 終始念爾無斁; 來格來享, 庶幾綏我思成. 蔽以一言, 傳之萬世. 其麗不億其心惟一, 協于主善爲師; 弗貳以貳不參以參, 遵乎敬箴無適. 郢斲旣歇, 張頌隨登.

兒郎偉抛樑東 自同正出海東.　　管領佳山麗水 三叉七點洛東.
兒郎抛樑偉西 三神反在水西.　　採採靈芝何用 王母笑瑤池西.
兒郎偉抛樑南 道論周南召南.　　誰似匡衡善說 籯金不博雙南.
兒郎偉抛樑北 煌煌北辰居北.　　四海腥塵莫掃 孰主張風起北.
兒郎偉抛樑上 吾道在形而上.　　須從此處着眼 便是昭曠無上.
兒郎偉抛樑下 可奈何此天下.　　滔滔擧世皆是 日夜如水趍下.

伏願上樑之後. 岡隧益安, 齋廬恒吉. 人人世世心無走他, 樂聞仁義之言; 子子孫孫思不出位, 敦行孝悌之道.

端蒙 赤奮若 姑洗 下澣
江陽 李直鉉 謹撰

애연당기
僾然堂記

금관(金官)은 고국(古國)이요, 보개(寶盖)는 명산(名山)이라. 삼차강(三叉江) 갈라져 있고, 구랑동(九朗洞) 열려 있네. 용(龍)이 나는 듯, 봉(鳳)이 춤추는 듯, 공중에 솟아 있네. 안개는 자욱하고 구름도 일어나니, 좋은 기운은 골짜기에 가득하네. 땅은 귀신이 몰래 감추어 두었던 곳을 내어주고, 하늘은 착한 사람의 묘지(墓地)를 내려주었네.

가만히 생각해 보면 함종 어공(咸從 魚公)은 그 명성(名聲)이 온 고을에 자자하고, 효성이 백행(百行)의 근원이 되었네. 황발(黃髮)의 노경(老境)에도 적자(赤子)의 마음이네. 종신토록 어린아이가 부모님을 따르듯 사모하여 「육아시(蓼莪詩)」를 읊으며 눈물 흘리고, 한 집안에서 마음껏 화목하게 즐기니 봄에 형화(荊花)의 그늘이 우거지네. 지금으로부터 그때의 세상 아주 오래되었으나, 그 풍도(風度)는 아직도 남아 있네. 산천(山川)은 빛을 더하고 부인과 어린아이들도 그 이름을 다 아네. 나의 채색

붓 휘둘러 현석(玄石, 碑文을 지은 적이 있음을 의미함)에 새겼으니 그 아름다운 덕행을 상고할 수 있네.

아, 효자의 덕행이 끊어지지 않아 후손들은 착한 일을 이어가는구나. 시를 읽고 예(禮)를 강론하여 조상의 세업(世業)을 이어가고, 거친 밥에 물마시며 선비 집안의 가풍(家風)을 이어 가는구나. 소나무와 오동나무 서 있는 무덤을 바라보며 대대로 조상의 무덤이 있는 고향을 공경하구나. 일찍이 무덤 앞에 남은 땅을 가려서 새로 정사(精舍) 몇간을 지었네. 제사지내는 일도 반드시 이 재실(齋室)에서 행하고, 재계(齋戒)하는 일도 역시 이곳에서 행할 것이네. 그러므로 「제의(祭義)」에서 '제사지내는 날 어렴풋이 신위(神位)에 나타나는 것 같다'는 말을 취하여 집 이름을 '애연당(僾然堂)'이라고 했네.

아, 날마다 삼생(三牲, 소·양·돼지)의 봉양으로도 미치지 못할 효성은 한갓 풍수지탄(風樹之嘆)의 슬픔만 더하고, 육기(六驥)로도 따를 수 없으니 몇 번이나 상로(霜露)가 내릴 때 어버이 생각의 느낌이 일어났던가? 애통하고 두려워하는 마음이 일어나 장차 돌아가신 어버이를 만나 뵈올 것 같고, 살아계실 때 거처하시고 웃으시며 말씀하시던 모습 생각지 않음이 없구나. 매양 계절이 바뀔 때마다 제물을 베풀어 올리는구나. 성대한 예를 펼치니 소소(昭昭)히 아직 끝나지 않았고, 향불이 처음으로 피어오르니 양양(洋洋)히 꼭 살아 계신 듯하구나. 정성이 가리워지지 않아, 감동하여 신명에 통했네. 이것이 이른바 조상을 욕되게 하지 않는 것이요, 그 근본을 잊지 않음이 아니겠는가?

돌이켜보면 지금 큰 물결 뒤집히고 바람 비 컴컴한 것 같네. 사설(邪說)이 횡류(橫流)하고 예법도 크게 무너졌네. 향화(香火)를 오래 동안 폐하니 비단(非但) 오귀(敖鬼)가 그러했던 것처럼 되었을 뿐만 아니고, 밭가는 쟁기가 날마다 무덤가로 침범하니 어찌 다만 옛날 중국 신릉군(信陵君)의 무덤에만 그러했겠는가? 화장(火葬)하는 풍속이 연속되어 무덤의 형체가 없어지고, 신주(神主)를 묻고 제기(祭器)도 단속하지 않는구나. 시달(豺獺)같은 짐승도 그 근본인 조상에게 보답하는 도리를 알고, 까마귀도 오히려 어미가 길러준 은혜를 갚을 줄 아는 효성이 있는데, 사람으로서 이만 못하니 어찌 차마 이럴 수 있겠는가?

다행히 법가(法家) 불사(拂士)가 옛 사람의 법도를 잃지 않아, 향기를 발산하여 엄숙한 예를 다하고, 무덤을 쓸고 추모하구나. 비유컨대 만옥(萬屋)이 모두 불에 탔으나 영광(靈光)이라는 집만은 홀로 남아 있고, 황하(黃河)의 쏟아지는 물결이 멈추지 않으나 중류(中流)에 지주(砥柱)만은 우뚝 서 있는 것과 같네. 내가 여기에 느낀 바 있어 마침내 이 글을 지어 돌려보내노라.

번천(樊川) 일민(逸民) 김녕한(金甯漢) 지음

金官 古國 寶盖 名山. 江分三叉 洞闢九郎. 龍翔鳳舞 秀氣凌空. 霞蔚雲興 吉氣盈谷. 地呈神鬼之秘 天與善人之藏. 竊惟咸從魚公. 聲施一鄕 孝源百行. 黃髮暮境 赤子本心. 孺慕終身 淚墮蓼莪之詠 湛樂一室 春生荊花之陰. 其世已遠 其風猶在. 山川生色 婦孺知名. 揮我彩毫 鏤厥玄石 其懿德可考也. 嗟夫 永錫不匱 式穀相承. 讀詩說禮 襲其箕裘世業 飯疏飮水 保其布韋家風. 乃瞻松檟之阡 必敬桑梓之里. 早占佳城餘地 新搆精舍數椽. 俎豆之事 必於斯 齊沐之所 亦於此. 故取祭義之語 扁其堂曰 僾然. 噫 三牲不洎 徒切風樹之悲 六驥莫追 幾回霜露之感. 悽愴怵惕而如將見 居處笑語之無不思. 每値穀燧之更 式陳蘋蘩之薦. 肹蠁之禮旣布 昭昭兮未央 焄蒿之氣始升 洋洋乎如在. 誠之不揜 感而遂通. 是所謂無忝爾生 不忘其本者乎. 顧今洋瀾翻蕩 風雨晦冥 邪說橫流 禮防大壞. 香火久廢 非但若敖鬼爲然 耕犁日侵 奚特信陵塚而已. 茶毗相續 堂斧無形 木主竟埋 簠簋不飾. 豺獺亦知報本之義 烏鳥尙有反哺之誠. 人而不如是何忍也 何幸法家拂士 不失古人典刑 享芬苾而致嚴 掃封塋而寓慕. 譬如萬屋皆燼 靈光獨存 頹波不停 砥柱特立. 余於是乎有感 遂書此而歸之.

樊川 逸民 金甯漢 記

유서
遺書

아래의 글은 선조(先祖)의 분묘(墳墓)가 있는 산림(山林)과 제전(祭田) 및 재사(齋舍)(영운리(靈雲里), 구랑리(九朗里))에 관한 것이다. 이것을 작성하게 된 원인을 써서 한 첩자(帖子)를 만들어 오는 세상의 후손들에게 주노니, 너희들은 삼가 지켜 잊지 말아라.

몇 년 전에 효동(孝洞)의 명우(命雨)가 나쁜 행실로 몰래 싼 값으로 이를 마구 팔아 버려, 선조의 제향을 드리지 못하게 되었으니 슬픔을 이길 수 있겠는가? 이로부터 수년 이래로 힘껏 노력하여 봉선(奉先)의 제구(諸具)를 장만하였으니, 그 근고(勤苦)의 전말(顚末)은 말을 하면 뼈가 아프다. 너희들은 이를 보고 부조(父祖)의 고심(苦心) 혈성(血誠)을 본받아 길이길이 지켜 폐하지 말아라. 나는 얼마 안 되어 죽을 사람이다. 이 글을 써서 남겨 주노니, 생각하고 생각하여라.

정축년(丁丑年, 1937) 9월 15일에

몽천(蒙泉)은 짓다.

右我先祖墳墓所在山林與祭田及齋舍(靈雲里九朗里)也 述其作成之源委聯成一帖 以貽來世 汝等謹守勿失 曾年孝洞命雨以惡行 暗自斥賣 以至先祀之闕享 可勝痛哉 自後數年以來 努力拮据 爲此奉先之具 其勤苦顚末言之痛骨 汝其觀此而體父祖之苦心血誠 永守勿墜 吾則朝暮作泉下人 書此以遺之 念哉念哉

丁丑 九月 十五日

蒙泉書

동래 정씨편(東萊鄭氏篇)

설학재 정선생 유적비
雪壑齋鄭先生遺蹟碑

예로부터 한 국가에 왕조가 교체될 때를 당하여 충의지사(忠義之士)로 굽히지 않는 절의를 지키는 자가 각각 그 처지에 따라 행적이 달리 나타난다. 어떤 사람은 격렬하게 몸을 버리고 목숨을 바치는 일이 있고, 어떤 사람은 조용히 곧고 굳은 마음으로 자신을 지키는 일이 있다. 이와 같이, 그 행적은 비록 다르나 그 절의는 한가지이다. 그러므로 은(殷)나라의 삼인(三仁, 微子・箕子・比干) 중에, 어떤 사람은 도망가고, 어떤 사람은 죽고, 어떤 사람은 노예가 되어 그 행적은 다르나 모두 인(仁)이 된다. 또, 백이(伯夷)가 절의를 지켜 수양산(首陽山)에서 굶어 죽은 일이나, 도연명(陶淵明)이 절의를 지켜 율리(栗里)에서 자취를 감춘 일은 격렬함과 조용함은 같지 않으나 모두 절의에서 나온 것이다.

옛날 고려가 망할 때 충의지사(忠義之士)가 많이 나왔다. 정포은(鄭圃隱)선생같은 분의 순절(殉節)함과 두문동(杜門洞) 제현(諸賢)의 은둔함은 각각 그 처지에 따라 절의를 다해서 높이 일컫는 바이다. 설학재(雪壑齋)선생 정공과 같은 분은 이분들과 자취는 다르나 절의는 아마 같을 것이다.

공(公)의 이름은 구(矩)요, 세계(世系)는 동래정씨(東萊鄭氏)로 좌복야(左僕射)인 목(穆)의 후손이요, 양도공(良度公) 양생(良生)의 아들이다. 젊었을 때부터 뛰어난 자질과 탁월한 뜻이 있었다. 일찍이 정포은(鄭圃隱) 길야은(吉冶隱) 제현들을 따라 성리학(性理學)을 강론하고 연구했다. 공민왕조(恭愍王朝)에 급제하여 벼슬을 역임하여 좌간의대부(左諫議大夫)에까지 이르렀다. 이때 조선조(朝鮮朝) 태종(太宗)이 우간의대부(右諫議大夫)가 되어 함께 생활하면서 서로 매우 친했다. 태조(太祖)가 왕위에 오르자 공께서는 곧 야은과 함께 남쪽으로 진양(晋陽)에 은둔했다. 얼마 후 야은은 선산(善山)의 금오산(金烏山)으로 들어가고 공은 성주(星州)와 영월(寧越) 등지로 전전하며 세상을 피해 길이 떠날 생각이 있었다. 태조가 여러 번 불렀으나 나오지 않았다. 태종이 옛 정의로써 타이르고, 이내 칼을 주면서 거취를 결정하게 했다. 또 다시 그 형 유후(留後)인 규(規)와 그 아우 판서(判書)인 부(符)에게 명령하여 뒤따라가서 타이르게 했다. 그러나, 공은 곧 그 칼날 위에 엎드려져 죽으려 했다. 규가 타이르기를 "기자(箕子)는 무왕(武王)을 위해 홍범(洪範)을 개진(開陳)했으나 인(仁)됨을 잃지 않았으니, 어찌 반드시 죽는 것만으로 절의라고 하겠는가" 하고, 이내 이끌고 양주(楊州)에 이르렀다. 공은 평생토록 끝내 서울의 성안에는 들어가지 않고 깊은 산 속에 자취를 감추어 그곳을 송산(松山)이라고 이름붙이니, 이는 송도(松都)의 서울을 잊지 않으려는 뜻이었다. 판삼사(判三司) 원선공(元宣公)과 안염사(按廉使) 조견공(趙狷公)과 마음 속으로 의지할 것을 기약하고 여기에 은거했다. 공은 평소에 거문고를 잘 탔다. 한 곡조를 탈 때마다 서로 더불어 슬퍼하고 흐느껴 마지않으니 백이(伯夷)의 채미가(採薇歌)의 여운이 있었다. 태종은 공이 송산에 은거하고 있다는 말을 듣고 빈사(賓師)의 예로 불렀으나 그래도 가지 않았다. 태종은 새로 정한 왕릉에 친히 가서 망우령(忘憂嶺) 아래 머물러 기다렸다. 공은 하는 수 없어 부름에 응했다. 태종은 이내 건원능(健元陵) 비액(碑額)의 전서(篆書)를 쓰게 하고 의정부(議政府) 좌찬성(左贊成) 보문각 대제학(寶文閣 大提學)을 제수했다. 또, 왕릉 밖의 남쪽 산기슭 한 등성이를 주어 자신의 묘지로 쓰게 하고 분토(分土)라고 이름지었다. 또 종남산(終南山) 아래 좋은 집 수백간을 하사하여 거처하게 했다. 이는 빈례(賓禮)로 대우한 것으로 지극한 총애이다. 그러나 공은 모두 사양하고 받지 않았다. 다시 송산으로 돌아가서 나무 열매를 따먹고 시냇물을 마시며 평생을 마쳤다. 별세하자 이곳에 장사하니 그 유언을 따를 것이다. 이것은 공이 시종 높은 절의를 지킨 것이다. 별세한 후에 태종이 친히 제문을 지어 애도했다. 그 제문에 이르기를 "송산의 한 줄기 산맥 수양산과 같이 우뚝 섰으니 만고(萬古)에 충신이라 이를 이가 백이 한 사람뿐이라"고 했다. 또 태상(太常)에 명령하여 정절(靖節)이란 시호(諡號)를 내렸으니, 이는 진(晋)나라 처사(處士) 도연명의 호의 뜻을 취한 것이고, 아울러 백이와 도연명의 절의에 비긴 것이다. 이로 해서 그 절의가 더욱 잘 나타난 것이 아니겠는가?

대개 그 처음에 칼날 위에 엎드려져 죽으려고 한 것은 그 뜻이 격렬한 절의에 있었고, 끝에 가서 궁벽한 산 속에서 우유자적(優遊自適)한 것은 또 조용히 지킨 절의에서 나온 것이니, 공을 백이·도연명과 같이 평함이 조금도 부끄러울 것이 없다. 다만 태종의 부름에 응하여 비석에 글씨를 쓴 것은 기자가 홍범을 개진한 절의와 같고, 작록(爵祿)을 주고 좋은 집까지 주는 것을 사양하여 조금도 차지하지 않았으니 새 왕조에 절의를 굽히지 않는 도리에 손상이 되겠는가? 다만 세월이 오래되어 사적을 기록한 글들이 없어져 그 품었던 큰 뜻과 상세한 행적을 상고할 길이 없으니 슬픈 일이다. 그러나, 큰 행적은 이미 나타났으니 그 나머지는 미루어 알 수 있지 않겠는가? 근세에 와서 전일에 비장(秘藏)되었던 사록(史錄)들이 나오기 시작하여 공의 사적이 이에 대략 나타났다. 그러나 다만 공을 조선조의 신하로 기록해 놓고 그 벼슬을 역임한 사적과 외국에 사신으로 간 일만 기록해서 옛 글과는 크게 차이가 있어 후인들의 의문이 없을 수 없다. 그것은 혹시 벼슬을 제수했을 때 취임하지 않은 것을 억지로 역임한 것처럼 기록한 것이 아닌가? 그렇지 않으면 다른 사람의 일을 잘못하여 공에게 기록된 것이 아닌가? 그렇지 않고 과연 사록(史錄) 대로라면 이것은 조선조에 몸을 맡긴 것인데, 태종의 제문에 수양산의 절의라 일컫고, 정절이라고 시호를 내린 것이 어찌 가능했겠는가? 이럴 이치가 없었을 것인데, 그 스스로 서로 모순됨이 이와 같으니, 이는 아는 사람을 기다리지 않더라도 그 잘못을 분별할 수 있을 것이다.

대개《서경(書經)·무성편(武成篇)》은 무왕 당시에 이루어진 것이지만 맹자(孟子)께서 오히려 "책에 있는 대로 다 믿는다면 책이 없는 것만도 못하다"고 했다. 삼대(三代)의 옛적에도 오히려 그러했는데 하물며 말세이겠는가? 하물며 왕조가 교체될 때 사신(史臣)들이 사사로이 찬술한 기록이 어찌 잘못이 없다고 보장하겠는가? 또 이목은(李牧隱)과 같이 맑은 절의가 있는 분도 역사와 제가(諸家)의 기록에 잘못이 많으므로 송우암(宋尤菴) 선생이 그의 비문(碑文)을 찬술하면서 힘껏 그 잘못을 분별하여 바로잡았다. 공과 같은 분의 사적은 이와 같이 선현(先賢)의 글로 사록의 잘못을 바로잡지 못한 것이 한스럽다.

공이 별세한 몇 대 후에 판서(判書) 이광적(李光迪)이 그 행장(行狀)을 짓고, 정승 정존겸(鄭存謙)이 그 신도비명(神道碑銘)을 지으면서 충의(忠義) 대절(大節)만 들어 말하고, 그 외의 것은 상세한 언급이 없다. 이것은 대개 행적을 기록한 글들이 많이 흩어졌고 사록에 실려 있는 행적에 대해서도 조금도 언급하지 않았으니 생각건대 당시에 사록들이 아직 나타나지 않았거나, 또 그 기록을 믿을 수 없었던 것을 알 수 있다.

공에게 제향을 드리는 곳은 안의(安義)에 있는 것을 정충사(靖忠祠)라고 하는데, 이곳은 공이 평소에 거쳤던 곳으로 백촌(白村) 김충의공(金忠義公)과 함께 제향드린다. 송산에 있는 것은 삼귀서사(三歸書社)라고 하는데, 공이 조 · 원(趙 · 元) 양공(兩公)과 함께 은둔했기 때문에 마을 이름을 삼귀촌(三歸村)이라 했고, 후세에 이곳 사람들이 사당(祠堂)을 지어 삼공(三公)을 함께 봉향한 곳이다. 성주(星州)에 있는 것은 반암서원(盤岩書院)이라고 하는데, 그 아들 동평군(東平君) 선경(善卿)이 살던 곳으로 아랫대까지 추존하여 양대를 모시는 곳이다. 그러나, 고종(高宗) 때 모두 훼철당하고 지금은 풀만 우거져 탄식만이 남았으니 역시 공의 유풍(遺風)을 우러러 볼 수 있다.

요즘 와서 여러 후손들이 공의 전후 천양(闡揚)한 글들이 소략하고 미비함이 많아 사실을 다 발휘하지 못하고 또 사록의 의문이 세상에 의혹을 더할 것 같으므로, 옛 사적을 참고하여 상세히 서술하여 그 사실을 밝혀 그 잘못을 바로잡지 않을 수 없다고 여겼다. 그러므로, 장차 그 사적을 비석에 새겨 반암서원의 옛 터의 곁에 세우기로 했다. 이에 후손 순권(淳權) 지혁(之奕), 문갑(文甲), 양(洋) 등이 문중의 뜻을 모아 그 사실을 적은 책을 가지고 와서 나에게 비문(碑文)을 청한다. 내가 나이 많고 병들어 이 일을 감당할 수 없으나 그 간청이 지극하다. 또 공의 높은 절의에 느낌이 있고, 또 한(恨)스러운 것은, 거짓말은 현혹되기 쉽고 실제 사실은 밝히기 어려운 것은 옛날부터 그러한 일이 많으므로 이에 대해 분별하지 않을 수 없다. 이 때문에 한퇴지(韓退之)가 「장중승전(張中丞傳) 후서(後敍)」를 지어 사실을 밝힌 것이다. 그러므로 끝까지 사양하지 못하고 구전(舊傳)을 살펴 글을 지으면서 후세 여러 기록들의 동이설(同異說)에 약간 논변을 더하여 한퇴지의 「장중승전 후서」의 뜻에 비겨 후세에 공을 논하는 사람들의 상고할 자료가 되게 한다.

공의 자(字)는 중상(仲常)이니, 고려 충정왕 2년 경인년(庚寅年, 1350)에 출생하여 조선조 태종 18년 무술년(1418)에 별세했다. 이는 행장(行狀)과 비문(碑文)에 빠졌으므로 사록에 의거하여 보충한다. 비명(碑銘)은 아래와 같다.

수양산(首陽山)과 송산(松山)은
고금(古今)에 우뚝 섰네.
도연명(陶淵明)과 여말(麗末) 충신
정절은 한 가지라.
임금님 시호(諡號) 내려
일월같이 밝았구나.
어찌하여 역사기록
의문이 있단 말인가.
벼슬하고 사신(使臣) 가서
새 왕조(王朝)에 몸바쳤다면
백이(伯夷)와 도연명(陶淵明)에
견줄 수 있었으랴?
기자(箕子)가 주(周)나라 찾아갔다는 일
사마천(史馬遷)의 잘못 기록이라.

앞뒤가 한가지로
잘못된 일이로다.
이 일을 못 밝히면
공의 뜻 알려지랴.
옛 전기(傳記) 서술하여
이 사실 밝히노라.

공의 별세 후 열번째 을축년(乙丑年) 이른 가을에
안동(安東) 권용현(權龍鉉) 삼가 지음

自古 當國家鼎革之際 忠義之士 守罔僕之義者 各隨其所遇 而其事有不同 或出於激烈 而至捐軀致命矣 或出於從容 而惟貞固自守矣 其蹟雖殊而其義一也 故如殷之三仁 有或去 或死 或奴之不同 而同歸於仁 又如伯夷之餓死首陽 淵明之潛跡栗里 有激烈從容之不同 而同出於義也 昔王麗之亡也 忠義之士 於是爲多 而如鄭圃隱先生之殉身 杜門諸賢隱遯 各隨其遇 盡其義 而爲卓卓著稱者也 若雪壑齋先生鄭公 其與諸公 亦爲跡殊義同者歟 公諱矩 系出東萊 左僕射穆後 而良度公良生之子也 自少 有雄偉姿卓犖志 嘗從鄭圃隱 吉冶隱諸賢 講究性理之學 恭愍朝登第 歷官至左諫議大夫 時朝鮮太宗 爲右諫議大夫 與之同館 甚相善 及太祖受禪 公卽與冶隱 南遯于晋陽 旣而 冶隱入善山金烏山 公轉入星州·寧越·三陟等地 有遯世長往意 太祖累徵不起 太宗諭以舊誼 因賜劍以決去就 又命其兄 留後規 其弟 判書符 隨往諭之 則公卽欲伏劍 規諭之曰 箕子爲武王 陳洪範而不失於爲仁 何必以死爲節 因携以至楊州地 公終不肯入城闉 因遯跡于深山 名其地曰松山 盖取不忘松京意也 與判三司 元公宣 按廉使 趙公狷託以心期 偕隱于是 公素善鼓琴 每奏一曲 相與慷慨 嗚咽不自已 有採薇之遺音 太宗聞其在松山 招之以賓師之禮 而猶不至 則乃親往新卜之陵 駐蹕忘憂嶺下以待之 公不得已赴召 上因命篆健元陵碑額 授以議政府左贊成寶文閣大提學之官 又賜陵外南麓一岡 俾作壽壙 而名曰 分土 又賜終南山

下 甲第數百間 而使居之 盖待之以賓禮 而寵渥者至矣 然而 公俱辭不膺命 還于松山 木食澗飮 以終其世 沒而因葬於是 盖遵其遺命也 此爲其志義之始終卓卓者 而沒後 太宗賜祭文 有曰 松山一髮 首陽同屹 萬古曰忠伯夷豈一 又命太常 賜諡靖節 則又有取於晋處士之號 而并其比擬於西山・栗里者也 於是而 其義豈不尤著矣乎 盖其始之欲伏劍者 有意於激烈之義 而終之畢命窮山 優遊自適者 又出於從容之義 則儘無愧與二子同歸也 惟其黽俛赴召 而試筆於碑篆者 盖出於箕子陳範之義 而其力辭爵祿之加 冢宅之賜 而一無與焉 則又奚損於罔僕之義哉 惟其世代之遠 文字殘缺無以盡考其蘊抱之重 事行之詳者 爲可慨也 雖然 大者旣著 則豈非可推於其餘者耶 至近世 昔日秘藏史錄始出 而公之蹟 略見於是 然惟係公於本朝之臣 而錄其歷官之蹟 與奉使之行者 是與舊傳 有大相逕庭者 而不能無後人之疑也 其或授官不就者 强冒以歷任之名耶 或因他人之事 而有所參錯之誤耶 不然而果有如史錄之爲者 是爲委質於本朝 而賜祭文 首陽之稱 靖節之易名 何自以至哉 此爲必無之理 而其自相矛盾如此 則不待知者 而可辨其誤也 夫武成之書 成於武王之當日 而孟子猶云 盡信書 不如無書 在三古而猶然 況於叔季乎 況於鼎革之際 而史臣之私自纂述者 安保其無誤耶 且以李牧隱之淸節 而史氏及諸家之錄 多有所舛謬 則尤菴宋先生 述其碑 力辨其誤而正之 如公之蹟 亦恨不得先賢之筆 以辨正史錄之誤也 公歿後數世 判書 李公光迪 狀其行 鄭相公 存謙 銘其大碑 只擧其忠義之大節 而未及詳其餘者 盖因文字之多殘缺 而其於史錄之所載 一無及焉 則意當時史錄 尙未現 而亦可見其錄之未足據而爲信也 公俎豆之所之在安義而曰靖忠祠者 以其杖屨之所經 而與白村金忠毅公 并享者也 在松山 而曰三歸書社者 因公與趙・元二公 同其歸隱 而名其村 後人因祠奉三公者也在星州 而盤岩院者 因其子東平君善卿之舊居 而尊奉之 以及其下者也 旣皆見撤於邦禁 則只有蕪草之歎 而亦可仰其遺風矣 至是 諸後孫 以公之前後闡揚文字 多略而未備 未能發揮得盡 而且有史錄之貳疑 不無滋世之惑則不可無參考舊籍而備述之 以著其實而正其謬者 故將謀紀其蹟于石 樹之盤岩院墟之側 後孫 淳權・之奕・文甲・洋 以闔宗意 抱其實紀之編 屬其

辭於余 余癃廢之甚 不堪是役 而其懇愈至 且竊有感於公之高義 而又以歎讆言之易眩 而實蹟之難明 從古多然 則不可以無辨 此韓昌黎 張中丞傳後敍之所以作也 故不能終辭 而乃按其舊傳 以敍之 其於後來諸錄異同之說 略加論辨 竊附於韓敍之義 以資後之尙論者考焉 公字仲常 生以高麗忠定王二年庚寅 卒以朝鮮太宗十八年戊戌 此爲狀碑之所闕 而據史錄 以補之云 銘曰

首陽松山　古今同屹. 晋士麗臣　同其靖節. 宸褒易名　昭揚如日.
云何史錄　陰雲之翳. 歷仕奉使　新朝委質. 墨胎陶氏　豈可比列.
箕子朝周　史遷誣筆. 前後一揆　喚銀作鐵. 斯義或昧　公志莫徹.
我述舊傳　以著其實.
公沒後 十乙丑 早秋
花山 權龍鉉謹撰

-《秋淵先生文集》卷27-

증자헌대부 호조판서 행내섬시판관 동평군 동래 정공 신도비명 서문도 함께 씀
贈資憲大夫戶曹判書行內贍寺判官東平君東萊鄭公神道碑銘 幷序

고자헌대부 증호조판서 동평군 정공(故資憲大夫 贈戶曹判書 東平君 鄭公)의 묘가 성주(星州), 즉 지금의 고령(高靈) 덕곡면(德谷面) 장방동(長坊洞) 자좌(子坐)의 언덕에 있다. 옛날에 묘갈명(墓碣銘)이 있었는데, 지금으로부터 거의 백여 년의 세월이 지났다. 이에 여러 후손들이 다시 생각하기를 "공(公)의 벼슬이 정이품(正二品)에 올랐으니, 마땅히 신도비(神道碑)가 있어야 할 것인데 어찌 이 일을 도모하지 않겠는가"라고 했다. 의논이 결정되자 큰 돌을 하나 다듬어 반암서당(盤岩書堂) 곁에 세우려 했다. 그것은 서당이 묘와 매우 가깝기 때문이다. 순권(淳權)이 행장(行狀)을 지어 지혁(之奕), 문갑(文甲), 양(洋) 세 사람과 함께 찾아와서 나 헌주

(憲柱)에게 비문(碑文)을 청한다. 내가 인근에 살면서 일찍부터 공의 풍모(風貌)를 들어 알고 있다. 또, 제군(諸君)들과 서로 사이좋게 친하므로 나의 글이 공의 일에 무게를 줄 수 없는 것을 알면서도 의리로 보아 어찌 감히 사양하겠는가. 드디어 행장에 의거하여 비문을 짓는다. 그 개략은 다음과 같다.

공의 이름은 선경(善卿)이요, 자(字)는 선지(善之)이며, 호는 반곡재(盤谷齋)이다. 본관(本官)은 동래(東萊)인데, 시조(始祖)는 문도(文道)로 안일호장(安逸戶長)이다. 그 후에 목(穆)이라는 분이 있으니, 상서 좌복야 검교예빈경(尙書 左僕射 檢校禮賓卿)으로 시호(諡號)가 문안공(文安公)이고, 호는 영양(滎陽)이다. 또 택(澤)이란 분이 있으니, 문하급사(門下給事)이다. 또, 자가(子家)라는 분이 있으니, 전옥서령(典獄署令)이다. 또, 승종(承宗)이란 분이 있으니, 수평궁록사(守平宮錄事)로 태자첨사(太子詹事)에 추봉(追封)되었다. 이분들은 모두 그 저명한 조상들이다.

고조의 이름은 유의(惟義)이니 판도진시사(判都津寺事)이요, 증조의 이름은 호중(瑚重)이니 대광밀직 겸감찰대부(大匡密直 兼監察大夫)이다. 할아버지의 이름은 양생(良生)이니, 삼중대광 봉원부원군(三重大匡 蓬原府院君)으로 시호(諡號)가 양도공(良度公)이고, 호는 우곡(愚谷)이다. 아버지의 이름은 구(矩)이니, 좌간의대부(左諫議大夫)로 고려가 망하자 태종(太宗)이 벼슬을 내려주고 집까지 하사했으나, 모두 받지 아니하고 송산(松山)에 은거하여 새 왕조에 굽히지 않고 스스로 조용히 살았는데 시호는 정절(靖節)이고, 삼귀(三歸), 정충(靖忠), 반곡(盤谷), 영빈(瀯濱) 등 여러 서원(書院)에서 제향 드린다. 이분이 세상에서 일컫는 설학재(雪壑齋)선생이다. 어머니는 고성 이씨(固城李氏)이니 참의(參議) 인(嶙)의 딸이다. 또 파평윤씨(坡平尹氏)이니 좌윤(左尹) 승경(承慶)의 딸이다. 윤씨가 태조(太祖) 을해(乙亥, 1395) 정월 25일에 공을 양주(楊州)의 망우리(忘憂里) 집에서 낳았다. 용모가 준수하고 재주가 뛰어났다. 어릴 때 가정에서 수학했는데 날이 지나도 모두 기억했다. 아버지께서 특히 기이하게 여기고 사랑하여 아침저녁으로 매우 엄하게 공부를 시켰다. 공은 뜻을 받들어 부지런히 공부하여 학문이 날마다 성취되었다. 선발되어 낙육재(樂育齋)에 거처하면서 여러 친구들과 글을 논하고 그 뜻을 강론하는데 공에 앞서는 사람이 없었다. 일찍이 벼슬하여 내섬시판관(內贍寺判官)이 되었고 후에 아들의 훈공(勳功)으로 동평군(東平君)에 봉했다. 이는 남다른 예우이다. 이를 사람들이 영광(榮光)스럽게 여겼으나 공은 마음속에 기쁘게 여기지 않으며 말하기를 "다 차면 넘치기 쉽고 높은 것이 극에 달하면 무너지기가 쉬우니 어찌 경계하지 않겠는가"하고, 두 아들을 거느리고 서울에서 남쪽으로 내려와 성주(星州)의 덕곡(德谷) 마을에 살았다. 이로부터 두문심처(杜門深處)하여 세상과 어울리지 않고 다만 날마다 실행해야 할 인륜 도덕에 힘을 다해 행했다. 형제간에 우애하며, 가족을 거느리기는 법도로써 하고, 종족에게는 화목하면서 후생을 접하기는 예로써 했다. 몸을 닦음에 있어서는 몸 가지기는 공경히 하고, 마음 가지기는 충후(忠厚)하게 하여 모가 나는 행동이 없고 겸허한 덕이 있어 사람들이 모두 추중(推重)했다. 향년 48세로 별세하니, 곧 세종(世宗) 임술년(壬戌年, 1442) 8월 15일이다. 배위(配位)는 성산이씨(星山李氏)이니, 감찰(監察) 유(洧)의 딸이다. 묘는 공과 같은 언덕 아래 자좌(子坐)에 있다.

아들 두 분을 두었으니, 맏은 종(種)이니 호가 오로재(吾老齋)이다. 무과(武科)에 급제하여 경주부윤(慶州府尹)이 되어 이징옥(李澄玉)의 반란을 토평(討平)한 공로로 동평군(東平君)에 봉해지고 시호를 양평(襄平)이라고 한다. 둘째 아들은 비(秠)이니 호가 기우자(騎牛子)이다. 사정(司正)으로 증호조참판(贈戶曹參判)이다. 종(種)의 아들에 인운(仁耘)은 오위도총부 부총관(五衛都摠府 副總管) 제주목사(濟州牧使) 봉천군(蓬川君)이다. 의운(義耘)은 군수(郡守)이고, 예운(禮耘)은 호군(護軍)이고, 지운(智耘)은 사직(司直)이고, 신운(信耘)은 부사직(副司直)이고, 경운(敬耘)은 사정(司正)이고, 효운(孝耘)은 사직(司直)이고, 상운(相耘)은 무정(武正)이다. 비(秠)의 아들에 원운(元耘)은 사직(司直)으로, 증호조판서(贈戶曹判書)이고, 형운(亨耘)은 사직(司直)으로 호조참판(戶曹參判)이고, 이운(利耘)이 있다.

이후로 지금까지 수백 년 사이에 자손이 더욱 번창하여 전 지역에 퍼져 있어 나라 안에서 견줄 만한 가문이 적다. 대저 근원이 먼 물은 그 흐름이 더욱 넓고, 뿌리가 깊은 나무는 그 가지가 더욱 무성한 것은 필연한 이치이다. 다만 세대가 오래되어 평생의 사적이 많이 유실되어 전하지 않으니, 이것이 한스러운 일이다. 그러나 공이 높은 지위에 올라 더 높은 벼슬에 등용될 가능성이 있었는데도, 하루아침에 헌신짝처럼 버리고서 멀리 궁벽한 골짜기 속으로 은둔하여 적막하고 담박함을 달갑게 여겨 만족하게 스스로 즐기다가 별세했으니, 만약 공명(功名)과 이록(利祿)의 길에 초연하여 진퇴(進退) 출처(出處)의 도(道)를 아는 이가 아니었다면 어찌 이와 같이 될 수 있었겠는가? 이것은 공을 높이 평가할 만한 중대한 일들이다. 이와 같이 큰일들이 이미 전하니 작은 행적은 비록 전하지 않더라도 전하는 것과 같다. 어찌 한스럽게 여기겠는가? 내가 위와 같이 서술하고 이어 비명(碑銘)을 짓는다. 그 명은 아래와 같다.

빛나도다 정씨(鄭氏)는
전통(傳統)이 오래구나.
훈업(勳業)과 명절(名節)이
역대로 이었구나.
이 가문에 공(公) 나니
맑은 빛 배태(胚胎)했네.
그 자질 순수하고
그 재주 뛰어났네.
가정에서 공부하여
인간 도리 근본했네.
급제하여 조정에 들어
인망(人望)있고 위의(威儀)있었네.
은혜 영광 높았으나,
공의 마음 기뻐하지 않고
훌쩍 멀리 떠나

덕곡(德谷)에 은거했네.
본래부터 벼슬길은
기구(崎嶇)하고 위험하여
오랫동안 머물다간
재화가 따르나니.
세상의 사람들은
빠져서 못 나오네.
아, 공(公)의 그 마음
남들보다 훨씬 뛰어났네.
절의에 티가 없어
몸과 명성(名聲) 광휘롭다.
아깝게도 그 나이
오래 살지 못했구나.
본손(本孫) 지손(支孫) 백세토록
명덕(名德)이 승승(繩繩)하니,
착한 사람에 복 주는 이치
공(公)에게서 징험하리.
장방(長坊)에 눈 돌리니
공의 무덤 여기에 있구나.
옛 비석 짧고 작아
그 모양 볼 것 없네.
후손들이 개탄하여
신도비(神道碑)를 세우는구나.
비문(碑文) 지어 깊이 새겨
영원토록 전하리라.
아버지며 아들이며
두 비석 나란히 섰네.
상상컨대 정령(精靈)께서

이 아니 기뻐하리.

병인(丙寅) 7월 입추절(立秋節)에
성산 이헌주(星山 李憲柱) 삼가 지음

故資憲大夫 贈戶曹判書 東平君 鄭公之墓 在星州 今高靈之德谷面 長坊洞 子坐之阡 舊有碣銘 今已幾百餘年矣 玆者 諸後孫 復謂公位躋正卿 宜有豐碑 螭龜之設 盍相與圖之 議旣定 治一穹石 將奉樹于盤岩書堂之側 堂於墓 甚相近也 淳權 述事狀 與之奕・文甲・洋 三君 來囑其文於憲柱 余居在鄕隣 聞公之風夙矣 又與諸君 皆親善 自知不佞之言 無足爲重 而義何敢辭諸 遂據狀而敍次之 其略曰

公諱善卿 字善之 號盤谷齋 貫東萊 始祖曰文道 安逸戶長 後有曰穆 尙書左僕射 檢校禮賓卿 諡文安 號滎陽 曰澤 門下給事 曰子家 典獄署令 曰承宗 守平宮錄事 追封太子詹事 皆其著者也 高祖諱惟義 判都津寺事 曾祖諱瑚重 大匡密直 兼監察大夫 祖諱良生 三重大匡 蓬原府院君 諡良度 號愚谷 考諱矩 左諫(議)大夫 麗亡 太宗贈官賜第 皆不受 隱居松山 罔僕自靖 諡靖節 享三歸・靖忠・盤岩・潛濱諸院 世稱雪壑齋先生 妣固城李氏 參議嶙女 坡平尹氏 左尹承慶女 尹氏以太祖乙亥 正月二十五日生公于楊州 忘憂里第 貌秀而才朗 幼受學家庭 過目輒記 先公特奇愛之朝夕課督甚嚴 公承意勤讀 學日以進 選居樂育齋 與諸友論文講義 莫有先之者 嘗仕爲內贍寺判官 後以子勳功 封東平君 盖異數也 人皆榮之 而公則不樂於心曰 滿盈則易溢 崇極則易圮 可不戒哉 乃率二子 自京南下 居星州之德谷坊 自是杜門深處 不與世相聞 而惟於日用彛倫之際 務盡其道 友於兄弟而御家衆以法 睦於宗族而接後生以禮 至其自修 則持身恭謹 秉心忠厚 無崖異之行 而有謙虛之德 人咸推重焉 享年四十八而卒 卽世宗壬戌 八月十五日也 配星山李氏 監察淯女 墓在同原下 子坐 生二男 長種號吾老齋 登武科 爲慶州府尹 以討平李澄玉亂 封東平君 諡襄平 次曰秠號騎牛子 司正贈戶曹參判 種男 仁耘 五衛都摠府 副總管 濟州牧使 蓬

川君 義耘郡守 禮耘護軍 智耘司直 信耘副司直 敬耘司正 孝耘司直 相耘武正 秠男 元耘司直 贈戶曹判書 亨耘司直 戶曹參判 利耘 自後至今數百載之間 子姓益蕃昌 布于域內 國鮮與匹 夫源遠而流益宏 根深而枝益茂 理固然也 第其世代久遠 生平事績 多佚而不傳 此則可恨 然公處崇高之位 進用方未艾 而一朝棄之如敝屣 遠遯窮谷之中 甘寂寞 安淡泊 囂囂自樂 以沒齒 苟非超然於功名利祿之途 而知進退出處之道者 何以能有是哉 此於公爲大節也 大節旣傳 則細行 雖不傳 猶傳也 其又何恨乎 余旣敍之如右 因爲銘以系之 其詞曰

於赫鄭氏 遠有傳承. 勳業名節 歷世相仍.
公生是家 胚胎淸光. 其姿之粹 而才之良.
學師家庭 行本倫彜. 釋褐登朝 有望有儀.
恩榮方隆 公意不樂. 翩然遐擧 于彼德谷.
盖以仕途 崎嶇多危. 此而久居 禍必隨之.
凡世之人 溺而忘返. 嗚呼此心 過於人遠.
節行無玷 身名俱泰. 獨惜壽算 未及耆艾.
本支百世 名德繩繩. 福善之天 斯焉可徵.
陒言長坊 幽宅在玆. 舊碣短小 未備其儀.
雲仍是慨 螭龜乃設. 作詞深刻 垂之無斁.
父兮子兮 有碑幷峙. 仰想精靈 悅豫於此.
丙寅 七月 立秋節
星山 李憲柱 謹撰

동평군 시양평공 오로재 동래 정공 신도비
東平君諡襄平公吾老齋東萊鄭公神道碑

동평군(東平君) 시호(諡號) 양평공(襄平公) 동래정공(東萊鄭公)의 묘가 성주(星州)의 장방동(長坊洞)에 있는데 세대가 오래되어 묘사(墓祀)를 지냄에 있어, 그 집이 모양을 갖추지 못했다. 영남(嶺南)에 흩어져 사는 후손만도 천여 집이 넘는데, 이를 걱정하여 분주히 서로 알려 자발적으로 집을 지을 것을 도모한 지 오래이다. 지난 해 병자년(丙子年) 8월에 묘 아래에 모여서 의논하여 제전(祭田)을 사고 재실(齋室)을 지을 것을 결정했다. 이내 10월 15일을 택하여 묘 앞에서 제사를 지내기로 했다. 이에 종손(宗孫) 창현(昌鉉)이 강신(降神)을 하고, 여러 후손들이 차례로 자리에 나아가 제물(祭物)을 거두고 난 후에 묘역(墓域)을 둘러보고는 모두 말하기를 "우리 선조께서 반란을 평정한 공로가 있어 동평군으로 봉하고 부조묘(不祧廟)를 내렸으니 마땅히 신도비(神道碑)를 세워 묘 앞을 꾸며야 할 것인데도 지금까지 그렇게 하지 못했으니, 이는 우리들의 책임이다"하고, 이에 비석을 세우기로 결정했다. 다음 해 여름에 재실이 준공(竣工)되고, 그 해 가을에 수석(秀錫)이 재촉하여 비석을 준비하여 10월에 세우기로 했다. 그리하여 덕섭(德燮)이 나에게 찾아와서 비명(碑銘)을 부탁한다.

삼가 살펴보니 공의 이름은 종(種)이요, 자(字)는 묘부(畝夫)이다. 증조는 봉원부원군(蓬原府院君) 양도공(良度公)으로 이름이 양생(良生)이다. 할아버지는 설학재(雪壑齋)선생으로 이름이 구(矩)이다. 고려가 망하자 변절하지 않을 것을 결심했는데 태종(太宗)이 그 절의를 공경하여 정절(靖節)이란 시호(諡號)를 내렸다. 아버지는 내섬시판관(內贍寺判官) 증호조판서(贈戶曹判書)로 이름이 선경(善卿)이다. 어머니는 성주이씨(星州李氏)이니, 감찰(監察) 유(洧)의 딸이요, 병조판서(兵曹判書) 평간공(平簡公) 발(潑)의 손녀이다.

공은 세종(世宗) 임술년(壬戌年, 1442)에 무과(武科)에 급제하여 여러번 옮겨 종성진 절제사(鍾城鎭 節制使)를 제수 받았다. 이 해는 문종(文宗) 말년이다. 다음 해 계유년(癸酉年, 1453)에 단정(端宗)이 즉위했다. 이때 나라 안의 정사를 세조(世祖)가 모두 총괄하게 되었는데, 이징옥(李澄玉)이 관북(關北)에서 반란을 일으켰다. 징옥이 본래 뛰어나게 용감한데 거느린 군사들도 굳세고 날래었다. 이 보고가 조정에 이르자, 서울 도성 안의 사람들이 두려워 떨었다. 공은 이미 오랫동안 그 속진(屬鎭)에 생활했으므로, 거짓으로 그에게 붙어서 친근한 척 그 곁에 있다가 종성(鍾城)에 있는 군사를 많이 불러 장막(帳幕) 아래에 늘어놓았다. 그리고, 약속하기를 "내가 고개를 돌려 신호를 하면 일제히 일어나 징옥(澄玉)을 쏘아라"고 했다. 그러나, 오래되어도 기회를 얻지 못했다. 어느 날 날씨가 매우 추웠다. 공은 장사(將士)들에게 술을 먹이기를 청하자, 징옥이 이를 허락했다. 얼마 후 그들이 모두 취했다. 공이 징옥의 앞에 술을 올리니, 징옥이 잔을 들어 마시려 했다. 이때 공이 고개를 돌려 신호를 하니 종성의 군사들이 일제히 일어나 징옥을 쏘았다. 징옥이 화살을 맞아 달아나는 것을 추격하여 죽였다.

이 무렵에 회녕(會寧) 절제사(節制使) 남우량(南祐良)이 은성(隱城) 경원(慶源)에 사람을 보내어 군사를 종성에 모아 같이 징옥을 공격할 것을 약속했다. 그리고 우량이 먼저 10월 20일에 종성에 도착하니 하루 전날 징옥이 벌써 공에게 죽음을 당했다.

공은 이로해서 이름이 나타나게 되어 임금이 불러서 첨지중추(僉知中樞)를 제수했다. 세조(世祖)가 처음에는 원종공신(原從功臣)으로 기록했다. 외직으로 나가서 충청도절제사(忠淸道節制使)가 되고, 다시 전라도절제사(全羅道節制使)로 옮겼다. 내직으로 들어와서 오위장(五衛將)이 되고, 가선대부(嘉善大夫)로 승진되었으며, 부사(副使)로 임명되어 연경(燕京)에 갔다. 돌아오니 경상좌도처치사(慶尙左道處置使)를 제수했다가 고쳐 절제사(節制使)를 제수했다. 정해년(丁亥年, 1467)에 이시애(李施愛)가 반란을 일으켰는데, 공이 또 따라가서 토벌하여 공로가 있으므로 적개삼등공신(敵愾三等功臣)으로 기록하고 동평군(東平君)으로 봉하고 가정대부(嘉靖大夫)의 계급을 더해 주었다.

신묘년(辛卯年, 1471)에 외직으로 나가 경주부윤(慶州府尹)이 되었다. 처음에 공의 형제 두 사람 중에 공은 세상에 나가 벼슬하고 아우 사정공(司正公)은 집에서 살림을 살면서 어머니를 봉양했다. 이때에 와서 공은 어머님께서 연세가 많고, 아우 또한 늙은 것을 염려하여 드디어 성산(星山)으로 돌아갔다.

성종(成宗) 병신년(丙申年, 1476) 11월 25일에 별세하니 향년 60세이다. 부고(訃告)가 알려지자 나라에서 제사와 장사를 예(禮)대로 하게끔 하고 양평공(襄平公)이라고 시호(諡號)를 내렸다. 배위(配位) 정부인(貞夫人)은 영천 최씨(永川 崔氏)이니 직제학(直提學) 홍효(興孝)의 딸이다.

아들 다섯을 두었으니 맏아들 인운(仁耘)은 부총관(副摠管)으로 봉천군(蓬川君)을 물려받았다. 다음 의운(義耘)은 군수(郡守)이고, 예운(禮耘)은 호군(護軍)이고, 지운(智耘)과 신운(信耘)은 모두 사직(司直)이다.

후실(後室)은 전의이씨(全義李氏)이니 진사(進士) 인덕(麟德)의 딸이다. 아들 셋을 두었으니, 경운(敬耘)과 효운(孝耘)은 모두 부사직(副司直)이고 상운(相耘)은 무과(武科)에 급제했다. 손자와 증손 이하 번성하고 많아 높은 지위로 공명을 이어가는 사람이 많고, 몸을 착하게 가지고, 선조의 아름다움을 이어가고, 아름다운 행실, 아름다운 학문의 전통을 이어가는 사람은 다 기록할 수 없다.

대개 우리 정씨(鄭氏)는 태부공(太府公) 목(穆)이 시조이다. 태부공의 손자 자가(子家)는 벼슬이 전옥령(典獄令)에 이르렀다. 이분이 아들 둘을 두었는데, 맏아들은 이름이 보(輔)이니 교서랑(校書郎)이고, 다음은 이름이 필(弼)이니 첨사(詹事)이다. 우리 집안의 조상은 첨사공이다. 공의 고조 봉산군(蓬山君) 호(瑚)는 교서랑공(校書郎公)의 현손(玄孫)이다. 당시에 우리 양사(兩家)는 당내(堂內)로 오래되지도 않았고 정절공(靖節公)의 풍모는 우리 종족의 빛이 되었을 것이니, 그 우러름이 과연 어떠했을까?

공이 비록 기이한 공로로 임금에게 알려졌으나, 안으로 효우(孝友) 역시 독실했다. 이미 늙어서 어머니 상사를 당하여 슬퍼함으로 인해 병이 나서 마침내 별세했다. 이는 그의 지극한 효성이 가정에 전하고 몸에 배여서 그러한 것이다.

지금 공이 별세한 지 5백년이 가까워 세상이 말할 수 없이 변했다. 그런데도 후손들이 애쓰고 힘써 정성을 다해 마지않는다. 곧 인보(寅普)와 같이 천루(淺陋)한 사람에게 욕되게 공의 사적(事蹟)을 서술하게 부탁한다. 다만 족의(族誼)가 있을 뿐만 아니라, 또한 선조를 추모하는 옛 정의에 느낌이 있다. 이에 공경히 서술하고 이어 명(銘)을 짓는다. 공의 이름은 비(秠)이다. 후에 증손 충정공(忠貞公) 대년(大年)의 귀(貴)로 증참판(贈參判)이다. 명(銘)은 아래와 같다.

정씨의 공로 벼슬
봉산군(蓬山君)에서 시작되었네.
양도공(良度公)이 이어가서
벼슬보다 덕행(德行) 높네.
정절공 낳으시니
풍모 식견 뛰어났네.
여린 쑥은 쓰러지나,
강계지성(薑桂之性) 변할손가.
이어오는 꽃다움도
판관(判官)에 머물렀네.
양평군(襄平君) 때 맞추어
좋은 임금 좋은 때 만났구나.
장하구나, 양평군은
지략(智略)이 뛰어났네.
변화하는 용(龍)처럼
비밀스런 꾀 감추었네.
역적의 반란에
온 나라가 두려워할 때
턱으로 지시할 사이
적들이 쓰러졌네.
임금님 가상히 여겨
그 공로 포상했네.
충청 전라 절제사 주어
깃발 더욱 빛났구나.

무신(武臣)의 그 서술
원근(遠近)이 두려워했네.
영해(嶺海)의 개펄에
오랜 벼슬 시험했네.
반란이 일어나고
북관(北關)이 어지러울 때
활을 메고 말을 달려
북쪽 땅 맑게 했구나.
철권(鐵券)을 내리시고
영원불변 약속했고
양평군(襄平君) 봉해 주어
그 공로 표창했네.
중용(重用) 되어 뜻 펴려 하자
돌아와 어머니 봉양했네.
효성으로 별세하니
그 지성 누가 따르리.
공의 등용(登用) 현귀하지만
어진 후손 더욱 좋다.
행실 학문 펴 가서
대대로 전하였네.
성산(星山)의 산기슭에
임금님이 내려주신 묘 자리 우뚝하네.
복(福) 주고 수(壽) 주어
제향(祭香)이 끝없으리.

족후손(族後孫) 인보(寅普) 삼가 지음

東平君 諡襄平 東萊鄭公 墓在星州之長坊洞 世久遠 墓祀寢不克具儀 後孫散居嶺以南 且千餘家 則胥爲大慼 奔走相告語 圖所以自致者已久 去歲丙子 八月 會墓下 定議置田構齋 乃卜以十月望日 用俎鉶于墓 於是宗孫昌鉉祼 諸孫以次就位 旣徹 循視兆域 皆曰 先祖功著戡難 符傳封廟食不祧 宜有顯刻 以賁神道 顧闕焉 至今是吾輩責也 乃又定議立碑 踰年夏 齋竣工 其秋 秀錫 促具石 期以十月立 德燮 來囑銘 謹按 公諱種字畝夫 曾祖蓬原府院君 良度公 諱良生 祖雪壑齋先生 諱矩 高麗亡 矢志不移 太宗敬其節 贈諡靖節 考內贍寺判官 贈戶曹判書 諱善卿 妣星州李氏 監察洧女 兵曹判書 平簡公潑 孫女也 公以世宗壬戌 武科 累遷官授鍾城鎭節制 是歲 文宗末年也 明年癸酉 端宗改元 大政悉統世祖 而李澄玉 以關北反 澄玉 素雄勇 所將勁驍 報至 京師震恐 公旣久居屬鎭 陽附之得親近在側 益召鍾城卒 布列帳下 約曰我反顧 齊起射澄玉 久之不得間 一日 天寒甚 公請飮將士酒 澄玉 許諾 旣皆醉 公進酒澄玉前 澄玉擧觴欲飮 公反顧 鍾城卒齊起 射澄玉 澄玉 中矢走 進殺之 是時 會寧鎭節制 南祐良 遣人隱城・慶源 約以兵會鍾城 共擊澄玉 而祐良 先以十月二十日 到鍾城 則澄玉 前一日 已死矣 公由此顯名 召拜僉知中樞 世祖初錄原從勳 出爲忠淸道節制使 遷全羅南道節制使 入爲五衛將 晋嘉善 充副价 如燕 還拜慶尙左道處置使 改授節制使 丁亥 李施愛反 公又從討有功錄敵愾三等 封東平君 加階嘉靖 辛卯 出爲慶州府尹 初公兄弟二人 公出而用世 季司正公 居家養母 至是 公念大夫人春秋高 弟且老 遂告歸星山成宗丙申 十一月二十五日卒 春秋六十 訃聞 賜祭葬如禮 諡曰襄平 配貞夫人 永川崔氏 直提學 興孝女 五男 長仁耘 副摠管 襲封蓬川君 次義耘郡守 次禮耘 護軍 次智耘 次信耘 皆司直 後室 全義李氏 進士麟德女生三男 敬耘 孝耘 皆副司直 相耘 武科 孫曾以下 繁衍益大 多以顯位繼功名 若其淑身趾美 姱行懿學之緖 殆不可勝記 蓋吾鄭 自太府公 諱穆始顯 太府公孫 諱子家 官至典獄令 生二子 長諱輔 校書郎 次諱弼 詹事吾家祖 詹事公 而公高祖蓬山君 諱瑚 校書郎公玄孫也 在當時 兩家距同堂未久 而靖節公 風槩凜然 爲宗族光 其依仰之如何哉 公雖以奇功 邀主

知 然內又篤孝友 旣老喪大夫人 哀毁致疾 竟以不起 其至性惻愴 傳衍於其家世者然也 今公卒 且近五百年 世變有不可言 而後孫思考竭蹶 以盡其誠者 固無所渝衰 卽以普之淺陋 而辱托以述公之蹟 豈徒以族誼之故 亦其進先之推 而古義有足感者 乃敬序之 而系以銘 司正公 諱秠 後以曾孫忠貞公大年貴 贈參判 銘曰

鄭以勳登　實始蓬山.　良度繼之　德踰其官.
乃生靖節　風裁高世.　蕭艾靡靡　獨標薑桂.
芳徽攸襲　判官甘翳.　襄平膺期　射的盛際.
英英襄平　智略飈起.　龍變夭矯　陰符在已.
梟梟戾天　擧國慄懼.　頤指俄頃　已告僵仆.
王用休嘉　記功褒譽.　授鉞兩湖　增彩旐旟.
虎臣憺稜　邇肅遐畏.　嶺海廣斥　煩卿久試.
潢池弄兵　北闕重擾.　櫜鞬躍馬　澄淸朔表.
爰錫鐵契　爰盟帶礪.　茅土分封　用旌勞勩.
柄用方始　告歸養母.　哀毁死孝　至性孰偶.
公庸則顯　公後多賢.　培行敷學　葉葉以傳.
星山之麓　賜塋有巍.　福女壽女　芬苾孔時.
族後孫 寅普 謹撰

여주 이씨 함안군편(驪州李氏 咸安郡篇)

용양위 부사직공 묘갈명 서문도 함께 붙임
龍驤衛副司直公墓碣銘 幷序

세상에서 옛 인물을 높여서 논평하는 사람은 반드시 그 언행과 공로의 실적으로써 그를 아는 것이니, 실적이 없으면 증거를 댈 수 없기 때문이다.

대개 조정(朝廷)에서 직책을 맡아 일을 처리하는 것과 초야에 있으면서 덕을 닦고 풍속을 교화하는 것이 그 도는 하나이므로, 마땅히 전자는 드러나고 후자는 숨겨지는 차이가 없어야 할 것이다. 그런데 혹시 전쟁의 혹독한 액운이 있으면 명산(名山)에 잘 간직한 전자의 국사는 남아있고, 가정에 싸서 둔 후자의 가승(家乘)은 유실되어 전하지 못한다. 그러므로 고요(皐陶)와 기(夔)와 후직(后稷)과 설(契)과 같은 달관(達官)들의 모범이 되는 교훈은 후세에까지 전해지고 집집마다 봉작(封爵)을 줄 만한 태평시대 일민(逸民)들의 언행은 상고할 수 없다.

우리 선조 사직공(司直公)은 가정에서 깨끗한 덕행을 갖춘 군자(君子)라고 전하는데 세월이 4백년 전의 오랜 옛 일이어서 보고 듣지도 못했고 중간에 혹독한 임진란(壬辰亂)을 당하여 서적(書籍)이 모두 없어져서 증거가 없고, 증거가 없기 때문에 사람들이 믿지 않으려 한다. 그러나 지금 당시의 사적으로 추측해 보면 공(公)의 할아버지 집의공(執義公)께서 단종(端宗)·세조(世祖) 때 스스로 의리를 편히 여겨 조용히 단성(丹城)에 은거했고(墓는 경남 산청군 新安面 下丁里 多福峙 乾坐에 있고, 하정리에 墓閣인 遯南齋가 묘와 3마장 거리에 있다.), 백형(伯兄) 군수공(郡守公)은 다시 서울로 되돌아갔다. 참판공(參判公, 司直公의 高祖父 諱 審)의 남기신 덕택이 다되지 않았으니 공께서 만약 백형과 함께 갔더라면 부귀도 어렵지 않게 되었을 것인데 홀로 실의하여 남쪽으로 함안(咸安)의 포덕산(飽德山) 아래로 내려가서 거친 밥 먹고 물마시며 누추한 집에서 한가히 지내면서 조상의 음덕과 대대로 전해 받는 국녹으로 직급을 받았으나 달갑게 여기지 않았다. 그 마음을 짚어보면 바로 집의공의 마음이니 깨끗한 덕행이 없고서야 그럴 수 있었겠는가?

이 때 막 기묘사화(己卯士禍)를 겪어 사기(士氣)가 꺾이고 조정은 혼탁하여 현인(賢人) 군자(君子)들이 벼슬길에 나아가기를 좋아하지 않았으니, 생각건대 공의 뜻도 아마 먼 곳까지 은둔하기를 결심하고 기꺼이 산야(山野)의 일민(逸民)이 되려고 한 것인가? 이로 보아 공께서는 깨끗한 덕행이 없다고 할 수 없을 것이다.

그 몸을 닦고 가정을 다스리는 도리와 일을 처리하고 사물을 접하는 방법은 반드시 그 시대에 모범이 되어 이름이 사방에 알려질 만한 것이 있었을 것이나, 지금 모두 없어지고 말았으니 참으로 슬픈 일이다.

공의 이름은 난(鸞)이요, 성은 이씨(李氏)이니 본관은 여주(驪州)이다. 고려 인용교위(仁勇校尉)를 지낸 인덕(仁德)이 시조이다. 5대조 고(皐, 學士公)는 문과(文科)에 급제하여 한림학사 대사성 집현전제학(翰林學士 大司成 集賢殿提學)으로 공양왕(恭讓王) 때 나라의 일이 날로 잘못되어 가는 것을 보고 수원(水原)의 광교산(光敎山) 아래 물러나 살면서 스스로 망천(忘川)이라고 호를 했다. 이태조(李太祖)가 새 왕조를 세우고 벼슬하러 나오라고 여러 번 불렀으나 나가지 않았다. 태종조(太宗朝)에 또 효자 정려(旌閭)를 내리고 역대의 왕들이 관원(官員)을 보내어 제사를 드렸다. 고조의 이름은 심(審)이니 조선조에 들어와서 문과에 급제하여 이조참판 보문각제학(吏曹參判 寶文閣提學)을 지냈고, 증조의 이름은 백견(伯堅)이니 현감(縣監)이요, 할아버지의 이름은 현손(賢孫)이니 유일(遺逸)로 집의(執義)가 되었다. 아버지의 이름은 영효(永孝)이니 현감(縣監, 경남 산청군 신안면 하정리 집의공의 묘 밑에 文氏의 墓가 있고 바로 그 밑에 현감공의 묘가 있으며, 그 밑에 남의 묘들이 있다.)이요, 어머니는 영인(令

人)으로 선산김씨(善山金氏)이니 외할아버지는 병사(兵使)로 이름은 치원(致元)이다. 부인은 순흥안씨(順興安氏)이니 교위(校尉)를 지낸 창공(昌恭)의 따님이요, 이조판서(吏曹判書)를 지낸 종약(從約)의 증손녀이다. 공의 묘는 살던 곳 수동(壽洞, 함안군 산인면 茅谷里 유목정에 墓閣인 思敬齋가 있다.) 당산(堂山) 축좌(丑坐)에 있고, 부인의 묘는 대천동(大川洞) 자구산(紫邱山) 자좌(子坐)를 등지고 있는 곳이다.

아들 세분을 두셨으니 승춘(承春)은 참봉(參奉)이요, 승영(承榮)은 봉사(奉事)로 증병조참의(贈兵曹參義)이며, 다음은 승선(承先)이다.

참봉공은 아들이 한 분인데 이름이 극(極, 묘는 함안 군북면 月村里에 있고, 墓閣인 致敬齋도 여기에 있다.)이니, 부장(部將)을 지냈다.

참의공은 3남 1녀를 두었으니 첫째 아들 집(楫)은 훈련부정(訓練副正)으로 임진란(壬辰亂) 때 군수(郡守) 안옥(安沃)과 대밭골[竹峴]에서 왜적을 치다가 사절(死節)했으므로 선무훈(宣武勳)에 기록되었다. 둘째 아들은 의(檥)요, 셋째아들은 평(枰)이니 봉사(奉事)로 증호조참의(贈戶曹參議)이다. 따님은 이철성(李哲成)에게 시집갔다.

부장공은 3남 2녀를 두었는데 첫째 아들은 진형(震亨)이요, 둘째 아들은 태형(兌亨)이니 봉사(奉事)요, 셋째 아들은 익형(益亨)이니 호를 두곡공(杜谷公)이라고 했다. 북인(北人)의 뜻에 거슬려 낙동강 가에 은거하면서 조간송(趙澗松)과 친했다. 따님은 판관(判官)인 조탄(趙坦)과 선비인 남내(南句)에게 각각 시집갔다. 호조참의공은 2남 2녀를 두었으니 첫째 아들은 비형(賁亨)이니 현감(縣監)으로 임진란(壬辰亂)에 왜적(倭賊)을 쳐서 공훈록에 기록되었다. 둘째 아들은 겸형(謙亨)이다. 딸은 조선(趙墠)과 주사종(周嗣宗)에게 각각 시집갔다.

4세손에 삼열당(三悅堂) 경번(景蕃)과 만묵당(晩默堂) 경무(景茂) 형제가 있었는데 모두 효행(孝行)과 학행(學行)이 높아 여양서원(廬陽書院)에서 향례드리고 나라에서 정려(旌閭)를 내렸다.

아! 우리 선조께서 남쪽 지방으로 멀리 떠나온 후로 공명(功名)의 현달(顯達)함은 비록 서울에 사는 종족만 못하나 충효와 절의를 대대로 지켜, 이에 순절한 분, 공훈을 세운 분, 우뚝이 의리를 지킨 분, 정려를 받고 서원에서 향례를 지내는 분 등이 증손(曾孫), 현손간(玄孫間)에 연이어 나왔다.

아, 공의 덕이 위로는 선조를 잇고, 아래로는 후손들에게 복록을 넉넉히 끼쳐주었구나! 흔히 말하기를 "그 토질을 알 수 없을 때엔 그 위에 난 초목을 보라" 고 한 것은 바로 이를 두고 한 말이 아니겠는가? 지금 쓸쓸히 수백 년이나 지나 다만 한 조각 비석만이 남아 비바람과 이끼 속에 매몰되어 있으나 아직도 숨은 일을 찾아 드러내어 비석을 세우지 못했으니, 이것은 아마 숨겨진 책들에서 널리 채록하고 수집하고자 해서 그리한 것 같으나 지금은 더 기다릴 수가 없다. 이에 감히 차례대로 위와 같이 서술하고 마침내 명(銘)을 짓는다.

곡식이 좋다하나
봉황은 먹지 않듯
벼슬이 좋다지만 나아가지 않았네.
바다에도 구슬이 있으니
곤산(崑山)에만 옥(玉)이 있으랴?
서울에서 떠나왔지만
숨겨진 옥과 같네.
부귀영화는 한 때요
하늘이 주는 복록은 백세로 전하는 법.
조상께서 전해준 계책이 없었다면
어찌 쇠미하지 아니함을 얻었겠는가?
다만 세상에 드러나지 않은 그 덕화
남기신 여파가 민멸했구나.
후손들의 느끼는 바지만
공께서는 근심할 것 없네.
군자의 이 무덤은

산의 명당이로다.
조상의 뜻 이은 후손들은
쓸고 보살펴 공경할지어다.

13세손 준구(準九) 삼가 지음
-《여주이씨광산재후예세보 · 부록(驪州李氏匡山齋後裔世譜 · 附錄)》
(1978. 8. 15)에 번역 게재-

世之尙論古人者 必就其言行事功之實蹟而知之 無實蹟則不可得以徵焉 蓋立朝而奉職治事者 在野而修德化俗者 其道則同 宜若無一顯一晦之殊 而或有干戈烈火之創運 則名山之國史 藏가而得存 巾衍之家乘 亡失而不傳 是以皐夔稷契之達官謨訓 垂於後 比屋可封之逸民言行 不可攷 五先祖 司直公 家傳以爲淸德君子 而歲遠四百 耳目所不逮 間經壬辰兵火酷烈 文籍蕩殘無徵 無徵 故人不信之 然今以當時事蹟 推測 則公之祖 執義公 莊光之際 自靖而屛居丹城 伯兄郡守公之復還京輦也 參判公餘澤未斬 公若偕之 富貴不難致 而獨望望然 南下咸安之飽德山下 飯蔬飮水 偃仰衡門 以先蔭世祿 授職而不屑 就其心 卽執義公之心 無淸德而能之乎 時新經己卯 士氣沮喪 朝著混濁 賢人君子 不樂仕進 抑公之志 快遯荒 甘爲山野 逸民者乎 不可謂無淸德也 其飭身整家之道 處事接物之方 必有模範一世 名著四方者 而今皆泯然 嗚呼痛哉 公諱鸞 姓李 貫驪州 高麗仁勇校尉 諱仁德 爲鼻祖 五代祖諱皐 文科 翰林學士 大司成集賢殿提學 恭讓王時 見國事日非 退居水原光敎山下 自號忘川 太祖龍興 屢徵不起 太宗祖 又旌其孝 列聖 伻官致祭 高祖 諱審 入本朝 文科吏曹參判 寶文閣提學 曾祖 諱伯堅 縣監 祖諱賢孫 逸爲執義 考諱永孝 縣監 妣令人 善山金氏 外祖兵使致元 夫人順興安氏 校尉昌恭女 吏判從約曾孫 公墓 在所居壽洞 堂山丑坐 夫人墓 大川洞紫邱山負子原 三男 曰承春參奉 曰承榮奉事 贈兵曹參議 曰承先 參奉一男 曰極 部將 參議三男一女 曰楫 訓練副正 壬亂與郡守安沃 討賊竹峴 死節 錄宣武勳 曰檥 曰枰 奉事 贈戶曹參議 女

李哲成 部將三男二女 曰震亨 曰兌亨奉事 曰益亨 號杜谷 忤北人 隱居洛江上 與趙澗松友善 女判官趙坦 士人南句 戶議二男二女 曰賁亨縣監壬辰討賊 錄勳 曰謙亨 女趙𡎺 周嗣宗 四世孫三悅堂景蕃 晩默堂景茂兄弟幷以孝學 享廬陽書院 命 旌閭 嗚呼 自吾祖之落南也 功名顯達 雖遜於京閥 忠孝節義 則世守 於是有殉節者 樹勳者 特立秉義者 旌贈俎豆者 繩繩相繼於曾玄之內 嗚呼 公之德 上可以繼先 下可以裕後矣 語云不知其土 視其草木者非也耶 今寥寥然數百載 只有一片短碣 埋沒於雨淋苔蝕 而尙無顯刻者 盖欲博採廣搜於逸乘 而今則不可以有待也 乃敢叙次如右 遂爲之銘曰

粟云美矣 鳳則不啄. 海亦有珠 奚獨昆玉.
浮榮一時 天祿百世. 苟無貽謨 焉得勿替.
惟是潛德 響斷影泯. 後昆攸感 公則無憫.
君子之宅 山之堂矣. 有來雲仍 瞻掃敬止.
十三世孫 準九 謹撰.

-《信菴先生文集》卷3-

사경재 이건기
思敬齋移建記

용양위 부사직(龍驤衛副司直) 이공(李公)의 이름은 난(鸞)이니, 중종(中宗) 기묘사화(己卯士禍)를 당하여 낌새를 알고 멀리 도망하여 함안(咸安) 포덕산(飽德山) 아래에 숨어살았다. 대개 옳지 못한 일을 차마 보지 못해 언제나 골짜기에 떨어져 죽을 각오가 되어 있는 뜻과 고결한 지조는 세상에 추세하고 시속을 따르는 사람은 능히 그와 비슷하게도 되지 못할 것이다. 이에 덕을 감추고 보배를 품고서 세상을 마치니 드디어 포덕산(飽德山)의 남쪽에 장사했다. 배위(配位) 공인(恭人) 순흥(順興) 안씨(安氏)의 묘는 자구산(紫丘山)에 있는데 공의 묘와는 불과 몇 리 정도 떨어져 있다. 그러므로, 공의 묘 아래에 묘실(墓室)을 지었는데, 매우 오래되어 여러 번 중수를 했다.

지난 병인년(丙寅)에 후손들이 합의하기를 "옛 집이 좁고 또 허물어졌으니, 어찌 고쳐 지어 그 규모를 약간 넓히지 않겠는가?" 라고 했다. 이에 새로 옛 재실의 동쪽에 지으니 며칠이 걸리지 않아 깊숙하고 넓은 집을 지었다. 그 집 앞 모양의 화려함과 뜰과 계단의 정제됨은 옛 사람이 이른바 꿩이 날아가는 듯하다는 것과 같았다.

경인년(庚寅, 1950) 난리에 이 집이 불에 타버렸다. 갑인년(甲寅, 1974) 봄에 모두 선조를 추모하는 정성을 다하여 드디어 그 옛 터를 버리고 당산(堂山)의 오른 쪽 류목촌(柳木村) 뒤, 포덕산(飽德山) 기슭에 옮겨 지으니 옛 터와의 거리는 몇 굽이 정도였다. 옛 이름인 '사경재(思敬齋)' 라는 편액을 그대로 붙이고 나에게 그 전후 사실을 기록해 주기를 청했다. 내가 그 의리를 생각하면 어찌 글을 잘 짓지 못한다고 사양하겠는가?

기문을 이렇게 짓는다.

《예기(禮記)》에 이르기를 "그 경(敬)이 부족하고 예(禮)가 남는 것보다는 예(禮)가 부족하고 경(敬)이 남는 것만 못하다"고 했다. 가만히 생각해 보면 자손들이 선조의 묘에 대해서 수호하는 도리와 제사 드리는 절차가 그 정성이 없어서는 안 될 것이나, 그 나아가고 물러나며 거닐고 보살펴 쓸며 절하고 읍(揖)할 때 그 예절은 비록 조금 잘못 하더라도 그 지극한 공경을 다해 능히 신명을 감동시키면 어찌 경이 남는 것이 아니겠는가? 그러므로, '경(敬)은 근(謹)이 모인 것이다' 고 할 수 있다. 근(謹)이 모이면 인간에 있는 모든 일들이 공경하고 공순하지 않음이 없어, 그 내외 수응의 도리를 잃지 않을 것이다. 그러면 조상을 받드는 일이 비록 그 성경(誠敬)을 다하지 않으려 하나 일반 사람들의 사리에 어두운 자와는 저절로 다른 데가 있을 것이다. 가만히 생각해 보면 공이 이미 은거하여 그 뜻을 탐구하고 그 지조를 굳게 가지는 것이 보통에 비할 바가 아니니, 그 인(仁)에 힘쓰고 착한 행실을 쌓은 것을 어느 정도 헤아릴 수 있을 것이다. 그러므로 후손이 번창하여 큰 벌족(閥族)에 이르면 그 조상이 남긴 공덕을 후손에게 전해 줌이 어찌 여유가 있지 않겠는가? 그런

후에 후손들이 가히 생각하고 가히 공경할 것은 언제나 조상이 이와 같이 여유 있게 세업을 전해 준 데 대해서이다. 그런데, 공경히 묘소에 제사를 드릴 때, 능히 일정불변의 바른 법칙을 세워서 비록 백 세의 후에라도 반드시 그 법칙을 따라 제사드릴 것이 공의 후손으로서 깊이 경계할 것이 아니겠는가?

무신(戊申) 5월 화산(花山) 권평현(權平鉉) 삼가 지음

-《함안누정록》(1988. 12. 30)에 번역 게재-

[1] 龍驤衛 副司直 李公諱鸞 當中宗己卯士禍 知機而遐遯于咸安之抱德山下 蓋其丘壑之志 高潔之操 非趨世循俗者之所能窺其彷彿也 歿而遂葬于德山之陽 配恭人順興安氏之墓 在紫丘山 距公墓不過數里許 因築墓齋於公墓下 頗傳久 累經重修 而去戊寅 後孫合議而稍廣其制 新築於舊齋之東 及庚寅亂 沒入灰燼 而甲寅春 遂棄其舊墟 移建堂山之右 柳木村後抱德山麓 距舊墟數弓地 以舊名思敬齋扁之 而要余記其前後事 余顧其誼何敢以不文辭諸 記曰 與其敬不足 而禮有餘 不若禮不足而敬有餘 竊以子孫之於祖先之墓 其守護之道 祭祀之節 非不有誠 而其進退周旋與瞻掃拜揖之際 其禮雖有少遜 而其致敬之極 能感神明 則豈非敬有餘之有以哉 故曰 敬德之聚也 德之聚 則在人之凡事 無不莊敬恭順 而不失其內外酬應之道也 然則奉先之事 必有極其誠敬 而自異於衆之昧然者矣 第念公旣隱 而求其志 持其操者 非尋常可比 則其敦仁善行 亦可究七分矣 是以 其後孫之繁昌 至於盛族 則其餘蔭之傳後者 尙裕如矣 後孫之可思可敬者 每思祖先如是裕如之業 而敬其奠祭 能立一定不易之正規 雖百世之後 必遵其規而祭之 豈非公後孫深戒者乎

-《華隱集》卷5-

[2] 龍驤衛 副司直 李公諱鸞 當中宗己卯士禍 知機而遐遯于咸安之飽德山下 蓋其邱壑之志 高潔之操 想非趨世循俗者之所能窺其彷彿也 是潛德懷寶 而終其世 則遂葬于德山之陽 配恭人順興安氏之墓 在紫丘山 距公墓不過數里許 因築墓齋於公墓下 頗傳久 累經重修 而去戊寅 後孫合議曰

舊齋狹隘且頹圮 盍改圖而稍廣其制 於是 新築於舊齋之東 不日成渠渠焉 其堂額之華 庭階之整 在可云如翬斯飛矣 及庚寅 沒入灰燼 而甲寅春 咸加慕先誠 遂棄其舊墟 移建于堂山之右 柳木村後 飽德山下麓 距舊墟數弓地 以舊名思敬齋扁之 而要余記其前後事實 余顧其誼 何敢以不文辭諸 記曰 與其敬不足 而禮有餘 不若禮不足而敬有餘 窃以子孫之於祖先之墓 其守護之道 祭祀之節 非不有其誠 而其進退周旋與瞻掃拜揖之際 其禮雖小遜而其致敬之極 能感神明 則豈非敬有餘之有以哉 故曰 敬謹之聚也 謹之聚 則在人之凡事 無不莊敬恭順 而不失其內外酬應之道也 然則奉先之事雖不欲極其誠敬 而自異於衆之昧然者矣 第念公旣隱 而求其志 持其操者非尋常可比 則積其敦仁善行 亦可究其七分矣 是以 其後孫之繁昌 至於巨閥 則其餘蔭之傳後者 豈不裕如耳乎 然後孫之可思可敬者 每思祖先如是裕如之業 而敬奠祭於墓所 因能立一定不易之正規 雖百年之遠 必遵其規而祭之 豈非公後孫深戒者乎

著雍涒灘 榴花節 花山 權平鉉 謹記

-《懸板》-

사경재 중수기
思敬齋重修記

포덕산(飽德山) 남쪽 수동(壽洞) 마을에 새로 중수한 훤칠한 재실(齋室)이 한 채 섰으니, 바로 옛 용양위(龍驤衛) 부사직(副司直) 이공(李公)의 묘실(墓室)이다. 공의 묘는 이 산의 남쪽 기슭에 있고, 부인 순흥(順興) 안씨(安氏)의 묘는 산 서쪽 대천동(大川洞) 자구산(紫丘山)에 있으니, 서로의 거리가 몇 리에 지나지 않으면서 모두 산수의 신령스러움을 갖추어 참으로 길인의 장지(葬地)로 적합하다.

가만히 생각해 보면 사직공(司直公)은 대대로 벼슬하는 집안으로 나아가면 평탄한 벼슬길에 충분히 진출할 수 있을 것인데, 기묘사화(己卯士禍)를 징계하여 가족을 거느리고 남쪽으로 내려와 도의(道義)를 속에 품은 채 버려져 세상에 나타나지 않으면서 번민하지 않았으니, 아마 옛날에 깨끗한 덕행을 갖춘 군자일 것 같다.

대개 쌓은 덕이 있으나, 자신이 그것을 향유하지 못하면 그 나머지가 후손에게로 돌아가는 것이다. 지금 공의 후손들이 번성하고 많이 퍼져 충효(忠孝)·절의(節義)·경술(經術)·행의(行誼)가 있는 사람이 면면히 서로 이어 남쪽 고을에 빛나니, 참으로 예천(醴泉)의 근원이 멀리까지 흘러 마르지 않는 것과 같다. 아, 아름답구나. 이곳은 본래 공이 처음으로 터를 잡아 살던 곳인데, 후에 그 터에다가 묘실(墓室)을 지어 4백 년을 전해 오는 동안 여러 번 중수를 했다. 무인년(戊寅年) 겨울 이씨(李氏)의 여러 종족들이 모두 말하기를 재실(齋室)이 오래되어 허물어지고, 또 좁아서 용납하기 어렵다고 하여, 옛 재실 동쪽 몇 굽이 땅에다가 재실을 새로 지었다. 몇 달이 걸리지 않아 공사가 끝났다. 집은 칸수도 늘어나고 산천마저 경관을 바꾸어 놓았다. 이미 낙성(落成)을 하고 나서 내가 사직공(司直公)의 외손(外孫)이라 하여 한 마디 말로써 기문을 지어줄 것을 청했다. 내가 옷깃을 여미고 말하기를 "사경(思敬)이란 뜻이 지극하다. 경전(經傳)에 이르기를 '제사 때는 공경하기를 생각해야 한다'고 했고, 《시경(詩經)》에 이르기를 '조상이 살던 곳의 뽕나무와 가래나무도 반드시 공경해야 한다'고 했다. 무릇 공의 자손들로 이 재실에 오르는 사람은 그 공경할 것을 생각할 것이니 어찌 나에게 기문을 물어 청하겠는가? 문간과 담장이 옛날과 같고, 지팡이와 신 자국 소리도 완연히 옛날과 같으니, 일찍 일어나고 밤에 머물러 쉴 때 감히 게을리 하지 말고 소홀히 하지 않으면, 그 신령이 옆에 있는 듯할 것이다. 서리와 이슬이 내릴 때 묘소를 보살펴 쓸고, 순수하고 깨끗하며 두려워하고 슬픈 마음이 생기면 그 공경함을 이룸이 엄할 것이다. 물러나 힘써 학문을 닦으며 명성과 행실을 힘써 닦아 조상의 아름다운 일을 나타내는 것이 그 공경함의 마지막이다. 앞 사람이 이미 이를 이어왔으니, 뒷사람이 어찌 감히 생각하여 닦지 않겠는가? 집을 짓고 꾸미는 일과 같은 것은 오히려 이 나머지의 일에 속한다."

삼가 그 사실을 써서 이렇게 기문을 짓는다.
무인(戊寅) 대한절(大寒節)에
안릉(安陵) 이병주(李秉株) 삼가 지음

飽德之陽 壽洞之坊 有齋傑然重新者 卽故龍驤衛 副司直 李公之墓室也 公之墓 在玆山之南麓 夫人順興安氏之墓 在山西大川洞 紫丘山 距不過數里 各具山水之靈 允合吉人之藏 竊惟 司直公 以簪纓之世 進可以優遊亨塗矣 而懲己卯禍 挈家南下 蘊抱道義 遺逸而無悶 殆古之淸德君子矣乎 夫有德 而不食其躬者 贏歸于後 公之後昆 式蕃且衍 有忠孝 節義 經術 行誼者 綿綿相繼 炳耀南服 信乎醴泉之源 長流不渴 嗚呼休哉 玆地實爲公之始卜之居 而後因其址爲墓室 垂四百年 屢經修改 歲戊寅冬 李氏諸宗 合辭言曰 齋舊頹圮 且狹隘難容 卽舊齋東數武地 而新築之 不數月工告訖 棟宇增制 山川改觀 旣落 以余爲司直公之彌甥 請一言以識之 余斂袵而言曰 思敬之義 至矣哉 傳曰 祭思敬 詩曰 維桑與梓 必恭敬止 凡公之子孫 登斯齋者 其思其敬 豈有問然矣乎 門墻依昔 杖屨宛爾 夙興夜處 不敢怠忽 則其如在矣 履霜履露 展掃丘墓 精純端潔 怵惕悽愴 則其致嚴矣 退而 懋修學問 砥勵名行 以顯先休 其敬之終也 前人旣爲是紹述後人曷敢不念修 至若構堂 塗塈 猶屬餘事爾 謹書其實爲之記
戊寅 大寒節
安陵 李秉株 謹記

치경재 중건기
致敬齋重建記

여항산이 구불구불 북쪽으로 달려 솟았다가 내려가고 끊어졌다가 다시 이어 사십 리로 내려가서 월산(月山)이 되었다. 월산(月山) 남쪽에 치경재(致敬齋)가 있으니, 이씨(李氏)가 그 선조 건공장군(建功將軍) 좌부장(左部將)인 극(極)을 위해서 지은 것이니 공의 묘가 이 산에 있기 때문이다.

공은 고려말 절의를 지킨 망천선생(忘川先生)의 후예이다. 가정의 법도를 이어받아 지기(志氣)가 비범하고 겸하여 박학(博學)의 공을 쌓아 부귀(富貴)와 영달(榮達)에 마음을 두지 않고 산수간(山水間)에 노닐면서 늙어도 후회하지 않았으니, 이는 옛날 덕행을 숨긴 일사(逸士)이다.

재실을 지은 지 지금으로부터 거의 2백 년이 되었다. 집이 새자, 여러 후손들이 이를 걱정하여 계묘년(癸卯年, 1963) 봄에 서로 협의하여 마음과 힘을 합하여 며칠 걸리지 않아 옛 터에다가 중수했다. 그 제도는 4간인데 서늘한 청과 따뜻한 방이 좌우로 모두 갖추어 옛 집에 비하면 더욱 아름다웠다. 이에 옛 이름대로 치경재(致敬齋)라 이름을 붙이니 치경(致敬)이란 뜻이 깊다.

대개 경(敬)이란 일심(一心)의 주재(主宰)인데, 엄숙하고 정숙하여 다만 바르기만 하여 딴 곳으로 가지 않는 것이다. 또, 일찍이 들으니 "효자가 어버이를 섬김에 있어 평상시에 있을 때는 그 공경함을 다한다"고 했다. 지금 이씨(李氏)가 어버이에게 효도하는 마음을 미루어 올라가 여러 대의 조상에까지 미쳐 한결같이 추모하여 치경재(致敬齋)라 이름을 붙이고 드나들며 항상 눈으로 보고 마음속에 경계하며 반성하기를 마치 어버이를 섬길 때 그 공경을 다하던 날과 같이 하여 더욱 오래될수록 더욱 쇠하지 않으니, 이것은 먼 조상을 추모하고 근본에 보답하는 정성을 다하여 백성의 덕이 후한 데로 돌아가게 하는 도리이다. 임금을 섬길 때에는 한결같이 충성하고, 어버이를 섬길 때에는 한결같이 효도하고, 조상을 추모할 때에는 한결같이 정성으로 하는 것이 모두 공경을 다하지 않는 것이 아니다.

'아, 임금이 공경하여 날마다 진보했다'는 것은 성탕(成湯)이 몸을 단정히 하고 언행을 조심하여 밝게 법도에 이르러간 것이다. 또 '아, 밝게 빛나 공경했다'는 것은 문왕이 순일하게 하여 마지않은 것이다. 그러면 먼 옛날부터 성인의 학문은 일을 시작하고 끝맺으며, 위로 통하고 아래로 통하는 것이 모두 이 공경 하나에 있지 아니한가? 후손들은 마땅히 힘써 삼가고 엄숙히 하여 잠깐 동안도 게을리 하지 말고 소홀히 말아야 할 것이다. 이씨(李氏)의 여러분들의 조상을 추모하는 이 마음이 시종 변하지 않고 대대로 이어 수호하기를 그치지 않으면, 이 치경재는 길이 저 월산(月山)과 함께 존재하고 월산과 함께 빛날 것이다.

《세록(世錄)》을 가지고 와서 기문을 청하는 사람은 공의 후손 한형(漢衡)과 필건(弼健)이다.

단기(檀紀) 4299년 병오(丙午, 1966) 단오절(端午節)에

함안(咸安) 조용극(趙鏞極) 삼가 지음

-《함안누정록》(1988. 12. 30)에 번역 게재-

艅航山 逶迤北走 起而伏 繼而復續四十里 爲月山 月山之陽 有致敬齋李氏 爲其先祖建功將軍 左部將公 諱極而起者 以其公之墓 在此山也 公麗季全節 忘川先生之后裔也 承襲家庭 志氣豪邁 兼有博學之功 不以富貴榮達累其心 翶翔於山水之間 老而無悔 是故之隱德逸士也 齋之起 距今殆二百年矣 棟宇迄滲漏 諸后孫 用是憂之 癸卯春 相與協議 而同心力 不日重修於舊基 其制四架五楹 涼軒燠室 左右皆備 比舊尤完美 仍揭舊額致敬之義大矣 夫敬一心之主宰 而齊莊整肅 惟正而無適者也 又嘗聞之 孝子之事親也 居則致其敬 今李氏 以孝親之心 推而上之 及於累世祖宗 一此追慕 以是扁齋 出入常目 而警省于心 如事親致敬之日者 愈久愈不衰 此可謂盡追遠報本之誠 而民德歸厚之道也 事君則一於忠 事親則一於孝 慕祖則一於誠 皆莫非致敬者也 嗚呼 聖敬日躋 成湯之所以齊栗 而昭格也 於緝熙敬止 文王之所以純而不已也 然則千古聖學之所以成始成終 而徹上徹下者 不其在玆乎 後來者 所當黽勉齊肅 而造次不怠不忽者也 李氏諸公慕祖此心 始終不渝 世世嗣葺之不已 則是齋也 長與月山幷存而幷光輝矣 持世錄而來請記者 公之后孫 漢衡弼健也

檀紀 四千二百 九十九年 丙午 端午節

咸安 趙鏞極 謹記

훈련부정 여주 이공 순절비
訓鍊副正驪州李公殉節碑

만력연간(萬曆年間)에 임진란(壬辰亂)과 정유재란(丁酉再亂)이 전후 8년을 끌었다. 이 때 고을 사람들이 의병(義兵)을 일으켜 죽은 사람이 수십 명이었는데 부정(副正)인 이집공(李楫公)이 그 중의 한 사람이다.

《함안읍지(咸安邑誌)》에 기록하기를 "선조(宣祖) 정유재란(丁酉再亂) 때 공이 군수 안옥(安沃)과 죽현(竹峴)에서 왜적을 치다가 사절했다"고 했다. 또, 우리 족선조(族先祖)인 근촌(芹村) 조경식(趙景栻)의 《공신전(功臣傳)》 발문(跋文)에 이르기를 "왜적의 화살과 돌을 피하지 않고 군공(軍功)을 많이 세웠다"고 했다. 이씨(李氏) 《세승(世乘)》에는 이르기를 "공은 무예(武藝)가 남보다 뛰어나고 일찍 무과(武科)에 올라 여러 관직을 역임하여 훈련부정(訓練副正)까지 지내었다. 일찍이 국가를 위하고 임금을 위해 죽기로 힘써 격려했다. 나라가 패망하는 지경에 이르자 조카 현감(縣監) 분형(賁亨)과 의병(義兵)을 일으켜 왜적을 쳐서 특이한 공을 많이 세우고 마침내 사절했다"고 했다. 이것은 백세(百世)토록 없어지지 않고 전해 갈 만하다.

아, 섬나라 오랑캐들이 짓밟아 와서 남쪽 지방이 기와 무너지듯 무너져 병사(兵使)·수사(水使)·진영(鎭營)의 모든 관원들이 달아나 숨었다. 그러나, 공만은 격분하여 자기 몸도 돌아보지 않고 왜적을 쳐서 공을 세우고 마침내 형세가 외롭게 되고 후원이 끊어지자 절의를 지켜 죽으면서 후회함이 없었으니, 어찌 그렇게도 장렬한가? 그러나, 유사(有司)가 이 일을 기록해서 나라에 아뢰지 않아, 위로는 풍속에 본보기가 될 정각(旌閣)도 없고, 거기다가 또 혈손(血孫)마저 끊어져 아래로는 계절 따라 보살필 무덤도 없으니, 후인들이 이 고개를 넘으면 대나무에 부는 바람 소리와 소나무에 비친 달빛만이 완연히 삼백 년 동안 의로운 빛을 띠고 있는 것을 볼 수 있을 뿐이다. 아, 슬픈 일이다.

공은 여주 이씨(驪州李氏)이다. 고려(高麗) 한림학사(翰林學士)인 고(臯)

가 고려 국운이 끝나가는 것을 보고 스스로 망천(忘川)이라 호를 했다. 조선조에서 여러 번 불렀으나 나아가지 않으므로 사는 곳을 그림으로 그려 올리라 하고 그 산을 팔달산(八達山)이라는 이름을 내렸다. 역대의 임금들이 관원을 보내어 제사지내었다. 이분의 아들은 심(審)이니, 조선조에 벼슬하여 이조참판(吏曹參判) 집현전제학(集賢殿提學)이 되었다. 이 분의 아들은 백견(伯堅)이니, 현감(縣監)이다. 이 분의 아들은 현손(賢孫)이니, 유일(遺逸)로 추천되어 집의(執義)가 되었는데, 단종(端宗)이 왕위에서 물러나자 남쪽으로 단성(丹城)에 은거했다. 이 분이 공의 고조이다. 증조는 영효(永孝)이니, 현감(縣監)이다. 할아버지는 난(鸞)이니, 부사직(副司直)인데, 다시 함안(咸安)으로 이사했다. 아버지는 승영(承榮)이니 봉사(奉事)인데, 아들인 공이 원종공신(原從功臣)이므로 병조참의(兵曹參議)를 내렸다. 어머니는 증숙부인(贈淑夫人) 김씨(金氏)이다.

공의 일가 후손들이 전사한 옛 터에다가 기적비를 세우려 하면서, 내가 같은 고을의 후생이라고 하여 비문을 청하므로 이렇게 짓는다.

정묘(丁卯) 중춘(仲春)에

향후생(鄉後生) 진사(進士) 조병규(趙昺奎) 삼가 지음

-《함안누정록》(1988. 12 .30)에 번역 게재-

[1] 萬歷壬辰之訌 首尾八年 咸州人之倡義立節者 至數十 而副正李公諱楫 卽其一也 州誌曰 宣廟丁酉 與郡守安沃 討賊竹峴死節 我族先祖芹村景栻 跋功臣傳曰 不避矢石 多樹軍功 李氏世乘曰 公武藝絶倫 蚤登虎榜 歷至訓練副正 及國家板蕩 與從子縣監賁亨 擧義討賊 多樹奇勳 竟至立殣 此可以不朽於百世矣 嗚呼 島夷豗豕 南土瓦裂 閫帥鎭節莫不逃竄 而公能奮不顧身 討賊立功 畢竟 勢孤援絶 死綏而無悔 何其壯哉 然而有司不能採啓 上無樹風之旌 又絶血屬 下無衣履之塋 後人之過峴者 但見竹風松月宛帶三百年義色而已 嗚呼悲夫 公驪州人 高麗翰林學士皐 見麗運訖退居水原 自號忘川 聖朝屢徵不就 子審 我朝吏曹參判 集賢提學 子伯堅縣監 子賢孫 逸薦執義 端廟遜位 南屛丹城 是公高祖也 曾祖永孝縣監

祖鸞副司直 又移咸安 父承榮奉事 以公原從功 贈兵曹參議 毋贈淑夫人金氏也 公之姓孫 記蹟于戰亡古墟 以余爲州之後生 使之屬筆

丁卯 仲春

鄕後生 進士 趙昺奎 謹識

-《一山先生文集》卷12-

[2] 萬歷壬丁之訌 首尾八年 州人之倡義成仁者 至爲十數 而副正李公諱楫 卽其一也 咸州誌曰 宣廟丁酉 公與郡守安沃 討賊竹峴死節 我族先祖 芹村景栻 跋功臣傳曰 不避矢石 多樹軍功 李氏世乘曰 公武藝絶倫 早登虎榜 歷至訓練副正 嘗以衛國死上爲激勵 及國家板蕩 與從子縣監賁亨 擧義討賊 多樹奇勳 竟至立殣 此可以不朽於百世矣 嗚呼 島夷豗家 南土瓦裂 閫帥鎭節莫不逃竄 而公能奮不顧身 討賊立功 畢竟 勢孤援絶 死綏而無悔 何其壯哉 然而有司不能採啓 上無樹風之旌 又絶血屬 下無履霜之塋 後人之過是峴者 但見竹風松月遺傳三百年義色而已 嗚呼悲夫 公驪州人 高麗翰林學士皐 見麗運告訖 自號忘川 聖朝 屢徵不就 命畵所居 錫名八達 列聖侑祭 子審 官本朝吏曹參判 集賢提學 子伯堅縣監 子賢孫 逸薦執義 端廟遜位 南屛丹城 是公高祖也 曾祖永孝縣監 祖鸞副司直 又移咸安 父承榮奉事 以公原從功 贈兵曹參議 毋贈淑夫人金氏也 公之姓孫 記蹟于戰亡古墟 以余爲州之後生 使之屬筆

丁卯 仲春

鄕後生 進士 趙昺奎 謹識

-家藏本-

추본재기
推本齋記

천하의 만물이 근본 없이 출생한 것은 없으니, 근본 자체가 중대하다. 나의 소자출(所自出)을 미루어 위로 올라가서 선조에 이르면 비록 먼 것 같으나 근본에서 보면 가깝다. 근본에 보답하는 일을 어찌 가히 소홀히 할 수 있겠는가? 대개 사람이 죽으면 신(神)이 사당(祠堂)의 신주(神主)에 머물러 있고, 체백(體魄)은 묘에 의탁하게 된다. 사당의 제도는 대수가 한정되어 있어 대대로 제사지낼 수 없고, 반면에 묘를 우러러 바라보면 슬프게 꼭 신(神)을 보는 것과 같으니, 이것이 중세에 묘제(墓祭)가 옳은 일로써 일어나게 된 까닭이다.

파릉(巴陵) 남쪽 여산(廬山)의 기슭은 우리 이씨(李氏)가 대대로 장사하는 곳이다. 족증조(族曾祖)인 여재공(廬齋公) 필신(弼新)이 일찍이 이곳에다가 재실(齋室)을 한 채 짓고 그 서실(書室)을 우모실(寓慕室)이라고 했다. 이것은 묘소를 바라본다는 뜻이다. 항상 말하기를 내가 죽은 후에 이 재실을 선산(先山)의 묘각으로 사용하라고 했다. 지금 그의 증손(曾孫) 민구(敏九)가 그것을 종중(宗中)에 들여놓기를 청하므로, 이에 일천 금으로 보상하고 목공을 불러 수리를 하여 썩은 재목은 새 것으로 바꾸고, 부서진 기와는 고쳐 이고, 훼손된 벽도 바르고, 무너진 담장도 쌓고, 넘어져 가는 양쪽 행랑채도 일으켜 세워 중수한 지 삼 년만에 공사를 마치니, 공사비용이 또한 수천 금이었다.

이에 우리 십대조(十代祖) 봉사공(奉事公) 이하 시월 묘사(墓祀) 때 재계하고 자며, 제물 준비의 장소가 없는 것을 걱정하지 않아도 되며 정연히 아주 새롭게 되었다. 모든 종족들이 모여서 잔치를 하고 낙성을 했다. 이때 어떤 이가 말하기를 “이 재실이 전에는 한 집안의 사유물이었으나 지금은 온 종중(宗中) 재실이 되었으니, 현판을 바꾸고 사실을 기록하는 것이 좋겠다” 고 했다. 내가 말하기를 “여재공(廬齋公)의 평소의 말씀하신, 그와 같이 아름다운 뜻을 잊을 수가 없으니, 여산(廬山)의 편액과 안상사(安上舍)의 기문(記文)은 종전대로 두고, 새로 문 위에 추본재(推本齋)라 현판을 붙이고 이내 사실을 기록하여 밝히면 이치에 타당할 것이라”고 했다.

준구(準九)가 여러 사람들에게 충고하기를 “출렁대는 넓고 깊은 물은 그 근원이 반드시 깊고, 뻗어난 나무는 그 뿌리가 반드시 단단한 법이다.

지금 우리 일족이 번창함은 실로 선조들이 쌓은 공덕을 말미암은 것이다.

가만히 생각해 보면 봉사공(奉祀公)과 아우 두곡공(杜谷公)은 두릉(杜陵)에 처음으로 터를 잡아 오신 할아버지로, 그 깊은 인(仁)과 후한 은택이 족히 후손을 비호하여 대대로 조상의 아름다운 유업을 이어 오늘까지 이르러 오게 했으니, 후손들이 조상의 덕을 이어 받아 닦아야 할 도리에 있어서 어찌 게을리 할 수가 있겠는가? 순일함으로써 정성을 다하고 성실하고 조심함으로써 공경을 다하면 강신제를 올리고 꿇어앉아 절할 때, 아마 조상의 혼령이 묘역(墓域) 송삼(松杉) 사이에 훤히 나타날 것이다. 제사를 마치고 제사 음식을 나누어 먹을 때, 또 마땅히 정제해서 차례대로 앉아 돈목하는 정의를 강론하여 닦아, 조그만 불만으로 서로 다투지 말고 덕으로써 서로 친하여, 언제나 선조께서 자리에 앉아 계시고, 자손들이 모시고 섰는 것처럼 하면 성내어 다툴 마음이 어디로부터 생겨나겠는가?

범문정공(范文正公)이 말하기를 '종족(宗族)이 물론 친소가 있으나, 우리 조선으로부터 볼 것 같으면 모두 같은 자손이니, 친소가 없다. 사람이 능히 조선의 마음으로써 자진의 마음으로 한다면 거의 종족간에 친목해질 것이라'고 했다. 이로써 본다면 선조를 받들고 친족끼리 화목함이 근본을 미루어가는 일이 아닌 것이 없다. 청컨대 서로 더불어 힘쓰자"고 하자 모두 예예, 하므로 이에 기문을 쓴다.

후손(后孫) 준구(準九) 삼가 지음

-《함안누정록》(1988. 12. 30)에 번역 게재-

天下之物 未有無本而生者 本之所在 重且大焉 由吾身之所自出 推以上之 至於先祖 則雖若遼遠 本之則邇 報本之義 豈可忽諸 凡人之死也 神棲於廟主 體托于兆域 而廟制有限 不得世祭 瞻望堂斧 愀然如見 此中世墓祭之以義起也 巴陵南 廬山之麓 是吾李世葬地 族曾祖廬齋公弼新 嘗建一齋於其間 牓其書室曰 寓慕 蓋望楸之意 而常曰 吾歿後 當以此齋爲先塋丙舍 今其曾孫敏九 請納于宗中 乃以一千金償之 召工修繕 材朽者易

新 瓦敗而改覆 墁毁壁 築壞垣 兩廊將顚 扶竪而重修之 三年而役始畢 工費又數千 於是自吾十代祖 奉事公以下 十月上墓之時 齋宿蕆芬 不患無所 而整然一新矣 諸宗族聚飮以落之 或曰 此齋昔爲一家私有 而今焉闔宗齋舍 則改扁記實可也 余曰 廬齋公 平日所言 如彼美意不可忘 廬山之額及安上舍記文 仍舊存在 而新揭楣扁曰 推本 仍記事以明之 則於理妥當 準九 遂諗于衆曰 汪洋之水 其源必深 暢達之木 其根必固 今吾族之蕃衍 亶由於祖先積累功德 竊伏念 奉事公 與弟杜谷公 爲杜陵始基之祖 其深仁厚澤 足以庇保雲仍 歷世濟美 式至于今 在後孫聿修之道 烏可怠乎 純一以盡誠 洞屬以致敬 則祼薦跪拜之際 庶幾先靈昐蠁乎封域松杉之間矣 祭畢而餕 又當整齊序坐 講修敦睦之誼 勿以小嫌相較 務以德意相親 恒若先祖在座 子孫侍立 則忿爭之心 何自而生乎 范文正之言曰 宗族固有親疎 然自吾祖先觀之 則均是子孫 無親疎也 人能以祖先之心爲心 則庶乎親睦矣 由是觀之 奉先睦族 莫非推本之義也 請相與勉之 僉曰唯唯 於是乎書

後孫 準九 謹記

-《信菴文集》卷3-

두곡선생 행록
杜谷先生行錄

선생의 성은 이씨(李氏)요, 이름은 익형(益亨)이며, 자는 중시(仲時)이니, 본관은 여주(驪州)이다. 고려 인용교위(仁勇校尉) 인덕(仁德)이 그 시조이다. 이로부터 명경(名卿) 위인(偉人)들이 연이었다. 4세에 이르러 수해(秀海)라는 분이 있으니, 상서호부주사(尙書戶部主事)요, 이분의 증손은 고(皐)이니 한림학사 집현전제학(翰林學士 集賢殿提學)으로 고려말을 당해 수원(水原)의 광교산(光敎山)에 은거하여 호를 망천(忘川)이라고 했다. 이태조가 벼슬하러 나오라고 여러 번 불렀으나 나가지 않으므로 그 후에 사는 곳을 그림으로 그려 올리게 하고, 팔달산(八達山)이라 이름을 내렸다. 이분이 심(審)을 낳으니 조선조에 들어와서 이조참판 보문각제학(吏

曹參判 寶文閣提學)을 지냈다. 이분이 백견(伯堅)을 낳으니 현감(縣監)이요, 이분이 현손(賢孫)을 낳으니 유일(遺逸)로 집의(執義)가 되었다. 단종조(端宗朝)에 정란(政亂)에 말려들지 않고 스스로 의리에 편안한 마음을 먹은 신하로 경남 단성(丹城)에 은거했다. 이분이 두곡선생의 5대조이다. 고조의 이름은 영효(永孝)이니 현감(縣監)이요, 증조의 이름은 난(鸞)이니 부사직(副司直)으로, 또 함안군(咸安郡, 山仁面 茅谷里)으로 이사했다. 할아버지의 이름은 승춘(承春)이니 참봉(參奉)이요, 아버지의 이름은 극(極)이니 부장(部長)이다. 어머니는 진양 강씨(晋陽姜氏)니 참판(參判) 화재(和齋)선생 강인수(姜仁壽)의 따님으로 만역(萬歷) 계유(癸酉, 1573. 선조 6)에 선생을 낳았다.

선생은 천성이 지극히 효성스러워 어릴 때부터 한 마디 말, 한 가지 일도 반드시 부장공의 교훈을 따라 행했다. 상사를 당했을 때 마침 임진왜란이 일어나서 사방이 상처투성이요 온 마을이 텅 비었는데, 선생께서는 다만 이웃에 사는 어리석은 백성 한 사람과 산골짜기에 피난해 살면서 소상(小祥) · 대상(大祥) · 담제(禫祭) 등의 제전을 모두 하나 같이 예절에 따라 행하니 사람마다 그 효성을 칭찬하지 않는 이가 없었다. 문목공(文穆公) 정한강(鄭寒岡)선생이 그 때 함안군의 원이 되었는데 선생은 늘 이분이 공사(公事)에서 물러나오기를 기다려 반드시 찾아가 질의했다. 정사년(丁巳年, 1617, 45세) 가을에 한강선생을 모시고 동래온천(東萊溫泉)에 유람하다가 《욕행록(浴行錄)》으로 여러 제자들에게 보이는 시 한 수로 경모(景慕)하는 뜻을 붙였다.

그 고을 사람 중에 정인홍(鄭仁弘)에게 아부하려는 자가 있어 조정에 글을 올려 퇴계(退溪)선생을 공격하여 물리치려 하면서 조간송(趙澗松)공에게 상소문을 짓게 맡기려 하니 간송공이 사문(師門)의 연원(淵源) 관계로 굳이 사양하고 들어주지 않았다. 고을사람들이 결국 선생에게 글을 올리게 했다. 선생은 도리로써 그들을 깨우쳐 결코 그들에게 제압당하지 않고, 곧 서울에 피해 있었다. 본군에서 집안의 종을 3년간 가두어 두었다. 이로 인해서 그 후 칠원(漆原) 나내(奈內)의 낙동강 가에 이사하여 정

사(精舍)를 한 채 짓고 '침락정(枕洛亭)'이라 현판을 붙였다. 그리고 시를 한 수 지어 읊기를

온 세상이 도도히 벼슬길에 달려
마음속에 이(利)와 의(義)의 구분도 잊었네.
조그만 정자에 자연의 즐거움 있으니
인간의 옳고 그름 나 보고 말하지 마오.

라고 하였다. 만년에 또 함안군의 두곡(杜谷, 여항면 杜陵 즉 '디끌' 內外洞. 여기서 임진란을 피했다)으로 이사하여 그 산천이 깊고 깊은 것을 좋아하여 스스로 두곡(杜谷)이라 호를 하고 천석(泉石)에 거닐면서 늙어가는 것도 잊었다.

숭정(崇禎) 계유(癸酉, 1633) 9월 26일에 별세하니 함안군의 서쪽 월산(月山, 함안군 군북면 月村里) 부장공(部將公)의 묘 아래 손좌(巽坐)의 언덕에 장사했다.

배위(配位)는 벽진이씨(碧珍李氏)이니 복재(復齋)선생 도자(道孜)의 따님이요, 외재(畏齋)선생 후경(厚慶)의 종손녀(從孫女)이다. 묘는 선생의 묘 옆에 있다.

3남 3녀를 두었는데 장남은 경번(景蕃)이니 호가 삼열당(三悅堂)으로 증장악원정(贈掌樂院正)이요, 다음은 경무(景茂)이니 호가 만묵당(晚默堂)인데 삼열당과 함께 여양서원(廬陽書院)에 향례드린다. 다음은 경환(景煥)이다. 장녀는 인천(仁川) 이창(李昶)에게 시집가고, 다음은 포산(苞山, 玄風) 곽희설(郭希卨)에게 시집가고, 또 다음은 밀양(密陽) 박이황(朴而熀)에게 시집갔다.

삼열공은 6남 2녀를 두었으니 아들에 동식(東式)은 증형조참의(贈刑曹參議)요, 다음은 동장(東章), 동석(東碩), 동직(東直), 동의(東義), 동엽(東曄)이다. 딸은 김연(金研)과 송연(宋淵)에게 각각 시집갔다.

이창에게 3남 1녀가 있었으니 아들은 철견(鐵堅), 석견(石堅), 옥견(玉

堅)이요, 딸은 이정규(李禎奎)에게 시집갔다. 곽희설은 아들 한 분이 있으니 이름이 수성(壽星)으로 진사(進士)이다. 박이황은 1남 2녀가 있으니, 아들은 구(垢)이고, 딸은 유세창(柳世彰) 이덕장(李德章)에게 각각 시집갔다.

만묵공은 백부 봉사공(奉事公)에게 양자 갔다. 경환 역시 양자 갔으므로 아들들은 다 기록하지 아니한다.

아! 선생께서는 어버이를 섬김에는 그 정성을 다하고 처신을 함에도 그 도리를 다하여 나아가 벼슬할 것인가, 물러나 은거할 것인가에 대해 살피며 의리를 밝히는 것으로 근본을 삼았다. 아들 세 분을 두었는데 모두 효행(孝行)과 문장(文章)으로 세상에 추중하는 바가 되었으니, 이것으로도 더욱 선생의 넉넉한 덕과 가르쳐 인도한 교훈을 알 수 있다. 그러나 유고(遺稿)가 흩어져 거의 없으므로 이에 《가승(家乘)》에 전하는 것으로 간략하게 서술하여 후일 군자가 상고할 수 있는 자료가 되기를 바란다.

6대손 운채(運采) 삼가 지음

-《여주이씨광산재후예세보 · 부록》(1978. 8. 15)에 번역 게재-

先生 姓李氏 諱益亨 字仲時 驪州人 高麗仁勇校尉 諱仁德 其鼻祖也 自是相繼 有名卿偉人 至四世 有諱秀海 尙書戶部主事 曾孫諱皐 翰林學士集賢殿提學 當麗季 隱居水原光教山 號忘川 聖祖屢徵不起 其後 命畵所居 錫名八達山 是生諱審 入 我朝官吏曹參判寶文閣提學 生諱伯堅 縣監 生諱賢孫 逸爲執義 以 端廟自靖之臣 屛居丹城縣 是於先生 爲五代祖 高祖諱永孝 縣監 曾大考諱鸞 副司直 又移咸安郡 王考諱承春 參奉 考諱極 部將 妣晉陽姜氏 參判和齋先生諱仁壽之女 以萬曆癸酉 生先生 先生 天性至孝 自幼一言一事 必遵部將公教訓 而行之 及丁憂 時當壬辰島夷之亂 四隅瘡痍 一村空虛 而先生獨與隣居一氓 避居山谷中 祥禪祭奠 一依禮節 人莫不稱其誠孝 文穆公鄭寒岡先生 爲本郡宰時 先生每因公退 必就質 丁巳秋 陪寒岡遊東萊溫泉 以浴行錄示諸子一絶 以寓景慕之意 郡人有附於仁弘者 倡設疏擧 攻斥退溪先生 錄澗松堂趙公 爲疏儒 澗松 以師門淵源 力辭不赴 郡人 遂以先生陪疏 先生 以理諭之 誓不見制

於人 卽避居京中 自本郡 因家僮三年 其後因移居漆原奈內之江上 築精舍 扁之曰 枕洛亭 咏一絶云 滔滔擧世走青雲 忘却心中利義分 自有小亭江畔樂 莫將非是向吾云 晩年 又移于郡南杜谷 愛其溪山深邃 自號杜谷 逍遙泉石 爲忘老之計 崇禎癸酉九月二十六日卒 葬于郡西月山 部將公兆下 巽坐之原 配碧珍李氏 復齋先生諱道孜之女 畏齋先生 諱厚慶之從孫女也 墓祔左 生三男三女 男長景蕃 號三悅堂 贈掌樂院正 次景茂 號晩默堂 幷祀廬陽院 次景煥 女長適仁川李礼 次適苞山郭希禼 次適密城朴而焜 三悅公 生六男二女 男曰東式 贈刑曹叅議 曰東章 曰東碩 曰東直 曰東義 曰東曄 女適金硏 宋淵 李礼 有三子一女 子鐵堅 石堅 玉堅 女李禎奎 郭希禼 有一子 壽星進士 朴而焜 有一子二女 子垢 女柳世彰 李德章 晩默公 出系于伯父奉事公 景煥亦爲人後 故子男不盡錄 嗚呼 先生事親盡其誠處己盡其道 而以審出處明義理爲本 有子三人 皆以孝行文章 爲世所推重益可見先生之裕德迪訓也 然遺稿散失無幾 玆敢略述家乘所傳 以俟後君子考信焉

六代孫 運釆 謹狀

-《杜谷驪州李氏先代狀碣錄》-

두곡산당기
杜谷山堂記

함안(咸安) 일역(一域)은 큰 산으로 둘러, 문명(文明)의 기상이 모이고 그윽하면서 툭 트였다. 그런데, 함안에서 제일 높고 큰 산은 파봉산(巴峰山)이다. 이 파봉산의 한 가닥이 동쪽으로 흘러 뭉쳐서 우뚝 솟은 것이 광려산(匡廬山)이니, 중국의 명승지와 그 아름다움이 같다. 또, 오도봉(吾道峰)이 기이하게 솟아 호위하여 섰고, 완화계(浣花溪)가 맑게 물결지어 가로질러 흐른다. 아름다운 나무, 기이한 바위, 푸른 소나무, 푸른 대나무들이 함께 그 유정(幽靜)한 풍취를 도와주니, 마땅히 군자(君子)가 세상은 피하여 살 만한 곳이다.

두곡(杜谷) 이익형(李益亨)공은 한강(寒岡) 정구(鄭逑)선생과 유종(遊從)한 분으로 의리(義理)를 엄하게 분별하여 간사한 무리들이 어진 이를 무함하는 이론을 배척하고 낙동강(洛洞江) 가에서 유유자적하게 노닐며, 만년에는 이 산을 찾아 두곡산당(杜谷山堂)을 짓고 동지 여러 명현들과 도의(道義)를 강마(講磨)하니 우뚝이 남쪽 고을의 우러러보는 바가 되었다.

임진란(壬辰亂)을 겪으면서 이 집은 결국 무너져 없어졌으나 산천의 기상은 그대로 남아 있었다. 후손들이 함께 중건하기를 모의하여 갑진년(甲辰年, 1904)에 집을 짓기 시작하여 다음 해에 낙성(落成)하니 힘을 다해 책임을 맡은 사람은 교관(敎官)인 종곤(鍾坤)과 한구(澖九)이다.

내가 보니, 세상에 남의 자손 된 자가 그 조상의 세업(世業)을 보전하지 못하고 관우(館宇)와 대사(臺榭) 같은 것까지도 대대로 지키지 못하여, 때로는 남의 소유가 되고 마는데, 지금 공(公)의 후손들은 능히 선대의 일을 잘 이어받아 밝혀 수백 년 동안 황폐해진 터를 손질하여 다시 이목(耳目)을 새롭게 하니, 가히 놀랍고 어진 일이라 할 수 있다.

교관(敎官)이 아들 학구(學九)를 보내어 나에게 기문을 청했다. 내가 비록 늙고 병들어 용렬하나 가만히 공이 은거(隱居)하면서 구도(求道)한 뜻을 우러러 사모하며 그 어진 후손들이 선조를 위하여 정성을 다하는 부지런함에 대해 매우 가상히 여겨 대략 이렇게 기문을 지었으나, 옛 사람과 같은 필력(筆力)이 없어 광려산의 아름다운 경치를 다 묘사해 내지 못하는 것이 한스럽다.

그러나, 한 마디 충고할 말은 공(公)의 모든 후손들은 이 당(堂)을 짓는 것으로 할 수 있는 일을 다했다고 하지 말고, 매양 이 집에서 화수회(花樹會)를 열고서 함께 갈고 닦아 선조의 남긴 운취와 남긴 향기를 떨어뜨리지 아니함이 또한 마땅하지 않겠는가? 이씨의 여러분들은 힘쓸지어다.

정미(丁未, 1907) 상완(上浣)

은진(恩津) 송병순(宋秉珣) 삼가 지음

-《함안누정록》(1998. 12. 30)에 번역 게재-

咸州一域 環之以大山 文明而聚 幽경而暢 盖山之鎭於咸者巴山也 巴山之支 東迤而磅礴挺突者 是曰匡盧 與中州之形勝齊美焉 吾道峰 奇秀而衛立 浣花溪 淸漪而橫帶 嘉木奇巖 蒼松綠竹 共助幽靜之趣 宜其爲君子遯世棲息之地也 杜谷李公益亨 以寒岡先生之遊從 嚴辨義理 斥奸小誣賢之論 逍遙於洛江上 晩卜此山 爰築一堂 與同志諸名碩 講磨道義 蔚然爲南州之望矣 自經龍蛇之難 堂遂壞廢 而山川之精彩 猶存焉 後孫乃合謀重構 始於甲辰而落於翌年 其殫力董幹者 教官鍾坤與潤九也 余觀世之人家子孫 不保祖業 至若館宇臺榭 不能世守 或爲他人所占有 而今公之雲仍克紹克述 使數百年 已荒之址 復新乎耳目 可謂韙且賢矣 教官 遣其胤鶴九 徵記于余 余雖老病譾劣 窃仰公隱居求道之志 深嘉其賢嗣爲先效誠之勤 略爲之記 而恨無古人筆力 不能盡匡廬之勝 觀也 然有一言可諗者 公之諸後承 不以堂構爲能事之畢 每修花樹之會於是堂 共勵磨礱 勿墮祖先之遺韻餘馥 不亦宜乎 李氏諸君勉之哉

歲彊梧協洽 上浣

恩津 宋秉珣 謹記

-《心石齋先生文集》卷19,「杜谷山堂重建記」-

삼열공 행장
三悅公行狀

선생의 성은 이씨요, 이름은 경번(景蕃)이며, 자는 자실(子實)이다. 계보는 여주(驪州)이니, 고려 인용교위(仁勇校尉)를 지낸 인덕(仁德)이 시조이다. 그 후 대대로 벼슬을 이어왔다. 7대로 내려가서 고(皐)라는 분이 있으니 벼슬이 집현전제학(集賢殿提學)에 이르렀는데, 고려의 국운이 끝나가려는 것을 보고 수원(水原)의 팔달산(八達山)에 물러나 살면서 스스로 망천(忘川)이라 호를 했다. 이태조가 벼슬하러 나오라고 여러번 불렀으나 나오지 않으므로 특별히 문려(門閭)를 정표(旌表)했다. 이분의 아들에 심(審)이란 분이 있으니 벼슬이 이조참판 예문관제학(吏曹參判 藝文館

提學)에 이르렀다. 이분의 아들이 백견(伯堅)이니 벼슬이 현감(縣監)이다. 이 분의 아들이 현손(賢孫)이니 유일(遺逸)로 사헌부 집의(司憲府 執義)가 되었다. 단종(端宗)이 손위(遜位)하자 물러나 단성(丹城)에 은거했다. 이분의 아들이 영효(永孝)이니 현감(縣監)이다. 이분의 아들 난(鸞)은 부사직(副詞直)인데, 함안으로 이사했다. 이분이 선생의 고조이다. 증조는 승춘(承春)이니 참봉(參奉)이요, 할아버지는 극(極)이니 부장(部將)이요, 아버지는 익형(益亨)이니 호를 두곡공(杜谷公)이라 했다. 일찍이 북인(北人)의 당화(黨禍)를 피해서 돌아와 낙동강 가에 은거했다. 어머니는 벽진이씨(碧珍李氏)이니 복재(復齋)선생 도자(道孜)의 따님이다. 만력(萬歷) 병오(丙午, 1606, 선조 34)에 선생을 군(郡)의 북쪽 기산리(基山里)의 옛 집에서 낳았다.

선생은 어려서부터 총명하고 뛰어나 7세에 글을 능히 지을 수가 있었고, 천성(天性)이 지극히 효성스러워 나고 들 때면 반드시 부모님께 아뢰었다. 중제(仲弟) 만묵공(晩默公) 경무(景茂)와 자리를 나란히 하여 강독(講讀)하고 이끌어 주기를 기다리지 않고 부지런히 공부하여 그치지 않았다. 어릴 때부터 일찍이 분을 내어 다투는 일이 없었으니 두곡공께서 늘 그의 장래를 기대했다. 소년이 됨에 미쳐 형제가 함께 외조부 복재공에게 수학했으니 복재공은 바로 외재(畏齋)선생 후경(厚慶)의 조카이다. 이 두 분은 모두 정문목공(鄭文穆公, 逑)의 문인으로 덕망이 세상에 추앙받았다. 선생은 다시 외재의 문하에 유학하여 대방가(大方家)의 깊은 학문의 뜻을 들을 수 있어 식견이 숙성하고 품행이 더욱 돈독하여 당시의 사우(士友)들이 모두 앞세워 추중했다. 두곡공이 평소에 중풍을 앓아 여러 해 동안 낫지 않았는데 선생은 만묵공과 함께 주야로 시병(侍病)하여 옷에는 띠를 풀 여가가 없이 약이며 죽을 몸소 받들어 올리며 한번도 자녀나 종들에게 맡기지 않고 반드시 몸소 정성을 다해 따뜻하고 시원하게 함을 알맞게 했다. 상사를 당함에 미쳐 슬퍼하기를 예절에 지나치게 하여 한 모금의 물도 입에 넣지 않으니 보는 사람마다 눈물을 흘리지 않는 이가 없었다.

장례를 지낸 후 만묵공과 여묘(廬墓)로 3년 상을 마치면서 새벽과 저녁으로 곡(哭)을 드려 바람 비나 추위 더위로 해서 중단하지 않고 어머님을 보살피는 일 외에는 발걸음이 여막 밖으로 나간 적이 없었다. 간송(澗松) 조임도(趙任道) 선생이 그 자제들을 보고 말하기를 "어버이 섬김과 상 입기를 마땅히 이군(李君) 형제와 같이 해야 할 것이다"고 했다. 3년 상을 마치고는 결국 과거(科擧) 시험도 그만두고《경서(經書)》를 읽는 것으로 즐기며 거처하는 방 위에 '삼열당(三悅堂)'이라 편액을 붙이니, 형제간에 화목, 처자간에 즐거움, 친구간 미덥게 한다는 뜻에서 따온 것이다. 날마다 만묵공과《심경(心經)》,《근사록(近思錄)》및 여러《예서(禮書)》를 토론하니 온 고을 선비들이 선생의 바른 행실을 감영(監營, 현재의 도청)에 올리려 했으나 선생이 굳이 말리며 이에 응하지 않았다.

기축년(己丑年, 1649, 44세) 5월에 인조(仁祖)가 승하(昇遐)하자 선생은 초상부터 졸곡(卒哭)까지 소식(素食)을 했고, 기해년(己亥年, 1659, 54세)에 효종(孝宗)이 승하했을 때에도 모두 인조의 상사 때와 같이 했다. 두곡공이 일찍이 낙동강 가에 정자(亭子)를 짓고 은거하면서 '침낙정(枕落亭)'이라 이름 붙이고 조간송과 이웃해서 늙어갔다. 이때 와서 선생의 형제가 이 정자를 중수하고 거처하면서 이에 간송옹을 스승으로 섬겼다.

어머니께서 연세가 90세에 가까웠는데 선생 형제가 이른 아침부터 밤늦게까지 옆에서 모시고 언제나 좋은 계절을 만날 때마다 여러 자식들을 거느리고 진수성찬을 올리며 채색 옷의 춤으로 즐겁게 해드렸다.

어머님께서 병환이 있으면 모시고 약시중을 하면서 근심하여 눈을 붙이지 않으니 종들까지도 감화되는 자가 있었다. 어머님께서 일찍이 토지(土地)를 따로 만묵공에게 주니 선생은 자신에게 주는 것을 받는 것처럼 기뻐했다.

정미(丁未, 1667) 4월에 어머님의 상사를 당하여서는 애통하며 땅을 치고 하늘에 부르짖어 거의 생명을 잃을 지경에 이르렀다. 이때 선생의 연세가 62세였는데 상사의 예절 지킴에 있어서 아버지 상사 때보다 못하지 않았다. 이 해에 또 막내아우 상사를 당하여 슬픔을 이기지 못하니 이웃

사람들이 모두 그 효성과 우애에 감복했다.

선생께서 마음병이 있어 형제의 도움으로 마음을 누그러뜨렸는데, 임자년(壬子年, 1672) 겨울에 만묵공의 집에 옮겨 거처했으나 병세가 점점 위중해지자 본 집으로 돌아왔다.

만묵공에게 부탁하기를 집안사람들로 하여금 떠들며 부르짖지 못하게 하고 임종을 기다려 발상하라고 했다. 셋째아들 동석(東碩)이 손가락을 잘라 입에 피를 수혈했으나 끝내 구해 내지 못했다. 계축년(癸丑年, 1673) 4월 초8일에 삼열당 옛 집에서 별세하니 향년 68세였다. 처음에는 군청 소재지의 서쪽 월산(月山) 묘좌(卯坐)의 산등성에 장사했다가 후에 두곡촌(杜谷村)의 앞 독뫼[獨山] 해좌(亥坐)의 언덕에 이장했다.

선생의 모습과 타고난 성품이 본래 보통 사람과 다른데다가 학문의 힘이 근원으로부터 나온 곳이 있고, 둘째 아우와 뜻이 같고 도(道)가 맞아 일찍이 한번도 서로 떨어지지 않았기 때문에 평생에 행한 일들이 거의 부절(符節)을 합한 듯이 들어맞았다. 자연에 묻혀 산 지 40년에 정신을 수양하고 성품을 기르며 안분낙천(安分樂天)하여 마음에는 남을 해칠 싹을 기르지 않으며 입에는 남의 잘못을 흉보거나 미워하는 말을 내지 않고 진실하게 세상을 살아가며 외모를 꾸미지 않으니, 아마 그 한 덩어리의 정성스러움이 효성으로부터 나온 것이라고 할 수 있다.

영조(英祖) 무자(戊子, 1768)에 조정에서 장악원정(掌樂院正)의 벼슬을 내렸다. 그 후 공론이 크게 일어나 선생 형제는 향사의 예가 없을 수 없다고 하여 결국 여양사(廬陽祠)를 세웠다.

배위는 광주안씨(廣州安氏)이니 처사(處士) 안정(安侹)의 따님이다. 6남 2녀를 두었으니 아들 동식(東式)은 증형조참의(贈刑曹參議)요, 다음은 동장(東章), 동석(東碩), 동직(東直), 동의(東義), 동엽(東曄)이다. 맏딸은 김연(金研)에게 시집가고, 둘째 딸은 송연(宋淵)에게 시집갔다. 동식은 3남을 두었는데 첫째는 의(誼)니 호를 우정(愚亭)이라고 하고, 둘째는 성(誠)이니 증형조참판(贈刑曹參判)이요, 막내는 함(諴)이다. 동장은 1남 3녀를 두었는데, 아들은 열(說)이니 부호군(副護軍)이요, 딸은 이언겸(李彦謙), 안

진규(安震奎), 최진추(崔震樞)에게 각각 시집갔다. 동석은 4녀를 두었으니, 송만(宋漫), 유천화(柳天和), 성재하(成載夏), 주남하(周南夏)에게 각각 시집갔다. 동직은 2남을 두었으니, 해(諧)와 담(譚)이다. 동의는 일찍 별세했다. 동엽은 2남 1녀를 두었으니 아들은 혜(譓)와 앙(諒)이요, 딸은 신경백(辛景伯)에게 시집갔다. 김연은 2남 2녀를 두었으니, 아들은 상하(尙夏)와 상선(尙銑)이요, 딸은 노락(盧濼), 최윤전(崔胤全)에게 각각 시집갔다. 송연은 1남 3녀를 두었으니, 아들은 집(集)인데 바로 나의 외조부이다. 딸은 이징원(李徵源), 곽수우(郭壽遇), 하응곤(河應昆)에게 각각 시집갔다. 증손 이하는 다 기록하지 아니한다.

어느 날 선생의 6대손 기신(器新)이 나에게 부탁하기를 "우리 선조께서 저술한 글들이 유실(遺失)되어 거의 다 없어졌는데 다만《군지실략(郡誌實略)》과 후인들이 찬술한 글들에서 찾아내서《실기(實記)》를 만들었으나「행장(行狀)」이 있은 연후에 이것과 합쳐서 전편(全編)을 만들어야 하겠으니 원컨대 한 말씀 써 주시어 오래토록 전하게 해 주십시오"라 하므로, 내가 그 적임자가 못된다고 사양했다. 이군이 말하기를 "우리 선조를 깊이 아는 사람 중에 어르신 만한 이가 없습니다"라 하고, 또 선생은 나에게 외조부의 외조부시라, 내가 역시 의리상 감히 끝까지 사양할 수가 없어 드디어 휘고 뒤틀린 것을 곧게 하고 바로잡아 이 행장을 짓는다.

현재의 임금[憲宗]2년 병신(丙申, 1836) 12월 하한(下澣, 하순)에
순흥(順興) 안몽백(安夢伯) 삼가 지음

-《여주이씨광산재후예세보 · 부록》(1978. 8. 15)에 번역 게재-

先生 姓李 諱景蕃 字子實 系出驪州 高麗仁勇校尉 諱仁德 爲上祖 厥後 率世襲冠冕 歷七代有諱皐 仕至集賢殿提學 見麗運告訖 退居水原之八達山 自號忘川 聖祖屢徵不起 特旌表門閭 有子蕃 官至吏曹參判藝文舘提學 是生諱伯堅 官縣監 是生諱賢孫 以遺逸 拜司憲府執義 及 端廟遜位 屛居丹城 是生諱永孝 縣監 是生諱鸞 副司直 移居咸安 寔先生高祖 曾祖諱承春 叅奉 祖諱極 部將 考諱益亨 號杜谷 嘗避北人黨禍 歸隱洛江

上 妣碧珍李氏 復齋先生道孜之女 萬曆丙午 生先生于郡北基山里第 幼聰悟出群 七歲能屬文 天性至孝 出入必告父母 與仲弟晩默公景茂 聯床講讀不待課導 孶孶不輟 自在齠齔 未嘗與人忿爭 杜谷公每期待之 及成童 兄弟俱受業于外祖復齋公 復齋卽畏齋先生厚慶之姪 二公皆爲鄭文穆公門人德望見重於世 先生因復從遊畏齋之門 得聞大方旨訣 見職夙成 踐履益篤一時士友 咸推先焉 杜谷公 素患風痺 積歲彌留 先生與晩默公 晝夜侍病衣不解帶 凡藥餌粥饌之供 一不委子女婢僕 必躬執盡誠 適其溫冷 及遭變哀毁踰禮 勺水不入口 見者莫不垂涕 既葬 與晩默公 廬墓終制 晨夕展哭不以風雨寒暑 而有間 省母夫人外 足跡不出廬外 趙澗松先生任道 語其子姪曰 人子事親居喪 當如李君兄弟矣 服闋 遂廢擧業 以經籍自誤 扁所居室曰 三悅 取和兄弟 樂妻子 信朋友之義也 日與晩默公 討論心經近思錄及禮書 一鄕章甫 以先生行義 將呈營邑 先生力拒不應 己丑五月 仁廟昇遐 先生自初至卒哭食素 及己亥 孝廟昇遐 一如前大喪 杜谷於洛江上 築亭隱居 名曰枕洛 與趙澗松 結隣終老 至是 先生兄弟 重修是亭 而居之仍師事澗翁 母夫人年迫九耋 先生兄弟 夙夜侍側 每遇佳辰 率諸子奉進珍羞 彩舞翩躚 有疾患 則侍湯憂悴 目不交睫 婢僕至有感化者 母夫人 嘗以土地 別給晩默公 先生喜若已受賜 丁未四月 遭夫人喪 哀痛叩叫 幾至滅性 時先生年 六十二歲 其執喪 無減於前喪 是年 又哭季氏喪 悲疚不自勝 鄕隣咸服其孝友 先生有心恙 取兄弟寬懷 壬子冬 移處于晩默公家病勢漸危 還本家 託晩默公 勿家人喧呼 待屬纊發喪 第三子東碩 斷指垂血 竟莫之救 癸丑四月初八日 考終于三悅堂舊第 享年六十八 初窆于郡西月山卯坐之岡 後移葬於杜谷村前 獨山亥坐之原 先生 姿稟既異 學力有自與仲氏志同道孚 未嘗一日分離 故平生事實 槪如符節之相合 林居四十年頤神養性 安分樂天 心不存忮害之萌 口下出詆忤之言 恂恂處世 不脩邊幅蓋其一團悃愊 自誠孝中出來云 英廟戊子 贈掌樂院正 其後公議 又竣發以先生兄弟 不可無祭祀之禮 遂建祠于廬陽 先生內子 廣州安氏 處士侹之女 生六男二女 男曰東式 贈刑曹叅議 曰東章 東碩 東直 東義 東曄 女長適金硏 次適宋淵 東式生三男 曰誼號愚亭 曰諴 贈刑曹叅判 曰鹹 東

章生一男三女 男曰說副護軍 女適李彦謙 安震奎 崔震樞 東碩生四女 適宋漫 柳天和 成載夏 周南夏 東直生二男 曰諧 曰譚 東義早歿 東嘩生二男一女 男曰諰 曰諒 女適辛景伯 金研生二男二女 男曰尙夏 尙銑 女適盧濼 崔胤全 宋淵 生一男三女 男曰集 卽余外祖也 女適李徵源 郭壽遇河應崑 曾孫以下不盡錄 日先生六代孫器新 屬余曰 先祖著述之文 遺失殆盡 而但收拾郡誌實略 及後人所贊述文字 爲實記 然有行狀然後 當合爲全編 願嘉惠一言 以圖永傳 不佞 辭以非其人 李君曰 知先祖之深 無如吾丈 且先生之於不佞 爲外祖之外祖 不佞亦有所義不敢終辭者 遂檃括而爲之狀云

上之二年 丙申季冬 下澣

順興 安夢伯 謹狀

-《杜谷驪州李氏先代狀碣錄》-

처사공(삼열당의 아들)의 기록
處士公(三悅堂之子)記

공의 이름은 동장(東章)이요, 자는 사대(士大)이니, 인조(仁朝) 을축년(乙丑年, 1625)에 났다. 어릴 때부터 뛰어났으며, 과거(科擧) 공부를 하여 20세 전에 과거에 응시해 명성이 높았다. 곽희증(郭希曾)공이 보고 사위로 삼았다. 숙부 만묵당(晩默堂)선생을 따라 공부했는데, 효성과 우애가 모두 지극했고, 덕업(德業)이 일찍 성취했다. 만묵당선생이 별세했을 때 부모를 여윈 것처럼 슬퍼했다.

-《여주이씨광산재후예세보 · 부록》(1978. 8. 15)에 번역 게재-

公諱東章 字士大 仁祖乙丑生 幼穎悟 治擧子業 未冠入場屋有聲 郭公希曾爲女相攸 從叔父晩默堂先生學 孝友兼至 德業夙就 及先生歿 慟之如喪父焉

-《驪興世乘》單-

만묵당기
晩默堂記

우리 종족의 한 파(派)가 영남의 함안군에 살면서 문학과 예절로써 대대로 가문에 전하여 영남에서 명망이 높은 집안이 되었다. 내가 지금 만묵당(晩默堂)을 보고 비로소 그 나온 바가 있는 것을 알았다. 공은 일찍이 한강(寒岡) 정선생의 문인인 외재(畏齋) 이공(李公)에게서 학업을 전수받았으니, 공의 학문은 이미 연원이 있다. 지금 세대가 오랜 후여서 비록 그 조예(造詣)의 깊고 얕은 것은 알 수 없으나, 만묵(晩默)이란 두 글자로써 그 지식이 심수(深邃)하고 학문이 성취된 것을 알 수 있다. 공자가 말하기를 "어진 사람은 그 말이 과묵하다"고 했는데, 말이 과묵하다는 것은 침묵함을 말하는 것이다. 정채(精彩)를 감추고 사리를 연구하여 시비와 득실을 마음 속에 환히 통하게 하여 수다스럽게 가벼이 말하지 않고 때가 된 후에 말하면 그 말이 아주 당연하여 저절로 이치에 합당한 것이요, 그 얼굴이 단정하고 엄숙하여 남들에게 무게 있게 보여, 일동(一動) 일정(一靜)과 말과 행동이 어디를 가나 맞지 않는 곳이 없을 것이다.

그러나, 침묵함에는 도리가 있다. 마음이란 만사의 중심이 된다. 마음이 움직이면 기운이 따라 움직이고 마음이 고요하면 기운도 따라서 고요해진다. 말이 조급한 사람은 그 마음이 움직인 것이고, 말이 간명한 사람은 그 마음이 고요한 것이다. 나이가 늙어가 세상일을 수작하고 온갖 변고를 겪으면 그 마음이 안정되는 것이니, 마음이 안정되면 고요하고 고요한 후에 바야흐로 가히 침묵할 수 있을 것이다.

그러므로, 마음을 닦는 자는 나이 젊을 때부터 이 마음을 가지고 순서있게 신중하는 데 공부를 하여 진실이 쌓이고 힘이 오래되면 만년에 이르러 저절로 침묵하는 경지에 이르게 될 것이다. 참으로 공은 여기에 대해 반드시 마음으로 깨치고 몸소 실행하여 이룬 것이기 때문에, 이에 만(晩)이란 한 글자를 묵(默)자 위에 붙여서 그 젊었을 때에 힘을 써서 만년에 성공을 거둔 것을 나는 알 수 있다. 이는 참으로 후생들이 매우 반성해야 할 것이니, 공의 후손된 자는 더욱이 공의 마음을 자신의 마음으로 하여 힘을 다하지 않을 수 있겠는가?

아, 나의 머리카락은 지금 백발이 성성한데도 그 침묵의 도리에 대해서 아직 깨치지 못했다. 공의 풍도를 들으매 어찌 삼가 홍기하고 두려워 부끄러워하지 않겠는가? 그러므로, 이 기문을 지으면서 거듭 이 집에 오르는 젊은이는 힘쓰기를 바란다.

영조(英祖) 기축(己丑, 1769) 7월 16일

족후손(族後孫) 현조(顯祚) 삼가 지음

-《함안누정록》(1988. 12. 30)에 번역 게재-

吾宗一派 居于嶺右之咸安郡 以詩禮傳家 爲嶺之望族 余今得晩默堂始知其有自矣 公早受業於寒岡鄭先生門人畏齋李公 則公之學 蓋已淵源矣今於世遠之後 雖未知造詣深淺 而晩默二字 可知其識邃而學成也 子曰 仁者其言也訒 訒之爲言 默之謂也 韜晦精彩 窮格事理 使是非得失 瞭然於心 不喋喋輕發 時然後言 則其爲言精當 而自合於理 其爲容端莊 而見重於人 動靜云爲 無往而不適矣 然爲默有道 心者萬事之樞紐 心動而氣與之動 心靜而氣與之靜 語之躁者 此心之動也 語之簡者 此心之靜也 年紀遲暮 酬酢世故 閱歷事變 而其心有定 心有所定則靜 靜而後 方可以默 是以 治心者 自年少時 操此心 循循用工於愼重 眞積力久 而到晩年 自底於沈默之域 吾固知公於此 必心得躬行而成之 故乃以晩之一字 加之於默以明其用力於少時 成功於晩年也 斯固後生 猛省處 爲公後者 尤豈不以公心爲心 而致力也耶 噫余之髮 今已種種白矣 而其於默之道 尚未有得焉則聞公之風 安得無惕然而起 瞿然而愧也 故爲是記 重有勉於少年之登斯堂者

英廟己丑 七月 旣望

族後孫 顯祚 謹記

백원각 정려기
百源閣旌閭記

함안(咸安) 여산(廬山)의 서쪽에 우뚝이 높이 솟은 정려각(旌廬閣)이 한 채 있으니, 이것은 삼열공(三悅公) 만묵공(晩默公) 두 형제분의 정려각이다. 공의 육세조(六世祖) 현손(賢孫)은 의로운 행실이 있으므로, 추천하여 집의(執義)가 되었는데, 단종(端宗)이 왕위에서 물러나자 몸을 피하여 영남(嶺南)에 은거했다. 아버지인 익형(益亨)은 광해군(光海君) 때 회재(晦齋)와 퇴계(退溪) 양현(兩賢)을 배척하는 글을 올리는데 반대하다가 북인(北人)의 화를 피하여 돌아와 낙동강 가에 은거했다. 두 분은 한강(寒岡) · 여헌(旅軒)선생에게 사숙(私淑)했는데, 천성이 효우하고 학문은 연원(淵源)이 있어 깊이 생각하고 힘써 행하며 널리 보아 문장을 이루었다. 중풍으로 고생하시는 아버지의 병시중을 든 지 7 · 8년에 언제나 그 똥을 맛보아가며 병세를 알아내었고, 어머니가 90세를 살았는데, 몸소 속옷과 변기를 씻어 드렸다.

아버지와 어머니 상사에 모두 여묘(廬墓)를 살았다. 장사를 지내고는 반찬 없이 소금으로만 밥을 먹고, 담제(禫祭)를 지내고서야 육미를 먹으니, 그 때 두 분의 나이 모두 60여세였다. 여러 선비들이 그 행실을 열거하여 관가에 알리고 읍지(邑誌)에 실었으며, 서로 힘을 합하여 여양서원(廬陽書院)을 세웠는데, 서원 철폐 때 이 서원 역시 철거되었다. 여론이 오래도록 울울함이 그치지 않아 관찰사(觀察使)에게 아뢰어 나라에 글을 올려 정려를 받았다. 대저 고을 선생이 별세하면 향사(鄕社)에서 제사 드리는 것은 예이고, 이를 철폐함에 감히 지을 것을 마음대로 거론하지 못하는 것도 또한 예이다. 그러나, 이로 인해 두 분의 학행이 드디어 적막하게 두는 것이 옳겠는가? 지금부터 제사 드리는 일은 비록 끝났지마는 우러러볼 수 있는 이 정려각은 새롭게 단장하여 섰다. 대개 향사(鄕社)에서 제사 드리는 것은 사사로이 사모하는 일이요, 마을에 정려각을 내리는 것은 나라에서 표창한 것이니, 그 덕을 높이고 풍속을 바로잡는데 있어, 정려가 서원의 제향만 못하다고 누가 말할 것인가?

형의 이름은 경번(景蕃)이니 증장악원정(贈掌樂院正)이요, 아우의 이름은 경무(景茂)이니 여주(驪州) 이씨(李氏)이다.

숭정(崇禎) 253년 경진(庚辰, 1880)) 11월 상한(上澣)에

덕은(德殷) 송병선(宋秉璿) 지음

-《함안누정록》(1988. 12. 30)에 번역 게재-

咸安 廬山之西 有烏頭赤脚 巋然而峙者 是三悅晩默二公兄弟之旌閭也 公六世祖賢孫 以行義薦爲執義 端宗遜位 遁居嶺右 考益亨 光海時不參斥晦退兩賢之疏 避北人禍 歸隱洛江 二公 私淑于寒岡旅軒 天性孝友 學有淵源 深思力行 博覽爲文 侍親疾 風痺七八年 常嘗糞 毋夫人 壽九耋 躬澣裙牏 前後喪 俱廬墓 葬而鹽 禫而肉 時年皆六旬餘 諸儒 列其行於官 載諸邑誌 相與立祠于廬陽 及祠院之廢 亦撤焉 輿論久鬱未已 控于道臣 啓聞請褒 蒙旌閭之 命 夫鄕先生沒 而祭於社禮也 廢之莫敢擧亦禮也 然因此 而二公學行 遂寂寥焉其可乎 自今俎豆雖已 觀瞻改新 蓋祭鄕社者私慕也 表宅里者上褒也 其於崇德樹風 孰謂綽楔 不如腏享乎 長公諱景蕃 贈掌樂正 其弟景茂 驪州人

崇禎 二百五十三季 庚辰 復月 上澣

德殷 宋秉璿 記

*《淵齋先生文集》卷25에서는「孝子李公兄弟旌閭記」로 되어 있다.

여양서원 유허비문
廬陽書院遺墟碑文

육선생 행략(六先生行略)

여양서원(廬陽書院)은 함안(咸安)의 광려산(匡廬山) 아래 두릉리(杜陵里)에 있다. 그 창건(創建)은 숙종(肅宗) 경자년(庚子年, 단기 4053, 서기

1720)이다. 그런데 처음에는 여양사(廬陽祠)라고 하고 이 삼열당(李三悅堂) 만묵당(晩默堂) 두 선생을 모셨다. 정조(正祖) 기유년(己酉年, 단기 4122, 서기 1789)에 이르러 승격하여 서원(書院)으로 하고, 광릉자(廣陵子) 안선생과 삼열 만묵 두 선생을 함께 향례드렸다. 순조(純祖) 임술년(壬戌年, 단기 4135, 서기 1802)에 서원을 중수하고, 또 무진정(無盡亭) 조선생, 동천(桐川) 박선생, 매죽헌(梅竹軒) 이선생을 다시 올려 향례드려 사림들이 본보기로 삼는 장소로 삼았다.

고종(高宗) 무진년(戊辰年, 단기 4201, 1869)에 나라의 금령으로 서원이 철폐되었다. 그러자 풀만 무성하게 우거져 오래도록 고을 사람들의 한을 자아내었다. 지금 백여 년이 지나 옛 모습을 다시 회복시킬 수는 없으나, 그렇다고 이 유허지를 황폐하는 대로 맡겨 둘 수도 없으므로, 이에 육선생(六先生)의 후손들이 많은 선비들의 이론을 모아 돌을 다듬어 유허지 곁에 비석을 세우고, 육선생의 성명과 약력을 새겨 옛날 함께 육선생을 나란히 향례드린 일을 본떴다. 그 차례는 제향올린 선후는 헤아리지 않고, 다만 나이 많고 적음에 따라서 대략 그 사적의 전말을 서술하여 영구히 추모지감(追慕之感)을 붙인다.

-《함안누정록》에 번역-

廬陽書院 在咸安之匡廬山下 杜陵里 其創在肅宗 檀紀四千五十三年庚子 而始名曰 祠 妥奉李三悅堂 晩默堂二先生 至正祖 檀紀四千百二十二年己酉 陞爲書院 而幷享廣陵子安先生 及三悅 晩默二先生 純祖 檀紀四千百三十五年壬戌 重修書院 而又追躋無盡亭趙先生 桐川朴先生 梅竹軒李先生 爲士林矜式之所矣 高宗 檀紀四千二百一年戊辰 見撤於邦禁 則茂草之歎 久爲鄕人士之齎恨矣 至今百餘年 旣不能更復舊觀 而又不可任其遺墟之荒廢 則於是 六先生之後裔 合多士之議 伐石堅碑於遺址之傍 刻六先生之姓諱及略歷 以象當日之列享 而其序次 則不計躋享之先後 而惟以年齒之高下 因略敍其事績之顚末 以寓永世追慕之感云

무진정 조선생(無盡亭趙先生)

선생의 이름은 삼(參)이요, 자(字)는 노숙(魯叔)이니 함안(咸安) 조씨(趙氏)이다. 고려말에 나라를 위해 절의(節義)를 지킨 금은선생(琴隱先生) 열(悅)의 현손(玄孫)이요, 단종조(端宗朝) 생육신(生六臣)인 정절공(貞節公) 어계(魚溪)선생 여(旅)의 손자이다.

선생은 성품이 책 읽기를 좋아하여 오로지 학문에만 뜻을 두고 바깥일에 대해서는 관심이 없었다. 성종(成宗) 기유년(己酉年, 1489)에 진사(進士)가 되고, 중종(中宗) 정묘년(丁卯, 1507)에 문과(文科)에 급제했다. 다섯 고을의 군수를 두루 맡아 모두 정치를 잘한 공적이 있었다. 통정대부(通政大夫) 사헌부집의(司憲府執義) 겸 춘추관편수관(兼春秋館編修官)이 되었다. 을사사화(乙巳史禍) 때의 명현(名賢)으로 낌새를 보고, 고향으로 돌아와 정자(亭子)를 짓고 여기서 평생을 마쳤다. 문민공(文敏公) 신재(愼齋) 주선생(周先生)이 이 정자(亭子)의 기문을 짓기를 "벼슬자리에 있을 때는 청렴하고 검소하며, 급히 변하는 세상에는 용감히 물러났다"고 했으니 선생은 참으로 후덕하신 어른이다. 십완정(十翫亭)·풍탄정(楓灘亭)은 모두 선생의 학문을 닦던 곳으로 지금도 그 유지(遺址)와 비문(碑文)은 읍지(邑誌)에 실려 있고, 중종(中宗)이 그 바른 학문을 가상히 여겨 당감(唐鑑)과 유관(儒冠)을 하사한 것은 충재(冲齋) 권선생(權先生)의 유록(遊錄)에 나타나 있으니, 이 역시 고을에서 듣고 아는 일이며, 문중 역사에 기록하여 전하는 것이다.

先生諱參 字魯叔 咸安人 麗季罔僕守義 琴隱先生悅之玄孫 端廟生六臣 貞節公 魚溪先生旅之孫 性好讀書 專意向學 無心外物 成宗己酉 中進士 中宗丁卯 登文科 歷典五州 皆有治績 陞通政大夫 司憲府執義 兼春秋館編修官 以乙巳名儒 見幾歸鄕 築亭終老 文敏公愼齋周先生 作亭記曰 居官淸儉 急流勇退 先生眞厚德長子也 十翫亭 楓灘亭 皆先生藏修之所 而至今遺址碑文者 州誌所載也 中廟嘉其正學 賜唐鑑及儒冠 又見於冲齋遊錄 是亦鄕道聞知 而門史記傳者也

광릉자 안선생(廣陵子安先生)

선생의 이름은 택(宅)이요, 자(字)는 태거(太居)이요, 호(號)는 광릉자(廣陵子)이니, 광주 안씨(廣州安氏)이다. 시조의 이름은 방걸(邦傑)이요, 중조(中祖)는 시어사(侍御史)로 이름은 유(綏)이니 광주(廣州)로부터 함안(咸安)으로 이사했다.

선생은 중종(中宗) 경자년(庚子, 1540)에 생원(生員)이 되어 벼슬이 도사(都事)가 되었는데, 세상의 낌새를 보고 고향으로 돌아와 한가히 살면서 책을 읽고 후진을 양성하며, 조내헌(趙耐軒) 연(淵)과 오죽오(吳竹塢) 언의(彦毅) 등 제현과 서로 친했다. 명종(明宗) 경신년(庚申, 1560) 9월 10일에 별세했는데, 묘는 두릉(杜陵)의 선산(先山) 아래 갑좌(甲坐)의 언덕에 있다. 그런데 후손이 없어 외손(外孫)인 순흥(順興) 안죽계(安竹溪)공 희(熹)의 후손과 외외손(外外孫)인 여주(驪州) 이봉사(李奉事)공 태형(兌亨), 두곡(杜谷)공 익형(益亨)의 후손들이 묘를 수호하여 해마다 제사를 드린 지가 지금 수백 년이 되었다.

아! 문헌으로 증거댈 수 없으나 한강(寒江) 정선생(鄭先生) 구(逑)가 《함안읍지(咸安邑誌)》에 싣기를 "선생은 천성이 온아(溫雅)하고 평생에 한 번도 눈썹을 찌푸리는 적이 없으며, 착한 일을 좋아하여 게을리하지 않았다"고 했다. 순암(順庵) 안선생(安先生) 정복(鼎福)이 여양서원(廬陽書院) 「상향축문(常享祝文)」에 이르기를 "벼슬을 가벼이 보고 도(道)를 즐기면서 가난한 것을 편안한 마음으로 지냈으며 남기신 풍도 남은 운취는 후인을 인도하여 도와주었다"고 하였으니, 가히 백세 후에 증거될 만하다.

先生諱宅 字太居 號廣陵子 廣州人 上祖諱邦傑 中祖侍御史 諱綏 自廣州移居咸安 中宗庚子生員官都事 炳幾歸鄉 閑居讀書 教迪後進 與趙耐軒淵 吳竹塢彦毅諸賢相善 明宗庚申 九月 十日卒 墓在杜陵先兆下 甲坐原 而後嗣零替 外孫 順興安公 竹溪諱熹後孫 外外孫 驪州李公 奉事諱兌亨 杜谷諱益亨後孫守護幽宅 歲薦芬苾者累百年于玆矣 噫 文籍無徵 而

寒岡鄭先生述 載咸安州誌曰 天性溫雅 平生未嘗皺眉 好善不倦 順庵先生鼎福 製廬陽書院 常享文曰 銖視軒冕 樂道安貧 遺風餘韻 啓佑後人 可證百世也

동천 박선생(桐川朴先生)

선생의 이름은 오(旿)요, 자(字)는 태희(泰熙)요, 호(號)는 동천(桐川)이니, 밀양박씨(密陽朴氏)로 한성우윤(漢城右尹)인 종수(宗秀)의 아들이다. 선생은 정유헌(丁遊軒) 선생에게서 수학했고 구암(龜岩) 이선생(李先生)의 문하에 종유(從遊)하여 도의(道義)를 강론하고 연마하여 문장과 덕행이 당시 사우(士友)들의 추중(推重)하는 바가 되었다. 젊을 때 어버이를 위하여 과거에 응시하여 여러 번 삼장(三場)에 통과했으나 어버이가 별세한 후에는 다시 과거(科擧)에 응시하지 않았다. 군수인 권용중(權用中)이 선생을 행의(行義)의 선비로 조정에 추천하려 했으나, 선생이 굳이 사양하고 은퇴했다.

임란(壬亂)을 당하여 조대소헌(趙大笑軒)을 단성(丹城)의 임소(任所)에 찾아가 난(亂)을 평정할 계책을 모의했으나, 갑오년(甲午年) 여름에 별세했다. 조선생이 친히 시신을 거두어 단성(丹城) 구인교동(九印橋洞) 자좌(子坐)의 언덕에 장사하니 향년이 55세였다. 사림(士林)이 정성을 기울여 사당(祠堂)을 세우고 제사드렸다. 그 아들 판돈영(判敦寧) 무숙공(武肅公) 진영(震英)의 귀(貴)로 은혜를 미루어 형조판서(刑曹判書)의 벼슬이 내렸다.

아, 이어감이 있으면 반드시 펴지는 날이 있는 것이니, 선생의 도덕(道德)과 문장(文章)은 없어지지 않고, 이에 백세 후에 밝게 빛날 것이다.

先生諱旿 字泰熙 號桐川 其先密陽人 漢城右尹諱宗秀之子也 受學于丁遊軒先生 從遊龜岩李先生門 而講磨道義 文章德行 當代士友所推重 少時爲親應試 累貫三場 而親歿後 不復應擧 郡守權用中 以行義之士 欲薦于朝 先生固辭隱退 當壬亂 訪趙大笑軒丹城任所 謀議平亂之策 而不幸甲午夏別世 趙先生躬殮葬于丹城丘印橋洞 子坐 享年五十五 士林致虔立祠

俎豆之 以其子判敎寧 武肅公震英貴 推恩贈爵刑曹判書 噫 有繼必伸 先生之道德文章 不泯沒 而於是乎照爛百世矣

매죽헌 이선생(梅竹軒李先生)

선생의 이름은 명호(明恵)요, 자(字)는 양초(養初)요, 호(號)는 매죽헌(梅竹軒)이니, 성산(星山) 이씨(李氏)로 황곡선생(篁谷先生) 칭(偁)의 장자이다.

선생은 명종(明宗) 을축년(乙丑, 1565)에 태어났는데, 성품이 인효(仁孝)하고 재주가 뛰어나 열 살이 못되어 문필(文筆)로 소문이 나고, 13세에 도시(都試)에 응시하여 장원하니 그 시구(詩句)가 지금도 사람들의 입에 많이 오르내린다.

일찍이 한강(寒岡) 정선생(鄭先生)의 문하에 유학하여 천인(天人) 성명(性命)의 오묘한 이치를 얻어 들었다. 임진란(壬辰亂) 때 어버이를 모시고 호남(湖南)과 영남(嶺南)을 전전하면서 비록 난리 때라도 어버이 봉양하기를 평상시와 같이 했다. 어버이 상사를 당하여 너무 슬퍼한 나머지 병을 얻어 거의 죽을 지경에 이르고 여묘(廬墓)로 삼년상을 끝내었다. 정유재란(丁酉再亂) 때, 곽망우당(郭忘憂堂)과 화왕산성(火旺山城)에서 서로 모의했으니, 이 일은 「모의록(募義錄)」에 나타나 있다. 을사년(乙巳)에 진사(進士)가 되었으나 벼슬에 나아갈 뜻이 없어, 시냇가에 임하여 정자(亭子)를 짓고 매화와 대를 심고 날마다 그 안에서 생활하면서 후진을 양성했고, 신산원장(新山院長)이 되어 학규(學規) 17조(條)를 지어 학자의 지남(指南)으로 삼았다.

여양서원(廬陽書院) 「봉안문(奉安文)」에는 대략 이러하다. "화왕산성에서 서로 모의하니 포의(布衣)로 충절이 나타났네. 슬픔을 다해 여묘(廬墓)를 사니, 효성이 귀신까지 감동시키네"라 했고, 또 「상향축문(常享祝文)」에는 "연원(淵源)이 있는 학문과 성리(性理)의 공부는 후인들을 사모하게 하여 이 제사 높이 받들게 한다"고 했으니, 가히 천년 후에 증거가 될 만하다.

先生諱明悳 字養初 號梅竹軒 星山人 篁谷先生偁之長子也 明宗乙丑生 性仁孝才超○未十歲 以文筆聞 十三 赴都試居魁 其詩句 至今膾炙人口 嘗遊寒岡鄭先生門 得聞天人性命之奧 壬辰 奉親轉湖嶺 雖當亂 供養如常 及丁憂 幾滅性 廬墓終制 丁酉 郭忘憂 協謀火旺城 事見募義錄 乙巳 登國庠 無意進就 臨溪築亭 植梅竹 日處其中 敎迪後進 爲新山院長 著學規十七條 以爲學者之指南焉 廬陽院 奉安文略曰 協謀火旺 忠著布衣 致哀廬墓 孝感神祇 又常享文曰 淵源之學 性理之工 淑我後人 報祀是崇 可徵千載矣

삼열당 이선생(三悅堂李先生)

선생의 이름은 경번(景蕃)이요, 자(字)는 자실(子實)이며, 호는 삼열당(三悅堂)이니, 여주 이씨(驪州李氏)이다. 고려말에 절의를 지킨 망천선생(忘川先生) 고(皐)의 후손이요, 두곡선생(杜谷先生) 익형(益亨)의 아들이다.

선생은 선조(宣祖) 병오년(丙午年, 1606)에 태어났다. 이외제(李畏齋) 이복재(李復齋) 두 선생의 문하에서 수학하여 대방가(大方家)의 지결(旨訣)을 얻어 듣고 실천함이 더욱 독실하니 당시의 사우(士友)들이 모두 추중했다. 천성이 지극히 효성스러워 두곡공(杜谷公)이 중풍으로 여러 해 고생을 했는데 밤낮으로 곁에서 모시고 옷에 띠를 풀지 않았다. 상사를 당하자 여묘(廬墓)로 삼년 상을 마치고, 상복을 벗고는 드디어 과거(科擧)의 일을 폐하고는 그 아우 만묵당(晩默堂) 경무(景茂)와 서실(書室)을 짓고 경전(經傳)을 깊이 연구했다. 조간송(趙澗松)이 그 자제들에게 말하기를 "우리 고을 효자는 다만 자실(子實)일 것이다"라고 했다. 온 고을 선비들이 선생의 행의(行義)로써 감영(監營)에 올리려 하니 선생이 힘껏 말렸다. 영조(英祖) 때 장락원정(掌樂院正)을 증직(贈職) 받았다. 정조(正祖) 기유년(己酉年, 1789)에 여양서원(廬陽書院)에서 향례 드리고, 고종(高宗) 병자년(丙子年, 1876)에 효자 정려(旌閭)를 받았다. 관찰사(觀察使) 김세호(金世鎬)가 올린 글에 대략 이르기를 "효성과 우애는 천성이요 학문이 순수하여, 당시 사람들이 하남(河南) 정씨(程氏) 형제에 비유했다"고 했다.

先生諱景蕃 字子實 號三悅堂 驪州人 麗季全節 忘川先生皐之後 杜谷先生 益亨之子 宣祖丙午生 受學于李畏齋復齋兩先生門 得聞大方旨訣 踐履益篤 一時士友 咸推重焉 天性至孝 杜谷公 患風痺積歲 晝夜侍側 衣不解帶 及居喪 廬墓終制 服闋 遂廢學業 與其弟 晩默堂景茂 築書室 沈潛經傳 趙澗松 謂其子弟曰 吾鄉孝子 惟子實乎 一鄉章甫 以先生行義將呈營邑 先生力拒之 英廟贈掌樂院正 正祖己酉 享廬陽院 高宗丙子 以孝旌閭 道臣金世鎬 啓略曰 孝友天至 學文純粹 時人比之河南程氏云

만묵당 이선생(晩默堂李先生)

선생의 이름은 경무(景茂)요, 자(字)는 여실(汝實)이요, 호는 만묵당(晩默堂)이니, 여주(驪州) 이씨(李氏)로 삼열당(三悅堂) 선생의 아우이다.

선생은 광해군(光海君) 기유년(己酉, 1609)에 태어나 이외재(李畏齋) 이복재(李復齋) 두 선생의 문하에서 수학하고, 다시 조간송(趙澗松)에게 배웠다. 효우(孝友)와 학행(學行)이 당세에 추중받았다. 한 번 동당시(東堂試)에 장원하고 네 번 향시(鄕試)에 합격했다. 아버지 두곡공(杜谷公)이 중풍으로 여러 해를 고생했는데 선생이 밤낮으로 모시고 약시중을 하여 옷에 띠를 풀지 않은지 7 · 8년이었다. 상사를 당하자 그 백형(伯兄) 삼열당(三悅堂) 경번(景蕃)과 묘 옆에서 시묘를 하였으며 이후부터 드디어 과거(科學)의 일을 폐하고 경서(經書)로 스스로 즐겼다. 시냇가에 임하여 집을 짓고 만묵당(晩默堂)이라 이름을 붙이고 의리(義理)의 글을 연구했다. 학문을 함에 있어서 본심을 보존하고 본성을 기르는 것으로 주장을 삼았다. 「방촌잠(方寸箴)」을 지어 스스로 경계하고 「양묵홍수론(楊墨洪水論)」을 지어 유교를 호위하였다. 문집이 세상에 전한다. 정조(正祖) 기유년(己酉年, 1789)에 여양서원(廬陽書院)에 향례 드리고 고종(高宗) 병자년(丙子, 1876)에 효자 정려(旌閭)를 받았다. 《함안읍지(咸安邑誌)》에 이르기를 "문장(文章)과 덕행(德行)이 모두 당세에 아름답고, 어버이께서 병들었을 때는 그 똥을 맛보아 병세를 알아내며 별세했을 때는 시묘를 살아 삼년상을 내었으니, 효성이 하늘에까지 통했다"고 했다.

단기 4311년 무오(戊午) 12월 ○일
합안(咸安) 조광제(趙光濟) 삼가 쓰고
고을 사림(士林)에서 삼가 세움.

-《함안누정록》(1988. 12. 30)에 번역 게재-

先生諱景茂 字汝實 號晚默堂 驪州人 三悅堂先生之弟也 光海己酉生 受學于李畏齋復齋兩先生之門 復摳衣於趙澗松 孝友學行 重於一世 一魁東堂 四捷鄉解 先君杜谷公 以風痹積歲沈綿 先生晝夜侍湯 衣不解帶七八年 及喪 與伯兄三悅堂景蕃 廬于墓側 自後 遂廢擧業 以經籍自娛 臨溪卜築 扁以晚默 講究義理之書 爲學以存心養性爲主 著方寸箴以自警 又作楊墨洪水論 以衛道 有文集行于世 正祖己酉 享廬陽院 高宗丙子 以孝旌閭 咸州誌曰 文章德行 幷美當世 嘗糞居廬 誠孝格天
檀紀 四千三百十一年 戊午 十二月 日
咸安 趙光濟 謹書
鄕中 士林 謹竪

【추기(追記)】

여양서원 유허비(廬陽書院 遺墟碑) 건립의 내력을 간략하게 소개하면 다음과 같다.

여양서원은 본래 숙종(肅宗) 46년(庚子,1720)에 여양사(廬陽祠)를 창건하고 삼열당(三悅堂) 이경번(李景蕃)과 만묵당(晚默堂) 이경무(李景茂) 양선생(兩先生)을 봉안(奉安)하던 곳이다. 정조(正祖) 13년(己酉,1789)에 여양서원(廬陽書院)으로 승격하면서 광릉자(廣陵子) 안택(安宅)선생을 추향(追享)했고, 순조(純祖) 2년(壬戌,1802)에 여양서원을 중수(重修)하고 무진정(無盡亭) 조삼(趙參)선생, 동천(桐川) 박오(朴旿)선생, 매죽헌(梅竹軒) 이명호(李明호)선생을 다시 추향했다. 대원군(大院君)의 서원 훼철(毁撤) 때 철거당했는데 다시 서원을 짓지 못하여 유허비를 여양서원 유허지 근처에 세우게 된 것이다.

위의 육선생(六先生) 중에 광릉자선생은 후손이 없으므로 나머지 오선생(五先生)의 후손들이 보존유계(契)를 모아 그 재산으로 광릉자선생의 외외손(外外孫) 집안인 삼열(三悅) · 만묵당(晩默堂) 양선생(兩先生)의 후손들이 주간(主幹)하여 후사를 돌보고 있고 묘비(墓碑)도 세우려 했다. 그런데 난데없이 양산(梁山)에 사는 안종석(安鍾石)이라는 자가 광릉자선생의 방손(傍孫)이라 하며 나타나 광릉자선생의 묘비(墓碑)를 세우면서 오선생(五先生)의 후손들 몰래 여양서원은 처음부터 광릉자선생을 위해서 창건한 것이라고 제멋대로 고쳐놓았고, 그 외 상당수의 대외적인 기록들도 몰래 고쳐 놓았다. 오선생의 후손들이 뒤늦게 이 사실을 알고 비석을 부수고 기록들을 고치라고 했으나 피하고 응하지 않으므로 광릉자선생보존유계와 유림 또는 오선생의 후손들이 모여 의논하여 직접 그 비석을 부수려고 하다가 법적으로 해결하기 위해 소송(訴訟)을 제기하던 중 결말을 보지 못하고 안종석(安鍾石)이 죽어서 더 이상 논의할 수 없었고 바꿔 놓은 기록들도 바로잡지 못했다. 그 후 광릉자선생의 보존유계와 유림들이 의논하여 이 비석을 없애고 다시 비석을 고쳐 세웠다. 그러나 대외적으로 바꾸어 놓은 기록들은 이미 인쇄 반포되었기 때문에 고치지 못했다. 이 유허비를 세울 때 오선생(五先生)의 후손들이 합의하여 서문(序文)은 나를 시켜 추연(秋淵) 권용현(權龍鉉, 1899~1988) 선생에게서 받아오게 하고 나머지 오선생(五先生)의 행략(行略)은 각 문중에서 지었다. 비문에 이름을 쓰는 차례는 오선생의 후손들과 향중(鄕中) 사림(士林)들이 합의해서 봉향(奉享) 순서대로 하지 않고 나이 순서대로 했다.

이병혁(李炳赫) 씀

가선대부 행용양위 부호군공 행장
嘉善大夫行龍驤衛副護軍公行狀

어느 날 족숙(族叔) 종면(鍾冕)씨께서 나 준구(準九)를 불러 말씀하시기를 "우리 집안은 선대로부터 꾸밈보다 실질을 숭상하여 말로 하지 않고 몸소 실행하는 것으로써 하나의 가훈으로 삼고 남이 자기를 알아주지 않는다고 해서 근심하지 않았기 때문에 6대조 호군공(護軍公)께서 한 구절의 글도 후세에 전하지 않는다. 그러나 그 선행(善行)과 후한 덕행이 지금까지 사라지지 않은 것은 그래도 당시에 친히 경해(謦咳)를 접한 이들에 의해서 입으로 전하고 귀로 들어서 마음에 새겨 두었기 때문이었다. 자손들이 선조의 가르침을 받들어 이어감에는 문사(文辭)를 기다릴 것이 없으나 다만 묘 앞에 드러내어 새긴 비석이 없으면 풀 베고 소 먹이는 아이들이 머뭇거리며 조심할 줄을 모르겠기에 지금 비석을 다듬어 묘 앞에 세우려 하면서 당세의 입언군자(立言君子)에게 비문을 청하려 하니, 자네가 나를 위하여 「행록(行錄)」 한 통을 지어 그 자료가 되게 해 주게. 내가 아버지, 할아버지며 고을 노인들에게 들은 말을 외어 주겠네.

"공께서 현종(顯宗) 신축년(辛丑年, 1661)에 나셨는데 타고난 품성이 순후(淳厚)하고 온화하였고, 어릴 때부터 가정의 교훈을 따라 익힐 줄 알았다. 백부 숙부가 다섯 분에 종형제(從兄弟) 자매가 16명이나 될 정도로 많았으나 우러러 부모님 섬기기를 기뻐하고 물러나 천륜(天倫)의 즐거운 일을 펴니 화평한 기운이 얼굴에 넘치고 거슬리거나 어그러진 말을 입밖에 내지 않았다. 이를 보는 사람이 부러워하지 않음이 없어 말하기를 '아무개 집안의 복록은 사람들이 흔히 있기 어려울 것이고 적선에 대한 보답으로 받는 경사가 다하지 않을 것이다' 고 했다. 우리들이 옛날의 문호(門戶)를 보존하여 기와 없은 넓은 집에 주춧돌도 바꾸지 않은 지가 8대인 것은 실로 공께서 선행을 닦은 여음(餘蔭)이라고 할 수 있다. 공께서 세상에 살아 계실 때부터 가정의 형편이 이미 넉넉했으나 굵은 베옷과 채소의 공양으로 자봉(自奉)은 매우 검소했다. 그러나 제사와 손님접대에 있어서는 반드시 넉넉하고 정결히 하며 가난하고 어려운 사람을 도와줌에 있어서는 오히려 미치지 못할까 두려워했다. 자신의 처신함과 남을 접대함에 있어서는 오직 본분에 의해서 나의 마음을 다할 뿐이요, 겉만 꾸미는 행동이나 겉만 번지르르한 말은 하지 않았다. 차라리 한 평생토록 남이 이름을 일컬어주지 않더라도 자신의 착한 일을 남에게 보이려 하지 않았다. 78세의 나이가 되었으나 정력이 쇠하지 않고 자손을 훈계할 때는 의리로 타일러 늙어 정신없이 하는 말은 조금도 없었다. 단정하게 종일토록 앉았으면서도 태만한 기운이 나타나지 않았으니 평소에 닦은 학문과 덕행이 없었으면 이와 같이 될 수 있겠는가?

영조(英祖) 을축년(乙丑年, 1745)에 임금님이 기노사(耆老社)에 들러 나라 안에 나이 많은 이를 찾아 우대했는데, 이에 가선대부(嘉善大夫) 용양위 부호군(龍驤衛 副護軍)의 직첩(職牒)이 내리니, 사람들이 온 세상에서 존경해야 할 달존(達尊)에다가, 관작(官爵)과 나이와 학덕(學德) 세 가지의 영예로움을 한 몸에 갖추었다고 했으나 공께서는 그것 보기를 아무것도 아닌 것처럼 여겼다. 다음 해 병인년(丙寅年, 1746) 11월 12일에 별세하니 향년 86세였다. 군청소재지의 남쪽 파봉산(巴峰山)아래 만절리(晩節里) 경좌(庚坐)의 언덕에 장사했다.

대개 선조 삼열당(三悅堂) 형제는 효성이며 우애스러운 행실과 연원(淵源) 깊은 학문으로 당세에 추중받는 바가 되었고, 공께서는 이분의 손자로 능히 그 아름다운 업적을 이어 어버이를 섬김에 효도하고 사람을 접함에 온화하고 말씀은 간결하면서 사리에 맞고 일을 처리함에는 자상하면서도 삼가했다. 평소 있을 때는 남보다 별로 다른 것이 없으나 공의 덕(德)을 접하는 사람은 심취하고, 소문을 듣는 사람은 공경심을 일으켰다. 이는 능히 천작(天爵)을 닦아 인작(人爵)이 저절로 이르러 온 것이니 《시경(詩經)》에 이른바 '너로 하여금 장수하고 훌륭하게 한다'는 것이 바로 이것이 아니겠는가? 아! 공의 아름다운 덕행에 대한 이야기는 여기에 그치지 않으나 혹시 도리어 자취를 감추려는 본의(本意)에 해가 될까 두렵다. 그러므로 차라리 선조를 알지 못하고 밝지 못하다는 책망을 들을지언정 감히 더 늘어놓지 못하겠노라"고 했다.

나 준구(準九)가 이 말을 듣고 일어나서 대답하기를 "사람이 몸을 닦는 것이 마치 밥 먹는 것과 같아서 주리고 배부른데 스스로 적당하게 해야 할 따름이니 어찌 일찍이 남이 알아주고 알아주지 않음에 구애하겠습니까? 만약 덕이 높으면 비록 비석이 없더라도 좋습니다"고 했다. 그러나 자손이 조상을 추모하는 정성에 혹시라도 민멸할 수가 없으므로 드디어 붓을 들어 성씨의 계보와 자손들을 다음과 같이 차례로 쓴다.

공의 이름은 열(說)이요, 자는 명보(明甫)이다. 계보는 여주(驪州)에서 나왔으니 고려 인용교위(仁勇校尉) 인덕(仁德)이 시조이다. 이로부터 대대로 위인(偉人)들이 있어 고관(高官)들이 끊어지지 않았다. 7세로 내려가서 고(皐)는 한림학사 대사성 집현전 제학(翰林學士 大司成 集賢殿 提學)으로 고려의 국운이 끝나려 하는 것을 보고 물러나 수원(水原)에 은거하면서 스스로 망천(忘川)이라 호를 했다. 이태조가 혁명을 일으킨 후에 벼슬하러 나오라고 여러 번 불렀으나 나가지 않으므로 임금님이 명령을 내려 사는 곳을 그림으로 그려 올리라 하고 산 이름을 팔달산(八達山)이라 지어 내렸다. 역대 여러 왕들이 관원(官員)을 보내어 제사드리기를 고종조(高宗朝)에까지 이르렀다. 이분이 심(審)을 낳으니 조선조에 들어와서 벼슬이 이조참판 예문제학(吏曹參判 藝文提學)이다. 이분이 백견(伯堅)을 낳으니 현감(縣監)이다. 이분이 현손(賢孫)을 낳으니 학행(學行)과 절의(節義)가 있어 공천(公薦)으로 직장(直長)을 받고 집의(執義)에 옮겼다가 단종(端宗)이 손위(遜位)할 때 단성현(丹城縣)에 물러나 살았다. 이분이 영효(永孝)를 낳으니 현감(縣監)이다. 이분이 난(鸞)을 낳으니 부사직(副司直)으로 다시 함안(咸安)으로 이사하니 함안에 여주이씨가 산 것은 이로부터이다. 사직공의 아들 참봉(參奉)인 승춘(承春)은 공의 5대조이다. 고조의 이름은 극(極)이니 부장(部將)이다. 증조의 이름은 익형(益亨)이니, 호를 두곡(杜谷)이라 하는데 고상한 행실이 있어 정한강(鄭寒岡)선생과 종유(從遊)했다. 이 때 고을 사람 중에 정인홍(鄭仁弘)의 세력을 따라 조정에 글을 올려 이퇴계(李退溪)선생을 배척하면서 공에게 글을 올리게 했다. 공께서 의리상 할 수 없다는 것을 타이르고 드디어 피신하니 집안 종이 잡혀가 3년 동안 갇혔으나 조금도 흔들리지 않았다. 할아버지의 이름은 경번(景蕃)이니 호를 삼열당(三悅堂)이라 하는데 효성이며 우애와 학행이 뛰어나 장악원정(掌樂院正)을 증직(贈職)했다. 아우 만묵당(晩默堂) 경무(景茂)와 복재(復齋) 이도자(李道孜)선생의 문하에서 수학하여 함께 여양서원(廬陽書院)에 향례드린다. 아버지의 이름은 동장(東章)이니 문학과 덕행이 뛰어나 20세 전에 과거(科擧)에 응시하니 사람들이 감탄하여 칭찬하지 않는 이가 없었다. 곽희증(郭希曾)공이 한 번 보고 사위로 선택하니 어머니는 바로 곽공의 따님으로 현풍(玄風)의 명망 높은 가문이요 문원공(文元公) 회재(晦齋)선생의 외손녀이다. 법도 있는 가문에서 생장하여 부덕(婦德)이 있었다.

부인은 경주이씨(慶州李氏)로 이형무(李亨茂)의 따님이요, 봉사(奉事)인 종영(宗榮)의 손녀인데 다시 정부인(貞夫人)을 내렸다. 묘는 외두곡(外杜谷) 광대등(廣大嶝) 진좌(辰坐)의 언덕에 있다. 후배(後配) 정부인(貞夫人)은 밀양박씨(密陽朴氏) 세경(世景)의 따님이니, 좌의정(左議政) 충숙공(忠肅公) 익(翊)의 후손으로, 공보다 17년 후에 별세하니 묘는 같은 언덕에 다른 무덤이다.

아들이 다섯 분이니 만경(萬慶)은 이씨에게서 났고, 희경(希慶), 사경(嗣慶), 택경(宅慶), 화경(華慶)은 박씨에게서 났다. 딸이 두 분인데 맏은 재령(載寧) 이종무(李宗武)에게 시집가고, 다음은 창녕(昌寧) 성계창(成啓昌)에게 시집갔으니 모두 이씨에게서 났다. 만경은 창녕(昌寧) 성난세(成鸞世)의 따님에게 장가들어 아이를 낳지 못하고 일찍 별세했다. 희경은 함안(咸安) 조익(趙檍)의 따님에게 장가들어 아들 한 명을 두었으니 이름이 지조(志祚)인데 백부 만경(萬慶)에게 양자갔다. 딸이 네 분이니 강시준(姜時儁), 김사인(金師仁), 조계의(趙季毅), 이춘신(李春新)에게 각각 시집갔다. 사경은 연안(延安) 김은(金慇)의 따님에게 장가들어 아들 한 분을 두었으니 응도(應道)이다. 다시 김해(金海) 배계휴(裵繼休)의 따님에게 재취(再娶)장가들어 아들 두 분을 두었으니 형도(亨道), 학도(學道)인데, 형도는 희경의 후로 양자갔다. 딸이 두 분인데 이상권(李相權), 성한수(成漢修)에게 각각 시집갔다. 택경은 재령(載寧) 이모(李某)의 따님에게 장가들었으나 아이가 없었다. 다시 순흥(順興) 안중호(安仲虎)의 따님에게 재취장가들어 아들 한 분을 두었으니 석도(碩道)요, 딸 세분을 두었으니 전시택(田始宅), 강주일(姜周一), 김사윤(金思潤)에게 각각 시집갔다. 화경은 회산(檜山) 황종간(黃宗幹)의 따님에게 장가들어 아들 한 분을 두었으니 신도(臣道)요, 딸 두 분을 두었으니 조해진(趙海鎭), 하학범(河學範)에게 각각 시집갔다. 이종무는 딸 한 분을 두었는데 조중룡(趙仲龍)에게 시집갔다. 성계창의 아들은 효직(孝直), 효익(孝益)이요, 딸은 이시엽(李時燁)

에게 시집갔다. 증손 현손(玄孫)이하는 다 기록하지 않는다.

신축(辛丑, 1901) 1월 하순(下旬)에

방후손(傍後孫) 준구(準九) 삼가 지음

-《여주이씨광산재후예세보 · 부록》(1978. 8. 15)에 번역 게재-

一日 族叔鍾冕氏 召準九謂曰 吾家自先世 質勝於文 以不言躬行 爲一副當家訓 而不患人之不己知 故六代祖護軍公 無一句文字 傳於來許 而其善行厚德之至今不泯者 尙賴當時親承謦咳者 口傳耳受而銘諸心也 子孫之奉承先訓 固無待於文辭 而第恐墓道無顯刻 樵牧之躑躅者 或不知戒 故方伐石以表 而欲謁文於當世立言君子 子其爲我述行錄一通 以備採擇焉 吾以所聞於父祖及鄕里長老之語誦之 公生於 顯宗辛丑 稟質淳厚 性度溫和 自幼少時 已知服習家庭之訓 諸父五人 群從見弟姊妹多至十六 而仰事之怡喩也 退而序天倫樂事 和悅之氣 溢於面貌 拂戾之言 不出於口 見者莫不艶羨 曰某家福履 人所罕有 而餘慶尙未艾也 吾輩之持保舊日門戶 瓦覆廣宅 不易礎八世者 實公修善之餘蔭也 自公在世時 家力已饒 而大布之衣草蔬之供 自奉甚儉約 至於祭祀賓客 則必豊潔 周窮恤匱 猶恐不及 行己接人 只是依本分 盡吾心而已 不爲皎皎之行 察察之言 寧沒世而名不稱 不以己善欲人之見 壽躋大耋 而精力不衰 訓子孫以義 絶無昏耄之言 端居終日 不見怠慢之氣 非有素養於內而能如是乎 英廟乙丑 上入耆老社 問國中高年 於是嘉善階 龍驤衛副護軍職牒降 人皆以達尊兼三榮之 公視之若無有也 越明年丙寅十一月十二日卒 享年八十六 窆于郡南巴峰下 晩節里坐庚之原 蓋先祖三悅堂兄弟 孝友之行 淵源之學 爲當世推重 而公以肖孫克趾其美 事親孝 接人和 言語簡而當 處事詳而愼 平居若無甚異於人 而覿德者心醉 聞風者起敬 克修天爵 而人爵自至 詩所謂俾爾壽而藏者非歟 嗚呼 公之懿德 言不止是 而恐或反損於韜鏟本意 故寧受不知不明之責 而不敢蔓延也 準九起而對曰 人之修身 與喫飯相似 自適飢飽而已 何嘗問外人知不知 苟德盛則雖沒字碑可也 在子孫追遠之誠 容或不可泯泯者 遂謄諸泓穎而叙次姓系 子孫如左 公諱說 字明甫 系出驪州 高麗仁勇校尉諱仁

德爲鼻祖 自是代有偉人 簪纓不絶 七世而諱皐 翰林學士大司成集賢殿提學 見麗運將訖 退去水原府 自號忘川 聖祖革命 屢徵不起 命畵所居 錫名八達山 列聖朝遣官致祭 式至于 當宁 是生諱審 入 本朝官吏曹叅判藝文提學 是生諱伯堅縣監 是生諱賢孫有學行節義 以公薦 授直長遷執義 端廟遜位 屛居丹城縣 是生諱永孝 縣監 是生諱鸞 副司直 又移居于咸安郡 咸之有驪李 自此始 司直公之子 叅奉諱承春 於公爲五代祖 高祖諱極 部將 曾祖諱益亨 號杜谷 有高行 與鄭寒岡先生 從遊 時郡人承仁弘風旨 疏斥退陶老先生 以公陪疏 公諭以理不可 遂避之 家僮見囚三年 不少撓 祖諱景蕃 號三悅堂 有孝友學行 贈掌樂院正 與弟晩默堂 諱景茂 同受學於復齋李先生道孜之門 并享盧陽書院 考諱東章 有文行 未冠入場屋 莫不稱嘆 郭公希曾 一見相攸焉 妣卽公之女 玄風望閥 文元公晦齋先生外孫女也 生長法家 有婦德 夫人慶州李氏 亨茂女 奉事宗榮孫 復贈貞夫人 墓外杜谷廣大嶝 辰坐原 後配貞夫人 密城朴氏世景女 左議政忠肅公翊後 後公十七年卒 墓公同原異兆 子男五人 萬慶李氏出 希慶 嗣慶 宅慶 華慶 朴氏出 二女長適載寧李宗武 次適昌寧成啓昌 皆李出也 萬慶 娶昌寧成鸞世女 无育早歿 希慶娶咸安趙楹女 生一子 志祚系長房萬慶後 四女姜時儁 金師仁 趙季毅 李春新 嗣慶娶延安金愍女 生一子應道 再娶金海裵繼休女 生二子 亨道 學道 亨道出爲希慶後 二女李相權 成漢修 宅慶 娶載寧李某女 无育 再娶順興安仲虎女 生一子 碩道 三女 田始宅 姜周一 金思潤 華慶 娶檜山黃宗幹女 生一子 臣道 二女 趙海鎭 河學範 李宗武 一女趙仲龍 成啓昌男 孝直 孝益 女李時燁 曾玄以下不盡錄

重光赤奮若 孟春 下澣

傍裔 準九 謹述

*《杜谷驪州李氏先代狀碣錄》《信菴文集》卷4에는 「副護軍李公遺事」로 되어 있고 내용도 축약되어 있다.

광산재기
匡山齋記

함안(咸安)의 디길[杜陵里]은 광려산(匡廬山)아래 있는데 깊고 그윽하여 가히 속세를 떠나 은거하여 살 만한 곳이니, 여주이씨(驪州李氏)가 대대로 살아 온 곳이다.

그 선조에 두곡공(杜谷公) 익형(益亨)이란 분이 있었으니 북인(北人)의 화를 피하여 이곳에 은거하여 살았다. 이분의 아들에 삼열당(三悅堂) 경번(景蕃)과 만묵당(晩默堂) 경무(景茂) 형제가 있었는데, 정한강(鄭寒岡)선생에게 사숙(私淑)하였으며 효행(孝行)과 학행(學行)으로 함께 여양서원(廬陽書院)에 향례드리고, 또 정려(旌閭)까지 내리니, 사람들이 송(宋)나라의 태중(太中)이 정명도(程明道)와 이천(伊川) 두 형제 유명한 선생을 낳은 데 비유했다. 지금 수백 년이 지난 오늘에 와서도 고을 선비들이 이 삼현(三賢, 三父子)의 풍도를 칭송하여 마지 않는다.

삼열공의 아들 처사공(處士公) 동장(東章)과 손자 호군공(護軍公) 열(說) 양대(兩代)가 함께 문행(文行)과 덕업으로 사우(士友)들 사이에 추중받았는데, 호군공은 또 80세가 넘도록 장수하여 노인을 우대하는 높은 관질(官秩)까지 받았으므로 사람들이 선조의 아름다운 업적을 계승했다고 일컬었다.

이씨는 대대로 선조가 끼친 법도를 지켜 이를 이어가는 데 독실했다. 그래서 무릇 선조의 아름다운 점을 드러내는데 있어 힘을 다하지 않음이 없었지만 다만 두 분에 대해서는 아직 우모(寓慕)할 장소가 없어서 오래전부터 개탄해 왔다. 지난해에 두 분의 후손들이 비로소 의논을 모아 마을 옆에 재실(齋室)을 한 채 짓고, 이 곳 지명(地名)을 따서 광산재(匡山齋)라 이름을 붙이니, 이는 실로 두 분을 경모(敬慕)하는 곳이다. 일을 마치고 나에게 기문(記文)을 청해 왔다.

나는 사람이 가정에 있어서도 나라와 같은 도리가 있다고 생각한다. 즉 선조가 기업(基業)을 일으켜 후손에게 전해 주는 것은 그것을 이어

내려가고자 하지 않음이 없고, 자손들이 이어가는 것은 이것을 떨어뜨리지 않고자 하지 않음이 없기 때문이다.

이 두 가지는 반드시 서로 맞잡아야 하는 것이니 비록 기업을 일으켜 후손에게 전해 주더라도 만약 그것을 이어가지 못하면 마침내 선조의 유업을 떨어뜨리고 말 것이다. 그러므로 기업을 일으키는 것과 뒤를 이어받아 지키는 것은 그 공로에 있어서는 마찬가지로 중요하다. 주(周)나라의 성왕(成王) · 강왕(康王)과 한(漢)나라의 문제(文帝) · 경제(景帝)가 종(宗)이 되는 것은 기업을 잘 지켜갔기 때문이다.

대저 삼부자는 뜻의 의로움과 행실을 닦음이 저절로 우뚝이 높이 섰으니 족히 한 집안의 기업을 일으킨 조상이 될 만하다. 그리고 다음 두 분의 세대에 와서 독실하게 의리를 행하고 그 선조의 아름다운 점을 잘 이어서 넉넉히 후손에게 열어 준 것은 어찌 이어가기를 잘 하여 가히 이씨(李氏) 집안의 성왕(成王) · 강왕(康王) · 문제(文帝) · 경제(景帝)라고 일컬을 수 있지 않겠는가? 마땅히 두 분의 후손들은 추모하기를 잊지 않고 특별히 우모(寓慕)하여 삼현(三賢, 三父子)의 뒤를 이을 만하다.

돌이켜 생각건대 요즘 사람의 기강(紀綱)이 무너져 거침없이 조상도 잊고 옛 살던 곳도 버리는데 이씨만은 능히 수백 년 전의 먼 조상까지 추모하여 전에 못한 일까지 했으니, 이는 이어가는 정성이 남달리 뛰어나지 않고는 될 수 없을 것이다. 이것 역시 두 분께서 끼치신 가르침의 힘이 아니겠는가?

이 재실이 낙성되면 반드시 여기서 노닐며 쉬고 여기서 학문을 강론하여 더욱 옛 법도를 닦아서 밝히고 선조의 유업을 확장시켜 그 풍운(風韻)과 세업을 길이길이 떨어뜨리지 않으면 이것이 선조의 사업을 이어가는 큰 일이 된 것이며, 두 분의 뜻이 이에 더욱 밝아지고 이씨의 부흥이 장차 여기서 조짐이 보일 것이라고 나는 생각한다. 그러면 이 재실은 장차 저 광려산과 함께 변하지 않을 것이니, 이 재실이 저 광려산과 짝이 된다는 것을 누가 불가하다고 하겠는가? 이것은 가히 축하하고 기문을 지을 만하다. 재실을 짓는데 힘을 쓴 사람은 창형(昌衡), 달녕(達寧), 시녕

(時寧), 석녕(奭寧), 철형(哲衡)이고, 창의(倡議)하여 일을 주관한 사람은 병로(炳魯)이다.

임자(壬子, 1972) 5월

화산(花山, 安東) 권용현(權龍鉉) 짓고

후손 창형(昌衡) 쓰다.

-《여주이씨광산재후예세보 · 부록》(1978. 8. 15)에 게재,
《함안누정록(咸安樓亭錄)》卷2 (1988. 12. 30)에 전재-

咸州之杜陵里 在匡廬山下 窈窕幽敻 可隱而居 驪州李氏之世庄也 其先有杜谷公諱益亨 避北人凶焰 遯跡于此 有子曰 三悅堂諱景蕃 晩默堂諱景茂兄弟者 私淑於鄭寒岡先生 以孝學 俱享俎豆廬陽 旌表門閭 人以太中之生兩程比之 至今數百年 鄕人士 誦三賢之風不衰 三悅公之子處士公諱東章 孫護軍公諱說 兩世俱以文行德業 見推士友 護軍公又壽躋大耋 蒙優老崇秩 人稱趾美繩武 李氏世守遺範 篤於繼述 凡於先徽之闡發 無不盡力而惟於二公 尙無所於寓慕 則久爲之慨 往年爲二公後者 始合謀 築一齋里傍 因其地 扁以匡山 實爲二公羹墻地也 問余以記 余惟人之於家 有國之道焉 祖先創業以垂統 無不欲其可繼也 子孫纘緖以述事 無不欲其不墜也二者必相須 而雖有垂統 苟無纘緖 則終於廢墜而已 故創業守成 其功則等而周之成康 漢之文景 所以爲宗也 盖三賢之志義行學 卓然自樹 足爲一家垂統之祖 而二公之世 篤行義克趾厥美 優優乎承先啓後之業者 豈非善於纘緖 可稱李氏之成康文景者耶 宜後人之追思不忘 別以寓慕 以繼於三賢之後也 顧今人紀敗壞 滔滔是忘先棄基 而李氏獨能追數百年之遠 成未遑之役 則非繼述之誠之出人不能 而亦豈非二公遺敎之所及耶 吾知是齋之成必將遊息於斯 講學於斯 益修明舊章 恢張先業 使其風韻謨猷 不墜於永世 則是爲纘緖之大者 而二公之志 於是益明 李氏之復興 將於是爲之兆矣然則是齋也 將與彼匡山同其不虧 而以齋配山 孰云不可哉 是可賀也 可記也 齋之役 擔其力者 昌衡 達寧 時寧 奭 寧哲寧 倡議幹務者 炳魯也

玄鼠之歲榴夏

花山 權龍鉉 記

-《秋淵先生文集》卷21-

광산재 상량문
匡山齋上樑文

세장(世庄)을 개척하여 재실(齋室)을 지으니 선인(先人)의 법도를 따른 것이요, 주산(主山)의 이름을 따서 집 이름을 붙이니 길이 신(神)의 보호를 받으리라. 제도도 정제되고 규모도 놀랍구나.

삼가 생각건대 이 재실의 주인 이씨는 여주(驪州)의 화벌(華閥)이요, 함안(咸安)의 명가(名家)이다. 사직공(司直公)의 맑으신 절개는 사화(士禍)를 징계해서 남쪽으로 내려와 은둔했고, 두곡옹(杜谷翁)의 깊은 학문은 한강(寒岡)을 모시고 동쪽으로 동래 온천에 놀아 시문을 창수(唱酬)했구나. 덕행(德行)이 유림(儒林)에 드러나 삼열공(三悅公)과 만묵공(晩默公)의 형제가 함께 일어났고, 효우(孝友)가 가범(家範)에 젖어 처사공(處士公)과 호군공(護軍公)의 부자가 서로 이어왔네. 대개 이것은 여러 대로 인(仁)에 힘쓰고 아름다운 덕을 쌓은 것이니, 후손들은 마땅히 그 아름다운 것을 이어가야 할 것이다. 효성이 지극하여 길이 복을 주리니 가문이 번창할 것이요, 조상을 생각하여 항상 덕을 닦으니 후손에게 전하는 모범을 잘 계승하리라. 천륜(天倫)의 떳떳한 법도를 따름에 어찌 화목을 강론할 집이 없겠는가? 해마다 제사를 올림에 마땅히 정신을 맑게 할 방이 있어야겠다. 그러므로 시원한 숲 속을 가려, 곧 재실 짓기를 꾀했다. 좋은 때를 점쳐 일을 시작하니 마음을 같이 하는 정성이 스스로 우러나오고, 좋은 날을 택하여 일을 시작하니 장대한 공사(工事)가 잘 이루어졌네. 푸른 대마루가 구름 속에 날았으니 산천이 울울히 더욱 빛나고, 분을 바른 벽이 햇빛에 빛나니 마을도 갑자기 모습을 바꾸었구나. 참으로 아름답고 완전하여, 진실로 이곳에 거처할 만하구나. 집안에 들어가니 엄숙하여 완연히 선조의 혼령이 밝게 왕림하신 것 같고, 평상을 대하니 기뻐하여 종족끼리 화목하는 즐거움을 돈독히 할 만하구나. 굽어서 출렁거리는 금천(琴川)의 물을 보니 한 근원에서 갈라진 것을 알겠고, 우러러 높이 솟은 광려산을 바라보니 많은 산줄기가 같은 산마루에서 나온 것을 상상하겠네. 다만 선조의 좋은 업적을 이어갈 것을 생각하고, 모름지기 옛 법도를 따라야 하겠구나. 세속이 다투어 흩어져가니 화수(花樹)아래서 단합함을 더욱 힘써야 할 것이고, 상전벽해(桑田碧海)가 많이 변해가니 선산에 성묘도 더욱 부지런히 할지어다. 오랑캐의 풍속이 비록 인간을 미혹시키나 타고난 천성은 변함이 없고, 다른 종교가 비록 세상을 바꾸어 놓았으나 대대로 전해 온 시례(詩禮)를 읽는 것을 잊겠는가? 상량을 축하하여, 송축의 노래 부르노라.

어기여차! 들보 동쪽으로 바라보니
광려산의 맑은 기운 만 겹으로 솟아 있네.
지령(地靈) 따라 인걸(人傑)남은 하늘의 이치라
두릉(杜陵)의 이씨 문중 울울한 옛 풍도가 있네.

어기여차! 들보 서쪽으로 바라보니
무덤 있는 언덕에는 서리 이슬 처량하네.
재계하고 분향함은 예(禮)만 따름이 아니거니
어린이처럼 사모하는 본성 미혹하지 않아서이네.

어기여차! 들보 남쪽으로 바라보니
콸콸 흐르는 금천 물은 옛 곡조 머금은 듯.
구경하는 사람들은 그 멋을 아는 이 적어
양양(洋洋)한 맑은 운취 바위 아래 둘렀구나.

어기여차! 들보 북쪽으로 바라보니
오도봉(吾道峰)은 높이 솟아 고색이 창연하네.
묻노라 선비 집안 뛰어난 후손들아
선조들의 끼친 법도 이어감을 잊을손가?

어기여차! 들보 위로 바라보니
밝고 밝은 저 하늘은 높이 높이 푸르렀네.
타고난 본성은 착함밖에 더 없으니
성현(聖賢)되기 바라는 건 망상이 아니로세.

어기여차! 들보 아래로 바라보니
무성한 꽃나무는 옛 터에 둘러있네.
봄 밤에 이 좋은 곳 무엇으로 즐기리오?
인륜 예의 닦으면서 좋은 시 읊으리라.

엎드려 바라옵건대, 상량한 후로는 장대한 이 집의 규모 길이 아름답고, 찬란한 문물(文物)을 더욱 빛나게 하소서. 산천이 맑았으니 요사스러운 기운이 사라지고, 천지가 태운(泰運)으로 돌아오니 우리의 도(道)가 일월처럼 밝게 하소서.

임자(壬子, 1972) 5월
강양(江陽, 陜川) 이영현(李永鉉) 짓고
후손 창형(昌衡) 삼가 씀

-《여주이씨광산재후예세보 · 부록》(1978. 8. 15)에 번역 게재-

拓世庄而肯構堂, 式遵先人之底法; 攬主山而揭楣扁, 永賴后祗之保休. 制度整齊, 規謨弘遠. 恭惟新齋李氏. 驪州華閥, 巴陵名家. 司直公之淸標, 懲士禍而南下笠遯; 杜谷翁之邃學, 陪寒老而東遊昌酬. 德行著於儒林, 三悅晩默兄弟幷作; 孝友濡於家範, 處士護軍父子相承. 盖茲累世之敦仁積徽, 宜其來裔之繩武趾美. 錫類不匱, 奠居之門欄蕃昌; 念祖聿修, 垂裕之模楷善述. 叙天倫彛則, 詎無講睦之堂; 薦歲事精禋, 合有齊蠲之室. 肆占園林之爽塏, 載謨棟宇之拮据. 慮善動以時, 同人之誠義自發; 卜吉揆以日, 大壯之工役利成. 翠甍飛雲, 山川鬱乎增彩; 粉壁耀日, 閭里忽其改觀. 儘乎苟美苟完, 允矣爰居爰處. 入室肅肅, 宛先靈之昭臨; 對床怡怡, 敦宗族之湛樂. 俯瞰琴川汪濊, 一源之分派可推; 仰瞻廬岳崇高, 衆支之同宗想象. 第念嗣守善策, 須要率由舊章. 澆俗競分離, 花樹之團合加勉; 滄桑多浩惻, 楸原之省護愈勤. 蠻風縱迷人, 人彛之稟性靡忒; 異敎雖易世, 世業之詩禮敢忘. 賀擧脩樑, 賡騰偉頌.

兒郎偉抛樑東　　匡廬淑氣萬重雄.
地靈人傑元天理　　杜洞門欄蔚有風.
兒郎偉抛樑西　　靈原霜露正凄凄.
宿齊薦苾非徒禮　　孺慕彛哀自不迷.
兒郎偉抛樑南　　活水琴川古調含.
玩弄今人知者少　　洋洋淸韻繞雙岩.
兒郎偉抛樑北　　吾道峰高蒼古色.
借問儒先裔俊髦　　詎忘紹述遺謨則.
兒郎偉抛樑上　　仁天昭昭垂成象.
元初賦性善無他　　希聖希賢非濫想.
兒郎偉抛樑下　　花樹猗猗園古社.
春夜芳園宴樂何　　敦倫講禮歌風雅.

伏願上樑之後. 輪奐永美, 文物重熙. 河山肅淸, 異類之氛祲蕩滌; 天地回泰, 吾道之日月復明.

江陽 李永鉉 撰

일심재 유허비문
一心齋遺墟碑文

국조(國朝)의 융성할 때, 문장을 잘하여 과거(科擧)에 등과한 사람이 역사에 끊어지지 않았다. 그런데 말년에 와서는 비록 그런 사람이 있기는 하나, 대부분이 곤궁하여 굶어 죽을 지경이었다. 근세 우리 고을에 사는 쌍봉(雙峰) 이공(李公)과 일심재(一心齋) 이공(李公)은 더욱 그러한 사람이다.

아, 내가 어릴 때, 이 두 어른의 뒤를 따라 모시고 놀면서 마음 속으로 매우 깊이 감탄했다. 쌍봉공(雙峰公)에 대해서는 나 병규(昺奎)가 벌써 그 문집에 서문을 지었고, 그 정자(亭子)에 기문도 지었다. 어느 날 일심재의 손자 이군(李君) 연건(鍊乾)이 그 할아버지《일심재유고(一心齋遺稿)》를 가지고 와서 흐르는 눈물을 닦으며 말하기를 "할아버지께서 큰 일을 할 수 있는 자질을 타고났으나 살아서는 그 뜻을 펴 보지 못하고 별세해서는 이름을 후세에 전하지 못하니 불초(不肖)의 슬픈 한입니다. 가만히 생각해 보면 할아버지의 올바른 행실과 문예(文藝)는 당세 사람들이 모두 아는 바인데, 오직 한 마음으로 바른 길로 살아가신 일은 다 아는 사람이 적습니다. 일찍이 그 거처하는 곳을 일심재(一心齋)라 써 붙이고, 무릇 평생에 한 마디의 말과 한 가지의 행동도 다만 마음에 전일하게 하는 공부가 아닌 것이 없었습니다.

송수종재(宋守宗齋) 달수(達洙)와 남직암(南直菴) 이목(履穆)과 안성재(安惺齋) 몽백(夢伯)과 조양천(趙陽川) 원(湲)을 사우(師友)로 삼아 경학(經學)을 강론했는데, 이 제공(諸公)들이 그 조예(造詣)를 인정했으니, 또 다시 무슨 말을 덧붙일 것이 있겠습니까? 지금 막 돌을 하나 다듬어 그 유허지(遺墟地)에 세워 동서(東西)로 다니는 사람들로 하여금 우리 할아버지의 평소 사업과 행실이 이와 같음을 알게 하려 하니, 원컨대 어르신께서는 정중하신 한 말씀을 아끼지 마시고 써 주셔서 우리 할아버지의 이런 일들이 없어지지 않게 해 주십시오"라고 한다.

내가 손을 씻고 그 글을 읽고서는 탄식하며 이렇게 쓴다. 공은 바로 간세(間世)로 날 수 있는 천재이다. 여섯 살에 지은 「삼태수(三台宿)」란 시를 보니 그 시에 이르기를

州割長川去　고을 주자처럼 석 점을 찍어 길게 흐르는 내를 끊었고
心空半月懸　마음 심자 비었는데 반달 걸려 있는 것 같네.

라고 했다. 이는 그 마음의 맑고 밝음이 어릴 때부터 이미 나타난 것이다. 십 이삼 세 때 경사(經史)와 백가(百家)를 널리 통해서 우뚝이 문단의 엄지손가락을 꽂을 수 있었으나 결국 늙고 가난하게 살면서 그 쌓은 바를 펴 보지도 못하고 별세했다.

아, 내가 일찍이 향교(鄕校)의 강회(講會)에서 모신 적이 있는데, 그 논답(論答)하는 바의 뜻이 정명(精明)하니 이것은 대개 그의 심학(心學) 속에서 흘러나온 것이다. 기타 효우(孝友)의 행실과 후진을 양성한 사업과 굳은 지조는 그 아들의 종석(鍾奭)의 행장(行狀)과 두산(斗山)의 글에 상세히 나와 있다. 공의 이름은 용관(容瓘)이요, 자(字)는 치옥(致玉)이요, 성은 여주 이씨(驪州李氏)이니 대대로 문학으로 세상에 명망이 높은 집안이 되었다. 명(銘)은 이러하다.

하늘에서 태어난 것은 재주요
하늘에 맡겨둔 것도 운명이다.
아, 하늘이여!
일심재(一心齋)의 재주와 운명에 유감이 없지 않구나.

단기(檀紀) 4293년 경자(庚子) 10월 일
진사(進士) 파산 조병규(巴山 趙昺奎) 삼가 지음
월성 이유주(月城 李裕周) 삼가 씀
증손(曾孫) 병찬(炳贊) 삼가 세움

-《함안누정록》(1988. 12. 30)에 번역 게재-

[1] 國朝晟際 能文章 占科第者 史不絶書 而降及衰叔 雖有其人 擧多窮餓而死 近世吾鄕 雙峰李公 一心齋李公 其尤者也 嗚呼 余自童子時陪遊二公之後 竊有所感歎者涘 於雙峰 旣序其集 記其亭矣 日一心齋之孫鍊乾 奉其王考 遺稿而來 抆涕言曰 王考 稟有爲之資 而生不得伸其志沒不得垂名後世 不肖之痛也 竊念王考之行義文藝 當世知之 而其一心趨

向之正 人未有及盡知者也 嘗書其所居曰 一心齋 凡平常一言一行 罔非惟心惟一之工夫也 宋守宗齋達洙 南直菴履穆 安惺齋夢伯 趙陽川湲 爲師友而講論經學 諸公皆許其造詣 今方治一石 竪之遺墟 使東西行路者 知王考平日事行 有如是者矣 願吾丈 無惜一言之重 不朽我王考 不佞盥讀其文於悒而言曰 公卽間世之天才也 觀六歲所作三台宿之詩曰 州割長川去 心空半月懸 心胸之瀅澈爽朗 自幼少時 已著之矣 十二三 淹貫經史百家 裒然爲文苑拇擘 而畢竟白首圭竇 未展所蘊而歿 嗚呼 余曾陪黌堂講會 其所答論 旨義精明 此蓋心學中流出來者也 其他孝友之行 奬育之業 耿介之操其亂鍾爽之狀 族孫準九之文詳矣 公諱容瓘 字致玉 其先驪州人 世以文學爲世名族 銘曰

得之天者才也 任之天者命也.

吁嗟天乎 不能無憾於一心子之才與命也.

檀紀 四千二百九十三年 庚子 十月 日

進士 巴山 趙昺奎 謹撰

月城 李裕周 謹書

曾孫 炳贊 謹立

-《一山先生文集》卷12-

[2] 國朝晟際 能文章 占科第者 史不絶書 而降及衰叔 雖有其人 擧多窮餓而死 近世吾鄕 雙峰李公 一心齋李公 尤者也 嗚呼 余童子時 陪遊二公之後 竊有所感歎者切深矣 於雙峰 旣序其集 記其亭矣 日 李君鍊乾奉其王考 一心齋遺稿而來 抆涕言曰 王考 稟有爲之姿 而生不得伸其志沒不得垂名後世 不肖之痛也 竊念王考之行義文藝 當世知之 而其一心趨向之正 未有及盡知者也 嘗書其所居曰 一心齋 凡平生一言一行 罔非惟心惟一之工也 宋守宗齋達洙 南直菴履穆 安惺齋夢伯 趙陽川湲 爲師友而講論經學 諸公皆許其造詣 又何贅哉 今方治一石 竪之遺墟 使東西行者 知王考 平日事行 有如是者矣 願吾丈 無惜一言之重 不朽我王考 不佞盥讀其文 於悒而言曰 公卽間世之天才也 觀六歲所作三台宿之詩曰 州割長川去 心空半月懸 心胸之瀅澈爽朗 自幼少時 已著之矣 十二三 淹貫經史百

家 裒然焉文苑拇擘 而畢竟白首圭竇 未展所蘊而沒 嗚呼 余曾陪黌堂講會 其所答論 旨義精明 此蓋心學中流出來者也 其他孝友之行 奬育之業 耿介之操 其胤鍾奭之狀 斗山準九之文詳矣 公諱容瓘 字致玉 其先驪州人 世以文學爲世望族 銘曰

得之天者才也 任之天者命也.

于嗟天乎 不能無憾於一心子之才與命也.

檀紀 四千二百九十三年庚子 十月 日

進士 巴山 趙昺奎 謹撰

月城 李裕周 謹書

曾孫 炳贊 謹立

-家藏本-

청간정기
淸澗亭記

함안군(咸安郡)의 남쪽 십 리쯤에 산이 하나 있으니 광려산(匡廬山)이라고 한다. 이 산 아래에 있는 마을은 두릉(杜陵)이라고 하는데, 신암처사(信菴處士) 이공(李公)이 살고 있다.

마을 동쪽 두어 굽이 가까이에 한 가닥 맑은 시냇물이 흐르고 있다. 공이 일찍이 그 시내 위에 집을 짓고 청간(淸澗)이란 이름을 붙이고 평생을 보내려 했다. 공을 따르는 사우(士友)들이 그 뜻을 알고 바야흐로 경영하고 계획하던 차에 마침 마을 안에 집이 한 채 있는데, 그 크기가 가히 손님과 친구들을 맞이할 수 있고, 여러 공부하는 생도들을 거처하게 할 수 있었다. 드디어 그것을 사서 옮겨 지으려 했으나, 힘이 잘 되지 않았다. 공이 말하기를 “여기서 그 곳까지 가기가 거리도 멀지 않으니 굳이 옮길 것이 없다” 하고 날을 택해서 들어가 거처하려 했는데 갑자기 병이 들어 별세했다. 병중에 그 아들이 정자(亭子)는 기문이 없을 수 없으니 누구에게 부탁해야겠느냐고 물었다. 공이 말하기를 “송산(松山)이 좋을 것이라"고 했다. 송산(松山)은 나 재규(載奎)의 서실(書室) 이름이다. 공이 별세한 다음 해에 나 재규(載奎)가 가서 조문하니, 그 아들이 울면서 이를 말하므로, 나 재규(載奎)가 마음속으로 그 뜻을 알았다. 그 후 5·7년에 그 아들은 여러 차례 전에 하던 말을 부탁하므로, 감히 사피할 수가 없다.

대저 옛날 사군자(士君子)가 은거하거나 세상에 나타나거나, 나가 벼슬하거나 물러나 집에 있거나, 굽히고 펴고, 번성하고 초췌함이 비록 같지 않으나, 그 귀추는 하나이다. 이 하나란 무엇인가 하면 그 몸을 깨끗이 하는 것뿐이다. 사람이 삶에 있어서 인의예지(仁義禮知)의 이치로써 성(性)을 삼고, 정통(正通)하고 강대(剛大)한 기운으로써 체(體)로 삼는 것이다. 본래 몸은 깨끗한 것인데 다만 이욕에 얽매임으로 해서 그 깨끗함을 잃는 것이다. 군자는 그러한 까닭을 앎으로, 학문을 강론하여 그것을 밝히고, 경계하고 반성하여 그것을 힘써 부지런히 얽매인 것을 제거하여 그 깨끗함을 보존하는 것이다. 그러므로, 비록 영달하여 묘당(廟堂) 위에 있으면서 높고 부유한 즐거움을 누리거나, 곤궁하여 깊은 산골짜기에 살면서 굶주려 문 밖으로 나가지 못하거나, 불행하여 짐승 같은 오랑캐의 세상을 만나 천지가 더러움 속에 빠지더라도, 나의 깨끗함만은 언제나 결백한 연후에 능히 사군자(士君子)의 이름을 저버리지 않을 것이다.

신암공(信菴公)은 재규(載奎)가 일찍이 단성(丹城)의 신안정사(新安精舍)와 삼가(三嘉)의 물계(勿溪)에서 종유(從遊)했고, 또 그 한가히 거처하는 방에 가서 공의 법도 있는 모습을 앙모했고 가르침을 받은 지도 여러 차례이다. 가만히 보건대 공은 고상한 뜻을 품고 정명(精明)한 학문과 진실한 실행이 있으며, 자신은 깊은 산골짜기에 살면서 굶주릴 때에 있어, 천지가 더러움 속에 빠지는 날에도 깨끗이 때 묻지 않으니 위에서 말한 바 깨끗하고 언제나 결백하여 사군자(士君子)의 이름을 저버리지 않은 사람이 아니겠는가? 그 학문을 닦던 곳이 반드시 맑은 시냇물과 서로 어울리고자 한 것은 대개 사물 중에서 깨끗한 것이 시냇물만큼 깨끗한 것이 없기 때문이다. 아침저녁에 이 시냇물을 마시고 이 시냇물에 씻으면 정신이 통일되고 기운이 통하여 내가 시냇물과 하나가 되어 내가 맑은 시냇물인지, 맑은 시냇물이 나인지를 알지 못할 것이니, 그 기쁘게, 서로 마음에 맞는 즐거움이 어떠하겠는가? 이것이 이 정자(亭子)의 이름을 청간정(淸澗亭)이라고 한 까닭일 것이다.

아, 공은 지금 세상에 살아 있지 않다. 그러나, 졸졸 흐르는 맑은 시냇물은 옛날과 같으니 지금이나 후일 공을 사모하면서도 보지 못한 사람은 혹시 이에서 상상해 볼 수 있지 않을까?

이 정자(亭子)의 난간 이름을 첨모헌(瞻慕軒)이라고 한 것은 공의 고비(考妣)의 묘가 서로 바라보이는 데 있기 때문이다. 동쪽에는 대(臺)가 있는데 상금대(爽襟臺)라고 하니, 모두 공이 이름을 붙인 것이다.

임신(壬申) 추분(秋分)에

화산(花山) 권재규(權載奎) 삼가 지음

-《함안누정록》(1988. 12. 30)에 번역 기재-

咸安治之南十里 有山曰 匡廬 山下有村曰 杜陵 信菴處士李公居之 村之東數弓而近有一條淸澗 公嘗欲結屋其上 扁以淸澗 而終老焉 士友之從公遊者 知其意 方與營度 村中有一屋 其大可以延賓友 處諸生 遂買之欲移建 而力有戞戞 公曰 此亦去淸澗不遠 不須移也 卜日將入處 而遽疾病以沒矣 病中 其孤問亭不可無記 當屬誰 公曰 松山可乎 松山載奎書室所揭也 公沒之明年 載奎往弔 其孤泣而言 載奎心竊識之 自後五七年 其孤屢理前言 不敢辭 夫古之士君子 隱見出處屈伸榮悴 雖有不同 而其歸則一也 一者何也 潔其身而已矣 人之生也 仁義禮智之理 以爲性 正通剛大之氣 以爲體 本身潔矣 而惟其以利欲之累 失其潔 君子知其然也 講學以明之 警省以勵之 勉勉乎去其所累者 而全其潔 是以 雖達而在廟堂之上 享尊富之樂 窮而處嵌巖之中 飢餓不能出門戶 不幸而値夷獸之運 天地陷於汙穢之中 吾之潔 常濯濯焉然後 能不負士君子之名矣 信菴公 載奎嘗從遊乎丹丘之新安 嘉樹之勿溪 又造燕居之室 仰法儀而奉矩誨者屢矣 竊瞯公抱高尙之志 而有精明之學 眞實之履 身其在嵌岩飢餓之時 以至天地汙

穢之日 而嶧然不滓 向所謂潔常濯濯 而不負士君子之名者非耶 其藏修之所 必欲與淸澗者而相託 蓋求其物之最潔者 莫澗若也 于朝于夕 是飮是濯則神契氣孚 與之爲一 而不知我爲淸澗乎 淸澗爲我乎 其怡然相得之樂 當如何哉 此亭之所以命以淸澗也夫 嗚乎 公今不在矣 雖然淸澗之潺潺者 猶夫舊日 則今與後之慕公而不得見者 或于玆而想像乎 軒曰瞻慕 以公考妣之藏在相望也 亭東有臺曰 爽襟 皆公所定也

歲玄黓涒灘之秋分

花山 權載奎 謹記

지지원기
遲遲園記

여항산(艅航山) 북쪽에 관청에서 만든 도로가 나 있다. 도로의 북쪽을 바라보면 큰 두 마을이 있으니, 이를 두릉(杜陵)이라고 한다. 이곳은 우리 이씨(李氏)가 대대로 살아온 마을이다. 마을의 서쪽 길 아래와 시내의 위쪽에 우거진 숲이 있어 십묘(十畝) 정도 되는데, 이를 지지원(遲遲園)이라고 한다. 옛날 오봉처사(吾峰處士) 이공(李公)이 심고 돌보던 곳이다. 공이 나라를 떠난 지 벌써 십수 년이 지났는데, 그 아들 병조(炳祖)가 걱정스러이 나에게 찾아와 울면서 말하기를 “우리 아버지께서 모년 모일에 발해(渤海)의 옛 서울에서 별세하셨는데, 나이도 많지 않고 품은 뜻도 펴보지 못하고 돌아가셨으니, 불초(不肖)한 내가 마음 아픈 일이어서, 아버님께서 옛날 놀고 그리워하던 곳에 비석을 세워 글을 새겼으면 해서 감히 글을 청합니다”라고 했다. 내가 한숨을 쉬며 오래토록 있다가 말하기를 “그렇다. 그렇게 하지 않을 수 있겠는가? 대대 군자(君子)가 고국을 떠날 때는 기뻐서 떠나가는 것이 아니다. 그러므로, 옛날 공자님의 말에 ‘더디고 더디구나 나의 떠남이여’라고 했으니, 이것이 조국을 떠나가는 도리이다. 오봉옹(吾峰翁)의 뜻을 사람들이 아는 이가 적다. 그러나, 내가 생각건대 이 동산에서 공이 이 나라를 떠나면서 그 역시 더디고 더디었을 것이다."

처음 공의 아버지 간와공(艮窩公)께서 연세가 팔십이 되어 체력이 예식을 행할 수 없으므로, 늘 이곳에서 시내의 북쪽 국산(菊山)의 남쪽에 있는 그의 어머니 묘소를 바라보면서 살펴 절하고는 곧 고개를 숙이고 돌아서면서 더디고 더디어 마침내 떠나지 못했다. 아들 오봉공(吾峰公)이 그것을 마음에 새겨 두고 있다가 결국 그 땅을 샀으나, 실로 하나의 초원(草原)에 불과했다. 이에 공이 손수 소나무와 밤나무를 심고 땔 나무하는 것과 소 먹이는 것을 금하고 십 년간 공을 들인 끝에 비로소 숲이 되었다. 이것은 역시 부모의 뜻을 잘 잇고 정성으로 이룩된 것이다. 그러나, 숲은 이루어졌으나 공은 떠나고 말았다. 그런데, 아버지의 더디고 더디게 떠나시던 그 뜻은 이어 가면서 자신은 더디고 더디게 떠나지 않는 사람이 있지 않다. 그러나 공은 고국을 빨리 떠나고 말았으니 이것은 무슨 일인가? 아, 슬픈 일이구나.

옛날 축씨(祝氏)는 그 어머니 묘를 보살필 때마다 염불(念佛)을 하고 염불이 끝나면 번번이 나무를 한 주씩 심었는데, 결국 그 나무가 숲이 되었다. 주자(朱子)가 본래 불교를 좋아하지 않았으나 특히 이 일을 기록한 것은 아마 그 정성 때문일 것이다. 이에 이 동산이 비록 보통과 같다 하더라도 예법에 참으로 마땅히 글을 새겨야 할 것을 알 수 있다.

공(公)은 여주 이씨(驪州李氏)이니, 이름은 연건(鍊乾)이요, 자(字)는 여백(汝白)이요, 오봉(吾峰)은 호(號)이다. 고려 한림학사(翰林學士) 고(皐)의 십팔세손(十八世孫)이요, 간와처사(艮窩處士) 종석(鍾奭)의 둘째 아들이다. 뛰어난 재주와 뛰어난 명성이 있었다. 그 행실을 닦음이 모두 실사구시(實事求是)에 있었으나, 곤궁한 운명으로 역경에 빠져 별세했으니, 그가 태어난 신사년(辛巳年)으로부터 헤아리면 향년 65세이다. 나와는 동쪽·서쪽 마을에 살면서 서로 매우 친했으므로, 참으로 그가 이름 내기를 좋아하지 않은 줄을 안다. 그러므로, 더 자세히 말하지 않는다. 명(銘)은 이러하다.

큰 길은 평평하여 가지 좋으며
나무는 그늘 있어 쉬기도 좋네.
사람의 타고 난 천성 효성의 덕을 알겠네.
누가 이 동산에 와서 君子를 생각지 않으리.
군자의 덕은 범상한 것에 아름다움이 있네.
그런데 능한 이 적으므로, 유사한 것 들었네.
이 중에 없어지지 않을 것이 있으니,
영원히 없어지지 않을 그의 뜻이네.

정유(丁酉) 6월(六月) 日
종질(宗姪) 필주(弼冑) 지음

-《함안누정록》(1988. 1.2 30)에 번역 게재-

[1] 艅山之北 官道判焉 道之北 有兩大村曰 杜陵 寔吾李氏世庄 村之西 道之下溪之上 有樹蓊翳 可十畝曰 遲遲園 故吾峰處士李公 所封植維護者也 公之去國 已十數年 其子炳祖 累然踵門 泣且言曰 吾父以某年某日 卒于渤海舊京 吾父壽未高 竟齎志以歿 不肖心痛焉 其故土所嘗懷戀之地 樹石有所書焉 欲志其蹟以表之 願一言以惠之 余歔欷乎久之曰 夫君子之去國也 非所喜也 故玄聖有言曰 遲遲吾行也 去父母國之道也 吾峰翁之志 人鮮知之 然吾於是園也 知公之去是邦 其亦遲遲者乎 始公之父 艮窩公 行年八十 不能以筋力爲禮 每於此地 望見溪之北 菊山之陽 其母夫人墓所 而拜焉 輒低回遲遲 卒不能去 公心志之 遂買其土 乃手自植松與栗 禁樵牧 積十數年 林始成焉 亦可謂述之善也 然林成 而公去矣 能述父之遲遲 而自不遲遲者未之有也 猶且行焉 亦獨何哉 嗟夫 昔祝氏 每展其母墓 誦佛言 誦畢 輒植一樹 遂以成林 朱夫子 雅不喜佛 而特書其事者 殆以其誠也 於是 知是園也 雖似平常 然亦可書也 公驪州人 諱鍊乾 字汝白 吾峰其號也 高麗翰林學士皐 十八世孫 艮窩處士鍾奭第二子也 有茂才雋譽 其行治在實事 公窮於命 落拓以歿 距生辛巳 得年六十五 與余生并

東西村 甚相善 而素不喜名 故不覶縷言之 銘曰

周道如砥 寔宜行止. 維木有陰 亦宜憩只.

民實秉彝 知孝德美. 誰到此園 不懷君子.

乙酉 六月 日

宗姪 弼冑 撰

東萊 鄭基憲 書

-《廬隱遺稿》卷2-

[2] 航山 山北 官道判焉 道之北 望見有兩大村曰 杜陵 寔吾李氏世庄 村之西 道之下溪之上 有樹蓊翳 可十畝曰 遲遲園 故吾峰處士李公 所封植維護者也 公之去國 且十數年 其子炳祖 累然踵門 泣且言曰 吾父以某月某日 卒于渤海舊京 吾父壽未高 而竟賫志以沒 不肖心痛焉 願於其故土所嘗懷戀之地 樹石有所書焉 敢以請 余歔欷久之而曰 然 不其然乎 夫君子之去國也 非所喜也 故古聖之言曰 遲遲吾行也 去父母國之道也 吾峰翁之志 人鮮知之 然吾於是園也 知公之去是邦 其亦遲遲者乎 始公之父 艮窩公 行年八十 不能筋力爲禮 每於此地 望見溪之北 菊山之陽 其母夫人墓所 而展拜焉 輒低回遲遲 卒不能去 公心志之 遂買其土 實一草原 乃手自植松與栗 禁樵牧 積十數年 林始成焉 亦可謂述之善 而誠之遺也 而然林成 而公去矣 能述父之遲遲 而自不遲遲者未之有也 然且行焉 亦獨何哉 嗟夫 昔祝氏 每展其母墓 誦佛言 誦畢 輒植一樹 遂以成林 朱夫子雅不喜佛 而特書其事者 殆其以誠也 於是 知是園也 雖似平常 於法固宜書焉 公驪州人 諱鍊乾 字汝白 吾峰其號也 高麗翰林學士皐 十八世孫艮窩處士鍾奭第二子也 有茂才雋譽 其行治在實事求是 而窮於命 落拓以沒 距生辛巳 得年六十五 與余生幷東西村 甚相善 而固知最不喜名 故不覶縷言之 銘曰

周道如砥 寔宜行止. 維木有陰 亦宜憩只.

民實秉彝 知孝德美. 誰到此園 不懷君子.

君子之德 庸常爲懿. 終亦鮮能 故以擧似.

維有不刊　不刊之志.

乙酉 六月 日

宗姪 弼肖 撰

東萊 鄭基憲 書

-家藏本-

열부 밀양 손진의 아내 여주 이씨 여표
烈婦密陽孫鎭妻驪州李氏閭表

열부(烈婦)는 이씨(李氏)로 본관은 여주(驪州)이다. 고려말 충신인 망천 선생(忘川先生) 고(皐)의 후손이요, 조선조 인조조(仁祖朝)에 효행으로 정려를 받은 만묵당 (晩默堂) 경무(景茂)의 17세 손(孫)인 사인(士人) 민구(敏九)의 따님이다. 태어나면서부터 천품이 정숙했고, 부모를 섬김에 효성을 다했다. 나이 17세에 밀양(密陽) 손재운(孫在雲)의 장자인 진(鎭)에게 시집을 갔다. 진(鎭)은 문학과 덕행이 있어 부모를 잘 섬겼다. 이씨(李氏) 부인은 남편의 뜻을 받들어 시부모를 섬김에 효성을 다했다.

지난 무오년(戊午年)에 그 남편이 병에 걸려 삼 년 동안 고생을 하는데, 약이며 음식 받들기를 언제나 하루같이 했다. 병이 위독하자, 하늘에 빌어 자신이 대신 죽게 해달라고 했으나, 마침내 명을 건져내지 못했다. 시부모께서 부르짖어 통곡하며 살려고 하지 않으므로, 이씨(李氏) 부인이 지성으로 그 슬픔을 누그러뜨리니, 시부모가 그 정상을 민망히 여겨 음식을 들었다.

이씨(李氏)가 남편 상사를 당한 후부터 머리는 손질하지 않아 흐트러지고 세수도 하지 않아 얼굴에 때가 묻었으나 상사에 예절 지키기를 삼가했다. 그 남편 기년상 저녁에 술잔 드리기를 평상시와 같이 하고 유식(侑食) 때에 이르러 병풍 뒤에 들어가 자결했다. 대저 남편의 뒤를 따라 자결할 결심은 이미 그 남편이 별세할 때 결정했으나, 참고서 이 날까지 온 것은 그 남편이 임종할 때 "나의 부모를 잘 섬겨 달라"는 부탁이 있었기 때문이다.

아, 지금 천지가 긴 밤과 같이 어두워 인륜 도덕이 썩어 없어져 가는데 이씨만은 능히 이 대의를 결정지어 그 신체도 훼손하지 않고 조용히 남편을 따라 죽었으니, 정렬이 하늘에서 타고난 것이 아니고서는 능히 그럴 수 있겠는가? 이와 같이 뛰어난 행실은 소멸해서는 안 될 것이나, 지금은 정려의 명령을 바랄 수도 없으니, 참으로 슬픈 일이다. 변하지 않는 참된 마음이 사람을 격동시켜 사론(士論)이 함께 일어나 곧 마을 입구에 비석을 세워 길가는 사람들로 하여금 이씨의 정렬을 알게 하여 이로써 말세의 인륜을 권하게 한다. 이씨가 별세한 것은 신유년(辛酉年) 단오일인데 나이 겨우 24세였다. 명(銘)은 이러하다.

난초 같이 꽃답고 옥과 같이 깨끗하여
탁한 세상 티끌도 묻지 않았네.
살아서는 시부모님 위로했고
죽어 저승에서는 남편에게 보답할 수 있었으니.
이 어찌 규문(閨門)의 본보기만 될 뿐이겠는가?
역시 가히 세상에 남의 신하되고 자식된 자의 본보기가 될 것이다.

신유(辛酉) 10월 초 3일
함안(咸安) 조석제(趙錫濟) 지음
사림(士林)이 세움

-《함안누정록》(1988. 12. 30)에 번역 게재-

烈婦李姓驪州氏 麗季忠臣忘川先生皐後 我仁廟朝 旌孝晩默堂景茂十七世孫 士人敏九女也 生而資稟貞淑 事父母孝順 年十七 歸密陽孫在雲長子鎭 鎭有文行 善事父母 李氏奉承夫子之志 事舅姑極其誠孝 粵在戊午其夫遭疾 三載沈苦 樂餌飮食之奉 恒如一日 及疾革 禱天身代 而竟不得救命也 其父母 號慟不欲生 李氏至誠寬譬 舅姑哀其情狀 乃進水穀 李氏

自晝哭之後 蓬頭垢面 執喪惟謹 及其夫朞祥之夕 酌獻如常 至侑食 轉入屛後 卽自盡 盖其下從之志 已決於其夫捐世之日 而忍而至此者 以其夫臨終有善事吾親之托也 嗚呼 今天地長夜 倫綱斁喪 而李氏獨能辨此大義 不毁其身體 而從容下從 非貞烈之得於天稟 而能然乎哉 如是卓行 不可泯沒 而當今旌命無望 噫嘻悲夫 彜衷所激 士論齊發 乃竪貞珉於里門外 使行道人 咸知李氏貞烈 而用爲澆世彜倫之勸 李氏立節 在辛酉端陽日 而年才二十四 銘曰

蘭之芳兮玉之潔 不受濁世之塵埃.

生旣慰於嫜姑 歸可報於泉臺.

是豈但爲閨門之模範 亦可爲世之爲人臣子所鑑戒哉.

歲辛酉 哉生明

咸安 趙錫濟 撰

士林 竪

송재 이공 행록
松齋李公行錄

부군(府君)의 이름은 용일(容日)이요, 자는 병현(秉賢)이며, 호는 송재(松齋)이다. 여주이씨(驪州李氏)이니 고려 인용교위(仁勇校尉) 인덕(仁德)이 시조이다. 7대로 내려가서 고(皐)는 호를 망천(忘川)이라고 하는데 한림학사 집현전제학(翰林學士 集賢殿提學)으로 고려의 국운이 끝나려는 것을 보고 수원(水原)의 광교산(光敎山)에 물러나 은거해 살았다. 이태조(李太祖)가 새 왕조를 세우고 벼슬하러 나오라고 여러 번 불렀으나 나가지 않으므로 사는 곳을 그림으로 그려 올리게 하고 산 이름을 팔달산(八達山)이라 지어 주었다. 이 분이 심(審)을 낳으니 벼슬이 이조참판 보문각제학(吏曹參判 寶文閣提學)이다. 두 대로 전하여 현손(賢孫)은 유일(遺逸)로 집의(執義)가 되었는데, 단종(端宗) 손위(遜位) 때 의리를 편안히 여겨 단성(丹城)에 조용히 은거해 살았다. 또 두 대로 전하여 부사직(副司

直) 난(鸞)은 단성에서 함안(咸安)으로 이사했다. 이 분의 증손 익형(益亨)은 호가 두곡(杜谷)으로 정한강(鄭寒岡)선생과 종유(從遊)하였고, 간송(澗松) 조임도(趙任道)와 친했는데 북인(北人)의 어진이를 무함하는 이론을 배척했다. 이 분이 경번(景蕃)을 낳으니 호가 삼열당(三悅堂)이다. 외재(畏齋) 이후경(李厚慶)의 문하에 수학하여 효성과 우애와 학문으로 정려(旌閭)를 내렸고, 여양서원(廬陽書院)에 향례 드리며, 증장악원정(贈掌樂院正)이다. 고조의 이름은 만경(萬慶)이다. 증조의 이름은 지조(志祚)이니 호가 매정(梅亭)이다. 할아버지의 이름은 운집(運楫)이다. 모두 숨겨진 덕행이 있었는데 벼슬하지 않았다. 아버지의 이름은 낙신(洛新)이요, 어머니는 진양 하씨(晋陽河氏)이니 하수호(河壽浩)의 따님으로 여사(女士)의 행실이 있었다.

순조(純祖) 병자(丙子, 1816) 6월 초7일에 부군을 두릉리(杜陵里)의 옛집에서 낳았는데 나면서 뛰어나게 영리하고 일각(日角, 이마 중앙의 뼈가 해 모양으로 융기한 곳)이 꽉 차고 모습이 단정하니 매정공이 이마를 어루만지며 기뻐해 말하기를 "우리 가문을 번창시키고 키워갈 자는 반드시 이 아이일 것이다"고 했다. 나이 겨우 일곱 여덟의 어릴 때부터 행동이 장중(莊重)하여 우뚝이 위인(偉人)과 같았다. 학문을 시작하자 총명하고 뛰어나 긴요한 곳과 의심스러운 곳에 이르면 반드시 어른들에게 질문하여 깨닫지 못한 곳을 그냥 두지 않았다. 어릴 때부터 부모님을 사랑하고 공경하는 도리를 알았다.

9세 때 매정공이 별세했는데 공께서 사림(士林)의 중망(重望)이 있어 문상 오는 사람이 연이어 왔으나 아침저녁으로 곡(哭)하며 문상 받는 일의 절차를 백숙부(伯叔父)에 따라 행하니 보는 사람들이 모두 감탄해서 말하기를 "매정공에게 참으로 훌륭한 후사(後嗣)가 있다"고 했다.

나이 15세에 아버지께서 선산(先山)의 송사(訟事)로 송정(訟庭)에 들어가게 되어 부군이 모시고 갔는데 기운이 차고 활달하여 마치 황곡(黃鵠)이 높은 하늘에 날아가는 것 같으니 고을 원님이 옷깃을 여미고 놀라 "저 사람은 누구인가?"하고 물었다. 부군께서 두 손을 마주잡고 공경을 표하며 대답하기를 "저의 아버지께서 연세가 많고 말도 더듬어 오늘의 송사는 제가 마땅히 아버지를 대신해서 진술하겠습니다"하고, 이내 상세히 전말을 진술하는데 논리가 정연하고 조리가 환하니 고을 원님이 매우 기이하게 여겨 아버지께 말하기를 "기린(麒麟)과 봉황(鳳凰)은 언제나 있는 것이 아니니 돌아가 잘 키워 세상에 쓰일 수 있는 인재를 만들어라" 고 했다.

부군께서 효도가 천성에 근본을 두어 부모님을 섬김에 정성과 공경을 다하여 음식을 올릴 때엔 반드시 친히 살피며, 약을 올릴 때엔 반드시 몸소 달이고, 놀러 갈 때엔 반드시 그 장소를 알려드렸다.

병오년(丙午年, 1846)에 아버지께서 병환에 걸려 몇 달 동안 자리에 누웠는데 부군께서 걱정되고 마음이 타서 밤낮으로 시탕(侍湯)하며 잠시도 옆에 떠나지 않았다. 결국 상사를 당하여 초상 장사를 모두 《가례(家禮)》에 따라 예절 다스림과 슬퍼함이 함께 갖추었다.

이 때 조모님과 편모(偏母)가 함께 살아 계셨는데 혼정신성(昏定晨省)과 겨울에는 따뜻하게 하고 여름에는 시원하게 해 드리는 도리를 더욱 더 정성스럽게 하고 삼가 했다. 상사를 당함에 미쳐 슬퍼함이 지나쳤고, 매양 제삿날을 당할 때마다 옷을 갈아입고 재계하며 엎드려 눈물 흘리기를 초상 때와 같이 했다. 제사를 마친 후에도 오히려 옷과 의관을 풀지 않고 앉아서 아침을 기다렸다. 날마다 반드시 새벽에 일어나서 가묘(家廟)를 뵈웠는데 심히 병들지 않으면 그만 두는 일이 없었다.

또 우애가 지극히 독실하여 아우 용오(容五)와 음식을 먹을 때는 밥상을 같이 하고 잠잘 때는 베개를 나란히 하여 화목하게 지냈다. 아우가 재주와 학문이 겸비하여 나이 이십 전에 명성이 대단하니 부군께서 기뻐하여 "너의 재주와 학문이 나보다 10배는 나으니 입신양명하여 부모님을 세상에 알려지게 하는 일은 네가 하고, 음식을 보살피고 봉양하는 일은 내가 맡겠다. 너는 노력하라"했는데 불행히 나이 겨우 21세에 요절(夭折)했다. 부군께서는 가슴을 치며 매우 슬퍼하여 마치 세상에 살고 싶지 않은 것처럼 했다. 아우를 곡(哭)한 제문이 있는데 정과 언사가 처절했다.

제수(弟嫂) 정씨는 팔계 정씨(八溪鄭氏)이니, 구이헌(懼而軒) 정언민(鄭彦民)의 따님이다. 성품과 행실이 곧고 강하여 일찍이 남편의 뒤를 따라 자결하려고 했으나 부군께서 온갖 방법으로 위로하고 이해시켜 결국 그 마음을 돌려내었다. 부군께서 성격이 엄하여 집안사람에 허물이 있으면 조금도 관용함이 없어, 아무도 용서를 청할 수가 없었으나 만약 정씨의 말로써 하면 곧 화를 풀었다. 네 분의 누이동생이 있었는데 화목하고 즐거움이 가득하였다. 시집감에 미쳐 혼수(婚需)도 후하게 보내어 주었으나 한 누이동생이 가난하여 편하게 살 수가 없으므로 결국 불러와 이웃에 살게 하고 토지를 나누어 주어, 살아가는데 도움이 되게 했다.

가정을 다스림에도 법도가 있어 내외(內外)의 분별을 엄하게 하고 장유(長幼)의 질서를 밝혀 집안이 엄숙했다. 몸가짐에는 충신(忠信)으로 근본을 삼고 근검(勤儉)으로 요결(要訣)을 삼아 몸에는 비단이나 아름다운 옷을 입지 않고 궤안(几案)과 세간 물건들은 모두 꾸밈없이 순박하고 화려함이 없었다. 정성껏 선조의 유업(遺業)을 지켜 털끝만큼도 낭비함이 없고 근검절약을 힘쓰되 다만 집안 형편으로 선조를 받드는데 검소하게 하지 않았다. 여러 대의 선영(先塋)들에 일일이 상석(床石)·비석(碑石)들을 갖추어 놓고 제전(祭田)도 마련하였다. 5대조 호군공(護軍公)의 신주(神主)를 체천(遞遷)하게 되자 마을 남쪽에 별묘(別廟)를 세워 제사를 받들게 하고 그 문 위에 '원모재(遠慕齋)'라 써 붙였다. 그리고 문학과 덕행이 뛰어난 선비를 맞아 와서 자질(子姪)들로 하여금 여기에서 공부하게 했다. 만약 마을에 총명하고 뛰어난 재주 있는 이가 있으나 가난해서 공부를 할 수 없으면 학비(學費)를 내어서 힘써 공부를 마치게 했다.

무진년(戊辰年, 1868)에 조정(朝廷)으로부터 서원(書院)을 철거하라는 명령이 있어 여양서원(廬陽書院)이 장차 훼철당하게 되었다. 부군께서 분개하여 깊이 탄식하며 말하기를 "서원이란 선현(先賢)을 존모(尊慕)하는 곳이요 어진이는 나라의 원기(元氣)이며 사람의 사표(師表)인데 지금 장차 나라에 원기가 끊어지고 사람들이 스승을 잃는다면 어찌 서로 금수(禽獸)가 되지 않겠는가"하고, 인해 눈물을 흘려 옷깃을 적셨다.

병자년(丙子年, 1876)에 남쪽 지역에 크게 흉년이 들어 굶어 죽은 시체가 들판을 덮었고, 걸인들이 문에 연이었다. 부군께서 드디어 곡간을 열어 곡식을 끌어내어 어려운 사람을 먹여 살려 도랑이나 골짜기에 굴러 죽는 목숨을 널리 구제해 내었다. 매양 춘궁기(春窮期)를 당하면 돈과 곡식을 내어 가난하고 어려운 사람에게 나누어주기를 해마다 연례로 했다. 고을 사람들이 이 일을 비석에 새겨 표하려 했으나 부군께서 못하게 말리며 "환난(患難)을 서로 구원해 주는 것은 떳떳한 일인데 뭐 일컬을 만한 것이 있다고 나에게 누를 끼치려 하는가"고 했다.

이 때 향교(鄕校)의 학사(學舍)가 세월이 오래되어 허물어졌다. 고을에서는 이 중수 일을 맡을 적임자가 없어 어렵게 여겼다. 그리하여 부군을 추대하여 당장(堂長)을 삼으니 부군께서는 겸손하여 사양했으나 하는 수 없어 이에 재물을 모으고 공인(工人)을 불러 일을 시작한 지 반년이 못되어 환히 옛 제도대로 복구했다.

고을 원이었던 정주묵(鄭周默)이 부군을 보면 반드시 탑상(榻床)에서 내려와 예를 드리고 삼공(三公)과 보상(輔相)의 그릇으로 여겼다. 그는 일찍이 말하기를 "내가 남방(南方)에 원이 되어서 다른 산수(山水)를 본 것은 없고 오직 사람에 있어서 송재장(松齋丈)을 본 것은 다행한 일이다"고 했다.

부군께서 모습과 성품이 엄정(嚴正)하고 말씨도 간결하면서 미덥고 지혜로운 생각은 넓으면서 원대하고 기우(氣宇)는 호상(豪爽)하고 풍모는 청숙(淸肅)하여 근엄하게 남을 누르는 국량이 있었다. 언제나 고을 사람들의 모임이나 종회(宗會) 때마다 이론이 서로 엉클어져 야단스럽다가도 만약 부군께서 바로 앉아 발언하면 여러 사람들이 '예, 예' 하고 탄복하기를 미치지 못할까 두려워하는 것 같았다. 부군께서 남들에게 추앙받는 것이 모두 이런 류였다. 항상《맹자(孟子)·호연장(浩然章)》을 즐겨 외우며 말하기를 "마땅히 이 호연지기를 가슴속에 가득 채워 천지의 사이에 행하게 한 연후에 바야흐로 가히 대장부의 뇌락(牢落)·광명(光明)한 사업을 이룰 수 있을 것이다"고 했다.

부군께서 천성으로 산수를 좋아하여 언제나 바람이 화창하고 날씨가 좋을 때면 좋은 손님과 마음에 맞는 벗과 함께 여산(廬山)의 수석(水石) 사이에 거닐면서 술잔을 잡고 시를 읊으면 풍운(風韻)이 매우 아름다웠다. 직암(直庵) 남이목(南履穆), 양천(陽川) 조원(趙湲), 이서(夷西) 박용하(朴龍夏), 죽오(竹塢) 이장록(李璋祿), 남화(南華) 조윤수(趙胤秀) 등은 모두 취미를 같이 하여 교유한 분들이다.

부군께서는 천성이 매우 높고 행실이 지극히 깨끗하여 세속의 명예나 이욕에는 본래부터 담담했다. 진심(眞心)과 직기(直氣)는 외물(外物)에 침삭(浸鑠)을 입지 않았기 때문에 나이가 80세에 가까웠으나 정력이 쇠하지 않고 신색(神色)이 더욱 밝으며 얼굴이 빛나고 머리털도 깨끗하여 한 점의 티끌도 없어 바라보면 마치 이 세상 밖의 사람과 같았다.

경인(庚寅, 1890) 2월 18일에 우연히 대단치 않은 병에 걸려 집안사람이 약을 올리니 물리치고 마시지 않으며 말하기를 "생(生)·노(老)·병(病)·사(死)는 변하지 않는 이치인데 약을 먹어 무엇하겠는가?"하고 인해 아들과 손자들에게 경계하기를 "디낄[社陵]의 한 구역은 우리 집안에서 대대로 살아온 곳이니 너희들은 삼가 지켜라"하고, 또 말하기를 "너희들은 반드시 일등 사업을 하여 마침내 일등 인물이 되어 가문을 빛내어라. 나는 내일 죽을 것이다"하고 드디어 얼굴을 단정히 하고 정신을 온화하게 하여 말씀과 웃음이 평소와 같았다. 다음날 새벽에 "건곤(乾坤)이 뜻이 있어 남자로 낳았는데 세월이 무정하여 노장부(老丈夫)가 되었구나"라는 구절을 낭송(朗誦)하고 오시(午時)에 조용히 승화(乘化)하시니 향년 75세였다. 파봉산(巴峰山) 서쪽 기슭 기사곡(基寺谷) 을좌(乙坐)의 언덕에 장사했다. 장사 때 사우(士友)들이 상엿줄을 당기는 자가 몇 고을 사람이었다. 그들의 만뢰(輓誄) 중에 "흐르는 황하 중에 우뚝 솟은 지주(支柱)요, 큰 집을 떠받치는 대들보로다." 또 "고을에서는 삼로(三老)로 추대하여 향교(鄉校)에 어른으로 모셨네." 또 "고을에 출입함에 사우(士友)들이 추앙(推仰)했네." 또 "큰 집의 대들보와 기둥이요, 선비들의 영수(領首)로다."라고 했다. 이런 것으로 부군의 덕망의 대략을 볼 수 있다.

묘자리가 좋지 않아 여러 번 이장(移葬)했다가 파봉산 동쪽 기슭 경좌(庚坐)의 언덕에 영원한 유택으로 정하니, 선산(先山)이 있기 때문이다.

배위(配位)는 함안 조씨(咸安趙氏)이니 조한봉(趙漢鳳)의 따님이요, 간송(澗松) 조임도(趙任道)의 후손으로 정숙하고 부덕이 있었다. 임술년(壬戌年) 8월 초8일에 별세하니, 묘는 창원군(昌原郡) 진북면(鎭北面) 고당(姑堂) 대로(大路) 위 동쪽 산기슭 간좌(艮坐)의 언덕에 있다.

2남 1녀를 두셨으니, 아들은 종면(鍾冕), 종만(鍾璊, 양자갔다)이요, 딸은 이지수(李址秀)에게 시집갔다. 종면은 1남 1녀를 두었으니 아들은 홍구(洪九)요, 딸은 조성희(趙性熙)에게 시집갔다. 종만은 2남을 두었으니 재구(在九), 환구(歡九)이다. 홍구의 아들은 필승(弼丞), 필상(弼祥), 병옥(炳玉), 병석(炳石)이요, 딸은 노진수(盧晋洙)에게 시집갔다. 재구의 양자온 아들은 병규(炳奎)요, 딸은 성수영(成銖永), 허중구(許重九)에게 시집갔다. 환구의 아들은 병규(炳奎, 양자갔다.), 병노(炳魯)요, 딸은 이병용(李秉墉), 이병우(李秉雨), 이재효(李載孝)에게 각각 시집갔다. 나머지는 다 기록하지 않는다.

아! 험준한 태산이 우뚝이 서서 움직이지 않는 것은 부군의 기상이요, 광대한 양자강이 아득히 언덕이 보이지 않는 것은 부군의 아량(雅量)이요, 옥항아리에 가을 달처럼 맑아 티끌이 없는 것은 부군의 마음이요, 한겨울 송백(松柏)이 서리를 이겨내고 꿋꿋이 서서 변하지 않는 것은 부군의 절개이다. 하늘이 부군을 세상에 탄생시킬 때는 장차 이 세상에 할 일이 있어서였을 것인데 하나도 베풀지 못하고 종신토록 불우하게 살다가 끝마치니, 어찌 하늘이 부군에게 부여해 주기는 풍부히 해 놓고 운명에는 인색하게 했는가? 소자(小子)가 나이 겨우 소년일 때 부군께서 세상을 떠나서 음성과 얼굴도 기억하기 어려운데 하물며 지행(至行)과 실덕(實德)을 기억할 수 있겠는가? 다만 백숙부(伯叔父)들이 세상에 살아계실 때에, 부군의 뜰 앞에서 머뭇거리면서 듣고 기억한 것을 말해주므로 그 말을 삼가 차례대로 위와 같이 적었다. 어찌 감히 거짓말을 붙이고 지나치게 칭찬하여 "터럭 하나가 닮지 않아도 자기 아버지가 아니다"라는 비난을 범할 수 있겠는가? 삼가 바라건대 입언군자(立言君子)가 특별히 살펴서 채택하기 바란다.

무인(戊寅, 1878) 단오절(端午節)에

양자간 손자 환구(歡九) 삼가 지음

-《여주이씨광산재후예세보 · 부록》(1978. 8. 15)에 번역 게재-

府君諱容日 字秉賢 號松齋 驪州李氏 高麗仁勇校尉諱仁德爲始祖 七傳而諱皐 號忘川 翰林學士集賢殿提學 見麗運將訖 退居水原光敎山 聖朝龍興 屢徵不起 命晝所居 錫名八達山 是生諱審 官吏曹參判寶文閣提學 再傳而諱賢孫 逸執義 端廟遜位 自靖于丹城 又再傳而副司直 諱鸞 自丹移咸安 曾孫諱益亨 號杜谷 從鄭寒岡先生遊 與趙澗松任道友善 斥北人誣賢之論 是生諱景蕃 號三悅堂 受業于李畏齋厚慶門 以孝友問學 命旌 享廬陽書院 贈掌樂院正 高祖諱萬慶 曾祖諱志祚 號梅亭 祖諱運楫 俱隱德不仕 考諱洛新 妣晉陽河氏 諱壽浩女 有女士行 純廟丙子六月初七日 生府君于杜陵里第 生而岐嶷 日角豊盈 儀表端正 梅亭公撫頂而喜曰 昌大吾門者 必此兒也 年纔齠齔 動止莊重 屹然若巨人 及就學聰悟穎拔 至肯綮疑晦處 則質于長者 不曉不置 自幼能知愛敬之道 九歲時 梅亭公下世 公素有士林重望 弔者沓至 而朝夕奠哭 受弔等節 隨諸父而行 見者咸嗟嘆曰 梅亭公眞有後矣 年十五 大人公 以先墓天水事 將入訟庭 府君陪從 軒昻豁達 如黃鵠之擧雲霄 郡宰歛袵驚問曰是誰也 府君拱手對曰 民父年高言訥 今日之訟 民當替父供述 因細陳顚末 辭整理達 郡宰大奇之 謂大人公曰 麒麟鳳凰 世不常有 其歸而善養 以成需世之器也 府君孝本天植 事父母極其誠敬 食必在視 藥必躬煮 遊必有方 丙午大人公遘疾 數月委床 府君憂心焦煎 晝夜侍湯 暫不離側 竟遭大故 喪葬一遵家禮 易戚備至 時祖母及偏母 俱存 其定省溫凊之道 尤加誠謹焉 及丁憂 哀毁過之 每當忌日必易服致齋 俯伏涕泣如袒括時 祭畢後 猶不解衣帶 坐而待朝 日必晨起謁廟 非甚病不廢 友愛篤至 與弟諱容五 食則同卓 寢則聯枕 怡怡如也 弟才行兼備 年未弱冠 聲望蔚然 府君喜曰 君之才學 十倍於我 立揚顯親君

之事也 視膳奉養吾之職也 君其勉之 不幸年纔二十一而夭歿 府君附胸太慟 如不欲生 而有哭弟文 情辭悽切 弟婦鄭氏八溪人 懼而軒彦民之女也 性行貞烈 嘗欲下從 府君百方慰解 竟得挽回其志 府君性嚴 家人有過 不少寬假 無得而請 然如以鄭氏辭焉 則輒息怒焉 有妹四人 和樂藹藹 及笄厚送粧奩 而一妹貧不聊生 遂招致居隣 分給田土 以資其生 治家有法度 嚴內外之別 辨長幼之序 門閫肅然 持己以忠信爲本領 勤儉爲要訣 身不著綺麗之服 儿案什物 皆質素無華 恪守先業 無些毫濫費 務爲節儉 而惟不以家計 儉其奉先 累代先塋 一一具牲石 置祭田 五代祖護軍公神主 將遞遷 立別廟於村之陽 以奉祀事 題其楣曰遠慕齋 招延文行之士 使子姪肄業於斯 若里有聲俊之才 貧不能學 則損出學資 勉成卒業 戊辰 自 朝家有撤院之命 廬陽書院將見毁 府君慨然長歎曰 院者 所以尊慕先賢 而賢者國之元氣也 人之師表也 今將國絶元氣 人失師表 則其何能不胥爲禽獸乎 因泣下沾襟 歲丙子南土大饑 餓殍被野 丐乞盈門 府君 遂傾庫賑救 普濟溝壑之命 每當窮春 則出錢穀 賑施貧窮 歲以爲常 鄉人欲鐫石表之 府君止之曰 患難相救常也 其何足稱而乃欲累我耶 時鄉校黌舍 年久頹圮 重修之役 鄉議難其人 推府君爲堂長 府君遜辭不得 乃鳩財招工 役未半年 煥然復其舊制 鄭侯周默見府君 則必下搨致禮 許以公輔器 嘗曰吾作宰南方 無他山水所見 而惟於人 見松齋丈 則亦云幸矣 府君 姿性剛毅嚴正 言語簡而信 智慮宏而遠 氣宇豪爽 風儀淸肅 儼然有鎭物之量 每鄉社若宗會 論議紛拏 而若府君正坐發言 則衆皆唯唯稱服 如恐不及 府君之見重於人 皆此類也 常喜誦孟子浩然章 曰當使是氣 充乎胸臆之中 行乎天地之間然後方可以做大丈夫牢落光明底事業也 府君性愛山水 每風和景明 與嘉賓勝友逍遙於廬山水石之間 把酒吟哦 風韻甚佳 如南直庵履穆 趙陽川湀 朴夷西龍夏 李竹塢璋祿 趙華南胤秀 皆臭味交遊也 府君天分甚高 制行極潔 於世俗名利 自來淡淡 眞心直氣 不被外物浸鑠 故年近八耋 而精力不衰 神彩益朗 韶顔華髮 頓無一點塵埃 望之若物外人 庚寅二月十八日 偶感微恙家人進藥 卻之不飮曰 生老病死 理之常也 服藥何爲 因戒子若孫曰 杜陵一區 吾家世庄也 汝等謹守之 且曰汝曹要做第一等事業 終爲第一等人物

以光門戶也 我死在明日 遂歛形怡神 言笑自若 厥明朗誦乾坤有意生男子歲月無情老丈夫之句 至午時 恬然乘化 享年七十有五 葬于巴峯山西麓 基寺谷 乙坐原 士友之相紼者 傾數郡 其輓誄中 有曰 屹河惟柱 支廈惟樑有曰 鄕惟三老 盧左釁堂 有曰 出入鄕黨 士友推仰 有曰 廈屋之棟樑 章甫之領袖 此可見府君德望之大略矣 以地憂累遷 而永宅于巴峯山東麓庚坐原 從先兆也 配咸安趙氏 諱漢鳳女 澗松任道后 貞淑有婦德 壬戌八月初八日卒 墓昌原郡 鎭北面 姑堂大路上 東麓艮坐之原 生二男一女 男鍾冕鍾瑀出后 女適李趾秀 鍾冕生一男一女 男洪九 女趙性熙 鍾瑀生二男 在九 歡九 洪九男 弼丞 弼祥 炳玉 炳石 女盧晉洙 在九系男 炳奎 女成銖永 許重九 歡九男 炳奎 出后 炳魯 女李秉墉 李秉雨 李載孝 餘不盡錄嗚呼 巖巖泰嶽 屹立不動者 府君之氣像也 浩浩長江渺無涯畔者 府君之雅量也 冰壺秋月 瀅澈無埃者 府君之襟懷也 大冬松栢 淩雪不變者 府君之介操也 天之生府君 將有爲於斯世 而一無所施 終身坎坷以歿 何天之於府君 豊於賦而嗇於命也 小子年纔成童 府君卽世 聲音顔範 實不得記得 矧伊至行實德乎 惟諸父在世之日 嘗有提及其趨庭所記聞者 故謹叙次如右而安敢忘加溢美 以犯一毫不似之譏哉 伏願立言君子 特垂矜察而採擇焉

歲戊寅 端午節

出后孫 歡九 謹識

-《杜谷驪州李氏狀碣錄》-

죽재 이공 묘표
竹齋李公墓表

성인(聖人)의 말씀에 '실행(實行)을 하고 남은 힘이 있으면 글을 배우라' 고 했으니 선비의 소중(所重)한 것은 실행(實行)에 있는 것이요, 문예(文藝)는 다만 여사(餘事)에 불과하다. 그런데도 후세의 선비들은 다만 문예(文藝)만을 숭상하고 실행(實行)에 힘쓰지 아니하니 이것은 성인(聖人)의 가르침에 어긋나는 일이요, 배움의 이치에 통하지 못한 것이다.

함안(咸安) 두능(杜陵)에 죽재 이공(竹齋 李公)이 있었는데 별세한 지 수십 년 후 그 아들 필봉(弼倖)이 그 행장(行狀)을 지어 와서 묘(墓) 앞에 세울 글을 청한다. 내가 그 행장을 살펴보고 그는 옳은 실행을 앞세우고 문예를 뒤로 미루는 분이라는 것을 알았다. 그러기 때문에 내가 늙고 혼미함에도 불구하고 끝내 사양하지 못하고 행장을 살펴서 서술한다.

공(公)의 이름은 수구(壽九)요, 자(字)는 윤화(允和)며, 죽재(竹齋)는 호(號)이다. 공은 어려서 총명한 성품과 부지런하고 독실한 뜻이 있어 나이 많은 분들이 모두 성취함이 있을 것이라고 기대했다.

어느 정도 자라매 집이 가난하여 먹을 것도 이어가기가 어려워지자 개탄(慨歎)하여 말하기를 "어버이 봉양에 힘쓰지 아니하고 다만 글만 배운다면 이것을 어찌 공부라고 하겠는가" 하고 곧 책을 덮고 몸소 농사를 지어 봉양했다. 부모를 섬김에 있어서 명령을 잘 받들어 모시고, 좋은 음식을 올림에 있어서 반드시 그 있는 힘을 다했다. 백형(伯兄)과 우애가 두터워 밖에 나가서는 같이 농사에 힘쓰고 집에 들어와서는 같이 거처하여 잠시도 서로 떨어져 있지 않았다. 형이 귀가 어두워지자 매사를 반드시 형 앞에 가까이 가서 곡진히 아뢰어 그 마음을 기쁘게 했다.

만년에는 형이 강원도로 이사 가니 이별의 근심을 이기지 못해 어떤 때는 눈물 흘리기도 했다. 그래서 고생스럽게 멀리 찾아가 고향으로 돌아가기를 간청했으나 뜻을 이루지 못하자 이 일을 평생의 한으로 여겼다.

늘 조상에 대한 일을 하지 못한 것이 많음을 걱정했으나 형이 타향에 있고 보니 공(公)이 모두 맡아서 글을 받아서 비를 세우는데 많은 힘을 들였다. 그러나 가난해서 이 일을 모두 해내지 못하는 것을 한스럽게 여겨 늘 자손들에게 경계하여 힘을 모아 천천히 도모하라고 했다. 족당(族黨)에 여은 필주(廬隱 弼冑)라는 분이 있는데 효성과 학문이 있었으므로 그를 아주 존경하여 모든 일을 반드시 물어서 그가 지도해 주는 대로 따랐다. 성품이 청렴하고 결백하여 스스로 지켜서, 살아가는 일은 쓸쓸했으나 의리에 맞지 않는 것을 추구하는 일은 없었다. 세속이 올바르지 않은 데로 쏠려가는 것을 깊이 징계하여 대의 맑은 절개를 사모했기 때문에 "죽재(竹齋)" 라고 현판을 붙였다. 일찍이 시냇가 바위에 이름을 지어 쓰기를 "영귀대 (詠歸臺)"라 하고 시를 읊으며 자적(自適)하게 지내니 이것이 옳은 행실을 닦음과 뜻을 숭상함의 대개이다. 그 외 남은 힘으로 학문에 힘써 시문(詩文)으로 나타난 것이 역시 많으나 병화(兵火)에 타서 전하지 않으니, 이 역시 개탄할 일이다.

이씨(李氏)의 관향은 여주(驪州)이니, 고려(高麗) 때 인용교위(仁勇校尉) 인덕(仁德)이 시조(始祖)이다. 대제학(大提學)을 지낸 호 망천(忘川) 고(皐)에 이르러서 고려(高麗)가 망하자 의리를 지켰다. 사직공 난(司直公 鸞)에 이르러 처음으로 함안(咸安)에 옮겨 살았다. 삼열당 경축(三悅堂 景蓄)에 이르러 효성이 있었으므로 정려(旌閭)를 받고 여양서원(廬陽書院)에 향례(享禮)를 드렸으니, 이상은 구세 이상(九世 以上)의 조상이다. 증조(曾祖)는 유신(有新)이요, 조(祖)는 용욱(容郁)이며, 고(考)는 종락(鐘樂)이니 호가 송파(松坡)이다. 비(妣)는 재녕이씨(載寧李氏) 유조(有祖)의 딸이다.

공(公)이 광주 안씨(廣州安氏) 석원(錫遠)의 딸에게 장가들어 이남 일녀(二男一女)를 두었으니 맏아들은 바로 필봉(弼俸)이요, 다음은 필동(弼東)이다. 딸은 이병찬(李秉贊)에게 시집갔다. 맏아들에게서 난 손자는 수영(洙寧), 찬영(燦寧), 경영(京寧)이요, 둘째 아들에게서 난 손자는 정형(正衡), 윤영(允寧)이다. 공(公)이 고종 임오년(壬午年, 1882)에 나서 육십구(六九)세 되는 경인년(庚寅年, 1950) 9월 5일에 별세하니 두능(杜陵) 안산(案山) 하상곡등(下霜谷嶝) 사좌(巳坐)의 언덕은 그의 묘(墓)이다.

신유(辛酉, 1981) 계하(季夏)에

화산(花山) 권용현(權龍鉉) 지음

聖人言 行有餘力 則以學文 則士之所重者 在於行 而文藝特其餘事耳 後世之士 惟文藝是尙而不務於行 此蓋有違於聖門之訓 而學之所以敝也 咸州之杜陵 故有竹齋李公 其歿後數十年 其嗣子弼俸 述其狀 請余以表其阡 余觀其狀 知其爲先行義 而後文藝者也 故不能以耄昏終辭 而按以叙之 公諱壽九 字允和 竹齋其扁號也 幼而有聰悟性勤篤志 長老咸期其有成 稍長以家貧

而憂菽水難繼 則慨然曰 不務養親 而徒事學文 豈學也哉 乃撤卷 而躬耕稼以爲養 其事二親也 承順之奉 滋味之供 必竭其力 與伯兄友篤 出而同耕 入而同處 未或暫離 兄患重聽 而每事必近前曲陳 以悅其志 及晩 而兄遠移于關西 則不勝離憂 或至垂涕 乃艱關遠涉 力請還歸 而不得 則以爲沒身恨 每以先事之多未遑爲憂 而兄旣在外 公一以自任 多致力於謁文賁阡 而以貧無以盡擧爲恨 則每戒子孫 以蓄力而徐圖之 族黨有廬隱弼胄 有孝學 則深致敬重 每有事 必以咨問 而聽其指引 性廉潔自守 雖生事蕭然 而未嘗有非義之干 深懲於世俗智之風靡 而愛慕於竹之淸節 故以是爲扁 嘗就溪邊之岩石上名曰詠歸臺 嘯咏以自適 此其爲行義志尙之槩也 若其餘力之得於學 而發於詩文者 亦多而盡佚於燹而無傳是可慨也 李之氏驪州 高麗仁勇校尉仁德 爲初祖 至大提學忘川皐 麗亡守義 至司直鸞 始居于咸 至三悅堂景蕃 以孝旌享廬陽院 九世以上也 曾祖有新 祖容郁 考鍾瓅 號松坡 妣載寧李氏某女 公娶廣州安氏錫遠女 二男一女 男長郎弼俸 次弼東 女適李秉贊 孫男長房曰洙寧 燦寧 二房曰 正衡 允寧 公生以 高宗壬午 卒以六十九之庚寅 九月 五日 杜陵案山 下霜谷嶝 巳原 其藏也

-《秋淵先生文集》卷30-

여주 이씨 고성군편(驪州李氏 固城郡篇)

6대조 처사부군께서 손수 쓰신《동몽선습》의 끝에 삼가 씀
謹書六代祖考處士府君手抄本童蒙先習後

이 글은 나의 6대조 처사공께서 28세 때 손수 쓰신 것인데, 할아버지 의재부군(毅齋府君)께서 그 뒤쪽에 발문(跋文)을 붙여 이 책이 전해 온 내력을 밝혀두었다. 이 때 할아버지의 연세 역시 28세였다.

이것을 옛 상자 속에 감추어 두었는데 금년 여름에 골동품 상인이, 나의 종형이 없는 틈을 타서 집안사람을 꾀어 몰래 이 상자를 사 가지고 가게 되었다. 나의 어머님께서 89세의 고령으로 우연히 이것을 보시고 상인에게 사리로 타일러 돌려달라고 했으나 그 상인은 돌려주지 않고 가지고 가버렸다. 며칠 후에 그 사람이 뉘우치고 이것을 도로 가져왔다. 바로 그 다음 날 내가 마침 어머님을 뵈러 고향으로 돌아가서 이 일을 듣고, 깜짝 놀라서 바삐 그 상자 속을 뒤적여 보니 모두 선대(先代)의 필적(筆跡)이었고, 이 책 역시 그 속에 있었다. 6대조와 할아버지 두 분의 수택(手澤)이 어제 것처럼 생생히 남아 있었다.

아! 만약 한 순간만 놓쳤더라면 선조의 유적들이 액을 면하지 못할 뻔했으니, 부끄러워 땀이 옷을 적시는 줄도 몰랐다. 이내 액을 면한 전말을 이 책의 끝에 써서 후손들이 혹시 다시는 오늘과 같은 이런 죄를 범하지 않도록 경계하려 한다.

1993년 6월 9일

6세손 병혁(炳赫) 삼가 씀

此我六代祖考處士公 二十八歲時手抄本 而祖考毅齋府君 書跋於其後

以明此書傳來之歷 時府君亦二十八歲 藏諸古篋中 今夏古董商人 伺我從兄不在 誘家人 窃買此篋而去 吾慈氏以八十九歲之衰齡 偶適見之 以理喩商人反歸之 商人不應而去 後數日 其人悔而持來 其翌日 余適歸省 聞此事 驚懼而忙手探査之 皆吾先世筆跡 此本亦在其中 兩府君手澤 宛然如新 噫 若蹉一瞬 先祖遺跡恐不免遭厄 不覺愧服沾汗 因謹書免厄之始末於篇尾 以戒後孫之無或更犯是罪焉

公曆 一九九三年 六月 九日

六世孫 炳赫 謹書

송천 이공 묘갈명 서문도 함께 씀
松川李公墓碣銘 幷序

여주이씨(驪州李氏)는 함안(咸安)에서 이름 높은 가문이다.

중세에 와서 고성(固城)으로 이사하여, 가문의 법도를 독실히 지켜 그 명성을 떨어뜨리지 않은 이가 있으니, 곧 송천거사(松川居士)로, 이름은 운용(運鏞)이요, 자(字)는 원겸(元謙)이다. 지금 오륙대(五六代)가 지나 가문이 더욱 번창하니, 사람들은 말하기를 공(公)께서 근본을 후하게 쌓았기 때문에 후세에 피어난 것이 그렇게 되었다고 한다.

이씨의 선대(先代)는 고려(高麗) 인용교위(仁勇校尉)인 인덕(仁德)으로부터이다. 고려의 국운이 끝나자, 망천공(忘川公) 고(皐)는 집현전제학(集賢殿提學)으로 수원(水原)에 물러나 살면서, 새 조정에서 여러 번 불렀으나 나가지 않았다. 단종 · 세조(端宗 · 世祖)때에 집의(執義) 벼슬을 한 현손(賢孫)은 단성(丹城)으로 자취를 감추어 숨었고, 부사직(副司直) 벼슬을 한 난(鸞)은 다시 함안으로 이사했다. 두곡공(杜谷公) 익형(益亨)은 정한강(鄭寒岡)선생과 종유(從遊)했으며, 삼열당(三悅堂) 경번(景蕃)은 이외재(李畏齋) 후경(厚慶)에게 학문을 배워 효성으로 정려(旌閭)를 받았고, 여양서원(廬陽書院)에 봉향(奉享)되니, 이상은 공의 오대(五代) 이상의 조상들이다. 증조인 열(說)은 오래 살았으므로 부호군(副護軍)의 벼슬을 받았고, 할아버지는 사경(嗣慶)이요, 아버지는 응도(應道)이니, 대대로 숨겨진 덕행이 있었다. 어머니는 창녕조씨(昌寧曺氏)이니, 동중추(同中樞) 벼슬을 할 조송(曺松)의 따님이다.

공은 재주가 민첩하고 뜻이 굳어 일찍이 족친(族親) 여러분들과 함께 산방(山房)에서 공부를 하였는데, 각고(刻苦)의 공력(工力)으로 학업이 날마다 성취되었다. 어버이의 명령에 따라 과거(科擧)의 공부도 겸해서 했으나 몇 번 실패하자, 곧 그것을 버리고는 익히지 않고 다만 몸을 닦고 가정을 다스리는 데 힘을 기울였다. 결혼도 하기 전에 잇달아 아버지와 어머니의 상사(喪事)를 당하여 능히 스스로 상례에 극진히 했다. 백형(伯兄)이 일찍이 의기(意氣)를 믿고 방일(放逸)하여 생업에 관심을 가지지 않으므로, 늘 조용히 사리(事理)를 들어 간(諫)하다가 매를 맞는 일까지 있었으나 원망하지 아니하여, 마침내 백형이 감동해 깊이 깨닫게 했다. 백형이 후사(後嗣) 없이 일찍 별세하자, 마치 아버지 상사(喪事)를 당한 것처럼 슬퍼했으며, 중형(仲兄)의 아들로써 뒤를 잇게 하고, 매우 극진한 사랑으로 길렀다.

중년에 타향인 고성으로 옮겨 살았는데, 고향까지 백 리가 넘었으나 조상의 제삿날에는 꼭 가서 참례하여, 비바람이나 추위 더위로 인하여 한번도 폐하는 적이 없었다. 일찍이 어버이 명령으로 부모님의 제사를 자신이 받들었으니, 송나라 이천(伊川)의 옛일을 의방(依倣)한 것이다. 제삿날에 반드시 앞서 재계(齋戒)하기를 예(禮)에 따라 하였고, 돌아가신 부모님을 사모하는 정성은 늙어서도 변하지 않았다. 그리고, 유훈(遺訓)으로, 자신이 별세한 뒤에는 부모님의 제사는 큰집에서 지내도록 했다. 집안이 가난한데다 흉년마저 들어 거친 밥도 때로는 잇기 어려웠으나, 편안한 마음으로 지냈으며 불의(不義)의 재물을 구하는 일이 없었다. 집안 다스리기를 엄하게 하여 집안사람들을 훈계하고 타일러 어김이 없게 하니, 규문(閨門) 안이 질서가 있었다. 나이 매우 많았으나 정력이 쇠하지 아니하여 평소 거처할 때도 반드시 종일 갓을 쓰고 의복을 단정히 입고 있었다. 임종(臨終) 때에 후사(後事) 조처하기를 정연히 하여 문란함이 없었으니, 그 수양한 바를 알 수 있다.

예로부터 고상한 지조(志操)를 지키며 세태를 따르지 아니하고 홀로 도리를 실천하며, 자신이 간직한 바를 즐기는 선비는 큰 산과 깊은 바다 근처에 많이 있었다. 공(公)처럼 안으로 닦은 행실이 순수하게 갖추어졌으나 그 이름이 심히 나타나지 않은 경우는 숨겨진 속에서 수양에 힘쓰고 밖으로 드러내기를 일삼지 아니했기 때문이 아니겠는가? 이것은 그 쌓은 덕(德)이 후한 때문이리라.

공(公)은 고종(高宗) 을축년(乙丑年, 1865) 구월 육일에 별세하였으니, 향년 칠십 육세이다. 장사는 고성군 서쪽 옛 송진(松鎭) 왼쪽 산 아래 장춘(長春, 下一面 春岩洞) 앞산(솔밭등) 손좌(巽坐)의 언덕에 했다.

배위(配位)는 전주최씨(全州崔氏)이니, 최상원(崔祥元)의 따님이다. 따로 고성군 북쪽(九萬面) 주천(酒泉) 뒤 엄목티(嚴木峴, 엄나무재) 잡친골 해좌(亥坐)의 언덕에 장사했다.

삼남 이녀를 두었으니, 아들 우신(芋新)은 오래 살았으므로 증통정대부(贈通政大夫)요, 다음은 벽신(壁新), 준신(峻新)이다. 딸은 최필의(崔必義), 이석한(李錫漢)에게 각각 시집갔다.

손자에, 용학(容鶴)은 맏아들에게서 났고, 용선(容善), 용규(容圭)는 둘째 아들에게서 났고, 용유(容幼), 용정(容禎), 용섭(容懾), 용수(容洙)는 세째 아들에게서 났다. 이하는 다 기록하지 않는다. 증손 종홍(鍾弘)은 선비로 명망이 높았으니, 역시 공의 남긴 교화를 알 수 있다. 이분이 일찍이 공의 행장(行狀)을 기술해 두었는데, 지금 그의 두 아들 정구(貞九), 찬구(纘九)가 이것을 가지고 와서 나에게 묘갈명(墓碣銘)을 청하였다. 명(銘)을 다음과 같이 짓는다.

일찍 부모 여의었으나 뜻을 분발했고
집을 이사하며 어진 이웃 택해 살았네.
효성과 우애의 근본을 세웠고
감춤(藏) 속에서 덕(德)을 닦았네.

두터운 배양(培養) 속에 뿌리박았고
깊고 긴 물줄기에 근원 두었네.
마땅히 그 흐르는 은택(恩澤)
곤곤(滾滾)히 흘러 끝이 없으리.

화산(花山, 安東) 권용현(權龍鉉) 삼가 지음

-《송천유고》에 번역 게재-

李氏之貫驪州者 爲咸安望族 中世有遷徙鐵城 而篤守家範 不隕厥聞者曰 松川居士 諱運鏞 字元謙 至今五六世 門欄益昌 則人謂公之積於基者厚 而發於後者然也 李氏之先 出自高麗仁勇校尉仁德 至麗運訖 有忘川皐以集賢提學 退居水原 屢徵不起 莊光之際 有執義賢孫 遯跡丹城 至副司直鸞 又移于咸安 杜谷益亨 從遊鄭寒岡先生 三悅堂景蕃 受業李畏齋厚慶以孝旌 享廬陽院五世以上也 曾祖說 壽副護軍 祖嗣慶 考應道 世有潛德妣昌寧曹氏 同中樞松女 公才敏而志固 嘗與族黨諸公 共學山房 殺用刻苦工 藝業日就 以親命兼治公車業 累不利於場屋 則輒棄不治 惟致力於飭躬政家 未冠而連遭考妣喪 能自致於哀禮 伯兄嘗負氣自放 不事產業 則每從容規諫 至被箠楚而不怨 卒致感悟 及伯兄無嗣而早沒 則痛若喪父 取仲兄子爲嗣 撫恤之甚至 中歲卜寓 寓庄 距故里餘百里 而先忌往參 未嘗以風雨寒暑而或廢 嘗以親命自奉考妣祀 倣伊川古事 而必前期齊錫 致散如禮孺慕之誠 至老不衰 臨歿遺命還宗 家貧値歲荒 疏糲或難繼 而處之晏如未嘗有非義之干 治家嚴 戒飭家衆 不使違越 閨門斬斬 年至耆耋 精力不衰 平居必冠服終日 臨終措置後事 井井不亂 可見其所養也 自古獨行自好之士 多在於大山窮海之間 如公之內行純備 而名不甚著顯者 豈非惟務闇然之修而不事表見於外故耶 此其所以爲積之厚者歟 公卒以高宗乙丑 九月六日 享七十六壽 葬在郡西下一春巖案山 舊松陣左山西麓 松田嶝 負巽原配全州崔氏祥元女 別葬于郡北酒泉後 嚴木峴 잠親谷 負亥原 育三男二女男芋新 壽通政 璧新 峻新 女適崔必義 李錫漢 孫男 容鶴 長房生 容善

容圭 二房生 容幼 容楨 容愊 容洙 三房生 以下不錄 而曾孫鍾弘 有儒望 亦見公遺敎也 嘗述公之行 今其二子貞九 纘九 藉以求余銘 銘曰

奮志於少孤 擇仁於遷庄. 本立於孝友 德修於閨章.

根以培厚 源以浚長. 宜其流澤 滾滾無疆.

花山 權龍鉉 謹撰

-《秋淵先生文集》卷40-

*「松川李公墓誌銘」은 《信菴文集》 卷3에 있음

유인 전주 최씨 묘지명 서문도 함께 씀
孺人全州崔氏墓誌銘 幷序

내가 일찍이 역사책을 읽다가, 약한 나라의 정승이 어려운 때 책임을 맡아 이리 버티고 저리 버티어 나라 일에 정성을 다해, 마침내 그 임금을 존엄하고 영화롭게 하고 백성을 매우 편안하게 하는 것을 보고, 마음속으로 가정의 일도 나라의 일과 무엇이 다를 것이 있겠는가 하고 생각했다. 가난한 선비의 아내로서 그의 남편을 원망하거나 반목(反目)하지 않고, 어려운 일을 겪으며 집안일을 돌보기를 옛날 환소군(桓少君)과 맹덕요(孟德耀)와 같이 한 이가 세상에 몇 사람이나 있겠는가? 우리 친족 중에 송천(松川) 이공(李公)의 부인 최씨(崔氏)가 아마 이런 사람에 가까울 것이리라.

유인(孺人) 최씨가 처음 시집오자, 시아버지와 시어머니는 이미 별세하여 효성을 베풀 곳이 없어, 제물을 차리는 일이며 제사 일에 정성을 다하였다. 제사 후에 남은 음식은 잘 간수해 두었다가 남편과 친한 손님을 대접했다.

송천공은 본래 부모님으로부터 받은 일정한 재산이 없어, 좁은 집이 쓸쓸했다. 유인 최씨는 누에치는 일이며 길쌈하는 일이며 바느질하는 일을 이른 아침부터 깊은 밤까지 게을리 하지 않아 죽거리를 장만했으나, 한 번도 근심하거나 슬퍼하는 기색이 없었다. 송천공이 가정 일에 마음을 두지 않고 먼 곳에 다니며 공부하여 명성을 얻게 된 것도 실로 내조의 힘이 많았던 것이다. 송천공에게 일찍이 첩이 한 명 있었는데, 성품이 화순하지 못하므로 인연을 끊었다. 그 후, 그 첩이 뉘우치고 행실을 고쳐 다시 들어오려 했으나, 송천공이 거절하자, 유인이 송천공에게 여러 번 간청하여 허락을 받아 함께 화합하여 살게 되었는데, 이십 년을 살도록 한 마디도 원망하는 말이 없었으니, 이는 더욱 어려운 일이다.

유인 전주(全州) 최씨는 이름 있는 집안으로, 고려조의 평장사(平章事)인 문성공(文成公) 최아(崔阿)가 그 시조이다. 조선조 중종 때 원종공신(原從功臣) 최명우(崔命祐)와 해정(海亭) 최수강(崔秀岡)은 유인의 팔세(八世) 이상의 저명한 조상이다. 할아버지는 동지(同知) 벼슬을 한 최광극(崔光極)이요, 아버지는 최상원(崔祥元)이며, 어머니는 김해 김씨이다. 정조(正祖) 기미년(己未, 1799) 11월 30일에 출생하여 고종(高宗) 갑술년(甲戌, 1874) 5월 15일에 별세했다(戊辰, 1868년에 신계(新溪)로 이사했다). 묘는 여러 번 옮겨 주천(酒泉) 뒤 엄나무재 잡친골 해좌(亥坐)의 언덕에 있다.

송천공(松川公)의 성은 이씨요, 이름은 운용(運鏞)이다. 아들이 셋이니, 통정대부(通政大夫)인 우신(芋新)과 벽신(璧新), 준신(峻新)이다. 사위는 최필의(崔必義), 이석한(李錫漢)이다.

맏아들에게서 난 손자는 용학(容鶴)이요, 딸은 이진욱(李鎭旭), 허성로(許星老), 최규환(崔圭桓)에게 각각 시집갔다. 둘째 아들에게서 난 손자는 용선(容善), 용규(容圭)요, 딸은 조회규(趙會奎)에게 시집갔다. 막내아들에게서 난 손자는 용균(容均, 容夠의 오자인 듯), 용정(容禎, 후에 容宇로 개명함), 용섭(容懾), 용수(容洙)이고, 딸은 최재순(崔在淳)에게 시집갔다. 최필의는 아들이 없고, 이석한의 아들은 이병조(李秉兆)이다. 명(銘)은 이러하다.

이곳은 현부인(賢夫人)의 무덤이니
후인들은 훼손하지 말지어다.

족손(族孫) 이준구(李準九) 삼가 지음

* 이 글의 원문에서 송천공의 이름을 운익(運鎰)이라 한 것은 다시 상고할 일이다.

余嘗讀史 見弱國之相 受任於艱虞之際 左支右吾 盡瘁王事 終能使其君尊榮 百姓阜安 心竊以爲家政亦何異於國 寒士之妻 能不怨詈反目於其夫 喫辛苦勤爨汲 如桓少君 孟德耀者 世有幾人 若吾族松川李公夫人崔氏 庶幾近之矣 孺人之始結褵 舅姑已歿 孝無所施 而致誠於蘋蘩牖下之尊 祭餘脯鱐之物藏之以待夫子之所好賓朋 素無恒產 環堵蕭然 蠶績縫紝 夙夜不懈 以爲饘粥之資 而未嘗有戚戚之容 松川公不留心家務 遊學遠方 底于成名者 實多內助之力也 松川公 嘗有一側室 以性氣不和絶之 其後也悔改行求還而亦不聽 孺人屢請得許 與之惠和 歷二十年 無一恚言 此其尤難也 崔氏 全州著姓 麗朝平章事 文成公阿 其始祖也 我中廟朝 原從功臣命祐 及海亭秀岡 孺人之八世以上顯祖也 祖同知光極 考祥元 妣金海金氏 正廟己未十一月三十日生 今上甲戌五月十五日歿 (戊辰入新溪) 墓累遷 窆于酒泉後 嚴木峴 赫親谷 坐亥原 松川公 姓李 諱運鏞 子男三人 芋新通政 璧新 峻新 女壻崔必義 李錫漢也 長房孫 男容鶴 女李鎭旭 許星老 崔圭桓 次房孫 男容善 容圭 女趙會奎 季房孫 男容均 容禎 容愊 容洙 女崔在淳 崔必義无育 李錫漢男秉兆也 銘曰

是惟賢婦人藏　後之人其勿傷

族孫 準九 謹撰

-《信菴文集》卷3-

송천유고 발문
松川遺稿跋

이 책은 우리 고조고(高祖考) 송천부군(松川府君)의 유집(遺集)이다. 부군(府君)께서는 자질이 뛰어나고 모습이 엄숙하였으며, 일찍이 시대에 맞는 학문을 닦아 세상살이에 필요한 모든 경륜을 충분히 갖추었다. 그런데 과거(科擧)에 몇 번 낙방하고는 다시 응시하지 않고 경서(經書)와 예학(禮學)으로 스스로 즐겼으니, 생각건대 그 남긴 글이 적지 아니했을 것이다. 그런데 지금 이와 같이 분량이 적은 것은 집을 여러 번 이사하고 또 화재(火災)를 당하여 흩어지거나 타버렸기 때문이다. 우리 선고(先考)께서 일찍이 이를 매우 한스럽게 여겨 흩어지고 타버린 나머지의 것을 고생스럽게 부지런히 찾아 모아 시(詩)와 문(文) 몇 편을 겨우 구해 한 책자(冊子)를 엮으니, 초라해서 책의 모양이 이루어지지 않았다. 그러나, 세월이 오래 되면 될수록 더욱 더 인멸될 것이라, 이를 염려하여 베껴써서 인쇄를 하려다가 미처 착수하지 못하고 갑자기 별세했다. 그래서 상자 속에 넣어둔 지 벌써 수십 년이 지났다. 때때로 이 원고를 펼쳐 보면 손때가 아직 생생하게 남아 있으니, 그 자손 된 자의 느끼고 사모하는 정(情)이 더욱 어떠하겠는가? 하물며 지금 세태의 변화가 더욱 심하여 아침에 저녁 일을 예측할 수 없으니, 선고(先考)께서 뜻한 일이 끝내 이루어지지 못하고, 또 고조고부군(高祖考府君)의 숨겨진 덕행이 끝내 묻혀버릴까를 매우 두려워하여 지금 인쇄를 하려 하면서 행장(行狀)·묘갈명(墓碣銘)·만장(挽章)·제문(祭文) 등을 뒤에 붙였다.

아! 사람의 행적이 후세에 전해지는 것은 꼭 문자에만 매여 있는 것이 아니지만, 문자 속에서 역시 그 행적의 흔적을 찾아볼 수 있다. 다만 이 적적한 몇 편의 문자로 부군(府君)의 깊은 학문을 다 살펴볼 수는 없겠지만, 부군의 재주와 뜻의 민첩함과 효성과 우애의 아름다움은 이 글로써 대략이나마 엿볼 수 있을 것이니, 우리 후손된 자는 이로 인하여 부군의 전모(全貌)에서 칠분(七分)이나마 알기를 바란다. 삼가 책 끝에 이와 같이 쓴다.

기미년(己未年, 1979) 12월 일

현손(玄孫) 찬구(纘九) 삼가 지음

右稿 我高祖考松川府君遺著也 府君資性英粹 儀形莊肅 早治時學 足

具世需 而及赴場屋 累屈於有司 則乃不復應擧 以經禮自娛 想其遺文不爲不多 而今若此畸零者 盖家累遷徙 亦經鬱攸 散滅殆盡故耳 我先考 嘗以是痛恨 辛勤掇拾於亡散之餘 僅得詩文幾篇 爲一孑殆草草不成帙 然恐愈久而愈泯 繕寫欲付梓 事未及就而遽見易簀 因藏之篋笥 已至數十年矣 有時披閱 手澤尙新 其在子孫 感慕之情 尤如何哉 況今世變益甚 朝不可以慮夕 則深恐先考之志事 終未得遂 而府君幽德 竟至沈晦 今欲付之活印 附以狀碣挽祭等文 嗚呼 人之傳後者 固不在於文字 然文字亦其影響之寓也 惟此寞寥數篇 固不能盡考府君之蘊抱 而其才志之敏 孝友之懿 猶足以見其槪 則爲我後承者 或可因此而知府君之七分也耶 謹書卷尾如右

歲己未 臘月

玄孫 纘九 謹識

-《松川遺稿》-

통정대부 이공 행장
通政大夫李公行狀

공(公)의 이름은 우신(芋新)이요, 자는 여인(汝仁)이며, 성은 이씨이다. 본관은 여주(驪州)이니 고려 교위(校尉) 인덕(仁德)이 시조이다. 7세(世)로 내려가서 고(皐)는 한림학사 집현전제학(翰林學士 集賢殿提學)으로 고려가 망하려 하자 수원(水原)으로 물러나 살면서 스스로 호를 망천(忘川)이라 했다. 이태조(李太祖)가 벼슬하러 나오라고 여러 번 불렀으나 나가지 않았고, 역대 여러 왕들이 관원(官員)을 보내어 제사드렸다. 이분의 아들 심(審)은 이조참판 예문제학(吏曹參判 藝文提學)이다. 또 2세로 내려가서 현손(賢孫)은 유일(遺逸)로 집의(執義)가 되었는데 단종(端宗) 손위(遜位) 때 의리를 편히 여겨 단성(丹城)으로 물러나와 살았다. 또 2세를 내려가 부사직(副司直) 난(鸞)은 단성에서 함안(咸安)으로 이사했다. 또 3세로 내려가서 익형(益亨)은 호를 두곡(杜谷)이라 하는데, 북인(北人)에게 거슬려 낙동강 가에 은거하며 간송(澗松) 조임도(趙任道)와 친했다. 이분의 아들 경번(景蕃)은 호를 삼열당(三悅堂)이라 하는데, 외재(畏齋) 이후경(李厚慶)에게 수학하여 여양서원(廬陽書院)에 향례드리며 효성으로 정려(旌閭)를 받았으니 공의 6대조이다. 고조는 열(說)이니 장수(長壽)로 부호군(副護軍)이고, 증조는 사경(嗣慶)이요, 할아버지는 응도(應道)이고, 아버지는 운용(運鏞)이니 효행과 우애가 뛰어났으며 호를 송천(松川)이라 한다. 어머니는 전주 최씨(全州崔氏)이니, 동중추(同中樞) 광극(光極)의 손녀이다.

순조(純祖) 경인년(庚寅年, 1830) 5월 18일에 공을 낳았다. 어릴 때부터 보통 아이들과 달라 용모가 뛰어나고 타고난 성품이 강직하고 명민했다. 말을 할 때와 사람을 접할 때 이치가 통하고 조리가 환하며 생각을 내고 일을 처리함에 두루 미치면서도 치밀했다. 아버지의 뜰 앞을 지나며 가르침을 받을 때는 한결같이 송천공의 옳은 방법을 따라 조금도 뜻에 어기는 일이 없었다. 어머니께서 연세가 80세에 가까웠는데 즐거이 마음을 다해 봉양하여 집안은 비록 가난하나 맛있는 음식은 끊어지지 않았다. 나고 들 때마다 생선과 좋은 과일을 갖고 와서 즐겁게 해드렸다.

혼자된 누이동생이 의탁할 곳이 없자 이웃에 데려와서 살아갈 집과 생업을 마련해주었다. 아버지 없는 생질(甥姪)을 어루만져 기르기를 친자식과 다름이 없이 했다.

상사를 당해서는 슬퍼하는 정이 음성과 용모에 넘치니 조문하는 손님도 감동하여 울었다. 제사를 지낼 때는 반드시 목욕재계하고 정성과 공경을 다하여 밤새도록 잠을 자지 않고, 살아계실 때의 언어 행동과 모습을 여러 자질(子姪)들에게 하나하나 이야기해 주었다. 항상 말씀하시기를 "선조의 제사를 받들 때엔 반드시 정성을 다하고 깨끗이 해야 하는 것이니, 비록 양이나 소와 같은 진귀한 음식을 올리더라도 깨끗이 하지 않으면 흠향하지 않는다"고 했다.

가정을 다스림에 내외의 구분을 엄하게 하여 비록 종들이라도 남녀가 섞여 있지 못하게 하면서 말씀하시기를 "사람으로서 예의가 없으면 새나 짐승과 무엇이 다르겠는가"라고 했다. 항상 근검절약으로 어려움을 구제하는 방책으로 삼으면서 남을 해치거나 남에게 요구하는 마음을 절대로 갖지 않았다.

성품이 술을 좋아했으나 반드시 한도가 있어 비록 친한 벗을 만나 억지로 권하더라도 조금도 지나치게 마시는 일이 없었다. 친구를 대해서는 다만 마땅히 해야 할 일들과 사귐에 간절한 것들만 이야기했고 농지거리 같은 말은 입에 내지 않았다. 친구와 후배들 중에 선행(善行)이 있는 사람을 보면 반드시 장려하고 얼굴에 기쁨을 띠었다. 허물이 있으면 경계하고 꾸짖어 조금도 용서해 주지 않았다. 아들 한 분이 있었는데 공부를 하여 희망이 있었으나 불행히 일찍 별세하자 여러 손자들을 교육시키면서 70세의 높은 나이에도 가정 일을 맡아서 몸소 논두렁 밭두렁에 다니면서 농사일을 돌보아 그들로 하여금 공부에 전념하게 했다. 그리하여 지금 그 손자 종홍(鍾弘)이 우뚝이 사우(士友)들에게 추중받는다. 장수(長壽)로 통정대부(通政大夫)의 직급을 받았다. 병오년(丙午年, 1906, 77세) 1월 3일에 별세하자 고성(固城) 주천(酒泉) 손좌(巽坐)의 언덕에 장사했다(묘를 옮겨 九萬面 酒坪里 번덧 洞里 동남편 積石山 남쪽 기슭 거북등에 내외분 합장했다).

배위 숙부인(淑夫人)은 인천 이씨(仁川李氏)이니, ○○의 따님이다. 순조(純祖) 병술년(丙戌年, 1826)에 나서 상황(上皇) 무신년(戊申年, 1908, 純宗 2, 83세)에 별세하니 엄나무재[嚴木峴] 해좌(亥坐)의 언덕에 장사했다.[99]

아들이 한 분이니 용학(容鶴)이요, 따님이 세 분이니 이진홍(李鎭泓), 허성로(許星老), 최규환(崔圭桓)에게 각각 시집갔다.

용학에게 아들 두 분이 있으니 맏은 바로 종홍(鍾弘)이요, 끝은 종희(鍾禧)이며, 따님은 곽대곤(郭大坤), 이창수(李暢洙), 이진종(李鎭宗)에게 각각 시집갔다.

이진홍의 딸은 이종영(李鍾永)에게 시집갔고, 허성로의 아들은 홍옥(洪沃)이며, 최규환의 아들은 근호(謹鎬), 양호(亮鎬), 철호(哲鎬)이다. 나머지

99) 묘는 내외 합장했는데, 옮기기 전의 묘지를 쓰면서 비위(妣位)의 것으로 잘못 쓴 것 같다.

는 다 기록하지 않는다.

대개 공이 신중하고 인후하며 지혜가 밝고 사리에 통달함은 천성으로 타고 난 것이겠지만 가정의 교훈도 적지 않을 것이다. 가정을 다스리매 가정이 정제되고 사람을 대하매 사람들이 기뻐했다. 선을 즐겨하고 덕을 좋아하여 늙어서도 게을리 하지 않으니 어찌 착실한 행실을 하는 군자가 아니겠는가?

종홍이, 이 아름다운 덕이 세월이 오래되면 혹시 사라질까 두려워하여, 내가 공의 일을 상세히 안다고 하여 행적을 서술해 달라고 청하므로 이에 감히 사양하지 못하고 행장을 짓는다.

公諱芋新 字汝仁 姓李 系驪州 高麗校尉諱仁德爲初祖 七世而諱皐 翰林學士集賢殿提學 麗祚將絶 退居水原 自號忘川 太祖屢徵不起 列聖遣官致祭 子諱審 吏曹參判藝文提學 又二世 諱賢孫 逸執義 逮莊陵遜位 自靖屛居于丹城 又二世 副司直諱鸞 自丹移于咸安 又三世 諱益亨 號杜谷 忤北人 隱洛上 與趙澗松任道相友善 子諱景蕃 號三悅堂 受業于畏齋李厚慶 享廬陽書院 以孝 旌閭 於公爲六代祖也 高祖諱說 壽副護軍 曾祖諱嗣慶 祖諱應道 考諱運鏞 有孝友行 號松川 妣全州崔氏 同中樞光極之孫 以 純廟庚寅 五月十八日 生公 自幼異凡兒 容顔秀朗 姿性剛明 出辭接人 理達而條暢 發慮處事 周遍而縝密 趨庭之時 一遵松川公義方 少無咈意 母夫人年近八耋 怡怡忠養 家雖貧乏 而甘旨不絶 每有出入 必手鮮鱗珍果 以供一日之歡 寡妹無托 搬置比隣 爲營其居屋産業 撫育孤甥 無間己子 居喪 哀戚之情 溢於聲貌 吊者爲之感涕 奉祭 必齋沐誠敬 竟夕不寐 與子姪輩 歷歷道其平日言動儀形 常曰 奉先須盡誠致潔 雖薦以牲牢珍膳 不潔則不享 治家嚴內外之辨 雖婢僕輩 勿使混處曰 人而無禮 禽獸何別 常以勤勵儉約爲救窮之策 而於人絶無忮求之意 性嗜麴糱 而必有限節 雖遇親朋强勸 無或過度 對朋友 惟說事物當爲 及交際衷曲 而戲謔之言 絶口不道 見知舊後輩 有善必獎 喜動于色 有過則戒之責之 不少假借 有一子績學 有期待 不幸早歿 敎育諸孫 以七十癃年 管攝家務 躬行阡陌

而使之專意學問 今其孫鍾弘 蔚然爲士友所推重 以壽階通政 丙午正月三日考終 葬于固城洒泉巽坐之原 配淑夫人 仁川李氏○○女 生 純廟丙戌卒 上皇戊申 墓嚴木峴亥坐 一男容鶴 三女李鎭泓 許星老 崔圭桓 容鶴二男 長卽鍾弘 季鍾禧 女郭大坤 李暢洙 李鎭宗 李鎭泓 女李鍾永 許星老男 洪沃 崔圭桓男 謹鎬 亮鎬 哲鎬 餘不盡錄 盖公之謹厚明達 得於天稟 家庭受訓 亦不少 理家而家整 待人而人悅 樂善好德 至老不倦 豈非質行君子乎 鍾弘 懼懿德之久遠或泯 以余知公詳 請敍述行蹟 玆敢不辭而爲之狀

-《信菴文集》卷4-

외조부 혁재 이공 묘갈명 서문도 함께 붙임
外大父革齋李公墓碣銘 并序

나의 외종(外從) 아우 이정구(李貞九) 군이 그의 할아버지의 비문을 청한다. 가만히 생각해 보면 공은 나의 외조부이시라, 내가 글을 매우 잘 짓지 못하는데 어찌 감히 이를 감당하겠는가? 하지만 또 한편 생각해 보면 내가 외손자이니 정의로 보아 끝내 사양할 수가 없다. 삼가 살펴 서술한다.

공의 이름은 용학(容鶴)이요, 자는 학천(學天)이며, 호는 혁재(革齋)이다. 여주이씨(驪州李氏)는 고려 교위(校尉) 인덕(仁德)이 시조이다. 한림학사(翰林學士) 고(皐)는 호가 망천(忘川)인데 수원(水源)으로 물러나 굽히지 않는 절의를 지키니, 이태조(李太祖)가 벼슬하러 나오라고 여러 번 불렀으나 나가지 않았다. 이분이 심(審)을 낳으니 이조참판 보문제학(吏曹參判 寶文提學)이다. 2대로 내려가서 현손(賢孫)은 유일(遺逸)로 공천(公薦)되어 집의(執義)가 되었는데 단종(端宗)이 손위(遜位)하자 영남의 단성(丹城)으로 은둔했다. 이 분의 손자 난(鸞)은 부사직(副司直)인데 단성에서 함안(咸安)으로 이사했다. 3대로 내려가서 익형(益亨)은 호가 두곡(杜谷)인데 한강 정선생(寒岡 鄭先生)에게 종유(從遊)했다. 이분이 경번(景蕃)

을 낳으니 호가 삼열당(三悅堂)으로 이외재(李畏齋)선생의 문하에서 수학하여 효우(孝友)와 문학으로 서원(書院)에 향례드리고 정려(旌閭)를 받았는데 공의 7대조이다. 증조는 응도(應道)요, 할아버지는 운용(運鏞)이니 호가 송천(松川)인데 처음으로 고성(固城)에 이사해 살았으며, 《유고(遺稿)》가 있다. 아버지의 이름은 우신(芋新)이니, 장수(長壽)로 통정대부(通政大夫)가 되었는데 문학과 덕행이 뛰어났으며, 어머니는 인천 이씨(仁川李氏)이니 이상락(李相洛)의 따님이다.

공은 철종(哲宗) 신해년(辛亥年, 1851) 7월 21일에 출생했는데, 타고 난 모습이 온화하고 순수하며, 천성이 너그럽고 인자했다. 어릴 때부터 송천공(松川公)에게 수학하여 모든 일을 가르침에 어기지 않았다. 서당에 나아가서 공부하게 되자 반드시 새벽에 일어나 송천공의 침소부터 가서 이불과 요를 정돈하고 꿇어앉아 읽던 책을 외었다. 여름 하과(夏課)에 글을 지을 때면 꼭 오전에 다 지어 송천공에게 질문하여 바로잡고 물러나 그 날 공부할 글을 읽었는데 이와 같은 과정을 하루도 변하지 않았다. 부모님을 섬김에 마음과 육체를 함께 봉양하여 밤낮으로 함께 거처했다. 모든 경서(經書)·역사(歷史)·백가(百家)의 학설과 문호(門戶)·수신(修身)·제가(齊家)의 일이며, 전원(田園)·양잠(養蚕)·길쌈하는 일까지 여쭈어 의논하지 아니함이 없었다.

어버이를 영광스럽게 해드리기 위해 과거(科擧) 공부를 하여 몇 번 낙방했으나 원망하지 않으면서 말씀하시기를 "마땅히 더욱 정밀하게 공부하여 마음을 편안히 가지고 운명을 기다릴 것이요, 급제를 하고 못하고는 논할 것이 없지만 어버이의 연세는 점점 높아가고 출세하여 봉양할 기약은 없으니 이 점이 한스럽다" 고 했다.

일찍이 여러 종형제들과 가정 다스리는 계책에 대해 논하기를 "요즘 같은 말세에 당(唐)나라의 장공예(張公藝)처럼 9세(世)가 함께 살기는 어려우나 송(宋)나라 범중엄(范仲淹)의 의장(義庄)은 참으로 본받을 만하다" 하고 집안사람을 권장하고 인도하여 조치하는 방책이 질서 정연했다. 공의 생질(甥姪) 허홍(許洪)이 일찍이 사람들을 보고 말하기를 "우리 외숙(外叔)께서 만약 장수하셨다면 반드시 가문을 크게 번창시켰을 것이다"고 했으니, 이것은 아마 보고 들은 바가 있어서 한 말일 것이다. 공의 법도와 조리는 충분히 세상에 쓰일 만했으나 뜻을 펴지 못한 것을 알 수 있다. 연세가 겨우 36세(1886)에 별세했으니 어느 친구인들 애통하고 애석하게 여기지 않았겠는가?

배위는 김해 허씨(金海許氏)이니 허경규(許慶奎)의 따님으로 부덕이 있었다. 일찍이 남편을 여의자 따라 죽지 못한 것을 항상 부끄럽게 여겨 평생동안 사람을 대해 웃으며 이야기하지 않고 슬픔을 머금고 고통을 씹으며 천수대로 살다가 별세하니 경오년(庚午年, 1930) 윤 6월 25일이다. 경술년(庚戌年, 1850)에 나셨으니, 향년 81세였다.

2남 3녀를 두었으니, 아들은 종홍(鍾弘), 종희(鍾禧)요, 따님은 현풍(玄風) 곽대곤(郭大坤), 함안(咸安) 이곤수(李坤洙), 함안(咸安) 이진종(李鎭宗)에게 각각 시집갔다.

종홍의 아들은 정구(貞九), 찬구(纘九), 질구(質九)이고, 종희의 아들은 황구(晃九), 승구(昇九), 창구(昌九), 성구(晟九)이다.

곽대곤의 아들은 바로 종천(鍾千)이고, 이진수의 아들은 상준(相俊), 상봉(相鳳), 상갑(相甲)이고, 이진종의 아들은 영수(瑛洙), 양수(亮洙), 장수(章洙), 만수(晩洙)이다. 증손 현손(玄孫)은 다 기록하지 않는다.

공의 묘는 여러번 옮겨 지금 본면(本面) 곤산(昆山) 남쪽 기슭 갑좌(甲坐)의 언덕에 이장했는데 배위도 합장했다(묘를 옮겨 지금은 九萬面 廣德里 下中岩 흑다리 뒷산 甲坐에 내외분 합장했다). 명(銘)은 아래와 같다.

아! 하느님 어찌하여 우리 외조부님께
풍부히 부여하고 인색하게 보답했는가?
뜻을 품었으나 장수하지 못했으니
어찌 그 슬픈 한이 끝이 있으랴?
자신에게 내린 운명은 인색했으나

후손에게 베푸심은 풍부하리라.
뜰에 가득한 후손들 보면
끼치신 여음(餘蔭)이 도와주고 있네.
곤산 남쪽의 이 언덕에
봉황처럼 부부가 함께 묻혔네.
덕을 함께 하고 빛도 같이 하여
천추에 영원토록 편안하소서.

內弟李君貞九 請其王考府君墓文 竊惟公吾外大父也 余不文甚 何敢當是役 顧忝在外孫之列 誼不可終辭 謹按而序之曰 公諱容鶴 字學天 號革齋 驪江之李 高麗校尉諱仁德爲上祖 翰林學士諱皐 號忘川 退居水原 守罔僕義李太祖 屢徵不起 是生諱審 官吏叅寶文提學 至二傳 諱賢孫 逸薦執義 端廟遜位 南遯嶺之丹城 至孫諱鸞 副司直 自丹移于咸安 三傳 諱益亨 號杜谷從寒岡鄭先生遊 是生諱景蕃 號三悅堂 受業于李畏齋先生門 以孝友文學有院享闔旌 於公間七代 曾祖諱應道 祖諱運鏞 號松川 始居固城 有遺稿若干考諱芋新 壽通政 有文行 妣仁川李氏 相洛女 公生於 哲廟辛亥 七月二十一日 天姿溫粹 性度寬仁 自幼受學於松川公 而凡事不違敎 及就學書舍 必晨興 適松川公寢所 整疊衾褥 跪誦所讀書 當夏課著述 則必午前成篇 以質于松川公 而退讀當日書 如是爲程 未嘗一日或替 事父母 志體俱養 日夜同處凡經史百家之說 門戶修齊之事 田園桑麻之役 靡不禀議 爲親治學業 屢屈於有司 而不怨尤曰 自當益加精工 安意以竢命 其得不得何可論也 然親年漸邵榮養無期 以是爲惧也 嘗與諸從 論治家之策曰 當此叔世 張公同居 所可難行 而范公義庄 固可取法 遂奬率家人 而措劃方畧 秩然有序云 其甥許洪 嘗謂人曰 吾舅氏 若獲壽 必大昌家門 盖其見聞之有所本而爲言也 則公之規模條理 足以有用於世 而未售其志 可知矣 年纔三十六而沒 其在知舊者 孰不痛惜也哉 配金海許氏 慶奎女 有婦道 早哭所天 常耻未亡 平生不對人笑語含痛茹毒 以終天年 實庚午九六月二十五日 距其生庚戌 享年八十一 生二男三女 男鍾弘 鍾禧 女適玄風郭大坤 咸安李坤洙 咸安李鎭宗 鍾弘男 貞九

纘九 質九 鍾禧男 晃九 昇九 昌九 晟九 郭男 郇鍾千 李男 相俊 相鳳 相甲 李男 瑛洙 亮洙 章洙 晩洙 曾玄不盡錄 公之墓 累遷而今移窆于本面 昆山南麓負甲原 配亦同封 銘曰

嗚呼

天何吾公 賦豊報嗇. 有志無年 痛恨曷極.
所嗇于躬 必豊其後. 試看庭除 餘蔭有祐.
昆陽之阡 鳳凰同逑. 幷德齊光 永安千秋.

-《靜軒文集》卷5-

외조모 유인 허씨 행장
外祖母孺人許氏行狀

유인(孺人)의 성은 김해 허씨이니 천산재(天山齋)선생 천수(千壽)가 알려진 조상이다. 증조는 용문(瑢文)이요, 할아버지는 치식(致植)이다. 아버지는 경규(慶奎)이니 호가 엄뢰(嚴瀨)로 덕망이 높았다. 어머니는 전주 최씨니 상임(祥任)은 외조부이다.

유인께서 혁재(革齋) 이용학(李容鶴)에게 시집오니 공은 여주 이씨로 삼열당(三悅堂)선생 경번(景蕃)의 후손이요, 통정대부(通政大夫) 우신(芋新)의 아들이다. 공이 군청소재지의 서쪽 송천리(松川里)에 살다가 신계(新溪)로 이사하여 무진년(戊辰年, 1868)에 신계의 우거(寓居)하는 집에서 부인을 맞이했다.

유인께서는 법도 있는 가문에서 태어나 저절로 젖어 배임이 많았다. 경서(經書)와 역사(歷史)책을 널리 읽고 부녀자의 학문에 능통해 규중(閨中)의 법도가 이미 드러났다. 시집을 와서는 시부모를 섬김에 정성스럽게 하고 남편을 대함에 공경하고 동서간에도 화목하니 규문(閨門)이 이로해서 화목하게 되었다.

살림살이를 잘하여 남편을 도우니 가정이 점점 풍족해졌다. 중년에 가서 남편을 여의자 곧 함께 따라 죽으려 했으나 시부모가 늙으시고 자녀들이 어린데 자신마저 따라 죽으면 노인과 어린이가 누구를 의지하겠는가 생각하고 억지로 슬픔을 참으면서 위로 시부모님을 위로하고 아래로 아이들을 거두어 부지런히 힘써 여러 자녀들이 어느 정도 자라기를 기다려 경계하여 말하기를,

"너희들이 만약 조금이라도 허물이 있으면 사람의 도리만 잃을 뿐 아니라 아버지 없는 자식이라는 욕을 듣게 될 것이다. 특히 조심하라."

하고, 또

"나는 들으니 착한 일을 하는 사람에게는 하늘이 복을 준다고 하니 너희들은 착한 일을 하여 복을 받을 수 있게 하라"

고 하였다. 여러 아들들이 아버지 제삿날이 되면 아버지의 얼굴을 기억하지 못하는 것을 매우 슬퍼하자, 유인께서 말리면서

"너희 할아버지께서 살아계신데 너희들이 그렇게 할 수 있겠는가?"

라고 했다. 그러나 시아버지께서 별세하고 여러 아들들이 아버지 제삿날 곡(哭)을 하니 유인(孺人)께서 눈물을 흘리며 통곡하면서

"내가 전일에는 시부모님께서 마음 상하실까 염려하여 슬픔을 머금고 소리 내어 울지도 못했는데 오늘의 통곡은 나의 평생 동안의 슬픔을 씻은 것이다."

고 하셨다. 항상 규중(閨中)에 거처하시면서 밖에 나가지 않고 길쌈을 부지런히 하여 쉬는 날이 없었다.

딸을 시집보내고 아들을 장가드릴 때 온갖 혼수들을 자기 집의 베틀에서 직접 짜낸 것으로 했다. 딸을 시집보낼 때 명령하기를

"남자가 친척과 멀어지고 화목함을 손상시키는 것은 여자들 때문에 생기는 일이니 조심해서 허물이 없도록 하라."

고 했다. 또 의복은 항상 미리 씻어 바느질해서 군색함을 보이는 일이 없었다. 그리고 《시경(詩經)》 「빈풍(豳風)」의 "칠월에 화성이 서쪽으로 기울면, 구월엔 겨울 지낼 옷을 마련하네"라고 시를 외어 미리 준비하라고 훈계했다.

만년(晩年)에 중풍에 걸려 눕고 일어나는 것도 옆에서 도와야 했다. 가

정에 아들이 효성스러워 백방으로 치료했으나 마침내 구해내지 못하고, 마침내 고종(高宗) 경오년(庚午年, 1930) 6월 25일에 별세하니 경술년(庚戌年, 1850)에 나시어 향년 81세였다. 마암면(馬岩面) 신리(新里) 손좌(巽坐)의 언덕에 장사했다(묘를 옮겨 九萬面 廣德里 下中岩 흑다리 뒷산 甲坐에 내외분 합장했다). 유인께서 모습이 단정하고 공손하고 성품이 너그럽고 온화하며 정숙(貞淑)한 기운이 양미간(兩眉間)에 엉기며 유한(幽閑)한 덕이 말 밖에 나타났다. 시집오기 전에 옛날 어진 부녀들의 법도 있는 말씨와 선행을 익혀서 알았기 때문에 시집와서 어른을 봉양하고 어린이를 어루만져 기르며 제사를 받들고 손님을 접대함에 하나도 도리에 맞지 않은 것이 없었으니, 부도(婦道)를 갖추어 의당 완전한 복록을 누려야 할 것인데 중간에 남편을 여의었으니 하느님도 무심치 않은가? 곧 따라 죽으려 했으나 미망(未亡人)으로 자처하고 남편의 뜻을 성취하기를 결심하고 아들을 공부에 힘쓰게 하여 유명한 선비가 되게 하고, 여러 딸들은 '여사(女師)' 라는 칭찬을 받게 되었으니 이는 진실로 모두 유인께서 교도하신 힘이다. 유인의 언행(言行)과 하는 일이 모두 법도가 있었으니 이씨의 가정 법도에 따랐을 뿐만 아니라 역시 친정 허씨 집에서 뿌리가 있은 것을 알 수 있다.

아들 · 딸이 5명인데, 아들은 종홍(鍾弘), 종희(鍾禧)요, 사위는 곽대곤(郭大坤), 이석수(李錫洙), 이진종(李鎭宗)이다. 손자는 정구(貞九), 찬구(纘九), 질구(質九), 황구(晃九), 승구(昇九), 창구(昌九), 성구(晟九)이다. 곽종천(郭鍾千), 이상준(李相駿), 상봉(相鳳), 상갑(相甲), 이영수(李瑛洙), 양수(亮洙), 장수(章洙), 만수(晩洙)는 외손자이다.

아! 내가 어릴 때 어머니를 따라 외가에 가서 자주 유인을 뵈었다. 유인께서는 나를 매우 사랑하여 손으로 나를 어루만지며

"네가 외조부의 모습을 많이 닮았다"하고 이내 외조부님의 높은 명망과 대대로 전해오는 옛 일들을 언제나 말씀하시기를 그치지 않았다. 내가 귀에 익게 들은 것이 어제 일 같은데, 우리 어머님이 먼저 별세하시고, 유인께서 이어서 별세했으며, 외숙부마저도 별세하여 내가 외가에 가

면 옛 일을 느끼는 마음을 이길 수가 없다.

어느 날 외종 아우 정구(貞九)가 나를 보고 "우리 할머님의 고심(苦心)과 곧은 지조며, 조용한 덕과 아름다운 행실은 형님이 아시는 바이니 바라건대 한 말씀 기술해 주시어 우리 집안에서 대대로 지켜가며 알게 해 주십시오"라고 한다. 내가 "나의 글이 전할 만한 것은 못되지만, 사양하는 것은 은의(恩義)가 아니다"하고 평소에 보고 들은 것 한두 가지를 취하여 대략 위와 같이 서술하여 후세에 어진 부인들의 행실을 기록하는 역사책을 편찬하는 자들이 자료로 채택해 주기 바란다.

무술(戊戌, 1958) 10월 중순에

외손자 포산(苞山, 玄風) 곽종천(郭鍾千) 삼가 지음

孺人許氏 金海人 天山齋先生諱千壽 其顯祖 曾大父諱瑢文 大父諱致植 父諱慶奎 號嚴瀨 有德望 母全州崔氏 祥任其外大父也 孺人歸于革齋李公諱容鶴 公驪州人 三悅堂先生諱景蕃之後 通政諱芋新之子也 公居治西松川里 戊辰取婦于新溪寓舍 孺人生法家 多濡染 涉書史 能女學 閨範已著 及嫁 誠以事舅姑 敬以接夫子 和以處妯娌 閨門賴雍 善治産 以助其君子 而家益稍足 及中遭晝哭 卽欲下從 而思舅姑老 子女幼 余若從一而終 老幼疇依 强忍痛毒 仰慰俯恤 黽勉 待諸子稍長 而戒之曰 汝曺若有小過 非惟失人道 恐貽無父之辱矣 又曰吾聞爲善者 天報以福 汝其爲善以爲受福之地也 諸子當父忌 以親顔未省爲甚痛 孺人止之曰 汝有祖在上 此豈可痛之日乎 及舅沒 而諸子當父忌哭 孺人泣謂曰 余昔恐舅姑心傷 含哀無聲 今之哭 是吾洩平生之痛也 常處閨中 不出身勤績事 日無休時 嫁女娶婦 凡百資具 用自家機織 送女命之曰 男子離親傷和 皆由婦人所作 敬之無違 且衣服預滌而線之 勿爲見窘 誦詩七月流火 九月授衣之語訓之 晩暮中風痹 臥起須人 庭有子孝 多方調治 而竟不救 乃 高宗庚午 六月二十五日 距生庚戌 行年八十一 葬馬岩新里巽坐原 孺人儀有端恭 性有寬和 貞淑之氣 凝於眉間 幽閒之德 見於言外 在家受父訓 習知古賢媛之法言善行 故適人而養老撫幼 奉祭接賓 無一不適 婦道備矣 宜享完福 而中

哭所天 此何天也 卽欲從死 而自處未亡 矢成夫志 勉子力學 爲名儒 諸女亦見稱女師 此實孺人敎導之力 而孺人言行事爲 皆有度 則非徒服李氏家法 亦本於許氏 從可知矣 有五男女 男鍾弘 鍾禧 婿郭大坤 李錫洙 李鎭宗 貞九 纘九 質九 晃九 昇九 昌九 晟九 孫也 郭鍾千 李相駿 相鳳 相甲 李瑛洙 亮洙 章洙 晩洙 外孫也 嗚呼 余幼 隨母 屢拜孺人 孺人愛余甚 手撫之曰 汝多外祖典形 因說外祖重望 及世傳故事 每每不已 余耳熟而聽之者 如昨日 而吾母已先謝 孺人繼逝 舅氏亦沒 余至渭陽 感古之懷 自不能勝 而日 內弟貞九 謂余曰 吾祖妣苦心貞志 幽德懿行 兄所已知矣 願一言備述 使吾家世守而知之 余曰 文不足傳 而辭之非恩義也 乃窃取其見聞之一二 畧叙如右 以資夫後之修女史者 采擇焉

戊戌 十月 中旬

外孫 苞山 郭鍾千 謹狀

-《靜軒文集》卷6-

아우 도원의 제문
祭弟道遠鍾禧文

오호애재(嗚呼哀哉)라! 네가 지금 지하에 돌아가서 별세하신 아버지를 모시는가?

아, 네가 천성이 충후(忠厚)하고 성품이 너그러워 요사(夭死)할 상이 보이지 않았는데, 열흘간의 병으로 갑자기 바람 앞에 등불처럼 꺼졌구나.

아, 나의 운수가 기박하고 죄가 몸에 쌓여 너로 하여금 백수(白首)에 서로 의지할 수 없게 하였구나!

오호통재(嗚呼痛哉)라! 내가 어릴 때 아버지를 여의고 어머니와 할아버지께 양육 받았는데, 할아버지마저 별세하시자 어머님을 봉양할 사람은 오직 나와 너뿐이었지. 그런데 한 사람은 남쪽에, 한 사람은 북쪽에서 10년 간 헤어져 고생하면서 일찍이 한 통의 술과 한 그릇의 음식으로 서로 기쁨을 함께 나누지 못했으니, 이것이 통곡하고 눈물을 흘리는 것으로도 부족하여 이어서 길이 탄식하는 것이다.

오호애재(嗚呼哀哉)라! 전일에 네가 고향 함안으로 돌아갈 때, 나도 가족을 데리고 너를 따라가려고 하지 않은 것은 아니지만 농토와 집을 마련할 수가 없어 짝 잃은 기러기처럼 서로 헤어졌으니 이것이 참으로 인정상 견디기 어려웠는데 나와 네가 모두 장년이라, 세월이 가고 힘이 펴이기를 기다려 내가 네 곁으로 가지 못하면 네가 다시 남쪽으로 내 곁에 와서 집을 맞대고 침상을 나란히 하여 늘그막에 단란하게 사는 것이 나와 너의 뼈에 새기고 마음에 새겨야 할 것인데, 이 계획도 이루지 못하여 사람의 일이 갑자기 어그러져 나로 하여금 무한한 슬픔을 품게 할 줄을 어찌 알았겠는가?

오호애재(嗚呼哀哉)라! 네가 한 평생 가난하여 더러 아침저녁의 양식도 떨어졌지만, 말이나 얼굴빛에 근심을 나타내지 않은 것이 너의 좋은 점이었다. 내가 너의 매우 어려운 사정을 알았으나 무심결에 다 알지 못한 듯이 넘어간 것이 몇 번이던가? 또 장례는 큰일인데 옷을 지을 베도 없고 이불이며 염포(斂布)도 주선하지 못하여 손 쓸 수 없어 거친 언덕에 임시로 장사했으니 내가 참으로 목석(木石)과 같은 사람이라, 유명(幽明)에 너를 저버림이 크구나.

오호통재(嗚呼痛哉)라! 전일 아버지 제삿날에 네가 와서 매우 슬피 곡(哭)하고 하룻밤을 자고는 어머님께 하직하고 떠날 때, 줄 흐르는 눈물을 삼키므로 나는 서로 떨어져 사는 고생을 알고 치솟는 감정을 억누르려고 시냇가의 길 위로 너를 떠나보내면서 오랫동안 너의 뒷모습을 가만히 바라보니 네가 실의(失意)한 모습으로 홀로 떠나면서 한 걸음 떼어놓고 한 번 돌아보고 두 걸음 떼어놓고 두 번 돌아보며 산을 돌고 물을 돌아 보이지 않은 곳에 가서야 그만 두니 나의 마음이 더욱 아파 한 번 가서 위로하려고 했다. 그런데 네가 가던 길에 먼지도 가라앉기 전에 갑자기 병이 위독하다는 말을 듣고 문병하러 빨리 달려가서 큰 소리로 부르니 네가 내 손을 잡고 억지로 기운을 내어 영결의 말을 하려고 했으나 끝내 말을 이루지 못하고 말았구나.

오호애재(嗚呼哀哉)라! 네가 하고 싶어 했던 말은 내가 비록 듣지 못했으나 내 생각으로 헤아려 보면 그 대략을 알 수 있겠구나. 늙으신 어머님이 살아계신데, 자식이 밖에 나갔다가 늦게 돌아오면 문에 기대어 기다리는 어머님의 심정도 위로하지 못하고, 어린아이들은 집안에 가득한데 부양할 책임을 부탁하지 못했으니 이것이 너의 부모님에 대한 지극한 효성과 자식에 대한 지극히 사랑하는 천성이 죽어서도 그만 두지 않으려는 것이 아니겠는가?

아, 아! 어머니가 막내를 사랑하는 것은 부인의 일반적인 심정인데 더욱이 우리 어머님의 한 평생 심부름을 맡은 사람이 과연 누구이던가? 네가 죽은 후 백반으로 위로하여 3년이 되었으나 매우 근심하고 슬퍼함을 끝내 잊지 못하시니 네가 저승에서도 눈감기가 어려우리라. 여러 아이들 양육에 대해서는 내가 몇 칸의 집을 짓고 몇 이랑의 농토를 마련하여 너의 가족을 데리고 남쪽으로 내가 사는 옆으로 오려고 여러 번 제수씨에게 청했으나 완강히 거절하고 허락하지 않으므로 이럭저럭 결정짓지 못했는데 앞으로 힘과 형편이 되는대로 다시 계획해 볼 예정이다.

오호통재(嗚呼痛哉)라! 나와 네가 인간 세상에서 형제가 된 지 40년인데 살아서는 같은 방에서 큰 이불을 함께 덮으며 서로 기쁘게 지내지 못했고, 병중에 있을 때는 병시중을 하면서 불을 때다가 옛 사람의 일처럼 내 수염을 불사르는 고생도 못했으며, 죽어서는 음식을 올리며 슬퍼하지도 못했고, 수 십리 멀리 떨어져 영혼이 나에게 의지하지도 못했으니, 이것이 나의 평생 지극한 한이고, 멀리 떠난 너의 영혼 역시 저승에서 유감이 있을 것이다. 죽은 자가 안다면 후일 저승에서 서로 손잡고 즐거워하는 시간이 다할 날이 없을 것이고, 만약 그렇지 못하면 소씨(蘇氏)의 말처럼 세세(世世)로 형제가 되기를 바란다.

오호통재(嗚呼痛哉)라! 지금까지 내가 한 말을 듣느냐, 못 듣느냐? 들어도 슬프고 못 들어도 슬프구나. 아, 슬프구나!

嗚呼哀哉, 汝今歸侍先父於地下耶? 嗚呼, 汝天賦忠厚, 性氣寬平, 未見有夭札相, 而旬日之疾, 奄迫風燭. 嗚呼, 吾數奇於命, 罪積于身, 使汝不得相依於白首也. 嗚呼痛哉, 吾齠齔失怙, 鞠養於母及祖考, 祖考違背, 奉養母氏, 惟我與汝在, 而一南一北, 十年契濶, 曾未以一樽一盂共享怡愉之樂, 此痛哭流涕之不足, 而繼之以長吁也. 嗚呼哀哉, 昔汝之還于故第也, 吾非不欲携家以從, 而未得田廬, 湘影相分, 此誠人情之所不堪, 而吾與汝俱是壯年矣, 日月征邁, 竢其舒力, 非我從汝, 則汝復南來, 接屋聯床, 晩暮團欒, 是吾與汝之鐫膺刻骸, 而豈知宿計未就, 人事遽乖, 使我抱無限之痛也? 嗚呼哀哉, 汝一生貪憂, 朝暮屢空, 而未嘗慽慽於辭色之間者, 是汝之尊處也. 吾知其窮極, 而恝然若不相悉者, 亦幾何? 且送死又是大事, 而杍杻旣空, 衾絞未周, 懸手懸足, 假葬荒原, 吾誠木矣石矣, 負汝於幽明者大矣. 嗚呼痛哉, 先父諱日, 汝來哭甚痛, 一宿辭母, 泫然飮泣, 吾知其離闊之苦, 而欲蕩情以抑之, 薄送溪上, 久久竊視, 汝失意獨行, 一步一顧, 二步二顧, 至山轉路回而後已, 吾心懷轉惡, 欲一往相慰矣. 行塵未定, 遽聞疾革, 亟馳以候, 大聲以呼, 則汝執吾手, 强欲作氣以訣, 而竟未成說而止. 嗚呼哀哉, 汝之所欲言, 吾雖不聞, 以吾揣想, 可知其槩矣. 老慈在堂, 未慰倚門之思, 弱子充宇, 未付保養之責, 此豈非汝止孝止慈之天, 死而且不休耶? 嗚呼噫矣. 母氏愛季, 夫人通情, 而况吾母之生平爲命者, 果誰也? 自汝之沒, 百般奉慰, 以至三載, 而愁痛沉痛, 竟未太上之情, 則泉下之目, 亦必難瞑矣. 若其保養諸子, 則吾構數間之屋, 又得幾頃之田, 欲挈家南來, 累請孀嫂, 而堅拒不許, 因循未決, 將諒力咨勢, 而更圖也. 嗚呼痛哉. 吾與汝爲兄弟於人世者四十年, 而生不得大被相歡, 病不得焚髥相苦, 沒不得饋食相悲, 數舍落落, 使魂氣不相依, 此吾所以畢生至恨, 而長逝之魂, 亦必有憾於冥冥之中也, 死者有知, 異日泉下, 相携相樂, 以屬無窮之期矣. 如其不然, 則願世世爲兄弟, 如蘇氏之言也. 嗚呼痛哉. 凡我所言, 汝其聞耶? 不聞耶? 聞之亦悲也, 不聞亦悲也. 嗚呼哀哉.

-《毅齋集》卷7-

외숙 이의재 선생 행장
內舅李毅齋先生行狀

선생의 이름은 종홍(鍾弘)이요, 자는 도유(道唯)이며, 호는 의재(毅齋)인데, 또 구계(求溪)라고도 한다. 계보는 여주이씨(驪州李氏)니 고려 인용교위(仁勇校尉) 인덕(仁德)이 시조이다. 한림학사(翰林學士) 고(皐)에 이르러 집현전 제학(集賢殿提學)으로 수원(水原)에 물러나 은거해 살면서 스스로 망천(忘川)이라 호를 했는데 이태조(李太祖)가 벼슬하러 나오라고 여러 번 불렀으나 나가지 않으므로 명하여 사는 곳을 그림으로 그려 올리게 하고 팔달산(八達山)이라 이름을 내리고 여러 왕들이 관원을 보내어 제사를 드렸다. 이 분이 심(審)을 낳으니 벼슬이 이조참판 보문제학(吏曹參判 寶文提學)이다. 이 분이 백견(伯堅)을 낳으니 현감(縣監)이다. 이분이 현손(賢孫)을 낳으니 유일(遺逸)로 공천(公薦)되어 집의(執義)가 되었는데 단종(端宗)이 손위(遜位)하자 남쪽으로 단성(丹城)에 은둔하여 살았다. 이 분이 영효(永孝)를 낳으니 현감(縣監)이다. 이 분이 난(鸞)을 낳으니 부사직(副司直)인데 단성에서 함안(咸安)으로 이사했다. 3세에 이르러 익형(益亨)은 호가 두곡(杜谷)인데 한강(寒岡) 정선생(鄭先生)과 종유(從遊)했으며, 북인(北人)들의 어진이를 무함하는 의논을 물리치고 낙동강 가에 은거하며 간송(澗松) 조선생(趙先生)과 서로 친하게 지냈다. 이 분이 경번(景蕃)을 낳으니 호를 삼열당(三悅堂)이라 하는데 이외재(李畏齋)선생에게 수학했으며 여양서원(廬陽書院)에 향례드렸고 효성으로 정려(旌閭)를 내렸으니 선생의 8대조이다.

고조는 응도(應道)요, 증조는 운용(運鏞)이니 호가 송천(松川)인데, 고성(固城)으로 이사해 살았다(묘는 고성군 下一面 春岩里 長春洞 앞산 솔밭등 巽坐에 있고, 墓誌는 信菴 李準九가지어 묻었으며, 床石이 있다. 배위 全州崔氏의 묘는 九萬面 酒泉 뒤 엄나무재 亥坐에 있다). 할아버지는 우신(芋新, 松川公 別世後 大夫人과 三兄弟 분이 戊辰, 1868년에 下一面 松川里에서 九萬面 華林里 新溪洞으로 移居했다)이니 장수(長壽)로 통정대부(通政大夫)를 받았다.(묘는 九萬面 酒坪里 번덧洞里 동남편 積石山 남쪽 산기슭 거북등에 있는데 內外分 合葬이다). 아버지의 이름은 용학(容鶴)이니 호가 혁재(革齋)이다. 모두 문학과 덕행을 함께 갖추었다. 어머니는 김해 허씨(金海許氏)로 허경규(許慶奎)의 따님이니 천산재(天山齋) 허천수(許千壽)선생의 후예로 부덕이 있었다(묘는 九萬面 廣德里 下中岩 흑다리 뒷산 甲坐에 있는데 內外分 合葬이다).

고종(高宗) 16년 기묘년(己卯年, 1879) 6월 22일 선생을 신계리(新溪里)의 옛 집에서 낳았는데 어릴 때부터 조부께서 옳은 방법으로 가르치니 저절로 젖어들어 성품을 이루어 행동거지가 가볍지 않았다. 여러 아이들과 놀 때에도 일찍이 다투는 일이 없으니 조부께서 매우 촉망했다.

겨우 8세에 아버지 상사를 당했는데 시신 옆에서 슬피 부르짖어 울며, 찾아오는 손님들을 접할 때는 반드시 상복과 수질(首絰)·요질(腰絰)을 갖추니 문상 온 사람들이 모두 일컫기를 "어린아이가 능히 이와 같이 할 수 있겠는가?"라고 했다.

10세에 계산서숙(桂山書塾, 孝大 洞里에 있었다)에 나아가 글을 읽는데 집과의 거리가 두어 구비쯤 되었다. 아침저녁으로 밥 먹으러 다니면서 마음속으로 읽던 책을 외어 눈을 좌우로 돌아보지도 않았다. 하루는 갑자기 어머님께 말씀하시기를 "할아버지께서 나에게 글을 읽으라고 책하시는데 내가 만약 성취하지 못하면 할아버지의 기대를 저버림이 클 것입니다"고 했다. 이로부터 마음에 맹세하고 뜻에 힘써 가르치고 독촉하기를 기다리지 않고 더욱 부지런히 공부했다.

12세에 할머니의 병환을 돌보면서 약을 달이고 옆에서 모셔 밤에도 눈을 붙이지 않았다. 할아버지께서 몸이 고달파 파리해지는 것을 염려하여 밖으로 불러내어 자게 하니 비록 억지로 그 명령을 따르기는 하나 거짓으로 자는 체하고 귀를 대고 있다가 안에 문소리가 나면 그 때마다 놀라 일어나 안으로 들어가니 할아버지께서 그 마음의 고통을 민망히 여겨 다시 방에 들어가 모시도록 허락했다.

13세에《대학(大學)》을 읽다가 깨닫기 어려운 곳에 이르러서는 여러 번 스승에게 물어 이해하지 못한 것을 그냥 두지 않았다. 성장하자 시대가 과거(科擧)를 숭상하므로 역시 그 조류에 젖었으나 하루는 썩 스스로 깨닫고 말씀하시기를 “이 마음을 한 번 결심하면 공자(孔子) · 맹자(孟子)도 가히 배울 수 있을 것이니 어찌 과거 공부를 일삼겠는가?”하고 드디어 자기 수양에 도움이 되는 학문에 전심했다. 문중 어른인 신암(信菴)선생에게 나아가 강론하고 질정한 것이 매우 많았고 청계(晴溪) 최동익(崔東翼)과 도의(道義)로 서로 연마했다. 노백헌(老柏軒) 정선생(鄭先生)이 기노사(奇蘆沙)선생의 적통(嫡統)을 받아 물계(勿溪) 위에서 강도(講道)하므로 스승에게 행하는 예물[束脩]로써 배알(拜謁)하고 깊은 비결을 듣고서 인해 한 달포 정도 머물렀다.

병오년(丙午年, 1906, 28세) 조부의 상사를 당하여 장례에 반드시 정성을 다하여 한 달을 넘겨 장사를 하고 날마다 산소에 가서 성묘(省墓)하니 절할 때 꿇어앉아 무릎 닿은 곳에 풀이 자라지 못했다. 이때《예기(禮記)》,《가례(家禮)》,《상례비요(喪禮備要)》,《사례편람(四禮便覽)》등의 책을 읽고 의문(儀文)과 도수(度數)를 깊이 연구하여 스승과 모든 벗들에게 질의했다.

무신년(戊申年, 1908, 30세) 겨울에 사랑채가 화재를 입고 얼마 후에 또 조모의 상사를 당하여 빈소(殯所) 꾸미는 일이며 집 짓는 일 등 모두 거창한데 질서 정연하고 순서 있게 처리했다. 편모(偏母)를 효성스럽게 받들어 마음과 몸을 모두 편안하게 봉양했다. 어머님께서 밭에 나가 김매는 것을 보고 안타깝게 여겨 말씀하시기를 “사람의 자식 된 자가 편안히 앉아 글이나 읽으며 어머니는 수고로운 일을 하게 한다면 자식의 임무를 다했다고 하겠는가?”하고 이 후부터 농사일을 몸소 맡아 하며 신을 삼고 자리를 짜는 일에 이르기까지 하지 않은 일이 없었고 여가가 나면 그때야 글을 읽었다.

아우가 살림을 나누어 디낄[杜陵] 옛 고향으로 돌아가서, 어머님 옆에서 함께 기뻐하지 못하는 것을 한스럽게 여겨, 아우가 오면 만류하여 열흘이 넘게 있게 하고, 돌아가면 멀리 고개 위에까지 보내어 항상 차마 서로 이별하지 못했다. 불행히 아우가 일찍 별세하자 슬픔을 머금고 괴로움을 씹으며 마음을 걷잡지 못했다. 아버지 잃은 조카들을 어루만져 위로하며 전답과 집을 마련하여 도와주었다.

제사를 지낼 때엔 정성을 다해 제물을 갖춤이 절도가 있었다. 손님을 접대할 때엔 가정 사정에 맞추어 하여 물건은 박(薄)하나 인정은 두터웠다. 자녀를 가르칠 때엔 근검(勤儉)하라고 했다. 노비(奴婢)가 5·6명 있었는데 가난하여 그들에게 먹을 것을 넉넉히 해 줄 수가 없게 되자 마침 어떤 사람이 그 종을 사 가기를 요청하므로, 그에게 말씀하시기를 "사람이 어찌 차마 사람을 돈을 받고 팔 수가 있겠는가?"하고 드디어 모두 그냥 놓아주었다.

경술년(庚戌年, 1910, 32세)에 나라가 망한 후에 서양식 일본 달력을 사용하지 않으려고 '화엽도(花葉圖)'라는 달력을 만들어 사용했다.

갑인년(甲寅年, 1914, 36세)에 간재(艮齋) 전우(田愚)공을 배알하고 '심성이기설(心性理氣說)'을 강론했다. 두루 약재(約齋) 송병화(宋炳華)공을 배알하고 '홍의(弘毅)' 두 글자의 교훈을 받아 '의재(毅齋)'라 호를 했다. 면암(勉菴) 최익현(崔益鉉)공의 묘에 제사드리고 경모(景慕)의 정을 폈었다.

병진년(丙辰年, 1916, 38세)에 면우(俛宇) 곽종석(郭鍾錫)공을 배알하여 의심스러운 예학(禮學)을 강론하고 돌아와서 나 종천(鍾千)을 보고 말씀하시기를 "옛 사람은 비록 공부에 힘쓰는 것이 스승을 구하는데 힘쓰는 것만 못하다고 했으나, 귀중한 것은 자신의 마음속에서 깨달아 얻는데 있는 것이니 어찌 다만 입으로 말하고 귀로 듣는 것으로 깨칠 수 있겠는가?"하고 드디어 10년 기한을 맹세하고 책을 가지고 냉천산방(冷泉山房, 冷泉書堂을 말하는데 고성군 九萬面 孝大 뒤의 冷泉山中 岩石間에 있었다. 여기서 많은 제자들을 길러내었다. 선생 逝去後 甥姪이며 제자인 靜軒 郭鍾千先生이 거처하다 연세도 많고 세상이 변하자 곽선생의 이웃인 효대 동리 안에 옮겨지었다)으로 들어갔다. 여기서 《소학(小學)》으로부터 《육경(六經)》에 이르기까지 돌아가며 강독하였는데, 《대학(大學)》과 《중용(中庸)》은 천 번씩 읽고, 다른 경서(經書)는 8백 번씩으로 기준을 삼고 읽었다. 의심스러운 것이 있으면 적어서 벽에 붙여 두고 늘 눈을 대어 연구했다. 그래도 혹시 통하지 않는 것이 있으면 간암(艮巖) 박태형(朴泰亨)공과 송산(松山) 권재규(權載奎)공께 질의하여 서로 도움이 매우 많았다. 이에 와서 공부하는 사람이 많아졌는데 규정(規程)을 엄하게 세워 언제나 초하루 보름에 '상읍례(相揖禮)'를 행하고 읽던 책을 강론하여 교도하기를 게을리 하지 않으니 한 지방 사람들이 모두 감화되었다.

무오년(戊午年, 1918, 40세)에 고종황제(高宗皇帝)의 흉보(凶報)를 듣고 한숨을 쉬며 크게 탄식하기를 "나라는 비록 망했으나 우리 임금은 있었는데 지금은 임금마저 없으니 내가 누구를 받들어 살겠는가?"하고 친구와 여러 문인들을 불러 냉천산중(冷泉山中)에서 모여 곡(哭)하고 성복(成服), 소식(素食)을 했으며 「두견행(杜鵑行)」이란 시를 지어 뜻을 보였다. 또 화양동(華陽洞) 만동묘(萬東廟)의 터가 사유지가 되므로 분개하여 박간암(朴艮巖) 등 여러 사우(士友)들과 재물을 내어 되돌릴 것을 꾀했으나 마침내 뜻을 이루지 못하자 토지를 사 두고 봄가을 제향에 필요한 비용으로 쓰게 했다.

신유년(辛酉年, 1921, 43세)에 시암(是菴) 이직현(李直鉉)공과 만동묘에 가서 배알하고 수원으로 향해 팔달산(八達山)에 올라 선산에 성묘하고, 서울로 가서 망국의 슬픔을 노래한 「서리시(黍離詩)」를 짓고, 동쪽으로 낙동에 놀아 여러 이름난 석학(碩學)들을 찾아보고, 서쪽으로 두류산(頭流山)으로 들어가 남명(南冥) 조식(曺植)선생의 묘를 배알하고, 진주 촉석루(矗石樓)에 올라 삼장사(三壯士)의 혼을 조상하고, 남쪽으로 당포(唐浦)로 떠서 원문(轅門)을 지나 한산도(閑山島)에 이르러 이충무공(李忠武公)의 시를 외워 화답하고, 제승당(制勝堂)에 올라 충무공의 유상(遺像)에 제사지내고, 거제를 건너 반곡(盤谷)에 다다라 우암(尤菴) 송선생(宋先生) 사당(祠堂)에 배알하고, 돌아와서 말씀하시기를 "이로부터 가히 더 갈 만한 데가 없다"고 했다.

이때 매담(梅潭) 배도홍공(裵道泓公)이 새로 수림서당(繡林書堂)을 지었는데 선생이 배공과 취미가 서로 맞아 혹시는 때로, 달로 가서 머물면서 책을 펴서 깊은 뜻을 강론하기도 하고, 시를 지어 심회를 풀며 매우 마음이 맞았다.

병인년(丙寅年, 1926, 48세)에 어머니께서 중풍에 걸렸는데 약을 달이는 일과 더럽혀진 옷을 씻는 일도 몸소 했다. 야초(野草)·산목(山木)도 병에 닿을 것 같으면 모두 캐어서 올렸다. 밥 먹을 때엔 대신 숟가락을 잡고 떠 먹여 드리며, 가려우면 대신 긁어 드려 밤낮으로 옆에서 떠나지 않았다. 4년만에 상사(喪事, 1930)를 당하니 슬피 울부짖기를 마치 어린 애가 어머니를 곡(哭)하는 것과 같이 했다. 예절에 따르기를 매우 엄하게 해서 너무 슬퍼한 관계로 몸이 수척하여 누렇게 붇기까지 했다. 평생에 가정에 가묘(家廟)를 모시지 못한 것을 지극한 한으로 여겨 3대의 신주(神主)를 뒤늦게나마 만들어 감실(龕室)에 모시고 실(室)은 '여재실(如在室)'이라 하고, 헌(軒)은 '염수헌(念修軒)'이라 하고, 새벽마다 참배하기를 한결같이 산 사람 섬기듯이 했다. 어버이 제삿날을 당해서는 애통하기를 초상 때와 같이 하고 생일날 아침에는 부모님을 생각하여 술과 육미를 먹지 않았다. 아들의 관례(冠禮)를 할 때엔 삼가례(三加禮)를 행하고, 며느리를 맞이할 때엔 친영(親迎)의 예를 행했다. 친족간에는 화목하여 친소를 달리 대함이 없고 따로 종안(宗案)을 만들어 선악(善惡)을 여기에 기록했다. 친구의 부음(訃音)을 들었을 때엔 슬퍼하기를 친척과 같이 하고, 사람들의 비참한 액운을 볼 때엔 눈물을 머금고 누그러뜨렸다.

계유년(癸酉年, 1933, 55세)에 우연히 중풍이 들어 3년간 괴로움을 겪으면서 그래도 책 보기를 폐하지 않았다. 병환이 위독하자 나 종천(鍾千)을 돌아보고 말씀하시기를 "내가 장차 죽을 것 같다. 그래도 너와 양수(亮洙)가 있으니 내 마음이 든든하다"하고 다시 이어 말씀하시기를 "나를 일으켜 갓을 씌우고 띠를 띠어 달라. 내가 선조의 사당에 배알하겠노라"고 하자, 자제들이 힘이 이겨내지 못할 것이라고 아뢰니 드디어 "천명을 즐기니 다시 무엇을 의심하리오"라는 구절을 나직이 재삼 읊조리며 이내 운명하시니 바로 병자년(丙子年, 1936, 58세) 윤3월 15일이다. 달을 넘겨 황성산(黃聖山) 종천(鍾千)의 선비(先妣) 묘 오른 편에 장사하니(묘를 翌年에 九萬面 華林里 店村 옆 聖智山麓 卯坐로 移葬했다. 配位의 墓는 그 위쪽 옆 右上便 가까운 곳 甲坐에 있다), 선비는 바로 선생의 자씨(姊氏)이다. 모여서 문상하는 사우(士友)들이 모두 탄식하기를 "이 사람이 이미 별세했으니 우리들은 누구와 상종하겠는가?"라고 했다.

선생은 타고 난 기상이 풍후(豊厚)하고, 모습이 단정하고 빼어났으며 관대(冠帶)가 바르며, 걸음걸이가 안정되었다. 도(道)에 나아감에는 효우(孝友)로 근본을 삼고, 마음을 세움에는 충신(忠信)으로 위주로 했다. 밖으로는 겸손하고 받아들이나 안으로는 실로 확고히 지조를 지켜 만 마리의 소가 끌어도 돌이킬 수 없는 뜻을 가지고 있었다. 세속(世俗) 과거(科擧)의 공부를 벗어버리고 성현(聖賢)의 참되고 바른 학문에 잠심(潛心)하여 《소학》으로 기초를 삼고, 《대학》으로 법을 삼고, 《중용(中庸)》으로 본원(本原)을 삼고, 《심경(心經)》 《근사록(近思錄)》 두 책으로 요결(要訣)을 삼으니 본령(本領)이 서고 문로(門路)가 발랐다. 머리를 구부려 힘써 행하기를 싫어하지도 않고 바꾸지도 않았다. 격물치지(格物致知)로써 이(理)를 밝히고, 극기복례(克己復禮)로써 마음을 수양하고, 보이지도 들리지도 않는 데서도 조심하고, 조용히 혼자 있을 때도 성찰했다. 또 "심성을 함양(涵養)하는 데는 모름지기 경(敬)으로 해야 하고, 학문에 나아가는 데는 격물치지(格物致知)를 해야 한다"와 "많은 오랑캐는 쫓기가 쉽지만 사욕(私欲)은 제거하기 어렵고, 큰 공로는 세우기 쉽지만 본심은 보존하기 어렵다"라는 글귀 등을 앉는 자리 오른 편에 써 붙이고 보고 반성했다. 날마다 새벽에 일찍 일어나서 반드시 먼저 「경재잠(敬齋箴)」과 「숙흥야매잠(夙興夜寐箴)」 두 잠(箴)을 외우고 다음에 사서(四書) 몇 편을 외었다. 이로 말미암아 존심(存心) · 양성(養性)이 더욱 익어가고 조예(造詣)가 더욱 깊어서, 그 태극(太極) 동정(動靜)의 오묘함과 심성(心性) 의문(儀文)의 은미함에도 잠심(潛心)하고 조용히 오래 생각해서 그 이치를 연구하지 않음이 없어 성현(聖賢)의 깊은 뜻을 깨쳤다.

그 태극을 논함에 있어, "태극의 동(動)과 정(靜)은 다만 천명(天命)의 운행(運行)이나 만물이 화생(化生)하는 것은 음양(陰陽)과 오행(五行)이

신묘(神妙)하게 합한 연후에 되는 것이다. 그러나 만물이 화생(化生)하는 이치는 실로 태극의 동정에 근본을 했기 때문에 끊임없이 선행을 이어가는 것은 만물의 시초를 도와주는 것이요, 성품을 형성하는 것은 만물의 성명(性命)을 바르게 하는 것이라"고 했다.

또 말씀하시기를 "오행(五行)이 각각 그 특성을 하나씩 갖고 있어 대개 태극의 전체가 기질(氣質) 안에 떨어져 있으니, 목(木)의 질(質)인 것이 인(仁)을 얻고, 화(火)의 질인 것이 예(禮)를 얻고, 금(金)의 질인 것이 의(義)를 얻는 것과 같은 것이 이른바 각기 그 성(性)이 하나로 되어 있다는 것이다. 인(仁)은 비록 자애(慈愛)의 이치에 주(主)가 되고 있으나 공경(恭敬) 수오(羞惡)의 분별이 갖추어 있지 않음이 없고, 예(禮)는 비록 공경의 이치에 주가 되고 있으나 자애 수오의 분별이 갖추어 있지 않음이 없으니 태극의 전체가 언제나 각각 하나의 사물 안에 갖추어 있지 아니함이 없다"고 했다.

또 말씀하시기를 "건남(乾男) 곤녀(坤女)는 대개 태극의 이치가 주가 되고, 음양오행의 기운이 오르내리고 날아오르며, 뒤섞이고 어긋나 유(類)에 따라 형체가 달리 나타나니, 양(陽)이며 건(健)인 것이 남(男)이 되면 천하 만물이 모두 이 남으로써 아비를 삼아 아버지의 도가 서는 것이고, 음(陰)이며 순(順)한 것이 여(女)가 되면 천하 만물이 모두 이 여로써 어머니를 삼아 어머니의 도가 정해지는 것이다. 그러므로 주자(朱子)의 「해박도설(解剝圖說)」에 건남(乾男) 곤녀(坤女)는 기화(氣化)한 것으로써 말한 것이라고 했으니 각각 그 성(性)이 하나로 되어 있고 남녀는 하나의 태극이다"라고 했다.

심(心)과 성(性)을 논함에 있어서 말씀하시기를 "심과 성은 두 가지 물건이 아니라, 성은 심의 체(體)이고, 정(情)은 심의 용(用)이니, 성과 정은 모두 심에서 명칭을 얻은 것이고, 이(理)와 기(氣)가 본래 두 가지 물건인 것과 같지 않다. 그 태극이 혼연(渾然)한 것, 즉 심의 체(體) — 적(寂)·정(靜)·발하지 않은 것을 일러 성(性)이라 하고, 그 사물의 사이에 발한 것, 즉 마음의 용(用) — 감(感)·동(動)·이미 발한 것을 일러 정(情)이라고 한다. 성은 본래 착한 것인데 형기(形氣)에 빠져 악하게 되니, 마음이 이 성(性)을 함양(涵養)함에 그 본체가 본래부터 선(善)하나 이욕(利欲)에 끌려 불선(不善)하게 된다"고 했다.

또 말씀하시기를 " '이(理)는 하는 일이 없다'는 글에서 이 '없다'는 말은 자취가 없다는 것인가? 신묘(神妙)함이 없다는 것인가? 만약 그 자취가 없다고 하여 결국 그 신묘함까지 없다고 하면, 이것은 태극이 만화(萬化)의 추뉴(樞紐)가 될 수 없는 것이니 어찌 말이 되겠는가? 만약 성(性)을 높이고 심(心)을 낮추어 성(性)을 공정(空寂)한 곳에 떨어뜨리고, 일신(一身)을 주재하고 만사(萬事)를 총괄하는 것으로써 한 '기(氣)' 자(字)에서 이루어진다고 하면 이 성(性)은 마치 한(漢)나라 헌제(獻帝)의 무리들이 제왕이란 헛이름만 가지고 호령(號令)을 발하자 모든 것이 권간(權姦, 曹操)의 손안에 들어가는 것과 같을 것이니 어디에 그를 높이는 도가 있겠는가? 대개 심(心)을 이(理)라고 인식하여 기(氣)의 동인(動因)의 작용을 살피지 않으면 이것은 본(本)을 들면서 말(末)을 잃은 것이니 참으로 유행(流行)하는 곳을 잃음이 없지 않을 것이다. 이와 반대로 만약 심(心)을 기(氣)라고 하여 천명(天命)의 말미암음을 알지 못하면 이는 말(末)을 들면서 본(本)을 잃는 것이다. 상(上)과 하(下)의 분별이 없고 주(主)와 복(僕)의 구분이 없어 일만 가지의 변화의 발휘(發揮)함을 오로지 그 기(氣)에만 맡겨 주재(主宰)의 신묘함이 없으면 이 역시 잘못이 없겠는가? 먼저 이 마음의 권도(權度)와 준칙(準則)을 세워 그 작용의 기틀을 검찰한 연후에 체(體)와 용(用)이 서로 돕고 본(本)과 말(末)이 서로 이끌어 한 쪽을 치우치는 잘못에 떨어지지 않을 것이다. 이(理)를 주(主)로 하여 기(氣)를 통어하고, 기(氣)에 나아가 이(理)를 관찰하여 성명(性命)으로 하여금 마음대로 결정할 수 없게 하는 것이 먼 옛날부터 변하지 않는 비결이다"라고 했다.

예(禮)를 논함에 있어서는 한결같이 주자(朱子)의 뜻을 따랐다. 혹시 의심스러운 글이나 변이된 의례(儀禮)의 아직 정론이 없는 곳이 있으면 제가(諸家)의 소설(疏設)을 참고하고 가정과 고을에서 항상 행하는 것을 모아《가향휘의(家鄉彙儀)》라는 책을 편집했다.

또 사당에서 행하던 여러 가지 일들을 모아《묘의(廟儀)》라는 책을 만들었다. 일찍이 우리나라에서 여자 교육을 하지 않아 무식하게 예법(禮法)에 어두운 것을 한스럽게 여겨《소학(小學)》에서 여자 행실에 절실한 부분만 뽑아 한글로 해석하고《여소학(女小學)》이라 이름을 붙여 가정에서 많은 여자들의 강습에 도움이 되게 했다. 신암옹(信菴翁)이 일찍이《여홍세승(驪興世乘)》을 편찬하다가 끝마치지 못하고 별세했으므로 이를 이어 완성하여 간행했고, 그가 생전에 써서 남긴 글들이 상자 속에 있는 것도 힘껏 정리 인출하여 세상에 공포했다. 가정에 약간의 장서가 있었는데 자손(子孫)들에게 경계하기를 "이것은 우리 집에 전해오는 귀중한 물건이니 삼가 지키고 잘 보존하여 선세(先世)의 수택(手澤)을 길이 전해 가게 하라" 고 했다.

또 공부하러 찾아오는 사람이 있으면 그들의 현명함과 어리석음에 따라 비록 가르치는 내용은 같지 않으나 마침내 하나의 법으로 귀결되었다. 일찍이 말씀하시기를 "독서란 많이 읽는데 있지 않다. 다만 한 권을 읽더라도 자세히 이해하면 자신에게 유익할 것이요, 만약 많은 것을 탐내고 엽등(躐等)하기를 힘쓰면 비록 만 권을 독파하더라도 일찍이 한 권도 안 읽은 자와 무엇이 다르겠는가?" 라고 했다. 또 말씀하시기를 "노사선생(蘆沙先生)이 독서하는 것을 길가는 사람에 비유하여 사람들에게 타일러 말하기를 '다른 사람들이 장차 길을 떠나려 할 때 옆에서 그들의 주고받는 말을 들으면 한 번 들어 별로 의심날 것이 없으나, 만약 몸소 길을 떠나려하면 산을 돌고 물을 돌아 먼 길 가까운 길을 알려주는 사람이 비록 상세히 가르쳐 주어도 듣는 사람은 의심이 많다' 고 했으니 이 말이 참으로 격언(格言)이다"라고 했다.

또 말씀하시기를 "가난한 집 자제가 집안일을 도맡아 오로지 독서만 전심할 수 없는 것은 한스럽게 여기나, 본래 우리 유가(儒家)의 학문은 현실과 거리가 먼 것을 일삼거나 사물과의 인연을 끊는 것이 아니므로 하루 동안이라도 허다(許多)하게 응수(應酬)해야 함은 형편상 면할 수 없는 터이라 반드시 자주 성찰하여 이 마음으로 하여금 사물과 함께 떠나 버리지 않게 하는 것이 옳을 것이다"라고 했다.

또 말씀하시기를 "성명(性命)은 정미(精微)한 것이어서 초학자들이 쉽게 말할 바가 못되므로 먼저 실천에 절실하게 가까운 것부터 공부하여 아래에서 배워 위로 올라가야 할 것이다"라고 했다.

또 말씀하시기를 "사장(詞章)은 말예(末藝)이니 《육경(六經)》으로써 본원(本源)을 삼아 진실이 쌓여 세월이 오래되면 아름다운 문장은 저절로 나오는 것이니, 《육경(六經)》을 버리고 사장(詞章)을 추구하는 것은 뭐 하는 일인지 나는 모르겠다"고 했다.

또 말씀하시기를 "인간 윤리를 버리고 새로운 조류(潮流)에 빠지는 것은 진실로 뜻을 세우지 못한 데서 온 것이다. 대개 뜻이 서면 생사(生死)도 그것을 흔들지 못하는 것인데 어찌 그리로 몰려 들어갈 수 있겠는가?"라고 했다.

성품(性品)이 또 강개(慷慨)하고 곧아 매양 사람들과 어떤 일을 논의할 때엔 의리(義理)에 관계되는 일이면 명백히 지적 진술하여 비록 천 사람 만 사람의 비난이 있더라도 구애하지 않았다. 시대를 슬퍼하고 도(道)를 근심함이 지성에서 나왔으나 어쩔 수 없었기 때문에 양기(陽氣)를 부풀어 일으키고 음기(陰氣)를 억누르는 뜻과 왕실을 높이고 이적(夷狄)을 물리치는 의리가 일상 속에서 저절로 쌓여 은연 중에 도움이 된 바가 있었던 것이다.

글을 지을 때엔 경서(經書)의 내용에 따라 뜻을 통하게 하고 화려하게 꾸미는 것을 일삼지 않았다. 시를 지을 때엔 좋은 경치를 만나면 바로 써 내려가서 여러 가지 시의 병통에서 벗어났다.

문집(文集)이 모두 8권인데 지금 간행한 것을 의론 중이다(문집은 己卯 1939년에 간행했는데, 당시 日帝의 검열을 피하기 위해 13년 전을 거슬러 丁卯 1927년이라 표시했다. 그리고 문집 내용 중에 항일 관계가 많기 때문에 일본 관헌의 검열을 피하기 위해 인쇄 후에 막내아들 質九가 몰래 보자기에 싸서 나누었다고 한다. 후에 《가향휘의(家鄕彙儀)》 《묘의

(廟儀)》 등은 간행했으나, 《여소학(女小學)》은 원고를 잃었고, 《호행일기(湖行日記)》 《속집(續集) · 부록만제(附錄輓祭)》 등은 간행하지 못했다).

전주(全州) 최필영(崔必永)의 따님에게 장가들었는데 정숙(貞淑)하고 근검하여 가히 도(道)가 있는 분의 부인이 될 만했다.

3남 2녀를 두었으니 아들은 정구(貞九), 찬구(纘九), 질구(質九)요, 딸은 박기양(朴基陽), 하현석(河炫碩)에게 각각 시집갔다.

정구의 아들은 병두(炳斗)이다. 찬구의 아들은 병술(炳述; 炳銖으로 개명), 병숙(炳淑; 炳赫으로 개명, 후일 막내 炳榮과 딸이 한 명 있음)이다. 질구는 장가들지 않았다(후일 達城裵氏에 장가들어 아들 炳昊와 딸이 한 명 있다). 박기양의 아들은 아모(某)이다. 나머지는 어려서 다 기록하지 않는다.

아! 선생께서 타고난 자질이 아름다운데다가 학문을 더 하여 도(道)가 밝고 덕이 이루어졌다. 만약 나가서 세상에 등용되었다면 가히 높은 관직에 임명되어 무너져가는 풍속을 바로잡았을 것인데 나라가 망하는 망극함을 당하여 어렵게 살다가 별세했으니 하느님이 선생에게 보답함이 어찌 이리 박한가? 후생의 유감과 한스러움이 없지 않다.

맏아들 정구가 나에게 「행장(行狀)」을 부탁하는데, 생각건대 나 종천(鍾千)이 지극히 용루(庸陋)하니 어찌 이 일을 감당하겠는가? 다만 생각해 보면 은혜와 사랑이 보통의 외숙(外叔)과 생질(甥姪)에 비할 바가 아니므로 그만 둘 수가 없어, 이에 감히 한두 가지의 보고 들은 것을 가려서 삼가 위와 같이 서술한다. 그 학문의 조예와 도(道)에 들어감의 얕고 깊음은 예측(蠡測)과 관견(管見)으로 엿볼 수 없으므로 삼가 세상에 덕을 아는 사람의 말이 있기를 기다린다.

문인(門人) 포산(苞山, 玄風) 곽종천(郭鍾千) 삼가 지음

-《여주이씨광산재후예세보 · 부록》(1978. 8. 15)에 번역 게재-

* 행장은 무인년(戊寅年, 1938)에 지은 듯하다.

先生 諱鍾弘 字道唯 號毅齋 又曰 求溪 李氏系驪州 高麗校尉諱仁德爲初祖 至翰林學士諱皐 以集賢殿提學 退居水原 自號忘川 太祖屢徵不起 命畵所居 錫名八達山 列聖遣官致祭 是生諱審官吏曹叅判寶文提學 是生諱伯堅 縣監 是生諱賢孫 逸薦執義 端廟遜位 南遯丹城 是生諱永孝 縣監 是生諱鸞 副司直 自丹移于咸安 至三世諱益亨 號杜谷 從寒岡鄭先生遊 斥北人誣賢之論 隱洛上 與趙澗松先生 相友善 是生諱景蕃 號三悅堂 受業于李畏齋先生 享廬陽書院 以孝 旌閭 於先生爲八代也 高祖諱應道 曾祖諱運鏞 號松川 移居固城 祖諱芋新 壽通政 考諱容鶴 號革齋 俱有文行 妣金海許氏慶奎女 天山齋先生千壽后 有婦德 以 高宗己卯 六月二十二日 生先生于新溪里第 自幼王父敎以義方 擩染成性 動止不輕 與群兒遊 未嘗有爭詰 王父甚屬望焉 甫八歲 遭父喪 哀號屍傍 拜賓必具衰絰 吊者稱之曰 幼子而能如此乎 十歲就讀桂山書塾 距家數弓許 朝夕往飯之路 心誦所讀書 眼不顧左右一日輒語母夫人曰 王父責我以讀書 我若不成就 負王父大矣 自此盟心勵志不待敎督而益勤 十二歲 侍王母患 湯藥侍側 夜不交睫 王父慮其勞瘁 招外而寢之 雖强從命 而假寐屬耳 內有門聲 則輒驚起入內 王父憫其心苦 復許入侍 十三歲 讀大學 至難曉處 屢質于師 而不得不措焉 及長 時尙學業 亦涉其流 一日飜然自悟 曰此心一定 孔孟可學 肯事功令乎 遂專心於爲己之學就宗老信菴先生 講質甚多 與晴溪崔公東翼 道義相磨 老柏鄭先生 受蘆山之傳 講道於溪上 束脩拜謁 得聞旨訣 仍留浹月 丙午丁王父喪 凡附附必盡誠信 禮月奉襄 日省墓所 拜跪當膝處 草不得長 讀禮記家禮備要便覽等書 深究儀文度數 質疑于師門及諸友 戊申冬 外寢被災 旣而 又當王母艱 歛殯構屋 兩皆巨創 而秩然有序 孝奉偏母 志體俱養 見母氏耘田 悶然曰 爲人子者安坐讀書 而使母執勞 則子職安在 自是 躬親農務 以至捆屨織席 無不爲之暇輒讀書 弟公析歸于杜陵舊庄 以不得共怡愉於母側爲恨 來則挽留浹旬 去則遠送于嶺 常不忍相別 而不幸夭沒 含痛茹毒 不能爲情 撫恤孤姪 爲辦田宅以資之 奉祭以誠 具品有算 接賓稱家 物薄而情厚 敎子女 勤以儉 有奴婢五六口 貧無以資給 人有請買者 曰人豈忍以人貸之乎 遂皆白釋之 庚戌屋社後 不用時曆 創花葉圖 以揭之 甲寅拜艮齋田公 論心理 歷拜約齋宋公 受

弘毅二字 祭勉菴崔公墓 以伸景慕 丙辰謁俛宇郭公 論禮疑 歸而謂鍾千曰 古人雖云 務學不如務求師 然貴在自家心得 豈徒以口耳可得乎 遂盟十年之期 携書入冷泉山房 自小學至六經 循環講讀 學庸千番 他經以八百番爲準 有疑則箚而附壁 常目究之 或有未透者 則間質于艮巖朴公泰亨松山權公載奎 麗澤甚多 於是來學者衆 嚴立規程 每朔望行相揖禮 講所讀書 教導不倦 一方風動 戊午聞 上皇凶報 喟然太息曰 國雖亡矣 吾君在矣 今君亦亡矣 吾誰戴爲 要知舊諸生 會哭于冷泉山中 成服食素 作杜鵑行 以示志 且華陽廟基爲私有 慨然與艮巖諸士友 醵物圖所以復還 而及竟未遂 則買置田土 供春秋享需費 辛酉與是菴李公直鉉 往謁 皇廟 轉向水原 登八達山 省先壟 到漢城賦黍離 東游洛江 訪諸名碩 西入頭流 拜南冥曺先生墓 吊三壯士於矗石樓南浮唐浦 過轅門 至閒山 誦忠武詩和之 登制勝堂 祭遺像 渡巨濟 抵盤谷拜尤庵宋先生祠 歸而曰 從此無可往矣 時梅潭裵公道泓 新置繡林書堂 先生與裵公 趣味相合 或時月往留 開卷講義 賦詩叙懷 甚相得也 丙寅母夫人 患中風 湯爐裙滌 親自爲之 野草山木 宜於病者 悉采而供之 食則代匙 爬則代爪 晝夜不離側 至四年而遭故 哀號如孺子之哭母 執禮甚嚴 毁瘠蕭梅 平生以家未奉廟爲至恨 追造三世神主 妥于龕 室曰如在 軒曰念修 晨謁參禮 一如奉生 當親諱 哀痛如袒括 生朝不御酒肉 冠子以三加 娶婦以親迎 睦于宗黨 親疎無間 別立宗案 善惡以籍 聞知舊訃 悲如族戚 見人慘厄 含淚寬譬 癸酉偶得風痺 三年沈苦 猶看書不廢 及疾革 顧謂鍾千曰 余將死矣 惟汝及李亮洙在 甚強吾意 仍曰 起我而冠帶之 我拜見祖廟 子弟以力不克告之 遂微吟樂夫天命復奚疑之句再三 因終焉 實丙子閏三月十五日也 踰月葬于黃聖山 鍾千先妣墓右 先妣卽先生姊氏也 士友會吊者 咸齎嗟曰 斯人已古 吾誰與從 先生受氣豊厚 儀表端秀 冠帶整飭 步履安詳 進道以孝友爲本 立心以忠信爲主 外有謙退虛受 而內實確然操執 有萬牛難回之志 擺脫世俗功令之業 潛心聖賢眞正之學 以小學爲基礎 大學爲規模 中庸爲本原 心近二書爲要訣 本領立矣 門路正矣 俛首力行 不厭不改 格致以明理 克復以存心 戒懼於睹聞之前 省察於幽獨之間 書涵養須用敬 進學在致知 與夫戎虜易逐 而私欲難除 大功易立 而本心難保等句 揭諸座右 爲觀省焉 日晨起 必先誦敬齋 夙

興兩箴 次誦四子書幾篇 由是存養益熟 造詣益深 其太極動稱之妙 心性儀文之微 無不潛思積慮 窮其所以然而得見先賢之旨也 其論太極則日 太極之動靜 衹是天命之流行 而若萬物之化生 則在二五妙合之後也 然萬物化生之理實本於太極之動靜 故日繼善萬物之資始 成性萬物之正性命也 又日 五行各一其性 蓋太極之全體 墮在氣質之中 如木之質者 得其仁 火之質者 得其禮金之質者 得其義 則所謂各其一性也 仁雖主於慈愛之理 而恭敬羞惡分別無不具焉 禮雖主於恭敬之理 而慈愛羞惡分別無不具焉 則太極之全體 亦未嘗不各具於一物之中也 又日乾男坤女 盖太極之理爲之主 而二五之氣 升降飛揚 雜糅參差 以類而成形 陽而健者 成男 則天下萬物 皆以此男爲父 而父道立矣 陰而順者 成女 則天下萬物 皆以此女爲母 而母道定矣 故朱子解剝圖說日 乾男坤女以氣化者言也 各一其性 而男女一太極也 論心性 則日心性非二物 性是心之體 情是心之用 性情皆從心得名 不如理氣之本作二物也 其太極渾然者 卽心體之日寂 日靜 日未發 日性也 其發於事物之間者 卽心用之日感 日動 日已發 日情也 性本善而汨於形氣 而爲惡 心涵此性 其體亦本善而徇於利欲 而爲不善 又日理無爲無字 是無其迹耶 無其妙耶 若以無其迹而遂謂無其妙 則是太極不得爲萬化之樞紐矣 惡乎可哉 若尊性而卑心 推性於空寂之地 而以主一身綱萬事爲一氣字家計 則是性也 若漢獻之徒 擁虛號 而發號施令 一切歸之於權姦之手也 惡在其尊之之道乎 夫認心爲理 而不察氣機之作用 則是擧本而遺末矣 誠不能無失於流行之地也 若認心爲氣 而不知天命之關由 則是擧末而遺本矣 上下無分 主僕無別 發揮萬變 專任其氣 而無有主宰底妙 亦可以無失也乎 必先立此心之權度準則 檢其作用之機然後體用相資 本末交迪 不墜於一偏之失也 故日主理而御氣 卽氣而觀理 使性命不得橫決 是千古宗天之訣也 其論禮 則一宗朱子之旨 或有疑文變儀之未及論處 乃參考諸家疏說 采家鄕間常行者 輯而名之日 家鄕彙儀 又摭取廟中諸事 爲廟儀 嘗恨吾東女學不修 貿貿焉 昧於禮法 遂取小學中 切於女行者 諺而釋之 名日 女小學 以資家間諸女講習 信翁嘗編驪興世乘 未卒而沒 乃爲之續修而刊之 及其遺文在箱 極力理整而印行於世 有家藏若干書籍 戒子孫日 此是吾家長物 謹守愛護 以永先世手澤也 其有來學者 則隨人賢愚 教雖

不同 終歸一軌 嘗曰 讀書不在多 只讀得一卷 熟詳理會 則於己有益 若要貪多務躐 則雖讀破萬卷 與不曾讀者何別 又曰蘆沙先生 以讀書比行路 而諭人曰 他人將行 傍聽其問答 則一聞別無可疑 若躬親作行 則山回水曲 長亭短亭 告者雖詳 聞者有餘疑 此眞格言 又曰 貧子幹務 不專精讀書爲恨 然吾家爲學 非遠事絶物 則一日之間 許多應酬 勢所不免 必須頻頻省察 使此心 不與物俱往 則可矣 又曰性命精微 非初學者之所能議到 先做切近工夫 下學而上達可也 又曰詞章末耳 以六經爲本源 眞積旣久 則文華自至 外六經而求詞章 吾不知也 又曰奪於新潮者 良田志不立 蓋志立則死生不能搖 安有所驅之哉 性又慷慨直截 每與人論事 有關係義理 則明白指陳 雖有千誚萬譏不恤焉 傷時憂道 出於至誠 而無可奈何 則扶抑之志 尊攘之義 默寓於尋常之中 隱然有所補也 爲文附經達意 不事華飾 賦詩遇境直瀉 脫於聲病 文集凡八卷方議刊行云 娶全州崔氏必永女 貞淑勤儉 可爲有道配 生三男二女 男貞九 纘九 質九 女適朴基陽 河炫碩 貞九男 炳斗 纘九男 炳逑 炳淑 質九 未娶 朴基陽男某 餘幼不錄 嗚呼 先生以天姿之美 濟之以學 道明而德成 若出而需世 則可以補袞職 鎭頹風而遭世罔極 窮餓而沒 天於先生 何報施之薄也 不能無後生之憾恨也 胤子貞九 囑余以狀行之文 顧鍾千至庸極陋 何敢當 第念恩愛有非尋常舅甥者比 不可但已 乃敢取見聞一二 敬叙如右 若其進學造道之淺深 非蠡管可窺測也 恭俟世之知德者之言爾 謹狀

門人 苞山 郭鍾千 謹狀

-《毅齋文集·附錄》또는《靜軒文集》卷6「內舅李毅齋先生行狀」-

외숙모 유인 최씨 제문
祭內姑孺人崔氏文

아! 유순한 외숙모님 우리 외숙부님의 배필되시니, 외숙부님께서는 학문에만 힘쓰시고 가사는 돌보지 않으셨습니다. 외숙모님 지혜로운 성품으로 내조를 많이 하셨지요. 노력하고 순종하시기를 옛날 이름 높은 현부(賢婦)와 같이 했습니다. 무엇을 공부하셨기에 그럴 수 있었을까요? 온

순 · 유순 · 삼가함 · 정숙함을 닦으셨지요. 이 네 가지 갖추어지자 어디라도 적의하게 되었습니다. 산 사람 봉양과 제사 받들기에 효성과 공경을 함께 하셨지요. 자식과 조카들 가르치실 때엔 은혜와 의리를 적의하게 하셨지요.

저 역시 어린 시절부터 매우 사랑을 받았습니다. 비록 그 은혜를 갚지는 못했지만 마음에 느낌이야 없었겠습니까? 언제나 외숙모님 강녕하시고 만수무강하옵시기를 빌었는데 어찌하여 한 번 병에 걸려서 여러 해로 병상에 눕게 되셨는지요? 날마다 원기가 줄어드시어 일어나고 눕는 데도 옆에서 도와야 했지요. 효성스런 아들이 이런 일 맡아 가려운 곳도 제 몸처럼 긁어드렸지요. 외숙모님은 편하다 여기시고 아이들 있어 조금 낫다고 하셨지요. 저 역시 간간히 옆에서 모시면 병을 참고 억지로 일어나 앉아 “애야, 반갑다 자주 오너라, 너야 말로 참으로 나의 생질이로다. 너의 가난함 안타까우나 도와주지 못하니 무슨 인정인가?” “괜찮습니다. 뭐가 해되겠습니까? 대장부는 본래 뜻을 숭상하는 것이니 지나치게 걱정 마시옵소서. 저는 그 정도 아무렇지도 않습니다.” 이런 말로 서로 위로하고 웃고는 서로 즐거워했지요. 갑자기 버리고 떠나가시어 다시는 모시지 못하게 됐습니다.

외숙부님 무덤을 바라보니 가까이 서쪽에 계시는군요. 상상컨대 아마도 정령(精靈)께서는 오르내리며 서로 따르시겠지요. 이런 생각 저런 생각 일어나니 옛 일들 느낌이 더해갑니다. 혼령께서 이를 굽어 살피시고 저의 올리는 술을 흠향하옵소서.

嗚呼 婉婉孺人 克配我舅. 舅氏志學 家務不糾. 孺人性慧 內助其厚. 服勤聽從 如古賢婦. 知此何修 溫惠愼淑. 四者已具 無往不適. 養生奉死 孝敬俱儀. 教子撫姪 恩義得宜. 余自童年 見愛旣深. 此雖未報 曷不感心. 惟祝康寧 壽考無彊. 胡爲一疾 積歲委床. 日傷天和 起臥須人. 子孝代之 爬癢如身. 孺人曰安 兒在少可. 余亦間侍 力疾强坐. 謂汝頻來 汝實吾甥. 愍汝貧汨 未賙豈情. 余曰何害 丈夫尙志. 勿爲過慮 我則晏視. 以是相慰 笑

語孔樂. 忽然棄之 無復侍獲. 瞻言舅墓 近在西陲. 聊想精靈 陟降相隨. 興念及此 感古彌長. 冀靈鑑此 庶歆我觴.

-《靜軒文集》卷4-

*《潁溪文集》卷4에 「祭外姑全州崔氏文」이 있다.

이현암 제문
祭李弦菴文

아! 우리 이공(李公)께서는 타고나신 성품 구비하여서, 높으신 그 기상이며 의연한 그 의지에 온화하면서 굳게 지키고 밝으면서 깊으시며 헤아릴 때는 경중(輕重)을 따졌어도 일에는 숨김이 없었습니다. 하느님이 옥(玉)처럼 만드시려고 온갖 시련을 겪게 했으나 우리의 도(道)를 독실하게 지켜 분수를 편안히 여기셨지요. 나의 가난함을 달게 받아드려 권력이나 이익에 끌리지 않고 차라리 나 혼자 외로울지언정 세상에 아첨하지 않으셨지요. 공의 사람됨을 말하자면 자질만 아름다울 뿐이 아니지요. 스승과 벗들의 도움도 그 역시 많았다고 하겠습니다.

일찍이 가정교훈 받아드려서 효성으로 근본을 세우셨는데 거기다가 힘껏 도와주는 이 많아 나고 들 때 언제나 채찍질했지요. 노백서사(老柏書舍, 鄭老軒)의 남긴 사업과 인곡서당(仁谷書堂, 權松山)의 깊은 학문, 인도해 주는 그 길을 받들어 평탄한 길 험한 길 궤도를 같이 했지요. 상자 속에 있는 아버지의 원고(原稿)를 찾아서 책 만들고, 순서 있게 이런 일 해 가니 선대의 세업이 보존됐지요. 그리고 여러 대의 선조 무덤에 정성을 다해 수호했지요. 이장(移葬)할 것은 이장하고 제사도 드려 추모할 정성을 다 하셨지요.

아! 나와 처남 매부지간 된 지가 반 백년이 되도록 나를 어리석다 여기지 않고 돌보며 사랑함이 특별하였지요. 봄날 냉천서당(冷泉書堂)에서와 밤 등불 켠 신계(新溪)의 사랑방에서 몇 잔 술에 거나하게 취해서는 시 지어 읊기를 싫어하지 않았지요.

지난 해 진양호(晋陽湖)에 가서, 한 번 즐겁게 놀았지요, 하루 종일 놀다가 오니 가슴 결리는 병 낫지 않아서 집으로 돌아온 후에 내년 봄에 다시 가길 약속했는데, 귀신도 시기함이 있었는가 공께서 갑자기 별세하셨네. 세상이 깊은 물처럼 변해가 서로 그리로 빠져 들어가네. 길이 떠나는 분은 생각이 없어 공에게 있어서는 무엇이 근심되랴? 오직 살아 있는 우리들만이 날마다 고독하게 되어갑니다. 더욱이 공과 같이 후덕한 이를 어디서 또 다시 뵐 수 있을까? 세상에선 경계선을 긋기 좋아하지만 공께선 너그럽고 평이하셨고 세상에선 간교함을 좋아하지만 공께선 진지(眞摯)하셨지요. 남을 위해선 후하게 하셨지만 자신을 위해선 박하게 하셨지요. 지금은 모든 것이 끝인가 봅니다.

어디에 의지하고 누굴 믿겠습니까? 외로이 살아갈 이내 인생 슬픈 눈물만 더해갑니다. 닭고기 안주와 술 한 잔 올리는 것도 오늘까지 늦었으니 부끄럽습니다. 부득이 한 일 때문이었지, 정성이 부족해서만은 아닙니다. 궤연(几筵)을 장차 철거하려니 공연히 옛 모습 떠오릅니다. 바라옵건대 밝으신 혼령께서는 이 충정 살펴 주시옵소서.

於惟我公 賦性甚備. 崝然其氣 毅然其志. 和而有執 明而又邃.
稱有重輕 事無隱秘. 天欲玉成 荐加百困. 吾道固爾 安之以分.
樂我溝壑 不肯利勢. 寧我孤立 不肯媚世. 盖公爲人 不獨資美.
師友之力 亦云多矣. 早承庭訓 以孝本立. 又多强輔 鞭掖出入.
柏舍遺緖 仁堂旨訣. 奉作鄕導 夷險同轍. 掃櫛巾衍 晩出先稿.
次第以就 先業有保. 屢世先隴 殫力守護. 以窆以祀 盡我追慕.
嗚乎 自結原陵 歲跨半百. 不以愚庸 眷愛逈特. 春日泉社 夜燈溪屋.
盃酒淋漓 唱酬無斁. 往歲晋湖 一作遨遊. 竟日而止 胸痞未瘳.
及其解歸 明春復約. 神若有猜 公忽不淑. 世變水深 胥淪胥溺.
長逝無覺 在公何慽. 惟是吾黨 日就孤獨. 矧公厚德 於何復覿.
世好畦畛 公則坦易. 世好機械 公則眞摯. 厚於爲人 薄於爲己.

今焉已矣 於何仗倚. 踽踽此生 彌增愴涕. 鷄酒一薦 愧晩今日.
則有事牽 非專誠劣. 筵几將撤 徒想彷彿. 公靈不昧 鑑此衷赤.

-《潁溪文集》卷4-

*《九峰集》卷1에 「挽李允幹貞九」가 있다.

백모 전주 최씨 제문
祭伯母全州崔氏文

유세차(維歲次) 병인년(丙寅年, 1986) 1월 갑신삭(甲申朔) 27일 경술(庚戌) 일은 백모 전주 최씨 장사 날이다. 전날 밤 기유(己酉) 일에 조카 병혁(炳赫), 병영(炳榮)은 삼가 변변치 못한 제수를 갖추어 재배 곡하며 영좌(靈座) 아래 아뢰옵니다.

오호(嗚呼)라, 백모님께서는 전통 있는 명문 가문에서 태어나 일찍이 가정교육을 잘 받았습니다. 모습이 단정하며 현숙하시고, 성품 또한 유순하시며 조용하셨습니다.

우리 집안에 시집오셔서 한 집안의 종부가 되시니 집안은 본래부터 아주 가난한데다가 할아버지께서 학문에 전념하시어 집에는 쌀이 있는지, 소금이 있는지도 몰랐고, 백부님 역시 세업을 이어 고을에 출입하시는 관계로 가사 돌보기를 달갑게 여기지 않으셔서 아침저녁 때 거리를 잇기도 어려웠는데도 백모님께서 근검절약하여 군색하고 근심스러운 기색을 보이지 않았습니다. 기제사(忌祭祀)와 가묘(家廟)에 계절 따라 올리는 천신(薦新) 등 예법이 매우 번거로웠으나 온화한 모습으로 항상 제기(祭器)를 정리하고 여러 물건들을 깨끗이 하여 있는 정성을 다하셨습니다. 시부모를 섬김에 효도하고, 동서를 대함에 너그러웠습니다. 그리고 가정 안에 잔치가 많아 손님들이 끊어지지 않았으나 형편에 따라 적의하게 처리했습니다. 백부님께서 성격이 엄하시어 털끝만큼도 실수가 있으면 조금도 관용해 주지 않았으나 백모님께서 잘 받들어 어김이 없었습니다. 이 때문에 가정 안이 안정되고 친척이 화목하고 이웃 사람들이 칭찬했습니다. 이런 것은 백모님의 부덕에 있어서는 참으로 아름다우나 한평생 동안 부지런히 애써 고생하신 형상이야 말로 다 할 수 있겠습니까?

오호(嗚呼)라, 백모님의 연세가 금년에 88세이시니 장수하셨다고 할 수 있습니다만, 오직 아들 한 명을 두어 항상 고적감이 없지 않았으므로 여러 조카들에게 정을 쏟았습니다. 못난 저희들이 어려서는 그 지극하신 정을 알지도 못했고 조금 자라서는 타향에 떠돌아다니다가 이제야 그 깊은 사랑과 후하신 덕이 실로 보통 사람들보다 뛰어났다는 것을 알았습니다. 이제 그 은혜의 만분에 하나이라도 갚으려 했으나 갑자기 이렇게 되고 보니 저희들이 그 슬픔을 참을 수 있겠습니까?

오호라, 이런 덕과 이런 모습을 언제 다시 뵙고 못 다한 정성을 바칠 수 있겠습니까? 대략 작은 정성을 적어 이 슬픔을 아뢰오니 삼가 존령(尊靈)께서는 흠향하옵시기 바라옵니다. 오호애재(嗚呼哀哉), 상향(尙饗).

維歲次 丙寅 正月 甲申朔 二十七日庚戌 卽我伯母 孺人全州崔氏大歸之日也 前夕己酉 從子 炳赫 炳榮 謹具菲薄之奠 再拜哭告于靈筵之下曰 嗚呼 伯母主 生長古家華閥 早承庭訓 儀形端淑 性又婉順靜閑 歸于吾家 爲一門之冢婦 則家素赤貧 而祖考府君 又專意學問 不知家有米塩有無 伯父主 亦繼其業 出入鄕黨 不屑家務 至於卯晡難繼 而伯母主 克勤克儉 不見窘難愁苦之色 祭祀及家廟諸薦 禮度甚煩 而優優焉常整齊器皿 精潔諸物 極我誠力 事舅姑以孝 對妯娌以寬 門內燕集 賓客不絶 而隨處宜之 伯父主性嚴 有或至毫釐差失 則少無寬容 而伯母主能承順無違 以故閨門安靜 親戚和睦 隣里稱譽 此在伯母主之婦德 則固美 然其平生勤苦之狀 則豈可以形言哉 嗚呼 伯母主 年至八十八歲 則可謂享大壽 而伯母主 只育一男 常不無孤寂之感 故多輸情於諸姪 以小子無狀 幼不能知其至情 稍長 寓居他鄕 始知其深仁厚德 實有超人者 擬以欲報萬一 而遽當今日 此下情之所敢忍通也哉 嗚呼 之德之形 何時更承 以贖未盡之誠耶 略述微衷 敢此告哀 伏惟尊靈 庶賜歆格 嗚呼哀哉 尙饗

-《含章室漢稿》-

매부 영계 하처사 제문
祭妹婿潁溪河處士文

유세차(維歲次) 기미(己未) 유월 임술삭(壬戌朔) 오일 병인(丙寅)은 나의 매부(妹夫) 영계 처사(潁溪處士) 진양하군(晉陽河君) 소상일(小祥日)이라, 전날 밤 을축일(乙丑日)에 부제(婦弟) 여주(驪州) 이찬구(李纘九)는 삼가 비박지전(菲薄之奠)을 갖추어 영연(靈筵) 아래 제사를 차려 놓고 제문을 지어 아뢰노라.

아, 형은 어찌하여 갑자기 이렇게 되었단 말인가? 사람이 태어나서 죽는 것은 변하지 않는 이치요, 67세까지 살았으니 또한 장수했다고 할 수 있다. 그러나 형은 연세가 많으신 아버지께서 살아 계시고 결혼도 못 시킨 어린아이들이 있는데 이런 때에 형이 죽을 수 있겠는가? 죽을 수 없는데 갑자기 죽는다면 죽은 자가 저승에서 눈을 감을 수 있겠는가? 아, 이치는 진실로 믿기 어려운 것인가?

형이 우리 집에 장가 온 후로 곧 냉천서당(冷泉書堂)에 들어가 공부했는데 모습은 총명하고 자질은 순수하며 공부하기를 부지런히 하고 묻기를 좋아하니 보는 사람들이 모두 총망했지. 얼마 후 또 권송산옹(權松山翁)에게 가서 질정(質正)하여 법도대로 한 걸음 한 걸음 나아가 조예(造詣)가 더욱 깊었지. 대개 이 시대 학문의 풍조가 혹은 명예를 그리워하고 혹은 외형에만 따랐으나 형만은 오직 실사(實事)에 힘쓰고 화려함을 버려 효순(孝順)함이 가정에 넘치고 신의가 사람을 미덥게 했으니 참으로 옛날이 일컫는 바의 삼가고 경계하는 군자로 충분히 말세에 우리들에게 본보기가 될 만했지. 불행히 세상이 어지러울 때 태어나 평소 가정과 스승에게서 배워 마음속에 쌓아 둔 것을 한두 가지도 큰일에 시행해 보지 못하고 갑자기 이렇게 되었으니, 아 저 하늘이 뭐가 미워서 이미 출세도 못하게 해놓고, 또 이 세상에 오래 살지도 못하게 했는가? 그러므로 형에게 의지하는 사람들이 형이 별세했다는 소식을 듣고 마치 친척을 잃은 것처럼 슬퍼하고 탄식하며 서로 조상하는 것은 어찌 한 때 사사로이 사랑하고 좋아함으로써 형의 일신을 소중히 여긴 것이겠는가?

나와 형은 자질로 두고 말하면 용과 돼지의 차이가 나지만 정의로 보면 처남 남매지간이며 나의 누이동생이 복이 없어 부부가 오랫동안 함께 살지 못하고 일찍 죽었으나 형이 나를 사랑하기를 조금도 변하지 않았지. 나의 성품이 치우치고 막혔으나 형이 깨우쳐 넓혀주고 거칠어진 나의 학문을 격려해 발전시켜 늦출 것은 늦추고 급히 할 것은 급히 하여 진정을 다하지 않은 것이 없었지. 생각하면 어리석은 내가 근근이 미봉하여 그래도 큰 잘못에 이르지 아니한 것은 실로 형이 간절히 선행을 권면하고 격려해 주는 유익한 가르침에 힘입은 것이었지. 그런데 갑자기 이렇게 되었으니 지팡이를 잃은 가련한 장님처럼 어찌 어두운 거리에서 더듬거림을 면할 수 있겠는가?

아, 우리 아버지 관선계(觀善契)의 일은 우리들이 모두 죽을힘을 다한 것인데 연전에 나의 백형께서 별세하시고, 또 당시에 함께 책을 펴고 공부하던 사람들이 하나 둘씩 죽어가니 고적한 감정을 견디기 어려웠으나 그래도 형이 엄연히 임하여 서로 의지해서 처리하며 살아갔었지. 그러므로 지난해의 계일(契日)에도 형이 아직 이 세상에 살았는지 죽었는지도 깨닫지 못하고 행여 형이 올까 동리 어구를 바라보며 귀를 기울여 발자국 소리를 들은 것이 한 두 번이 아니었지.

아, 옛날 함께 노닐던 일을 돌이켜 생각하면 완연히 어제 일 같아. 봄날 가야산(伽倻山)에 놀던 일, 가을 날 남해 금산(錦山)에 유상(遊賞)하면서, 취하고 깨며 희롱하고 농지거리하던 일. 다시 어느 곳에서 이런 즐거움을 잇겠는가? 더욱이 형이 병상에 누었을 때 집안사람을 보고 "만약 내가 일어나지 못하게 되거든 먼저 나 윤지(允志)에게 알리라"고 했다 하니, 이는 실로 보통의 정의가 아니나 내가 마침 그 때를 어겨 별세하는 날 저녁에 가서 영결하지 못했으니 끝없는 이 한은 죽은들 잊을 수 있겠는가? 다만 쌓아둔 원고는 형의 마음의 자취가 남아있는 것이 아니겠는가? 생질(甥姪)이 이제 정리 인쇄하여 영원히 전하려고 하니 형의 모습이 이로 해서 혹시 후세에 사라지지 않을 것인가? 뜻은 길지만 글이 짧아서 이에 그치니 말은 그치나 눈물은 그치지 않고 눈물은 그치나 정은 그치지 않는구나. 다만 형의 영혼이 어둡지 않아 이 정을 비추어 살피고 이 술잔을 음향하길 바라네. 오호애재(嗚呼哀哉), 상향(尙饗).

維歲次己未 六月壬戌朔 五日丙寅 卽我妹婿 潁溪處士 晉陽河君小祥之日也. 前夕乙丑 婦弟驪州李纘九 謹具菲薄 設祭于靈筵之下, 以文侑之曰, 嗚呼兄兮, 胡遽至斯? 人生而死常也, 生而至六十七則亦可謂壽矣. 而兄則隆老在堂, 弱子未成, 于斯時而兄其可死耶? 不可死而遽死, 死者之目可瞑於泉下耶? 嗚呼, 是固理難諶者耶? 兄自館吾家, 卽就讀于泉舍, 貌明而姿粹, 勤學而好問, 見者已多屬望, 尋又就正于松山翁, 矩步而繩趍, 造詣益深. 盖時之學者, 或慕于名, 或事于貌, 而兄則惟務實謝華, 孝順溢于家. 信義孚於人, 眞所謂古之謹勅之君子, 而足可爲衰世吾林之標準也. 不幸生値板蕩, 平日之受於父師而會核心胸者, 未能試一二於有爲, 而遽至於斯, 嗚呼, 彼蒼有何憎, 而旣厄于嵌岩, 又使之不耆不艾於斯世耶? 然則朋友之依於兄者, 聞兄之亡, 而如喪親戚, 咨嗟相吊者, 夫豈爲一時愛好之私, 而重兄之一身耶? 余與兄資殊龍猪, 誼忝原陵, 又我妹祚薄, 久未同苦, 而兄之愛我未或小衰, 偏滯我性, 牖以展拓, 荒隋我學, 勵以振發, 以緩以急, 靡不盡情, 顧此愚陋, 僅自彌縫, 尙不至大故無狀者, 實賴兄切偲之益, 而今遽至此, 哀此失相之瞽, 安可免昏衢之擿埴耶? 嗚呼, 吾先人契事, 吾儕之俱所戮力者, 頃年伯兄不淑, 且當日連槩者, 第次淪落, 孤露之感, 益難堪得, 而惟兄尙儼臨, 相依爲命. 故去年契日, 尙未覺兄之存歿於斯世, 瞻望洞門, 傾聽跫音者, 不啻一二. 嗚呼, 念昔遊從宛宛如昨, 伽倻春遊, 錦山秋賞, 以醉以醒, 載戱戱謔, 復從何處更續此樂? 况兄在病床, 謂家人曰, 吾若不起, 宜先通允志, 此實非尋常, 而余適違時未能往訣薑樹觀化之夕, 悠悠此恨, 沒齒曷忘? 但此巾衍之積, 非兄心迹之攸寄耶? 甥兒方欲整理謀傳, 兄之典刑, 庶不朽於來世耶? 意長文短, 言止于此, 言止而淚不止, 淚止而情不可止. 惟兄靈不昧, 庶鑑此情而歆格玆觴. 嗚呼哀哉. 尙饗

-《惺菴逸稿》-

선고 성암부군 가장
先考惺菴府君家狀

아버님의 이름은 찬구(纘九)인데 달리 문구(文九)라고도 한다. 자는 윤지(允志)이니 간암(艮菴) 박태형(朴泰亨)공이 관례(冠禮) 때 직접 오셔서 관례를 행하고 자사(字辭)를 지어서 명명해 준 것이다. 호는 성암(惺菴)이다. 이씨의 계보는 여주(驪州)이니 고려 인용교위(仁勇校尉) 인덕(仁德)이 시조이다. 한림학사(翰林學士) 고(皐)에 이르러 집현전 제학(集賢殿 提學)으로 수원(水原)에 물러나와 은거했는데 호를 망천(忘川)이라 한다. 이 분이 심(審)을 낳으니 이조참판 보문각 제학(吏曹參判 寶文閣 提學)이다. 이 분이 백견(伯堅)을 낳으니 현감(縣監)이다. 이 분이 현손(賢孫)을 낳으니 유일(遺逸)로, 공천(公薦)되어 집의(執義)가 되었는데, 단종(端宗)과 종동서(從同婿)간으로 단종이 손위(遜位)하자 남쪽으로 단성(丹城)에 은거했다. 이 분이 영효(永孝)를 낳으니 현감(縣監)이다. 이 분이 난(鸞)을 낳으니 부사직(副司直)인데 단성에서 함안(咸安)으로 이사했다. 3대로 내려가서 익형(益亨)은 호가 두곡(杜谷)인데 한강(寒岡) 정구선생(鄭逑先生)의 문하에 유학하여 북인(北人)이 어진이를 무함하는 의론을 물리쳤고 간송(澗松) 조임도(趙任道)선생과 친하게 지냈다. 이 분이 경번(景蕃) 낳으니 호가 삼열당(三悅堂)인데 외조부인 복재(復齋) 이도자(李道孜)선생과 그 숙부인 외재(畏齋) 이후경(李厚慶)선생의 문하에 수학하여 여양서원(廬陽書院)에 향례드리고 효성으로 정려(旌閭)를 받았으니, 아버님의 8대조이다. 고조는 운용(運鏞)이니 호가 송천(松川)으로 문집(文集)이 있으며 함안에서 다시 고성(固城)으로 이사했다. 증조는 우신(芋新)이니 장수(長壽)로 증통정대부(贈通政大夫)이다. 할아버지는 용학(容鶴)이니 호가 혁재(革齋)이며 문학과 덕행이 뛰어났다. 아버지는 종홍(鍾弘)이니 호가 의재(毅齋)로 노백헌(老柏軒) 정재규(鄭載圭)선생에게 수학하여 행실과 학문이 뛰어나 당세의 명유(名儒)이다. 어머니는 전주최씨(全州崔氏)이니 최필영(崔必永)의 따님이요, 의민공(義敏公) 최균(崔均)의 후손으로 근검하고 부덕(婦德)이 있었다.

고종(高宗) 을사년(乙巳年, 1905) 6월 24일에 신계(新溪)의 옛 집에서 아버님을 낳았다. 천성이 삼가고 무게가 있으며 행동거지가 안정되고 자상하여 아무렇게나 웃고 이야기하지 않으며 무리를 지어 놀이하지도 않고, 청소하고 부르면 대답하는 예의를 저절로 알아 어버이의 뜻에 어기는 적이 없었다.

이때 의재옹(毅齋翁)이 냉천서당(冷泉書堂)에서 글을 가르쳤는데 아버님께서 조석으로 옆에서 모시면서 공부를 게을리 하지 않아 견해(見解)가 날로 진보되니 의재옹이 매우 기대하고 희망을 걸었다. 그러나 아버님이 삼 형제 중에서 가운데이고 이때 집안이 매우 가난한데 한 사람도 살림살이를 맡을 사람이 없었으므로 장자(長子)를 공부시켜 가업을 잇게 하고 아버님으로 가사를 맡게 했다. 그러나 백씨가 살림을 맡으려는 마음으로 학문은 아버님께 미루므로 아버님이 다시 할아버지의 옆에 가서 부지런히 학습했으나 집안 형편 때문에 학문에 전념할 수 없었다. 나이 18세에 장가갔고(음력 11월 18일에), 얼마 안 되어(21세) 분가를 하니 집은 벽만 서 있고, 받은 것이라고는 소작 몇 두락(斗落)과 솥 1개뿐이어서 모든 것이 군색했다. 때로는 아침 저녁거리도 이어가기 어려웠으나 한 번도 이것을 말이나 얼굴에 나타내지 않았다. 다만 부부간에 고생으로 일하여 신을 삼고 자리를 짜는 일까지도 조금도 싫어하거나 피하지 않고 여가가 있으면 반드시 경서(經書), 예서(禮書)에 생각을 두고, 같이 공부하던 고종형(姑從兄)인 정헌(靜軒) 곽종천(郭鍾千), 매부(妹夫)인 영계(潁溪) 하현석(河炫碩), 및 구봉(九峰) 이예중(李禮中) 등 여러분들과 강론하고 토론하기를 그치지 않았다.

병자년(丙子年, 1936, 32세)에 아버지 상사를 당하여, 슬퍼하고 곡하는 일과 제사지내는 절차를 백형 따라 해서 잠시도 상차(喪次)를 떠나지 않았다. 마침내 지나친 슬픔으로 병이 나서 몇 년을 고생했다. 여러 동문들과 조부님의 남긴 글들을 모아 송산(松山) 권재규옹(權載奎翁)에게 교정을 받고, 겸해 묘갈명(墓碣銘)을 청하면서 3~4차 내왕이 있었다. 권옹이

그 정성에 감복하여 시를 지어주기를

누가 아버지와 스승이 없겠는가
피나는 고생 자네들 같은 사람 드물리라.
이로부터 신계(新溪)의 달빛에
천추(千秋)에 요사스러운 기운 없으리.

라고 했다. 후에 또 직접 집에까지 방문하여 시를 지어 주며 학문에 힘쓰게 했다. 이는 아마 문집 내용 중에 왜정(倭政)의 금지하는 것이 많은데 아버님께서 몰래 주선해서 저들의 검열을 피해서 간행 반포했기 때문에 권옹이 더욱 가상히 여기고 칭찬한 것이리라. 이어서 또 입암(立岩) 남정우(南廷瑀), 과재(果齋) 이교우(李教宇) 제공(諸公)들에게 가서 여러 가지 글 지을 것을 의논하여 비석(碑石)을 세우니 모두들 안색을 변하면서 칭찬했다.

을미년(乙未年, 1955, 55세)에 어머니 상사를 당해 슬퍼하고 예절 지키기를 한결같이 아버지 상사 때와 같이 했다. 아버님께서 젊을 때부터 몸가짐과 일 처리하기를 하나같이 아버지의 교훈을 받들어 근검절약으로 지켜갔다. 널리 벗을 사귀고 명예를 구하는 일은 달갑게 여기지 않고 선조의 일이 아니면 밖에 나가는 일이 드물었다.

만년에 이르러 문 위에 '성암(惺菴)'이라 편액을 붙이고, 보고 반성하는 자료로 삼으니 그것은 송(宋)나라 사량좌(謝良佐)이 '마음을 깨닫게 한다'는 뜻과 같은 것이다. 구봉공(九峰公)이 명(銘)을 지어주고 연민(淵民) 이가원(李家源) 박사가 손수 편액을 썼다.

정헌옹(靜軒翁)이 별세한 후에 병혁(炳赫)이 방황하며 학문을 폐하게 되었는데 아버님께서 병혁에게 명하여 추연(秋淵) 권용현옹(權龍鉉翁)에게 수학하게 하면서 "스승은 사람의 도리를 지키는 것이니 도리란 높고 먼데 있는 것이 아니라 일언일동에도 지극한 이치가 있는 것이니 너는 부지런히 공부하여 발전이 있게 하라"고 했다. 이내 추연옹과 추종(追從)

하여 학문을 강론했다. 61세 회갑일 아침에 율시(律詩) 한 수를 지어 심회를 풀었는데 추연옹이 다음과 같이 화답(和答)했다.

그대의 나이와 덕망이 함께 높아가니
어찌 오늘 아침에만 송축할 뿐이랴?
자식을 가르쳐 선조의 세업 이어가고
선조를 추모함에 길이 사모함을 잊지 않았구나.
가업(家業)을 이어가는 집 안에는 길이 탈이 없고
부모 생각은 「육아시(蓼莪詩)」 읊는 속에 슬픔이 있으랴?
더욱이 성암(惺菴)이란 편액을 붙이고
부지런히 힘써 길이 옛 모습 보존했네.

이 시 한 수가 충분히 곡진하게 아버님 한 평생의 행적(行蹟)을 묘사해 내었다. 그러므로 이 시를 보는 사람이 모두 "이 시만 보아도 이공이 어떤 사람인가를 알 수 있다"고 했다.

병혁이 세상 풍파에 쫓겨 떠돌아다니다가 바닷가 부산에 우거(寓居)하게 되었는데 아버님께서 때론 여기에 오셔 머무르시면서 오직 하당(荷堂) 전용언(田容彦), 설암(雪嵒) 권옥현(權玉鉉) 제공(諸公)들과 가장 뜻이 통해 만날 때마다 이야기꽃을 피워 떠날 줄을 몰랐다.

아버님 내외께서 해로하여 벌써 회혼년(回婚年)이 지났으나 그래도 귀도 밝고 건강하시며 또 근심되는 일도 없었다. 때문에 고을에서 '복 있는 노인'이라 일컬어 서원(書院)이나 향교(鄕校)에 큰 일이 있으면 반드시 아버님을 맞이하여 윗자리에 모시고 하나같이 남쪽 지방의 연세 많고 덕망 높은 분이라 칭송했다.

우연히 병상에 누운 지 두어 달이 되었으나 정신이 항상 맑으시었다. 그러므로 마음속으로 백년을 길이 모실 것이라고 믿었는데 마침내 무진년(戊辰年, 1988) 11월 초4일에 정침(正寢)에서 별세하시니 향년 84세였다. 장사 때 만장(輓章)·뇌사(誄詞)를 지어 와서 조문하는 이가 수백 명이었다. 유림장(儒林葬)으로 장례의 모든 책임자를 나누어 선정하고 다시 명정(銘旌)을 고쳐 쓰기를 "성암처사 여주이공지구(惺菴處士驪州李公之柩)"라고 하니 모인 사람들이 모두 이처럼 예법에 맞추어 장사를 하는 것은 지금 세상에 보기 드문 일이라고 했다. 전하당(田荷堂)의 만장에,

온전하게 태어나서 온전하게 돌아가야 한다는
성인(聖人)의 훈계 천추에 늠름하네.
사람 짐승 구분 못할 요즘 세상에
혼자서 당당하게 옛 모습 보존했네.

라고 했다.(원시의 전문을 들면 다음과 같다. // …위의 인용시… // 나이가 팔순에 부부가 해로했고 / 문장 맡은 규성(奎星)이 공(公)의 집에 치우치게 비쳤네. / 어찌하여 이러한 인간 세상 즐거움 버리고 / 차갑고 적막한 언덕에 영원히 누으려 하는가? // 나그네 같은 인생 바닷가에 서로 만나 / 이후로 상종하기 여러 해 되었네. / 병상에 누워서 장사에도 못 가보고 / 늦게야 싸늘한 영전에 곡하니 슬픔만 더하네.)

권설암 만장에,

옛 모습을 지금 세상에 누가 보전했나?
남쪽 고을 선비들이 성암(惺菴)을 칭송하네.
내 몸 온전히 보존해서 죽음도 장수(長壽)라 하겠는데
구십을 바라보는 나이 지나고 또 더했네.

라고 했다. (원시의 전문을 들면 다음과 같다. // 삼열(三悅), 만묵당(晩默堂) 남긴 사업 의재옹(毅齋翁)이 확장하여 / 시(詩) · 예(禮)의 가문 명성 대를 이어 꽃답네. / 공이 또 이어가서 일찍 젓었으니 / 평생의 이룬 사업 전광(前光, 조선의 공덕)을 증명하네. // …위의 인용시… // 도도(滔滔)한 욕심의 바다 천지를 뒤흔드나 / 농사와 책만을 즐기며 본원(本源)을

길렀네. / 후하게 쌓으면 풍부하게 발함은 본래부터 이치 있어 / 뜰에 가득한 자식들 난봉(鸞鳳)같이 펄펄 나는구나. // 훤칠한 모습 곧은 마음씨 / 몇 번이나 적막한 나의 집에 방문했던가? / 진세(塵世)에 지기(知己) 만나기란 참으로 어려워 / 갈림길에 헤어질 때마다 두 사람 마음은 같을레라. // 병상에 누웠단 말은 연달아 들었건만 / 한번 문병 간다는 게 못하고 말았네. / 영전에 와서 곡하나 슬픔을 어찌 다 씻으랴? / 공의 아들과 더불어 남은 인연 강론하리 //).

화재(華齋) 이우섭(李雨燮)의 만장에,

늙은 소나무 늦게 푸르러 추위도 이겨내어
옛스러운 풍모에 옛 의관(衣冠) 차림이네.
뜰에는 봉(鳳) 같은 아들 법도도 크니
사씨(謝氏) 집안의 여운(餘韻) 누구와 견주랴?

라고 했다. (원시의 전문을 인용하면 다음과 같다. // …위의 인용시… // 유교의 바른 풍모 들은 지 오래이나 / 덕스러운 모습 뵙지 못해 한이 남구나. / 후일 저승에서 만나게 되면 / 피어오르는 사모함이 어떠하겠는가? //)

이런 시들은 모두 알아주는 사람들의 믿을 수 있는 글이니 당대의 추중한 것을 알 수 있다. 묘는 신계동(新溪洞)의 뒷산 왜목등 자좌(子坐)의 언덕에 있다.

배위는 양천 허씨(陽川許氏)이니 허석(許奭)의 따님이요, 문민공(文敏公) 허홍(許珙)의 후손이다. 을사(乙巳, 1905) 3월 초3일에 났는데 타고난 자질이 총명하고 뛰어났으며 연세가 91세가 되었으나 아직까지 건강하시어 마치 중년 정도로 보이니 타고난 자질이 보통사람과 다르다. 아버님께 도움이 많았을 뿐만 아니라 자손을 비호해준 것이 많았다.

3남 1녀를 두었으니 맏인 병선(炳銑)은 문학박사로 부산대학교 교수를 역임했고, 다음 병혁(炳赫) 역시 문학박사로 부산대학교 교수이며, 막내 병영(炳榮)은 중등학교 경리과장이다. 딸 명주(明珠)는 이상호(李相昊)의 처이다.

맏아들에게서 난 손자는 도형(度衡)이니 공학박사로 부경대학교 교수이고, 며느리 역시 이학박사로 동부산대학교 교수이다. 주형(周衡)은 교육학 석사로 고등학교 교사이고, 치형(致衡)는 농학석사로 회사원이다.

둘째 아들에게서 난 손자는 창형(昌衡)은 문학사, 상형(尙衡)은 경제학 석사로 한국은행에 근무하고, 딸 미연(美娟)은 문학석사로 고등학교 교사인데 아직 시집가지 않았다.

셋째 아들에게서 난 손자는 대형(岱衡, 동의대 한의학과 재학중), 딸은 지영(枝映, 경성대 졸업), 민하(旼河, 부산대 재학)이다.

외손자에 창현(昌炫)은 공학석사, 정현(定炫)은 공학사, 종현(宗炫)은 공학박사이고 외손녀 미아(美阿)는 문학사로 재령(載寧) 이재봉(李載鳳, 공학사)의 처이다.

도형의 아들은 은성(殷成)이고 딸은 선영(先英)이다. 주형의 아들은 성무(誠茂)이고 딸은 민홍(旻泓)이다. 상형의 아들은 현승(炫昇)이다.

아, 아버님께서 체격이 훤칠하시고 성품이 과묵(寡默)하며 삼가고 신의가 있으며 아무리 창졸한 경우를 만나더라도 다급하게 용모를 잃는 적이 없고 바라보면 선비의 풍모가 있었다.

학문을 함에 널리 알려고 하지 않고 오직 실천에 힘썼다. 비록 옆으로 풍수지리(風水地理) · 의학(醫學) · 천문(天文) 등의 책에도 통했으나 더욱 예서(禮書)에 힘을 기울였고, 《상례비요(喪禮備要)》, 《가례증해(家禮增解)》 같은 책은 거의 다 외웠다. 그러므로 가정에서 날마다 사용하는 예의법도에는 조금도 틀리거나 실수가 없었다.

왜정 36년간 묘적(墓籍)이며 단발령(斷髮令)이며, 왜적의 달력 사용하기를 강요하는 일이며, 창씨개명(創氏改名)과 같은 변괴는 이보다 참혹한 것이 없고, 이보다 괴로운 것이 없었으나, 아버님께서 과격하지도 않고 꺾이지 않으며 시종 하나같이 지조를 지켜 풍상(風霜) 판탕(板蕩)하는 가운데서도 옛 의관(衣冠)의 모습을 보존했으니 전후의 제공(諸公)들이 지극히 칭찬한 것이 까닭 없이 그러했겠는가?

아버님께서 인륜을 굳게 지켜 항상 선조의 세업을 떨어뜨리지 말도록 경계했으나, 불초한 우리들이 아버님의 교훈을 받들지 못하고 마침내 늦게 신학문을 했으나 하나도 성공하지 못했으니 그 죄를 용서받을 수 없을 것이다.

가만히 생각건대 아버님께서 항상 불초한 우리들에게 경계하시기를 "가정을 다스리는 데는 효우(孝友)로 주장을 삼고, 근검절약으로 법을 삼아 항상 나머지를 두어 갑작스러운 일에 대비하라"고 하셨다. 일을 처리함에 삼가고 치밀하게 하여 반드시 두 번 정도 생각한 후에 행했다. 세상에 처신함에 겸손하여 남의 위에 서려고 하지 않으며 슬기로운 잔꾀를 쓰지 않고 내가 남에게 속임을 당할지언정 나는 남을 속일 생각을 하지 않았다. 조상의 일을 할 때는 멀고 가까움을 헤아리지 않고 묘에 다섯 가지 걱정스러운 일[100]이 있으면 즉시 이장(移葬)을 하고 비석(碑石)·상석(床石)을 갖추고 제사 준비에 쓰이는 논밭을 사서 정성과 힘을 다했다. 해마다 올리는 시제(時祭)에 길이 멀다거나 온갖 일이 있더라도 젖혀두고 참예했다.

제수를 올림에는 오직 정성을 위주로 하고 음식이 많고 적은 것을 따지지 않았다. 제사를 지낼 때는 반드시 목욕재계하면서 만약 이렇게 하지 않으면 어찌 인간이라 할 수 있겠는가 라고 하셨다.

이런 것들은 모두 아버님께서 한 평생 동안 실천한 것으로 노년에 와서 신신당부를 하신 것이다. 불초들이 게으르고 힘쓰지 않아 이런 명령을 저버렸으나 지금이라도 부지런히 이 일에 힘써 만에 하나라도 받들어 가면 혹시 심한 불초는 면할 것인가?

---

100) 오환(五患); 묏자리를 잡을 때 다섯 가지 피해야 할 곳. 즉 ①후일에 도로가 날 자리, ②성곽이 들어설 자리, ③개울이 생길 자리, ④세력 있는 사람이 탐낼 자리, ⑤농경지가 될 자리 등이다. 일설에는 마을이 들어설 자리, 도자기를 구울만한 자리도 이에 포함된다고 한다.

아버님께서 글짓기를 일삼지 않았고 짓더라도 버리고 모아 두지 않았기 때문에 흩어지고 거의 남아 있지 않다. 불초한 내가 시문을 약간 수집했으나 책을 만들지 못해서 더 힘껏 수집해서 흔적이라도 남길 계획이다. 하지만 아버님의 후손들에게 여유 있게 해 준 덕이 이와 같이 지극한데 글이 전하고 전하지 않은 것으로 거기에 무엇을 따지겠는가?

불초가 재주가 둔하고 학문도 얕은데다가 붓마저 거칠어, 비록 행장(行狀)을 한 통 지어 추모하는 재료로 삼으려고 하나 그 7분도 형용할 수 없으니 더욱 슬픔이 간절하다. 대략 위와 같이 서술하여 후세에 전할 만한 말을 남길 군자가 나의 마음을 헤아려 채택해 주기 바란다.

1995년 1월 16일

불초아들 문학박사 부산대학교 교수 병혁 삼가 지음

府君諱纘九 一諱文九 字允志 艮菴朴公泰亨莅冠席 加而作辭以命之者也 號惺菴 李氏系驪州 高麗仁勇校尉諱仁德爲肇祖 至翰林學士諱皐 以集賢殿提學 退居水原 號忘川 是生諱審 吏曹參判寶文閣提學 是生諱伯堅縣監 是生諱賢孫 逸薦執義 於端宗爲聯戚 及端宗遜位 南遯丹城 是生諱永孝 縣監 是生諱鸞 副司直 自丹城移咸安 三傳 諱益亨 號杜谷 遊寒岡鄭先生逑門 斥北人誣賢之論 與澗松趙先生任道友善 是生諱景蕃 號三悅堂 受業于外祖復齋李道孜 及其叔父畏齋厚慶門 享廬陽書院 以孝旌閭 於府君 間八代 高祖諱運鏞 號松川 有遺集 自咸安又移固城 曾祖諱芋新壽通政 祖諱容鶴 號革齋 有文行 考諱鍾弘 號毅齋 受學于老柏軒鄭先生載圭 以行學爲一世名儒 妣全州崔氏必永女 義敏公均後 勤儉有婦德 以高宗乙巳六月二十四日 生府君于新溪里第 天稟謹重 擧止安詳 不妄言笑 不喜逐隊遊戲 自知應唯洒掃之儀 未嘗或咈親意 時毅翁 秉拂於冷泉山房 府君朝夕侍側 不怠課業 見解日進 翁甚期望焉 府君於三昆季 序居仲 時家極貧而一無治産者 故翁命長子業儒 使紹家業 命府君幹家 而伯氏意欲治生業 還以學事推府君 故府君更就左右 孜孜溫習 而以家勢所奪 亦不能專年十八受室(十一月十八日)無幾(二十一歲)析箸 家徒壁立 所藉惟佃作數斗

落 及一坐小鼎而已 百事窘艱 或至卯晡難繼 然未嘗以是見於辭色 惟夫婦辛苦拮据 雖捆屨織席 少無厭避 如時刻有暇 必留念於經禮 與同案外兄靜軒郭鍾千 妹婿潁溪河炫碩 及九峰李禮中諸公 不休講討 丙子丁外艱(三十二歲)哭泣之哀 饋奠之節 從伯兄 暫不離於喪次 竟哀毁成疾 至屢年呻苦 而與同門諸公 收遺文 請校于松山權翁載奎 兼懇碣銘 往返至于三四 翁感其誠 以詩贈之曰 孰無父師者 苦血罕有君 從此新溪月 千秋無翳氛 後臨訪 又以詩勵之 盖集中多有夷政所禁 而府君 密勿周章 不受彼人檢閱 而刊布 故翁尤致嘉歎焉 繼又從南立岩廷瑀 李果齋教宇諸公間 備議諸文字 卽竪表石 諸公皆動色詡之 乙未丁內艱(五十一歲)哀禮一如前喪 府君自少持身處事 一承先訓 惟以歛約自守 不屑於交遊之廣 聲譽之求 先故之外足跡罕出於外 至於晩暮 自扁楣上曰 惺菴 以爲觀省之資 盖慕謝上蔡惺心之遺意 而九峰作銘 淵民李家源博士 手書扁額 靜軒翁 謝世後 炳赫 彷徨廢學 府君乃命炳赫 使受學于秋淵權龍鉉翁曰 師者 道之所存也 道非在高遠 一言一動 莫非至理 願爾服勤無休趲前 因與秋翁 時日從逐 以資講討 及當六一生朝 以一律叙懷 則秋翁卽和之曰 知君年德與俱滋 豈但生朝頌一時 教子能成蛾逑業 追先不忘永言思 箕裘家裡長無恙 莪蓼詩中詎有悲 况又惺惺揭楣字 孳孳永保古人儀 此足以曲盡平生行跡 故見者皆以爲見此可知公矣 及炳赫爲世風所驅 飄寓海上 府君頗多留寓 而惟與荷堂田溶彦 雪嵒權玉鉉諸公 最許志氣 逢輒娓娓忘相離 府君內外偕老 已過回丕而尙保聰健 且無貽憂之事 故鄕隣稱以福履翁 院校有大事 必邀而奉席首一辭稱南州耆德 偶委床至數月 而神精常了了 故竊恃之以百年長侍 竟以戊辰 十一月 初四日 考終于寢 享壽八十四 及葬操挽誄來哭者數百 而泒定諸任 改旌曰 惺菴處士李公 會者皆以爲以禮葬之 實今世罕觀也 田荷堂挽曰 全而生我全而歸 聖訓千秋凜凜垂 人獸無分如許世 堂堂獨保古風儀(/上揭詩/ 壽過八旬瑟又偕 奎星偏照我公街 如何捨此人間樂 永臥寒天寂漠崖 逆旅相逢海島天 伊來追逐已多年 委玆病榻違臨穴 晩哭寒帷倍愴然)權雪嵒挽曰 古貌於今孰保耶 南州士友誦惺窩 全歸斯世猶爲壽 望九已過况有加 (兩堂遺緖穀翁張 詩禮家聲繼世芳 公又繩繩濡染早 生平事可證前

光 /上揭詩/ 滔滔慾海盪乾坤 獨愛農書養本源 積厚發豊元有理 盈庭鸞鷟任翻翩 頎軒儀抱固貞衷 幾度惠然寥寂中 塵世眞難知己遇 每臨岐別兩懷同 委床之報聞連連 一診常懷却未然 來哭寢門何盡洩 擬從允友講餘緣) 李華齋雨變挽日 老松晩翠獨淩寒 邃古風儀戴漢冠 庭有鳳毛貽範大 謝家餘韻竟誰班 (/上揭詩/ 儒雅風猷雷灌久 未遑覿德恨猶多 他時展拜玄堂下 悵慕油然正若何) 此皆知己之信筆 則可知一時所推矣 墓在所居新溪洞後山 臥牧嶝 子坐之原 配陽川許氏奭女 文敏公珙後 生乙巳 三月 初三日 天資聰慧 年至九十一 尙在堂强康 有若中年人 所稟實有異人 於府君之助不啻有多 至於子孫之庇 亦有大焉 生三男一女 男長炳銑 文學博士 歷釜山大學教授 次炳赫亦文學博士 釜山大學教授 季炳榮中等學校經理課長 女咸安李相昊妻 長房孫男度衡 工學博士釜慶大學校教授 婦亦畢理學博士課程 東萊女專教授 周衡教育學碩士教師 致衡農學碩士 二房孫男 昌衡 尙衡 經濟學碩士 在韓國銀行 一女美娟文學碩士未行 三房孫男岱衡 二女皆幼 外孫男昌炫工學碩士 定炫 宗炫在工學碩士班 女載寧李載鳳妻 度衡男殷成 一女幼 周衡男誠茂 嗚呼 府君體幹頎偉 性度寡默謹信 雖遭倉卒未嘗有急遽失容 望之有儒雅之風 爲學不事博涉 惟務實踐 雖傍通堪輿 醫學 天文等書 尤致力於禮書 而惟於喪禮備要 家禮增解等書 幾皆成誦 故家間日用禮度 少無差失 處夷政 三十六年 籍墓也 削髮也 及易歲 改氏之變 慘莫慘矣 苦莫苦矣 而府君不激不沮 始終守一 保冠裳於風霜蕩敗之中 後前諸公之極意歎賞 豈無所由哉 府君固守彝倫 常戒勿墜先業 而不肖輩終不能奉承先訓 竟晩事新學 無一所成 罪難容赦 竊伏念府君常詔不肖輩曰 治家以孝友爲主 勤儉簡約爲準 常存殘餘 以備不虞 處事以謹密爲主必再思而行 處世以謙退爲主 無欲上人 不用智計 我寧見欺 無思欺人 奉先無計遠近 有五患之慮 則必謀遷緬 具石置田 以盡誠力 至於歲薦 雖路程脩遠 百務叢身 必趍參 至於薦羞 惟以誠 勿計豊約 臨薦 必致齊浴 若不如此 則豈可謂人乎 此皆一生躬行 而臨年申申垂戒者也 不肖輩 雖怠荒不力 辜負提命 而從今黽勉於此 而如承萬一 則或不至於不孝之極耶 府君不事文字述作 或作旋棄不收 故散逸殆盡 不肖蒐輯詩文若干 未能成冊 將

力蒐散零 以存影形之計矣 然窃伏念府君述先裕後之德 如彼至爾 則豈以文之傳不傳 軒輊於其間哉 不肖才鈍學淺 筆又荒疎 雖欲搆一狀 以寓子姓羹墻之慕 而不能形容七分 益切痛迫 略述如右 伏企世之立言君子 或原其情 而有以採擇焉

乙亥 西紀一九九五年 正月 旣望日

不肖男 釜山大學校 敎授 文學博士 炳赫 謹狀

【참고】

이찬구 자사(李纘九 字辭)

《중용(中庸)》에 이르기를 “효란 것은 부모의 뜻을 잘 계승하는 것이다”고 했는데, 이것은 성인(聖人)의 어디서나 통용되는 효를 논한 글이다. 누구든지 어버이 섬기는 도리를 알고자 한다면 이를 본받아야 할 것이니 성인이 어찌 나를 속이겠는가? 이씨의 아들 이름을 찬구라 하니 ‘찬(纘)’은 이어간다는 뜻이다. 그가 이미 성장해서 관례(冠禮)를 하고 자를 윤지(允志)라 하니, 뜻을 이어간다는 뜻을 취한 것이다.

윤지야, 자네가 장차 어떻게 하려는가? 뜻을 잘 이어갈 것인가? 지금 세계가 온통 사람과 짐승의 구분이 없으니 만약 넓은 황하 속에서도 꼼짝도 하지 않고 서 있는 지주(砥柱)와 추운 겨울에도 우뚝이 서 있는 소나무가 울울히 시종 변하지 않는 그 절개를 본받지 않으면 비록 많은 솥을 열거해두고 음식을 해드리고 좋은 이부자리를 깔아서 봉양하더라도 효가 될 수 없다. 자네는 어찌 돌아보며 생각하여 힘껏 행하여 아버지의 기대에 부응하지 않겠는가? 이에 축사를 지어 축하한다.

선비가 이 세상에 나서
뜻을 먼저 세워야 한다.
뜻의 표준에는
효보다 큰 것이 없다.

그 효는 어떻게 할 것인가?
어버이의 뜻에 순종해야 한다.
그 뜻은 어떻게 해야 할 것인가?
충(忠)과 의(義)뿐이다.
마땅히 장수하고 복 받아라.
윤지야!

숭정(崇禎) 다섯 번째 임술(壬戌, 1922) 11월 13일
함양 박태형 지음

中庸曰 夫孝者 善繼人之志 是論聖人之達孝也 凡人 欲知事親之道者 當師法於此 聖人豈欺余哉 李氏子 名纘九 纘是繼也 既長而冠 字之以允志 取繼志之義也 允志乎 子將何如 斯可以爲善繼乎 見今大界 澒洞 人獸無辨 苟不效洪河之砥 大冬之松 亭亭鬱鬱 終始一節 雖列鼎屢茵以養之 未足爲孝也 子盍顧而思之 勉而行之 以副親庭責望之重乎 乃爲辭以祝曰

士生斯世 立志爲先 志之所的 孝莫大焉 其孝維何 順親之志 其志維何 維忠與義 宜壽而祜 曰允志甫

崇禎五回玄黓閹茂 復月 旬三日
咸陽 朴泰亨 撰

곽내성과 이윤지에게 줌(贈郭乃成李允志二君)

누가 아버지와 스승이 없겠는가
피나는 고생 자네들 같은 사람 드물리라.
이로부터 신계(新溪)의 달빛에
천추(千秋)에 요사스러운 기운 없으리라.

무인(戊寅, 1938) 맹추(孟秋, 7월)
인곡 노우(仁谷老友)

孰無父師者　　苦血罕有君
從此新溪月　　千秋無翳氛 (以毅齋集 校勘事 三度來往)

戊寅 孟秋
仁谷 老友

방망우 의재댁(訪亡友毅齋宅)

혼자 앉았으니 참으로 부끄러워
군은 가고 나만 와 있다니.
도법(道法)을 전할 아들 있으니
은근히 술잔 들어 위로하노라.

인곡 노인 권재규(仁谷老人 權載奎)

守堂其可愧　　君去我始來
幸有傳衣子　　慇懃慰酒盃

仁谷老人 權載奎

성암명(惺菴銘)

나의 친구 이윤지(李允志)가 일찍이 나에게 말하기를 "나의 아버지께서 나의 이름을 찬구(纘九)라고 한 것은 선세의 유운(遺韻)을 이어가라는 뜻이었는데, 지금 나의 나이는 벌써 늘그막에 이르렀으나 이어간 일도 드러내어 말할 만한 것이 없으므로 나의 거처하는 곳을 성암(惺菴)이라 하고, 한번 깨달아 보고자 하니 그대가 나를 위하여 그 뜻을 풀어주었으면 좋겠다"고 했다. 내가 글을 잘 짓지 못한다고 사양했으나 들어주지 않아 이에 명(銘)을 짓는다.

하늘이 사람을 낳을 때
그 마음 매우 신령스러워.
사물에 가리워지면
모두가 어둡게 되네.
학문으로 그것을 돌이켜
도리에 따르게 되네.
그 학문은 어떠한 것인가?
그것은 오직 '깨닫고 깨닫는 것' 이네.
송(宋)나라의 사상채(謝上蔡)란 분은
항상 마음을 불러드렸고
명(明)나라 풍성(豊城)의 이재(李材)는
조용한 가운데 오직 하나인 진리 깨달았네.
넘치는 듯 엄숙한 듯
우뚝한 듯 빛나는 듯
시간 따라 장소 따라
움직여도 허물이 없네.
그러나 조금만 어긋나면
불교가 되고 신선의 도가 되네.
오직 정수(精粹)하고 전일하여야
성인(聖人)도 되고 현인(賢人)도 되네.
이 글을 문 위에 걸어 두려 하니
그 뜻이 매우 가상하구나.
여기에 깨침이 있으면
끝없는 데도 볼 수 있으리라.

-《九峰集》卷3-

李友允志 嘗謂余曰 吾先子 名余以纘九者 欲其繼纘先世遺韻 而今吾年至晚暮 無有繼述之可言 故名吾所居曰 惺菴 而欲一惺之 子其爲我申其義 余

以不能 辭而未獲焉 因銘曰

天生斯人 其心孔靈 爲物所蔽 擧多昏冥
學以反之 以踐其形 其學如何 曰惟惺惺
上蔡謝公 常呼主人 豊城李材 默會一眞
盎然肅然 特然瑩然 隨時隨處 動無有愆
然有少差 化佛化仙 惟精惟一 乃聖乃賢
揭玆于楣 其志孔嘉 於斯有得 可視無涯

성재 이공 묘갈명(惺菴李公纘九墓碣銘并序)

고성(固城)에 사는 이병혁(李炳赫)군은 우리 당(黨)에서 풍치(風致)가 있고 아담한 선비로 나와 종유(從遊)한 지 세월이 오래 되었다. 지금 그의 선고(先考) 성암공(惺菴公)의 비문(碑文)을 청해 왔다. 그 행장(行狀)을 살펴보니 문장이 위의(威儀)가 정돈되고 엄숙하여 모두 사실대로여서 증거가 될 만했다.

공(公)의 이름은 찬구(纘九)요, 자는 윤지(允志)며, 성암(惺菴)은 자신이 지은 호(號)이다.

이씨(李氏)의 계보(系譜)는 여주(驪州)에서 나왔다. 시조(始祖) 인덕(仁德)은 고려(高麗) 인용교위(仁勇校尉)이다. 한림학사(翰林學士) 망천(忘川) 고(皐)에 이르러 수원(水原)에 살았다. 그 증손(曾孫)인 현손(賢孫)은 유일(遺逸)로 추천되어 사헌부 집의(司憲府執義)가 되었는데 단종(端宗)과 종동서(從同壻)간이어서 난을 피해 남쪽으로 단성(丹城)에 은거했다. 집의공의 손자 부사직(副司直) 난(鸞)이 함안(咸安)으로 이사했으니 공의 12대조이다. 고조(高祖) 운용(運鏞)이 또 고성으로 이사했다. 증조(曾祖) 우신(芋新)은 장수(長壽)로 통정대부(通政大夫)를 받았다. 할아버지는 혁재(革齋) 용학(容鶴)이다. 아버지 의제(毅齋) 종홍(鍾弘)은 노백헌(老柏軒) 정재규(鄭載圭)선생에게서 수학(受學)했다. 어머니는 전주(全州) 최씨(崔氏)로 필영(必永)의 따님이시다.

공은 고종(高宗) 을사(乙巳, 1905) 6월 24일에 신계리(新溪里)의 옛 집에서 출생했다. 공은 타고난 천품(天稟)이 장엄하고 정중했다. 성장함에 미쳐 성질이 안존하고 자상하며 외모와 기상이 온화하고 단아했다. 이때 아버지 의재옹(毅齋翁)께서 냉천서당(冷泉書堂)에서 학문을 강론했는데 공은 잠시도 그 옆을 떠나지 않고 학문 이어받기를 게을리 하지 않았다. 학업이 이미 성취되자 우뚝이 고을에 모범이 되었다.

가정이 본래 넉넉하지 못해서 살림을 날 때 겨우 척박한 전답 몇 두락(斗落)과 조그만 솥 1개만 받아 나왔다. 부부가 함께 온갖 고생을 겪으며 손수 신을 삼고 자리를 치는 일까지 하면서 부지런히 일하여 이로 생활해 갔다.

부모님의 상사(喪事)를 당해서는 정성껏 옛 법도를 따랐다. 상사를 끝내고 비문을 받아 비석을 세워 선인(先人)의 사적(事蹟)을 빛내고 남긴 글을 인쇄하여 유림(儒林)에 널리 반포했다. 벗을 사귐에 지극한 성질이 있었는데 정헌(正軒) 곽종천(郭鍾千), 영계(潁溪) 하현석(河炫碩), 구봉(九峰) 이예중(李禮中), 추연(秋淵) 권용현(權龍鉉)과 같은 분은 모두 마음을 통하는 친한 벗들이었다.

자식을 가르침에는 의로운 방법으로 하여, 문학과 올바른 행실로 칭찬을 받으니 이것이 더욱 대단한 일이다.

무진(戊辰, 1988) 11월 4일에 별세하니 춘추(春秋)가 84세였다. 사는 마을 뒤 왜목등 자좌(子坐)의 언덕에 장사했다. 장례 때 만장(輓章)과 제문(祭文)을 지어 가지고 와서 곡송(哭送)하는 사람이 수백 명이었다.

배위(配位)는 양천(陽川) 허씨(許氏)로 석(奭)의 따님이다. 공과 생년은 같으나 생일이 공보다 먼저 들어 3월 3일에 출생하여 아직도 강건한 노인으로 살아 계신다.

3남 1녀를 두었으니 장남은 병선(炳銑)이고, 차남은 바로 병혁(炳赫)이니 모두 문학박사로 부산대학교 교수이다. 다음은 병영(炳榮)이니 중등학교 경리과장(經理課長)이다. 사위는 함안(咸安) 이상호(李相昊)이다.

병선의 아들 도형(度衡)은 공학박사(工學博士)로 부경대학교(釜慶大學校) 교수이다. 주형(周衡)은 교육학 석사(教育學碩士)이고, 치형(致衡)은 농학 석사(農學碩士)이다. 병혁의 아들은 창형(昌衡)이고, 상형(尙衡)은 경제학 석사(經濟學碩士)이며, 딸 미연(美娟)은 문학석사(文學碩士)이다. 병영의 아들은 대형(岱衡)이다. 이상호의 아들에 창현(昌炫)은 공학석사(工學碩士)이고, 다음은 정현(定炫)과 종현(宗炫)이고, 딸은 이재봉(李載鳳)에게 시집갔다. 도형의 아들은 은성(殷成)이고, 주형의 아들은 성무(誠茂)이다. 아, 번성하게 뻗어났구나! 이에 명(銘)을 짓는다.

아, 성암(惺菴)공이시여!
그 행실 유자(儒者)로구나.
이와 같은 말세에
보기 어려운 분이로구나.
가난해도 좌절하지 않고
학문에 더욱 독실하였네.
선조를 위하고 후손을 기름지게 함이
이에 조금도 부족함이 없구나.
그 진심을 다하여
문집을 간행하고 비석을 세웠네.
자식을 가르침에 문덕(文德)을 닦아
가문을 넓혀 개척했구나.
왜목등의 산마루는
흙도 깨끗하고 풀도 꽃다워라.
좋은 선비 묻히신 곳에
이 명(銘)을 새겨 높이 걸어 보이노라.

문학박사 진성(眞城) 이가원(李家源) 삼가 지음.(1997. 4)

固城居李君炳赫 吾黨之文雅士 而從余游者日久矣 今來謁其先考惺菴公顯刻之文 按其狀 文辭魚雅 皆實事可據也 公諱纘九 字允志 惺菴自號也 李氏

系出驪州 肇祖仁德高麗仁勇校尉 至翰林學士忘川皐 居水原 其曾孫賢孫 朝鮮朝逸薦司憲府執義 於端宗爲聯戚 南遯于丹城 執義之孫副司直鸞移咸安於公間十二代 高祖松川運 鏞又移于固 曾祖芋新壽通政 祖革齋容鶴 考穀齋鍾弘 受業于鄭老柏軒載圭 妣全州崔氏必永女也 高宗乙巳六月二十四日 公生於新溪里第 天稟莊重 及長安詳豈弟 穀翁講學於冷泉 公暫不離側 禪受不解 業旣成 歸然爲鄕黨範 家本不贍 析著時 僅得薄田數斗落 小鼎一坐而已 夫妻備嘗辛苦 梱屨織布 勤以資生焉 居喪恪遵古法 祥盡謁文竪碣 以昭先蹟 遺文上梓 廣頒儒林 交友有至性 如靜軒郭鍾千 潁溪河炫碩 九峰李禮中 秋淵權龍鉉 皆相與之摯焉 教子以義方 以文學行誼稱 是尤可尙也 戊辰十一月 四日沒 春秋八十有四 葬于所居洞後臥牧嶝 枕子而封焉 操輓誄而來哭者 數百人 配陽川許氏奭女 先公三月三日生 今尙康耇在堂 育三男一女男長炳銑 次卽炳赫 皆文學博士 釜山大學校教授 次炳榮中等學校經理課長女壻咸安李相昊 炳銑男度衡工學博士 釜慶大學教授 周衡教育學碩士 致衡農學碩士 炳赫男昌衡 尙衡經濟學碩士 女美娟文學碩士 炳榮男岱衡 相昊男昌炫工學碩士 定炫 宗炫 女壻李載鳳 度衡男殷成 周衡男誠茂 嗚呼 其繁衍乎哉 銘曰

嗚虖惺菴 其行儒者 如此衰叔 得之難也 窮而不挫 爲學彌篤 衛先沃后翳無不足 磬厥丹忱 雕梨刊石 教子修文 門闌恢拓 臥牧之顚 土潔草芳 吉士攸宅 揭此銘章

文學博士 眞城 李家源 謹撰

* 위의 글은 『李家源全集』第35輯《萬花齊笑集》400~401面에 실려 있으나 교정 과정에서 본래 지어준 글과 약간의 차이가 있기 때문에 여기서는 본래 지어준 친필대로 옮긴 것이다.

어머님 양천 허씨께서 쓰신 여러 수적들 뒤에 쓰다 書慈母 陽川許氏 手書諸篇後

이 글은 우리 어머님께서 시집오시기 전에 손수 쓰신 필적들이다. 어머님께서 타고 난 자질이 총명하고 지혜로워 대개 한번 듣고 본 것은 곧 기억하시고 국문에 더욱 조예가 깊으셔서 비록 긴 문장과 큰 작품이라도 붓만 잡으면 바로 써내려 갔다. 그리하여 일가 친척간에 주고받는 글뿐만 아니라 이웃마을 부녀들의 편지와 제문 등에 이르기까지 대신 지어 준 것이 많았다. 그러므로 손수 쓰신 필적이 매우 많았으나 버리고 모아 두지 않았다. 다만 벽을 바르는데 사용하고 좀이 먹고 하여 흩어져 거의 없어지고 다행히 남아 있는 것은 단지 이 몇 편뿐이다.

삼가 생각건대, 어머님께서 부유한 가정에서 생장하여 18세(1922년)에 우리 아버지 성암부군(惺菴府君)과 결혼하여 19세에 시집오시니 우리 집안은 대대로 유업(儒業)을 지켜오면서 산업(産業)에 뜻을 두지 않아 가정이 지극히 청빈(淸貧)했다. 21세에 분가를 하니 받은 것이라고는 소작 논 몇 두락(斗落)뿐이어서 아침 저녁거리도 이어가기 어려웠으나 어머님께서 친정에서 부유하게 자란 습성을 버리고 험한 음식으로 배고픔을 참아가며 새벽이면 반드시 제일 먼저 일어나 먼 곳까지 가서 우물물을 길어오고, 낮에는 곡식에 김을 매며 생업(生業)을 다스리고, 밤에는 우는 아이를 안기도 하고 업기도 하며 베를 짜 근검절약 하시니 그 애쓰시고 고생하신 정상은 붓으로 다 쓸 수 없었다. 그러나 여가만 나면 여자의 범절과 옛 글들을 익혀 널리 고금의 일을 통해 알았고, 간혹 당시(唐詩)와 성현(聖賢)의 글도 자신의 말처럼 줄줄 외웠다. 여러 해를 하루같이 이렇게 하자 가정이 어느 정도 풍족하게 되니 도리어 몇 집 되는 우리 집안의 의지하는 바가 되어 농사짓는 소와 여러 농기구들도 모두 우리 것을 빌려 쓰게 되었다. 어머님은 성품이 또 어질고 은혜로워 춥고 배고픈 사람들을 보면 반드시 가련히 여겨 밥을 주었는데 지금까지도 그 은혜를 잊지 못해 칭송하는 사람이 있다.

여러 자식들을 키울 때는 사랑하고 독실하게 했다. 그 때 우리 조부님께서 항일(抗日)의식이 강하시어 여러 손자들을 일본인 학교에 다니지 못하게 했는데 어머님께서 친정(固城郡 巨流面 松亭里에 있음)에 가셔새 시대의 흐름을 들어 아시고, 조부님 병중에 백부님과 상의하여 아버님의 반대를 무릅쓰고 몰래 백형(伯兄)을 신학교(新學校)에 보냈다. 그리고 손수 베틀에서 한 올 한 올 짜낸 베를 팔아서 학비를 마련했다. 백형 역시 이 뜻을 잘 받들어 열심히 공부하였다. 백형께서 마침내 우리 문중(門中)의 선각자(先覺者)가 되어 여러 아우들과 친족들을 인도하여 사회에 진출하게 했다. 우리 가문이 오늘날 이처럼 번창하게 된 원인은 실로 어머님께서 애써 고생하시며 공을 쌓은 데 말미암은 것이다. 어머님께서 3남 1녀를 두셨는데 외손과 친손이 12명으로 슬하(膝下)에 박사가 5명, 석사가 6명이 있고, 나머지는 모두 학사이다. 앞으로 몇 명의 석・박사(碩博士)가 더 나올지 알 수 없다. 이는 어머님께서 뿌리에 물을 잘 대어 오늘의 열매를 맺게 한 것이다. 이것이 어찌 이 세상에 흔히 있을 수 있는 일이겠는가?

지금 어머님께서 연세가 96세로 병상(病床)에 누워 계신데 고희(古稀)를 넘기신 백형 내외분께서 지극 정성으로 간호하시나 마치 서산에 지는 해와 같아서 아침저녁을 역시 예측할 수 없다. 이후로 아마 다시 붓을 잡을 수 없을 것이니 한 글자라도 어찌 흩어져 없어지게 맡겨두고 모아 정리하지 않을 수 있겠는가? 그러므로 다시 정리하여 상자 속에 간직해 두었다가 먼 후일 어머님을 사모하는 자료가 되게 하려 한다..

경진(庚辰) 공력(公曆) 2000년 8월 10일

둘째 아들 문학박사 이병혁(李炳赫) 삼가 씀

此吾慈氏未歸時手書者也 慈氏 資性聰慧 凡一經耳目者輒能記之 尤深於國文 雖長文巨作 操筆卽書 不惟家間應酬而已 至於隣里內簡 以至祭文等文皆多代書 故手跡甚多 然棄而不收 只付之塗壁蠹食 故散落殆盡 幸而存者只此數篇而已 伏念 慈氏生長富饒之家 年十八 歸于吾先考惺菴府君 則吾家

世守儒業 不留意於産業 故家極淸貧 二十一而析箸 所受惟佃田數斗落而已 朝晡難繼 而慈氏舍其習美 炊藜忍飢 晨必先起 而遠汲井水 晝則耘耔而治生業 夜則負抱啼兒而織布 勤儉節約 其辛苦之狀 筆不可盡敍 暇則習女範及諸文字 博通古今之事 間或至於唐詩及聖賢之書 如誦己言 積年如一日 家稍饒足 則還爲數家吾族之所依憑 以至農牛及諸機具 皆資用焉 慈氏性又仁惠 見飢寒者 則必垂恤而賜食 至今有不忘其恩而稱之者 育諸子恩斯勤斯 時吾祖考 志在抗日 使諸孫不入日人學校 慈氏往親庭(在固城松亭)聞知新潮 祖考臥病中 與伯父相議 冒先考之反對 使伯兄入新學校 買手織機中之物 以資學費 伯兄亦承意勉學 遂爲吾門之先覺 導諸弟及親族 皆進出於社會 吾門今日繁昌之漸 實由於慈氏勤苦積功之日也 慈氏有三男一女 內外孫十有二人 膝下有五博士 六碩士 餘皆學士 將有幾碩博未可知也 可謂慈氏漑根之結實 此豈斯世易有之事乎　今慈氏年至九十六 臥在病床 伯兄內外 年踰古稀 而至誠調護 然如日迫西山 旦暮亦未可知也 自後恐無復執筆 則雖片言隻字 豈可任之散逸不收乎 故今改整之 藏于篋笥 以爲來日寓慕之資

庚辰 公曆 二千年 八月 十日

次男 文學博士 李炳赫 謹書

-《含章室漢藁》-

숙부 처사부군 제문
祭叔父處士府君文

유세차(維歲次) 갑자년(甲子年, 1984) 3월 을축삭(乙丑朔) 초 2일 병인(丙寅)일은 우리 숙부 처사부군님의 장삿날이라, 전날 저녁 을축일(乙丑日)에 조카 ○○○○는 삼가 변변치 못한 제수를 갖추어 영좌(靈座) 아래 재배 곡하며 아뢰옵니다.

오호(嗚呼)라, 하느님이 혹독한 벌을 내리시어 몇 년 전에 숙모님께서 회갑도 넘기지 못하고 갑자기 별세하셔서 숙부님께서 홀로 외로이 사시면서 지극히 외롭고 쓸쓸히 지내셨습니다. 또 아들 하나가 있지만 외국에 머물러 있고, 딸 하나는 아직 결혼도 하지 못해 온 집안의 형상이 참담하지 않은 것이 없었는데 하느님이 나이를 더 늘려주지 않고 갑자기 이 지경에 이르렀으니 오장(五臟)이 찢어지는 듯하고 말하려 해도 말이 나오지 않습니다.

오호(嗚呼)라, 숙부님께서 강직하고 순박한 자질과 어질고 후덕하며 효성스럽고 우애 있는 성품을 타고 나셨고, 어려서 가정교육을 받아 부형의 기대하고 촉망받는 바가 되었습니다. 집안의 운수가 기울어져 할아버지께서 장수를 누리지 못하셨고, 숙부님은 비록 삼 형제가 계셨으나 백형, 중형 두 분은 모두 세상 물정에 어두웠습니다. 오직 숙부님께서 항상 세 집안의 크고 작은 일을 도맡아 비록 천한 일이라도 피하지 않고 해내시며, 웃어른을 모시고 아래 식구들을 거느리며 조카들을 어루만지고 사랑하셨고, 생업을 부지런히 닦으셨습니다. 만년에 이르러서는 집안 살림이 조금 넉넉해지고 슬하에는 손자들을 안고 재롱부리는 것을 보는 즐거움이 있었습니다. 또 고을에 출입하면서 친구들도 널리 사귀며 선대의 세업을 이으셔서 우리들의 의지하고 우러르는 바가 되었으나, 역시 장수를 누리시지 못하고 이렇게 되었으니, 아 하느님이시여, 어찌 차마 이렇게 한단 말입니까? 온화한 그 모습은 어디서 다시 뵐 수 있겠습니까?

아! 모든 것이 끝났습니다. 거친 말을 대강 지어서 감히 슬픈 사연을 아뢰오니 흠향하옵시기 바라옵니다.

維歲次 甲子 三月 乙丑朔 二日 丙寅 卽我顯叔父處士府君大歸之日也 前夕乙丑 從子某 謹具菲薄之奠 再拜哭告于靈筵之下曰 嗚呼 天降酷罰 年前叔母主 未逾回甲 而奄忽棄世 叔父主 孑孑鰥居 極爲踽凉 而又一男 滯在外國 一女尙未成婚 一家形色 莫不慘憺 而天不假年 今遽至于此 五內分崩 欲言無言 嗚呼 叔父主 禀剛毅純朴之質 仁厚孝友之性 早承襲庭訓 爲父兄之期望 而門祚衰薄 祖父主未享長壽 叔父主 雖至三昆季 伯仲兩公 俱昧於世情 惟叔父主 常專擔三家之大小事 雖賤役 不謝而服行之 上侍下率 撫愛子姪 勤治生業 至於晩年 家稍饒足 膝下有弄抱之樂 且出

入鄕中 廣交朋友 以繼先世之遺緖 爲吾輩之依仰 而亦不享遐壽 至于此悠悠蒼天 此何忍哉 溫溫儀形 於何更承 嗚呼已矣 略綴荒辭 敢此告哀嗚呼哀哉 尙饗

-《含章室漢稿》-

숙모 달성 배씨 제문
祭叔母達城裵氏文

유세차(維歲次) 신유년(辛酉年, 1981) 12월 무인삭(戊寅朔) 25일 임인(壬寅)일은 우리 숙모님 달성배씨 장사 날이라, 전날 밤 신축(辛丑) 일에 조카 ○○는 삼가 변변치 못한 제수를 갖추어 재배 곡하며 영좌(靈座) 아래 아뢰옵니다.

오호(嗚呼)라, 숙모님께서 어찌 이렇게 되셨습니까? 회갑을 1년 앞두고 천수를 다 누렸다고 돌아가셨습니까? 집안 형편이 조금 나아지고 자식 손자들이 무릎 앞에 둘러앉았으니 복록을 다 누렸다고 돌아가셨습니까?

숙부님께서 삼 형제 중에 막내여서 우리 집안의 온갖 주선해야 할 책무가 오로지 숙모님에게 있으니, 숙모님께서 마땅히 장수를 하셔서 아들과 조카들을 가르치며 가정 일들을 선도해야 할 것인데 이런 일을 누구에게 맡기고 지금 갑자기 이와 같이 훌쩍 떠나십니까?

또 숙모님께서 아들 하나 딸 하나를 기르셨는데 딸은 아직 결혼도 시키지 못했고 아들은 외국에 머물면서 기한이 다 되지 않아서 돌아오지 못했습니다. 그런데 갑자기 별세하여 아이들에게 이와 같이 천추에 한을 남기게 하셨습니다.

오호(嗚呼)라, 숙모님께서는 진실하고 착한 바탕으로 우리 숙부님께 시집오시니 가정이 매우 빈한하여 거친 밥과 채소만 먹으며, 길쌈이며 물 긷는 일, 밭 매는 일 등의 살림살이에 부지런히 하고 힘써 숙부님께 군색함을 모르고 살아가게 했으니 부인의 할 일에 부끄러움이 없다고 이를 만 할 것입니다. 마땅히 늘그막에 손자들과 눈앞의 영화를 누려야 할 것인데 어찌 한 번 병이 들어 길이 떠나신단 말입니까?

오호(嗚呼)라, 저희들이 항상 타향에 살다가 혹시 고향에 돌아오면 객지의 고생하는 형편을 묻고 떠나오면 멀리 동리 어귀까지 보내주시며 타이르기를 그치지 않으시더니 지금은 적적하게 한 말씀도 없으시니 어찌 통곡하지 않겠습니까? 아! 숙모님 어느 곳에서 그 언성 다시 접하겠습니까? 감히 거친 말로써 저희 슬픔을 아뢰오니 존령(尊靈)께서 흠향하옵시기 바라옵니다.

오호애재(嗚呼哀哉), 상향(尙饗).

維歲次 辛酉 十二月 戊寅朔 二十五日壬寅 卽我叔母孺人 達城裵氏大歸之日也 前夕辛丑 從子某 謹具菲薄之奠 再拜哭告于靈筵之下曰 嗚呼孺人胡止於斯 回甲隔在一年 可享天壽而逝耶 家道稍饒 兒孫環膝 可享福祿而逝耶 吾叔父三昆季 叔父居季 吾家凡百周旋之責 全在於孺人 孺人宜享遐壽 敎誨子姪 善導家務 此事於誰可託 而今遽長逝如此也 且孺人育一男一女 而一女尙未致婚 一男留在異國 歸期未滿 奄忽棄世 使兒子 遺恨千古如此也 嗚呼 孺人眞純之質 自歸于吾叔父 家甚貧寒 飯糲咬菜 績麻織絲 汲澗鋤田 治産勤勉 不使夫子知其窘塞 其於夫人之職 可謂無愧矣 宜及晩暮 與兒孫將享眼前之榮華 而胡爲一疾長逝也 嗚呼痛矣 從子 常在異鄕 還則問客地辛苦之狀 歸則送于洞口 津津不休 今則寂無一言 曷不痛哭 嗚呼孺人 更從何處復見謦咳耶 敢將荒辭 告我悲懷 伏惟尊靈庶幾歆格 嗚呼哀哉 尙饗

-《含章室漢稿》-

종형 수재처사병두 제문 송천공파 문중을 대신해서 지음
祭從兄守齋處士炳斗文 代松川公派門中作

유세차(維歲次) 경진(庚辰) 이월 계해삭(癸亥朔) 십 삼일 을해일(乙亥日)은 우리 수재 이공(守齋李公)의 장삿날이라, ○○○는 송천공파 문중(松川公派門中)을 대표하여 삼가 비박지전(菲薄之奠)을 갖추어 떠나는 길의 왼 편에서 재배(再拜) 통곡하며 영결(永訣)을 고(告)합니다.

아, 공(公)은 어찌하여 갑자기 이렇게 되셨습니까? 인간 세상에서 팔순(八旬)을 사셨으니 우리의 선조들에 비하면 장수(長壽)하지 않았다고 할 수 없지만 그래도 오늘 영결식을 하려하니 그래도 슬픔이 한이 없습니다. 우리 가문이 대대로 유업(儒業)을 이어 오면서 생업(生業)에 악착스럽게 뜻을 두지 않아 가정에서는 나쁜 음식도 이어가기 어려웠습니다.

그러므로 공은 어릴 때부터 잠깐 조부 의재공(毅齋公)에게서 공부를 하다가 얼마 안 되어 살림살이에 종사하게 되어, 밭 갈고 땔나무하는 일에 이르기까지 도맡지 않은 것이 없어 왼쪽에 얽어매고 오른쪽에 얽어매어 근근이 어려움을 면해왔습니다. 또 공은 순실(純實)한 자질을 타고나 일찍부터 가정교육을 잘 받아 위로 어른을 모시고 아래로 식구들을 거느렸습니다. 그리고 한 평생 동안 어버이의 명령만을 받들어 털끝만큼도 마음대로 하는 일이 없었고 밤이 되면 반드시 아버지를 모시고 자면서 아버지의 마음을 기쁘게 해드리자, 이런 소문이 고을에 알려져, 고을 노인회(老人會)에서 효행표창(孝行表彰)까지 했으니 가히 조상의 교훈을 저버리지 않았다고 할 수 있습니다.

오호(嗚呼)라, 우리 집안이 송내[松川]로부터 이곳 신계(新溪)로 이사 온 지가 지금 백년이 넘었습니다. 종족이 많지 않다고 할 수 없으나 모두 외지(外地)에 흩어져 살고, 오직 공만이 옛 터를 지키며 고을에 출입하면서 조상의 유업(遺業)을 지켜감으로 우리들이 매우 의지하고 우러러 왔습니다.

오호(嗚呼)라, 공께서 만년에 상처(喪妻)를 하여 좋은 상대를 잃고 외로이 홀아비로 쓸쓸히 지내면서도 마음만은 오직 선대의 세업(世業)을 이어가는데 있어 항상 할머님의 묘 앞에 상석(床石)을 놓지 못한 것을 걱정했습니다. 이런 일도 아직 끝내지 못했는데 어찌하여 한번 병에 걸려 갑자기 이와 같이 별세하게 되었습니까? 오호통재(嗚呼痛哉)라, 지금부터 우리 문중 종사(宗事)를 누구와 상의하여 처리하겠습니까? 옛 일을 회상하고 지금의 일을 생각하니 슬픔이 북받쳐 붓으로 다 형용하기 어렵습니다. 혼령께서 만약 아신다면 우리의 이 심정을 헤아릴 것입니다. 이에 거친 말로 대략 간절한 정곡(情曲)을 아뢰오니 밝으신 혼령께서는 이 술잔을 흠향(歆饗)하옵소서.

오호애재(嗚呼哀哉), 상향(尙饗).

維歲次庚辰, 二月癸亥朔, 十三日乙亥, 卽我守齋李公大歸之日也. 某代松川公派門中, 謹具菲薄之奠, 再拜哭訣于祖道之左曰, 嗚呼我公, 胡遽至斯? 生世八旬, 視諸先世, 非不爲遐壽, 而今當永訣, 猶多可悲. 吾門世襲儒業, 不營營於產業, 未免菽水難繼. 公自幼時, 才就學于王考毅齋公, 未幾服勤家務, 以至耕樵 莫不擔之, 左綢右繆, 庶克免窮. 且公稟得純實之資, 早承庭訓, 上侍下率, 極盡其道, 一生惟奉承親命, 一毫無敢自專, 夜必侍寢, 以悅親心, 聲聞蔚乎鄕隣, 自老人會至有表彰孝行, 可謂不負先訓. 嗚呼! 吾族自松川, 移居于此, 于今百有餘年. 族雖不爲不多, 而散居外地, 惟公獨守舊基, 出入鄕黨, 保守遺業, 吾等依仰殊甚. 嗚呼! 公晩年叩盆, 奄失良相, 踽踽鰥居, 形影寂寂, 猶意在紹述先業, 常以祖妣墓儀物未備爲恨, 如何一疾, 奄忽至此也? 嗚呼痛矣. 從茲以後, 吾門宗事, 於誰詢謀? 撫念今古, 悲緖紛集, 有難盡形毫, 靈若有知, 諒我此情. 玆以荒辭, 略陳衷曲, 不昧尊靈, 歆玆侑觴. 嗚呼哀哉尙饗.

-《含章室漢稿》-

백형의 화갑일에 삼가 율시 한 수를 지어 송수함 서문도 함께 붙임

伯兄華甲日謹以一律頌壽 幷序

우리 가문(家門)이 낙향(落鄕)한 후로 비록 높은 벼슬은 전에 비해 못했으나, 대대로 유학(儒學)을 가업(家業)으로 계승해 왔다.

우리 조부 의재(毅齋)선생에 이르러서는 더욱이 도학(道學)으로 한말(韓末)에 본보기가 되어 남쪽지방의 인사(人士)들이 많이 경앙(景仰)했다. 그런데 지금 가형(家兄)께서 이 남기신 세업(世業)을 계승하여 시류(時流)에 어울리기를 좋아하지 아니하시고, 더욱 국학에 힘을 쏟아 우리나라 고대(古代) 국어(國語)의 심오한 경지를 개척하여, 이미 경북대학교에서 문학박사 학위를 받았고, 또 부산시 문화상도 받았다. 그 학문의 업적이 우리나라에서만 명성(名聲)을 떨쳤을 뿐만 아니라, 일본 신문에까지 크게 보도되었다. 또 네 번이나 일본으로 건너가서 한국 고대어(古代語)가 일본 고어(古語)의 원류가 된 것을 연구했다. 그리하여 임나국(任那國)이 대마도(對馬島)에 있다는 학설로 『임나국(任那國)과 대마도(對馬島)』라는 책을 한국어판과 일본어판으로 출판 중에 있으니, 이로써 외국에까지 국위(國威)를 떨치게 되었다. 이는 각고(刻苦)의 공부를 성취했다고 할 수 있으며, 또 사방지지(四方之志)를 저버리지 않았다고 할 수 있다. 하물며 지금 회갑을 당하여 학발(鶴髮)의 양친(兩親)께서 별 일 없이 당상(堂上)에 계시고 훌륭한 세 아들은 뜰 앞에 늘어섰고, 아들과 며느리는 함께 교수로 있으며, 세 아우 또한 모두 무고하고, 또 수업을 받은 여러 제자들은 좌우에 빽빽이 늘어서 『화갑기념논총(華甲紀念論叢)』을 봉정하고, 차례로 축하를 드리니 성인(聖人)의 이른바 삼락(三樂)을[101] 한 몸에 지닌 것으로, 이는 우리 가문에 드물게 있는 성대한 일이다. 둘째 아우 나

101) 삼락(三樂): 맹자(孟子)의 말로 ①부모님께서 함께 살아 계시고 형제가 무고하며, ②양심에 부끄러울 것이 없으며, ③천하의 영재를 얻어 교육시키는 것.

병혁이 마음속에 깊이 느낀 바가 있어 율시 한 수를 지어 축시에 대신한다.

철수(鐵樹) 꽃[102] 아래 잔치를 여니
남극(南極) 노인성(老人星)이 우리 집에 와 비친 듯.

삼락(三樂)을 누렸으니 칭송이 자자하고
독실한 그 공부는 높은 명성 떨쳤구나.

좋은 벗들 줄을 이어 축하행렬 잇대었고
집을 두른 상운(祥雲)은 바다처럼 깊었구나.

바라건대, 평화롭고 하늘 또한 도우셔서
해마다 이날처럼 송수노래 함께 함을.

정묘(丁卯) 음력(陰曆) 6월(月) 초3일에 사제(舍弟) 병혁 삼가 송수함.

吾家自落鄕後, 簪纓雖遜先昔, 而世以儒術爲傳受箕裘, 至我祖考毅齋先生, 尤以道學, 爲季世表準, 南州人士多景仰之. 今家兄繼承遺業, 不喜合於時流, 而尤致力於國學, 開拓吾邦古代國語之蘊奧, 已受博士學位與文化賞, 非惟名振國內, 至於日本新聞, 大書以報. 且四渡日本, 考究韓國古語, 爲源流於日本古語, 以任那對馬島說, 方在出刊任那國與對馬島之韓日兩國語版, 以振國

102) 철수(鐵樹) 꽃; 철수개화(鐵樹開花)에서 온 말. 일반적으로 철제(鐵製)의 나무에서 꽃이 필 수 없듯이 이루어지기 어려운 것을 비유해서 말한다. 그러나 철수(鐵樹)는 '소철'이다. 소철은 심은 지 61년 만에 꽃이 피므로 우리나라에서는 61년 만에 꽃이 피는 전설적인 나무의 꽃으로 알려져 있다. 따라서 회갑시(回甲詩)에서 흔히 이 철수 꽃의 그늘 아래서 잔치를 연다는 용사(用事)로 많이 쓰인다. 이것은 '철수'의 나무 수(樹)자를 문학적 상상력에 의해 꽃나무로 잘못 파악한 데서 기인한 것이다. 이 시에서도 과거의 관습대로 썼다.

威於異邦, 可謂遂刻苦工夫, 亦可謂無負桑弧初志矣. 況今當華甲, 鶴髮兩親, 無恙尙在堂, 秀穎三子羅列庭前, 子若婦, 俱帶敎授之任, 三弟亦皆無故, 且受業諸生, 束立左右, 奉呈華甲紀念論叢, 而第次獻賀, 聖人所謂三樂俱有一身, 則是誠吾家罕有之盛事也. 仲弟炳赫, 深有感于中者, 謹俱一律, 以替岡陵之祝云.

華筵肆設鐵花陰, 極宿吾家也照臨.
三樂宜多騰善頌, 異邦已有動徽音.
聯車好友磨肩至, 繞屋祥雲抵海深.
但願時和天亦佑, 年年此日共謳吟.
丁卯 陰六月 初三日 舍第 炳赫 謹頌

-《于海李炳銑博士華甲紀念論叢》(1987. 8. 25)-

우산기
于山記

나의 아우 병영(炳榮)이 타고난 자질이 남다르고, 또 성품이 온후(溫厚)하며 한정(閑靜)한데다가 어릴 때부터 가정에 머물면서 가정지학(家庭之學)이 배었고 더욱 글씨를 잘 썼다. 조금 자라서 부산으로 옮겨서 부산상업고등학교에 입학하여 일찍 실무를 익혔다. 후에 배정학원(培正學園)에 취업하여 재단 안의 초·중·고등의 다섯 학교에 경리(經理)와 행정실장(行政室長)을 역임했는데 학교를 경영함에 비록 온갖 업무가 쌓여도 질서정연하게 잘 처리하여 한 번도 실수가 없으니 사람들의 칭송하는 바가 되었다.

지금 나이가 60에 가까웠는데 책읽기를 좋아하여 현대 서적과 고서적을 많이 쌓아 두었다. 그러므로 내가 그의 거처하는 방을 우산서실(于山書室)이라 이름지어 주었는데 인해 호를 했다. 이가원(李家源) 박사께서 특별히 그 편액(扁額)을 써서 주니 이 역시 고마운 일이다. 내가 다시 우산서실이라는 뜻을 풀어서 기문을 짓는다.

우산(于山)이란 호는 무슨 뜻인가? 산에 마음을 두고 다른데 마음을 두지 않는다는 뜻이다. 우리 삼형제가 백형은 반드시 바다에까지 이르러 가리라는 뜻으로 호를 우해(于海)라 했고, 나는 신계(新溪)의 옛 고향 마을을 잊지 않겠다는 뜻으로 우계(于溪)라 하여 백·중(伯仲)의 호가 모두 물과 관계가 있다. 그러므로 아우는 물을 피해 산(山)자를 넣어서 호를 짓는 것이 역시 좋다.

그리고 공자(孔子)께서 지혜 있는 사람은 물을 좋아하고 어진 사람은 산을 좋아하며 지혜 있는 사람을 동적이고 어진 사람은 정적이며 지혜 있는 사람은 즐거워하고 어진 사람은 장수한다고 했다. 지혜 있는 사람과 어진 사람의 차이가 어찌 이와 같이 다른가? 대개 지혜 있는 사람은 물이 두루 유통하고 막힘이 없는 성질과 비슷하다. 그러므로 물을 좋아하고 그 효과는 항상 즐거워하는 것으로 나타난다. 어진 사람은 중후하고 옮기지 않는 산의 성질과 비슷하다. 그러므로 산을 좋아하고 그 효과는 장수하는 것으로 나타난다는 것이다.

이것을 보건대 내 아우의 성질은 본래부터 물의 성질이 아니라, 산의 성질이다. 우산이라는 호가 어찌 그에게 맞지 않겠는가? 또 내 아우의 평생 행한 일이 우러러 하늘에 부끄러울 것이 없고 굽어보아도 인간에 부끄러울 것이 없으며, 재능 역시 동류들에게 뒤지지 않고 가정 형편도 어느 정도 살 만하며 세 자녀가 모두 대학에서 수학하니 사람들이 모두 부러워한다. 인간 세상에 원만한 복이 이보다 큼이 없을 것이니, 어찌 세상의 이익에만 나부대는 사람들이 미칠 수 있는 것이겠는가? 이는 인(仁)에 뜻을 두고 후하게 쌓은 효과임을 알 수 있다. 바라건대, 계속해서 잠시도 쉬지 말고 이곳에서 글을 읽고 이곳에서 휴식을 하면서 우산이라는 이름을 돌아보며 그 뜻을 생각하여, 산에 마음을 두고 인후(仁厚)한 덕을 쌓으며 때로는 산에 올라 호연지기(浩然之氣)를 길러 비록 세상이 거꾸로 되고 풍속이 무너지더라도 본성을 지키기를 마치 만고상청(萬古常靑)하는 산이 우뚝이 높이 서서 움직이지 않는 것처럼 하여 날마다 수역(壽

域)으로 올라가는 것이 어떠하겠는가? 이 글을 지어주니 더욱 이 점에 힘써주기를 바란다.

서기 2000년 경진(庚辰) 9월 9일

중형(仲兄) 병혁(炳赫) 기(記)

吾舍弟炳榮, 天資有異, 性又溫厚閑靜, 自幼趨庭, 擩染家學, 尤善於筆法, 稍長移于釜山, 入商業學校, 早習實務, 後就業于培正學園, 其於園內初中高等五箇校, 歷任經理及行政室長, 經營學校, 雖庶務叢集, 處之有序, 一無差失, 爲人所稱譽, 今年迫耳順, 好讀書, 多畜古今書籍, 故余名其所居之室曰, 于山書室, 因以爲號焉. 李家源博士, 特書扁額而贈之, 是亦可感矣. 余更演其義而爲之記, 于山之名爲何? 取志于山, 不于他之義也. 吾兄弟三人, 伯兄以必達于海之義, 號于海, 余則以不忘故里新溪之義, 號于溪, 伯仲之號, 皆關於水, 故季則避水爲山, 亦佳美矣. 且孔聖云智者樂水, 仁者樂山, 智者動, 仁者靜, 智者樂, 仁者壽, 智仁者之分, 何如是相異也? 盖智者, 似水之周流無滯之性, 故樂水而其效常樂, 仁者, 似山之厚重不遷之性, 故樂山而其效享壽, 以此觀之, 吾弟之性, 本非水之性, 是山之性, 于山之名不亦宜乎? 且吾弟之平生所爲, 不愧于俯仰天人, 才能亦不後於儕類, 家頗苟完, 三子女皆修學於大學, 人多艷羡, 人世圓福, 莫京於此, 豈規規於世利者之所可企及也哉? 可見志仁積厚之效也. 惟願續後不暫停, 讀書於斯, 遊息於斯, 顧名思義, 留心于山, 以積仁厚之德, 時登于山, 以養浩然之氣, 雖世事顚倒, 風俗頹廢, 守我本性, 如萬古常靑之山, 屹然不動, 日躋仁壽之域, 如何如何? 聊書此以贈之, 幸加意勉勵焉.

公曆二千年 庚辰 重九節

仲兄 炳赫 記

편역

이병혁(李炳赫)

부산대학교 국어국문학과 졸업
동아대학교 대학원 문학박사학위 취득
(현) 부산대학교 인문대학 한문학과 명예교수
(현) 한국 한자한문교육학회 명예회장

중흥문예장장 수상(중화민국 대만성 문예작가협회)
대통령 국민포장 수상
공조 근정훈장 수상
부산광역시 문화상 수상

저서로는 『고려말 성리학 수용과 한시』,
『여말선초 한문학의 재조명』, 『한국 한문학의 탐구』,
『중국기행시』, 『목은집』, 『한국문학개론』(공저),
『퇴계전서』(공저) 외 다수

含章室散藁

• 초판 인쇄	2005년 9월 30일
• 초판 발행	2005년 9월 30일
• 지 은 이	이병혁
• 펴 낸 이	채종준
• 펴 낸 곳	한국학술정보㈜ 경기도 파주시 교하읍 문발리 526-2 파주출판문화정보산업단지 전화 031) 908-3181(대표) · 팩스 031) 908-3189 홈페이지 http://www.kstudy.com e-mail(e-Book사업부) ebook@kstudy.com
• 등 록	제일산-115호(2000. 6. 19)
• 가 격	33,000원

ISBN 89-534-3317-7 93810 (paper book)
89-534-3318-5 98810 (e-book)